水浒传

书名题字／沈尹默

插图本

中国古典小说藏本

水浒传(中)

施耐庵 罗贯中 著

张琳 插图

人民文学出版社

地魁星神机军师朱武

地勇星病尉迟孙立

地威星百勝將韓滔

地奇星圣水将单廷珪

地文星圣手书生萧让

地正星铁面孔目裴宣

地正星铁面孔目裴宣

地阔星摩云金翅欧鹏

地暗星锦豹子杨林

地靈星神醫安道全

地微星矮脚虎王英

地彗星一丈青扈三娘

地彗星一丈青扈三娘

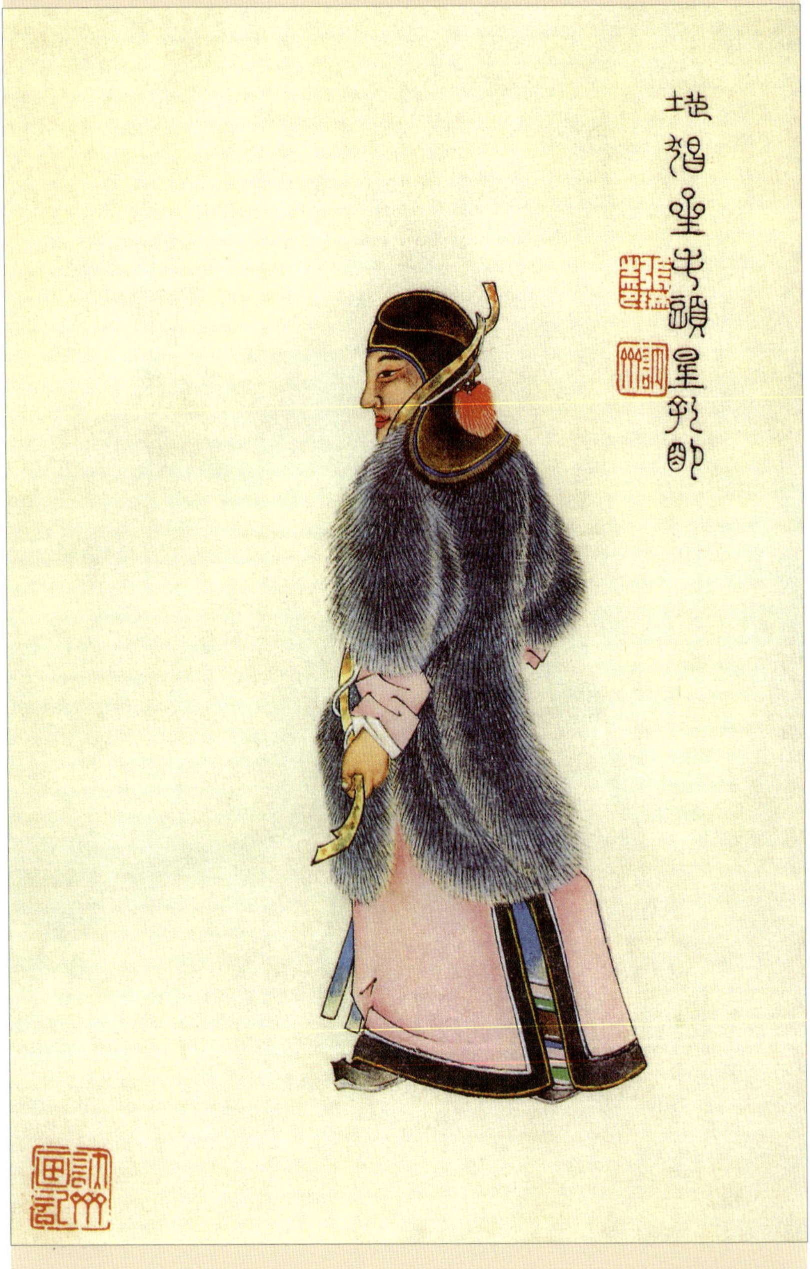

地猖星毛头星孔明

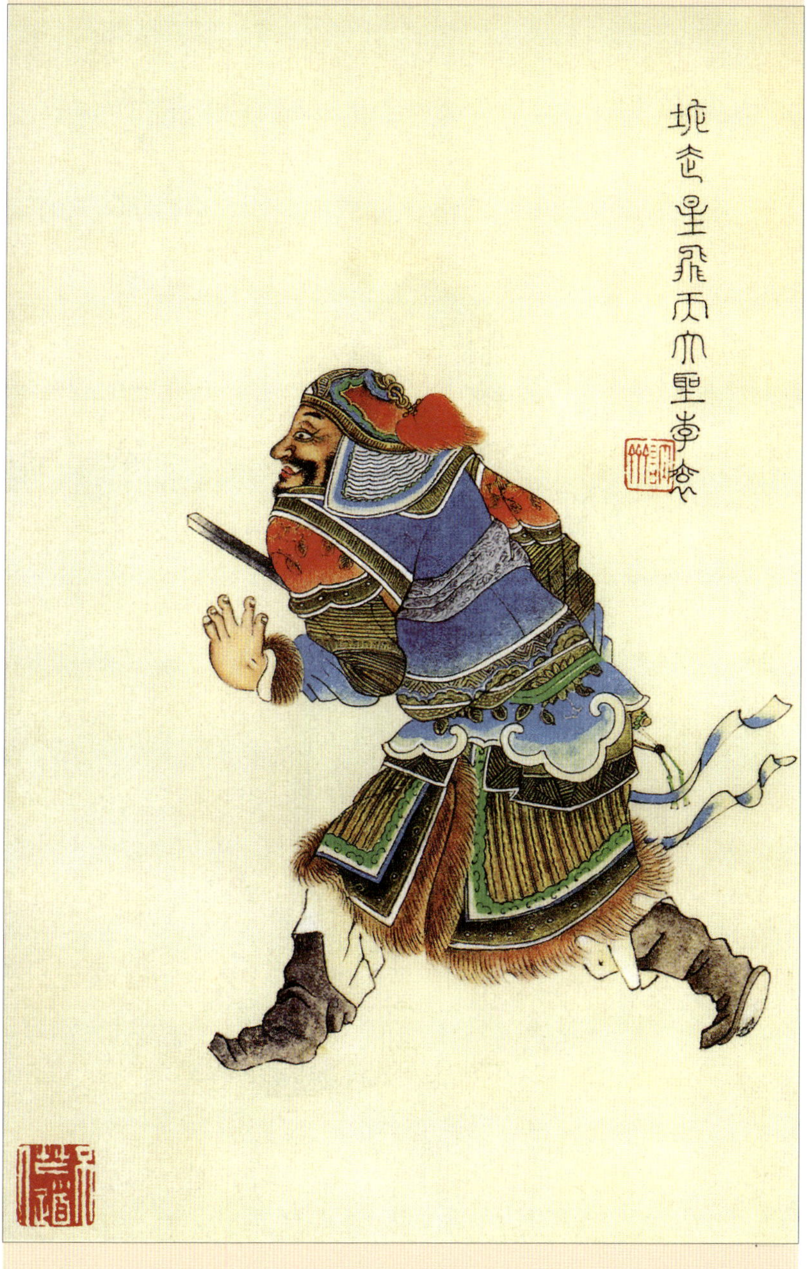

地走星飞天大圣李衮

地煞星飞天大圣李衮

地巧星玉臂匠金大坚

地明星铁笛仙马麟

地谨星出洞蛟童威

第三十四回

镇三山大闹青州道　霹雳火夜走瓦砾场

诗曰：

妙药难医冤业病，横财不富命穷人。

亏心折尽平生福，行短天教一世贫。

生事事生君莫怨，害人人害汝休嗔。

得便宜处休欢喜，远在儿孙近在身。

话说那黄信上马，手中横着这口丧门剑。刘知寨也骑着马，身上披挂些戎衣，手中拿一把叉。那一百四五十军汉、寨兵，各执着缨枪棍棒，腰下都带短刀利剑。两下鼓，一声锣，解宋江和花荣望青州来。众人都离了清风寨，行不过三四十里路头，前面见一座大林子。正来到那山嘴边，前头寨兵指道："林子里有人窥望。"都立住了脚。黄信在马上问道："为甚不行？"军汉答道："前面林子里有人窥看。"黄信喝道："休采他，只顾走！"看看渐近林子前，只听得当当的二三十面大锣一齐响起来，那寨兵人等都慌了手脚，只待要走。黄信喝道："且住！都与我摆开！"叫道："刘知寨，你压着囚车。"刘高在马上答应不得，只口里念道："救苦救难天尊！便许下十万卷经，三百座寺，救一救！"惊的脸如成精的东瓜，青一回，黄一回。

这黄信是个武官，终有些胆量，便拍马向前看时，只见林子西边，齐齐的分过三五百个小喽啰来,一个个身长力壮,都是面恶眼凶,头裹红巾,身穿衲袄,腰悬利剑,手执长枪,早把一行人围住。林子中跳出三个好汉来,一个穿青,一个穿绿,一个穿红,都戴着一顶销金万字头巾,各跨一口腰刀,又使一把朴刀,当住去路。中间是锦毛虎燕顺,上首是矮脚虎王英,下首是白面郎君郑天寿。三个好汉大喝道:"来往的到此当住脚!留下三千两买路黄金,任从过去。"黄信在马上大喝道:"你那厮们不得无礼,镇三山在此!"三个好汉睁着眼大喝道:"你便是镇万山,也要三千两买路黄金!没时,不放你过去。"黄信说道:"我是上司取公事的都监,有甚么买路钱与你?"那三个好汉笑道:"莫说你是上司一个都监,便是赵官家驾过,也要三千贯买路钱。若是没有,且把公事人〔1〕当〔2〕在这里,待你取钱来赎。"黄信大怒,骂道:"强贼怎敢如此无礼!"喝叫左右擂鼓鸣锣,黄信拍马舞剑直奔燕顺。三个好汉一齐挺起朴刀,来战黄信。黄信见三个好汉都来并他,奋力在马上斗了十合,怎地当得他三个住。亦且刘高是个文官,又向前不得,见了这般头势,只待要走。黄信怕吃他三个拿了,坏了名声,只得一骑马扑剌剌跑回旧路。三个头领挺着朴刀赶将来。黄信那里顾的众人,独自飞马奔回清风镇去了。

众军见黄信回马时,已自发声喊,撇了囚车,都四散走了。只剩得刘高,见头势不好,慌忙勒转马头,连打三鞭。那马正待跑时,被那

---

〔1〕 公事人——这里指的犯人。
〔2〕 当(dàng)——抵押。

小喽啰拽起绊马索,早把刘高的马掀翻,倒撞下来。众小喽啰一发向前,拿了刘高,抢了囚车,打开车辆。花荣已把自己的囚车掀开了,便跳出来,将这缚索都挣断了,却打碎那个囚车,救出宋江来。自有那几个小喽啰已自绑了刘高,又向前去抢得他骑的马,亦有三匹驾车的马。却剥了刘高的衣服,与宋江穿了,把马先送上山去。这三个好汉一同花荣并小喽啰,把刘高赤条条的绑了,押回山寨来。原来这三位好汉,为因不见宋江回来,差几个能干的小喽啰下山,直来清风镇上探听,闻人说道:"都监黄信掷盏为号,拿了花知寨并宋江,陷车囚了,解投青州来。"因此报与三个好汉得知,带了人马,大宽转兜出大路来,预先截住去路。小路里亦差人伺候。因此救了两个,拿得刘高,都回山寨里来。

当晚上的山时,已是二更时分,都到聚义厅上相会。请宋江、花荣当中坐定,三个好汉对席相陪,一面且备酒食管待。燕顺分付:"叫孩儿们各自都去吃酒。"花荣在厅上称谢三个好汉,说道:"花荣与哥哥皆得三位壮士救了性命,报了冤仇,此恩难报。只是花荣还有妻小妹子在清风寨中,必然被黄信擒捉,却是怎生救得?"燕顺道:"知寨放心,料应黄信不敢便拿恭人,若拿时也须从这条路里经过。我明日弟兄三个下山去取恭人和令妹还知寨。"便差小喽啰下山,先去探听。花荣谢道:"深感壮士大恩!"宋江便道:"且与我拿过刘高那厮来。"燕顺便道:"把他绑在将军柱上割腹取心,与哥哥庆喜。"花荣道:"我亲自下手割这厮!"宋江骂道:"你这厮!我与你往日无冤,近日无仇,你如何听信那不贤的妇人害我?今日擒来,有何理说?"

花荣道:"哥哥问他则甚!"把刀去刘高心窝里只一剜,那颗心献在宋江面前。小喽啰自把尸首拖于一边。宋江道:"今日虽杀了这厮滥污匹夫,只有那个淫妇不曾杀得,出那口怨气!"王矮虎便道:"哥哥放心,我明日自下山去拿那妇人,今番还我受用。"众皆大笑。当夜饮酒罢,各自歇息。次日起来,商议打清风寨一事。燕顺道:"昨日孩儿们走得辛苦了,今日歇他一日,明日早下山去也未迟。"宋江道:"也见得是。正要将息人强马壮,用兵正是如此,不在促忙。"

不说山寨整点兵马起程,且说都监黄信一骑马奔回清风镇上大寨内,便点寨兵人马,紧守四边栅门。黄信写了申状,叫两个教军头目飞马报与慕容知府。知府听得飞报军情紧急公务,连夜升厅,看了黄信申状:"反了花荣,结连清风山强盗,时刻清风寨不保。事在告急,早遣良将,保守地方。"知府看了大惊,便差人去请青州指挥司总管本州兵马秦统制,急来商议军情重事。那人原是山后开州人氏,姓秦,讳个明字。因他性格急躁,声若雷霆,以此人都呼他做霹雳火秦明。祖是军官出身。使一条狼牙棒,有万夫不当之勇。那人听得知府请唤,径到府里来见知府。各施礼罢,那慕容知府将出那黄信的飞报申状来,教秦统制看了。秦明大怒道:"红头子[1]敢如此无礼!不须公祖忧心,不才便起军马,不拿了这贼,誓不再见公祖!"慕容知府道:"将军若是迟慢,恐这厮们去打清风寨。"秦明答道:"此事如何敢迟误,只今连夜便去点起人马,来日早行。"知府大喜,忙叫安排酒

---

[1] 红头子——强盗。参见第十七回"红巾"注。

肉干粮,先去城外等候赏军。秦明见说反了花荣,便怒从心上起,恶向胆边生,气忿忿地上马,奔到指挥司里,便点起一百马军、四百步军,先教出城去取齐,摆布了起身。

却说慕容知府先在城外寺院里蒸下馒头,摆了大碗,盪下酒。每一个人三碗酒,两个馒头,一斤熟肉。方才备办得了,却望见军马出城。看那军马时,摆得整齐。但见:

> 列列旌旗似火,森森戈戟如麻。阵分八卦摆长蛇,委实神惊鬼怕。枪晃绿沉紫焰,旗飘绣带红霞,马蹄来往乱交加。乾坤生杀气,成败属谁家。

当日清早,秦明摆布军马,出城取齐,引军红旗上大书"兵马总管秦统制",领兵起行。慕容知府看见秦明全副披挂了出城来,果是英雄无比。但见:

> 盔上红缨飘烈焰,锦袍血染猩猩。狮蛮宝带束金鞓。云根靴抹绿,龟背铠堆银。坐下马如同獬豸,狼牙棒密嵌铜钉。怒时两目便圆睁。性如霹雳火,虎将是秦明。

当下霹雳火秦明在马上出城来,见慕容知府在城外赏军,慌忙叫军汉接了军器,下马来和知府相见。施礼罢,知府把了盏,将些言语嘱付总管道:"善觑方便,早奏凯歌。"赏军已罢,放起信炮。秦明辞了知府,飞身上马,摆开队伍,催趱军兵,大刀阔斧,径奔清风寨来。原来这清风镇却在青州东南上,从正南取清风山较近,可早到山北小路。

却说清风山寨里这小喽啰们探知备细,报上山来。山寨里众好汉正待要打清风寨去,只听的报道:"秦明引兵马到来!"都面面厮觑,俱各骇然。花荣便道:"你众位且不要慌。自古兵临告急,必须死敌。教小喽啰饱吃了酒饭,只依着我行。先须力敌,后用智取,如此如此,好么?"宋江道:"好计!正是如此行。"当时宋江、花荣先定了计策,便叫小喽啰各自去准备。花荣自选了一骑好马,一副衣甲,弓箭铁枪都收拾了等候。

再说秦明领兵来到清风山下,离山十里下了寨栅。次日五更造饭了,军士吃罢,放起一个信炮,直奔清风山来,拣空阔去处,摆开人马,发起擂鼓。只听见山上锣声震天响,飞下一彪人马出来。秦明勒住马,横着狼牙棒,睁着眼看时,却见众小喽啰簇拥着小李广花荣下山来。到得山坡前,一声锣响,列成阵势。花荣在马上擎着铁枪,朝秦明声个喏。秦明大喝道:"花荣,你祖代是将门之子,朝廷命官,教你做个知寨,掌握一境地方,食禄于国,有何亏你处,却去结连贼寇,背反朝廷?我今特来捉你,会事的下马受缚,免得腥手污脚。量你何足道哉!"花荣陪着笑道:"总管容复听禀:量花荣如何肯背反朝廷?实被刘高这厮无中生有,官报私仇,逼迫得花荣有家难奔,有国难投,权且躲避在此。望总管详察救解。"秦明道:"你兀自不下马受缚,更待何时?划地巧言令色,煽惑军心。"喝叫左右两边擂鼓,秦明轮动狼牙棒,直奔花荣。花荣大笑,喝道:"秦明,你这厮原来不识好人饶让。我念你是个上司官,你道俺真个怕你!"便纵马挺枪,来战秦明。两个就清风山下厮杀,真乃是棋逢敌手难藏幸,将遇良才好用功。这两个将军比试,但见:

一对南山猛虎,两条北海苍龙。龙怒时头角峥嵘,虎斗处爪牙狞恶。爪牙狞恶,似银钩不离锦毛团;头角峥嵘,如铜叶振摇金色树。翻翻复复,点钢枪没半米放闲;往往来来,狼牙棒有千般解数。狼牙棒当头劈下,离顶门只隔分毫;点钢枪用力刺来,望心坎微争半指。使点钢枪的壮士,威风上逼斗牛寒;舞狼牙棒的将军,怒气起如雷电发。一个是扶持社稷天蓬将,一个是整顿江山黑煞神。

当下秦明和花荣两个交手,斗到四五十合,不分胜败。花荣连斗了许多合,卖个破绽,拨回马望山下小路便走。秦明大怒,赶将来。花荣把枪去了事环上带住,把马勒个定,左手拈起弓,右手去拔箭,拽满弓,扭过身躯,望秦明盔顶上只一箭,正中盔上,射落斗来大那颗红缨,却似报个信与他。秦明吃了一惊,不敢向前追赶,霍地拨回马,恰待赶杀,众小喽啰一哄地都上山去了。花荣自从别路也转上山寨去了。

秦明见他都走散了,心中越怒道:"叵耐这草寇无礼!"喝叫鸣锣擂鼓,取路上山。众军齐声呐喊,步军先上山来。转过三两个山头,只见上面擂木、炮石、灰瓶、金汁,从险峻处打将下来。向前的退步不迭,早打倒三五十个,只得再退下山来。秦明是个性急的人,心头火起,那里按纳得住,带领军马,绕山下来寻路上山。寻到午牌时分,只见西北边锣响,树林丛中闪出一队红旗军来。秦明引了人马赶将去时,锣也不响,红旗都不见了。秦明看那路时,又没正路,都只是几条砍柴的小路,却把乱树折木交叉当了路口,又不能上去得。正待差军汉开路,只见军汉来报道:"东山边锣响,一队红旗军出来。"秦明引了人马,飞也似奔过东山边来看时,锣也不鸣,红旗也不见了。秦明纵马去四下里寻路时,都是乱树折木塞断了砍柴的路径。只见探事的又来报道:"西边山上锣又响,红旗军又出来了。"秦明拍马再奔来西山边看时,又不见一个人,红旗也没了。秦明是个急性的人,恨不得把牙齿都咬碎了。正在西山边气忿忿的,又听得东山边锣声震地价响,急带了人马又赶过来东山边看时,又不见有一个贼汉,红旗都不见了。秦明气满胸脯,又要赶军汉上山寻路,只听得西山边又发起喊来。秦明怒气冲天,大驱兵马投西山边来,山上山下看时,并不见一个人。秦明喝叫军汉两边寻路上山。数内有一个军人禀说道:"这里都不是正路,只除非东南上有一条大路,可以上去。若是只在这里寻路上去时,惟恐有失。"秦明听了,便道:"既有那条大路时,连夜赶将去。"便驱一行军马奔东南角上来。

看看天色晚了,又走得人困马乏,巴得到那山下时,正欲下寨造饭,只见山上火把乱起,锣鼓乱鸣。秦明转怒,引领四五十马军,跑上山来。只见山上树林内,乱箭射将下来,又射伤了些军士。秦明只得回马下山,且教军士只顾造饭。却才举得火着,只见山上有八九十把火光,呼风唿哨下来。秦明急待引军赶时,火把一齐都灭了。当夜虽有月光,亦被阴云笼罩,不甚明朗。秦明怒不可当,便叫军士点起火把,烧那树木。只听得山嘴上鼓笛之声吹响。秦明纵马上来看时,见山顶上点着十馀个火把,照见花荣陪侍着宋江,在上面饮酒。秦明看了,心中没出气处,勒着马在山下大骂。花荣回言道:"秦统制,你不必焦躁,且回去将息着。我明日和你并个你死我活的输赢便罢。"秦明大叫道:"反贼,你便下来!我如今和你并个三百合,却再做理会!"花荣笑道:"秦总管,你今日劳困了,我便赢得你,也不为强。你且回去,明日却来。"秦明越怒,只管在山下骂。本待寻路上山,却又怕花荣的弓箭,因此只在山坡下骂。正叫骂之间,只听得本部下军马发起喊来。秦明急回到山下看时,只见这边山上,火炮、火箭一发烧将下来。背后二三十个小喽啰做一群,把弓弩在黑影里射人。众军马发喊一声,都拥过那边山侧深坑里去躲。此时已有三更时分。众军马正躲得弩箭时,只叫得苦,上溜头滚下水来,一行人马却都在溪里,各自挣扎性命。扒得上岸的,尽被小喽啰挠钩搭住,活捉上山去了;扒不上岸的,尽淹死在溪里。

且说秦明此时怒气冲天,脑门粉碎。却见一条小路在侧边,秦明把马一拨,抢上山来。走不到三五十步,和人连马撷下陷坑里去。两边埋伏下五十个挠钩手,把秦明搭将起来,剥了浑身战袄衣甲,头盔军器,拿条绳索绑了,把马也救起来,都解上清风山来。原来这般圈套,都是花荣和宋江的计策。先使小喽啰,或在东,或在西,引诱的秦明人困马乏,策立不定。预先又把这土布袋填住两溪的水,等候夜深,却把人马逼赶溪里去,上面却放下水来,那急流的水都结果了军马。你道秦明带出的五百人马如何?一大半淹死在水中,都送了性命;生擒活捉得一百五七十人,夺了七八十匹好马,不曾逃得一个回去。次后陷马坑里,活捉了秦明。

当下一行小喽啰捉秦明到山寨里,早是天明时候。五位好汉坐在聚义厅上，小喽啰缚绑秦明，解在厅前。花荣见了，连忙跳离交椅，接下厅来，亲自解了绳索，扶上厅来，纳头拜在地下。秦明慌忙答礼，便道："我是被擒之人，由你们碎尸而死，何故却来拜我？"花荣跪下道："小喽啰不识尊卑，误有冒渎，切乞恕罪！"随即便取衣服与秦明穿了。秦明问花荣道："这位为头的好汉却是甚人？这清风山不曾见有。"花荣道："这位是花荣的哥哥，郓城县宋押司宋江的便是。这三位是山寨之主，燕顺、王英、郑天寿。"秦明道："这三位我自认得。这宋押司莫不是唤做山东及时雨宋公明么？"宋江答道："小人便是。"秦明连忙下拜道："闻名久矣，不想今日得会义士！"宋江慌忙答礼不迭。秦明见宋江腿脚不便，问道："兄长如何贵足不便？"宋江却把自离郓城县起头，直至刘知寨拷打的事故，从头对秦明说了一遍。秦明只把头来摇道："若听一面之词，误了多少缘故！容秦明回州去对慕容知府说知此事。"燕顺相留且住数日，随即便叫杀牛宰马，安排筵席饮宴。拿上山的军汉，都藏在山后房里，也与他酒食管待。秦明吃了数杯，起身道："众位壮士，既是你们的好情分，不杀秦明，还了我盔甲、马匹、军器回州去。"燕顺道："总管差矣。你既是引了青州五百兵马都没了，如何回得州去？慕容知府如何不见你罪责？不如权在荒山草寨住几时。本不堪歇马，权就此间落草，论秤分金银，整套穿衣服，不强似受那大头巾的气？"秦明听罢，便下厅道："秦明生是大宋人，死为大宋鬼。朝廷教我做到兵马总管，兼受统制使官职，又不曾亏了秦明，我如何肯做强人，背反朝廷？你们众位要杀时便杀了我，休想我随顺你们。"花荣赶下厅来拖住道："秦兄长息怒，听小弟一言。我也是朝廷命官之子,无可奈何,被逼迫的如此。总管既是不肯落草,如何相逼得你随顺?只且请少坐,席终了时,小弟讨衣甲、头盔、鞍马、军器还兄长去。"秦明那里肯坐。花荣又劝道:"总管夜来劳神费力了一日一夜,人也尚自当不得,那匹马如何不喂得他饱了去?"秦明听了,肚内寻思:"他说得是。"再上厅来,坐了饮酒。那五位好汉轮番把盏,陪话劝酒。秦明一则软困,二乃吃众好汉劝不过,开怀吃得醉了,扶入帐房睡了。这里众人自去行事,不在话下。

且说秦明一觉直睡到次日辰牌方醒,跳将起来,洗漱罢,便欲下山。众好汉都来相留道:"总管,且吃早饭动身,送下山去。"秦明性急的人,便要下山。众人慌忙安排些酒食管待了,取出头盔、衣甲与秦明披挂了,牵过那匹马来,并狼牙棒,先叫人在山下伺候。五位好汉都送秦明下山来,相别了,交还马匹、军器。秦明上了马,拿着狼牙棒,趁天色大明,离了清风山,取路飞奔青州来。到得十里路头,恰好巳牌前后,远远地望见烟尘乱起,并无一个人来往。秦明见了,心中自有八分疑忌。到得城外看时,原来旧有数百人家,却都被火烧做白地,一片瓦砾场上,横七竖八,杀死的男子妇人,不记其数。秦明看了大惊。打那匹马在瓦砾场上跑到城边,大叫开门时,只见门边吊桥高拽起了,都摆列着军士旌旗,擂木炮石。秦明勒着马,大叫:"城上放下吊桥,度我入城。"城上早有人看见是秦明,便擂起鼓来,呐着喊。秦明叫道:"我是秦总管,如何不放我入城?"只见慕容知府立在城上女墙边,大喝道:"反贼!你如何不识羞耻!昨夜引人马来打城子,把许多好百姓杀了,又把许多房屋烧了,今日兀自又来赚哄城门。朝廷须不曾亏负了你,你这厮倒如何行此不仁！已自差人奏闻朝廷去了,早晚拿住你时,把你这厮碎尸万段！"秦明大叫道:"公祖差矣。秦明因折了人马,又被这厮们捉了上山去,方才得脱,昨夜何曾来打城子？"知府喝道:"我如何不认的你这厮的马匹、衣甲、军器、头盔！城上众人明明地见你指拨红头子杀人放火,你如何赖得过！便做你输了被擒,如何五百军人没一个逃得回来报信？你如今指望赚开城门取老小,你的妻子今早已都杀了。你若不信,与你头看。"军士把枪将秦明妻子首级挑起在枪上,教秦明看。秦明是个性急的人,看了浑家首级,气破胸脯,分说不得,只叫得苦屈。城上弩箭如雨点般射将下来,秦明只得回避。看见遍野处火焰尚兀自未灭。

秦明回马在瓦砾场上,恨不得寻个死处。肚里寻思了半晌,纵马再回旧路。行不得十来里,只见林子里转出一伙人马来,当先五匹马上,五个好汉,不是别人,宋江、花荣、燕顺、王英、郑天寿,随从一二百小喽啰。宋江在马上欠身道:"总管何不回青州,独自一骑投何处去？"秦明见问,怒气道:"不知是那个天不盖、地不载、该剐的贼,装做我去打了城子,坏了百姓人家房屋,杀害良民,倒结果了我一家老小,闪得我如今有家难奔,有国难投,着我上天无路,入地无门！我若寻见那人时,直打碎这条狼牙棒便罢！"宋江便道:"总管息怒。既然没了夫人,不妨,小人自当与总管做媒。我有个好见识,请总管回去,这里难说,且请到山寨里告禀。一同便往。"秦明只得随顺,再回清风山来。

于路无话,早到山亭前下马。众人一齐都进山寨内,小喽啰已安排酒果肴馔在聚义厅上。五个好汉邀请秦明上厅,都让他中间坐定。五个好汉齐齐跪下,秦明连忙答礼,也跪在地。宋江开话道:"总管休怪。昨日因留总管在山,坚意不肯,却是宋江定出这条计来:叫小卒似总管模样的,却穿了足下的衣甲、头盔,骑着那马,横着狼牙棒,直奔青州城下,点拨红头子杀人;燕顺、王矮虎带领五十馀人助战,只做总管去家中取老小。因此杀人放火,先绝了总管归路的念头。今日众人特地请罪!"秦明见说了,怒气于心,欲待要和宋江等厮并,却又自肚里寻思。一则是上界星辰契合;二乃被他们软困,以礼待之;三则又怕斗他们不过,因此只得纳了这口气。便说道:"你们弟兄虽是好意要留秦明,只是害得我忒毒些个,断送了我妻小一家人口!"宋江答道:"不恁地时,兄长如何肯死心塌地。虽然没了嫂嫂夫人,宋江恰知得花知寨有一妹,甚是贤慧,宋江情愿主婚,陪备财礼,与总管为室,若何?"秦明见众人如此相敬相爱,方才放心归顺。众人都让宋江在居中坐了,秦明上首,花荣肩下,三个好汉依次而坐,大吹大擂饮酒,商议打清风寨一事。秦明道:"这事容易,不须众弟兄费心。黄信那人亦是治下,二者是秦明教他的武艺,三乃和我过的最好。明日我便先去叫开栅门,一席话说他入伙投降,就取了花知寨宝眷,拿了刘高的泼妇,与仁兄报仇雪恨,作进见之礼,如何?"宋江大喜道:"若得总管如此慨然相许,却是多幸多幸!"当日筵席散了,各自歇息。次日早起来,吃了早膳,都各各披挂了。秦明上马,先下山来,拿了狼牙棒,飞奔清风镇来。

却说黄信自到清风镇上,发放镇上军民,点起寨兵,晓夜提防,牢守栅门,又不敢出战,累累使人探听,不见青州调兵策应。当日只听得报道:"栅外有秦统制独自一骑马到来,叫开栅门。"黄信听了,便上马飞奔门边看时,果是一人一骑,又无伴当。黄信便叫开栅门,放下吊桥,迎接秦总管入来,直到大寨公厅前下马。请上厅来叙礼罢,黄信便问道:"总管缘何单骑到此?"秦明当下先说了损折军马,后说:"山东及时雨宋公明疏财仗义,结识天下好汉,谁不钦敬。他如今见在清风山上,我今次也在山寨入了伙。你又无老小,何不听我言语,也去山寨入伙,免受那文官的气?"黄信答道:"既然恩官在彼,黄信安敢不从。只是不曾听得说有宋公明在山上,今次却说及时雨宋公明,自何而来在山寨?"秦明笑道:"便是你前日解去的郓城虎张三便是。他怕说出真名姓,惹起自己的官司,以此只认说是张三。"黄信听了跌脚道:"若是小弟得知是宋公明时,路上也是放了他!一时见不到处,只听了刘高一面之词,险些坏了他性命。"秦明、黄信两个正在公廨内商量起身,只见寨兵报道:"有两路军马鸣锣擂鼓,杀奔镇上来。"秦明、黄信听得,都上了马,前来迎敌军马。到得栅门边望时,只见尘土蔽日,杀气遮天。正是:两路军兵投镇上,一行人马下山来。毕竟秦明、黄信怎地迎敌来军,且听下回分解。

第三十五回

石将军村店寄书　小李广梁山射雁

诗曰：

行短亏心只是贫，休生奸计害他人。

天公自有安排处，失却便宜损自身。

十分惺惺使五分，留取五分与儿孙。

若是十分都使尽，后代儿孙不如人。

当下秦明、黄信两个到栅门外看时，望见两路来的军马，却好都到。一路是宋江、花荣，一路是燕顺、王矮虎，各带一百五十馀人。黄信便叫寨兵放下吊桥，大开栅门，迎接两路人马都到镇上。宋江早传下号令：休要害一个百姓，休伤一个寨兵。叫先打入南寨，把刘高一家老小尽都杀了。王矮虎自先夺了那个妇人。小喽啰尽把应有家私，金银财物宝货之资，都装上车子，再有马匹牛羊，尽数牵了。花荣自到家中，将应有的财物等项，装载上车，搬取妻小妹子。内有清风镇上人数，都发还了。众多好汉收拾已了，一行人马离了清风镇，都回到山寨里来。

车辆人马都到山寨，向聚义厅上相会。黄信与众好汉讲礼罢，坐于花荣肩下。宋江叫把花荣老小安顿一所歇处，将刘高财物分赏与众小喽啰。王矮虎拿得那妇人，将去藏在自己房内。燕顺便问道：

"刘高的妻今在何处？"王矮虎答道："今番须与小弟做个押寨夫人。"燕顺道："与却与你，且唤他出来，我有一句话说。"宋江便道："我正要问他。"王矮虎便唤到厅前，那婆娘哭着告饶。宋江喝道："你这泼妇！我好意救你下山，念你是个命官的恭人，你如何反将冤报？今日擒来，有何理说？"燕顺跳起身来便道："这等淫妇，问他则甚！"拔出腰刀，一刀挥为两段。王矮虎见砍了这妇人，心中大怒，夺过一把朴刀，便要和燕顺交并。宋江等起身来劝住。宋江便道："燕顺杀了这妇人也是。兄弟，你看我这等一力救了他下山，教他夫妻团圆完聚，尚兀自转过脸来叫丈夫害我。贤弟你留在身边，久后有损无益。宋江日后别娶一个好的，教贤弟满意。"燕顺道："兄弟便是这等寻思，不杀了要他何用？久后必被他害了。"王矮虎被众人劝了，默默无言。燕顺喝叫小喽啰打扫过尸首血迹，且排筵席庆贺。

　　次日，宋江和黄信主婚，燕顺、王矮虎、郑天寿做媒说合，要花荣把妹子嫁与秦明。一应礼物，都是宋江和燕顺出备。吃了三五日筵席。自成亲之后，又过了五七日，小喽啰探得事情，上山来报道："打听得青州慕容知府申将文书去中书省，奏说反了花荣、秦明、黄信，要起大军来征剿扫荡清风山。"众好汉听罢，商量道："此间小寨，不是久恋之地。倘或大军到来，四面围住，又无退步，如何迎敌？若再无粮草，必是难逃。可以计较个常便。"宋江道："小可有一计，不知中得诸位心否？"当下众好汉都道："愿闻良策，望兄长指教。"宋江道："自这南方有个去处，地名唤做梁山泊，方圆八百馀里，中间宛子城、蓼儿洼。晁天王聚集着三五千军马，把住着水泊，官兵捕盗，不敢正眼觑他。我等何不收拾起人马,去那里入伙?"秦明道:"既然有这个去处,却是十分好。只是没人引进,他如何肯便纳我们?"宋江大笑,却把这打劫生辰纲金银一事,直说到刘唐寄书,将金子谢我,因此上杀了阎婆惜,逃走在江湖上。秦明听了,大喜道:"恁地,兄长正是他那里大恩人。事不宜迟,可以收拾起快去。"只就当日商量定了,便打并起十数辆车子,把老小并金银财物衣服行李等件,都装载车子上。共有三二百匹好马。小喽啰们有不愿去的,赍发他些银两,任从他下山去投别主;有愿去的编入队里,就和秦明带来的军汉,通有三五百人。宋江教分作三起下山,只做去收捕梁山泊的官军。山上都收拾的停当,装上车子,放起火来,把山寨烧做光地,分为三队下山。宋江便与花荣先引着四五十人,三五十骑马,簇拥着五七辆车子老小队仗先行;秦明、黄信引领八九十匹马和这应用车子作第二起;后面便是燕顺、王矮虎、郑天寿三个引着四五十匹马,一二百人。离了清风山,取路投梁山泊来。于路中见了这许多军马,旗号上又明明写着"收捕草寇官军",因此无人敢来阻当。在路行五七日,离得青州远了。

且说宋江、花荣两个骑马在前头,背后车辆载着老小,与后面人马只隔着二十来里远近。前面到一个去处,地名唤对影山,两边两座高山,一般形势,中间却是一条大阔驿路。两个在马上正行之间,只听得前山里锣鸣鼓响。花荣便道:"前面必有强人。"把枪带住,取弓箭来整顿得端正,再插放飞鱼袋内。一面叫骑马的军士,催趱后面两起军马上来,且把车辆人马扎住了。宋江和花荣两个引了二十余骑军马,向前探路。至前面半里多路,早见一簇人马,约有一百馀人,前面簇拥着一个骑马的年少壮士。怎生打扮？但见：

头上三叉冠,金圈玉钿;身上百花袍,锦织团花。甲披千道火龙鳞,带束一条红玛瑙。骑一匹胭脂抹就如龙马,使一条朱红画杆方天戟。背后小校,尽是红衣红甲。

那个壮士穿一身红,骑一匹赤马,立在山坡前,大叫道："今日我和你比试,分个胜败,见个输赢。"只见对过山冈子背后,早拥出一队人马来,也有百十馀人,前面也捧着一个年少骑马的壮士。怎生模样？但见：

头上三叉冠,顶一团瑞雪;身上镶铁甲,披千点寒霜。素罗袍光射太阳,银花带色欺明月。坐下骑一匹征䮘玉兽,手中轮一枝寒戟银蛟。背后小校,都是白衣白甲。

这个壮士穿一身白,骑一匹白马,手中也使一枝方天画戟。这一边都是素白旗号,那壁都是绛红旗号。只见两边红白旗摇,震地花腔鼓擂。那两个壮士更不打话,各挺手中画戟,纵坐下马,两个就中间大阔路上交锋,比试胜败。花荣和宋江见了,勒住马看时,果然是一对好厮杀。正是：

棋逢敌手,将遇良才。但见绛霞影里,卷一道冻地冰霜;白雪光中,起几缕冲天火焰。故园冬暮,山茶和梅蕊争辉;上苑春浓,李粉共桃脂斗彩。这个按南方丙丁火,似焰摩天上走丹炉;那个按西方庚辛金,如泰华峰头翻玉井。宋无忌忿怒,骑火骡子飞走到人间;冯夷神生嗔,跨玉狻猊纵横临世上。左右红云侵白气,往来白雾间红霞。

当时两个壮士,各使方天画戟,斗到三十馀合,不分胜败。花荣和宋江两个在马上看了喝采。花荣一步步趱马向前看时,只见那两个壮士斗到间深里,这两枝戟上,一枝是金钱豹子尾,一枝是金钱五色幡,却搅做一团,上面绒绦结住了,那里分拆得开。花荣在马上看见了,便把马带住,左手去飞鱼袋内取弓,右手向走兽壶中拔箭,搭上箭,拽满弓,觑着豹尾绒绦较亲处,飕的一箭,恰好正把绒绦射断。只见两枝画戟分开做两下,那二百馀人一齐喝声采。

那两个壮士便不斗,都纵马跑来,直到宋江、花荣马前,就马上欠身声喏,都道:"愿求神箭将军大名。"花荣在马上答道:"我这个义兄,乃是郓城县押司山东及时雨宋公明。我便是清风镇知寨小李广花荣。"那两个壮士听罢,扎住了戟,便下马,推金山,倒玉柱,都拜道:"闻名久矣。"宋江、花荣慌忙下马,扶起那两位壮士道:"介胄在身,未可讲礼。且请问二位壮士高姓大名。"那个穿红的说道:"小人姓吕名方,祖贯潭州人氏。平昔爱学吕布为人,因此习学这枝方天画戟,人都唤小人做小温侯吕方。因贩生药到山东,消折了本钱,不能勾还乡,权且占住这对影山,打家劫舍。近日走这个壮士来,要夺吕方的山寨,和他各分一山,他又不肯,因此每日下山厮杀。不想原来缘法注定,今日得遇及时雨尊颜,又遇得花将军,名不虚传。专听二公指教。"宋江又问这穿白的壮士高姓。那人答道:"小人姓郭名盛,祖贯西川嘉陵人氏,因贩水银货卖,黄河里遭风翻了船,回乡不得。原在嘉陵学得本处兵马张提辖的方天戟,向后使得精熟,人都称小人做赛仁贵郭盛。江湖上听得说对影山有个使戟的占住了山头,打家劫舍,因此一径来比并[1]戟法夺山。连连战了十数日,不分胜败。不期今日得遇二公,天与之幸。"宋江把上件事都告诉了,"就与二位劝和如何?"二位壮士大喜,都依允了。后队人马已都到了,一个个都引着相见了。吕方先请上山,杀牛宰马筵会。次日却是郭盛置酒设席筵宴。宋江就说他两个撞筹入伙,凑队上梁山泊去,投奔晁盖聚义。那两个欢天喜地,都依允了,便将两山人马点起,收拾了财物,待要起身。宋江便道:"且住,非是如此去。假如我这里有三五百人马投梁山泊去,他那里亦有探细的人在四十里探听。倘或只道我们来收捕他,不是耍处。等我和燕顺先去报知了,你们随后却来,还作三起而行。"花荣、秦明道:"兄长高见。正是如此计较,陆续进程。兄长先行半日,我等催督人马,随后起身来。"

且不说对影山人马陆续登程,只说宋江和燕顺各骑了马,带领随行十数人,先投梁山泊来。在路上行了两日,当日行到晌午时分,正走之间,只见官道傍边一个大酒店。宋江看了道:"孩儿们走得困乏,都叫买些酒吃了过去。"当时宋江和燕顺下了马,入酒店里来,叫孩儿们松了马肚带,都入酒店里坐。宋江和燕顺先入店里来看时,只有三副大座头,小座头不多几副。只见一副大座头上,先有一个在那里占了。宋江看那人时,怎生打扮?但见:

裹一顶猪嘴头巾,脑后两个太原府金不换纽丝铜环。上穿

---
[1] 比并——比试、拼斗。

一领皂绸衫，腰系一条白搭膊，下面腿绊护膝，八搭麻鞋。桌子边倚着根短棒，横头上放着个衣包。

那人生得八尺来长，淡黄骨查脸，一双鲜眼，没根髭髯。宋江便叫酒保过来，说道："我的伴当人多，我两个借你里面坐一坐。你叫那个客人移换那副大座头与我伴当们坐地吃些酒。"酒保应道："小人理会得。"宋江与燕顺里面坐了，先叫酒保打酒来："大碗先叫伴当一人三碗，有肉便买些来与他众人吃，却来我这里斟酒。"酒保又见伴当们都立满在垆边，酒保却去看着那个公人模样的客人道："有劳上下，那借这副大座头与里面两个官人的伴当坐一坐。"那汉嗔怪呼他做"上下"，便焦躁道："也有个先来后到！甚么官人的伴当要换座头，老爷不换！"燕顺听了，对宋江道："你看他无礼么？"宋江道："由他便了，你也和他一般见识。"却把燕顺按住了。只见那汉转头看了宋江、燕顺冷笑。酒保又陪小心道："上下，周全小人的买卖，换一换有何妨？"那汉大怒，拍着桌子道："你这鸟男女好不识人！欺负老爷独自一个，要换座头。便是赵官家，老爷也鳖鸟不换！高则声，大脖子拳不认得你！"酒保道："小人又不曾说甚么。"那汉喝道："量你这厮敢说甚么！"燕顺听了，那里忍耐得住，便说道："兀那汉子，你也鸟强！不换便罢，没可得鸟吓他。"那汉便跳起来，绰了短棒在手里，便应道："我自骂他，要你多管！老爷天下只让得两个人，其余的都把来做脚底下的泥！"燕顺焦躁，便提起板凳，却待要打将去。宋江因见那人出语不俗，横身在里面劝解："且都不要闹。我且请问你，你天下只让的那两个人？"那汉道："我说与你，惊得你呆了！"宋江道：

"愿闻那两个好汉大名。"那汉道:"一个是沧州横海郡柴世宗的孙子,唤做小旋风柴进柴大官人。"宋江暗暗的点头,又问道:"那一个是谁?"那汉道:"这一个又奢遮,是郓城县押司山东及时雨呼保义宋公明。"宋江看了燕顺暗笑。燕顺早把板凳放下了。那汉又道:"老爷只除了这两个,便是大宋皇帝,也不怕他!"宋江道:"你且住,我问你。你既说起这两个人,我却都认得。柴大官人、宋江,你在那里与他两个厮会?"那汉道:"你既认得,我不说谎。三年前在柴大官人庄上住了四个月有馀,只不曾见得宋公明。"宋江道:"你曾认得黑三郎么?"那汉道:"你既说起,我如今正要去寻他。"宋江问道:"谁教你寻他?"那汉道:"他的亲兄弟铁扇子宋清,教我寄家书去寻他。"

宋江听了大喜,向前拖住道:"有缘千里来相会,无缘对面不相逢!只我便是黑三郎宋江。"那汉相了一面,便拜道:"天幸使令小弟得遇哥哥,争些儿错过,空去孔太公那里走一遭。"宋江便把那汉拖入里面,问道:"家中近日没甚事?"那汉道:"哥哥听禀:小人姓石名勇,原是大名府人氏。日常只靠放赌为生,本乡起小人一个异名,唤做石将军。为因赌博上一拳打死了个人,逃走在柴大官人庄上。多听得往来江湖上人说哥哥大名,因此特去郓城县投奔哥哥,却又听得说道为事在逃。因见四郎,听得小人说起柴大官人来,却说哥哥在白虎山孔太公庄上,因此又令小弟要拜识哥哥。四郎特写这封家书与小人寄来孔太公庄上,如寻见哥哥时,'可叫兄长作急回来'。"宋江见说,心中疑忌,便问道:"你到我庄上住了几日,曾见我父亲么?"石勇道:"小人在彼只住的一夜便来了,不曾得见太公。"宋江把上梁山泊一节都对石勇说了。石勇道："小人自离了柴大官人庄上,江湖中也只闻得哥哥大名,疏财仗义,济困扶危。如今哥哥既去那里入伙,是必携带。"宋江道："这个不必你说,何争你一个人。且来和燕顺厮见。"叫酒保："一面这里斟酒,莫要别处去。"三杯酒罢,石勇便去包裹内取出家书,慌忙递与宋江。宋江接来看时,封皮逆封着,又没平安二字。宋江心内越是疑惑,连忙扯开封皮,从头读至一半,后面写道：

"父亲于今年正月初头,因病身故,见今停丧在家,专等哥哥来家迁葬。千万,千万!切不可误!宋清泣血奉书。"

宋江读罢,叫声苦,不知高低,自把胸脯捶将起来,自骂道："不孝逆子,做下非为,老父身亡,不能尽人子之道,畜生何异!"自把头去壁上磕撞,大哭起来。燕顺、石勇抱住。宋江哭得昏迷,半晌方才苏醒。燕顺、石勇两个劝道："哥哥且省烦恼。"宋江便分付燕顺道："不是我寡情薄意,其实只有这个老父记挂。今已殁了,只得星夜赶归去奔丧,教兄弟们自上山则个。"燕顺劝道："哥哥,太公既已殁了,便到家时,也不得见了。世上人无有不死的父母。且请宽心,引我们弟兄去了,那时小弟却陪侍哥哥归去奔丧,未为晚矣。自古道：蛇无头而不行。若无仁兄去时,他那里如何肯收留我们?"宋江道："若等我送你们上山去时,误了我多少日期,却是使不得。我只写一封备细书札,都说在内,就带了石勇一发入伙,等他们一处上山。我如今不知便罢,既是天教我知了,正是度日如年,烧眉之急。我马也不要,从人也不带,一个连夜自赶回家。"燕顺、石勇那里留得住。

宋江问酒保借笔砚，讨了一幅纸，一头哭着，一面写书，再三叮咛在上面。写了，封皮不粘，交与燕顺收了。讨石勇的八搭麻鞋穿上，取了些银两藏放在身边，跨了一口腰刀，就拿了石勇的短棒，酒食都不肯沾唇，便出门要走。燕顺道："哥哥也等秦总管、花知寨都来相见一面了，去也未迟。"宋江道："我不等了，我的书去，并无阻滞。石家贤弟自说备细缘故，可为我上复众兄弟们，可怜见宋江奔丧之急，休怪则个。"宋江恨不得一步跨到家中，飞也似独自一个去了。

且说燕顺同石勇只就那店里吃了些酒食点心，还了酒钱，却教石勇骑了宋江的马，带了从人，只离酒店三五里路，寻个大客店，歇了等候。次日辰牌时分，全伙都到。燕顺、石勇接着，备细说宋江哥哥奔丧去了。众人都埋怨燕顺道："你如何不留他一留？"石勇分说道："他闻得父亲殁了，恨不得自也寻死，如何肯停脚，巴不得飞到家里。写了一封备细书札在此，教我们只顾去，他那里看了书，并无阻滞。"花荣与秦明看了书，与众人商议道："事在途中，进退两难，回又不得，散了又不成，只顾且去。还把书来封了，都到山上看，那里不容，却别作道理。"九个好汉并作一伙，带了三五百人马，渐近梁山泊来，寻大路上山。一行人马正在芦苇中过，只见水面上锣鼓振响。众人看时，漫山遍野，都是杂彩旗幡，水泊中棹出两只快船来。当先一只船上，摆着三五十个小喽啰，船头上中间坐着一个头领，乃是豹子头林冲。背后那只哨船上，也是三五十个小喽啰，船头上也坐着一个头领，乃是赤发鬼刘唐。前面林冲在船上喝问道："汝等是甚么人？那里的官军？敢来收捕我们！教你人人皆死，个个不留，你也须知俺梁山泊的大名！"花荣、秦明等都下马立在岸边,答应道:"我等众人非是官军,有山东及时雨宋公明哥哥书札在此,特来相投大寨入伙。"林冲听了道:"既有宋公明兄长的书札,且请过前面,到朱贵酒店里,先请书来看了,却来相请厮会。"船上把青旗只一招,芦苇里棹出一只小船,上有三个渔人,一个看船,两个上岸来说道:"你们众位将军都跟我来。"水面上见两只哨船,一只船上把白旗招动,铜锣响处,两只哨船一齐去了。一行众人看了,都惊呆了,说道:"端的此处,官军谁敢侵傍！我等山寨如何及得！"

众人跟着两个渔人,从大宽转直到旱地忽律朱贵酒店里。朱贵见说了,迎接众人都相见了,便叫放翻两头黄牛,散了分例酒食。讨书札看了,先向水亭上放一枝响箭,射过对岸,芦苇中早摇过一只快船来。朱贵便唤小喽啰分付罢,叫把书先赍上山去报知。一面店里杀宰猪羊,管待九个好汉,把军马屯住,在四散歇了。第二日辰牌时分,只见军师吴学究自来朱贵酒店里迎接众人,一个个都相见了。叙礼罢,动问备细,早有二三十只大白棹船来接。吴用、朱贵邀请九位好汉下船,老小车辆人马行李亦各自都搬在各船上,前望金沙滩来。上得岸,松树径里,众多好汉随着晁头领,全副鼓乐来接。晁盖为头,与九个好汉相见了,迎上关来,各自乘马坐轿,直到聚义厅上,一对对讲礼罢。左边一带交椅上,却是晁盖、吴用、公孙胜、林冲、刘唐、阮小二、阮小五、阮小七、杜迁、宋万、朱贵、白胜。那时白日鼠白胜,数月之前,已从济州大牢里越狱,逃得到了山上入伙。皆是吴学究使人去用度,救得白胜脱身。右边一带交椅上,却是花荣、秦明、黄信、燕顺、王英、郑天寿、吕方、郭盛、石勇。列两行坐下,共是二十一位好汉。中间焚起一炉香来,各设了誓。当日大吹大擂,杀牛宰马筵席。一面叫新到火伴,厅下参拜了,自和小头目管待筵席。收拾了后山房舍,教搬老小家眷都安顿了。秦明、花荣在席上称赞宋公明许多好处,清风山报冤相杀一事,众头领听了大喜。后说吕方、郭盛两个比试戟法,花荣一箭射断绒绦,分开画戟。晁盖听罢,意思不信,口里含糊应道:"直如此射得亲切,改日却看比箭。"当日酒至半酣,食供数品,众头领都道:"且去山前闲玩一回,再来赴席。"当下二十一位头领相谦相让,下阶闲步乐情,观看山景。行至寨前第三关上,只听得空中数行宾鸿[1]嘹喨。花荣寻思道:"晁盖却才意思,不信我射断绒绦。何不今日就此施逞些手段,教他们众人看,日后敬伏我?"把眼一观,随行人伴数内却有带弓箭的。花荣便问他讨过一张弓来,在手看时,却是一张泥金鹊画细弓,正中花荣意。急取过一枝好箭,便对晁盖道:"恰才兄长见说花荣射断绒绦,众头领似有不信之意。远远的有一行雁来,花荣未敢夸口,小弟这枝箭,要射雁行内第三只雁的头上。射不中时,众头领休笑。"花荣搭上箭,拽满弓,觑得亲切,望空中只一箭射去。看时,但见:

鹊画弓弯开秋月,雕翎箭发迸寒星。塞雁排空,八字纵横不乱;将军抵箭,一发端的不差。孤影向云中倒坠,数声在草内哀

---

[1] 宾鸿——鸿雁。鸿雁是候鸟,秋来春去,并不长住,像宾客一样,所以叫做宾鸿。

鸣。血模糊半浇绿梢翎,大寨下众人齐喝采。

当下花荣一箭,果然正中雁行内第三只,直坠落山坡下。急叫军士取来看时,那枝箭正穿在雁头上。晁盖和众头领看了,尽皆骇然,都称花荣做"神臂将军"。吴学究称赞道:"休言将军比小李广,便是养由基也不及神手,真乃是山寨有幸。"自此梁山泊无一个不钦敬花荣。众头领再回厅上筵会,到晚各自歇息。

次日,山寨中再备筵席,议定坐次。本是秦明才及花荣,因为花荣是秦明大舅,众人推让花荣在林冲肩下坐了第五位,秦明第六位,刘唐坐了第七位,黄信坐第八位,三阮之下,便是燕顺、王矮虎、吕方、郭盛、郑天寿、石勇、杜迁、宋万、朱贵、白胜,一行共是二十一个头领坐定。庆贺筵宴已毕,义聚梁山泊。山寨里添造大船屋宇,车辆什物,打造枪刀军器,铠甲头盔,整顿旌旗袍袄,弓弩箭矢,准备抵捕官军,不在话下。

却说宋江自离了村店,连夜赶归。当日申牌时候,奔到本乡村口张社长酒店里暂歇一歇。那张社长却和宋江家来往得好。张社长见了宋江容颜不乐,眼泪暗流。张社长动问道:"押司有年半来不到家中,今日且喜归来,如何尊颜有些烦恼,心中为甚不乐?且喜官事已遇赦了,必是减罪了。"宋江答道:"老叔自说得是。家中官事且靠后,只有一个生身老父殁了,如何不烦恼!"张社长大笑道:"押司真个也是作耍?令尊太公却才在我这里吃酒了回去,只有半个时辰来去,如何却说这话?"宋江道:"老叔休要取笑小侄。"便取出家书,教张社长看了:"兄弟宋清明明写道:父亲于今年正月初头殁了,专等我归来奔丧。"张社长看罢,说道:"呸,那得这般事!只午时前后和东村王太公在我这里吃酒了去,我如何肯说谎?"宋江听了,心中疑影,没做道理处。寻思了半晌,只等天晚,别了社长,便奔归家。入得庄门看时,没些动静。庄客见了宋江,都来参拜。宋江便问道:"我父亲和四郎有么?"庄客道:"太公每日望得押司眼穿,今得归来,却是欢喜。方才和东村里王社长,在村口张社长店里吃酒了回来,睡在里面房内。"宋江听了大惊,撇了短棒,径入草堂上来。只见宋清迎着哥哥便拜。宋江见了兄弟不戴孝,心中十分大怒,便指着宋清骂道:"你这忤逆畜生,是何道理!父亲见今在堂,如何却写书来戏弄我?教我两三遍自寻死处,一哭一个昏迷。你做这等不孝之子!"宋清恰待分说,只见屏风背后转出宋太公来,叫道:"我儿不要焦躁。这个不干你兄弟之事,是我每日思量要见你一面,因此教宋清只写道我殁了,你便归来得快。我又听得人说,白虎山地面多有强人,又怕你一时被人撺掇落草去了,做个不忠不孝的人,为此急急寄书去唤你归家。又得柴大官人那里来的石勇寄书去与你。这件事尽都是我主意,不干四郎之事,你休埋怨他。我恰才在张社长店里回来,睡在房里,听得是你归来了。"宋江听罢,纳头便拜太公,忧喜相伴。宋江又问父亲道:"不知近日官司如何?已经赦宥,必然减罪,适间张社长也这般说了。"宋太公道:"你兄弟宋清未回之时,多得朱仝、雷横的气力,向后只动了一个海捕文书,再也不曾来勾扰。我如今为何唤你归来?近闻朝廷册立皇太子,已降下一道赦书,应有民间犯了大罪,尽减一等科断,俱已行开各处施行。便是发露到官,也只该个徒流之罪,不道得害了性命。且由他,却又别作道理。"宋江又问道:"朱、雷二都头曾来庄上么?"宋清说道:"我前日听得说来,这两个都差出去了。朱仝差往东京去,雷横不知差到那里去了。如今县里却是新添两个姓赵的勾摄公事。"宋太公道:"我儿远路风尘,且去房里将息几时。"合家欢喜,不在话下。

天色看看将晚,玉兔东生。约有一更时分,庄上人都睡了,只听得前后门发喊起来。看时,四下里都是火把,团团围住宋家庄,一片声叫道:"不要走了宋江!"太公听了,连声叫苦。不因此起,有分教:大江岸上,聚集好汉英雄;闹市丛中,来显忠肝义胆。天罡有分皆相会,地煞同心尽协从。毕竟宋公明在庄上怎地脱身,且听下回分解。

第三十六回

梁山泊吴用举戴宗　揭阳岭宋江逢李俊

箴曰：

上临之以天鉴，下察之以地祇。

明有王法相继，暗有鬼神相随。

忠直可存于心，喜怒戒之在气。

为不节而亡家，因不廉而失位。

劝君自警平生，可叹可惊可畏。

话说当时宋太公掇个梯子上墙头来看时，只见火把丛中约有一百馀人。当头两个便是郓城县新添的都头，却是弟兄两个：一个叫做赵能，一个叫做赵得。两个便叫道："宋太公！你若是晓事的，便把儿子宋江献出来，我们自将就他；若是隐藏不发教他出官时，和你这老子一发捉了去！"宋太公道："宋江几时回来？"赵能道："你便休胡说！有人在村口见他从张社长家店里吃了酒归来，亦有人跟到这里。你如何说得过！"宋江在梯子边说道："父亲，你和他论甚口！孩儿便挺身出了官，县里府上都有相识，明日便吃官司也不妨。已经赦宥的事了，必当减罪。求告这厮们做甚么！赵家那厮是个刁徒，如今暴得做个都头，知道甚么义理！他又和孩儿没人情，空自求他，不如出官，免得受这厮腌臜气。"宋太公哭道："是我苦了孩儿！"宋江道："父亲休烦恼,官司见了,倒是有幸。明日孩儿躲在江湖上,撞了一班儿杀人放火的弟兄们,打在网里,如何能勾见父亲面。便断配在他州外府,也须有程限,日后归来务农时,也得早晚伏侍父亲终身。"宋太公道:"既是孩儿恁地说时,我自来上下使用,买个好去处。"

宋江便上梯来叫道:"你们且不要闹。我的罪犯又不该死,今已赦宥,必已减等。且请二位都头进敝庄少叙三杯,明日一同见官。"赵能道:"你休使见识赚我入来!"宋江道:"我如何连累父亲兄弟。你们只顾进家里来。"宋江便下梯子来,开了庄门,请两个都头到庄里堂上坐下,连夜杀鸡宰鹅,置酒相待。那一百土兵人等,都与酒食管待,送些钱物之类。取二十两花银,把来送与两位都头做好看钱。当夜,两个都头在宋江庄上歇了。次早五更,同到县前下处。等待天明,解到县里来时,知县才出升堂。只见都头赵能、赵得押解宋江出官,知县时文彬见了大喜,责令宋江供状。当下宋江一笔供招:"不合于前年秋间,典赡到阎婆惜为妾。为因不良,一时恃酒,争论斗殴,致被误杀身死,一向避罪在逃。今蒙缉捕到官,取勘前情,所供甘罪无词。"知县看罢,且叫收禁牢里监候。

满县人见说拿得宋江,谁不爱惜他,都替他去知县处告说讨饶,备说宋江平日的好处,"亦且阎婆惜家又没了苦主,只是相公方便他则个"。知县自心里也有八分出豁他,当时依准了供状,免上长枷手杻,只散禁在牢里。宋太公自来买上告下,使用钱帛。那时阎婆已自身故了半年,这张三又没了粉头,不来做甚冤家。县里叠成文案,待六十日限满,结解上济州听断。本州府尹看了申解情由,赦前恩宥之事,已成减罪,拟定得罪犯,将宋江脊杖二十,刺配江州牢城。本州官吏亦有认得宋江的,更兼他又有钱帛使用,名唤做断杖刺配,又无苦主执证,众人维持下来,都不甚深重。当厅带上行枷,押了一道牒文,差两个防送公人,无非是张千、李万。

当下两个公人领了公文,监押宋江到州衙前。宋江的父亲宋太公同兄弟宋清都在那里等候,置酒相请,管待两个公人,赍发了些银两与他放宽。教宋江换了衣服,打拴了包裹,穿上麻鞋。宋太公唤宋江到僻静处叮嘱道:"我知江州是个好地面,鱼米之乡,特地使钱买将那里去。你可宽心守奈,我自使四郎来望你,盘缠有便人常常寄来。你如今此去,正从梁山泊过,倘或他们下山来劫夺你入伙,切不可依随他,教人骂做不忠不孝。此一节牢记于心。孩儿,路上慢慢地去,天可怜见,早得回来,父子团圆,弟兄完聚!"宋江洒泪拜辞了父亲。兄弟宋清送一程路。宋江临别时嘱付兄弟道:"我的官司此去不要你们忧心。只有父亲年纪高大,我又不能尽人子之道,累被官司缠扰,背井离乡而去。兄弟,你早晚只在家侍奉,休要为我来江州来,弃撇父亲,无人看顾。我自江湖上相识多,见的那一个不相助,盘缠自有对付处。天若见怜,有一日归来也。"宋清洒泪拜辞了,自回家中去侍奉父亲宋太公,不在话下。有诗为证:

杀人亡命匿家山,暮夜追兵欲避难。

自此便从缧绁去,江州行见展云翰。

只说宋江自和两个公人上路。那张千、李万已得了宋江家中银两,又因他是个好汉,因此于路上只是伏侍宋江。三个人上路,行了一日,到晚投客店安歇了,打火做些饭吃,又买些酒肉请两个公人。宋江对他说道:"实不瞒你两个说,我们明日此去,正从梁山泊边过。山寨上有几个好汉,闻我的名字,怕他下山来夺我,枉惊了你们。我和你两个明日早起些,只拣小路里过去,宁可多走几里不妨。"两个公人道:"押司,你不说,俺们如何得知。我等自认得小路过去,定不得撞着他们。"当夜计议定了。次日,起个五更来打火。两个公人和宋江离了客店,只从小路里走。约莫也走了三十里路,只见前面山坡背后转出一伙人来,宋江看了,只叫得苦。来的不是别人,为头的好汉正是赤发鬼刘唐,将领着三五十人,便来杀那两个公人。这张千、李万唬做一堆儿,跪在地下。宋江叫道:"兄弟!你要杀谁?"刘唐道:"哥哥!不杀了这两个男女,等甚么!"宋江道:"不要你污了手,把刀来我杀便了。"两个人只叫得苦:"今番倒不好了!"刘唐把刀递与宋江,宋江接过,问刘唐道:"你杀公人何意?"刘唐答道:"奉山上哥哥将令,特使人打听得哥哥吃官司,直要来郓城县劫牢,却知道哥哥不曾在牢里,不曾受苦。今番打听得断配江州,只怕路上错了路道,教大小头领分付去四路等候,迎接哥哥,便请上山。这两个公人不杀了如何?"宋江道:"这个不是你们弟兄抬举宋江,倒要陷我于不忠不孝之地,万劫沉埋。若是如此来挟我,只是逼宋江性命,我自不如死了!"把刀望喉下自刎。刘唐慌忙攀住胳膊道:"哥哥,且慢慢地商量!"就手里夺了刀。宋江道:"你弟兄们若是可怜见宋江时,容我去江州牢城,听候限满回来,那时却得与你们相会。"刘唐道:"哥哥,小弟这话不敢主张。前面大路上有军师吴学究同花知寨在那里专等,迎迓哥哥,容小弟着小校请来商议。"宋江道:"我只是这句话,由你们怎地商量。"

小喽啰去报,不多时,只见吴用、花荣两骑马在前,后面数十骑马跟着,飞到面前下马。叙礼罢,花荣便道:"如何不与兄长开了枷?"宋江道:"贤弟,是甚么话!此是国家法度,如何敢擅动!"吴学究笑道:"我知兄长的意了。这个容易,只不留兄长在山寨便了。晁头领多时不曾得与仁兄相会,今次也正要和兄长说几句心腹的话。略请到山寨少叙片时,便送登程。"宋江听了道:"只有先生便知道宋江的意。"扶起两个公人来,宋江道:"要他两个放心,宁可我死,不可害他。"两个公人道:"全靠押司救命!"

一行人都离了大路,来到芦苇岸边,已有船只在彼。当时载过山前大路,却把山轿教人抬了,直到断金亭上歇了。叫小喽啰四下里去报请众头领都来聚会,迎接上山,到聚义厅上相见。晁盖谢道:"自从郓城救了性命,弟兄们到此,无日不想大恩。前者又蒙引荐诸位豪杰上山,光辉草寨,恩报无门。"宋江答道:"小可自从别后,杀死淫妇,逃在江湖上,去了年半。本欲上山相探兄长一面,偶然村店里遇得石勇,捎寄家书,只说父亲弃世,不想却是父亲恐怕宋江随众好汉入伙去了,因此诈写书来唤我回家。虽然明吃官司,多得上下之人看觑,不曾重伤。今配江州,亦是好处。适蒙呼唤,不敢不至。今来既见了尊颜,奈我限期相逼,不敢久住,只此告辞。"诗曰:

方枷铁锁并临头,坐守行监不少休。

天与英雄逢水浒,劫囚行见出江州。

晁盖道:"直如此忙?且请少坐。"两个中间坐了。宋江便叫两个公人只在交椅后坐,与他寸步不离。晁盖叫许多头领都来参拜了宋江,都两行坐下,小头目一面斟酒上来。先是晁盖把盏了,向后军师吴学究、公孙胜起,至白胜把盏下来。酒至数巡,宋江起身相谢道:"足见弟兄们众位相爱之情!宋江是个得罪囚人,不敢久停,只此告辞。"晁盖道:"仁兄直如此见怪?虽然贤兄不肯要坏两个公人,多与他些金银,发付他回去,只说我梁山泊抢掳了去,不道得治罪于他。"宋江道:"哥哥,你这话休题!这等不是抬举宋江,明明的是苦我。家中上有老父在堂,宋江不曾孝敬得一日,如何敢违了他的教训,负累了他?前者一时乘兴,与众位来相投,天幸使令石勇在村店里撞见在下,指引回家。父亲说出这个缘故,情愿教小可明吃了官司,急断配出来,又频频嘱付;临行之时,又千叮万嘱,教我休为快乐,苦害家中,免累老父恍惶惊恐。因此父亲明明训教宋江,小可不争随顺了哥哥,便是上逆天理,下违父教,做了不忠不孝的人在世,虽生何益。如哥哥不肯放宋江下山,情愿只就兄长手里乞死。"说罢,泪如雨下,便拜倒在地。晁盖、吴用、公孙胜一齐扶起。众人道:"既是哥哥坚意要往江州,今日且请宽心住一日,明日早送下山。"三回五次,留得宋江就山寨里吃了一日酒。教去了枷,也不肯除,只和两个公人同起同坐。当晚住了一夜,次日早起来,坚心要行。吴学究道:"兄长听禀:吴用有个至爱相识,见在江州充做两院押牢节级,姓戴名宗,本处人称为戴院长。为他有道术,一日能行八百里,人都唤他做神行太保。此人十分仗义疏财。夜来小生修下一封书在此,与兄长去,到彼时可和本人做个相识。但有甚事,可教众兄弟知道。"众头领挽留不住,安排筵宴送行,取出一盘金银送与宋江,又将二十两银子送与两个公人。就与宋江挑了包裹,都送下山来,一个个都作别了。吴学究和花荣直送过渡,到大路二十里外,众头领回上山去。

只说宋江自和两个防送公人取路投江州来。那个公人见了山寨里许多人马,众头领一个个都拜宋江,又得他那里若干银两,一路上只是小心伏侍宋江。三个人在路,免不得饥餐渴饮,夜住晓行。在路约行了半月之上,早来到一个去处,望见前面一座高岭。两个公人说道:"好了!过得这条揭阳岭,便是浔阳江,到江州却是水路,相去不远。"宋江道:"天色暄热,趁早凉过岭去,寻个宿头。"公人道:"押司说得是。"三个人厮赶着,奔过岭来。行了半日,巴过岭头,早看见岭脚边一个酒店,背靠颠崖,门临怪树,前后都是草房,去那树阴之下挑出一个酒旆儿来。宋江见了,心中欢喜,便与公人道:"我们肚里正饥渴哩,原来这岭上有个酒店,我们且买碗酒吃去了便走。"

三个人入酒店来,两个公人把行李歇了,将水火棍靠在壁上。宋江让他两个公人上首坐定,宋江下首坐了。半个时辰,不见一个人出来,宋江叫道:"怎地不见主人家?"只听得里面应道:"来也,来也!"侧首屋下走出一个大汉来。宋江看这汉子时,怎生模样?但见:

赤色虬须乱撒,红丝虎眼睁圆。

揭岭杀人魔祟,酆都催命判官。

那人出来,头上一顶破头巾,身穿一领布背心,露着两臂,下面围一条布手巾,看着宋江三个人唱个喏道:"拜揖!客人打多少酒?"宋江道:"我们走得肚饥,你这里有甚么肉卖?"那人道:"只有熟牛肉和浑白酒。"宋江道:"最好。你先切二斤熟牛肉来,打一角酒来。"那人道:"客人休怪说,我这里岭上卖酒,只是先交了钱,方才吃酒。"宋江道:"这个何妨,倒是先还了钱吃酒,我也欢喜。等我先取银子与你。"那人道:"恁地最好。"宋江便去打开包裹,取出些碎银子。那人立在侧边偷眼睃着,见他包裹沉重,有些油水,心内自有八分欢喜。接了宋江的银子,便去里面舀一桶酒,切一盘牛肉出来。放下三只大碗,三双箸,一面筛酒。三个人一头吃,一面口里说道:"如今江湖上歹人多,有万千好汉着了道儿的。酒肉里下了蒙汗药,麻翻了,劫了财物,人肉把来做馒头馅子。我只是不信,那里有这话!"那卖酒的人笑道:"你三个说了,不要吃。我这酒和肉里面,都有了麻药。"宋江笑道:"这个大哥,瞧见我们说着麻药,便来取笑。"两个公人道:"大哥,热吃一碗也好。"那人道:"你们要热吃,我便将去盪来。"那人盪热了将来,筛做三碗。正是饥渴之中,酒肉到口,如何不吃。三人各吃了一碗下去。只见两个公人瞪了双眼,口角边流下涎水来,你揪我扯,望后便倒。宋江跳起来道:"你两个怎地吃得三碗便恁醉了?"向前来扶他,不觉自家也头晕眼花,扑地倒了。光着眼,都面面厮觑,麻木了动掸不得。酒店里那人道:"惭愧!好几日没买卖,今日天送这三头行货来与我。"先把宋江倒拖了入去,山崖边人肉作房里,放在剥人凳上,又来把这两个公人也拖了入去。那人再来,却把包裹行李都提在后屋内,解开看时,都是金银。那人自道:"我开了许多年酒店，不曾遇着这等一个囚徒！量这等一个罪人，怎地有许多财物，却不是从天降下，赐与我的。"

那人看罢包裹，却再包了，且去门前望几个火家归来开剥。立在门前看了一回，不见一个男女归来，只见岭下这边三个人奔上岭来。那人恰认得，慌忙迎接道："大哥，那里去来？"那三个内一个大汉应道："我们特地上岭来接一个人，料道是来的程途日期了。我每日出来，只在岭下等候，不见到，正不知在那里担阁了。"那人道："大哥却是等谁？"那大汉道："等个奢遮的好男子。"那人问道："甚么奢遮的好男子？"那大汉答道："你敢也闻他的大名，便是济州郓城县宋押司宋江。"那人道："莫不是江湖上说的山东及时雨宋公明？"那大汉道："正是此人。"那人又问道："他却因甚打这里过？"那大汉道："我本不知。近日有个相识，从济州来，说道：'郓城县宋押司宋江，不知为甚么事发在济州府，断配江州牢城。'我料想他必从这里过来，别处又无路过去。他在郓城县时，我尚且要去和他厮会；今次正从这里经过，如何不结识他，因此在岭下连日等候。接了他四五日，并不见有一个囚徒过来。我今日同这两个兄弟，信步蹍上岭，来你这里买碗酒吃，就望你一望。近日你店里买卖如何？"那人道："不瞒大哥说，这几个月里好生没买卖。今日谢天地，捉得三个行货，又有些东西。"那大汉慌忙问道："三个甚样人？"那人道："两个公人和一个罪人。"那汉失惊道："这囚徒莫不是黑矮肥胖的人？"那人应道："真个不十分长大，面貌紫棠色。"那大汉连忙问道："不曾动手么？"那人答道："方才抱进作房去，等火家未回，不曾开剥。"那大汉道："等我认他一认！"

当下四个人进山崖边人肉作房里，只见剥人凳上挺着宋江和两个公人，颠倒头放在地下。那大汉看见宋江，却又不认得；相他脸上金印，又不分晓。没可寻思处，猛想起道："且取公人的包裹来，我看他公文便知。"那人道："说得是。"便去房里取过公人的包裹打开，见了一锭大银，尚有若干散碎银两。解开文书袋来，看了差批，众人只叫得"惭愧"。那大汉便道："天使令我今日上岭来，早是不曾动手，争些儿误了我哥哥性命。"正是：

冤仇还报难回避，机会遭逢莫远图。

踏破铁鞋无觅处，得来全不费工夫。

那大汉便叫那人："快讨解药来，先救起我哥哥。"那人也慌了，连忙调了解药，便和那大汉去作房里，先开了枷，扶将起来，把这解药灌将下去。四个人将宋江扛出前面客位里，那大汉扶住着，渐渐醒来，光着眼，看了众人立在面前，又不认得。只见那大汉教两个兄弟扶住了宋江，纳头便拜。宋江问道："是谁？我不是梦中么？"只见卖酒的那人也拜。宋江答礼道："两位大哥请起。这里正是那里？不敢动问二位高姓？"那大汉道："小弟姓李名俊，祖贯庐州人氏。专在扬子江中撑船梢公为生，能识水性，人都呼小弟做混江龙李俊便是。这个卖酒的是此间揭阳岭人，只靠做私商道路，人尽呼他做催命判官李立。这两个兄弟是此间浔阳江边人，专贩私盐来这里货卖，却是投奔李俊家安身；大江中伏得水，驾得船，是弟兄两个：一个唤做出洞蛟童威，一个叫做翻江蜃童猛。"两个也拜了宋江四拜。宋江问道："却才麻翻了宋江,如何却知我姓名?"李俊道:"小弟有个相识,近日做买卖从济州回来,说道哥哥大名,为事发在江州牢城来。李俊未得拜识尊颜,往常思念,只要去贵县拜识哥哥,只为缘分浅薄,不能勾去。今闻仁兄来江州,必从这里经过。小弟连连在岭下等接仁兄五七日了,不见来。今日无心,天幸使令李俊同两个弟兄上岭来,就买杯酒吃,遇见李立,说将起来。因此小弟大惊,慌忙去作房里看了,却又不认得哥哥。猛可思量起来,取讨公文看了,才知道是哥哥。不敢拜问仁兄,闻知在郓城县做押司,不知为何事配来江州?"宋江把这杀了阎婆惜,直至石勇村店寄书,回家事发,今次配来江州,备细说了一遍,四人称叹不已。李立道:"哥哥何不只在此间住了,休上江州牢城去受苦?"宋江答道:"梁山泊苦死相留,我尚兀自不肯住,恐怕连累家中老父。此间如何住得!"李俊道:"哥哥义士,必不肯胡行,你快救起那两个公人来。"李立连忙叫了火家,已都归来了,便把公人扛出前面客位里来,把解药灌将下去。救得两个公人起来,面面厮觑,你看我,我看你,都对宋江说道:"此间店里怎么好酒,我们又吃不多,便怎醉了!记着他家,我们回来还在这里买吃。"众人听了都笑。

当晚李立置酒管待众人,在家里过了一夜。次日,又安排了酒食管待了,送出包裹,还了宋江并两个公人。当时相别了,宋江自和李俊、童威、童猛、两个公人下岭来,径到李俊家歇下。置备酒食,殷勤相待,结拜宋江为兄,留住家里。过了数日,宋江要行,李俊留不住,取些银两赍发两个公人。宋江再带上行枷,收拾了包裹行李,辞别李俊、童威、童猛,离了揭阳岭下,取路望江州来。

三个人行了半日,早是未牌时分。行到一个去处,只见人烟辏集,市井喧哗。正来到市镇上,只见那里一伙人围住着看。宋江分开人丛,也挨入去看时,却原是一个使枪棒卖膏药的。宋江和两个公人立住了脚,看他使了一回枪棒。那教头放下了手中枪棒,又使了一回拳。宋江喝采道:"好枪棒拳脚!"那人却拿起一个盘子来,口里开呵道:"小人远方来的人,投贵地特来就事。虽无惊人的本事,全靠恩官作成,远处夸称,近方卖弄。如要筋重膏,当下取赎;如不用膏药,可烦赐些银两铜钱,赍发咱家,休教空过了盘子。"那教头盘子掠了一遭,没一个出钱与他。那汉又道:"看官高抬贵手!"又掠了一遭,众人都白着眼看,又没一个出钱赏他。宋江见他惶恐,掠了两遭没人出钱,便叫公人取出五两银子来。宋江叫道:"教头,我是个犯罪的人,没甚与你。这五两白银权表薄意,休嫌轻微。"那汉子得了这五两白银,托在手里,便收呵道:"怎地一个有名的揭阳镇上,没一个晓事的好汉抬举咱家!难得这位恩官,本身见自为事在官,又是过往此间,颠倒赍发五两白银!正是:'当年却笑郑元和,只向青楼[1]买笑歌。惯使不论家豪富,风流不在着衣多。'这五两银子强似别的五十两,自家拜揖,愿求恩官高姓大名,使小人天下传扬。"宋江答道:"教师,量这些东西直得几多,不须致谢。"

正说之间,只见人丛里一条大汉分开人众,抢近前来,大喝道:

---

[1] 青楼——妓院。

"兀那厮是甚么鸟汉！那里来的囚徒，敢来灭俺揭阳镇上威风！教头这厮，那里学得这些枪棒，来我这里逞强！俺已都分付了众人，不许赍发他，如何敢来出尖！"搦着双拳来打宋江。不因此起处相争，有分教：浔阳江上，聚数筹搅海苍龙的好汉；梁山泊中，添一伙巴山猛虎的英雄。直教杀人路口人头滚，聚义场中热血流。毕竟来打宋江的是甚么样人，且听下回分解。

第三十七回

没遮拦追赶及时雨　船火儿夜闹浔阳江

诗曰：

壮士当场展艺能，虎驰熊扑实堪惊。

人逢喜事精神爽，花借阳和发育荣。

江上不来生李俊，牢城难免宋公明。

谁知颠沛存亡际，翻使洪涛纵巨鲸。

话说当下宋江不合将五两银子赍发了那个教师，只见这揭阳镇上众人丛中，钻过这条大汉，搦起双拳来打宋江。众人看那大汉时，怎生模样？但见：

花盖膀双龙捧项，锦包肚二鬼争环。

浔阳岸英雄豪杰，但到处便没遮拦。

那大汉睁着眼喝道："这厮那里学得这些鸟枪棒，来俺这揭阳镇上逞强！我已分付了众人休采他，你这厮如何卖弄有钱，把银子赏他，灭俺揭阳镇上的威风！"宋江应道："我自赏他银两，却干你甚事？"那大汉揪住宋江喝道："你这贼配军，敢回我话！"宋江说道："做甚么不敢回你话？"那大汉提起双拳劈脸打来，宋江躲个过，那大汉又追入一步来。宋江却待要和他放对，只见那个使枪棒的教头从人背后赶将来，一只手揪住那大汉头巾，一只手提住腰胯，望那大汉肋骨上只一兜，踉跄一跤，颠翻在地。那大汉却待挣扎起来，又被这教头只一脚踢翻了。两个公人劝住教头，那大汉从地上扒将起来，看了宋江和教头，说道："使得使不得，教你两个不要慌！"一直望南去了。

宋江且请问："教头高姓？何处人氏？"教头答道："小人祖贯河南洛阳人氏，姓薛名永。祖父是老种经略相公帐前军官，为因恶了同僚，不得升用，子孙靠使枪棒卖药度日。江湖上但唤小人病大虫薛永。不敢拜问恩官高姓大名？"宋江道："小可姓宋名江，祖贯郓城县人氏。"薛永道："莫非山东及时雨宋公明么？"宋江道："小可便是，何足道哉！"薛永听罢，便拜道："闻名不如见面，见面胜似闻名。"宋江连忙扶住道："少叙三杯如何？"薛永道："好，正要拜识尊颜，小人无门得遇兄长。"慌忙收拾起枪棒和药囊，同宋江便往邻近酒肆内去吃酒。只见酒家说道："酒肉自有，只是不敢卖与你们吃。"宋江问道："缘何不卖与我们吃？"酒家道："却才和你们厮打的大汉，已使人分付了；若是卖与你们吃时，把我这店子都打得粉碎。我这里却是不敢恶他。这人是此间揭阳镇上一霸，谁敢不听他说！"宋江道："既然恁地，我们去休。那厮必然要来寻闹。"薛永道："小人也去店里算了房钱还他，一两日间也来江州相会。兄长先行。"宋江又取一二十两银子与了薛永，相辞了自去。宋江只得自和两个公人也离了酒店，又自去一处吃酒，那店家说道："小郎已自都分付了，我们如何敢卖与你们吃！你枉走，干自费力，不济事，他尽着人分付了。"宋江和两个公人都则声不得。连连走了几家，都是一般话说。三个来到市梢尽头，见了几家打火小客店，正待要去投宿，却被他那里不肯相容。宋江问时,都道他已着小郎连连分付去了,"不许安着你们三个。"当下宋江见不是话头,三个便拽开脚步,望大路上走。看看见一轮红日低坠,天色昏晚。但见:

> 暮烟迷远岫,寒雾锁长空。群星拱皓月争辉,绿水共青山斗碧。疏林古寺,数声钟韵悠扬;小浦渔舟,几点残灯明灭。枝上子规啼夜月,园中粉蝶宿花丛。

宋江和两个公人见天色晚了,心里越慌。三个商量道:"没来由看使枪棒,恶了这厮。如今闪得前不巴村,后不着店,却是投那里去宿是好?"只见远远地小路上,望见隔林深处射出灯光来。宋江见了道:"兀那里灯火明处,必有人家。遮莫怎地陪个小心,借宿一夜,明日早行。"公人看了道:"这灯光处,又不在正路上。"宋江道:"没奈何,虽然不在正路上,明日多行三二里,却打甚么不紧!"三个人当时落路来,行不到二里多路,林子背后闪出一座大庄院来。宋江看那庄院时,但见:

> 前临村坞,后倚高冈。数行杨柳绿含烟,百顷桑麻青带雨。高陇上牛羊成阵,芳塘中鹅鸭成群。正是:家有稻粱鸡犬饱,架多书籍子孙贤。

当晚宋江和两个公人来到庄院前敲门。庄客听得,出来开门道:"你是甚人,黄昏夜半来敲门打户?"宋江陪着小心答道:"小人是个犯罪配送江州的人,今日错过了宿头,无处安歇,欲求贵庄借宿一宵,来早依例拜纳房金。"庄客道:"既是恁地,你且在这里少待,等我入去报知庄主太公,可容即歇。"庄客入去通报了,复翻身出来,说道:

"太公相请。"宋江和两个公人到里面草堂上,参见了庄主太公。太公分付教庄客领去门房里安歇,就与他们些晚饭吃。庄客听了,引去门首草房下,点起一碗灯,教三个歇定了;取三分饭食羹汤菜蔬,教他三个吃了。庄客收了碗碟,自入里面去。两个公人道:"押司,这里又无外人,一发除了行枷,快活睡一夜,明日早行。"宋江道:"说得是。"当时依允,去了行枷,和两个公人去房外净手,看见星光满天,又见打麦场边屋后是一条村僻小路,宋江看在眼里。三个净了手,入进房里,关上门去睡。宋江和两个公人说道:"也难得这个庄主太公,留俺们歇这一夜。"正说间,听得庄里有人点火把,来打麦场上一到处照看。宋江在门缝里张时,见是太公引着三个庄客,把火一到处照看。宋江对公人道:"这太公和我父亲一般,件件都要自来照管,这早晚也未曾去睡,一地里亲自点看。"

　　正说之间,只听得外面有人叫:"开庄门!"庄客连忙来开了门,放入五七个人来,为头的手里拿着朴刀,背后的都拿着稻叉棍棒。火把光下,宋江张看时,"那个提朴刀的,正是在揭阳镇上要打我们的那汉"。宋江又听得那太公问道:"小郎,你那里去来?和甚人厮打?日晚了,拖枪拽棒!"那大汉道:"阿爹不知。哥哥在家里么?"太公道:"你哥哥吃得醉了,去睡在后面亭子上。"那汉道:"我自去叫他起来,我和他赶人。"太公道:"你又和谁合口?叫起哥哥来时,他却不肯干休,又是杀人放火。你且对我说这缘故。"那汉道:"阿爹你不知,今日镇上一个使枪棒卖药的汉子,叵耐那厮不先来见我弟兄两个,便去镇上撒呵卖药,教使枪棒,被我都分付了镇上的人,分文不要与他赏钱。不知那里走出一个囚徒来,那厮好汉出尖[1],把五两银子赏他,灭俺揭阳镇上威风! 我正要打那厮,堪恨那卖药的脑揪翻我,打了一顿,又踢了我一脚,至今腰里还疼。我已教人四下里分付了酒店客店,不许着这厮们吃酒安歇,先教那厮三个今夜没存身处。随后吃我叫了赌房里一伙人,赶将去客店里,拿得那卖药的来,尽气力打了一顿,如今把来吊在都头家里。明日送去江边,捆做一块抛在江里,出那口鸟气! 却只赶这两个公人押的囚徒不着,前面又没客店,竟不知投那里去宿了。我如今叫起哥哥来,分投赶去,捉拿这厮。"太公道:"我儿,休恁地短命相! 他自有银子赏那卖药的,却干你甚事! 你去打他做甚么? 可知道着他打了,也不曾伤重,快依我口便罢休。教哥哥得知你吃人打了,他肯干罢? 又是去害人性命。你依我说,且去房里睡了,半夜三更莫去敲门打户,激恼村坊,你也积些阴德。"那汉不顾太公说,拿着朴刀,径入庄内去了。太公随后也赶入去。

宋江听罢,对公人说道:"这般不巧的事,怎生是好? 却又撞在他家投宿! 我们只宜走了好,倘或这厮得知,必然吃他害了性命。便是太公不肯说破,庄客如何敢瞒,难以遮盖。"两个公人都道:"说的是。事不宜迟,及早快走。"宋江道:"我们休从大路出去,掇开屋后一堵壁子出去。"两个公人挑了包裹,宋江自提了行枷,便从房里挖开屋后一堵壁子,三个人便趁星月之下,望林木深处小路上只顾走。

----

[1] 出尖——出人头地、异乎寻常,这里还有特别出风头的意思。

正是慌不择路,走了一个更次,望见前面满目芦花,一派大江,滔滔浪滚,正是来到浔阳江边。有诗为证:

> 撞入天罗地网来,宋江时蹇实堪哀。
>
> 才离黑煞凶神难,又遇丧门白虎灾。

只听得背后大叫:"贼配军休走!"火把乱明,风吹胡哨赶将来。宋江只叫得苦道:"上苍救一救则个!"三人躲在芦苇丛中,望后面时,那火把渐近。三人心里越慌,脚高步低,在芦苇里撞。前面一看,不到天尽头,早到地尽处。定目一观,看见大江拦截,侧边又是条阔港。宋江仰天叹道:"早知如此的苦,悔莫先知,只在梁山泊也罢。谁想直断送在这里,丧了残生!"

后面的正吹风胡哨赶来,前面又被大江阻当,宋江正在危急之际,只见芦苇丛中,悄悄地忽然摇出一只船来。宋江见了,便叫:"梢公,且把船来救我们三个,俺与你十两银子。"那梢公在船上问道:"你三个是甚么人,却走在这里来?"宋江道:"背后有强人打劫,我们一昧地撞在这里。你快把船来渡我们,我与你些银两。"那梢公听得多与银两,把船便放拢来到岸边。三个连忙跳下船去,一个公人便把包裹丢下舱里,一个公人便将水火棍搛[1]开了船。那梢公一头搭上橹,一面听着包裹落舱有些好响声,心里暗喜欢,把橹一摇,那只小船早荡在江心里去。岸上那伙赶来的人,早赶到滩头,有十数个火把。为头两个大汉,各挺着一条朴刀,随从有二十馀人,各执枪棒,口

---
〔1〕 搛(tiǎn)——撑、推。

里叫道:"你那梢公,快摇船拢来!"宋江和两个公人做一块儿伏在船舱里,说道:"梢公,却是不要拢船!我们自多与你些银子相谢。"那梢公点头,只不应岸上的人,把船望上水咿咿哑哑摇将去。那岸上这伙人大喝道:"你那梢公不摇拢船来,教你都死!"那梢公冷笑几声,也不应。岸上那伙人又叫道:"你是那个梢公,直恁大胆不摇拢来?"那梢公冷笑应道:"老爷叫做张梢公,你不要咬我鸟!"岸上火把丛中那个长汉说道:"原来是张大哥!你见我弟兄两个么?"那梢公应道:"我又不瞎,做甚么不见你!"那长汉道:"你既见我时,且摇拢来和你说话。"那梢公道:"有话明朝来说,趁船的要去得紧。"那长汉道:"我弟兄两个正要捉这趁船的三个人!"那梢公道:"趁船的三个都是我家亲眷,衣食父母,请他归去吃碗板刀面了来。"那长汉道:"你且摇拢来,和你商量。"那梢公又道:"我的衣饭,倒摇拢来把与你,倒乐意?"那长汉道:"张大哥,不是这般说。我弟兄只要捉这囚徒,你且拢来!"那梢公一头摇橹,一面说道:"我自好几日接得这个主顾,却是不摇拢来,倒吃你接了去。你两个只得休怪,改日相见!"宋江在船舱里悄悄的和两个公人说:"也难得这个梢公,救了我们三个性命,又与他分说。不要忘了他恩德!却不是幸得这只船来渡了我们!"

却说那梢公摇开船去,离得江岸远了。三个人在舱里望岸上时,火把也自去芦苇中明亮。宋江道:"惭愧!正是好人相逢,恶人远离。且得脱了这场灾难!"只见那梢公摇着橹,口里唱起湖州歌来。唱道:

"老爷生长在江边,不怕官司不怕天。

昨夜华光[1]来趁我,临行夺下一金砖。"

宋江和两个公人听了这首歌,都酥软了。宋江又想道:"他是唱耍。"三个正在舱里议论未了,只见那梢公放下橹,说道:"你这个撮鸟,两个公人,平日最会诈害做私商的人,今夜却撞在老爷手里!你三个却是要吃板刀面?却是要吃馄饨?"宋江道:"家长休要取笑,怎地唤做板刀面?怎地是馄饨?"那梢公睁着眼道:"老爷和你耍甚鸟!若还要吃板刀面时,俺有一把泼风也似快刀在这舻板底下,我不消三刀五刀,我只一刀一个,都剁你三个人下水去。你若要吃馄饨时,你三个快脱了衣裳,都赤条条地跳下江里自死!"宋江听罢,扯定两个公人说道:"却是苦也!正是福无双至,祸不单行!"那梢公喝道:"你三个好好商量,快回我话!"宋江答道:"梢公不知,我们也是没奈何犯下了罪,迭配江州的人。你如何可怜见,饶了我三个!"那梢公喝道:"你说甚么闲话,饶你三个?我半个也不饶你!老爷唤做有名的狗脸张爹爹,来也不认得爷,去也不认得娘!你便都闭了鸟嘴,快下水里去!"宋江又求告道:"我们都把包裹内金银财帛衣服等项,尽数与你,只饶了我三人性命!"那梢公便去舻板底下摸出那把明晃晃板刀来,大喝道:"你三个要怎地?"宋江仰天叹道:"为因我不敬天地,不孝父母,犯下罪责,连累了你两个!"那两个公人也扯住宋江道:"押司,罢,罢!我们三个一处死休!"那梢公又喝道:"你三个好好快

---

[1] 华光——神话传说:有一妖神,名叫华光,他使用的法宝(武器)是金砖。

脱了衣裳,便跳下江里去!跳便跳,不跳时,老爷便剁下水里去!"

宋江和那两个公人抱做一块,恰待要跳水,只见江面上咿咿哑哑橹声响,宋江探头看时,一只快船飞也似从上水头摇将下来。船上有三个人,一条大汉手里横着托叉,立在船头上;梢头两个后生,摇着两把快橹,星光之下,早到面前。那船头上横叉的大汉便喝道:"前面是甚么梢公,敢在当港行事?船里货物,见者有分!"这船梢公回头看了,慌忙应道:"原来却是李大哥,我只道是谁来!大哥又去做买卖?只是不曾带挈兄弟。"大汉道:"是张大哥。你在这里又弄得一手,船里甚么行货?有些油水么?"梢公答道:"教你得知好笑。我这几日没道路,又赌输了,没一文。正在沙滩上闷坐,岸上一伙人赶这三头行货来我船里,却是鸟两个公人,解一个黑矮囚徒,正不知是那里人。他说道迭配江州来的,却又项上不带行枷。赶来的岸上那伙人,却是镇上穆家哥儿两个,定要讨他。我见有些油水吃,我不还他。"船上那大汉道:"咄!莫不是我哥哥宋公明?"宋江听得声音厮熟,便舱里叫道:"船上好汉是谁?救宋江则个!"那大汉失惊道:"真个是我哥哥!早不做出来!"宋江钻出船上来看时,星光明亮,那立在船头上的大汉,不是别人,正是:

　　家住浔阳江浦上,最称豪杰英雄。眉浓眼大面皮红。髭须垂铁线,语话若铜钟。凛凛身躯长八尺,能挥利剑霜锋。冲波跃浪立奇功。庐州生李俊,绰号混江龙。

那船头上立的大汉正是混江龙李俊;背后船梢上两个摇橹的,一个是出洞蛟童威,一个是翻江蜃童猛。这李俊听得是宋公明,便跳过船来,口里叫苦道:"哥哥惊恐!若是小弟来得迟了些个,误了仁兄性命!今日天使李俊在家坐立不安,棹船出来江里赶些私盐,不想又遇着哥哥在此受难!"那梢公呆了半晌,做声不得,方才问道:"李大哥,这黑汉便是山东及时雨宋公明么?"李俊道:"可知是哩!"那梢公便拜道:"我那爷!你何不早通个大名,省得着我做出歹事来,争些儿伤了仁兄!"宋江问李俊道:"这个好汉是谁?高姓何名?"李俊道:"哥哥不知,这个好汉却是小弟结义的兄弟,原是小孤山下人氏,姓张名横,绰号船火儿,专在此浔阳江做这件稳善的道路。"宋江和两个公人都笑起来。当时两只船并着摇奔滩边来,缆了船,舱里扶宋江并两个公人上岸。李俊又与张横说道:"兄弟,我常和你说:天下义士,只除非山东及时雨郓城宋押司。今日你可仔细认看。"张横扑翻身,又在沙滩上拜道:"望哥哥恕兄弟罪过!"宋江看那张横时,但见:

> 七尺身躯三角眼,黄髯赤发红睛。浔阳江上有声名。冲波如水怪,跃浪似飞鲸。恶水狂风都不惧,蛟龙见处魂惊。天差列宿害生灵。小孤山下住,船火号张横。

那梢公船火儿张横拜罢,问道:"义士哥哥为何事配来此间?"李俊便把宋江犯罪的事说了,今来迭配江州。张横听了说道:"好教哥哥得知,小弟一母所生的亲弟兄两个,长的便是小弟;我有个兄弟,却又了得,浑身雪练也似一身白肉,汶[1]得四五十里水面,水底下伏得七日七夜,水里行一似一根白条,更兼一身好武艺,因此人起他一

------

[1] 汶(fú)——同"洑",在水里游。

个名,唤做浪里白跳张顺。当初我弟兄两个只在扬子江边做一件依本分的道路。"宋江道:"愿闻则个。"张横道:"我弟兄两个,但赌输了时,我便先驾一只船,渡在江边静处做私渡。有那一等客人,贪省贯百钱的,又要快,便来下我船。等船里都坐满了,却教兄弟张顺也扮做单身客人,背着一个大包,也来趁船。我把船摇到半江里,歇了橹,抛了钉,插一把板刀,却讨船钱。本合五百足钱一个人,我便定要他三贯。却先问兄弟讨起,教他假意不肯还我,我便把他来起手,一手揪住他头,一手提定腰胯,扑同地撺下江里。排头儿定要三贯。一个个都惊得呆了,把出来不迭。都敛得足了,却送他到僻净处上岸。我那兄弟自从水底下走过对岸,等没了人,却与兄弟分钱去赌。那时我两个只靠这件道路过日。"宋江道:"可知江边多有主顾来寻你私渡。"李俊等都笑起来。张横又道:"如今我弟兄两个都改了业,我便只在这浔阳江里做些私商[1],兄弟张顺他却如今自在江州做卖鱼牙子。如今哥哥去时,小弟寄一封书去,只是不识字,写不得。"李俊道:"我们都去村里,央个门馆先生来写。"留下童威、童猛看了船。

三个人跟了李俊、张横,五个人投村里来。走不过半里路,看见火把还在岸上明亮。张横说道:"他弟兄两个还未归去。"李俊道:"你说兀谁弟兄两个?"张横道:"便是镇上那穆家哥儿两个。"李俊道:"一发叫他两个来拜见哥哥。"宋江连忙说道:"使不得!他两个赶着要捉我。"李俊道:"仁兄放心,他弟兄不知是哥哥,他亦是我们

---

[1] 私商——这里指做强盗,劫财害命。

一路人。"李俊用手一招,胡哨了一声,只见火把人伴都飞奔将来面前。看见李俊、张横都恭奉着宋江做一处说话,那弟兄二人大惊道:"二位大哥却如何与这三人厮熟?"李俊大笑道:"你道他兀谁?"那二人道:"便是不认得。只见他在镇上出银两赏那使枪棒的,灭俺镇上威风,正待要捉他。"李俊道:"他便是我日常和你们说的,山东及时雨郓城宋押司公明哥哥。你两个还不快拜!"那弟兄两个撇了朴刀,扑翻身便拜道:"闻名久矣!不期今日方得相会。却才甚是冒渎,犯伤了哥哥,望乞怜悯恕罪!"宋江扶起二位道:"壮士,愿求大名。"李俊便道:"这弟兄两个富户,是此间人,姓穆名弘,绰号没遮拦;兄弟穆春,唤做小遮拦。是揭阳镇上一霸。我这里有三霸,哥哥不知,一发说与哥哥知道。揭阳岭上岭下便是小弟和李立一霸;揭阳镇上是他弟兄两个一霸;浔阳江边做私商的却是张横、张顺两个一霸:以此谓之三霸。"宋江答道:"我们如何省得!既然都是自家弟兄情分,望乞放还了薛永。"穆弘笑道:"便是使枪棒的那厮?哥哥放心。"随即便教兄弟穆春:"去取来还哥哥。我们且请仁兄到敝庄伏礼请罪。"李俊说道:"最好,最好。便到你庄上去。"

穆弘叫庄客着两个去看了船只,就请童威、童猛一同都到庄上去相会;一面又着人去庄上报知,置办酒食,杀羊宰猪,整理筵宴。一行众人等了童威、童猛,一同取路投庄上来。却好五更天气,都到庄里,请出穆太公来相见了,就草堂上分宾主坐下。宋江看那穆弘时,端的好表人物。但见:

　　面似银盆身似玉,头圆眼细眉单。威风凛凛逼人寒。灵官离斗府,佑圣下天关。武艺高强心胆大,阵前不肯空还。攻城野战夺旗幡。穆弘真壮士,人号没遮拦。

宋江与穆太公对坐说话。未久,天色明朗,穆春已取到病大虫薛永进来,一处相会了。穆弘安排筵席,管待宋江等众位饮宴。当日众人在席上,所说各自经过的许多事务,至晚都留在庄上宿歇。次日,宋江要行,穆弘那里肯放,把众人都留庄上,陪侍宋江去镇上闲玩,观看揭阳市村景一遭。又住了三日,宋江怕违了限次[1],坚意要行。穆弘并众人苦留不住,当日做个送路筵席。次日早起来,宋江作别穆太公并众位好汉,临行分付薛永:"且在穆弘处住几时,却来江州,再得相会。"穆弘道:"哥哥但请放心,我这里自看顾他。"取出一盘金银送与宋江,又赍发两个公人些银两。临动身,张横在穆弘庄上央人修了一封家书,央宋江付与张顺。当时宋江收放包裹内了。一行人都送到浔阳江边。穆弘叫只船来,取过先头行李下船,众人都在江边,安排行枷,取酒食上船饯行。当下众人洒泪而别。李俊、张横、穆弘、穆春、薛永、童威、童猛一行,都回穆家庄,分别各自回家,不在话下。

只说宋江自和两个公人下船,投江州来。这梢公非比前番,拽起一帆风篷,早送到江州上岸。宋江依前带上行枷,两个公人取出文书,挑了行李,直至江州府前来,正直府尹升厅。原来那江州知府,姓蔡,双名德章,是当朝蔡太师蔡京的第九个儿子,因此江州人叫他做

---

[1] 限次——期限。

蔡九知府。那人为官贪滥,作事骄奢。为这江州是个钱粮浩大的去处,抑且人广物盛,因此太师特地教他来做个知府。当时两个公人当厅下了公文,押宋江投厅下。蔡九知府看见宋江一表非俗,便问道:"你为何枷上没了本州的封皮?"两个公人告道:"于路上春雨淋漓,却被水湿坏了。"知府道:"快写个帖来,便送下城外牢城营里去。本府自差公人押解下去。"这两个公人就送宋江到牢城营内交割。当时江州府公人赍了文帖,监押宋江并同公人出州衙前,来酒店里买酒吃。宋江取三两来银子,与了江州府公人。当讨了收管,将宋江押送单身房里听候。那公人先去对管营、差拨处替宋江说了方便,交割讨了收管,自回江州府去了。这两个公人也交还了宋江包裹行李,千酬万谢,相辞了入城来。两个自说道:"我们虽是吃了惊恐,却赚得许多银两。"自到州衙府里伺候,讨了回文,两个取路往济州去了。

话里只说宋江又自央浼人情。差拨到单身房里,送了十两银子与他;管营处又自加倍送银两并人事;营里管事的人并使唤的军健人等,都送些银两与他们买茶吃,因此无一个不欢喜宋江。少刻,引到点视厅前,除了行枷参见。管营已得了贿赂,在厅上说道:"这个新配到犯人宋江听着:先皇太祖武德皇帝圣旨事例,但凡新入流配的人,须先吃一百杀威棒。左右,与我捉去背起来。"宋江告道:"小人于路感冒风寒时症,至今未曾痊可。"管营道:"这汉端的似有病的。不见他面黄肌瘦,有些病症?且与他权行寄下这顿棒。此人既是县吏出身,着他本营抄事房做个抄事。"就时立了文案,便教发去抄事。宋江谢了,去单身房取了行李,到抄事房安顿了。众囚徒见宋江有面目,都买酒来与他庆贺。次日,宋江置备酒食与众人回礼。不时间又请差拨、牌头递杯,管营处常常送礼物与他。宋江身边有的是金银财帛,自落的结识他们。住了半月之间,满营里没一个不欢喜他。

自古道:世情看冷暖,人面逐高低。宋江一日与差拨在抄事房吃酒,那差拨说与宋江道:"贤兄,我前日和你说的那个节级常例人情,如何多日不使人送去与他?今已一旬之上了,他明日下来时,须不好看,连我们也无面目。"宋江道:"这个不妨。那人要钱不与他,若是差拨哥哥但要时,只顾问宋江取不妨。那节级要时,一文也没!等他下来,宋江自有话说。"差拨道:"押司,那人好生利害,更兼手脚了得。倘或有些言语高低,吃了他些羞辱,却道我不与你通知。"宋江道:"兄长由他。但请放心,小可自有措置。敢是送些与他,也不见得;他有个不敢要我的,也不见得。"正恁的说未了,只见牌头来报道:"节级下在这里了,正在厅上大发作,骂道:'新到配军如何不送常例钱来与我!'"差拨道:"我说是么!那人自来,连我们都怪。"宋江笑道:"差拨哥哥休罪,不及陪侍,改日再得作杯。小可且去和他说话,容日再会。"差拨也起身道:"我们不要见他。"宋江别了差拨,离了抄事房,自来点视厅上见这节级。那差拨也自去了。

不是宋江来和这人厮见,有分教:江州城里,翻为虎窟狼窝;十字街头,变作尸山血海。直教撞破天罗归水浒,掀开地网上梁山。毕竟宋江来与这个节级怎地相见,且听下回分解。

第三十八回

及时雨会神行太保　黑旋风斗浪里白跳

诗曰:

　　心安茅屋稳,性定菜羹香。

　　世味薄方好,人情淡最长。

　　因人成事业,避难遇豪强。

　　他日梁山泊,高名四海扬。

话说当时宋江别了差拨,出抄事房来,到点视厅上看时,见那节级掇条凳子坐在厅前,高声喝道:"那个是新配到囚徒?"牌头指着宋江道:"这个便是。"那节级便骂道:"你这矮黑杀才!倚仗谁的势要,不送常例钱来与我?"宋江道:"人情,人情,在人情愿。你如何逼取人财,好小哉相!"两边看的人听了,倒捏两把汗。那人大怒,喝骂:"贼配军,安敢如此无礼,颠倒说我小哉!那兜驮的,与我背起来,且打这厮一百讯棍[1]!"两边营里众人,都是和宋江好的,见说要打他,一哄都走了,只剩得那节级和宋江。那人见众人都散了,肚里越怒,拿起讯棍,便奔来打宋江。宋江说道:"节级,你要打我,我得何罪?"那人大喝道:"你这贼配军是我手里行货,轻咳嗽便是罪过!"宋

---

[1] 讯棍——官吏用来打罪犯逼供的棍子。

江道："你便寻我过失，也不计利害，也不到的该死。"那人怒道："你说不该死，我要结果你也不难，只似打杀一个苍蝇。"宋江冷笑道："我因不送得常例钱便该死时，结识梁山泊吴学究的却该怎地？"那人听了这声，慌忙丢了手中讯棍，便问道："你说甚么？"宋江又答道："自说那结识军师吴学究的，你问我怎地？"那人慌了手脚，拖住宋江问道："足下高姓？你正是谁？那里得这话来？"宋江笑道："小可便是山东郓城县宋江。"那人听了大惊，连忙作揖，说道："原来兄长正是及时雨宋公明。"宋江道："何足挂齿。"那人便道："兄长，此间不是说话处，未敢下拜。同往城里叙怀，请兄长便行。"宋江道："好。节级少待，容宋江锁了房门便来。"

宋江慌忙到房里，取了吴用的书，自带了银两出来，锁上房门，分付牌头看管，便和那人离了牢城营内，奔入江州城里来，去一个临街酒肆中楼上坐下。那人问道："兄长何处见吴学究来？"宋江怀中取出书来，递与那人。那人拆开封皮，从头读了，藏在袖内，起身望着宋江便拜。宋江慌忙答礼道："适间言语冲撞，休怪，休怪！"那人道："小弟只听得说有个姓宋的发下牢城营里来。往常时，但是发来的配军，常例送银五两。今番已经十数日不见送来，今日是个闲暇日头，因此下来取讨，不想却是仁兄。恰才在营内，甚是言语冒渎了哥哥，万望恕罪。"宋江道："差拨亦曾常对小可说起大名。宋江有心要拜识尊颜，又不知足下住处，亦无因入城，特地只等尊兄下来，要与足下相会一面，以此耽误日久。不是为这五两银子不舍得送来，只想尊兄必是自来，故意延挨。今日幸得相见，以慰平生之愿。"

说话的，那人是谁？便是吴学究所荐的江州两院押牢节级戴院长戴宗。那时故宋时，金陵一路节级都称呼"家长"，湖南一路节级都称呼做"院长"。原来这戴院长有一等惊人的道术：但出路时，赍书飞报紧急军情事，把两个甲马〔1〕拴在两只腿上，作起神行法来，一日能行五百里；把四个甲马拴在腿上，便一日能行八百里。因此人都称做神行太保戴宗。更看他生的如何？但见：

> 面阔唇方神眼突，瘦长清秀身材。皂纱巾畔翠花开。黄旗书令字，红串映宣牌。两只脚行千里路，罗衫常惹尘埃。程途八百去还来。神行真太保，院长戴宗才。

当下戴院长与宋公明说罢了来情去意，戴宗、宋江俱各大喜。两个坐在阁子里，叫那卖酒的过来，安排酒果肴馔菜蔬来，就酒楼上两个饮酒。宋江诉说一路上遇见许多好汉，众人相会的事务。戴宗也倾心吐胆，把和这吴学究相交来往的事，告诉了一遍。两个正说到心腹相爱之处，才饮得两杯酒过，只听楼下喧闹起来。过卖连忙走入阁子来对戴宗说道："这个人只除非是院长说得他下，没奈何烦院长去解拆则个。"戴宗问道："在楼下作闹的是谁？"过卖道："便是如常同院长走的那个唤做铁牛李大哥，在底下寻主人家借钱。"戴宗笑道："又是这厮在下面无礼，我只道是甚么人。兄长少坐，我去叫了这厮上来。"戴宗便起身下去，不多时引了那个人上楼来。宋江看见了吃

---

〔1〕 甲马——一种画有神佛图像的纸。第五十五回"宋江阵上虽有甲马"的"甲马"，指披甲的战马。

一惊。看那人生得如何？但见：

> 黑熊般一身粗肉，铁牛似遍体顽皮。交加一字赤黄眉，双眼赤丝乱系。怒发浑如铁刷，狰狞好似狻猊。天蓬恶煞下云梯。李逵真勇悍，人号铁牛儿。

宋江见了那人，便问戴宗道："院长，这大哥是谁？"戴宗道："这个是小弟身边牢里一个小牢子，姓李名逵，祖贯是沂州沂水县百丈村人氏。本身一个异名，唤做黑旋风李逵。他乡中都叫他做李铁牛。因为打死了人，逃走出来，虽遇赦宥，流落在此江州，不曾还乡。为因酒性不好，多人惧他。能使两把板斧，及会拳棍。见今在此牢里勾当。"李逵看着宋江，问戴宗道："哥哥，这黑汉子是谁？"戴宗对宋江笑道："押司，你看这厮怎么粗卤，全不识些体面！"李逵便道："我问大哥，怎地是粗卤？"戴宗道："兄弟，你便请问'这位官人是谁'便好，你倒却说'这黑汉子是谁'，这不是粗卤，却是甚么？我且与你说知，这位仁兄便是闲常你要去投奔他的义士哥哥。"李逵道："莫不是山东及时雨黑宋江？"戴宗喝道："咄！你这厮敢如此犯上，直言叫唤，全不识些高低！兀自不快下拜，等几时！"李逵道："若真个是宋公明，我便下拜；若是闲人，我却拜甚鸟。节级哥哥不要瞒我拜了，你却笑我。"宋江便道："我正是山东黑宋江。"李逵拍手叫道："我那爷！你何不早说些个，也教铁牛欢喜！"扑翻身躯便拜。宋江连忙答礼，说道："壮士大哥请坐。"戴宗道："兄弟，你便来我身边坐了吃酒。"李逵道："不奈烦小盏吃，换个大碗来筛。"宋江便问道："恰才大哥为何在楼下发怒？"李逵道：

"我有一锭大银,解[1]了十两小银使用了。却问这主人家那借十两银子,去赎那大银出来,便还他,自要些使用。叵耐这鸟主人不肯借与我,却待要和那厮放对,打得他家粉碎,却被大哥叫了我上来。"宋江道:"只用十两银子去取,再要利钱么?"李逵道:"利钱已有在这里了,只要十两本钱去讨。"宋江听罢,便去身边取出一个十两银子把与李逵,说道:"大哥,你将去赎来用度。"戴宗要阻当时,宋江已把出来了。李逵接得银子,便道:"却是好也!两位哥哥只在这里等我一等。赎了银子,便来送还,就和宋哥哥去城外吃碗酒。"宋江道:"且坐一坐,吃几碗了去。"李逵道:"我去了便来。"推开帘子,下楼去了。戴宗道:"兄长休借这银与他便好。恰才小弟正欲要阻,兄长已把在他手里了。"宋江道:"却是为何,尊兄说这话?"戴宗道:"这厮虽是耿直,只是贪酒好赌。他却几时有一锭大银解了!兄长吃他赚漏了这个银去。他慌忙出门,必是去赌。若还赢得时,便有的送来还哥哥;若是输了时,那里讨这十两银来拜还兄长。戴宗面上须不好看。"宋江笑道:"院长尊兄,何必见外。量这些银两,何足挂齿,由他去赌输了罢。若要用时,再送些与他使。我看这人倒是个忠直汉子。"戴宗道:"这厮本事自有,只是心粗胆大不好。在江州牢里,但吃醉了时,却不奈何罪人,只要打一般强的牢子。我也被他连累得苦。专一路见不平,好打强的人,以此江州满城人都怕他。"有诗为证:

---

〔1〕 解——这里作抵押、典当解释。后文第六十一回"解库",就是押铺、当铺。

天性由来太恶粗,江州人号李凶徒。

他时大展屠龙手,始识人中大丈夫。

宋江道:"俺们再饮两杯,却去城外闲玩一遭。"戴宗道:"小弟也正忘了,和兄长去看江景则个。"宋江道:"小可也要看江州的景致,如此最好。"

且不说两个再饮酒,只说李逵得了这个银子,寻思道:"难得宋江哥哥,又不曾和我深交,便借我十两银子,果然仗义疏财,名不虚传。如今来到这里,却恨我这几日赌输了,没一文做好汉请他。如今得他这十两银子,且将去赌一赌,倘或赢得几贯钱来,请他一请也好看。"当时李逵慌忙跑出城外小张乙赌房里来,便去场上,将这十两银子撇在地下,叫道:"把头钱过来我博。"那小张乙得知李逵从来赌直,便道:"大哥,且歇这一博,下来便是你博。"李逵道:"我要先赌这一博。"小张乙道:"你便傍猜也好。"李逵道:"我不傍猜,只要博这一博。五两银子做一注。"有那一般赌的,却待要博,被李逵劈手夺过头钱[1]来,便叫道:"我博兀谁?"小张乙道:"便博我五两银子。"李逵叫一声,肐膝地博一个叉[2],小张乙便拿了银子过来。李逵叫道:"我的银子是十两!"小张乙道:"你再博我五两快,便还了你这锭银子。"李逵又拿起头钱,叫声:"快[3]!"肐膝的又博个叉。小张乙

---

〔1〕 头钱——一种赌具:摊若干钱在手掌上,向外籁出,看有几个正面、几个背面,以定输赢,那钱就叫做"头钱"。
〔2〕 叉——头钱全是正面,叫做"叉"。
〔3〕 快——头钱全是背面,叫做"快"。

笑道："我教你休抢头钱，且歇一博，不听我口。如今一连博了两个叉。"李逵道："我这银子是别人的。"小张乙道："遮莫是谁的，也不济事了。你既输了，却说甚么！"李逵道："没奈何且借我一借，明日便送来还你。"小张乙道："说甚么闲话！自古赌钱场上无父子，你明明地输了，如何倒来革争！"李逵把布衫拽起在前面，口里喝道："你们还我也不还？"小张乙道："李大哥，你闲常最赌的直，今日如何恁么没出豁？"李逵也不答应他，便就地下掳了银子，又抢了别人赌的十来两银子，都搂在布衫兜里，睁起双眼说道："老爷闲常赌直，今日权且不直一遍。"小张乙急待向前夺时，被李逵一指一跤。十二三个赌博的，一发齐上，要夺那银子，被李逵指东打西，指南打北。李逵把这伙人打得没地躲处，便出到门前。把门的问道："大郎那里去？"被李逵提在一边，一脚踢开了门便走。那伙人随后赶将出来，都只在门前叫道："李大哥，你恁地没道理，都抢了我们众人的银子去！"只在门前叫喊，没一个敢近前来讨。

　　李逵正走之时，只见背后一人赶上来，扳住肩臂喝道："你这厮如何却抢掳别人财物？"李逵口里应道："干你鸟事！"回过脸来看时，却是戴宗，背后立着宋江。李逵见了，惶恐满面，便道："哥哥休怪！铁牛闲常只是赌直，今日不想输了哥哥的银子，又没得些钱来相请哥哥，喉急了，时下做出这些不直来。"宋江听了大笑道："贤弟但要银子使用，只顾来问我讨。今日既是明明地输与他了，快把来还他。"李逵只得从布衫兜里取出来，都递在宋江手里。宋江便叫过小张乙前来，都付与他。小张乙接过来说道："二位官人在上：小人只拿了自己的；这十两原银虽是李大哥两博输与小人，如今小人情愿不要他的，省的记了冤仇。"宋江道："你只顾将去，不要记怀。"小张乙那里肯。宋江便道："他不曾打伤了你们么？"小张乙道："讨头的，拾钱的，和那把门的，都被他打倒在里面。"宋江道："既是恁的，就与他众人做将息钱。兄弟自不敢来了，我自着他去。"小张乙收了银子，拜谢了回去。宋江道："我们和李大哥吃三杯去。"戴宗道："前面靠江有那琵琶亭酒馆，是唐朝白乐天古迹。我们去亭上酌三杯，就观江景。"有诗为证：

白傅高风世莫加，画船秋水听琵琶。

欲舒老眼求陈迹，孤鹜齐飞带落霞。

宋江道："可于城中买些肴馔之物将去。"戴宗道："不用，如今那亭上有人在里面卖酒。"宋江道："恁地时却好。"当时三人便望琵琶亭上来。到得亭子上看时，一边靠着浔阳江，一边是店主人家房屋。琵琶亭上，有十数副座头。戴宗便拣一副干净座头，让宋江坐了头位。戴宗坐在对席，肩下便是李逵。三个坐定，便叫酒保铺下菜蔬果品海鲜按酒之类。酒保取过两樽玉壶春酒，此是江州有名的上色好酒，开了泥头。宋江纵目一观，看那江上景致时，端的是景致非常。但见：

云外遥山耸翠，江边远水翻银。隐隐沙汀，飞起几行鸥鹭；悠悠别浦，撑回数只渔舟。红蓼滩头，白发公垂钩下钓；黄芦岸口，青髻童牧犊骑牛。翻翻雪浪拍长空，拂拂凉风吹水面。紫霄峰上接穹苍，琵琶亭畔临江岸。四围空阔，八面玲珑。栏杆影浸玻璃，窗外光浮玉璧。昔日乐天声价重，当年司马泪痕多。

当时三人坐下，李逵便道："酒把大碗来筛，不奈烦小盏价吃。"戴宗喝道："兄弟好材！你不要做声，只顾吃酒便了。"宋江分付酒保道："我两个面前放两只盏子，这位大哥面前放个大碗。"酒保应了下去，取只碗来，放在李逵面前，一面筛酒，一面铺下肴馔。李逵笑道："真个好个宋哥哥，人说不差了！便知我兄弟的性格！结拜得这位哥哥，也不枉了！"

酒保斟酒，连筛了五七遍。宋江因见了这两人，心中欢喜，吃了几杯，忽然心里想要鱼辣汤吃，便问戴宗道："这里有好鲜鱼么？"戴宗笑道："兄长，你不见满江都是渔船。此间正是鱼米之乡，如何没有鲜鱼！"宋江道："得些辣鱼汤醒酒最好。"戴宗便唤酒保，教造三分加辣点红白鱼汤来。顷刻造了汤来，宋江看见道："美食不如美器。虽是个酒肆之中，端的好整齐器皿。"拿起箸来，相劝戴宗、李逵吃，自也吃了些鱼，呷了几口汤汁。李逵也不使箸，便把手去碗里捞起鱼来，和骨头都嚼吃了。宋江看见忍笑不住，再呷了两口汁，便放下箸不吃了。戴宗道："兄长，已定这鱼腌了，不中仁兄吃。"宋江道："便是不才酒后，只爱口鲜鱼汤吃。这个鱼真是不甚好。"戴宗应道："便是小弟也吃不得，是腌的，不中吃。"李逵嚼了自碗里鱼，便道："两位哥哥都不吃，我替你们吃了。"便伸手去宋江碗里捞将过来吃了，又去戴宗碗里也捞过来吃了，滴滴点点，淋一桌子汁水。宋江见李逵把三碗鱼汤和骨头都嚼吃了，便叫酒保来分付道："我这大哥，想是肚饥。你可去大块肉切二斤来与他吃，少刻一发算钱还你。"酒保道："小人这里只卖羊肉，却没牛肉。要肥羊尽有。"李逵听了,便把鱼汁劈脸泼将去,淋那酒保一身。戴宗喝道:"你又做甚么?"李逵应道:"叵耐这厮无礼,欺负我只吃牛肉,不卖羊肉与我吃!"酒保道:"小人问一声,也不多话!"宋江道:"你去只顾切来,我自还钱。"酒保忍气吞声,去切了二斤羊肉,做一盘将来,放在桌子上。李逵见了,也不谦让,大把价揸来,只顾吃,拈指间把这二斤羊肉都吃了。宋江看了道:"壮哉,真好汉也!"李逵道:"这宋大哥便知我的鸟意,吃肉不强似吃鱼!"

戴宗叫酒保来问道:"却才鱼汤,家生甚是整齐,鱼却腌了,不中吃。别有甚好鲜鱼时,另造些辣汤来与我这位官人醒酒。"酒保答道:"不敢瞒院长说,这鱼端的是昨夜的。今日的活鱼,还在船内,等鱼牙主人不来,未曾敢卖动,因此未有好鲜鱼。"李逵跳起来道:"我自去讨两尾活鱼来与哥哥吃。"戴宗道:"你休去,只央酒保去回几尾来便了。"李逵道:"船上打鱼的,不敢不与我,直得甚么!"戴宗拦当不住,李逵一直去了。戴宗对宋江说道:"兄长,休怪小弟引这等人来相会,全没些个体面,羞辱杀人!"宋江道:"他生性是恁的,如何教他改得!我到敬他真实不假。"两个自在琵琶亭上笑语说话取乐。诗曰:

溢内烟景出尘寰,江上峰恋拥髻鬟。

明月琵琶人不见,黄芦苦竹暮潮还。

却说李逵走到江边看时,见那渔船一字排着,约有八九十只,都缆系在绿杨树下。船上渔人,有斜枕着船梢睡的,有在船头上结网的,也有在水里洗浴的。此时正是五月半天气,一轮红日将及沉西,不见主人来开舱卖鱼。李逵走到船边,喝一声道:"你们船上活鱼,把两尾来与我。"那渔人应道："我们等不见鱼牙主人来,不敢开舱。你看那行贩都在岸上坐地。"李逵道："等甚么鸟主人!先把两尾鱼来与我。"那渔人又答道："纸也未曾烧,如何敢开舱?那里先拿鱼与你!"李逵见他众人不肯拿鱼,便跳上一只船去,渔人那里拦当得住。李逵不省得船上的事,只顾便把竹笆篾一拔,渔人在岸上只叫得："罢了!"李逵伸手去舱板底下一绞摸时,那里有一个鱼在里面。原来那大江里渔船,船尾开半截大孔,放江水出入,养着活鱼,却把竹笆篾拦住,以此船舱里活水往来,养放活鱼,因此江州有好鲜鱼。这李逵不省得,倒先把竹笆篾提起了,将那一舱活鱼都走了。李逵又跳过那边船上,去拔那竹篾。那七八十渔人都奔上船,把竹篙来打李逵。李逵大怒,焦躁起来,便脱下布衫,里面单单系着一条棋子布裆儿,见那乱竹篙打来,两只手一驾,早抢过五六条在手里,一似扭葱般都扭断了。渔人看见,尽吃一惊,却都去解了缆,把船撑开去了。李逵忿怒,赤条条地拿两截折竹篙,上岸来赶打,行贩都乱纷纷地挑了担走。

　　正热闹里,只见一个人从小路里走出来。众人看见,叫道："主人来了!这黑大汉在此抢鱼,都赶散了渔船!"那人道："甚么黑大汉,敢如此无礼?"众人把手指道："那厮兀自在岸边寻人厮打!"那人抢将过去,喝道："你这厮吃了豹子心,大虫胆,也不敢来搅乱老爷的道路!"李逵看那人时,六尺五六身材,三十二三年纪,三柳掩口黑髯,头上裹顶青纱万字巾,掩映着穿心红一点髯儿,上穿一领白布衫,腰系一条绢搭膊,下面青白裹脚多耳麻鞋,手里提条行秤。那人正来卖鱼,见了李逵在那里横七竖八打人,便把秤递与行贩接了,赶上前来,大喝道:"你这厮要打谁!"李逵也不回话,轮过竹篙,却望那人便打。那人抢入去,早夺了竹篙,李逵便一把揪住那人头发。那人便奔他下三面,要跌李逵,怎敌得李逵水牛般气力,直推将开去,不能勾拢身。那人便望肋下躅得几拳,李逵那里着在意里。那人又飞起脚来踢,被李逵直把头按将下去,提起铁锤大小拳头,去那人脊梁上擂鼓也似打。那人怎生挣扎!

李逵正打哩,一个人在背后劈腰抱住,一个人便来帮住手,喝道:"使不得!使不得!"李逵回头看时,却是宋江、戴宗。李逵便放了手,那人略得脱身,一道烟走了。戴宗埋冤李逵道:"我教你休来讨鱼,又在这里和人厮打。倘或一拳打死了人,你不去偿命坐牢!"李逵应道:"你怕我连累你,我自打死了一个,我自去承当!"宋江便道:"兄弟休要论口,坏了义气。拿了布衫,且去吃酒。"李逵向那柳树根头拾起布衫,搭在胳膊上,跟了宋江、戴宗便走。行不得十数步,只听的背后有人叫骂道:"黑杀才!今番来和你见个输赢!"李逵回转头来看时,便是那人脱得赤条条地,匾扎起一条水裩儿,露出一身雪练也似白肉,头上除了巾帻,显出那个穿心一点红俏髻儿来,在江边独自一个,把竹篙撑着一只渔船赶将来,口里大骂道:"千刀万剐的黑杀才!老爷怕你的不算好汉,走的不是好男子!"李逵听了大怒,吼了一声,撇了布衫,抢转身来。那人便把船略拢来凑在岸边,一手把竹篙点定了船,口里大骂着。李逵也骂道:"好汉便上岸来。"那人把竹篙去李逵腿上便搠,撩拨得李逵火起,托地跳在船上。说时迟,那时快,那人只要诱得李逵上船,便把竹篙望岸边一点,双脚一蹬,那只渔船一似狂风飘败叶,箭也似投江心里去了。李逵虽然也识得水,却不甚高,当时慌了手脚。那人也不叫骂,撇了竹篙,叫声:"你来!今番和你定要见个输赢!"便把李逵胳膊拿住,口里说道:"且不和你厮打,先教你吃些水。"两只脚把船只一晃,船底朝天,英雄落水,两个好汉扑桶地都翻筋斗撞下江里去。宋江、戴宗急赶至岸边,那只船已翻在江里,两个只在岸上叫苦。江岸边早拥上三五百人在柳阴树下看,都道:"这黑大汉今番却着道儿,便挣扎得性命,也吃了一肚皮水。"宋江、戴宗在岸边看时,只见江面开处,那人把李逵提将起来,又淹将下去。两个正在江心里面,清波碧浪中间,一个显浑身黑肉,一个露遍体霜肤。两个打做一团,绞做一块。江岸上那三五百人贪看,没一个不喝采。论这两个好汉时,但见:

> 一个是沂水县成精异物,一个是小孤山作怪妖魔。这个似酥团结就肌肤,那个如炭屑凑成皮肉。一个是色依壬癸,一个体按庚辛。那个如三冬瑞雪重铺,这个似半夜阴云轻罩。一个是马灵官白蛇托化,一个是赵元帅黑虎投胎。这个似万万锤打就银人,那个如千千火炼成铁汉。一个是五台山银牙白象,一个是九曲河铁甲老龙。这个如布漆罗汉显神通,那个似玉碾金刚施勇猛。一个盘旋良久,汗流遍体迸真珠;一个揪扯多时,水浸浑身倾墨汁。那个学华光藏教主,向碧波深处现形骸;这个像黑煞天神,在雪浪堆中呈面目。正是玉龙搅暗天边日,黑鬼掀开水底天。

当时宋江、戴宗看见李逵被那人在水里揪住,浸得眼白,又提起来,又纳下去,何止淹了数十遭。宋江见李逵吃亏,便叫戴宗央人去救。戴宗问众人道:"这白大汉是谁?"有认得的说道:"这个好汉便是本处卖鱼主人,唤做张顺。"宋江听得猛省道:"莫不是绰号浪里白跳的张顺?"众人道:"正是,正是!"宋江对戴宗说道:"我有他哥哥张横的家书在营里。"戴宗听了,便向岸边高声叫道:"张二哥不要动手,有你令兄张横家书在此。这黑大汉是俺们兄弟,你且饶了他,上岸来说话。"张顺在江心里见是戴宗叫他,却也认常认得,便放了李逵几分,早到岸边,扒上岸来,看着戴宗,唱个喏道:"院长,休怪小人无礼!"戴宗道:"足下可看我面,且去救了我这兄弟上来,却教你相会一个人。"张顺再跳下水里,赴将开去。李逵正在江里探头探脑价挣扎汲水,张顺早汲到分际,带住了李逵一只手,自把两条腿踏着水浪,如行平地,那水浸不过他肚皮,淹着脐下,摆了一只手,直托李逵上岸来。江边看的人个个喝采。宋江看得呆了半晌。张顺、李逵都到岸下,各自扒将起来。戴宗见李逵喘做一团,口里只吐白水。戴宗道:"且都请你们到琵琶亭上说话。"

　　张顺讨了布衫穿着,李逵也穿了布衫,四个人再到琵琶亭上来坐下。戴宗便对张顺道:"二哥,你认得我么?"张顺道:"小人自识得院长。只是无缘,不曾拜会。"戴宗指着李逵问张顺道:"足下日常曾认得他么?今日倒冲撞了你。"张顺道:"小人如何不认的李大哥,只是不曾交手。"李逵道:"你也淹得我勾了。"张顺道:"你也打得好了。"李逵道:"怎么,便和你两折过了。"戴宗道:"你两个今番却做个至交的弟兄。常言道:不打不成相识。"李逵道:"你路上休撞着我。"张顺道:"我只在水里等你便了。"四人都笑起来,大家唱个无礼喏。戴宗指着宋江对张顺道:"二哥,你曾认得这位兄长么?"张顺看了道:"小人却不认得,这里亦不曾见。"李逵跳起身来道:"这哥哥便是黑宋江。"张顺道:"莫非是山东及时雨郓城宋押司?"戴宗道:"正是公明哥哥。"张顺纳头便拜道:"久闻大名,不想今日得会。多听的江湖上来往的人说兄长清德,扶危济困,仗义疏财。"宋江答道:"量小可何足道哉!前日来时,揭阳岭下混江龙李俊家里,住了几日。后在浔阳江上,因穆弘相会,得遇令兄张横,修了一封家书寄来与足下,放在营内,不曾带得来。今日便和戴院长并李大哥来这里琵琶亭吃三杯,就观江景。宋江偶然酒后思量些鲜鱼汤醒酒,怎当的他定要来讨鱼,我两个阻他不住。只听得江岸上发喊热闹,叫酒保看时,说道:'是黑大汉和人厮打。'我两个急急走来解劝,不想却与壮士相会。今日得遇三位,岂非天幸。且请同坐,菜酌三杯。"再唤酒保重整杯盘,再备肴馔。张顺道:"既然哥哥要好鲜鱼吃,兄弟去取几尾来。"宋江道:"最好。依例纳钱。"张顺道:"既然得遇仁兄,事非偶然。兄长何故见外,如此说钱!"李逵道:"我和你去讨。"戴宗喝道:"又来了!你还吃的水不快活!"张顺笑将起来,绾了李逵手说道:"我今番和你去讨鱼,看别人怎地。"两个下琵琶亭来,到得江边,张顺略哨一声,只见江面上渔船都撑拢来到岸边。张顺问道:"那个船里有金色鲤鱼?"只见这个应道:"我船上来。"那个应道:"我船里有。"一霎时却凑拢十数尾金色鲤鱼来。张顺选了四尾大的,把柳条穿了,先教李逵将来亭上整理。张顺自点了行贩,分付小牙子去把秤卖鱼。张顺却自来琵琶亭上陪侍宋江。宋江谢道："何须许多,但赐一尾,也十分勾了。"张顺答道："些小微物,何足挂齿。兄长食不了时,将回行馆做下饭。"两个序齿,李逵年长,坐了第三位,张顺坐第四位。再叫酒保讨两樽玉壶春上色酒来,并些海鲜按酒果品之类。四人正饮酒间,张顺分付酒保,把一尾鱼做辣汤,用酒蒸一尾,教酒保切鲙〔1〕。四人饮酒中间,各叙胸中之事。正说得入耳,只见一个女娘,年方二八,穿一身纱衣,来到跟前,深深的道了四个万福。宋江看了那个女子时,生的如何? 但见:

> 冰肌玉骨,粉面酥胸。杏脸桃腮,酝酿出十分春色;柳眉星眼,妆点就一段精神。花月仪容,蕙兰情性。心地里百伶百俐,身材儿不短不长。声如莺啭乔林,体似燕穿新柳。正是:春睡海棠晞晓露,一枝芍药醉春风。

那女娘道罢万福,顿开喉音便唱。李逵正待要卖弄胸中许多豪杰的事务,却被他唱起来一搅,三个且都听唱,打断了他话头。李逵怒从心上起,恶向胆边生,跳起身来,把两个指头去那女娘子额上一点,那女子大叫一声,蓦然倒地。众人近前看时,只见那女娘子桃腮似土,檀口无言。未知五脏如何,先见四肢不举。那酒店主人一发向前拦住四人,要去经官告理。正是:只因一念错,现出百般形。且看这女子性命如何? 古云:好句有情怜夜月,落花无语怨东风。毕竟宋江等四人在酒店里怎地脱身,且听下回分解。

---

〔1〕 鲙(kuài)——这里指的是鱼片。

第三十九回

浔阳楼宋江吟反诗　梁山泊戴宗传假信

诗曰：
闲来乘兴入江楼，渺渺烟波接素秋。
呼酒谩浇千古恨，吟诗欲泻百重愁。
赝书不遂英雄志，失脚翻成狴犴囚。
搔动梁山诸义士，一齐云拥闹江州。

话说当下李逵把指头纳倒了那女娘，酒店主人拦住说道："四位官人，如何是好？"主人心慌，便叫酒保、过卖都向前来救他。就地下把水喷噀，看看苏醒。扶将起来看时，额角上抹脱了一片油皮，因此那女子晕昏倒了。救得醒来，千好万好。他的爹娘听得说是黑旋风，先自惊得呆了半晌，那里敢说一言。看那女子已自说得话了，娘母取个手帕自与他包了头，收拾了钗环。宋江见他有不愿经官的意思，便唤那老妇人问道："你姓甚么？那里人家？如今待要怎地？"那妇人道："不瞒官人说，老身夫妻两口儿，姓宋，原是京师人。只有这个女儿，小字玉莲。因为家窘，他爹自教得他几曲儿，胡乱叫他来这琵琶亭上卖唱养口。为他性急，不看头势，不管官人说话，只顾便唱。今日这哥哥失手伤了女儿些个，终不成经官动词，连累官人。"宋江见他说得本分，又且同姓，宋江便道："你着甚人跟我到营里，我与你二十两银子,将息女儿,日后嫁个良人,免在这里卖唱。"那夫妻两口儿便拜谢道:"怎敢指望许多! 但得三五两也十分足矣。"宋江道:"我说一句是一句,并不会说谎。你便叫你老儿自跟我去讨与他。"那夫妻二人拜谢道:"深感官人救济。"

戴宗埋怨李逵道:"你这厮要便与人合口,又教哥哥坏了许多银子。"李逵道:"只指头略擦得一擦,他自倒了。不曾见这般鸟女子,恁地娇嫩! 你便在我脸上打一百拳也不妨!"宋江等众人都笑起来。张顺便叫酒保去说:"这席酒钱,我自还他。"酒保听得道:"不妨,不妨! 只顾去。"宋江那里肯,便道:"兄弟,我劝二位来吃酒,倒要你还钱,于礼不当。"张顺苦死要还,说道:"难得哥哥会面。仁兄在山东时,小弟哥儿两个也兀自要来投奔哥哥。今日天幸得识尊颜,权表薄意,非足为礼。"戴宗道:"公明兄长,既然是张二哥相敬之心,仁兄曲允。"宋江道:"这等却不好看。既然兄弟还了,改日却另置杯复礼。"张顺大喜,就将了两尾鲤鱼,和戴宗、李逵,带了这个宋老儿,都送宋江离了琵琶亭,来到营里,五个人都进抄事房里坐下。宋江先取两锭小银二十两,与了宋老儿,那老儿拜谢了去,不在话下。天色已晚,张顺送了鱼,宋江取出张横书付与张顺,相别去了。戴宗、李逵也自作别赶入城去了。

只说宋江把一尾鱼送与管营,留一尾自吃。宋江因见鱼鲜,贪爱爽口,多吃了些,至夜四更,肚里绞肠刮肚价疼,天明时,一连泻了二十来遭,昏晕倒了,睡在房中。宋江为人最好,营里众人都来煮粥烧汤,看觑伏侍他。次日,张顺因见宋江爱鱼吃,又将得好金色大鲤鱼两尾送来，就谢宋江寄书之义，却见宋江破腹泻倒在床，众囚徒都在房里看视。张顺见了，要请医人调治。宋江道："自贪口腹，吃了些鲜鱼，苦无甚深伤，只坏了肚腹。你只与我赎一贴止泻六和汤来吃，便好了。"叫张顺把这两尾鱼，一尾送与王管营，一尾送与赵差拨。张顺送了鱼，就赎了一贴六和汤药来，与宋江了，自回去，不在话下。营内自有众人煎药伏侍。次日，却见戴宗、李逵备了酒肉，径来抄事房看望宋江。只见宋江暴病才可，吃不得酒肉，两个自在房面前吃了，直至日晚，相别去了，亦不在话下。

　　只说宋江自在营中将息了五七日，觉得身体没事，病症已痊，思量要入城中去寻戴宗。又过了一日，不见他一个来。次日早饭罢，辰牌前后，揣了些银子，锁上房门，离了营里，信步出街来，径走入城，去州衙前左边，寻问戴院长家。有人说道："他又无老小，只止本身，只在城隍庙间壁观音庵里歇。"宋江听了，寻访直到那里，已自锁了门出去了。却又来寻问黑旋风李逵时，多人说道："他是个没头神，又无住处，只在牢里安身。没地里的巡检，东边歇两日，西边歪几时，正不知他那里是住处。"宋江又寻问卖鱼牙子张顺时，亦有人说道："他自在城外村里住，便是卖鱼时，也只在城外江边。只除非讨赊钱入城来。"宋江听罢，又寻出城来，直要问到那里。独自一个闷闷不已，信步再出城外来，看见那一派江景非常，观之不足。正行到一座酒楼前过，仰面看时，旁边竖着一根望竿，悬挂着一个青布酒旆子，上写道"浔阳江正库"，雕檐外一面牌额，上有苏东坡大书"浔阳楼"三字。宋江看了，便道："我在郓城县时，只听得说江州好座浔阳楼,原来却在这里。我虽独自一个在此,不可错过,何不且上楼自己看玩一遭。"宋江来到楼前看时,只见门边朱红华表柱上,两面白粉牌,各有五个大字,写道:"世间无比酒,天下有名楼。"宋江便上楼来,去靠江占一座阁子里坐了,凭阑举目看时,端的好座酒楼。但见:

雕檐映日,画栋飞云。碧阑干低接轩窗,翠帘幕高悬户牖。吹笙品笛,尽都是公子王孙;执盏擎壶,摆列着歌姬舞女。消磨醉眼,倚青天万叠云山;勾惹吟魂,翻瑞雪一江烟水。白苹渡口,时闻渔父鸣榔;红蓼滩头,每见钓翁击楫。楼畔绿槐啼野鸟,门前翠柳系花骢。

宋江看罢浔阳楼,喝采不已,凭阑坐下。酒保上楼来,唱了个喏,下了帘子,请问道:"官人还是要待客,只是自消遣?"宋江道:"要待两位客人,未见来。你且先取一樽好酒,果品肉食,只顾卖来。鱼便不要。"酒保听了,便下楼去。少时,一托盘把上楼来,一樽蓝桥风月美酒,摆下菜蔬时新果品按酒,列几般肥羊、嫩鸡、酿鹅、精肉,尽使朱红盘碟。宋江看了,心中暗喜,自夸道:"这般整齐肴馔,济楚器皿,端的是好个江州。我虽是犯罪远流到此,却也看了些真山真水。我那里虽有几座名山古迹,却无此等景致。"独自一个,一杯两盏,倚阑畅饮,不觉沉醉。猛然蓦上心来,思想道:"我生在山东,长在郓城,学吏出身,结识了多少江湖上人,虽留得一个虚名,目今三旬之上,名又不成,功又不就,倒被文了双颊,配来在这里。我家乡中老父和兄弟,如何得相见!"不觉酒涌上来,潸然泪下,临风触目,感恨伤怀。

忽然做了一首《西江月》词调,便唤酒保,索借笔砚。起身观玩,见白粉壁上,多有先人题咏。宋江寻思道:"何不就书于此?倘若他日身荣,再来经过,重睹一番,以记岁月,想今日之苦。"乘其酒兴,磨得墨浓,蘸得笔饱,去那白粉壁上,挥毫便写道:

"自幼曾攻经史,长成亦有权谋。恰如猛虎卧荒丘,潜伏爪牙忍受。　　不幸刺文双颊,那堪配在江州。他年若得报冤仇,血染浔阳江口。"

宋江写罢,自看了,大喜大笑。一面又饮了数杯酒,不觉欢喜,自狂荡起来,手舞足蹈,又拿起笔来,去那《西江月》后,再写下四句诗,道是:

"心在山东身在吴,飘蓬江海谩嗟吁。

他时若遂凌云志,敢笑黄巢不丈夫。"

宋江写罢诗,又去后面大书五字道:"郓城宋江作"。写罢,掷笔在桌上,又自歌了一回,再饮过数杯酒,不觉沉醉,力不胜酒,便唤酒保计算了,取些银子算还,多的都赏了酒保。拂袖下楼来,跟跟跄跄,取路回营里来。开了房门,便倒在床上,一觉直睡到五更。酒醒时,全然不记得昨日在浔阳江楼上题诗一节。当日害酒,自在房里睡卧,不在话下。

且说这江州对岸有个去处,唤做无为军,却是个野去处。城中有个在闲通判,姓黄,双名文炳。这人虽读经书,却是阿谀谄佞之徒,心地匾窄,只要嫉贤妒能。胜如己者害之,不如己者弄之,专在乡里害人。闻知这蔡九知府是当朝蔡太师儿子,每每来浸润[1]他,时常过江来谒访知府,指望他引荐出职,再欲做官。也是宋江命运合当受苦,撞了这个对头。当日这黄文炳在私家闲坐,无可消遣,带了两个仆人,买了些时新礼物,自家一只快船渡过江来,径去府里探望蔡九知府。恰恨撞着府里公宴,不敢进去。却再回船边来归去,不期那只船仆人已缆在浔阳楼下。黄文炳因见天气暄热,且去楼上闲玩一回,信步入酒库里来,看了一遭。转到酒楼上,凭栏消遣,观见壁上题咏甚多,说道:"前人诗词,也有作得好的,亦有歪谈乱道的。"黄文炳看了冷笑。正看到宋江题《西江月》词并所吟四句诗,大惊道:"这个不是反诗!谁写在此?"后面却书道"郓城宋江作"五个大字。黄文炳再读道:"自幼曾攻经史,长成亦有权谋。"冷笑道:"这人自负不浅。"又读道:"恰如猛虎卧荒丘,潜伏爪牙忍受。"黄文炳道:"那厮也是个不依本分的人。"又读:"不幸刺文双颊,那堪配在江州。"黄文炳道:"也不是个高尚其志的人,看来只是个配军。"又读道:"他年若得报冤仇,血染浔阳江口。"黄文炳道:"这厮报仇兀谁?却要在此间报仇!量你是个配军,做得甚用!"又读诗道:"心在山东身在吴,飘蓬江海谩嗟吁。"黄文炳道:"这两句兀自可恕。"又读道:"他时若遂凌云志,敢笑黄巢不丈夫。"黄文炳摇着头道:"这厮无礼!他却要赛过黄巢,不谋反待怎地!"再看了"郓城宋江作",黄文炳道:"我也多曾

---

[1] 浸润——用谗言讨好的意思。是说进谗言逐渐让别人听信,如同把东西逐渐浸湿一样。

闻这个名字,那人多管是个小吏。"便叫酒保来问道:"作这两篇诗词,端的是何人题下在此?"酒保道:"夜来一个人,独自吃了一瓶酒,醉后疏狂,写在这里。"黄文炳道:"约莫甚么样人?"酒保道:"面颊上有两行金印,多管是牢城营内人。生得黑矮肥胖。"黄文炳道:"是了。"就借笔砚,取幅纸来抄了,藏在身边,分付酒保休要刮去了。

黄文炳下楼,自去船中歇了一夜。次日饭后,仆人挑了盒仗,一径又到府前,正值知府退堂在衙内,使人入去报复。多样时,蔡九知府遣人出来,邀请在后堂。蔡九知府却出来与黄文炳叙罢寒温已毕,送了礼物,分宾坐下。黄文炳禀说道:"文炳夜来渡江,到府拜望,闻知公宴,不敢擅入。今日重复拜见恩相。"蔡九知府道:"通判乃是心腹之交,径入来同坐何妨。下官有失迎迓。"左右执事人献茶。茶罢,黄文炳道:"相公在上,不敢拜问,不知近日尊府太师恩相曾使人来否?"知府道:"前日才有书来。"黄文炳道:"不敢动问,京师近日有何新闻?"知府道:"家尊写来书上分付道:近日太史院司天监奏道:夜观天象,罡星照临吴楚分野之地。敢有作耗[1]之人,随即体察剿除。嘱付下官,紧守地方。更兼街市小儿谣言四句道:'耗国因家木,刀兵点水工。纵横三十六,播乱在山东。'因此特写封家书来,教下官提备。"黄文炳寻思了半晌,笑道:"恩相,事非偶然也。"黄文炳袖中取出所抄之诗,呈与知府道:"不想却在于此处。"蔡九知府看了道:"这个却正是反诗,通判那里得来?"黄文炳道:"小生夜来不敢进

---

[1] 作耗——作乱、作祟。

府,回至江边,无可消遣,却去浔阳楼上避热闲玩,观看前人吟咏,只见白粉壁上新题下这篇。"知府道:"却是何等样人写下?"黄文炳回道:"相公,上面明题着姓名,道是'郓城宋江作'。"知府道:"这宋江却是甚么人?"黄文炳道:"他分明写,自道'不幸刺文双颊,只今配在江州',眼见得只是个配军,牢城营犯罪的囚徒。"知府道:"量这个配军,做得甚么!"黄文炳道:"相公不可小觑了他!恰才相公所言,尊府恩相家书说小儿谣言,正应在本人身上。"知府道:"何以见得?"黄文炳道:"'耗国因家木',耗散国家钱粮的人,必是家头着个木字,明明是个宋字。第二句'刀兵点水工',兴起刀兵之人,水边是个工字,明是个江字。这个人姓宋名江,又作下反诗,明是天数,万民有福。"知府又问道:"何为'纵横三十六,播乱在山东'?"黄文炳答道:"或是六六之年,或是六六之数,'播乱在山东',今郓城县正是山东地方。这四句谣言已都应了。"知府又道:"不知此间有这个人么?"黄文炳回道:"小生夜来问那酒保时,说道这人只是前日写下了去。这个不难,只取牢城营文册一查,便见有无。"知府道:"通判高见极明。"便唤从人叫库子取过牢城营里文册簿来看。当时从人于库内取至文册,蔡九知府亲自检看,见后面果有于今五月间新配到囚徒一名,郓城县宋江。黄文炳看了道:"正是应谣言的人,非同小可。如是迟缓,诚恐走透了消息,可急差人捕获,下在牢里,却再商议。"知府道:"言之极当。"随即升厅,叫唤两院押牢节级过来。厅下戴宗声喏。知府道:"你与我带了做公的人,快下牢城营里捉拿浔阳楼吟反诗的犯人郓城县宋江来,不可时刻违误!"

戴宗听罢,吃了一惊,心里只叫得苦。随即出府来,点了众节级牢子,都叫:"各去家里取了各人器械,来我间壁城隍庙里取齐。"戴宗分付了,众人各自归家去。戴宗即自作起神行法,先来到牢城营里,径入抄事房,推开门看时,宋江正在房里。见是戴宗入来,慌忙迎接,便道:"我前日入城来,那里不寻遍。因贤弟不在,独自无聊,自去浔阳楼上饮了一瓶酒。这两日迷迷不好,正在这里害酒。"戴宗道:"哥哥,你前日却写下甚言语在楼上?"宋江道:"醉后狂言,忘记了,谁人记得!"戴宗道:"却才知府唤我当厅发落,叫多带从人,拿捉浔阳楼上题反诗的犯人郓城县宋江正身赴官。兄弟吃了一惊,先去稳住众做公的,在城隍庙等候。如今我特来先报知哥哥,却是怎地好!如何解救?"宋江听罢,挠头不知痒处,只叫得苦:"我今番必是死也!"诗曰:

一首新诗写壮怀,谁知销骨更招灾。

戴宗特地传消息,明炳机先早去来。

戴宗道:"我教仁兄一着解手[1],未知如何?如今小弟不敢担阁,回去便和人来捉你。你可披乱了头发,把尿屎泼在地上,就倒在里面,诈作风魔。我和从人来时,你便口里胡言乱语,只做失心风便好。我自去替你回复知府。"宋江道:"感谢贤弟指教,万望维持则个。"

戴宗慌忙别了宋江,回到城里,径来城隍庙,唤了众人做公的,一直奔入牢城营里来,径喝问了:"那个是新配来的宋江?"牌头引众人

---

[1] 解手——这里指解决危难、转危为安的办法。

到抄事房里,只见宋江披散头发,倒在尿屎坑里滚。见了戴宗和做公的人来,便说道:"你们是甚么鸟人?"戴宗假意大喝一声:"捉拿这厮!"宋江白着眼,却乱打将来,口里乱道:"我是玉皇大帝的女婿,丈人教我领十万天兵,来杀你江州人。阎罗大王做先锋,五道将军做合后。与我一颗金印,重八百馀斤。杀你这般鸟人!"众做公的道:"原来是个失心风的汉子,我们拿他去何用?"戴宗道:"说得是。我们且去回话,要拿时再来。"

众人跟了戴宗,回到州衙里,蔡九知府在厅上专等回报。戴宗和众做公的在厅下回复知府道:"原来这宋江是个失心风的人,尿屎秽污全不顾,口里胡言乱语,全无正性。浑身臭粪不可当,因此不敢拿来。"蔡九知府正待要问缘故时,黄文炳早在屏风背后转将出来,对知府道:"休信这话!本人作的诗词,写的笔迹,不是有风症的人,其中有诈。好歹只顾拿来,便走不动,扛也扛将来。"蔡九知府道:"通判说得是。"便发落戴宗:"你们不拣怎地,只与我拿得来,在此专等!"戴宗领了钧旨,只叫得苦。再将带了众人,下牢城营里来,对宋江道:"仁兄,事不谐矣!兄长只得去走一遭。"便把一个大竹箩,扛了宋江,直抬到江州府里,当厅歇下。知府道:"拿过这厮来!"众做公的把宋江押于阶下。宋江那里肯跪,睁着眼,见了蔡九知府道:"你是甚么鸟人,敢来问我!我是玉皇大帝的女婿,丈人教我引十万天兵,来杀你江州人。阎罗大王做先锋,五道将军做合后。有一颗金印,重八百馀斤。你也快躲了我。不时,教你们都死。"蔡九知府看了,没做理会处。黄文炳又对知府道:"且唤本营差拨并牌头来问,这人来时有风,近日却才风?若是来时风,便是真症候;若是近日才风,必是诈风。"知府道:"言之极当。"便差人唤到管营、差拨,问他两个时,那里敢隐瞒,只得直说道:"这人来时不见有风病,敢只是近日举发此症。"知府听了大怒,唤过牢子狱卒,把宋江捆翻,一连打上五十下,打得宋江一佛出世,二佛涅槃,皮开肉绽,鲜血淋漓。戴宗看了,只叫得苦,又没做道理救他处。宋江初时也胡言乱语,次后吃拷打不过,只得招道:"自不合一时酒后,误写反诗,别无主意。"蔡九知府明取了招状,将一面二十五斤死囚枷枷了,推放大牢里收禁。宋江吃打得两腿走不动,当厅钉了,直押赴死囚牢里来。却得戴宗一力维持,分付了众小牢子,都教好觑此人。戴宗自安排饭食,供给宋江,不在话下。诗曰:

江上高楼风景浓,偶因登眺气如虹。

兴狂忽漫题新句,却被拘挛狴犴中。

再说蔡九知府退厅,邀请黄文炳到后堂,称谢道:"若非通判高明远见,下官险些儿被这厮瞒过了。"黄文炳又道:"相公在上,此事也不可宜迟。只好急急修一封书,便差人星夜上京师,报与尊府恩相知道,显得相公干了这件国家大事。就一发禀道,若要活的,便着一辆陷车解上京;如不要活的,恐防路途走失,就于本处斩首号令,以除大害,万民称快。便是今上得知,必喜。"蔡九知府道:"通判所言有理,见得极明。下官即目也要使人回家送礼物去,书上就荐通判之功,使家尊面奏天子,早早升授富贵城池,去享荣华。"黄文炳拜谢道:"小生终身皆托于门下,自当衔环背鞍之报。"黄文炳就撺掇蔡九知府写了家书,印上图书[1]。黄文炳问道:"相公差那个心腹人去?"知府道:"本州自有个两院节级,唤做戴宗,会使神行法,一日能行八百里路程。只来早便差此人径往京师,只消旬日,可以往回。"黄文炳道:"若得如此之快,最好,最好!"蔡九知府就后堂置酒管待了黄文炳,次日相辞知府,自回无为军去了。诗曰:

堪恨奸邪用意深,事非干己苦侵寻。

致将忠义囚图圄,报应终当活剖心。

且说蔡九知府安排两个信笼,打点了金珠宝贝玩好之物,上面都贴了封皮。次日早晨,唤过戴宗到后堂,嘱咐道:"我有这般礼物,一封家书,要送上东京太师府里去,庆贺我父亲六月十五日生辰。日期将近,只有你能干去得。你休辞辛苦,可与我星夜去走一遭,讨了回书便转来,我自重重地赏你。你的程途都在我心上,我已料着你神行的日期,专等你回报,切不可沿途担阁,有误事情!"戴宗听了,不敢不依。只得领了家书信笼,便拜辞了知府,挑回下处安顿了,却来牢里对宋江说道:"哥哥放心!知府差我上京师去,只旬日之间便回!就太师府里使些见识,解救哥哥的事。每日饭食,我自分付在李逵身上,委着他安排送来,不教有缺。仁兄且宽心守奈几日。"宋江道:"望烦贤弟救宋江一命则个!"戴宗叫过李逵,当面分付道:"你哥哥误题了反诗,在这里吃官司,未知如何。我如今又吃差往东京去,早

---

[1] 图书——图章。

晚便回。牢里哥哥饭食，朝暮全靠着你看觑他则个。"李逵应道："吟了反诗打甚么鸟紧！万千谋反的倒做了大官。你自放心东京去，牢里谁敢奈何他！我好便好；不好，我使老大斧头砍他娘！"戴宗临行，又嘱付道："兄弟小心，不要贪酒，失误了哥哥饭食。休得出去噇醉了，饿着哥哥！"李逵道："哥哥你自放心去，若是这等疑忌时，兄弟从今日就断了酒，待你回来却开。早晚只在牢里伏侍宋江哥哥，有何不可！"戴宗听了大喜道："兄弟，若得如此发心[1]，坚意守看哥哥，又好。"当日作别自去了。李逵真个不吃酒，早晚只在牢里伏侍宋江，寸步不离。

不说李逵自看觑宋江，且说戴宗回到下处，换了腿绷护膝，八搭麻鞋，穿上杏黄衫，整了搭膊，腰里插了宣牌，换了巾帻，便袋里藏了书信、盘缠，挑上两个信笼，出到城外。身边取出四个甲马，去两只腿上每只各拴两个，肩上挑上两个信笼，口里念起神行法咒语来。怎见得神行法效验？有《西江月》为证：

  仿佛浑如驾雾，依稀好似腾云。如飞两脚荡红尘，越岭登山去紧。 顷刻才离乡镇，片时又过州城。金钱甲马果通神，万里如同眼近。

当日戴宗离了江州，一日行到晚，投客店安歇。解下甲马，取数陌金钱烧送了。过了一宿，次日早起来，吃了素食，离了客店，又拴上四个甲马，挑起信笼，放开脚步便行。端的是耳边风雨之声，脚不点

----

[1]发心——下决心。

地。路上略吃些素饭、素酒、点心又走。看看日暮,戴宗早歇了,又投客店宿歇一夜。次日起个五更,赶早凉行,拴上甲马,挑上信笼又走。约行过了三二百里,已是巳牌时分,不见一个干净酒店。此时正是六月初旬天气,蒸得汗雨淋漓,满身蒸湿,又怕中了暑气。正饥渴之际,早望见前面树林侧首一座傍水临湖酒肆,戴宗拈指间走到跟前看时,干干净净,有二十副座头,尽是红油桌凳,一带都是槛窗。戴宗挑着信笼,入到里面,拣一副稳便座头,歇下信笼,解下腰里搭膊,脱下杏黄衫,喷口水,晾在窗栏上。戴宗坐下,只见个酒保来问道:"上下,打几角酒?要甚么肉食下酒,或鹅猪羊牛肉?"戴宗道:"酒便不要多,与我做口饭来吃。"酒保又道:"我这里卖酒卖饭,又有馒头粉汤。"戴宗道:"我却不吃荤酒,有甚素汤下饭?"酒保道:"加料麻辣爊豆腐如何?"戴宗道:"最好,最好!"酒保去不多时,爊一碗豆腐,放两碟菜蔬,连筛三大碗酒来。戴宗正饥又渴,一上[1]把酒和豆腐都吃了,却待讨饭吃,只见天旋地转,头晕眼花,就凳边便倒。酒保叫道:"倒了。"只见店里走出一个人来。怎生模样?但见:

臂阔腿长腰细,待客一团和气。

梁山作眼英雄,旱地忽律朱贵。

当下朱贵从里面出来,说道:"且把信笼将入去,先搜那厮身边有甚东西。"便有两个火家去他身上搜看。只见便袋里搜出一个纸包,包着一封书,取过来递与朱头领。朱贵扯开,却是一封家书,见封皮上面

---

[1] 一上——一会儿、一次、一齐,犹如现在说一下。

写道："平安家书，百拜奉上父亲大人膝下，男蔡德章谨封。"朱贵便拆开从头看了，见上面写道："见今拿得应谣言题反诗山东宋江，监收在牢一节，听候施行。"朱贵看罢，惊得呆了，半晌则声不得。火家正把戴宗扛起来，背入杀人作坊里去开剥，只见凳头边溜下搭膊，上挂着朱红绿漆宣牌。朱贵拿起来看时，上面雕着银字，道是"江州两院押牢节级戴宗"。朱贵看了道："且不要动手。我常听的军师所说，这江州有个神行太保戴宗，是他至爱相识，莫非正是此人？如何倒送书去害宋江？这一段事却又得天幸耽住，宋哥哥性命不当死，撞在我手里。你那火家，且与我把解药救醒他来，问个虚实缘由。"

当时火家把水调了解药，扶起来灌将下去。须臾之间，只见戴宗舒眉展眼，便扒起来，却见朱贵拆开家书在手里看。戴宗便叫道："你是甚人？好大胆，却把蒙汗药麻翻了我。如今又把太师府书信擅开，拆毁了封皮，却该甚罪！"朱贵笑道："这封鸟书打甚么不紧！休说拆开了太师府书札，便有利害，俺这里兀自要和大宋皇帝做个对头的！"戴宗听了大惊，便问道："足下好汉，你却是谁？愿求大名。"朱贵答道："俺这里行不更名，坐不改姓，梁山泊好汉旱地忽律朱贵的便是。"戴宗道："既然是梁山泊头领时，定然认得吴学究先生。"朱贵道："吴学究是俺大寨里军师，执掌兵权。足下如何认得他？"戴宗道："他和小可至爱相识。"朱贵道："亦闻军师多曾说来，兄长莫非是江州神行太保戴院长？"戴宗道："小可便是。"朱贵又问道："前者宋公明断配江州，经过山寨，吴军师曾寄一封书与足下。如今却倒去害宋三郎性命？"戴宗又说道："宋公明和我又是至爱弟兄，他如今为吟了反诗,救他不得。我如今正要往京师寻门路救他,我如何肯害他性命!"朱贵道:"你不信,请看蔡九知府的来书。"戴宗看了,自吃一惊,却把吴学究初寄的书,与宋公明相会的话,并宋江在浔阳楼醉后误题反诗一事,都将备细说了一遍。朱贵道:"既然如此,请院长亲到山寨里与众头领商议良策,可救宋公明性命。"

朱贵慌忙叫备分例酒食,管待了戴宗,便向水亭上,觑着对港放了一枝号箭。响箭到处,早有小喽啰摇过船来。朱贵便同戴宗带了信笼下船,到金沙滩上岸,引至大寨。吴用见报,连忙下关迎接,见了戴宗,叙礼道:"间别久矣!今日甚风吹得到此?且请到大寨里来。"与众头领相见了,朱贵说起戴宗来的缘故,"如今宋公明见监在彼。"晁盖听得,慌忙请戴院长坐地,备问:"缘何我宋三郎吃官司,为因甚么事起来?"戴宗却把宋江吟反诗的事,一一对晁盖等众人说了。晁盖听罢大惊,便要起请众头领,点了人马,下山去打江州,救取宋三郎上山。吴用谏道:"哥哥不可造次。江州离此间路远,军马去时,诚恐因而惹祸,打草惊蛇,倒送宋公明性命。此一件事,不可力敌,只可智取。吴用不才,略施小计,只在戴院长身上,定要救宋三郎性命。"晁盖道:"愿闻军师妙计。"吴学究道:"如今蔡九知府却差院长送书上东京去,讨太师回报。只这封书上,将计就计,写一封假回书,教院长回去。书上只说教把犯人宋江切不可施行,便须密切差的当[1]人员解赴东京,问了详细,定行处决示众,断绝童谣。等他解来此间

----

〔1〕 的(dí)当——恰当,妥当。

经过，我这里自差人下山夺了。此计如何？"晁盖道："倘若不从这里经过，却不误了大事？"公孙胜便道："这个何难。我们自着人去远近探听，遮莫从那里过，务要等着，好歹夺了。只怕不能勾他解来。"

晁盖道："好却是好，只是没人会写蔡京笔迹。"吴学究道："吴用已思量心里了。如今天下盛行四家字体，是苏东坡、黄鲁直、米元章、蔡太师四家字体。苏、黄、米、蔡，宋朝四绝。小生曾和济州城里一个秀才做相识，那人姓萧名让。因他会写诸家字体，人都唤他做圣手书生。又会使枪弄棒，舞剑轮刀。吴用知他写得蔡京笔迹。不若央及戴院长，就到他家，赚道泰安州岳庙里要写道碑文，先送五十两银子在此，作安家之资，便要他来。随后却使人赚了他老小上山，就教本人入伙，如何？"晁盖道："书有他写，便好歹也须用使个图书印记。"吴学究又道："吴用再有个相识，小生亦思量在肚里了。这人也是中原一绝，见在济州城里居住，本身姓金，双名大坚。开得好石碑文，剔得好图书玉石印记，亦会枪棒厮打。因为他雕得好玉石，人都称他做玉臂匠。也把五十两银去，就赚他来镌碑文。到半路上，却也如此行便了。这两个人山寨里亦有用他处。"晁盖道："妙哉！"当日且安排筵席，管待戴宗，就晚歇了。

次日早饭罢，烦请戴院长打扮做太保模样，将了一二百两银子，拴上甲马，便下山，把船渡过金沙滩上岸，拽开脚步奔到济州来。没两个时辰，早到城里。寻问圣手书生萧让住处，有人指道："只在州衙东首文庙前居住。"戴宗径到门首，咳嗽一声，问道："萧先生有么？"只见一个秀才从里面出来。那人怎生模样？有诗为证：

青衫乌帽气棱棱,顷刻龙蛇笔底生。

米蔡苏黄能仿佛,善书圣手有名声。

那萧让出到外面,见了戴宗,却不认得,便问道:"太保何处?有甚见教?"戴宗施礼罢,说道:"小可是泰安州岳庙里打供太保。今为本庙重修五岳楼,本州上户要刻道碑文,特地教小可赍白银五十两作安家之资,请秀才便那尊步,同到庙里作文则个。选定了日期,不可迟滞。"萧让道:"小生只会作文及书丹[1],别无甚用。如要立碑,还用刊字匠作。"戴宗道:"小可再有五十两白银,就要请玉臂匠金大坚刻石。拣定了好日,万望二位便那尊步。"萧让得了五十两银子,便和戴宗同来寻请金大坚。正行过文庙,只见萧让把手指道:"前面那个来的,便是玉臂匠金大坚。"戴宗抬头看时,见那人眉目不凡,资质秀丽。那人怎生模样?有诗为证:

凤篆龙章信手生,雕镌印信更分明。

人称玉臂非虚誉,艺苑驰声第一名。

当时萧让唤住金大坚,教与戴宗相见,且说泰安州岳庙里重修五岳楼,众上户要立道碑文碣石之事:"这太保特地各赍五十两银子,来请我和你两个去。"金大坚见了银子,心中欢喜。两个邀请戴宗就酒肆中沽三杯,置些蔬食,管待了。戴宗就付与金大坚五十两银子,作安家之资,又说道:"阴阳人[2]已拣定了日期,请二位今日便

---

[1] 书丹——用朱墨写在碑上待刻的文字。
[2] 阴阳人——即风水先生,以卜课、打卦、算时、择日、选择住宅、坟地为职业的人。

烦动身。"萧让道："天气暄热，今日便动身也行不多路，前面赶不上宿头。只是来日起个五更，挨门出去。"金大坚道："正是如此说。"两个都约定了来早起身，各自归家，收拾动用。萧让留戴宗在家宿歇。

次日五更，金大坚持了包裹行头，来和萧让、戴宗三人同行。离了济州城里，行不过十里多路，戴宗道："二位先生慢来，不敢催逼。小可先去报知众上户来接二位。"拽开步数，争先去了。这两个背着些包裹，自慢慢而行。看看走到未牌时分，约莫也走过了七八十里路，只见前面一声唿哨响，山城坡下跳出一伙好汉，约有四五十人。当头一个好汉，正是那清风山王矮虎，大喝一声道："你那两个是甚么人？那里去？孩儿们，拿这厮取心儿吃酒。"萧让告道："小人两个是上泰安州刻石镌文的，又没一分财赋，止有几件衣服。"王矮虎喝道："俺不要你财赋、衣服，只要你两个聪明人的心肝做下酒。"萧让和金大坚焦躁，倚仗各人胸中本事，便挺着杆棒，径奔王矮虎。王矮虎也挺朴刀来斗两个。三人各使手中器械，约战了五七合，王矮虎转身便走。两个却待去赶，听得山上锣声又响，左边走出云里金刚宋万，右边走出摸着天杜迁，背后却是白面郎君郑天寿，各带三十馀人一发上，把萧让、金大坚横拖倒拽，捉投林子里来。

四筹好汉道："你两个放心，我们奉着晁天王的将令，特来请你二位上山入伙。"萧让道："山寨里要我们何用？我两个手无缚鸡之力，只好吃饭。"杜迁道："吴军师一来与你相识，二乃知你两个武艺本事，特使戴宗来宅上相请。"萧让、金大坚都面面厮觑，做声不得。当时都到旱地忽律朱贵酒店里，相待了分例酒食，连夜唤船，便送上山来。到得大寨,晁盖、吴用并头领众人都相见了,一面安排筵席相待,且说修蔡京回书一事,"因请二位上山入伙,共聚大义。"两个听了,都扯住吴学究道:"我们在此趋侍不妨,只恨各家都有老小在彼,明日官司知道,必然坏了!"吴用道:"二位贤弟不必忧心,天明时便有分晓。"当夜只顾吃酒歇了。

次日天明,只见小喽啰报道:"都到了。"吴学究道:"请二位贤弟亲自去接宝眷。"萧让、金大坚听得,半信半不信。两个下至半山,只见数乘轿子,抬着两家老小上山来。两个惊着呆了,问其备细,老小说道:"你两个出门之后,只见这一行人将着轿子来,说家长只在城外客店里中了暑风,快叫取老小来看救。出得城时,不容我们下轿,直抬到这里。"两家都一般说。萧让听了,与金大坚两个闭口无言,只得死心塌地,再回山寨入伙。

安顿了两家老小,吴学究却请出来与萧让商议写蔡京字体回书,去救宋公明。金大坚便道:"从来雕得蔡京的诸样图书名讳字号。"当时两个动手完成,安排了回书,备个筵席,便送戴宗起程,分付了备细书意。戴宗辞了众头领,相别下山,小喽啰已把船只渡过金沙滩,送至朱贵酒店里。戴宗取四个甲马,拴在腿上,作别朱贵,拽开脚步,登程去了。

且说吴用送了戴宗过渡,自同众头领再回大寨筵席。正饮酒之间,只见吴学究叫声苦,不知高低。众头领问道:"军师何故叫苦?"吴用便道:"你众人不知,是我这封书,倒送了戴宗和宋公明性命也。"众头领大惊,连忙问道:"军师书上却是怎地差错?"吴学究道:

"是我一时只顾其前,不顾其后,书中有个老大脱卯[1]。"萧让便道:"小生写的字体,和蔡太师字体一般,语句又不曾差了。请问军师,不知那一处脱卯?"金大坚又道:"小生雕的图书,亦无纤毫差错,怎地见得有脱卯处?"

吴学究叠两个指头,说出这个差错脱卯处。有分教:众好汉大闹江州城,鼎沸白龙庙。直教弓弩丛中逃性命,刀枪林里救英雄。毕竟军师吴学究说出怎生脱卯来,且听下回分解。

---

[1] 脱卯——脱节,漏洞。

第四十回

梁山泊好汉劫法场　白龙庙英雄小聚义

诗曰：

有忠有信天颜助，行德行仁后必昌。

九死中间还得活，六阴之下必生阳。

若非吴用施奇计，焉得公明离法场。

古庙英雄欢会处，彩旗金鼓势鹰扬。

话说当时晁盖并众人听了，请问军师道："这封书如何有脱卯处？"吴用说道："早间戴院长将去的回书，是我一时不仔细，见不到处。才使的那个图书，不是玉箸篆文'翰林蔡京'四字？只是这个图书，便是教戴宗吃官司。"金大坚便道："小弟每每见蔡太师书缄，并他的文章，都是这样图书。今次雕得无纤毫差错，如何有破绽？"吴学究道："你众位不知。如今江州蔡九知府，是蔡太师儿子，如何父写书与儿子却使个讳字图书？因此差了。是我见不到处。此人到江州，必被盘诘，问出实情，却是利害。"晁盖道："快使人去赶唤他回来，别写如何？"吴学究道："如何赶得上。他作起神行法来，这早晚已走过五百里了。只是事不宜迟，我们只得恁地，可救他两个。"晁盖道："怎生去救？用何良策？"吴学究便向前与晁盖耳边说道："这般这般，如此如此。主将便可暗传下号令与众人知道，只是如此动身,休要误了日期。"众多好汉得了将令,各各拴束行头,连夜下山,望江州来,不在话下。说话的,如何不说计策出?管教下回便见。

且说戴宗扣着日期,回到江州,当厅下了回书。蔡九知府见了戴宗如期回来,好生欢喜,先取酒来赏了三钟,亲自接了回书,便道:"你曾见我太师么?"戴宗禀道:"小人只住得一夜便回了,不曾得见恩相。"知府拆开封皮,看见前面说:"信笼内许多物件都收了。"背后说:"妖人宋江,今上自要他看,可令牢固陷车盛载,密切差的当人员,连夜解上京师。沿途休教走失。"书尾说:"黄文炳早晚奏过天子,必然自有除授。"蔡九知府看了,喜不自胜,教取一锭二十五两花银,赏了戴宗。一面分付教合陷车,商量差人解发起身。戴宗谢了,自回下处,买了些酒肉来牢里看觑宋江,不在话下。

且说蔡九知府催并合成陷车,过得一二日,正要起程,只见门子来报道:"无为军黄通判特来相探。"蔡九知府叫请至后堂相见。又送些礼物时新酒果。知府谢道:"累承厚意,何以克当!"黄文炳道:"村野微物,何足挂齿,不以为礼,何劳称谢。"知府道:"恭喜早晚必有荣除之庆。"黄文炳道:"相公何以知之?"知府道:"昨日下书人已回。妖人宋江教解京师。通判荣任,只在早晚奏过今上,升擢高任。家尊回书,备说此事。"黄文炳道:"既是恁地,深感恩相主荐。那个人下书,真乃神行人也。"知府道:"通判如不信时,就教观看家书,显得下官不谬。"黄文炳道:"小生只恐家书不敢擅看。如若相托,求借一观。"知府便道:"通判乃心腹之交,看有何妨。"便令从人取过家书递与黄文炳看。黄文炳接书在手,从头至尾,读了一遍,卷过来看了封皮,又见图书新鲜。黄文炳摇着头道:"这封书不是真的。"知府道:"通判错矣!此是家尊亲手笔迹,真正字体,如何不是真的?"黄文炳道:"相公容复,往常家书来时,曾有这个图书么?"知府道:"往常来的家书,却不曾有这个图书来,只是随手写的。今番以定是图书匣在手边,就便印了这个图书在封皮上。"黄文炳道:"相公,休怪小生多言,这封书被人瞒过了相公。方今天下盛行苏、黄、米、蔡四家字体,谁不习学得。况兼这个图书,是令尊府恩相做翰林大学士时使出来,法帖文字上,多有人曾见。如今升转太师丞相,如何肯把翰林图书使出来?更兼亦是父寄书与子,须不当用讳字图书。令尊府太师恩相,是个识穷天下学,览遍世间书,高明远见的人,安肯造次错用。相公不信小生轻薄之言,可细细盘问下书人,曾见府里谁来。若说不对,便是假书。休怪小生多言,只是错爱至厚,方敢僭言。"蔡九知府听了,说道:"这事不难。此人自来不曾到东京,一盘问便显虚实。"知府留住黄文炳在屏风背后坐地,随即升厅,公吏两边排立。知府叫唤戴宗有委用的事。当下做公的领了钧旨,四散去寻。有诗为证:

远贡鱼书达上台,机深文炳独疑猜。

神谋鬼计无人会,又被奸邪诱出来。

且说戴宗自回到江州,先去牢里见了宋江,附耳低言,将前事说了。宋江心中暗喜。次日,又有人请去酌杯,戴宗正在酒肆中吃酒,只见做公的四下来寻。当时把戴宗唤到厅上,蔡九知府问道:"前日有劳你走了一遭,真个办事,未曾重重赏你。"戴宗答道:"小人是承奉恩相差使的人，如何敢怠慢。"知府道："我正连日事忙，未曾问得你个仔细。你前日与我去京师，那座门入去？"戴宗道："小人到东京时，那日天色晚了，不知唤做甚么门。"知府又道："我家府里门前谁接着你？留你在那里歇？"戴宗道："小人到府前，寻见一个门子，接了书入去。少顷，门子出来，交收了信笼，着小人自去寻客店里歇了。次日早五更，去府门前伺候时，只见那门子回书出来。小人怕误了日期，那里敢再问备细，慌忙一径来了。"知府再问道："你见我府里那个门子，却是多少年纪？或是黑瘦也白净肥胖？长大也是矮小？有须的也是无须的？"戴宗道："小人到府里时，天色黑了。次早回时，又是五更时候，天色昏暗，不十分看得仔细。只觉不甚么长，中等身材，敢是有些髭须。"知府大怒，喝一声："拿下厅去！"傍边走过十数个狱卒牢子，将戴宗拖翻在当面。戴宗告道："小人无罪。"知府喝道："你这厮该死！我府里老门子王公，已死了数年，如今只是个小王看门，如何却道他年纪大，有髭髯？况兼门子小王，不能勾入府堂里去，但有各处来的书信缄帖，必须经由府堂里张干办，方才去见李都管，然后达知里面，才收礼物。便要回书，也须得伺候三日。我这信笼东西，如何没个心腹的人出来，问你个常便备细，就胡乱收了？我昨日一时间仓卒，被你这厮瞒过了。你如今只好好招说，这封书那里得来？"戴宗道："小人一时心慌，要赶程途，因此不曾看得分晓。"蔡九知府喝道："胡说！这贼骨头不打如何肯招！左右，与我加力打这厮！"狱卒牢子情知不好，觑不得面皮，把戴宗捆翻，打得皮开肉绽，鲜血迸流。戴宗捱不过拷打，只得招道："端的这封书是假的。"

知府道："你这厮怎地得这封假书来？"戴宗告道："小人路经梁山泊过，走出那一伙强人来，把小人劫了，绑缚上山，要割腹剖心。去小人身上，搜出书信看了，把信笼都夺了，却饶了小人。情知回乡不得，只要山中乞死。他那里却写这封书与小人，回来脱身。一时怕见罪责，小人瞒了恩相。"知府道："是便是了，中间还有些胡说。眼见得你和梁山泊贼人通同造意，谋了我信笼物件，却如何说这话。再打那厮！"

戴宗由他拷讯，只不肯招和梁山泊通情。蔡九知府再把戴宗拷讯了一回，语言前后相同，说道："不必问了。取具大枷枷了，下在牢里。"却退厅来，称谢黄文炳道："若非通判高见，下官险些儿误了大事！"黄文炳又道："眼见得这人也结连梁山泊，通同造意，谋叛为党。若不祛除，必为后患。"知府道："便把这两个问成了招状，立了文案，押去市曹斩首，然后写表申朝。"黄文炳道："相公高见极明。似此，一者朝廷见喜，知道相公干这件大功；二乃却是免得梁山泊草寇来劫牢。"知府道："通判高见甚远。下官自当动文书，亲自保举通判。"当日管待了黄文炳，送出府门，自回无为军去了。

次日，蔡九知府升厅，便唤当案孔目来分付道："快教叠了文案，把这宋江、戴宗的供状招款粘连了，一面写下犯由牌，教来日押赴市曹斩首施行。自古谋逆之人，决不待时。斩了宋江、戴宗，免致后患。"当案却是黄孔目，本人与戴宗颇好，却无缘便救他，只替他叫得苦。当日禀道："明日是个国家忌日，后日又是七月十五日中元之节，皆不可行刑。大后日亦是国家景命。直待五日后，方可施行。"

一者天幸救济宋江,二乃梁山泊好汉未至。蔡九知府听罢,依准黄孔目之言,直待第六日早晨,先差人去十字路口打扫了法场,饭后点起土兵和刀仗剑子,约有五百馀人,都在大牢门前伺候。巳牌已后,狱官禀了,知府亲自来做监斩官。黄孔目只得把犯由牌呈堂,当厅判了两个斩字,便将片芦席贴起来。江州府众多节级牢子,虽是和戴宗、宋江过得好,却没做道理救得他,众人只替他两个叫苦。当时打扮已了,就大牢里把宋江、戴宗两个匦扎起,又将胶水刷了头发,绾个鹅梨角儿,各插上一朵红绫子纸花。驱至青面圣者神案前,各与了一碗长休饭,永别酒。吃罢,辞了神案,漏转身来,搭上利子,六七十个狱卒,早把宋江在前,戴宗在后,推拥出牢门前来。宋江和戴宗两个,面面厮觑,各做声不得。宋江只把脚来跌,戴宗低了头,只叹气。江州府看的人,真乃压肩叠背,何止一二千人。但见:

愁云苒苒,怨气氛氲。头上日色无光,四下悲风乱吼。缨枪对对,数声鼓响丧三魂;棍棒森森,几下锣鸣催七魄。犯由牌高贴,人言此去几时回?白纸花双摇,都道这番难再活。长休饭颡内难吞,永别酒口中忍咽。狰狞剑子仗钢刀,丑恶押牢持法器。皂纛旗下,几多魍魉跟随;十字街头,无限强魂等候。监斩官忙施号令,仵作子准备扛尸。英雄气概霎时休,便是铁人须落泪。

剑子叫起恶杀都来[1],将宋江和戴宗前推后拥,押到市曹十字路口,团团枪棒围住。把宋江面南背北,将戴宗面北背南,两个纳坐

------
[1] 恶杀都来——宋、元、明时剑子手行刑前的叫喊声。恶杀,就是恶煞、凶神。

下,只等午时三刻监斩官到来开刀。那众人仰面看那犯由牌,上写道:

"江州府犯人一名宋江,故吟反诗,妄造妖言,结连梁山泊强寇,通同造反,律斩。犯人一名戴宗,与宋江暗递私书,结勾梁山泊强寇,通同谋叛,律斩。监斩官江州府知府蔡某。"

那知府勒住马,只等报来。只见法场东边一伙弄蛇的丐者,强要挨入法场里看,众土兵赶打不退。正相闹间,只见法场西边一伙使枪棒卖药的,也强挨将入来。土兵喝道:"你那伙人好不晓事!这是那里,强挨入来要看?"那伙使枪棒的说道:"你倒鸟村!我们冲州撞府,那里不曾去!到处看出人[1]。便是京师天子杀人,也放人看。你这小去处,砍得两个人,闹动了世界。我们便挨入来看一看,打甚么鸟紧!"正和土兵闹将起来。监斩官喝道:"且赶退去,休放过来!"闹犹未了,只见法场南边一伙挑担的脚夫,又要挨将入来。土兵喝道:"这里出人,你担那里去?"那伙人说道:"我们是挑东西送知府相公去的,你们如何敢阻当我?"土兵道:"便是相公衙里人,也只得去别处过一过。"那伙人就歇了担子,都掣了扁担,立在人丛里看。只见法场北边一伙客商,推两辆车子过来,定要挨入法场上来。土兵喝道:"你那伙人那里去?"客人应道:"我们要赶路程,可放我等过去。"土兵道:"这里出人,如何肯放你?你要赶路程,从别路过去。"那伙客人笑道:"你倒说得好。俺们便是京师来的人,不认得你这里鸟

---

[1] 出人——处决犯人。

路，那里过去？我们只是从这大路走。"土兵那里肯放，那伙客人齐齐的挨定了不动。四下里吵闹不住，这蔡九知府也禁治不得。又见那伙客人都盘在车子上，立定了看。

没多时，法场中间，人分开处，一个报，报道一声："午时三刻。"监斩官便道："斩讫报来！"两势下刀棒刽子便去开枷，行刑之人执定法刀在手。说时迟，一个个要见分明；那时快，看人人一齐发作。只见那伙客人在车子上听得斩讫，数内一个客人，便向怀中取出一面小锣儿，立在车子上，当当地敲得两三声，四下里一齐动手。有诗为证：

两首诗成便被囚，梁山豪杰定谋猷。

赝书舛印生疑惑，致使浔阳血漫流。

又见十字路口茶坊楼上，一个虎形黑大汉，脱得赤条条的，两只手握两把板斧，大吼一声，却似半天起个霹雳，从半空中跳将下来。手起斧落，早砍翻了两个行刑的刽子，便望监斩官马前砍将来。众土兵急待把枪去搠时，那里拦当得住。众人且簇拥蔡九知府，逃命去了。

只见东边那伙弄蛇的丐者，身边都掣出尖刀，看着土兵便杀。西边那伙使枪棒的，大发喊声，只顾乱杀将来，一派杀倒土兵狱卒。南边那伙挑担的脚夫，轮起扁担，横七竖八，都打翻了土兵和那看的人。北边那伙客人，都跳下车来，推过车子，拦住了人，两个客商钻将入来，一个背了宋江，一个背了戴宗。其馀的人，也有取出弓弩来射的，也有取出石子来打的，也有取出标枪来标的。原来扮客商的这伙，便是晁盖、花荣、黄信、吕方、郭盛。那伙扮使枪棒的，便是燕顺、刘唐、杜迁、宋万。扮挑担的，便是朱贵、王矮虎、郑天寿、石勇。那伙扮丐者的，便是阮小二、阮小五、阮小七、白胜。这一行，梁山泊共是十七个头领到来，带领小喽啰一百馀人，四下里杀将起来。只见那人丛里那个黑大汉，轮两把板斧，一昧地砍将来。晁盖等却不认得，只见他第一个出力，杀人最多。晁盖猛省起来："戴宗曾说，一个黑旋风李逵，和宋三郎最好，是个莽撞之人。"晁盖便叫道："前面那好汉，莫不是黑旋风？"那汉那里肯应，火杂杂地轮着大斧，只顾砍人。晁盖便教背宋江、戴宗的两个小喽啰，只顾跟着那黑大汉走。当下去十字街口，不问军官百姓，杀得尸横遍野，血流成渠，推倒擷翻的，不计其数。众头领撇了车辆担仗，一行人尽跟了黑大汉，直杀出城来。背后花荣、黄信、吕方、郭盛，四张弓箭，飞蝗般望后射来。那江州军民百姓，谁敢近前。这黑大汉直杀到江边来，身上血溅满身，兀自在江边杀人，百姓撞着的，都被他翻筋斗都砍下江里去。晁盖便挺朴刀叫道："不干百姓事，休只管伤人！"那汉那里来听叫唤，一斧一个，排头儿砍将去。

约莫离城沿江上也走了五七里路，前面望见尽是滔滔一派大江，却无了旱路。晁盖看见，只叫得苦。那黑大汉方才叫道："不要慌！且把哥哥背来庙里。"众人都到来看时，靠江一所大庙，两扇门紧紧地闭着。黑大汉两斧砍开，便抢入来。晁盖众人看时，两边都是老桧苍松，林木遮映，前面牌额上，四个金书大字，写道"白龙神庙"。小喽啰把宋江、戴宗背到庙里歇下，宋江方才敢开眼，见了晁盖等众人，哭道："哥哥！莫不是梦中相会？"晁盖便劝道："恩兄不肯在山，致有今日之苦。这个出力杀人的黑大汉是谁？"宋江道："这个便是叫做黑旋风李逵。他几番就要大牢里放了我，却是我怕走不脱，不肯依他。"晁盖道："却是难得这个人！出力最多，又不怕刀斧箭矢！"花荣便叫："且将衣服与俺二位兄长穿了。"

正相聚间，只见李逵提着双斧，从廊下走出来。宋江便叫住道："兄弟那里去？"李逵应道："寻那庙祝，一发杀了！叵耐那厮不来接我们，倒把鸟庙门关上了！我指望拿他来祭门，却寻那厮不见。"宋江道："你且来，先和我哥哥头领相见。"李逵听了，丢下双斧，望着晁盖跪了一跪，说道："大哥，休怪铁牛粗卤。"与众人都相见了，却认得朱贵是同乡人，两个大家欢喜。花荣便道："哥哥，你教众人只顾跟着李大哥走，如今来到这里，前面又是大江拦截住，断头路了，却又没一只船接应。倘或城中官军赶杀出来，却怎生迎敌，将何接济？"李逵便道："也不消得叫怎地好。我与你们再杀入城去，和那个鸟蔡九知府一发都砍了便走。"戴宗此时方才苏醒，便叫道："兄弟，使不得莽性！城里有五七千军马，若杀入去，必然有失。"阮小七便道："远望隔江那里有数只船在岸边，我弟兄三个赴水过去，夺那几只船过来载众人，如何？"晁盖道："此计是最上着。"

当时阮家三弟兄都脱剥了衣服，各人插把尖刀，便钻入水里去。约莫赴开得半里之际，只见江面上溜头流下三只棹船，吹风胡哨飞也似摇将来。众人看时，见那船上各有十数个人，都手里拿着军器。众人却慌将起来。宋江听得说了，便道："我命里这般合苦也！"奔出庙前看时，只见当头那只船上，坐着一条大汉，倒提一把明晃晃五股叉，

头上挽个穿心红一点髻儿,下面拽起条白绢水裩,口里吹着唿哨。宋江看时,不是别人,正是:

> 万里长江东到海,内中一个雄夫。面如傅粉体如酥。上山剜虎目,入水拔龙须。七昼波心能暗伏,水晶宫偷得明珠。翻江搅海勇身躯。人将张顺比,浪里白跳鱼。

当时张顺在头船上看见,喝道:"你那伙是什么人?敢在白龙庙里聚众!"宋江挺身出庙前,叫道:"兄弟救我!"张顺等见是宋江众人,大叫道:"好了!"那三只棹船,飞也似摇拢到岸边。三阮看见,也赴来。一行众人都上岸来到庙前。

宋江看时,张顺自引十数个壮汉在那只头船上;张横引着穆弘、穆春、薛永,带十数个庄客在一只船上;第三只船上,李俊引着李立、童威、童猛,也带十数个卖盐火家,都各执枪棒上岸来。张顺见了宋江,喜从天降。众人便拜道:"自从哥哥吃官司,兄弟坐立不安,又无路可救。近日又听得拿了戴院长,李大哥又不见面,我只得去寻了我哥哥,引到穆弘太公庄上,叫了许多相识。今日我们正要杀入江州,要劫牢救哥哥,不想仁兄已有好汉们救出,来到这里。不敢拜问,这伙豪杰莫非是梁山泊义士晁天王么?"宋江指着上首立的道:"这个便是晁盖哥哥。你等众位,都来庙里叙礼则个。"张顺等九人,晁盖等十七人,宋江、戴宗、李逵,共是二十九人,都入白龙庙聚会。这个唤做"白龙庙小聚会"。

当下二十九筹好汉,两两讲礼已罢。只见小喽啰入庙来报道:"江州城里,鸣锣擂鼓,整顿军马,出城来追赶。远远望见旗幡蔽日,刀剑如麻,前面都是带甲马军,后面尽是擎枪兵将,大刀阔斧,杀奔白龙庙路上来。"李逵听了,大叫一声:"杀将去!"提了双斧,便出庙门。晁盖叫道:"一不做,二不休!众好汉相助着晁某,直杀尽江州军马,方才回梁山泊去。"众英雄齐声应道:"愿依尊命。"

一百四五十人,一齐呐喊,杀奔江州岸上来。有分教:浔阳岸上,果然血染波红;湘浦江边,真乃尸如山积。直教跳浪苍龙喷毒火,巴山猛虎吼天风。毕竟晁盖等众好汉怎地脱身,且听下回分解。

第四十一回

宋江智取无为军　张顺活捉黄文炳

《念奴娇》：

大江东去，浪淘尽、千古风流人物。故垒西边，人道是、三国周瑜赤壁。乱石巉崖，惊涛拍岸，卷起千堆雪。江山如画，昔时多少豪杰！　遥想公瑾当年，小乔初嫁后，雄姿英发。羽扇纶巾，谈笑间，樯橹灰飞烟灭。故国神游，多情应笑我，早生华发。人生如梦，一樽还酹江月。

话说这篇词，乃《念奴娇》，是这故宋时东坡先生题咏赤壁怀古。汉末三分，曹操起兵百万之众，水陆并进，被周瑜用火，孔明祭风，跨江一战，杀得血染波红，尸如山叠。为何自家引这一段故事，将大比小？说不了江州城外白龙庙中，梁山泊好汉小聚义，劫了法场，救得宋江、戴宗。正是晁盖、花荣、黄信、吕方、郭盛、刘唐、燕顺、杜迁、宋万、朱贵、王矮虎、郑天寿、石勇、阮小二、阮小五、阮小七、白胜，共是一十七人，领带着八九十个悍勇壮健小喽啰；浔阳江上来接应的好汉，张顺、张横、李俊、李立、穆弘、穆春、童威、童猛、薛永九筹好汉，也带四十馀人，都是江面上做私商的火家，撑驾三只大船，前来接应；城里黑旋风李逵引众人杀至浔阳江边，两路救应，通共有一百四五十人，都在白龙庙里聚义。只听得小喽啰报道："江州城里军兵，擂鼓摇旗,鸣锣发喊,追赶到来。"

那黑旋风李逵听得,大吼了一声,提两把板斧,先出庙门。众好汉呐声喊,都挺手中军器,齐出庙来迎敌。刘唐、朱贵先把宋江、戴宗护送上船,李俊同张顺、三阮整顿船只。就江边看时,见城里出来的官军约有五七千:马军当先,都是顶盔衣甲,全副弓箭,手里都使长枪;背后步军簇拥,摇旗呐喊,杀奔前来。这里李逵当先轮着板斧,赤条条地飞奔砍将入去;背后便是花荣、黄信、吕方、郭盛四将拥护。花荣见前面的马军都扎住了枪,只怕李逵着伤,偷手取弓箭出来,搭上箭,拽满弓,望着为头领的一个马军,飕地一箭,只见翻筋斗射下马去。那一伙马军吃了一惊,各自奔命,拨转马头便走,倒把步军先冲倒了一半。这里众多好汉们一齐冲突将去,杀得那官军尸横遍野,血染江红,直杀到江州城下。城上策应官军早把擂木炮石打将下来,官军慌忙入城,关上城门。

众多好汉拖转黑旋风,回到白龙庙前下船。晁盖整点众人完备,都叫分头下船,开江〔1〕便走。却值顺风,拽起风帆,三只大船载了许多人马头领,却投穆太公庄上来。一帆顺风,早到岸边埠头,一行众人都上岸来。穆弘邀请众好汉到庄内学堂上,穆太公出来迎接,宋江等众人都相见了。太公道:"众头领连夜劳神,且请客房中安歇,将息贵体。"各人且去房里暂歇将养,整理衣服器械。当日穆弘叫庄客宰了一头黄牛,杀了十数个猪羊,鸡鹅鱼鸭,珍肴异馔,排下筵席,

---

〔1〕 开江——船只起碇离岸。

管待众头领。饮酒中间,说起许多情节。晁盖道:"若非是二哥众位把船相救,我等皆被陷于缧绁!"穆太公道:"你等如何却打从那条路上来?"李逵道:"我自只拣人多处杀将去,他们自要跟我来,我又不曾叫他!"众人听了都大笑。

宋江起身与众人道:"小人宋江、戴院长,若无众好汉相救时,皆死于非命。今日之恩,深于沧海,如何报答得众位!只恨黄文炳那厮,无中生有,要害我们,这冤仇如何不报!怎地启请众位好汉,再做个天大人情,去打了无为军,杀得黄文炳那厮,也与宋江消了这口无穷之恨。那时回去如何?"晁盖道:"贤弟众人在此,我们众人偷营劫寨,只可使一遍,如何再行得?似此奸贼,已有提备,不若且回山寨去聚起大队人马,一发和学究、公孙二先生,并林冲、秦明都来报仇,也未为晚矣。"宋江道:"若是回山去了,再不能勾得来。一者山遥路远,二乃江州必然申开明文,几时得来,不要痴想。只是趁这个机会,便好下手。不要等他做了准备,难以报仇。"花荣道:"哥哥见得是。然虽如此,只是无人识得路径,不知他地理如何。可先得个人去那里城中探听虚实,也要看无为军出没的路径去处,就要认黄文炳那贼的住处了,然后方好下手。"薛永便起身说道:"小弟多在江湖上行,此处无为军最熟。我去探听一遭如何?"宋江道:"若得贤弟去走一遭,最好。"薛永当日别了众人,自去了。

只说宋江自和众头领在穆弘庄上商议要打无为军一事,整顿军器枪刀,安排弓弩箭矢,打点大小船只等项提备。众人商量已了,只见薛永去了五日回来,带将一个人回到庄上来,拜见宋江。宋江看那

人时,但见:

> 黑瘦身材两眼鲜,智高胆大性如绵。
>
> 荆湖第一裁缝手,侯健人称通臂猿。

宋江并众头领看见薛永引这个人来,宋江便问道:"兄弟,这位壮士是谁?"薛永答道:"这人姓侯名健,祖居洪都人氏。江湖上人称他第一手裁缝,端的是飞针走线;更兼惯习枪棒,曾拜薛永为师。人都见他瘦,因此唤他做通臂猿。见在这无为军城里黄文炳家做生活。因见了小弟,就请在此。"宋江大喜,便教同坐商议。那人也是一座地煞星之数,自然义气相投。宋江便问江州消息,无为军路径如何。薛永说道:"如今蔡九知府计点官军百姓,被杀死有五百馀人,带伤中箭者不计其数,见今差人星夜申奏朝廷去了。城门日中后便关,出入的好生盘问得紧。原来哥哥被害一事,倒不干蔡九知府事,都是黄文炳那厮三回五次点拨知府,教害二位。如今见劫了法场,城中甚慌,晓夜提备。小弟又去无为军打听,正撞见侯健这个兄弟出来食饭,因是得知备细。"

宋江道:"侯兄何以知之?"侯健道:"小人自幼只爱习学枪棒、多得薛师父指教,因此不敢忘恩。近日黄通判特取小人来无为军他家做衣服,因出来行食,遇见师父,题起仁兄大名,说出此一节事来。小人要结识仁兄,特来报行备细。这黄文炳有个嫡亲哥哥,唤做黄文烨,与这文炳是一母所生二子。这黄文烨平生只是行善事,修桥补路,塑佛斋僧,扶危济困,救拔贫苦,那无为军城中都叫他黄佛子。这黄文炳虽是罢闲通判,心里只要害人。胜如己者妒之,不如己者害之,只是行歹事,无为军都叫他做黄蜂刺。他弟兄两个分开做两处住,只在一条巷内出入,靠北门里便是他家。黄文炳贴着城住,黄文烨近着大街。小人在他那里做生活,打听得黄通判回家来说:'这件事,蔡九知府已被瞒过了,却是我点拨他,教知府先斩了然后奏去。'黄文烨听得说时,只在背后骂,说道:'又做这等短命促掐[1]的事!于你无干,何故定要害他?倘或有天理之时,报应只在目前,却不是反招其祸。'这两日听得劫了法场,好生吃惊。昨夜去江州探望蔡九知府,与他计较,尚未回来。"宋江道:"黄文炳隔着他哥哥家多少路?"侯健道:"原是一家分开的,如今只隔着中间一个菜园。"宋江道:"黄文炳家多少人口?有几房头?"侯健道:"男子妇人通有四十五口。"宋江道:"天教我报仇,特地送这个人来。虽是如此,全靠众弟兄维持。"众人齐声应道:"当以死向前。正要驱除这等赃滥奸恶之人,与哥哥报仇雪恨,当效死力!"宋江又道:"只恨黄文炳那贼一个,却与无为军百姓无干。他兄既然仁德,亦不可害他,休教天下人骂我等不仁。众弟兄去时,不可分毫侵害百姓。今去那里,我有一计,只望众人扶助扶助。"众头领齐声道:"专听哥哥指教。"宋江道:"有烦穆太公对付八九十个叉袋,又要百十束芦柴,用着五只大船,两只小船。央及张顺、李俊驾两只小船,在江面上与他如此行。五只大船上,用着张横、三阮、童威和识水的人护船。此计方可。"穆弘道:"此间芦苇、油柴、布袋都有,我庄上的人都会使水驾船,便请哥

---

[1] 促掐——就是促狭。犹如现在北方话说的"缺德"。

哥行事。"宋江道："却用侯家兄弟引着薛永并白胜,先去无为军城中藏了。来日三更二点为期,只听门外放起带铃鹁鸽,便教白胜上城策应。先插一条白绢号带,近黄文炳家,便是上城去处。再又教石勇、杜迁扮做丐者,去城门边左近埋伏,只看火起为号,便下手杀把门军士。李俊、张顺只在江面上往来巡绰,等候策应。"

宋江分拨已定,薛永、白胜、侯健先自去了。随后再是石勇、杜迁扮做丐者,身边各藏了短刀暗器,也去了。这里是一面扛抬沙土布袋和芦苇油柴上船装载。众好汉至期各各拴缚了,身上都准备了器械。船舱里埋伏军汉。众头领分拨下船:晁盖、宋江、花荣在童威船上,燕顺、王矮虎、郑天寿在张横船上,戴宗、刘唐、黄信在阮小二船上,吕方、郭盛、李立在阮小五船上,穆弘、穆春、李逵在阮小七船上。只留下朱贵、宋万在穆太公庄,看理江州城里消息。先使童猛棹一只打渔快船,前去探路。小喽啰并军健都伏在舱里,大众庄客水手撑驾船只,当夜密地望无为军来。那条大江周接三江,浔阳江、扬子江从四川只到大海,一派本计九千三百里,作呼为万里长江。中间通着多少去处,有名的是云梦泽,邻接着洞庭湖。古人有诗为证:

　　万里长江水似倾,重湖七泽共流行。

　　滔滔骇浪应知险,渺渺洪涛谁不惊。

　　千古战争思晋宋,三分割据想英灵。

　　乾坤草昧生豪杰,搔动貔貅百万兵。

当夜五只棹船装载许多人伴,径奔无为军来。此时正是七月尽天气,夜凉风静,月白江清,水影山光,上下一碧。昔日参寥子有首

诗,题这江景,道是:

惊涛滚滚烟波杳,月淡风清九江晓。

欲从舟子问如何,但觉庐山眼中小。

是夜初更前后,大小船只都到无为江岸边,拣那有芦苇深处,一字儿缆定了船只。只见童猛回船来报道:"城里并无些动静。"宋江便叫手下众人,把这沙土布袋和芦苇干柴,都搬上岸,望城边来。听那更鼓时,正打二更。宋江叫小喽啰各各驮了沙土布袋并芦柴,就城边堆垛了。众好汉各挺手中军器,只留张横、三阮、两童守船接应,其馀头领都奔城边来。望城上时,约离北门有半里之路,宋江便叫放起带铃鹁鸽。只见城上一条竹竿,缚着白号带,风飘起来。宋江见了,便叫军士就这城边堆起沙土布袋,分付军汉,一面挑担芦苇油柴上城。只见白胜已在那里接应等候,把手指与众军汉道:"只那条巷便是黄文炳住处。"宋江问白胜道:"薛永、侯健在那里?"白胜道:"他两个潜入黄文炳家里去了,只等哥哥到来。"宋江又问道:"你曾见石勇、杜迁么?"白胜道:"他两个在城门边左近伺候。"宋江听罢,引了众好汉下城来,径到黄文炳门前,却见侯健闪在房檐下。宋江唤来,附耳低言道:"你去将菜园门开了,放他军士把芦苇油柴堆放里面。可教薛永寻把火来点着,却去敲黄文炳门道:'间壁大官人家失火,有箱笼什物搬来寄顿。'敲得门开,我自有摆布。"

宋江教众好汉分几个把住两头。侯健先去开了菜园门,军汉把芦柴搬来堆在里面。侯健就讨了火种,递与薛永,将来点着。侯健便闪出来,却去敲门,叫道:"间壁大官人家失火,有箱笼搬来寄顿。快开门则个!"里面听得,便起来看时,望见隔壁火起,连忙开门出来。晁盖、宋江等呐声喊杀将入去,众好汉亦各动手,见一个杀一个,见两个杀一双,把黄文炳一门内外大小四五十口尽皆杀了,不留一人,只不见了文炳一个。众好汉把他从前酷害良民,积攒下许多家私金银,收拾俱尽。大哨一声,众多好汉都扛了箱笼家财,却奔城上来。

且说石勇、杜迁见火起,各掣出尖刀,便杀把门军人。又见前街邻舍,拿了水桶梯子,都来救火。石勇、杜迁大喝道:"你那百姓休得向前!我们是梁山泊好汉数千在此,来杀黄文炳一门良贱,与宋江、戴宗报仇,不干你百姓事。你们快回家躲避了,休得出来闲管事!"众百姓还有不信的,立住了脚看。只见黑旋风李逵轮起两把板斧,着地卷将来,众邻舍方才呐声喊,抬了梯子水桶,一哄都走了。这边后巷也有几个守门军汉,带了些人,驮了麻搭火钩,都奔来救火。早被花荣张起弓,当头一箭,射翻了一个,大喝道:"要死的便来救火!"那伙军汉一齐都退去了。只见薛永拿着火把,便就黄文炳家里,前后点着,乱乱杂杂火起。看那火时,但见:

> 黑云匝地,红焰飞天。烨律律走万道金蛇,焰腾腾散千团火块。狂风相助,雕梁画栋片时休;炎焰涨空,大厦高堂弹指没。骊山顶上,多应褒姒戏诸侯;赤壁坡前,有若周瑜施妙计。丙丁神忿怒,踏翻回禄火车;南陆将施威,鼓动祝融炉冶。咸阳宫殿焚三月,即墨城池纵万牛。冯夷卷雪罔施功,神术栾巴实难救。

当时石勇、杜迁已杀倒把门军士,李逵砍断了铁锁,大开了城门。一半人从城上出去,一半人从城门下出去。张横、三阮、两童都来接应,合做一处,扛抬财物上船。无为军已知江州被梁山泊好汉劫了法场,杀死无数的人,如何敢出来追赶,只得回避了。这宋江一行人众好汉,只恨拿不着黄文炳,都上了船去,摇开江,自投穆弘庄上来,不在话下。

却说江州城里望见无为军火起,蒸天价红,满城中讲动,只得报知本府。这黄文炳正在府里议事,听得报说了,慌忙来禀知府道:"敝乡失火,急欲回家看觑!"蔡九知府听得,忙叫开城门,差一只官船相送。黄文炳谢了知府,随即出来,带了从人,慌速下船,摇开江面,望无为军来。看见火势猛烈,映得江面上都红,梢公说道:"这火只是北门里火。"黄文炳见说了,心里越慌。看看摇到江心里,只见一只小船,从江面上摇过去了。不多时,又是一只小船摇将过来,却不径过,望着官船直撞将来。从人喝道:"甚么船,敢如此直撞来!"只见那小船上一个大汉跳起来,手里拿着挠钩,口里应道:"去江州报失火的船。"黄文炳便钻出来,问道:"那里失火?"那大汉道:"北门里黄通判家,被梁山泊好汉杀了一家人口,劫了家私,如今正烧着哩。"黄文炳失口叫声苦,不知高低。那汉听了,一挠钩搭住了船,便跳过来。黄文炳是个乖觉的人,早瞧了八分,便奔船梢而走,望江里踊身便跳。忽见江面上一只船,水底下早钻过一个人,把黄文炳劈腰抱住,拦头揪起,扯上船来。船上那个大汉,早来接应,便把麻索绑了。水底下活捉了黄文炳的便是浪里白跳张顺,船上把挠钩的便是混江龙李俊。两个好汉立在船上,那摇官船的梢公只顾下拜。李俊说道:"我不杀你们,只要捉黄文炳这厮!你们自回去,说与那蔡九知府贼驴知道，俺梁山泊好汉们权寄下他那颗驴头，早晚便要来取！"梢公道："小人去说！"李俊、张顺拿了黄文炳过自己的船上，放那官船去了。

两个好汉棹了两只快船，径奔穆弘庄上来。早摇到岸边，望见一行头领都在岸上等候，搬运箱笼上岸。见说道拿得黄文炳，宋江不胜之喜。众好汉一齐心中大喜，说："正要此人见面。"李俊、张顺早把黄文炳带上岸来。众人看了，监押着离了江岸，到穆太公庄上来。朱贵、宋万接着，众人入到庄里草厅上坐下。宋江把黄文炳剥了湿衣服，绑在柳树上，请众头领团团坐定。宋江叫取一壶酒来，与众人把盏。上自晁盖，下至白胜，共是三十位好汉，都把遍了。宋江大骂："黄文炳！你这厮！我与你往日无冤，近日无仇，你如何只要害我？三回五次，教唆蔡九知府杀我两个。你既读圣贤之书，如何要做这等毒害的事？我又不与你有杀父之仇，你如何定要谋我？你哥哥黄文烨与你这厮一母所生，他怎恁般修善，扶危济困，救贫拔苦，久闻你那城中都称他做黄佛子，我昨夜分毫不曾侵犯他。你这厮在乡中只是害人，交结权势之人，浸润官长，欺压良善。胜如你的你便要妒他，不如你的你又要害他。我知道无为军人民都叫你做黄蜂刺，我今日且替你拔了这个'刺'！"黄文炳告道："小人已知过失，只求早死！"晁盖喝道："你那贼驴，怕你不死！你这厮早知今日，悔莫当初！"宋江便问道："那个兄弟替我下手？"只见黑旋风李逵跳起身来，说道："我与哥哥动手割这厮！我看他肥胖了，倒好烧吃。"晁盖道："说得是。教取把尖刀来，就讨盆炭火来，细细地割这厮，烧来下酒，与我贤弟消这怨气!"李逵拿起尖刀,看着黄文炳笑道:"你这厮在蔡九知府后堂,且会说黄道黑,拨置害人,无中生有撺掇他!今日你要快死,老爷却要你慢死!"便把尖刀先从腿上割起,拣好的就当面炭火上炙来下酒。割一块,炙一块,无片时,割了黄文炳,李逵方才把刀割开胸膛,取出心肝,把来与众头领做醒酒汤。众多好汉看割了黄文炳,都来草堂上与宋江贺喜。有诗为证:

文炳趋炎巧计乖,却将忠义苦挤排。

奸谋未遂身先死,难免剜心炙肉灾。

只见宋江先跪在地下,众头领慌忙都跪下,齐道:"哥哥有甚事,但说不妨,兄弟们敢不听!"宋江便道:"小可不才,自小学吏,初世为人,便要结识天下好汉。奈缘是力薄才疏,家贫不能接待,以遂平生之愿。自从刺配江州,经过之时,多感晁头领并众豪杰苦苦相留。宋江因见父命严训,不曾肯住。正是天赐机会,于路直至浔阳江上,又遭际许多豪杰。不想小可不才,一时间酒后狂言,险累了戴院长性命。感谢众位豪杰,不避凶险,来虎穴龙潭,力救残生;又蒙协助报了冤仇,恩同天地。今日如此犯下大罪,闹了两座州城,必然申奏去了。今日不由宋江不上梁山泊,投托哥哥去,未知众位意下若何?如是相从者,只今收拾便行;如不愿去的,一听尊命。只恐事发,反遭负累,烦可寻思。"说言未绝,李逵跳将起来便叫道:"都去,都去!但有不去的,吃我一鸟斧,砍做两截便罢!"宋江道:"你这般粗卤说话!全在各人弟兄们心肯意肯,方可同去。"众人议论道:"如今杀死了许多官军人马,闹了两处州郡,他如何不申奏朝廷?必然起军马来擒获。

今若不随哥哥去,同死同生,却投那里去？"宋江大喜,谢了众人。当日先叫朱贵和宋万前回山寨里去报知,次后分作五起进程:头一起便是晁盖、宋江、花荣、戴宗、李逵,第二起便是刘唐、杜迁、石勇、薛永、侯健,第三起便是李俊、李立、吕方、郭盛、童威、童猛,第四起便是黄信、张横、张顺、阮家三弟兄,第五起便是燕顺、王矮虎、穆弘、穆春、郑天寿、白胜。五起二十八个头领,带了一干人等,将这所得黄文炳家财,各各分开,装载上车子。穆弘带了穆太公并家小人等,将应有家财金宝,装载车上。庄客数内有不愿去的,都赍发他些银两,自投别主去佣工;有愿去的,一同便往。前四起陆续去了,已自行动。穆弘收拾庄内已了,放起十数个火把,烧了庄院,撇下了田地,自投梁山泊来。

且不说五起人马登程,节次[1]进发,只隔二十里而行。先说第一起晁盖、宋江、花荣、戴宗、李逵五骑马,带着车仗人等,在路行了三日,前面来到一个去处,地名唤做黄山门。宋江在马上与晁盖说道:"这座山生得形势怪恶,莫不有大伙在内？可着人催趱后面人马上来,一同过去。"说犹未了,已见前面山嘴上锣鸣鼓响。宋江道:"我说么！且不要走动,等后面人马到来,好和他厮杀。"花荣便拈弓搭箭在手,晁盖、戴宗各执朴刀,李逵拿着双斧,拥护着宋江,一齐趱马向前。只见山坡边闪出三五百个小喽啰,当先簇拥出四筹好汉,各挺军器在手,高声喝道:"你等大闹了江州,劫掠了无为军,杀害了许多

---

〔1〕 节次——前前后后、挨着次序的意思。这里指一队接着一队。

官军百姓,待回梁山泊去,我四个等你多时!会事的只留下宋江,都饶了你们性命!"宋江听得,便挺身出去,跪在地下,说道:"小可宋江被人陷害,冤屈无伸,今得四方豪杰,救了宋江性命。小可不知在何处触犯了四位英雄?万望高抬贵手,饶恕残生!"那四筹好汉见了宋江跪在前面,都慌忙滚鞍下马,撇了军器,飞奔前来,拜倒在地下,说道:"俺弟兄四个,只闻山东及时雨宋公明大名,想杀也不能勾见面!俺听知哥哥在江州为事吃官司,我弟兄商议定了,正要来劫牢,只是不得个实信。前日使小喽啰直到江州来探望,回来说道:'已有多少好汉闹了江州,劫了法场,救出往揭阳镇去了。后又烧了无为军,劫掠黄通判家。'料想哥哥必从这里来,节次使人路中来探望,不期今日得见仁兄之面。小寨里略备薄酒粗食,权当接风。请众好汉同到敝寨,盘桓片时,别当拜会。"

宋江大喜,扶起四位好汉,逐一请问大名。为头的那人姓欧名鹏,祖贯是黄州人氏。守把大江军户,因恶了本官,逃走在江湖上。绿林中熬出这个名字,唤做摩云金翅。有诗为证:

黄州生下英雄士,力壮身强武艺精。

行步如飞偏出众,摩云金翅是欧鹏。

第二个好汉姓蒋名敬,祖贯是湖南潭州人氏。原是落科举子出身,科举不第,弃文就武,颇有谋略,精通书算,积万累千,纤毫不差,亦能刺枪使棒,布阵排兵,因此人都唤他做神算子。有诗为证:

高额尖峰智虑精,先明何处可屯兵。

湖南秀气生豪杰,神算人称蒋敬名。

第三个好汉姓马名麟,祖贯是南京建康人氏。原是小番子闲汉出身,吹得双铁笛,使得好大滚刀,百十人近他不得,因此人都唤他做铁笛仙。有诗为证:

> 铁笛一声山石裂,铜刀两口鬼神惊。
>
> 马麟形貌真奇怪,人道神仙再降生。

第四个好汉姓陶名宗旺,祖贯是光州人氏。庄家田户出身,惯使一把铁锹,有的是气力,亦能使枪轮刀,因此人都唤做九尾龟。有诗为证:

> 五短身材黑面皮,铁锹敢掘泰山基。
>
> 光州庄户陶宗旺,古怪人称九尾龟。

这四筹好汉接住宋江,小喽啰早捧过果盒,一大壶酒,两大盘肉,托过来把盏。先递晁盖、宋江,次递花荣、戴宗、李逵,与众人都相见了,一面递酒。没两个时辰,第二起头领又到了,一个个尽都相见。把盏已遍,邀请众位上山。两起十位头领,先来到黄门山寨内。那四筹好汉便叫椎牛宰马管待,却教小喽啰陆续下山接请后面那三起十八位头领上山来筵宴。未及半日,三起好汉已都来到了,尽在聚义厅上筵席相会。宋江饮酒中间,在席上开话道:"今次宋江投奔了哥哥晁天王,上梁山泊去一同聚义。未知四位好汉肯弃了此处,同往梁山泊大寨相聚否?"四个好汉齐答道:"若蒙二位义士不弃贫贱,情愿执鞭坠镫。"宋江、晁盖大喜,便说道:"既是四位肯从大义,便请收拾起程。"众多头领俱各欢喜。在山寨住了一日,过了一夜。次日,宋江、晁盖仍旧做头一起下山,进发先去。次后依例而行,只隔着二十里远近而来。四筹好汉收拾起财帛金银等项,带领了小喽啰三五百人,便烧毁了寨栅,随作第六起登程。宋江又合得这四个好汉,心中甚喜,于路在马上对晁盖说道:"小弟来江湖上走了这几遭,虽是受了些惊恐,却也结识得这许多好汉。今日同哥哥上山去,这回只得死心蹋地与哥哥同死同生。"一路上说着闲话,不觉早来到朱贵酒店里了。

且说四个守山寨的头领吴用、公孙胜、林冲、秦明和两个新来的萧让、金大坚,已得朱贵、宋万先回报知,每日差小头目棹船出来酒店里迎接,一起起都到金沙滩上岸。擂鼓吹笛,众好汉们都乘马轿,迎上寨来。到得关下,军师吴学究等六人把了接风酒,都到聚义厅上,焚起一炉好香。晁盖便请宋江为山寨之主,坐第一把交椅。宋江那里肯,便道:"哥哥差矣!感蒙众位不避刀斧,救拔宋江性命。哥哥原是山寨之主,如何却让不才坐?若要坚执如此相让,宋江情愿就死!"晁盖道:"贤弟如何这般说?当初若不是贤弟担那血海般干系,救得我等七人性命上山,如何有今日之众?你正是山寨之恩主,你不坐,谁坐?"宋江道:"仁兄,论年齿兄长也大十岁。宋江若坐了,岂不自差?"再三推晁盖坐了第一位,宋江坐了第二位,吴学究坐了第三位,公孙胜坐了第四位。宋江道:"休分功劳高下,梁山泊一行旧头领,去左边主位上坐。新到头领,去右边客位上坐。待日后出力多寡,那时另行定夺。"众人齐道:"哥哥言之极当。"左边一带,是林冲、刘唐、阮小二、阮小五、阮小七、杜迁、宋万、朱贵、白胜;右边一带,论年甲次序,互相推让:花荣、秦明、黄信、戴宗、李逵、李俊、穆弘、张横、张顺、燕顺、吕方、郭盛、萧让、王矮虎、薛永、金大坚、穆春、李立、欧鹏、蒋敬、童威、童猛、马麟、石勇、侯健、郑天寿、陶宗旺。共是四十人头领坐下,大吹大擂,且吃庆喜筵席。

宋江说起江州蔡九知府捏造谣言一事,说与众人:"叵耐黄文炳那厮,事又不干他己,却在知府面前胡言乱道,解说道:'耗国因家木',耗散国家钱粮的人,必是家头着个木字,不是个宋字?'刀兵点水工',兴动刀兵之人,必是三点水着个工字,不是个江字?这个正应宋江身上。那后两句道:'纵横三十六,播乱在山东。'合主宋江造反在山东,以此拿了小可。不期戴宗院长又传了假书,以此黄文炳那厮撺掇知府,只要先斩后奏。若非众好汉救了,焉得到此!"李逵跳将起来道:"好!哥哥正应着天上的言语!虽然吃了他些苦,黄文炳那贼也吃我杀得快活。放着我们有许多军马,便造反怕怎地!晁盖哥哥便做了大皇帝,宋江哥哥便做了小皇帝,吴先生做个丞相,公孙道士便做个国师,我们都做个将军,杀去东京,夺了鸟位,在那里快活,却不好!不强似这个鸟水泊里!"戴宗慌忙喝道:"铁牛,你这厮胡说!你今日既到这里,不可使你那在江州性儿,须要听两位头领哥哥的言语号令,亦不许你胡言乱语,多嘴多舌。再如此多言插口,先割了你这颗头来为令,以警后人!"李逵道:"嗳也!若割了我这颗头,几时再长的一个出来?我只吃酒便了。"众多好汉都笑。晁盖先叫安顿穆太公一家老小。叫取过黄文炳的家财,赏劳了众多出力的小喽啰。取出原将来的信笼,交还戴院长收用。戴宗那里肯要,定教收放库内公支使用。晁盖叫众多小喽啰参拜了新头领李俊等,都参见了。连日山寨里杀牛宰马,作庆贺筵席,不在话下。

再说晁盖教向山前山后各拨定房屋居住,山寨里再起造房舍,修理城垣。至第三日酒席上,宋江起身对众头领说道:"宋江还有一件大事,正要禀众弟兄。小可今欲下山走一遭,乞假数日,未知众位肯否?"晁盖便问道:"贤弟今欲要往何处?干甚么大事?"

宋江不慌不忙说出这个去处。有分教:枪刀林里,再逃一遍残生;山岭边傍,传授千年勋业。正是:只因玄女书三卷,留得清风史数篇。毕竟宋公明要往何处去走一遭,且听下回分解。

第四十二回

还道村受三卷天书　宋公明遇九天玄女

诗曰：

为人当以孝为先，定省须教效圣贤。

一念不差方合义，寸心无愧可通天。

路通还道非侥幸，神授天书岂偶然。

遇宿逢高先降谶，宋江元是大罗仙。

话说当下宋江在筵上对众好汉道："小可宋江，自蒙救护上山，到此连日饮宴，甚是快乐。不知老父在家，正是如何。即目江州申奏京师，必然行移济州，着落郓城县追捉家属，比捕正犯。此事恐老父受惊，性命存亡不保。宋江想念：'哀哀父母，生我劬劳。欲报深恩，昊天罔极。'因老父生育之恩难报，暂离山寨，欲往敝乡，去家中搬取老父上山，昏定晨省，以尽孝敬，以绝挂念。不知众弟兄还肯容否？"晁盖道："贤弟，这件是人伦中大事，养生送死，人子之道。不成我和你受用快乐，倒教家中老父吃苦！如何不依贤弟。只是众兄弟们连日辛苦，寨中人马未定。再停两日，点起山寨些少人马，一径去取了来。"宋江道："仁兄，再过几日不妨。只恐江州行移到济州，追捉家属，这一件不好。以此事不宜迟，也不须点多人去，只宋江潜地自去，和兄弟宋清搬取老父，连夜上山来。那时使乡中神不知，鬼不觉。若还多带了人伴去时，必然惊吓乡里，反招不便。"晁盖道："贤弟，路中倘有疏失，无人可救。"宋江道："若为父亲，死而无怨。"当日苦留不住。宋江坚执要行，便取个毡笠戴了，提条短棒，腰带利刃，便下山去。众头领送过金沙滩自回。

且说宋江过了渡，到朱贵酒店里上岸，出大路投郓城县来。路上少不得饥餐渴饮，夜住晓行。一日，奔宋家村晚了，到不得，且投客店歇了。次日，趱行到宋家村时却早，且在林子里伏了，等待到晚，却投庄上来敲后门。庄里听得，只见宋清出来开门，见了哥哥，吃那一惊，慌忙道："哥哥，你回家来怎地？"宋江道："我特来家取父亲和你。"宋清道："哥哥，你在江州做了的事，如今这里都知道了。本县差下这两个赵都头，每日来勾取，管定了我们不得转动。只等江州文书到来，便要捉我们父子二人，下在牢里监禁，听候拿你。日里夜间，一二百土兵巡绰。你不宜迟，快去梁山泊请下众头领来，救父亲并兄弟。"宋江听了，惊得一身冷汗，不敢进门，转身便走，奔梁山泊路上来。是夜月色朦胧，路不分明。宋江只顾拣僻净小路去处走，约莫也走了一个更次，只听得背后有人发喊起来。宋江回头听时，只隔一二里路，看见一簇火把照亮，只听得叫道："宋江休走！早来纳降！"宋江一头走，一面肚里寻思："不听晁盖之言，果有今日之祸。皇天可怜，垂救宋江！"远远望见一个去处，只顾走。少间，风扫薄云，现出那轮明月，宋江方才认得仔细，叫声苦，不知高低。看了那个去处，有名唤做还道村。原来团团都是高山峻岭，山下一遭涧水，中间单单只一条路。入来这村，左来右去走，只是这条路，更没第二条路。宋江认的这个村口,欲待回身,却被背后赶来的人已把住了路口,火把照耀如同白日。宋江只得奔入村里来,寻路躲避。抹过一座林子,早看见一所古庙。但见:

> 墙垣颓损,殿宇倾斜。两廊画壁长青苔,满地花砖生碧草。门前小鬼,折臂膊不显狰狞;殿上判官,无幞头不成礼数。供床上蜘蛛结网,香炉内蝼蚁营窠。狐狸常睡纸炉中,蝙蝠不离神帐里。料想经年无客过,也知尽日有云来。

宋江只得推开庙门,乘着月光,入进庙里来,寻个躲避处。前殿后殿,相了一回,安不的身,心里越慌。只听的外面有人道:"多管只走在这庙里。"宋江听时,是赵能声音,急没躲处。见这殿上一所神厨,宋江揭起帐幔,望里面探身便钻入神厨里,安了短棒,做一堆儿伏在厨内,气也不敢喘,屁也不敢放。只听的外面拿着火把,照将入来。宋江在神厨里偷眼看时,赵能、赵得引着四五十人,拿着火把,各到处照,看看照上殿来。宋江道:"我今番走了死路,望阴灵遮护则个!神明庇佑!"一个个都走过了,没人看着神厨里。宋江道:"却不是天幸!"只见赵得将火把来神厨内照一照。宋江道:"我这番端的受缚!"赵得一只手将朴刀杆挑起神帐,上下把火只一照,火烟冲将起来,冲下一片屋尘来,正落在赵得眼里,眯了眼。便将火把丢在地下,一脚踏灭了,走出殿门外来,对土兵们道:"这厮不在庙里,别又无路,却走向那里去了?"土兵众人答道:"多是这厮走入村中树林里去了。这里不怕他走到那里去,这个村唤做还道村,只有这条路出入,里面虽有高山林木,却无路上的去,亦不怕他走了。都头只把住村口,他便会插翅飞上天去,也走不脱了。待天明,村里去细细搜捉。"赵能、赵得道:"也是。"引了土兵,下殿去了。宋江道:"却不是神明护佑!若还得了性命,必当重修庙宇,再建祠堂。阴灵保佑则个!"说犹未了,只听的有几个土兵在于庙门前叫道:"都头,在这里了。"赵能、赵得和众人一伙抢入来。宋江道:"却不又是晦气!这遭必被擒捉!"赵能到庙前问时:"在那里?"土兵道:"都头你来看,庙门上两个尘手迹,以定是却才推开庙门,闪在里面去了。"赵能道:"说的是,再仔细搜一搜看。"这伙人再入庙里来搜看。宋江道:"我命运这般蹇拙,今番必是休了!"那伙人去殿前殿后搜遍,只不曾翻过砖来。众人又搜了一回,火把看看照上殿来。赵能道:"多是只在神厨里。却才兄弟看不仔细,我自照一照看。"一个土兵拿着火把,赵能一手揭起帐幔,五七个人伸头来看。不看万事俱休,才看一看,只见神厨里卷起一阵恶风,将那火把都吹灭了,黑腾腾罩了庙宇,对面不见。赵能道:"却又作怪,平地里卷起这阵恶风来!想是神明在里面,定嗔怪我们只管来照,因此起这阵恶风显应。我们且去罢休。只守住村口,待天明再来寻获。"赵得道:"只是神厨里不曾看得仔细,再把枪去搠一搠。"赵能道:"也是。"两个却待向前,只听的殿后又卷起一阵怪风,吹的飞砂走石,滚将下来,摇的那殿宇吸吸地动,罩下一阵黑云,布合了上下,冷气侵人,毛发竖立。赵能情知不好,叫了赵得道:"兄弟快走,神明不乐!"众人一哄都奔下殿来,望庙门外跑走。有几个撅翻了的,也有闪肭[1]了腿的,扒的起来奔命。走出庙门,只听

---

[1] 肭(nù)——同"朒"。扭伤,折伤。

的庙里有人叫:"饶恕我们!"赵能再入来看时,两三个土兵跌倒在龙墀里,被树根钩住了衣服,死也挣不脱,手里丢了朴刀,扯着衣裳叫饶。宋江在神厨里听了,忍不住笑。赵能把土兵衣服解脱了,领出庙门去。有几个在前面的土兵说道:"我说这神道最灵,你们只管在里面缠障,引的小鬼发作起来!我们只去守住了村口等他,须不吃他飞了去。"赵能、赵得道:"说得是。只消村口四下里守定。"众人都望村口去了。

只说宋江在神厨里,口称惭愧道:"虽不被这厮们拿了,却怎能勾出村口去?"正在厨内寻思,百般无计,只听的后面廊下有人出来。宋江道:"却又是苦也! 早是不钻出去。"只见两个青衣童子,径到厨边,举口道:"小童奉娘娘法旨,请星主说话。"宋江那里敢做声答应。外面童子又道:"娘娘有请,星主可行。"宋江也不敢答应。外面童子又道:"宋星主休得迟疑,娘娘久等!"宋江听的莺声燕语,不是男子之音,便从椅子底下钻将出来看时,却是两个青衣女童,侍立在此床边。宋江吃了一惊,却是两个泥神。只听的外面又说道:"宋星主,娘娘有请。"宋江分开帐幔,钻将出来,只见是两个青衣螺髻[1]女童,齐齐躬身,各打个稽首。宋江看那女童时,但见:

朱颜绿发,皓齿明眸。飘飘不染尘埃,耿耿天仙风韵。螺蛳髻山峰堆拥,凤头鞋莲瓣轻盈。领抹深青,一色织成银缕;带飞

---
[1] 螺髻——螺蛳形的发髻。

真紫,双环结就金霞。依稀阆苑董双成,仿佛蓬莱花鸟使。

当下宋江问道:"二位仙童,自何而来?"青衣道:"奉娘娘法旨,有请星主赴宫。"宋江道:"仙童差矣!我自姓宋名江,不是甚么星主。"青衣道:"如何差了。请星主便行,娘娘久等!"宋江道:"甚么娘娘?亦不曾拜识,如何敢去?"青衣道:"星主到彼便知,不必询问。"宋江道:"娘娘在何处?"青衣道:"只在后面宫中。"

青衣前引便行,宋江随后跟下殿来。转过后殿侧首一座子墙角门,青衣道:"宋星主,从此间进来。"宋江跟入角门来看时,星月满天,香风拂拂,四下里都是茂林修竹。宋江寻思道:"原来这庙后又有这个去处。早知如此,却不来这里躲避,不受那许多惊恐!"宋江行着,觉道两边松树,香埠两行,夹种着都是合抱不交的大松树,中间平坦一条龟背大街。宋江看了,暗暗寻思道:"我倒不想古庙后有这般好路径。"跟着青衣,行不过一里来路,听得潺潺的涧水响。看前面时,一座青石桥,两边都是朱栏杆。岸上栽种奇花异草,苍松茂竹,翠柳夭桃;桥下翻银滚雪般的水,流从石洞里去。过的桥基看时,两行奇树,中间一座大朱红棂星门。宋江入的棂星门看时,抬头见一所宫殿。但见:

> 金钉朱户,碧瓦雕檐。飞龙盘柱戏明珠,双凤帏屏鸣晓日。红泥墙壁,纷纷御柳间宫花;翠霭楼台,淡淡祥光笼瑞影。窗横龟背,香风冉冉透黄纱;帘卷虾须,皓月团团悬紫绮。若非天上神仙府,定是人间帝主家。

宋江见了,寻思道:"我生居郓城县,不曾听的说有这个去处。"

心中惊恐，不敢动脚。青衣催促："请星主行。"一引，引入门内，有个龙墀，两廊下尽是朱红亭柱，都挂着绣帘，正中一所大殿，殿上灯烛荧煌。青衣从龙墀内一步步引到月台上，听得殿上阶前又有几个青衣道："娘娘有请星主进来。"

宋江到大殿上，不觉肌肤战栗，毛发倒竖。下面都是龙凤砖阶。青衣入帘内奏道："请至宋星主在阶前。"宋江到帘前御阶之下，躬身再拜，俯伏在地，口称："臣乃下浊庶民，不识圣上。伏望天慈，俯赐怜悯！"御帘内传旨："教请星主坐。"宋江那里敢抬头。教四个青衣扶上锦墩坐，宋江只得勉强坐下。殿上喝声"卷帘"，数个青衣早把朱帘卷起，搭在金钩上。娘娘问道："星主别来无恙？"宋江起身再拜道："臣乃庶民，不敢面觑圣容。"娘娘道："星主既然至此，不必多礼。"宋江恰才敢抬头舒眼，看见殿上金碧交辉，点着龙灯凤烛，两边都是青衣女童，执笏捧圭，执旌擎扇侍从；正中七宝九龙床上，坐着那个娘娘。宋江看时，但见：

> 头绾九龙飞凤髻，身穿金缕绛绡衣。蓝田玉带曳长裾，白玉圭璋擎彩袖。脸如莲萼，天然眉目映云环；唇似樱桃，自在规模端雪体。犹如王母宴蟠桃，却似嫦娥居月殿。正大仙容描不就，威严形像画难成。

那娘娘坐于九龙床上，手执白玉圭璋，口中说道："请星主到此，命童子献酒。"两下青衣女童执着奇花金瓶，捧酒过来斟在玉杯内。一个为首的女童，执玉杯递酒来劝宋江。宋江起身，不敢推辞，接过玉杯，朝娘娘跪饮了一杯。宋江觉道这酒馨香馥郁，如醍醐灌顶，甘露洒心。又是一个青衣捧过一盘仙枣,上劝宋江。宋江战战兢兢,怕失了体面,尖着指头拿了一枚,就而食之,怀核在手。青衣又斟过一杯酒来劝宋江,宋江又一饮而尽。娘娘法旨:"教再劝一杯。"青衣再斟一杯酒过来劝宋江,宋江又饮了。仙女托过仙枣,又食了两枚。共饮过三杯仙酒,三枚仙枣。宋江便觉道春色微醺,又怕酒后醉失体面,再拜道:"臣不胜酒量,望乞娘娘免赐。"殿上法旨道:"既是星主不能饮,酒可止。教取那三卷天书,赐与星主。"青衣去屏风背后,玉盘中托出黄罗袱子,包着三卷天书,度与宋江。宋江拜受看时,可长五寸,阔三寸,厚三寸。不敢开看,再拜祗受〔1〕,藏于袖中。娘娘法旨道:"宋星主,传汝三卷天书,汝可替天行道,为主全忠仗义,为臣辅国安民。去邪归正,他日功成果满,作为上卿。吾有四句天言,汝当记取,终身佩受,勿忘于心,勿泄于世。"宋江再拜:"愿受天言,臣不敢轻泄于世人。"娘娘法旨道:

"遇宿重重喜,逢高不是凶。

北幽南至睦,两处见奇功。"

宋江听毕,再拜谨受。娘娘法旨道:"玉帝因为星主魔心未断,道行未完,暂罚下方,不久重登紫府〔2〕,切不可分毫失忘。若是他日罪下酆都,吾亦不能救汝。此三卷之书,可以善观熟视。只可与天机星同观,其他皆不可见。功成之后,便可焚之,勿留在世。所嘱之

---

〔1〕 祗(zhī)受——恭敬的接受。
〔2〕 紫府——神话传说:神仙住的地方,叫做紫府。后文的"琼楼金阙",义同。

言,汝当记取。目今天凡相隔,难以久留,汝当速回。"便令童子急送星主回去,"他日琼楼金阙,再当重会。"宋江便谢了娘娘,跟随青衣女童,下得殿庭来。出得棂星门,送至石桥边,青衣道:"恰才星主受惊,不是娘娘护佑,已被擒拿。天明时,自然脱离了此难。星主,看石桥下水里二龙相戏。"宋江凭栏看时,果见二龙戏水。二青衣望下一推,宋江大叫一声,却撞在神厨内,觉来乃是南柯一梦。

宋江扒将起来看时,月影正午,料是三更时分。宋江把袖子里摸时,手里枣核三个,袖里帕子包着天书。摸将出来看时,果是三卷天书,又只觉口里酒香。宋江想道:"这一梦真乃奇异,似梦非梦! 若把做梦来,如何有这天书在袖子里,口中又酒香,枣核在手里,说与我的言语都记得,不曾忘了一句? 不把做梦来,我自分明在神厨里,一跤撷将出来。有甚难见处,想是此间神圣最灵,显化如此。只是不知是何神明?"揭起帐幔看时,九龙椅上坐着一个娘娘,正和梦中一般。宋江寻思道:"这娘娘呼我做星主,想我前生非等闲人也。这三卷天书必然有用,分付我的四句天言,不曾忘了。青衣女童道:'天明时,自然脱离此村之厄。'如今天色渐明,我却出去。"便探手去厨里摸了短棒,把衣服拂拭了,一步步撷下殿来。便从左廊下转出庙前,仰面看时,旧牌额上刻着四个金字道:"玄女之庙"。宋江以手加额称谢道:"惭愧! 原来是九天玄女娘娘,传受与我三卷天书,又救了我的性命! 如若能勾再见天日之面,必当来此重修庙宇,再建殿庭。伏望圣慈,俯垂护佑!"称谢已毕。有诗为证:

还道村中夜避灾,荒凉古庙侧身来。

第四十二回　还道村受三卷天书　宋公明遇九天玄女 | 617

只因一念通溟漠,方得天书降上台。

宋江只得望着村口,悄悄出来。离庙未远,只听得前面远远地喊声连天。宋江寻思道:"又不济了!"立住了脚,"且未可出去。我若到他前面,定吃他拿了。不如且在这里路傍树背后躲一躲。"却才闪得入树背后去,只见数个土兵急急走得喘做一堆,把刀枪拄着,一步步撅将入来,口里声声都只叫道:"神圣救命则个!"宋江在树背后看了,寻思道:"却又作怪!他们把着村口,等我出来拿我,却又怎地众人抢入来?"再看时,赵能也抢入来,口里叫道:"我们都是死也!"宋江道:"那厮如何恁地慌?"却见背后一条大汉追将入来。那大汉上半截不着一丝,露出鬼怪般肉,手里拿着两把夹钢板斧,口里喝道:"含鸟休走!"远观不睹,近看分明,正是黑旋风李逵。宋江想道:"莫非是梦里么?"不敢走出去。那赵能正走到庙前,被松树根只一绊,一跤撅在地下。李逵赶上,就势一脚,踏住脊背,手起大斧却待要砍。背后又是两筹好汉赶上来,把毡笠儿掀在脊梁上,各挺一条朴刀,上首的是欧鹏,下首的是陶宗旺。李逵见他两个赶来,恐怕争功坏了义气,就手把赵能一斧,砍做两半,连胸膛都砍开了,跳将起来,把土兵赶杀四散走了。宋江兀自不敢便走出来。背后只见又赶上三筹好汉,也杀将来,前面赤发鬼刘唐,第二石将军石勇,第三催命判官李立。这六筹好汉说道:"这厮们都杀散了,只寻不见哥哥,却怎生是好?"石勇叫道:"兀那松树背后一个人立在那里。"宋江方才敢挺身出来,说道:"感谢众兄弟们,又来救我性命,将何以报大恩?"六筹好汉见了宋江,大喜道:"哥哥有了!快去报与晁头领得知。"石勇、李立分投去了。

宋江问刘唐道："你们如何得知，来这里救我？"刘唐答道："哥哥前脚下得山来，晁头领与吴军师放心不下，便叫戴院长随即下来探听哥哥下落。晁头领又自己放心不下，再着我等众人前来接应，只恐哥哥倘有些疏失。半路里撞见戴宗道：'两个贼驴追赶捕捉哥哥。'晁头领大怒，分付戴宗去山寨，只教留下吴军师、公孙胜、阮家三弟兄、吕方、郭盛、朱贵、白胜看守寨栅，其馀兄弟都教来此间寻赶哥哥。听得人说道：'赶宋江入还道村去了。'村口守把的这厮们尽数杀了，不留一个，只有这几个奔进村里来。随即李大哥追来，我等都赶入来。不想哥哥在这里！"说犹未了，石勇引将晁盖、花荣、秦明、黄信、薛永、蒋敬、马麟到来，李立引将李俊、穆弘、张横、张顺、穆春、侯健、萧让、金大坚一行，众多好汉都相见了。宋江作谢众位头领。晁盖道："我叫贤弟不须亲自下山，不听愚兄之言，险些儿又做出来。"宋江道："小可兄弟只为父亲这一事，悬肠挂肚，坐卧不安，不由宋江不来取。"晁盖道："好教贤弟欢喜，令尊并令弟家眷，我先叫戴宗引杜迁、宋万、王矮虎、郑天寿、童威、童猛送去，已到山寨中了。"宋江听得大喜，拜谢晁盖道："若得仁兄如此施恩，宋江死亦无怨。"晁盖、宋江俱各欢喜，与众头领各各上马，离了还道村口。宋江在马上以手加额，望空顶礼，称谢："神明庇佑之力，容日专当拜还心愿。"有诗为证：

且喜馀生得命归，剥床深喜脱灾非。

仰天祝谢仁晁盖，暗把家园载得回。

且说一行人马离了还道村，径回梁山泊来。吴学究领了守山头领,直到金沙滩,都来迎接着。到得大寨聚义厅上,众好汉都相见了。宋江问道:"老父何在?"晁盖便叫:"请宋太公出来。"不多时,铁扇子宋清策着一乘山轿,抬着宋太公到来。众人扶策下轿,上厅来。宋江见了,喜从天降,笑逐颜开。宋江再拜道:"老父惊恐!宋江做了不孝之子,负累了父亲吃惊受怕!"宋太公道:"叵耐赵能那厮弟兄两个,每日拨人来守定了我们,只待江州公文到来,便要捉取我父子二人解送官司。听得你在庄后敲门,此时已有八九个土兵在前面草厅上,续后不见了,不知怎地赶出去了。到三更时候,又有二百馀人把庄门开了,将我搭扶上轿抬了,教你兄弟四郎收拾了箱笼,放火烧了庄院。那时不由我问个缘由,径来到这里。"宋江道:"今日父子团圆相见,皆赖众兄弟之力也!"叫兄弟宋清拜谢了众头领。晁盖众人都来参见宋太公已毕,一面杀牛宰马,且做庆喜筵席,作贺宋公明父子团圆。当日尽醉方散,次日又排筵宴贺喜,大小头领尽皆欢喜。

第三日,又做筵席,庆贺宋江父子完聚。忽然感动公孙胜一个念头,思忆老母在蓟州,离家日久,未知如何。众人饮酒之时,只见公孙胜起身对众头领说道:"感蒙众位豪杰相带贫道许多时,恩同骨肉。只是小道自从跟随着晁头领到山,逐日宴乐,一向不曾还乡。蓟州老母在彼,亦恐我真人本师悬望,欲待回乡省视一遭。暂别众头领,三五个月再回来相见,以满小道之愿,免致老母挂念悬望之心。"晁盖道:"向日已闻先生所言,令堂在北方无人侍奉。今既如此说时,难以阻当,只是不忍分别。虽然要行,只是来日相送。"公孙胜谢了,当日尽醉方散,各自归帐内安歇。次日早,就关下排了筵席,与公孙胜饯行。其日众头领都在关下送路。

且说公孙胜依旧做云游道士打扮了,腰里腰包、肚包,背上雌雄宝剑,肩胛上挂着棕笠,手中拿把鳖壳扇,便下山来。众头领接住,就关下筵席,各各把盏送别。饯行已遍,晁盖道:"一清先生,此去难留,却不可失信。本是不容先生去,只是老尊堂在上,不敢阻当。百日之外,专望鹤驾降临,切不可爽约。"公孙胜道:"重蒙列位头领看待许久,小道岂敢失信。回家参过本师真人,安顿了老母,便回山寨。"宋江道:"先生何不将带几个人去,一发就搬取老尊堂上山,早晚也得侍奉。"公孙胜道:"老母平生只爱清幽,吃不得惊唬,因此不敢取来。家中自有田产山庄,老母自能料理。小道只去省视一遭便来,再得聚义。"宋江道:"既然如此,专听尊命。只望早早降临为幸!"晁盖取出一盘黄白之资相送。公孙胜道:"不消许多,但只要三分足矣。"晁盖定教收了一半,打拴在腰包里,打个稽首,别了众人,过金沙滩便行,望蓟州去了。

众头领席散,却待上山,只见黑旋风李逵就关下放声大哭起来。宋江连忙问道:"兄弟,你如何烦恼?"李逵哭道:"干鸟气么!这个也去取爷,那个也去望娘,偏铁牛是土掘坑里钻出来的!"晁盖便问道:"你如今待要怎地?"李逵道:"我只有一个老娘在家里,我的哥哥又在别人家做长工,如何养得我娘快乐?我要去取他来这里,快乐几时也好。"晁盖道:"李逵说的是。我差几个人同你去取了上山来,也是十分好事。"宋江便道:"使不得!李家兄弟生性不好,回乡去必然有失。若是教人和他去,亦是不好。况且他性如烈火,到路上必有冲撞。他又在江州杀了许多人,那个不认得他是黑旋风。这几时官司如何不行移文书到那里了?必然原籍追捕。你又形貌凶恶,倘有疏失,路程遥远,如何得知。你且过几时,打听得平静了,去取未迟。"李逵焦躁,叫道:"哥哥,你也是个不平心的人!你的爷便要取上山来快活,我的娘由他在村里受苦。兀的不是气破了铁牛的肚子!"宋江道:"兄弟,你不要焦躁。既是要去取娘,只依我三件事,便放你去。"李逵道:"你且说那三件事?"

　　宋江点两个指头,说出这三件事来。有分教:李逵去高山顶上,杀一窝猛兽毒虫;沂水县中,损几个生灵性命。直使施为撼地摇天手,来斗巴山跳涧虫。毕竟宋江对李逵说出那三件事来,且听下回分解。

第四十三回

假李逵剪径劫单人　黑旋风沂岭杀四虎

诗曰：

家住沂州翠岭东，杀人放火恣行凶。

因餐虎肉长躯健，好吃人心两眼红。

闲向溪边磨巨斧，闷来岩畔斫乔松。

有人问我名和姓，撼地摇天黑旋风。

话说李逵道："哥哥，你且说那三件事，尽依。"宋江道："你要去沂州沂水县搬取母亲，第一件，径回，不可吃酒；第二件，因你性急，谁肯和你同去，你只自悄悄地取了娘便来；第三件，你使的那两把板斧，休要带去，路上小心在意，早去早回。"李逵道："这三件事有甚么依不得！哥哥放心。我只今日便行，我也不住了。"当下李逵拽扎得爽利，只跨一口腰刀，提条朴刀，带了一锭大银，三五个小银子，吃了几杯酒，唱个大喏，别了众人，便下山来，过金沙滩去了。

晁盖、宋江并众头领送行已罢，回到大寨里聚义厅上坐定。宋江放心不下，对众人说道："李逵这个兄弟，此去必然有失。不知众兄弟们谁是他乡中人，可与他那里探听个消息？"杜迁便道："只有朱贵原是沂州沂水县人，与他是乡里。"宋江听罢，说道："我却忘了。前日在白龙庙聚会时，李逵已自认得朱贵是同乡人。"宋江便着人去请朱贵。小喽啰飞报下山来，直至店里，请的朱贵到来。宋江道："今有李逵兄弟前往家乡搬取老母，因他酒性不好，为此不肯差人与他同去。诚恐路上有失，我们难得知道。今知贤弟是他乡中人，你可去他那里探听走一遭。"朱贵答道："小弟是沂州沂水县人，见在一个兄弟，唤做朱富，在本县西门外开着个酒店。这李逵，他是本县百丈村董店东住，有个哥哥，唤做李达，专与人家做长工。这李逵自小凶顽，因打死了人，逃走在江湖上，一向不曾回归。如今着小弟去那里探听也不妨，只怕店里无人看管。小弟也多时不曾还乡，亦就要回家探望兄弟一遭。"宋江道："这个无人看店，不必你忧心，我自教侯健、石勇替你暂管几日。"朱贵领了这言语，相辞了众头领下山来，便走到店里，收拾包裹，交割铺面与石勇、侯健，自奔沂州去了。这里宋江与晁盖在寨中每日筵席，饮酒快乐，与吴学究看习天书，不在话下。

且说李逵独自一个离了梁山泊，取路来到沂水县界。于路李逵端的不吃酒，因此不惹事，无有话说。行至沂水县西门外，见一簇人围着榜看。李逵也立在人丛中，听得读道：榜上第一名正贼宋江，系郓城县人；第二名贼戴宗，系江州两院押狱；第三名从贼李逵，系沂州沂水县人。李逵在背后听了，正待指手画脚，没做奈何处，只见一个人抢向前来，拦腰抱住，叫道："张大哥！你在这里做甚么？"李逵扭过身看时，认得是旱地忽律朱贵。李逵问道："你如何也来在这里？"朱贵道："你且跟我来说话。"

两个一同来西门外近村一个酒店内，直入到后面一间静房中坐了。朱贵指着李逵道:"你好大胆!那榜上明明写着赏一万贯钱捉宋江,五千贯捉戴宗,三千贯捉李逵,你却如何立在那里看榜?倘或被眼疾手快的拿了送官,如之奈何?宋公明哥哥只怕你惹事,不肯教人和你同来;又怕你到这里做出怪来,续后特使我赶来探听你的消息。我迟下山来一日,又先到你一日。你如何今日才到这里?"李逵道:"便是哥哥分付,教我不要吃酒,以此路上走得慢了。你如何认得这个酒店里?你是这里人,家在那里住?"朱贵道:"这个酒店便是我兄弟朱富家里。我原是此间人,因在江湖上做客,消折了本钱,就于梁山泊落草,今次方回。"便叫兄弟朱富来与李逵相见了。朱富置酒管待李逵。李逵道:"哥哥分付,教我不要吃酒,今日我已到乡里了,便吃两碗儿,打甚么鸟紧!"朱贵不敢阻当他,由他吃。当夜直吃到四更时分,安排些饭食,李逵吃了,趁五更晓星残月,霞光明朗,便投村里去。朱贵分付道:"休从小路去。只从大朴树转湾,投东大路,一直望百丈村去,便是董店东。快取了母亲来,和你早回山寨去。"李逵道:"我自从小路去,却不近?大路走,谁奈烦!"朱贵道:"小路走,多大虫,又有乘势夺包裹的剪径贼人。"李逵应道:"我却怕甚鸟!"戴上毡笠儿,提了朴刀,跨了腰刀,别了朱贵、朱富,便出门投百丈村来。约行了数十里,天色渐渐微明,去那露草之中,赶出一只白兔儿来,望前路去了。李逵赶了一直,笑道:"那畜生倒引了我一程路!"有诗为证:

山径崎岖静复深,西风黄叶满疏林。

偶逢双斧喽啰汉,横索行人买路金。

正走之间,只见前面有五十来株大树丛杂,时值新秋,叶儿正红。李逵来到树林边厢,只见转过一条大汉,喝道:"是会的留下买路钱,免得夺了包裹!"李逵看那人时,带一顶红绢抓髻儿头巾,穿一领粗布衲袄,手里拿着两把板斧,把黑墨搽在脸上。李逵见了,大喝一声:"你这厮是甚么鸟人,敢在这里剪径!"那汉道:"若问我名字,吓碎你心胆!老爷叫做黑旋风!你留下买路钱并包裹,便饶了你性命,容你过去。"李逵大笑道:"没你娘鸟兴!你这厮是甚么人?那里来的?也学老爷名目,在这里胡行!"李逵挺起手中朴刀来奔那汉。那汉那里抵当得住,却待要走,早被李逵腿股上一朴刀,搠翻在地,一脚踏住胸脯,喝道:"认得老爷么?"那汉在地下叫道:"爷爷!饶恕孩儿性命!"李逵道:"我正是江湖上的好汉黑旋风李逵便是!你这厮辱没老爷名字!"那汉道:"小人虽然姓李,不是真的黑旋风。为是爷爷江湖上有名目,提起好汉大名,神鬼也怕,因此小人盗学爷爷名目,胡乱在此剪径。但有孤单客人经过,听得说了黑旋风三个字,便撇了行李奔走了去,以此得这些利息,实不敢害人。小人自己的贱名叫做李鬼,只在这前村住。"李逵道:"叵耐这厮无礼,却在这里夺人的包裹行李,却坏我的名目,学我使两把板斧,且教他先吃我一斧!"劈手夺过一把斧来便砍。李鬼慌忙叫道:"爷爷!杀我一个,便是杀我两个!"李逵听得,住了手问道:"怎的杀你一个便是杀你两个?"李鬼道:"小人本不敢剪径。家中因有个九十岁的老母,无人养赡,因此小人单题爷爷大名唬吓人夺些单身的包裹,养赡老母,其实并不曾敢害了一个人。如今爷爷杀了小人,家中老母必是饿杀。"李逵虽是个杀人不眨眼的魔君,听的说了这话,自肚里寻思道:"我特地归家来取娘,却倒杀了一个养娘的人,天地也不佑我。罢罢,我饶了你这厮性命!"放将起来。李鬼手提着斧,纳头便拜。李逵道:"只我便是真黑旋风。你从今已后,休要坏了俺的名目。"李鬼道:"小人今番得了性命,自回家改业,再不敢倚着爷爷名目,在这里剪径。"李逵道:"你有孝顺之心,我与你十两银子做本钱,便去改业。"李鬼拜谢道:"重生的父母!再长的爹娘!"李逵便取出一锭银子,把与李鬼,拜谢去了。李逵自笑道:"这厮却撞在我手里!既然他是个孝顺的人,必去改业。我若杀了他,也不合天理。我也自去休。"拿了朴刀,一步步投山僻小路而来。走到巳牌时分,看看肚里又饥又渴,四下里都是山径小路,不见有一个酒店饭店。

正走之间,只见远远地山凹里露出两间草屋。李逵见了,奔到那人家里来。只见后面走出一个妇人来,髽髻鬓边插一簇野花,搽一脸胭脂铅粉。李逵放下朴刀,道:"嫂子,我是过路客人,肚中饥饿,寻不着酒食店。我与你一贯足钱,央你回些酒饭吃。"那妇人见了李逵这般模样,不敢说没,只得答道:"酒便没买处,饭便做些与客人吃了去。"李逵道:"也罢,只多做些个,正肚中饥出鸟来。"那妇人道:"做一升米不少么?"李逵道:"做三升米饭来吃。"那妇人向厨中烧起火来,便去溪边淘了米,将来做饭。李逵却转过屋后山边来净手,只见一个汉子,攧手攧脚,从山后归来。李逵转过屋后听时,那妇人正要上山讨菜,开后门见了,便问道:"大哥,那里闪肭了腿?"那汉子应道:"大嫂,我险些儿和你不厮见了。你道我晦鸟气么!指望出去寻个单身的过,整整的等了半个月,不曾发市。甫能今日抹着一个,你道是谁?原来正是那真黑旋风!却恨撞着那驴鸟,我如何敢得他过!倒吃他一朴刀,搠翻在地,定要杀我。吃我假意叫道:'你杀我一个,却害了我两个。'他便问我缘故,我便告道:'家中有个九十岁的老娘,无人赡养,定是饿死。'那驴鸟真个信我,饶了我性命,又与我一个银子做本钱,教我改了业养娘。我恐怕他省悟了赶将来,且离了那林子里,僻净处睡了一回,从后山走回家来。"那妇人道:"休要高声!却才一个黑大汉来家中,教我做饭,莫不正是他?如今在门前坐地,你去张一张看。若是他时,你去寻些麻药来,放在菜内,教那厮吃了,麻翻在地。我和你却对付了他,谋得他些金银,搬往县里住去,做些买卖,却不强似在这里剪径!"

李逵已听得了,便道:"叵耐这厮!我倒与了他一个银子,又饶了性命,他倒又要害我。这个正是情理难容!"一转踅到后门边。这李鬼却待出门,被李逵劈胸揪住,那妇人慌忙自望前门走了。李逵捉住李鬼,按翻在地,身边掣出腰刀,早割下头来。拿着刀,却奔前门寻那妇人时,正不知走那里去了。再入屋内来,去房中搜看,只见有两个竹笼,盛些旧衣裳,底下搜得些碎银两并几件钗环,李逵都拿了。又去李鬼身边搜了那锭小银子,都打缚在包裹里。却去锅里看时,三升米饭早熟了,只没菜蔬下饭。李逵盛饭来,吃了一回,看着自笑道:"好痴汉!放着好肉在面前,却不会吃!"拔出腰刀,便去李鬼腿上割下两块肉来,把些水洗净了,灶里扒些炭火来便烧,一面烧,一面吃。吃得饱了,把李鬼的尸首拖放屋下,放了把火,提了朴刀,自投山路里

去了。那草屋被风一扇,都烧没了。有诗为证:

  劫掠资财害善良,谁知天道降灾殃。

  家园荡尽身遭戮,到此翻为没下场。

  李逵赶到董店东时,日已平西。径奔到家中,推开门,入进里面,只听得娘在床上问道:"是谁入来?"李逵看时,见娘双眼都盲了,坐在床上念佛。李逵道:"娘!铁牛来家了!"娘道:"我儿,你去了许多时,这几年正在那里安身?你的大哥只是在人家做长工,止博得些饭食吃,养娘全不济事!我如常思量你,眼泪流干,因此瞎了双目。你一向正是如何?"李逵寻思道:"我若说在梁山泊落草,娘定不肯去。我只假说便了。"李逵应道:"铁牛如今做了官,上路特来取娘。"娘道:"恁地却好也!只是你怎生和我去得?"李逵道:"铁牛背娘到前路,却觅一辆车儿载去。"娘道:"你等大哥来,却商议。"李逵道:"等做甚么,我自和你去便了。"

  恰待要行,只见李达提了一罐子饭来。入得门,李逵见了,便拜道:"哥哥,多年不见。"李达骂道:"你这厮归来则甚?又来负累人!"娘便道:"铁牛如今做了官,特地家来取我。"李达道:"娘呀!休信他放屁!当初他打杀了人,教我披枷带锁,受了万千的苦。如今又听得他和梁山泊贼人通同劫了法场,闹了江州,见在梁山泊做了强盗。前日江州行移公文到来,着落原籍追捕正身,却要捉我到官比捕。又得财主替我官司分理,说:'他兄弟已自十来年不知去向,亦不曾回家,莫不是同名同姓的人冒供乡贯?'又替我上下使钱,因此不吃官司杖限追要。见今出榜,赏三千贯捉他。你这厮不死,却走家来胡说乱道!"李逵道:"哥哥不要焦躁,一发和你同上山去快活,多少是好。"李达大怒,本待要打李逵,却又敌他不过,把饭罐撇在地下,一直去了。李逵道:"他这一去,必然报人来捉我,却是脱不得身,不如及早走罢。我大哥从来不曾见这大银,我且留下一锭五十两的大银子放在床上。大哥归来见了,必然不赶来。"李逵便解下腰包,取一锭大银放在床上,叫道:"娘,我自背你去休。"娘道:"你背我那里去?"李逵道:"你休问我,只顾去快活便了。我自背你去,不妨!"李逵当下背了娘,提了朴刀,出门望小路里便走。

却说李达奔来财主家报了,领着十来个庄客,飞也似赶到家里看时,不见了老娘,只见床上留下一锭大银子。李达见了这锭大银,心中忖道:"铁牛留下银子,背娘去那里藏了?必是梁山泊有人和他来。我若赶去,倒吃他坏了性命。想他背娘,必去山寨里快活。"众人不见了李逵,都没做理会处。李达却对众庄客说道:"这铁牛背娘去,不知往那条路去了。这里小路甚杂,怎地去赶他?"众庄客见李达没理会处,各自回去了,不在话下。

这里只说李逵怕李达领人赶来,背着娘,只奔乱山深处僻静小路而走。看看天色晚了。但见:

> 暮烟横远岫,宿雾锁奇峰。慈鸦撩乱投林,百鸟喧呼傍树。行行雁阵坠长空,飞入芦花;点点萤光明野径,偏依腐草。茅荆夹路,惊闻更鼓之声;古木悬崖,时见龙蛇之影。卷起金风飘败叶,吹来霜气布深山。

当下李逵背娘到岭下,天色已晚了。娘双眼不明,不知早晚。李逵却自认得这条岭唤做沂岭,过那边去,方才有人家。娘儿两个趁着星明月朗,一步步捱上岭来。娘在背上说道:"我儿,那里讨口水来我吃也好。"李逵道:"老娘,且待过岭去,借了人家安歇了,做些饭吃。"娘道:"我日中吃了些干饭,口渴的当不得。"李逵道:"我喉咙里也烟发火出。你且等我背你到岭上,寻水与你吃。"娘道:"我儿,端的渴杀我也!救我一救!"李逵道:"我也困倦的要不得!"李逵看看捱得到岭上,松树边一块大青石上,把娘放下,插了朴刀在侧边,分付娘道:"奈心坐一坐,我去寻水来你吃。"李逵听得溪涧里水响,闻声寻将去,扒过了两三处山脚,到得那涧边看时,一溪好水。怎见得?有诗为证:

　　穿崖透壑不辞劳,远望方知出处高。

　　溪涧岂能留得住,终归大海作波涛。

李逵扒到溪边,捧起水来自吃了几口,寻思道:"怎地能勾得这水去把与娘吃?"立起身来,东观西望,远远地山顶上见个庵儿。李逵道:"好了!"攀藤揽葛,上到庵前。推开门看时,却是个泗州大圣祠堂,面前有个石香炉。李逵用手去掇,原来却是和座子凿成的。李逵拔了一回,那里拔得动,一时性起来,连那座子掇出前面石阶上一磕,把那香炉磕将下来。拿了再到溪边,将这香炉水里浸了,拔起乱草,洗得干净,挽了半香炉水,双手擎来,再寻旧路,夹七夹八走上岭来。到得松树里边,石头上不见了娘,只见朴刀插在那里。李逵叫娘吃水,杳无踪迹,叫了几声不应。李逵定住眼,四下里看时,寻不见娘。走不得三十馀步，只见草地上一段血迹。李逵见了，心里越疑惑。趁着那血迹寻将去，寻到一处大洞口，只见两个小虎儿在那里舐一条人腿。李逵心里忖道："我从梁山泊归来，特为老娘来取他。千辛万苦背到这里，却把来与你吃了！那鸟大虫拖着这条人腿，不是我娘的是谁的！"心头火起，赤黄须竖立起来，将手中朴刀挺起，来搠那两个小虎。这小大虫被搠得慌，也张牙舞爪，钻向前来，被李逵手起，先搠死了一个。那一个望洞里便钻了入去，李逵赶到洞里，也搠死了，却钻入那大虫洞内。李逵却便伏在里面张外面时，只见那母大虫张牙舞爪，望窝里来。李逵道："正是你这业畜吃了我娘！"放下朴刀，胯边掣出腰刀。那母大虫到洞口，先把尾去窝里一剪，便把后半截身躯坐将入去。李逵在窝内看得仔细，把刀朝母大虫尾底下，尽平生气力，舍命一戳，正中那母大虫粪门。李逵使得力重，和那刀靶也直送入肚里去了。那老大虫吼了一声，就洞口带着刀，跳过涧边去了。李逵却拿了朴刀，就洞里赶将出来。那老虎负疼，直抢下山石岩下去了。李逵恰待要赶，只见就树边卷起一阵狂风，吹得败叶树木如雨一般打将下来。自古道：云生从龙，风生从虎。那一阵风起处，星月光辉之下，大吼了一声，忽地跳出一只吊睛白额虎来。李逵看那大虫，但见：

一声吼叫轰霹雳，两眼圆睁闪电光。

摇头摆尾欺存孝，舞爪张牙啖狄梁。

那大虫望李逵势猛一扑，那李逵不慌不忙，趁着那大虫的势力，手起一刀，正中那大虫额下。那大虫不曾再展再扑，一者护那疼痛，二者伤着他那气管。那大虫退不勾五七步，只听得响一声如倒半壁山,登时间死在岩下。那李逵一时间杀了子母四虎,还又到虎窝边,将着刀复看了一遍,只恐还有大虫,已无有踪迹。李逵也困乏了,走向泗州大圣庙里,睡到天明。次日早晨,李逵却来收拾亲娘的两腿及剩的骨殖,把布衫包裹了,直到泗州大圣庵后掘土坑葬了。李逵大哭了一场。有诗为证:

> 沂岭西风九月秋,雌雄猛虎聚林丘。
> 因将老母身躯啖,致使英雄血泪流。
> 手执钢刀探虎穴,心如烈火报冤仇。
> 立诛四虎威神力,千古传名李铁牛。

这李逵肚里又饥又渴,不免收拾包裹,拿了朴刀,寻路慢慢的走过岭来。只见五七个猎户,都在那里收窝弓弩箭。见了李逵一身血污,行将下岭来,众猎户吃了一惊,问道:"你这客人莫非是山神土地?如何敢独自过岭来?"李逵见问,自肚里寻思道:"如今沂水县出榜赏三千贯钱捉我,我如何敢说实话?只谎说罢。"答道:"我是客人。昨夜和娘过岭来,因我娘要水吃,我去岭下取水,被那大虫把我娘拖去吃了。我直寻到虎巢里,先杀了两个小虎,后杀了两个大虎。泗州大圣庙里睡到天明,方才下来。"众猎户齐叫道:"不信你一个人如何杀得四个虎?便是李存孝和子路,也只打得一个。这两个小虎且不打紧,那两个大虎非同小可。我们为这两个畜生,正不知都吃了几顿棍棒。这条沂岭,自从有了这窝虎在上面,整三五个月没人敢行。我们不信!敢是你哄我?"李逵道:"我又不是此间人,没来由哄你做甚么!你们不信,我和你上岭去,寻讨与你,就带些人去扛了下来。"众猎户道:"若端的有时,我们自得重重的谢你。却是好也!"众猎户打起胡哨来,一霎时,聚起三五十人,都拿了挠钩枪棒,跟着李逵,再上岭来。此时天大明朗,都到那山顶上,远远望见窝边果然杀死两个小虎,一个在窝内,一个在外面;一只母大虫死在山岩边;一只雄虎死在泗州大圣庙前。

众猎户见了杀死四个大虫,尽皆欢喜,便把索子抓缚起来,众人扛抬下岭,就邀李逵同去请赏。一面先使人报知里正上户,都来迎接着,抬到一个大户人家,唤做曹太公庄上。那人原是闲吏,专一在乡放刁把滥,近来暴有几贯浮财,只是为人行短。当时曹太公亲自接来,相见了,邀请李逵到草堂上坐定,动问那杀虎的缘由。李逵却把夜来同娘到岭上要水吃,因此杀死大虫的话,说了一遍。众人都呆了。曹太公动问:"壮士高姓名讳?"李逵答道:"我姓张,无讳,只唤做张大胆。"曹太公道:"真乃是大胆壮士!不恁的胆大,如何杀的四个大虫!"一壁厢叫安排酒食管待,不在话下。

且说当村里得知沂岭杀了四个大虫,抬在曹太公家,讲动了村坊道店,哄的前村后村,山僻人家,大男幼女,成群拽队都来看虎。入见曹太公相待着打虎的壮士在厅上吃酒。数中却有李鬼的老婆,逃在前村爹娘家里,随着众人也来看虎,却认得李逵的模样,慌忙来家对爹娘说道:"这个杀虎的黑大汉,便是杀我老公,烧了我屋的。他正是梁山泊黑旋风李逵。"爹娘听得,连忙来报知里正。里正听了道:"他既是黑旋风时,正是岭后百丈村打死了人的李逵,逃走在江州,又做出事来,行移到本县原籍追捉。如今官司出三千贯赏钱拿他,他却走在这里！"暗地使人去请得曹太公到来商议。曹太公推道更衣，急急的到里正家。里正说："这个杀虎的壮士，便是岭后百丈村里的黑旋风李逵。见今官司着落拿他。"曹太公道："你们要打听得仔细。倘不是时，倒惹的不好。若真个是时，却不妨。要拿他时，也容易；只怕不是他时，却难。"里正道："只有李鬼的老婆认得。他曾来李鬼家做饭吃，杀了李鬼。"曹太公道："既是如此，我们且只顾置酒请他，却问他：今番杀了大虫，还是要去县请功，只是要村里讨赏？若还他不肯去县里请功时，便是黑旋风了。着人轮换把盏，灌得醉了，缚在这里，却去报知本县，差都头来取去，万无一失。"众人道："说得是。"里正说与众人，商量定了。有《浣溪沙》词为证：

　　杀却凶人毁却房，西风林下路匆忙，忽逢猛虎聚前冈。

　　格杀虽除村岭患，潜谋难免报仇殃，脱离罗网更高强。

　　曹太公回家来款住李逵，一面且置酒来相待，便道："适间抛撇，请勿见怪。且请壮士解下腰间包裹，放下朴刀，宽松坐一坐。"李逵道："好，好！我的腰刀已搠在雌虎肚里了，只有刀鞘在这里。若是开剥时，可讨来还我。"曹太公道："壮士放心，我这里有的是好刀，相送一把与壮士悬带。"李逵解了腰间刀鞘，并缠袋包裹，都递与庄客收贮，便把朴刀倚在壁边。曹太公叫取大盘肉来，大壶酒来。众多大户并里正猎户人等，轮番把盏，大碗大钟只顾劝李逵。曹太公又请问道："不知壮士要将这虎解官请功，只是在这里讨些赍发？"李逵道："我是过往客人，忙些个。偶然杀了这窝猛虎，不须去县里请功，只此有些赍发便罢。若无，我也去了。"曹太公道："如何敢轻慢了壮士！少刻村中敛取盘缠相送。我这里自解虎到县里去。"李逵道："布衫先借一领与我换了上盖。"曹太公道："有，有。"当时便取一领细青布衲袄，就与李逵换了身上的血污衣裳。只见门前鼓响笛鸣，都将酒来与李逵把盏作庆。一杯冷，一杯热，李逵不知是计，只顾开怀畅饮，全不记宋江分付的言语。不两个时辰，把李逵灌得酩酊大醉，立脚不住。众人扶到后堂空屋下，放翻在一条板凳上，就取两条绳子，连板凳绑住了。便叫里正带人飞也似去县里报知，就引李鬼老婆去做原告，补了一纸状子。

此时哄动了沂水县里，知县听的大惊，连忙升厅问道："黑旋风拿住在那里？这是谋叛的人，不可走了！"原告人并猎户答应道："见缚在本乡曹大户家。为是无人禁得他，诚恐有失，路上走了，不敢解来。"知县随即叫唤本县都头去取来，就厅前转过一个都头来声喏。那人是谁？有诗为证：

面阔眉浓须鬓赤，双睛碧绿似番人。

沂水县中青眼虎，豪杰都头是李云。

当下知县唤李云上厅来分付道："沂岭下曹大户庄上拿住黑旋风李逵。你可多带人去，密地解来，休要哄动村坊，被他走了。"李都头领台旨下厅来了，点起三十个老郎土兵，各带了器械，便奔沂岭村中来。这沂水县是个小去处，如何掩饰得过。此时街市上讲动了，说道："拿着了闹江州的黑旋风，如今差李都头去拿来。"朱贵在东庄门外朱富家听得了这个消息，慌忙来后面对兄弟朱富说道："这黑厮又做出来了！如何解救？宋公明特为他诚恐有失，差我来打听消息。

如今他吃拿了,我若不救得他时,怎的回寨去见哥哥?似此怎生是好!"朱富道:"大哥且不要慌。这李都头一身好本事,有三五十人近他不得。我和你只两个同心合意,如何敢近傍他?只可智取,不可力敌。李云日常时最是爱我,常常教我使些器械。我却有个道理对他,只是在这里安不得身了。今晚煮了三二十斤肉,将十数瓶酒,把肉大块切了,却将些蒙汗药拌在里面。我两个五更带数个火家,挑着去半路里僻静处等候他,解来时,只做与他把酒贺喜,将众人都麻翻了,却放李逵,如何?"朱贵道:"此计大妙。事不宜迟,可以整顿,及早便去!"朱富道:"只是李云不会吃酒,便麻翻了,终久醒得快。还有件事:倘或日后得知,须在此安身不得。"朱贵道:"兄弟,你在这里卖酒也不济事。不如带领老小,跟我上山,一发入了伙,论秤分金银,换套穿衣服,却不快活!今夜便叫两个火家,觅了一辆车儿,先送妻子和细软行李起身,约在十里牌等候,都去上山。我如今包裹内带得一包蒙汗药在这里,李云不会吃酒时,肉里多糁些,逼着他多吃些,也麻倒了。救得李逵,同上山去,有何不可。"朱富道:"哥哥说得是。"便叫人去觅下了一辆车儿,打拴了三五个包箱,捎在车儿上,家中粗物都弃了,叫浑家和儿女上了车子,分付两个火家跟着。车子只顾先去,救了李逵,后面随即便来。有诗为证:

杀人放火惯为非,好似於菟插翅飞。

朱贵不施邀截计,定担枷锁入圜扉。

且说朱贵、朱富当夜煮熟了肉,切做大块,将药来拌了,连酒装做两担,带了二三十个空碗,又有若干菜蔬,也把药来拌了,恐有不吃肉的,也教他着手。两担酒肉,两个火家各挑一担,弟兄两个自提了些果盒之类,四更前后,直接将来僻静山路口坐等。到天明,远远地只听得敲着锣响,朱贵接到路口。

且说那三十来个土兵,自村里吃了半夜酒,四更前后,把李逵背剪绑了解将来。后面李都头坐在兜轿儿上。看看早来到面前,朱富便向前拦住,叫道:"师父且喜!小弟将来接力。"桶内舀一壶酒来,斟一大锺,上劝李云。朱贵托着肉来,火家捧过果盒。李云见了,慌忙下轿,跳向前来说道:"贤弟,何劳如此远接!"朱富道:"聊表徒弟的孝顺之心。"李云接过酒来,到口不吃。朱富跪下道:"小弟已知师父不饮酒,今日这个喜酒,也饮半盏儿,见徒弟的孝顺之意。"李云推却不过,略呷了两口。朱富便道:"师父不饮酒,须请些肉。"李云道:"夜间已饱,吃不得了。"朱富道:"师父行了许多路,肚里也饥了。虽不中吃,胡乱请些,也免小弟之羞。"拣两块好的递将过来。李云见他如此殷勤,只得勉意吃了两块。朱富把酒来劝上户里正并猎户人等,都劝了三锺。朱贵便叫土兵庄客众人都来吃酒。这伙男女那里顾个冷热好吃不好吃,酒肉到口,只顾吃,正如这风卷残云,落花流水,一齐上来抢着吃了。李逵光着眼,看了朱贵弟兄两个,已知用计,故意道:"你们也请我吃些!"朱贵喝道:"你是歹人,有何酒肉与你吃!这般杀才,快闭了口!"李云看着土兵,喝道:"叫走!"只见一个个都面面厮觑,走动不得,口颤脚麻,都跌倒了。李云急叫:"中了计了!"恰待向前,不觉自家也头重脚轻,晕倒了,软做一堆,睡在地下。当时朱贵、朱富各夺了一条朴刀,喝声:"孩儿们休走!"两个挺起朴刀来赶这伙不曾吃酒肉的庄客并那看的人。走得快的走了,走得迟的就搠死在地。李逵大叫一声,把那绑缚的麻绳都挣断了,便夺过一条朴刀来杀李云。朱富慌忙拦住,叫道:"不要害他!是我的师父,为人最好。你只顾先走。"李逵应道:"不杀得曹太公老驴,如何出得这口气!"李逵赶上,手起一朴刀,先搠死曹太公并李鬼的老婆,续后里正也杀了。性起来,把猎户排头儿一昧价搠将去,那三十来个土兵都被搠死了。这看的人和众庄客,只恨爹娘少生两只脚,却望深村野路逃命去了。

李逵还直顾寻人要杀,朱贵喝道:"不干看的人事,休只管伤人!"慌忙拦住。李逵方才住了手,就土兵身上剥了两件衣服穿上。三个人提着朴刀,便要从小路里走。朱富道:"不好,却是我送了师父性命!他醒时,如何见的知县?必然赶来。你两个先行,我等他一等。我想他日前教我的恩义,且是为人忠直,等他赶来,就请他一发上山入伙,也是我的恩义,免得教回县去吃苦。"朱贵道:"兄弟,你也见的是。我便先去跟了车子行,留李逵在路傍帮你等他。只有李云那厮吃的药少,没一个时辰便醒。若是他不赶来时,你们两个休执迷等他。"朱富道:"这是自然了。"当下朱贵前行去了。

只说朱富和李逵坐在路傍边等候,果然不到一个时辰,只见李云挺着一条朴刀,飞也似赶来,大叫道:"强贼休走!"李逵见他来的凶,跳起身,挺着朴刀来斗李云,恐伤朱富。正是,有分教:梁山泊内添双虎,聚义厅前庆四人。毕竟黑旋风斗青眼虎,二人胜败如何,且听下回分解。

第四十四回

锦豹子小径逢戴宗　病关索长街遇石秀

诗曰：

豪杰遭逢信有因，连环钩锁共相寻。

矢言一德情坚石，歃血同心义断金。

七国争雄今继迹，五胡云扰振遗音。

汉廷将相由屠钓，莫惜梁山错用心。

话说当时李逵挺着朴刀来斗李云。两个就官路旁边斗了五七合，不分胜败。朱富便把朴刀去中间隔开，叫道："且不要斗！都听我说。"二人都住了手。朱富道："师父听说：小弟多蒙错爱，指教枪棒，非不感恩。只是我哥哥朱贵，见在梁山泊做了头领，今奉及时雨宋公明将令，着他来照管李大哥。不争被你拿了解官，教我哥哥如何回去见得宋公明？因此做下这场手段。却才李大哥乘势要坏师父，却是小弟不肯容他下手，只杀了这些土兵。我们本待去得远了，猜道师父回去不得，必来赶我。小弟又想师父日常恩念，特地在此相等。师父，你是个精细的人，有甚不省得？如今杀害了许多人性命，又走了黑旋风，你怎生回去见得知县？你若回去时，定吃官司责怪，又无人来相救。不如今日和我们一同上山，投奔宋公明入了伙。未知尊意若何？"李云寻思了半晌，便道："贤弟，只怕他那里不肯收留我么。"朱富笑道:"师父,你如何不知山东及时雨大名,专一招贤纳士,结识天下好汉。"李云听了,叹口气道:"闪得我有家难奔,有国难投!只喜得我又无妻小,不怕吃官司拿了。只得随你们去休!"李逵便笑道:"我哥哥,你何不早说!"便和李云剪拂了。这李云不曾娶老小,亦无家当,当下三人合作一处,来赶车子。半路上朱贵接见了,大喜。四筹好汉跟了车仗便行,于路无话。看看相近梁山泊,路上又迎着马麟、郑天寿,都相见了,说道:"晁、宋二头领又差我两个下山来探听你消息。今既见了,我两个先去回报。"当下二人先上山来报知。

次日,四筹好汉带了朱富家眷,都至梁山泊大寨聚义厅来。朱贵向前,先引李云拜见晁、宋二头领,相见众好汉,说道:"此人是沂水县都头,姓李名云,绰号青眼虎。"次后,朱贵引朱富参拜众位,说道:"这是舍弟朱富,绰号笑面虎。"都相见了。李逵诉说取娘至沂岭,被虎吃了,因此杀了四虎。又说假李逵剪径被杀一事,众人大笑。晁、宋二人笑道:"被你杀了四个猛虎,今日山寨里又添的两个活虎上山,正宜作庆。"众多好汉大喜,便教杀羊宰牛,做筵席庆贺。两个新到头领,晁盖便叫去左边白胜上首坐定。

吴用道:"近来山寨十分兴旺,感得四方豪杰望风而来,皆是二公之德也,众兄弟之福也。然是如此,还请朱贵仍复掌管山东酒店,替回石勇、侯健。朱富老小另拨一所房舍住居。目今山寨事业大了,非同旧日,可再设三处酒馆,专一探听吉凶事情,往来义士上山。如若朝廷调遣官兵捕盗,可以报知如何进兵,好做准备。西山地面广阔,可令童威、童猛弟兄两个带领十数个火伴那里开店。令李立带十数个火家,去山南边那里开店。令石勇也带十来个伴当,去北山那里开店。仍复都要设立水亭、号箭、接应船只,但有缓急军情,飞捷报来。山前设置三座大关,专令杜迁总行守把,但有一应委差,不许调遣,早晚不得擅离。"又令陶宗旺把总监工,掘港汊,修水路,开河道,整理宛子城垣,筑彼山前大路。他原是庄户出身,修理久惯。令蒋敬掌管库藏仓廒,支出纳入,积万累千,精通书算。令萧让设置寨中寨外、山上山下、三关把隘许多行移关防文约、大小头领号数。烦令金大坚刊造雕刻一应兵符、印信、牌面等项。令侯健管造衣袍铠甲、五方旗号等件。令李云监造梁山泊一应房舍厅堂。令马麟监管修造大小战船。令宋万、白胜去金沙滩下寨。令王矮虎、郑天寿去鸭嘴滩下寨。令穆春、朱富管收山寨钱粮。吕方、郭盛于聚义厅两边耳房安歇。令宋清专管筵宴。都分拨已定,筵席了三日,不在话下。梁山泊自此无事,每日只是操练人马,教演武艺。水寨里头领都教习驾船赴水,船上厮杀,亦不在话下。

忽一日,宋江与晁盖、吴学究并众人闲话道:"我等弟兄众位,今日都共聚大义,只有公孙一清不见回还。我想他回蓟州探母参师,期约百日便回,今经日久,不知信息,莫非昧信不来?可烦戴宗兄弟与我去走一遭,探听他虚实下落,如何不来。"戴宗道:"愿往。"宋江大喜,说道:"只有贤弟去得快,旬日便知信息。"

当日戴宗别了众人,次早打扮做个承局,下山去了。但见:

虽为走卒,不占军班。一生常作异乡人,两腿欠他行路债。

寻常结束,青衫皂带系其身;赶趁程途,信笼文书常爱护。监司出入,皂花藤杖挂宣牌;帅府行军,夹棒黄旗书令字。家居千里,日不移时便到厅阶;紧急军情,时不过刻不违宣限。早向山东餐黍米,晚来魏府吃鹅梨。

且说戴宗自离了梁山泊,取路望蓟州来,把四个甲马拴在腿上,作起神行法来,于路只吃些素茶素食。在路行了三日,来到沂水县界,只闻人说道:"前日走了黑旋风,伤了好多人,连累了都头李云,不知去向,至今无获处。"戴宗听了冷笑。

当日正行之次,只见远远地转过一个人来。看见了戴宗走得快,那人立住了脚,便叫一声:"神行太保。"戴宗听得,回过脸来定睛看时,见山坡下小径边立着一个大汉。怎生模样?但见:

白范阳笠子,如银盘拖着红缨;皂团领战衣,似翡翠围成锦绣。搭膊丝绦缠裹肚,腿绷护膝衬翰鞋。沙鱼鞘斜插腰刀,笔管枪银丝缠杆。那人头圆耳大,鼻直口方。生得眉秀目疏,腰细膀阔。远看毒龙离石洞,近观飞虎下云端。

戴宗听得那人叫了一声"神行太保",连忙回转身来问道:"壮士素不曾拜识,如何呼唤贱名?"那汉慌忙答道:"足下真乃是神行太保!"撇了枪,便拜倒在地。戴宗连忙扶住答礼,问道:"足下高姓大名?"那汉道:"小弟姓杨名林,祖贯彰德府人氏。多在绿林丛中安身,江湖上都叫小弟做锦豹子杨林。数月之前,路上酒肆里遇见公孙胜先生,同在店中吃酒相会,备说梁山泊晁、宋二公招贤纳士,如此义气,写下一封书,教小弟自来投大寨入伙。只是不敢擅进,诚恐不纳。

因此心意未定，进退蹉跎，不曾敢来。外日[1]公孙先生所说，李家道口旧有朱贵开酒店在彼，招引上山入伙的人。山寨里亦有一个招贤飞报头领，唤做神行太保戴院长，日行八百里路。今见兄长行步非常，因此唤一声看，不想果是仁兄。正是天幸，无心而得遇！"戴宗道："小可特为公孙胜先生回蓟州去杳无音信，今奉晁、宋二公将令，差遣来蓟州探听消息，寻取公孙胜还寨，不期却遇足下相会。"杨林道："小弟虽是彰德府人，这蓟州管下地方州郡都走遍了，倘若不弃，就随侍兄长同走一遭。"戴宗道："若得足下作伴，实是万幸。寻得公孙先生见了，一同回梁山泊去未迟。"杨林见说了，大喜，就邀住戴宗，结拜为兄。

戴宗收了甲马，两个缓缓而行，到晚就投村店歇了。杨林置酒请戴宗，戴宗道："我使神行法，不敢食荤。"两个只买些素饭相待，结义为兄弟。过了一夜，次日早起，打火吃了早饭，收拾动身。杨林便问道："兄长使神行法走路，小弟如何走得上？只怕同行不得。"戴宗笑道："我的神行法也带得人同走。我把两个甲马拴在你腿上，作起法来，也和我一般走得快，要行便行，要住便住。不然，你如何赶得我走！"杨林道："只恐小弟是凡胎浊骨的人，比不得兄长神体。"戴宗道："不妨。是我的这法，诸人都带得，作用了时，和我一般行。只是我自吃素，并无妨碍。"当时取两个甲马，替杨林缚在腿上，戴宗也只缚了两个。作用了神行法，吹口气在上面，两个轻轻地走了去，要紧

---

[1] 外日——往日，前些天。

要慢,都随着戴宗行。两个于路闲说些江湖上的事,虽只见缓缓而行,正不知走了多少路。

两个行到巳牌时分,前面来到一个去处,四围都是高山,中间一条驿路。杨林却自认得,便对戴宗说道:"哥哥,此间地名唤做饮马川。前面兀那高山里常常有大伙在内,近日不知如何。因为山势秀丽,水绕峰环,以此唤做饮马川。"两个正来到山边过,只听得忽地一声锣响,战鼓乱鸣,走出一二百小喽啰,拦住去路。当先拥着两筹好汉,各挺一条朴刀,大喝道:"行人须住脚!你两个是甚么鸟人?那里去的?会事的快把买路钱来,饶你两个性命!"杨林笑道:"哥哥,你看我结果那呆鸟!"拈着笔管枪,抢将入去。那两个头领见他来得凶,走近前来看了,上首的那个便叫道:"且不要动手!兀的不是杨林哥哥么?"杨林见了,却才认得。上首那个大汉提着军器向前剪拂了,便唤下首这个长汉都来施礼罢。杨林请过戴宗,说道:"兄长且来和这两个弟兄相见。"戴宗问道:"这两个壮士是谁?如何认得贤弟?"杨林便道:"这个认得小弟的好汉,他原是盖天军襄阳府人氏,姓邓名飞,为他双睛红赤,江湖上人都唤他做火眼狻猊[1]。能使一条铁链,人皆近他不得。多曾合伙,一别五年,不曾见面,谁想今日他却在这里相遇着。"邓飞便问道:"杨林哥哥,这位兄长是谁?必不是等闲人也。"杨林道:"我这仁兄是梁山泊好汉中神行太保戴宗的便是。"邓飞听了道:"莫不是江州的戴院长,能行八百里路程的?"戴宗

---

[1] 狻猊(suān ní)——狮子。

答道:"小可便是。"那两个头领慌忙剪拂道:"平日只听得说大名,不想今日在此拜识尊颜。"戴宗看那邓飞时,生得如何?有诗为证:

原是襄阳关扑汉,江湖飘荡不思归。

多餐人肉双睛赤,火眼狻猊是邓飞。

当下二位壮士施礼罢,戴宗又问道:"这位好汉高姓大名?"邓飞道:"我这兄弟姓孟名康,祖贯是真定州人氏,善造大小船只。原因押送花石纲,要造大船,嗔怪这提调官催并责罚,他把本官一时杀了,弃家逃走在江湖上绿林中安身,已得年久。因他长大白净,人都见他一身好肉体,起他一个绰号,叫他做玉幡竿孟康。"戴宗见说大喜。看那孟康时,怎生模样?有诗为证:

能攀强弩冲头阵,善造艨艟越大江。

真州妙手楼船匠,白玉幡竿是孟康。

当时戴宗见了二人,心中甚喜。四筹好汉说话间,杨林问道:"二位兄弟在此聚义几时了?"邓飞道:"不瞒兄长说,也有一年之上。只近半载之前,在这直西地面上遇着一个哥哥,姓裴名宣,祖贯是京兆府人氏。原是本府六案孔目出身,极好刀笔。为人忠直聪明,分毫不肯苟且,本处人都称他铁面孔目。亦会拈枪使棒,舞剑轮刀,智勇足备。为因朝廷除将一员贪滥知府到来,把他寻事刺配沙门岛,从我这里经过,被我们杀了防送公人,救了他在此安身,聚集得三二百人。这裴宣极使得好双剑,让他年长,见在山寨中为主。烦请二位义士同往小寨相会片时。"便叫小喽啰牵过马来,请戴宗、杨林都上了马,四骑马望山寨来。行不多时,早到寨前,下了马。裴宣已有人报知,连忙出寨降阶而接。戴宗、杨林看裴宣时，果然好表人物，生得肉白肥胖，四平八稳，心中暗喜。怎见得？有诗为证：

> 问事时智巧心灵，落笔处神号鬼哭。
> 心平恕毫发无私，称裴宣铁面孔目。

当下裴宣出寨来，降阶迎接，邀请二位义士到聚义厅上。俱各讲礼罢，谦让戴宗正面坐了，次是裴宣、杨林、邓飞、孟康，五筹好汉，宾主相待，坐定筵宴。当日大吹大擂饮酒，一团和气。看官听说：这也都是地煞星之数，时节到来，天幸自然义聚相逢。

众人吃酒中间，戴宗在筵上说起晁、宋二头领招贤纳士，结识天下四方豪杰，待人接物一团和气，仗义疏财，许多好处；众头领同心协力；八百里梁山泊如此雄壮，中间宛子城、蓼儿洼，四下里都是茫茫烟水；更有许多军马，何愁官兵到来。只管把言语说他三个。裴宣回道："小弟寨中，也有三百来人马，财赋亦有十馀辆车子，粮食草料不算。倘若仁兄不弃微贱时，引荐于大寨入伙，愿听号令效力。未知尊意若何？"戴宗大喜道："晁、宋二公待人接纳，并无异心。更得诸公相助，如锦上添花。若果有此心，可便收拾下行李，待小可和杨林去蓟州见了公孙胜先生回来，那时一同扮做官军，星夜前往。"众人大喜。

酒至半酣，移去后山断金亭上看那饮马川景致吃酒。端的好个饮马川。但见：

> 一望茫茫野水，周回隐隐青山。几多老树映残霞，数片采云飘远岫。荒田寂寞，应无稚子看牛；古渡凄凉，那得奚人饮马。

只好强人安寨栅,偏宜好汉展旌旗。

戴宗看了这饮马川一派山景,喝采道:"好山好水,真乃秀丽!你等二位如何来得到此?"邓飞道:"原是几个不成材小厮们在这里屯扎,后被我两个来夺了这个去处。"众皆大笑。五筹好汉吃得大醉。裴宣起身舞剑饮酒,戴宗称赞不已。至晚各自回寨内安歇。次日,戴宗定要和杨林下山,三位好汉苦留不住,相送到山下作别,自回寨里来收拾行装,整理动身,不在话下。

且说戴宗和杨林离了饮马川山寨,在路晓行夜住,早来到蓟州城外,投个客店安歇了。杨林便道:"哥哥,我想公孙胜先生是个出家人,必是山间林下村落中住,不在城里。"戴宗道:"说得是。"当时二人先到城外,一到处询问公孙胜先生下落消息,并无一个晓得他。住了一日,次早起来,又去远近村坊街市访问人时,亦无一个认得,两个又回店中歇了。第三日,戴宗道:"敢怕城中有人认得他?"当日和杨林却入蓟州城里来寻他。两个寻问老成人时,都道:"不认得。敢不是城中人?只怕是外县名山大刹居住。"

杨林正行到一个大街,只见远远地一派鼓乐,迎将一个人来。戴宗、杨林立在街上看时,前面两个小牢子,一个驮着许多礼物花红,一个捧着若干段子采缯之物,后面青罗伞下罩着一个押狱剑子。那人生得好表人物,露出蓝靛般一身花绣,两眉入鬓,凤眼朝天,淡黄面皮,细细有几根髭髯。那人祖贯是河南人氏,姓杨名雄,因跟一个叔伯哥哥来蓟州做知府,一向流落在此。续后一个新任知府却认得他,因此就参他做两院押狱兼充市曹行刑剑子。因为他一身好武艺,面貌微黄,以此人都称他做病关索杨雄。有一首《临江仙》词,单道着杨雄好处。但见:

> 两臂雕青镌嫩玉,头巾环眼嵌玲珑。鬓边爱插翠芙蓉。背心书剑字,衫串染猩红。　　问事厅前逞手段,行刑处刀利如风。微黄面色细眉浓。人称病关索,好汉是杨雄。

当时杨雄在中间走着,背后一个小牢子擎着鬼头靶法刀。原来才去市心里决刑了回来,众相识与他挂红贺喜,送回家去,正从戴宗、杨林面前迎将过来,一簇人在路口拦住了把盏。只见侧首小路里又撞出七八个军汉来,为头的一个叫做踢杀羊张保。这汉是蓟州守御城池的军,带着这几个都是城里城外时常讨闲钱使的破落户汉子,官司累次奈何他不改。为见杨雄原是外乡人来蓟州,有人惧怕他,因此不怯气。当日正见他赏赐得许多段匹,带了这几个没头神,吃得半醉,却好赶来要惹他。又见众人拦住他在路口把盏,那张保拨开众人,钻过面前叫道:"节级拜揖。"杨雄道:"大哥来吃酒。"张保道:"我不要酒吃,我特来向你借百十贯钱使用。"杨雄道:"虽是我认得大哥,不曾钱财相交,如何问我借钱?"张保道:"你今日诈得百姓许多财物,如何不借我些?"杨雄应道:"这都是别人与我做好看的,怎么是诈得百姓的?你来放刁!我与你军卫有司,各无统属!"张保不应,便叫众人向前一哄,先把花红段子都抢了去。杨雄叫道:"这厮们无礼!"却待向前打那抢物事的人,被张保劈胸带住,背后又是两个来拖住了手。那几个都动起手来,小牢子们各自回避了。杨雄被张保并两个军汉逼住了,施展不得,只得忍气,解拆不开。

正闹中间,只见一条大汉挑着一担柴来,看见众人逼住杨雄动掸不得。那大汉看了,路见不平,便放下柴担,分开众人,前来劝道:"你们因甚打这节级?"那张保睁起眼来喝道:"你这打脊饿不死冻不杀的乞丐,敢来多管!"那大汉大怒,焦躁起来,将张保劈头只一提,一跤攧翻在地。那几个帮闲的见了,却待要来动手,早被那大汉一拳一个,都打的东倒西歪。杨雄方才脱得身,把出本事来施展动,一对拳头揎梭相似,那几个破落户,都打翻在地。张保尴尬不是头,扒将起来,一直走了。杨雄忿怒,大踏步赶将去。张保跟着抢包袱的走,杨雄在后面追着,赶转小巷去了。那大汉兀自不歇手,在路口寻人厮打。戴宗、杨林看了,暗暗地喝采道:"端的是好汉!此乃路见不平,拔刀相助,真壮士也!"有诗为证:

路见不平真可怒,拔刀相助是英雄。

那堪石秀真豪杰,慷慨相投入伙中。

当时戴宗、杨林向前邀住,劝道:"好汉且看我二人薄面,且罢休了。"两个把他扶劝到一个巷内。杨林替他挑了柴担,戴宗挽住那汉手,邀入酒店里来。杨林放下柴担,同到阁儿里面。那大汉叉手道:"感蒙二位大哥解救了小人之祸。"戴宗道:"我弟兄两个也是外乡人,因见壮士仗义之心,只恐足下拳手太重,误伤人命,特地做这个出场。请壮士酌三杯,到此相会,结义则个!"那大汉道:"多得二位仁兄解拆小人这场,却又蒙赐酒相待,实是不当。"杨林便道:"四海之内,皆兄弟也,有何伤乎!且请坐。"戴宗相让,那汉那里肯僭上。戴宗、杨林一带坐了,那汉坐于对席。叫过酒保,杨林身边取出一两银子来,把与酒保道:"不必来问,但有下饭,只顾买来与我们吃了,一发总算。"酒保接了银子去,一面铺下菜蔬果品案酒之类。

三人饮过数杯,戴宗问道:"壮士高姓大名?贵乡何处?"那汉答道:"小人姓石名秀,祖贯是金陵建康府人氏。自小学得些枪棒在身,一生执意,路见不平,但要去相助,人都唤小弟作拚命三郎。因随叔父来外乡贩羊马卖,不想叔父半途亡故,消折了本钱,还乡不得,流落在此蓟州,卖柴度日。既蒙拜识,当以实告。"戴宗道:"小可两个因来此间干事,得遇壮士。如此豪杰,流落在此卖柴,怎能勾发迹?不若挺身江湖上去,做个下半世快乐也好。"石秀道:"小人只会使些枪棒,别无甚本事,如何能勾发达快乐!"戴宗道:"这般时节认不得真!一者朝廷不明,二乃奸臣闭塞。小可一个薄识,因一口气,去投奔了梁山泊宋公明入伙。如今论秤分金银,换套穿衣服,只等朝廷招安了,早晚都做个官人。"

石秀叹口气道:"小人便要去,也无门路可进。"戴宗道:"壮士若肯去时,小可当以相荐。"石秀道:"小人不敢拜问二位官人贵姓?"戴宗道:"小可姓戴名宗,兄弟姓杨名林。"石秀道:"江湖上听的说个江州神行太保,莫非正是足下?"戴宗道:"小可便是。"叫杨林身边包袱内取一锭十两银子,送与石秀做本钱。石秀不敢受,再三谦让,方才收了,作谢二人,藏在身边,才知道他是梁山泊神行太保。正欲要和戴宗、杨林说些心腹之话,投托入伙,只听的外面有人寻问入来。三个看时,却是杨雄带领着二十馀人,都是做公的,赶入酒店里来。戴宗、杨林见人多,吃了一惊,闹哄里,两个慌忙走了。

石秀起身迎住道:"节级,那里去来?"杨雄便道:"大哥,何处不寻你,却在这里饮酒。我一时被那厮封住了手,施展不得,多蒙足下气力救了我这场便宜。一时间只顾赶了那厮,去夺他包袱,却撇了足下。这伙兄弟听得我厮打,都来相助,依还夺得抢去的花红段匹回来,只寻足下不见。却才有人说道:'两个客人劝他去酒店里吃酒。'因此才知得,特地寻将来。"石秀道:"却才是两个外乡客人邀在这里酌三杯,说些闲话,不知节级呼唤。"杨雄大喜,便问道:"足下高姓大名?贵乡何处?因何在此?"石秀答道:"小人姓石名秀,祖贯是金陵建康府人氏。平生性直,路见不平,便要去舍命相护,以此都唤小人做拚命三郎。因随叔父来此地贩卖羊马,不期叔父半途亡故,消折了本钱,流落在此蓟州卖柴度日。"杨雄看石秀时,果然好个壮士,生得上下相等。有首《西江月》词,单道着石秀好处。但见:

> 身似山中猛虎,性如火上浇油。心雄胆大有机谋,到处逢人搭救。　　全仗一条杆棒,只凭两个拳头。掀天声价满皇州,拚命三郎石秀。

当下杨雄又问石秀道:"却才和足下一处饮酒的客人,何处去了?"石秀道:"他两个见节级带人进来,只道相闹,以此去了。"杨雄道:"怎地时,先唤酒保取两瓮酒来,大碗叫众人一家三碗,吃了去,明日却得来相会。"众人都吃了酒,自去散了。杨雄便道:"石家三郎,你休见外。想你此间必无亲眷,我今日就结义你做个弟兄,如何?"石秀见说大喜,便说道:"不敢动问节级贵庚?"杨雄道:"我今年二十九岁。"石秀道:"小弟今年二十八岁。就请节级坐,受小弟拜为哥哥。"石秀拜了四拜。杨雄大喜,便叫酒保:"安排饮馔酒果来!我和兄弟今日吃个尽醉方休。"

正饮酒之间,只见杨雄的丈人潘公,带领了五七个人,直寻到酒店里来。杨雄见了,起身道:"泰山来做甚么?"潘公道:"我听得你和人厮打,特地寻将来。"杨雄道:"多谢这个兄弟救护了我,打得张保那厮见影也害怕。我如今就认义了石家兄弟做我兄弟。"潘公叫:"好,好!且叫这几个弟兄吃碗酒了去。"杨雄便叫酒保讨酒来,众人一家三碗吃了去。便教潘公中间坐了,杨雄对席上首,石秀下首,三人坐下,酒保自来斟酒。潘公见了石秀这等英雄长大,心中甚喜,便说道:"我女婿得你做个兄弟相帮,也不枉了!公门中出入,谁敢欺负他!"又问道:"叔叔原曾做甚买卖道路?"石秀道:"先父原是操刀屠户。"潘公道:"叔叔曾省得杀牲口的勾当么?"石秀笑道:"自小吃屠家饭,如何不省得宰杀牲口。"潘公道:"老汉原是屠户出身,只因年老做不得了。止有这个女婿,他又自一身入官府差遣,因此撇了这行衣饭。"三个酒至半酣,计算了酒钱,石秀将这担柴也都准折了。三人取路回来,杨雄入得门便叫:"大嫂,快来与这叔叔相见。"只见布帘里面应道:"大哥,你有甚叔叔?"杨雄道:"你且休问,先出来相见。"布帘起处,摇摇摆摆走出那个妇人来。生得如何?石秀看时,但见:

黑鬒鬒鬓儿,细弯弯眉儿,光溜溜眼儿,香喷喷口儿,直隆隆鼻儿,红乳乳腮儿,粉莹莹脸儿,轻袅袅身儿,玉纤纤手儿,一捻捻腰儿,软脓脓肚儿,翘尖尖脚儿,花簇簇鞋儿,肉奶奶胸儿,白生生腿儿。更有一件窄湫湫、紧挡挡、红鲜鲜、黑稠稠,正不知是甚么东西。

有诗为证:

二八佳人体似酥,腰间仗剑斩愚夫。

虽然不见人头落,暗里教君骨髓枯。

原来那妇人是七月七日生的,因此小字唤做巧云。先嫁了一个吏员,是蓟州人,唤做王押司,两年前身故了,方才晚嫁得杨雄,未及一年夫妻。石秀见那妇人出来,慌忙向前施礼道:"嫂嫂请坐。"石秀便拜。那妇人道:"奴家年轻,如何敢受礼!"杨雄道:"这个是我今日新认义的兄弟。你是嫂嫂,可受半礼。"当下石秀推金山,倒玉柱,拜了四拜。那妇人还了两礼,请入来里面坐地。收拾一间空房,教叔叔安歇,不在话下。过了一宿。话休絮烦。次日,杨雄自出去应当官府,分付家中道:"安排石秀衣服巾帻。"客店内有些行李、包裹,都教去取来杨雄家里安放了。

却说戴宗、杨林自酒店里看见那伙做公的入来寻访石秀,闹哄里两个自走了,回到城外客店中歇了。次日,又去寻问公孙胜。两日,绝无人认得,又不知他下落住处。两个商量了,且回去,要便再来寻访。当日收拾了行李,便起身离了蓟州,自投饮马川来,和裴宣、邓飞、孟康一行人马,扮作官军,星夜望梁山泊来。戴宗要见他功劳,又纠合得许多人马上山。

这段话下来,接着再说:有杨雄的丈人潘公,自和石秀商量要开屠宰作坊。潘公道:"我家后门头是一条断路小巷,又有一间空房在后面,那里井水又便,可做作坊。就教叔叔做房安歇在里面,又好照管。"石秀见了,也喜端的便益[1]。潘公再寻了个旧时识熟副手,"只央叔叔掌管帐目。"石秀应承了,叫了副手,便把大青大绿妆点起肉案子、水盆、砧头,打磨了许多刀仗,整顿了肉案,打并了作坊猪圈,赶上十数个肥猪,选个吉日开张肉铺。众邻舍亲戚都来挂红贺喜,吃了一两日酒。杨雄一家得石秀开了店,都欢喜,自此无话。一向潘公、石秀自做买卖,不觉光阴迅速,又早过了两个月有馀。时值秋残冬到,石秀里里外外身上,都换了新衣穿着。

石秀一日早起五更,出外县买猪,三日了方回家来,只见铺店不开。却到家里看时,肉案、砧头也都收过了,刀仗家火亦藏过了。石秀是个精细的人,看在肚里,便省得了,自心中忖道:"常言:人无千日好,花无百日红。哥哥自出外去当官,不管家事,必然嫂嫂见我做了这些衣裳,一定背后有说话。又见我两日不回,必有人搬口弄舌,想是疑心,不做买卖。我休等他言语出来,我自先辞了回乡去休。自古道:那得长远心的人。"石秀已把猪赶在圈里,却去房中换了脚手,收拾了包裹、行李,细细写了一本清帐,从后面入来。潘公已安排下些素酒食,请石秀坐定吃酒。潘公道:"叔叔远出劳心,自赶猪来辛

----

〔1〕便益——方便。

苦。"石秀道:"礼当。丈丈[1]且收过了这本明白帐目,若上面有半点私心,天地诛灭!"潘公道:"叔叔何故出此言？并不曾有个甚事。"石秀道:"小人离乡五七年了,今欲要回家去走一遭,特地交还帐目。今晚辞了哥哥,明早便行。"潘公听了,大笑起来道:"叔叔差唉！你且住,听老汉说。"

那老子言无数句,话不一席,有分教:报恩壮士提三尺,破戒沙门丧九泉。毕竟潘公对石秀说出甚言语来,且听下回分解。

---

[1] 丈丈——宋时对老者的尊称。

第四十五回

杨雄醉骂潘巧云　石秀智杀裴如海

偈曰：

> 朝看楞伽经，暮念华严咒。
>
> 种瓜还得瓜，种豆还得豆。
>
> 经咒本慈悲，冤结如何救。
>
> 照见本来心，方便多竟究。
>
> 心地若无私，何用求天佑。
>
> 地狱与天堂，作者还自受。

话说这一篇言语，古人留下，单说善恶报应，如影随形。既修二祖四缘，当守三归五戒。叵耐缁流[1]之辈，专为狗彘之行，辱莫前修，遗臭后世，庸深可恶哉！

当时潘公说道："叔叔且住，老汉已知叔叔的意了。叔叔两夜不曾回家，今日回来，见收拾过了家火什物，叔叔一定心里只道是不开店了，因此要去。休说恁地好买卖，便不开店时，也养叔叔在家。不瞒叔叔说：我这小女先嫁得本府一个王押司，不幸没了，今得二周年，

---

[1] 缁流——缁，黑色。僧服为浅黑色，称为缁衣，所以缁衣也就成了僧人的代称。缁流，就是僧徒、僧众的意思。

第四十五回　杨雄醉骂潘巧云　石秀智杀裴如海

做些功果与他,因此歇了这两日买卖。今日请下报恩寺僧人来做功德,就要央叔叔管待则个。老汉年纪高大,熬不得夜,因此一发和叔叔说知。"石秀道:"既然丈丈恁地说时,小人再纳定性过几时。"潘公道:"叔叔今后并不要疑心,只顾随分且过。"当时吃了几杯酒并些素食,收过了杯盘。

只见道人挑将经担到来,铺设坛场,摆放佛像供器,鼓钹钟磬、香灯花烛,厨下一面安排斋食。杨雄到申牌时分,回家走一遭,分付石秀道:"贤弟,我今夜却限当牢,不得前来,凡事央你支持则个。"石秀道:"哥哥放心自去,晚间兄弟替你料理。"杨雄去了,石秀自在门前照管。没多时,只见一个年纪小的和尚,揭起帘子入来。石秀看那和尚时,端的整齐。但见:

一个青旋旋光头新剃,把麝香松子匀搽;一领黄烘烘直裰初缝,使沉速檀檀香染。山根鞋履,是福州染到深青;九缕丝绦,系西地买来真紫。那和尚光溜溜一双贼眼,只睃趁施主娇娘;这秃驴美甘甘满口甜言,专说诱丧家少妇。淫情发处,草庵中去觅尼姑;色胆动时,方丈内来寻行者。仰观神女思同寝,每见嫦娥要讲欢。

那和尚入到里面,深深地与石秀打个问讯。石秀答礼道:"师父少坐。"随背后一个道人挑两个盒子入来。石秀便叫:"丈丈,有个师父在这里。"潘公听得,从里面出来。那和尚便道:"干爷,如何一向不到敝寺?"老子道:"便是开了这些店面,却没工夫出来。"那和尚便道:"押司周年,无甚罕物相送,些少挂面,几包京枣。"老子道:"阿也！甚么道理教师父坏钞！"教："叔叔收过了。"石秀自搬入去，叫点茶出来，门前请和尚吃。

只见那妇人从楼上下来，不敢十分穿重孝，只是淡妆轻抹，便问："叔叔，谁送物事来？"石秀道："一个和尚，叫丈夫做干爷的送来。"那妇人便笑道："是师兄海阇黎裴如海，一个老诚的和尚。他是裴家绒线铺里小官人，出家在报恩寺中。因他师父是家里门徒，结拜我父做干爷，长奴两岁，因此上叫他做师兄。他法名叫做海公。叔叔，晚间你只听他请佛念经，有这般好声音！"石秀道："缘来恁地！"自肚里已有些瞧科。那妇人便下楼来见和尚，石秀却背叉着手，随后跟出来，布帘里张看。只见那妇人出到外面，那和尚便起身向前来，合掌深深的打个问讯。那妇人便道："甚么道理教师兄坏钞？"和尚道："贤妹，些少薄礼微物，不足挂齿。"那妇人道："师兄何故这般说。出家人的物事，怎的消受的！"和尚道："敝寺新造水陆堂[1]，也要来请贤妹随喜[2]，只恐节级见怪。"那妇人道："家下拙夫却不恁的计较。老母死时，也曾许下血盆愿心，早晚也要到上刹相烦还了。"和尚道："这是自家的事，如何恁地说。但是分付如海的事，小僧便去办来。"那妇人道："师兄多与我娘念几卷经便好。"只见里面丫嬛捧茶出来。那妇人拿起一盏茶来，把帕子去茶钟口边抹一抹，双手递与和尚。那和尚一头接茶，两只眼涎瞪瞪的只顾看那妇人身上。这妇人也嘻嘻

---

[1] 水陆堂——佛教设斋超度水中、陆地上的死者，名水陆斋（也就是前文第三回说的"水陆道场"）。水陆堂是举行水陆斋、水陆道场时用的屋子。

[2] 随喜——到庙里瞻谒。

的笑着看这和尚。人道色胆如天,却不防石秀在布帘里张见。石秀自肚里暗忖道:"莫信直中直,须防仁不仁。我几番见那婆娘常常的只顾对我说些风话,我只以亲嫂嫂一般相待,原来这婆娘倒不是个良人!莫教撞在石秀手里,敢替杨雄做个出场,也不见的!"石秀此时已有三分在意了,便揭起布帘,走将出来。那和尚放下茶盏,便道:"大郎请坐。"这妇人便插口道:"这个叔叔便是拙夫新认义的兄弟。"那和尚虚心冷气动问道:"大郎贵乡何处?高姓大名?"石秀道:"我姓石名秀,金陵人氏。因为只好闲管,替人出力,以此叫做拚命三郎。我是个粗卤汉子,礼数不到,和尚休怪!"裴如海道:"不敢,不敢!小僧去接众僧来赴道场。"相别出门去了。那妇人道:"师兄早来些个。"那和尚应道:"便来了。"妇人送了和尚出门,自入里面来了。石秀却在门前低了头只顾寻思。

看官听说:原来但凡世上的人情,惟和尚色情最紧。为何说这等话?且如俗人、出家人,都是一般父精母血所生,缘何见得和尚家色情最紧?说这句话,这上三卷书中所说潘、驴、邓、小、闲,惟有和尚家第一闲。一日三餐吃了檀越施主的好斋好供,住了那高堂大殿僧房,又无俗事所烦,房里好床好铺睡着,无得寻思,只是想着此一件事。假如譬喻说,一个财主家,虽然十相俱足,一日有多少闲事恼心,夜间又被钱物挂念,到三更二更才睡,总有娇妻美妾同床共枕,那得情趣。又有那一等小百姓们,一日价辛辛苦苦挣扎,早晨巴不到晚,起的是五更,睡的是半夜,到晚来未上床,先去摸一摸米瓮,看到底没颗米,明日又无钱,总然妻子有些颜色,也无些甚么意兴。因此上输与这和尚们一心闲静,专一理会这等勾当。那时古人评论到此去处,说这和尚们真个利害。因此苏东坡学士道:"不秃不毒,不毒不秃;转秃转毒,转毒转秃。"和尚们还有四句言语,道是:

一个字便是僧,两个字是和尚,

三个字鬼乐官,四字色中饿鬼。

且说这石秀自在门前寻思了半响,又且去支持管待。不多时,只见行者先来点烛烧香。少刻,海阇黎引领众僧却来赴道场。潘公、石秀接着,相待茶汤已罢,打动鼓钹,歌咏赞扬。只见海阇黎同一个一般年纪小的和尚做阇黎,摇动铃杵,发牒请佛,献斋赞供诸天护法监坛主盟,"追荐亡夫王押司,早生天界。"只见那妇人乔素梳妆,来到法坛上,执着手炉,拈香礼佛。那海阇黎越逞精神,摇着铃杵,念动真言。这一堂和尚见了杨雄老婆这等模样,都七颠八倒起来。但见:

班首轻狂,念佛号不知颠倒;阇黎没乱,诵真言岂顾高低。烧香行者,推倒花瓶;秉烛头陀,错拿香盒。宣名表白,大宋国称做大唐;忏罪沙弥,王押司念为押禁。动铙的望空便撒,打钹的落地不知。敲铦子的软做一团,击响磬的酥做一块。满堂喧哄,绕席纵横。藏主心忙,击鼓错敲了徒弟手;维那眼乱,磬槌打破了老僧头。十年苦行一时休,万个金刚降不住。

那众僧都在法坛上看见了这妇人,自不觉都手之舞之,足之蹈之,一时间愚迷了佛性禅心,拴不定心猿意马。以此上德行高僧,世间难得。石秀却在侧边看了,也自冷笑道:"似此有甚功德! 正谓之作福不如避罪。"少间,证盟〔1〕已了,请众人和尚就里面吃斋。海阇黎却在众僧背后,转过头来,看着那妇人嘻嘻的笑,那婆娘也掩着口笑。两个都眉来眼去,以目送情。石秀都看在眼里,自有五分来不快意。众僧都坐了吃斋,先饮了几杯素酒,搬出斋来,都下了衬钱〔2〕。潘公道:"众师父饱斋则个。"众和尚说道:"感承施主虔心,足矣了。"少刻,众僧斋罢,都起身行食〔3〕去了。转过一遭,再入道场。石秀心中好生不快意,只推肚疼,自去睡在板壁后了。那妇人一点情动,那里顾的防备人看见,便自去支持。众僧又打了一回鼓钹动事,把些茶食果品煎点。海阇黎着众僧用心看经,请天王拜忏,设浴召亡,参礼三宝。追荐到四更时分,众僧困倦,这海阇黎越逞精神,高声看诵。那妇人在布帘下看了,欲火炽盛,不觉情动,便教丫鬟请海和尚说话。那贼秃慌忙来到妇人面前。这婆娘扯住和尚袖子,说道:"师兄,明日来取功德钱时,就对爹爹说血盆愿心一事,不要忘了。"和尚道:"小僧记得。只说:要还愿,也还了好。"和尚又道:"你家这个叔叔,好生利害!"妇人应道:"这个采他则甚! 又不是亲骨肉。"海阇黎道:"怎地小僧却才放心。我只道是节级的至亲兄弟。"两个又戏笑了一回,那和尚自出去判斛〔4〕送亡。不想石秀却在板壁后假睡,正张得

---

〔1〕 证盟——把死者的姓名写在纸上焚烧的一种仪式。
〔2〕 衬钱——做佛事时散给和尚的钱。
〔3〕 行食——饭后散步。
〔4〕 判斛——给鬼吃的一种面食,叫做斛食。判斛,是说把斛食散给鬼。

着,都看在肚里了。当夜五更,道场满散[1],送佛化纸已了,众僧作谢回去,那妇人自上楼去睡了。石秀却自寻思了,气道:"哥哥恁的豪杰,却恨撞了这个淫妇!"忍了一肚皮鸟气,自去作坊里睡了。

次日,杨雄回家,俱各不提。饭后,杨雄又出去了。只见海阇黎又换了一套整整齐齐的僧衣,径到潘公家来。那妇人听得是和尚来了,慌忙下楼出来接着,邀入里面坐地,便叫点茶来。那妇人谢道:"夜来多教师父劳神,功德钱未曾拜纳。"海阇黎道:"不足挂齿。小僧夜来所说血盆忏愿心这一事,特禀知贤妹。要还时,小僧寺里见在念经,只要都疏一道就是。"那妇人道:"好,好!"便叫丫嬛请父亲出来商议。潘公便出来谢道:"老汉打熬不得,夜来甚是有失陪侍。不想石叔叔又肚疼倒了,无人管待。却是休怪,休怪!"那和尚道:"干爷正当自在。"那妇人便道:"我要替娘还了血盆忏旧愿。师兄说道,明日寺中做好事,就附搭还了。先教师兄去寺里念经,我和你明日饭罢去寺里,只要证盟忏疏,也是了当一头事。"潘公道:"也好。明日只怕买卖紧,柜上无人。"那妇人道:"放着石叔叔在家照管,却怕怎的?"潘公道:"我儿出口为愿,明日只得要去。"那妇人就取些银子做功果钱与和尚去:"有劳师兄,莫责轻微。明日准来上刹讨素面吃。"海阇黎道:"谨候拈香。"收了银子,便起身谢道:"多承布施,小僧将去分俵众僧。来日专等贤妹来证盟。"那妇人直送和尚到门外去了。

---

[1] 满散——做佛事或道场期满时,谢神的一种仪式。

石秀自在作坊里安歇,起来宰猪赶趁。

却说杨雄当晚回来安歇,那妇人待他吃了晚饭,洗了脚手,却去请潘公对杨雄说道:"我的阿婆临死时,孩儿许下血盆经忏愿心在这报恩寺中。我明日和孩儿去那里证盟,酬了便回,说与你知道。"杨雄道:"大嫂,你便自说与我何妨。"那妇人道:"我对你说,又怕你嗔怪,因此不敢与你说。"当晚无话,各自歇了。次日五更,杨雄起来,自去画卯,承应官府。石秀起来,自理会做买卖。只见那妇人起来,浓妆艳饰,包了香盒,买了纸烛,讨了一乘轿子。石秀自一早晨顾买卖,也不来管他。饭罢,把丫嬛迎儿也打扮了。巳牌时候,潘公换了一身衣裳,来对石秀道:"相烦叔叔照管门前,老汉和拙女同去还些愿心便回。"石秀笑道:"多烧些好香,早早来。"石秀自肚里已知了。且说潘公和迎儿跟着轿子,一径望报恩寺里来。有诗为证:

眉眼传情意不分,秃奴绻恋女钗裙。

设言宝刹还经意,却向僧房会雨云。

却说海阇黎这贼秃单为这妇人,结拜潘公做干爷,只吃杨雄阻滞碍眼,因此不能勾上手。自从和这妇人结拜起,只是眉来眼去送情,未见真实的意,因这一夜道场里,才见他十分有意。期日约定了,那贼秃磨枪备剑,整顿精神,先在山门下伺候着。见轿子到来,喜不自胜,向前迎接。潘公道:"甚是有劳和尚。"那妇人下轿来,谢道:"多多有劳师兄。"海阇黎道:"不敢,不敢!小僧已和众僧都在水陆堂上,从五更起来诵经,到如今未曾住歇,只等贤妹来证盟,却是多有功德。"把这妇人和老子一引到水陆堂上,已自先安排下花果香烛之类,有十数个僧人在彼看经。那妇人都道了万福,参礼了三宝。海阇黎引到地藏菩萨面前,证盟忏悔。通罢疏头[1],便化了纸,请众僧自去吃斋,着徒弟陪侍。海和尚却请:"干爷和贤妹去小僧房里拜茶。"一邀把这妇人引到僧房里深处,预先都准备下了,叫声:"师哥,拿茶来!"只见两个侍者捧出茶来,白雪锭器盏内,朱红托子,绝细好茶。吃罢,放下盏子,"请贤妹里面坐一坐。"又引到一个小小阁儿里,琴光黑漆春台,挂几幅名人书画,小桌儿上焚一炉妙香。潘公和女儿一带坐了,和尚对席,迎儿立在侧边。那妇人便道:"师兄,端的是好个出家人去处,清幽静乐。"海阇黎道:"娘子休笑话,怎生比得贵宅上。"潘公道:"生受了师兄一日,我们回去。"那和尚那里肯,便道:"难得干爷在此,又不是外人。今日斋食已是贤妹做施主,如何不吃箸面了去?师哥,快搬来!"说言未了,却早托两盘进来,都是日常里藏下的希奇果子,异样菜蔬,并诸般素馔之物,排一春台。那妇人便道:"师兄何必治酒,无功受禄。"和尚笑道:"不成礼数,微表薄情而已。"师哥儿将酒来斟在杯内。和尚道:"干爷多时不来,试尝这酒。"老儿饮罢道:"好酒,端的味重!"和尚道:"前日一个施主家传得此法,做了三五石米,明日送几瓶来与令婿吃。"老子道:"甚么道理!"和尚又劝道:"无物相酬贤妹娘子,胡乱告饮一杯。"两个小师哥儿轮番筛酒,迎儿也吃劝了几杯。那妇人道:"酒住,吃不去了。"和尚道:"难得贤妹到此,再告饮几杯。"潘公叫轿夫入来,各人与他一

---

[1] 疏头——向神佛祈福的祝文。

杯酒吃。和尚道:"干爷不必记挂,小僧都分付了,已着道人邀在外面,自有坐处吃酒面。干爷放心,且请开怀自饮几杯。"

原来这贼秃为这个妇人,特地对付下这等有力气的好酒。潘公吃央不过,多吃了两杯,当不住,醉了。和尚道:"且扶干爷去床上睡一睡。"和尚叫两个师哥只一扶,把这老儿搀在一个静房里去睡了。这里和尚自劝道:"娘子,再开怀饮几杯。"那妇人一者有心,二乃酒入情怀。自古道:酒乱性,色迷人。那妇人三杯酒落肚,便觉有些朦朦胧胧上来,口里嘈道:"师兄,你只顾央我吃酒做甚么?"和尚扯着口,嘻嘻的笑道:"只是敬重娘子。"那妇人便道:"我吃不得了。"和尚道:"请娘子去小僧房里看佛牙[1]。"那妇人便道:"我正要看佛牙则个。"这和尚把那妇人一引,引到一处楼上,却是海阇黎的卧房,铺设得十分整齐。那妇人看了,先自五分欢喜,便道:"你端的好个卧房,干干净净!"和尚笑道:"只是少一个娘子。"那妇人也笑道:"你便讨一个不得?"和尚道:"那里得这般施主?"妇人道:"你且教我看佛牙则个。"和尚道:"你叫迎儿下去了,我便取出来。"那妇人道:"迎儿,你且下去,看老爷醒也未。"迎儿自下的楼来,去看潘公,和尚把楼门关上。那妇人道:"师兄,你关我在这里怎的?"这贼秃淫心荡漾,向前捧住那妇人,说道:"我把娘子十分错爱,我为你下了两年心路。今日难得娘子到此,这个机会作成小僧则个!"那妇人又道:"我

---

[1] 佛牙——相传释迦牟尼去世火化后,只有牙齿完整无损,被佛教徒奉为至宝,予以供奉,称为佛牙。

的老公不是好惹的,你却要骗我。倘若他得知,却不饶你。"和尚跪下道:"只是娘子可怜见小僧则个!"那妇人张着手,说道:"和尚家倒会缠人,我老大耳刮子打你!"和尚嘻嘻的笑着说道:"任从娘子打,只怕娘子闪了手。"那妇人淫心也动,便搂起和尚道:"我终不成真个打你。"和尚便抱住这妇人,向床前卸衣解带,共枕欢娱。正是:

不顾如来法教,难遵佛祖遗言。一个色胆歪斜,管甚丈夫利害;一个淫心荡漾,从他长老埋冤。这个气喘声嘶,却似牛齁柳影;那一个言娇语涩,浑如莺啭花间。一个耳边诉雨意云情,一个枕上说山盟海誓。阇黎房里,翻为快活道场;报恩寺中,反作极乐世界。可惜菩提甘露水,一朝倾在巧云中。

从古及今,先人留下两句言语,单道这和尚家是铁里蛀虫,凡俗人家岂可惹他。自古说这秃子道:

色中饿鬼兽中狨,弄假成真说祖风。

此物只宜林下看,岂堪引入画堂中。

当时两个云雨才罢,那和尚搂住这妇人,说道:"你既有心于我,我身死而无怨。只是今日虽然亏你作成了我,只得一霎时的恩爱快活,不能勾终夜欢娱,久后必然害杀小僧!"那妇人便道:"你且不要慌,我已寻思一条计了。我的老公,一个月倒有二十来日当牢上宿。我自买了迎儿,教他每日在后门里伺候。若是夜晚老公不在家时,便掇一个香桌儿出来,烧夜香为号,你便入来不妨。只怕五更睡着了,不知省觉,却那里寻得一个报晓的头陀,买他来后门头大敲木鱼,高声叫佛,便好出去。若买得这等一个时,一者得他外面策望,二乃不教你失了晓。"和尚听了这话,大喜道:"妙哉!你只顾如此行。我这里自有个头陀胡道人,我自分付他来策望便了。"那妇人道:"我不敢留恋长久,恐这厮们疑忌。我快回去是得,你只不要误约。"那妇人连忙再整云鬓,重匀粉面,开了楼门,便下楼来,教迎儿叫起潘公,慌忙便出僧房来。轿夫吃了酒面,已在寺门前伺候。海阇黎只送那妇人到山门外。那妇人作别了上轿,自和潘公、迎儿归家,不在话下。

却说这海阇黎自来寻报晓头陀。本房原有个胡道,今在寺后退居里小庵中过活,诸人都叫他做胡头陀。每日只是起五更来敲木鱼报晓,劝人念佛,天明时收掠斋饭。海和尚唤他来房中,安排三杯好酒相待了他,又取些银子送与胡道。胡道起身说道:"弟子无功,怎敢受禄。日常又承师父的恩惠。"海阇黎道:"我自看你是个志诚的人,我早晚出些钱,贴买道度牒剃你为僧。这些银子权且将去买些衣服穿着。"胡道感激恩念不尽。海阇黎日常时,只是教师哥不时送些午斋与胡道,待节下又带挈他去看经,得些斋衬钱。胡道感恩不浅,寻思道:"他今日又与我银两,必有用我处,何必等他开口。"胡道便道:"师父,但有使令小道处,即当向前。"海阇黎道:"胡道,你既如此好心说时,我不瞒你。所有潘公的女儿要和我来往,约定后门首但有香桌儿在外时,便是教我来。我却难去那里踅,若得你先去看探有无,我才可去。又要烦你五更起来叫人念佛时,可就来那里后门头,看没人便把木鱼大敲报晓,高声叫佛,我便好出来。"胡道便道:"这个有何难哉!"当时应允了。其日,先来潘公后门首讨斋饭,只见迎儿出来说道:"你这道人如何不来前门讨斋饭,却在后门里来?"那胡道便念起佛来。里面这妇人听得了,已自瞧科,便出来后门问道:"你这道人莫不是五更报晓的头陀?"胡道应道:"小道便是五更报晓的头陀,教人省睡。晚间宜烧些香,教人积福。"那妇人听了大喜,便叫迎儿去楼上取一串铜钱来布施他。这头陀张得迎儿转背,便对那妇人说道:"小道便是海阇黎心腹之人,特地使我先来探路。"那妇人道:"我已知道了。今夜晚间你可来看,如有香桌儿在外,你可便报与他则个。"胡道把头来点着。迎儿取将铜钱来与胡道去了。那妇人来到楼上,却把心腹之事对迎儿说了。自古道:人家女使,谓之奴才,但得了些小便宜,如何不随顺了,天大之事也都做了。因此人家妇人女使,可用而不可多,却又少他不得。古语不差,有诗为证:

送暖偷寒起祸胎,坏家端的是奴才。

请看当日红娘事,却把莺莺哄得来。

且说杨雄此日正该当牢,未到晚,先来取了铺盖去,自监里上宿。这迎儿得了些小意儿,巴不到晚,自去安排了香桌儿,黄昏时掇在后门外。那妇人却闪在旁边伺候。初更左侧,一个人戴顶头巾,闪将入来。迎儿问道:"是谁?"那人也不答应,便除下头巾,露出光顶来。这妇人在侧边见是海和尚,骂一声:"贼秃,倒好见识!"两个厮搂厮抱着上楼去了。迎儿自来掇过了香桌儿,关上了后门,也自去睡了。他两个当夜如胶似漆,如糖似蜜,如酥似髓,如鱼似水,快活淫戏了一夜。自古道:莫说欢娱嫌夜短,只要金鸡报晓迟。两个正好睡哩,只听得咯咯地木鱼响,高声念佛。和尚和妇人梦中惊觉,海阇黎披衣起来道:"我去也。今晚再相会。"那妇人道:"今后但有香桌儿在后门外,你便不可负约。如无香桌儿在后门,你便切不可来。"和尚下床,依前戴上头巾,迎儿开后门放他去了。自此为始,但是杨雄出去当牢上宿,那和尚便来。家中只有个老儿,未晚先自要去睡,迎儿这个丫头,已自是做一路了,只要瞒石秀一个。那妇人淫心起来,那里管顾,这和尚又知了妇人的滋味,两个一似被摄了魂魄的一般。这和尚只待头陀报了,便离寺来。那妇人专得迎儿做脚[1],放他出入,因此快活偷养和尚戏耍。自此往来,将近一月有余,这和尚也来了十数遍。

且说这石秀每日收拾了店时,自在坊里歇宿,常有这件事挂心,每日委决不下,却又不曾见这和尚往来。每日五更睡觉,不时跳将起来料度这件事。只听得报晓头陀直来巷里敲木鱼,高声叫佛。石秀是个乖觉的人,早瞧了八分,冷地里思量道:"这条巷是条死巷,如何有这头陀连日来这里敲木鱼叫佛?事有可疑。"当是十一月中旬之日五更,石秀正睡不着,只听得木鱼敲响,头陀直敲入巷里来,到后门口高声叫道:"普度众生救苦救难诸佛菩萨。"石秀听得叫得跷蹊,便跳将起来,去门缝里张时,只见一个人,戴顶头巾,从黑影里闪将出来,和头陀去了,随后便是迎儿来关门。石秀见了,自说道:"哥哥如此豪杰,却恨讨了这个淫妇!倒被这婆娘瞒过了,做成这等勾当!"巴得天明,把猪出去门前挑了,卖个早市。饭罢讨了一遭赊钱,日中前后,径到州衙前来寻杨雄。

却好行至州桥边,正迎见杨雄。杨雄便问道:"兄弟那里去来?"

---

[1] 做脚——做引线、内应。

石秀道:"因讨赊钱,就来寻哥哥。"杨雄道:"我常为官事忙,并不曾和兄弟快活吃三杯,且来这里坐一坐。"杨雄把这石秀引到州桥下一个酒楼上,拣一处僻净阁儿里,两个坐下,叫酒保取瓶好酒来,安排盘馔海鲜按酒。二人饮过三杯,杨雄见石秀只低了头寻思。杨雄是个性急的人,便问道:"兄弟,你心中有些不乐,莫不家里有甚言语伤触你处?"石秀道:"家中也无有甚话。兄弟感承哥哥把做亲骨肉一般看待,有句话,敢说么?"杨雄道:"兄弟何故今日见外?有的话,但说不妨。"石秀道:"哥哥每日出来,只顾承当官府,却不知背后之事。这个嫂嫂不是良人,兄弟已看在眼里多遍了,且未敢说。今日见得仔细,忍不住,来寻哥哥,直言休怪!"杨雄道:"我却无背后眼,你且说是谁。"石秀道:"前者家里做道场,请那个贼秃海阇黎来,嫂嫂便和他眉来眼去,兄弟都看见。第三日又去寺里还血盆忏愿心,两个都带酒归来。我近日只听一个头陀直来巷内敲木鱼叫佛,那厮敲得作怪。今日五更被我起来张时,看见果然是这贼秃,戴顶头巾,从家里出去。似这等淫妇,要他何用!"杨雄听了,大怒道:"这贱人怎敢如此!"石秀道:"哥哥且息怒,今晚都不要提,只和每日一般。明日只推做上宿,三更后却再来敲门,那厮必然从后门先走,兄弟一把拿来,从哥哥发落。"杨雄道:"兄弟见得是。"石秀又分付道:"哥哥今晚且不可胡发说话。"杨雄道:"我明日约你便是。"两个再饮了几杯,算还了酒钱,一同下楼来,出得酒肆,各散了。有诗为证:

饮散高楼便转身,杨雄怒气欲沾巾。

五更专等头陀过,准备钢刀要杀人。

只见四五个虞候叫杨雄道："那里不寻节级！知府相公在花园里坐地，叫寻节级来和我们使棒。快走，快走！"杨雄便分付石秀道："本官唤我，只得去应答。兄弟先回家去。"石秀当下自归家里来，收拾了店面，自去作坊里歇息。

且说杨雄被知府唤去，到后花园中使了几回棒。知府看了大喜，叫取酒来，一连赏了十大赏锺。杨雄吃了，都各散了。众人又请杨雄去吃酒，至晚吃的大醉，扶将归去。那妇人见丈夫醉了，谢了众人，却自和迎儿挽上楼梯去，明晃晃地点着灯烛。杨雄坐在床上，迎儿去脱鞾鞋[1]，妇人与他除头巾，解巾帻。杨雄看了那妇人，一时蓦上心来。自古道：醉是醒时言。指着那妇人骂道："你这贱人！贼妮子！好歹是我结果了你！"那妇人吃了一惊，不敢回话，且伏侍杨雄睡了。杨雄一头上床睡，一面口里恨恨地骂道："你这贱人！腌臜泼妇！那厮敢大虫口里倒涎！我手里不到得轻轻地放了你！"那妇人那里敢喘气，直待杨雄睡着。看看到五更，杨雄酒醒了讨水吃，那妇人便起，舀碗水递与杨雄吃了，桌上残灯尚明。杨雄吃了水，便问道："大嫂，你夜来不曾脱衣裳睡？"那妇人道："你吃得烂醉了，只怕你要吐，那里敢脱衣裳，只在脚后倒了一夜。"杨雄道："我不曾说甚么言语？"那妇人道："你往常酒性好，但吃醉了便睡。我夜来只有些儿放不下。"杨雄又问道："石秀兄弟这几日不曾和他快活吃得三杯，你家里也自安排些请他。"那妇人也不应，自坐在踏床上，眼泪汪汪，口里叹气。

---

[1] 鞾(wēng)鞋——棉鞋。"温鞋"的变音。

杨雄又说道："大嫂，我夜来醉了，又不曾恼你，做甚么了烦恼？"那妇人掩着泪眼只不应。杨雄连问了几声，那妇人掩着脸假哭。杨雄就踏床上，扯起那妇人在床上，务要问道为何烦恼。

那妇人一头哭，一面口里说道："我爷娘当初把我嫁王押司，只指望一竹竿打到底，不想半路相抛。今日嫁得你十分豪杰，却又是好汉，谁想你不与我做主。"杨雄道："又作怪！谁敢欺负你，我不做主？"那妇人道："我本待不说，却又怕你着他道儿；欲待说来，又怕你忍气。"杨雄听了便道："你且说怎么地来？"那妇人道："我说与你，你不要气苦。自从你认义了这个石秀家来，初时也好，向后看看放出刺来。见你不归时，如常看了我，说道：'哥哥今日又不来，嫂嫂自睡，也好冷落！'我只不采他，不是一日了。这个且休说。昨日早晨，我在厨下洗脖项，这厮从后走出来，看见没人，从背后伸只手来摸我胸前道：'嫂嫂，你有孕也无？'被我打脱了手。本待要声张起来，又怕邻舍得知笑话，装你的望子。巴得你归来，却又滥泥也似醉了，又不敢说。我恨不得吃了他，你兀自来问石秀兄弟怎的！"这妇人反坐石秀。有诗为证：

可怪潘姬太不良，偷情潜自入僧房。

弥缝翻害忠贞客，一片虚心假肚肠。

杨雄听了，心中火起，便骂道："画龙画虎难画骨，知人知面不知心。这厮倒来我面前又说海阔黎许多事，说得个没巴鼻[1]。眼见

------

[1] 没巴鼻——没来由、无缘无故的意思。

得那厮慌了,便先来说破,使个见识。"口里恨恨地道:"他又不是我亲兄弟,赶了出去便罢。"

杨雄到天明下楼来,对潘公说道:"宰了的牲口腌了罢,从今日便休要做买卖!"一霎时,把柜子和肉案都拆了。石秀天明正将了肉出来门前开店,只见肉案并柜子都拆翻了。石秀是个乖觉的人,如何不省得,笑道:"是了。因杨雄醉里出言,走透了消息,倒吃这婆娘使个见识,拟定是反说我无礼。他教杨雄叫收了肉店,我若便和他分辩,教杨雄出丑。我且退一步了,自却别作计较。"石秀便去作坊里收拾了包裹。杨雄怕他羞耻,也自去了。石秀捉了包裹,跨了解腕尖刀,来辞潘公道:"小人在宅上打搅了许多时,今日哥哥既是收了铺面,小人告回。帐目已自明明白白,并无分文来去,如有毫厘昧心,天诛地灭!"潘公被女婿分付了,也不敢留他。

石秀相辞去了,却只在近巷内寻个客店安歇,赁了一间房住下。石秀却自寻思道:"杨雄与我结交,我若不明白得此事,枉送了他的性命。他虽一时听信了这妇人说,心中怪我,我也分别不得,务要与他明白了此一事。我如今且去探听他几时当牢上宿,起个四更,便见分晓。"在店里住了两日,却去杨雄门前探听,当晚只见小牢子取了铺盖出去。石秀道:"今晚必然当牢,我且做些工夫看便了。"当晚回店里,睡到四更起来,跨了这口防身解腕尖刀,悄悄地开了店门,径踅到杨雄后门头巷内。伏在黑影里张时,却好交五更时候,只见那个头陀挟着木鱼,来巷口探头探脑。石秀一闪,闪在头陀背后,一只手扯住头陀,一只手把刀去脖子上搁着,低声喝道:"你不要挣扎!若高做声,便杀了你!你只好好实说,海和尚叫你来做怎地?"头陀道:"好汉,你饶我便说。"石秀道:"你快说!我不杀你。"头陀道:"海阇黎和潘公女儿有染,每夜来往。教我只看后门头有香桌儿为号,唤他入钹;五更里却教我来打木鱼叫佛,唤他出钹[1]。"石秀道:"他如今在那里?"头陀道:"他还在他家里睡着。我如今敲得木鱼响,他便出来。"石秀道:"你且借你衣服、木鱼与我。"头陀身上剥了衣服,夺了木鱼。头陀把衣服正脱下来,被石秀将刀就项上一勒,杀倒在地。头陀已死了,石秀却穿上直裰护膝,一边插了尖刀,把木鱼直敲入巷里来。海阇黎在床上,却好听得木鱼咯咯地响,连忙起来披衣下楼。迎儿先来开门,和尚随后从后门里闪将出来。石秀兀自把木鱼敲响,那和尚悄悄喝道:"只顾敲做甚么!"石秀也不应他,让他走到巷口,一跤放翻,按住喝道:"不要高则声!高则声便杀了你!只等我剥了衣服便罢。"海阇黎知道石秀,那里敢挣扎则声,被石秀都剥了衣裳,赤条条不着一丝,悄悄去屈膝边拔出刀来,三四刀搠死了,却把刀来放在头陀身边。将了两个衣服卷做一捆包了,再回客店里,轻轻地开了门进去,悄悄地关上了,自去睡,不在话下。

却说本处城中一个卖糕粥的王公,其日早挑着一担糕粥,点个灯笼,一个小猴子跟着,出来赶早市。正来到死尸边过,却被绊一跤,把那老子一担糕粥倾泼在地下。只见小猴子叫道:"苦也!一个和尚

---

〔1〕入钹、出钹——入跋、出跋,就是入门、出门;本来是娼家隐语。这里改"跋"作"钹",故意使人联想到与和尚有关。

醉倒在这里。"老子摸得起来,摸了两手血迹,叫声苦,不知高低。几家邻舍听得,都开了门出来,把火照时,只见遍地都是血粥,两个尸首躺在地上。众邻舍一把拖住老子,要去官司陈告。正是:祸从天降,灾向地生。恰似破屋更遭连夜雨,漏船又遇打头风。王公毕竟被众邻舍拖住见官,怎地脱身,且听下回分解。

第四十六回

病关索大闹翠屏山　拚命三火烧祝家庄

诗曰：

　　古贤遗训太叮咛，气酒财花少纵情。

　　李白沉江真鉴识，绿珠累主更分明。

　　铜山蜀道人何在？争帝图王客已倾。

　　寄语缙绅须领悟，休教四大日营营。

话说当下众邻舍结住王公，直到蓟州府里首告。知府却才升厅，一行人跪下告道："这老子挑着一担糕粥，泼翻在地下。看时，却有两个死尸在地下，一个是和尚，一个是头陀，俱各身上无一丝。头陀身边有刀一把。"老子告道："老汉每日常卖糕糜营生，只是五更出来赶趁。今朝起得早了些个，和这铁头猴子只顾走，不看下面，一跤绊翻，碗碟都打碎了。只见两个死尸，血碌碌的在地上，一时失惊叫起来，倒被邻舍扯住到官。望相公明镜，可怜见辨察。"知府随即取了供词，行下公文，委当方里甲带了仵作行人，押了邻舍、王公一干人等，下来检验尸首，明白回报。众人登场看检已了，回州禀复知府："为被杀死僧人，系是报恩寺阇黎裴如海。傍边头陀，系是寺后胡道。和尚不穿一丝，身上三四道搠伤致命方死。胡道身边见有凶刀一把，只脖项上有勒死痕伤一道。想是胡道挈刀搠死和尚，惧罪自行勒死。"知府叫拘本寺首僧,鞫问缘故,俱各不知情由。知府也没个决断。当案孔目禀道:"眼见得是这和尚裸形赤体,必是和那头陀干甚不公不法的事,互相杀死,不干王公之事。邻舍都教召保听候,尸首着仰本寺住持,即备棺木盛殓,放在别处,立个互相杀死的文书便了。"知府道:"也是。"随即发落了一干人等,不在话下。

蓟州城里,有些好事的子弟们,亦知此事,在街上讲动了,因此做成一只曲儿来,道是:

"叵耐秃囚无状,做事只恁狂荡。暗约娇娥,要为夫妇,永同鸳帐。怎禁贯恶满盈,玷辱诸多和尚。血泊内横尸里巷,今日赤条条甚么模样。立雪齐腰,投岩喂虎,全不想祖师经上。目连救母生天,这贼秃为娘身丧。"

后来蓟州城里书会们备知了这件事,拿起笔来,又做了这只《临江仙》词,教唱道:

"破戒沙门情最恶,终朝女色昏迷。头陀做作亦跷蹊。睡来同衾枕,死去不分离。　　小和尚片时狂性起,大和尚魄丧魂飞。长街上露出这些儿。只因胡道者,害了海阇黎。"

这件事满城里都讲动了,那妇人也惊得呆了,自不敢说,只是肚里暗暗地叫苦。杨雄在蓟州府里,有人告道杀死和尚、头陀,心里早瞧了七八分,寻思:"此一事准是石秀做出来了,我前日一时间错怪了他。我今日闲些,且去寻他,问他个真实。"正走过州桥前来,只听得背后有人叫道:"哥哥那里去?"杨雄回过头来,见是石秀,便道:"兄弟,我正没寻你处。"石秀道:"哥哥且来我下处,和你说话。"把杨雄引到客店里小房内,说道:"哥哥,兄弟不说谎么?"杨雄道:"兄弟,你休怪我。是我一时愚蠢不是了,酒后失言,反被那婆娘瞒过了,怪兄弟相闹不得。我今特来寻贤弟负荆请罪。"石秀道:"哥哥,兄弟虽是个不才小人,却是顶天立地的好汉,如何肯做这等之事!怕哥哥日后中了奸计,因此来寻哥哥,有表记教哥哥看。"将过和尚、头陀的衣裳:"尽剥在此。"杨雄看了,心头火起,便道:"兄弟休怪。我今夜碎割了这贱人,出这口恶气!"石秀笑道:"你又来了!你既是公门中勾当的人,如何不知法度?你又不曾拿得他真奸,如何杀得人?倘或是小弟胡说时,却不错杀了人?"杨雄道:"是此怎生罢休得?"石秀道:"哥哥只依着小弟的言说,教你做个好男子。"杨雄道:"贤弟,你怎地教我做个好男子?"石秀道:"此间东门外有一座翠屏山,好生僻静。哥哥到明日,只说道:'我多时不曾烧香,我今来和大嫂同去。'把那妇人赚将出来,就带了迎儿同到山上。小弟先在那里等候着,当头对面,把这是非都对得明白了,哥哥那时许与一纸休书,弃了这妇人,却不是上着?"杨雄道:"兄弟何必说得!你身上清洁,我已知了。都是那妇人谎说。"石秀道:"不然,我也要哥哥知道他往来真实的事。"杨雄道:"既然兄弟如此高见,必不差了。我明日准定和那贱人来,你却休要误了。"石秀道:"小弟不来时,所言俱是虚谬。"

杨雄当下别了石秀,离了客店,且去府里办事。至晚回家,并不提起,亦不说甚,只和每日一般。次日天明起来,对那妇人说道:"我昨夜梦见神人叫我,说有旧愿不曾还得。向日许下东门外岳庙里那炷香愿,未曾还得。今日我闲些,要去还了,须和你同去。"那妇人

第四十六回　病关索大闹翠屏山　拼命三火烧祝家庄

道："你便自去还了罢,要我去何用?"杨雄道："这愿心却是当初说亲时许下的,必须要和你同去。"那妇人道："既是恁地,我们早吃些素饭,烧汤洗浴了去。"杨雄道："我去买香纸,雇轿子。你便洗浴了,梳头插带了等我。就叫迎儿也去走一遭。"杨雄又来客店里相约石秀："饭罢便来,兄弟休误。"石秀道："哥哥,你若抬得来时,只教在半山里下了轿。你三个步行上来,我自在上面一个僻处等你。不要带闲人上来。"

杨雄约了石秀,买了纸烛归来,吃了早饭。那妇人不知有此事,只顾打扮的齐齐整整。迎儿也插带了。轿夫扛轿子,早在门前伺候。杨雄道："泰山看家,我和大嫂烧香了便回。"潘公道："多烧香,早去早回。"那妇人上了轿子,迎儿跟着,杨雄也随在后面。出得东门来,杨雄低低分付轿夫道："与我抬上翠屏山去,我自多还你些轿钱。"不到一个时辰,早来到那翠屏山上。但见：

　　远如蓝靛,近若翠屏。涧边老桧摩云,岩上野花映日。漫漫青草,满目尽是荒坟；袅袅白杨,回首多应乱冢。一望并无闲寺院,崔嵬好似北邙山。

原来这座翠屏山,却在蓟州东门外二十里,都是人家的乱坟,上面并无庵舍寺院,层层尽是古墓。当下杨雄把那妇人抬到半山,叫轿夫歇下轿子,拔去葱管,搭起轿帘,叫那妇人出轿来。妇人问道："却怎地来这山里?"杨雄道："你只顾且上去。轿夫只在这里等候,不要来,少刻一发打发你酒钱。"轿夫道："这个不妨,小人自只在此间伺候便了。"

杨雄引着那妇人并迎儿,三个人上了四五层山坡,只见石秀坐在上面。那妇人道:"香纸如何不将来?"杨雄道:"我自先使人将上去了。"把妇人一扶,扶到一处古墓里。石秀便把包裹、腰刀、杆棒都放在树根,前来道:"嫂嫂拜揖!"那妇人连忙应道:"叔叔怎地也在这里?"一头说,一面肚里吃了一惊。石秀道:"在此专等多时。"杨雄道:"你前日对我说道,叔叔多遍把言语调戏你,又将手摸着你胸前,问你有孕也未。今日这里无人,你两个对的明白。"那妇人道:"哎呀!过了的事,只顾说甚么。"石秀睁着眼来道:"嫂嫂,你怎么说这般闲话!正要哥哥面前说个明白。"那妇人道:"叔叔,你没事自把鬏儿提做甚么!"石秀道:"嫂嫂,你休要硬诤,教你看个证见。"便去包裹里取出海阇黎并头陀的衣服来,撒放地下,道:"你认得么?"那妇人看了,飞红了脸,无言可对。石秀飕地掣出腰刀,便与杨雄说道:"此事只问迎儿,便知端的。"

杨雄便揪过那丫头,跪在面前,喝道:"你这小贱人,快好好实说,怎地在和尚房里入奸?怎生约会把香桌儿为号?如何教头陀来敲木鱼?实对我说,饶你这条性命;但瞒了一句,先把你剁做肉泥。"迎儿叫道:"官人,不干我事,不要杀我!我说与你。"却把僧房中吃酒,上楼看佛牙,赶他下楼来看潘公酒醒说起,"两个背地里约下,第三日教头陀来化斋饭,叫我取铜钱布施与他。娘子和他约定,但是官人当牢上宿,要我掇香桌儿放出后门外,便是暗号。头陀来看了,却去报知和尚。当晚海阇黎扮做俗人,带顶头巾入来。五更里,只听那头陀来敲木鱼响,高声念佛为号,叫我开后门放他出去。但是和尚来时,瞒我不得,只得对我说了。娘子许我一副钏镯、一套衣裳,我只得随顺了。似此往来,通有数十遭,后来便吃杀了。又与我几件首饰,教我对官人说石叔叔把言语调戏一节。这个我眼里不曾见,因此不敢说。只此是实,并无虚谬。"迎儿说罢,石秀便道:"哥哥得知么?这般言语,须不是兄弟教他如此说。请哥哥却问嫂嫂备细缘由。"杨雄揪过那妇人来,喝道:"贼贱人!丫头已都招了,便你一些儿休赖,再把实情对我说了,饶了你贱人一条性命!"那妇人说道:"我的不是了!你看我旧日夫妻之面,饶恕了我这一遍!"石秀道:"哥哥,含糊不得,须要问嫂嫂一个明白备细缘由。"杨雄喝道:"贱人,你快说!"那妇人只得把偷和尚的事,从做道场夜里说起,直至往来,一一都说了。石秀道:"你却怎地对哥哥倒说我来调戏你?"那妇人道:"前日他醉了骂我,我见他骂得蹊跷,我只猜是叔叔看见破绽说与他。到五更里,又提起来问叔叔如何,我却把这段话来支吾。实是叔叔并不曾恁地。"石秀道:"今日三面说得明白了,任从哥哥心下如何措置。"杨雄道:"兄弟,你与我拔了这贱人的头面,剥了衣裳,我亲自伏侍他。"石秀便把那妇人头面首饰衣服都剥了。杨雄割两条裙带来,亲自用手把妇人绑在树上。石秀也把迎儿的首饰都去了,递过刀来说道:"哥哥,这个小贱人留他做甚么,一发斩草除根。"杨雄应道:"果然。兄弟把刀来,我自动手!"迎儿见头势不好,却待要叫,杨雄手起一刀,挥作两段。那妇人在树上叫道:"叔叔劝一劝!"石秀道:"嫂嫂,哥哥自来伏侍你。"杨雄向前,把刀先斡出舌头,一刀便割了,且教那妇人叫不的。杨雄却指着骂道:"你这贼贱人,我一时间误听不明,险些被你瞒过了！一者坏了我兄弟情分，二乃久后必然被你害了性命，不如我今日先下手为强。我想你这婆娘，心肝五脏怎地生着？我且看一看！"一刀从心窝里直割到小肚子上，取出心肝五脏，挂在松树上。杨雄又将这妇人七事件分开了，却将头面衣服都拴在包裹里了。

杨雄道："兄弟你且来，和你商量一个长便。如今一个奸夫，一个淫妇，都已杀了，只是我和你投那里去安身立命？"石秀道："兄弟已寻思下了，自有个所在，请哥哥便行，不可耽迟。"杨雄道："却是那里去？"石秀道："哥哥杀了人，兄弟又杀人，不去投梁山泊入伙，却投那里去？"正是：

奸淫妇女说缘因，顷刻尸骸化作尘。

若欲避他灾与祸，梁山泊里好潜身。

杨雄道："且住！我和你又不曾认得他那里一个人，如何便肯收录我们？"石秀道："哥哥差矣。如今天下江湖上皆闻山东及时雨宋公明招贤纳士，结识天下好汉。谁不知道！放着我和你一身好武艺，愁甚不收留！"杨雄道："凡事先难后易，免得后患。我却不合是公人，只恐他疑心，不肯安着我们。"石秀笑道："他不是押司出身？我教哥哥一发放心，前者哥哥认义兄弟那一日，先在酒店里和我吃酒的那两个人，一个是梁山泊神行太保戴宗，一个是锦豹子杨林。他与兄弟十两一锭银子，尚兀自在包里，因此可去投托他。"杨雄道："既有这条门路，我去收拾了些盘缠便走。"石秀道："哥哥，你也这般兜搭。倘或入城事发拿住，如何脱身？放着包裹里见有若干钗钏首饰，兄弟又有些银两,再有三五个人也勾用了,何须又去取讨。惹起是非来,如何救解?这事少时便发,不可迟滞,我们只好望山后走。"

石秀便背上包裹,拿了杆棒,杨雄插了腰刀在身边,提了朴刀。却待要离古墓,只见松树后走出一个人来,叫道:"清平世界,荡荡乾坤,把人割了,却去投奔梁山泊入伙。我听得多时了。"杨雄、石秀看时,那人纳头便拜。杨雄却认得这人,姓时名迁,祖贯是高唐州人氏,流落在此,则一地里做些飞檐走壁,跳篱骗马的勾当。曾在蓟州府里吃官司,却得杨雄救了他。人都叫他做鼓上蚤。怎见得时迁的好处?有诗为证:

骨软身躯健,眉浓眼目鲜。

形容如怪族,行步似飞仙。

夜静穿墙过,更深绕屋悬。

偷营高手客,鼓上蚤时迁。

当时杨雄便问时迁:"你说甚么?"时迁道:"节级哥哥听禀:小人近日没甚道路,在这山里掘些古坟,觅两分东西。因见哥哥在此行事,不敢出来冲撞,却听说去投梁山泊入伙。小人如今在此,只做得些偷鸡盗狗的勾当,几时是了。跟随的二位哥哥上山去,却不好! 未知尊意肯带挈小人么?"石秀道:"既是好汉中人物,他那里如今招纳壮士,那争你一个! 若如此说时,我们一同去。"时迁道:"小人却认得小路去。"当下引了杨雄、石秀,三个人自取小路下后山,投梁山泊去了。

却说这两个轿夫在半山里等到红日平西,不见三个下来。分付了,又不敢上去。挨不过了,不免信步寻上山来,只见一群老鸦,成团打块在古墓上。两个轿夫上去看时,原来却是老鸦夺那肚肠吃,以此聒噪。轿夫看了,吃那一惊,慌忙回家报与潘公,一同去蓟州府里首告。知府随即差委一员县尉,带了仵作行人,来翠屏山检验尸首已了。回复知府,禀道:"检得一口妇人潘巧云,割在松树边。使女迎儿,杀死在古墓下。坟边遗下一堆妇人、头陀衣服。"知府听了,想起前日海和尚、头陀的事,备细询问潘公。那老子把这僧房酒醉一节,和这石秀出去的缘由,都说了一遍。知府道:"眼见得是此妇人与这和尚通奸,那女使、头陀做脚。想这石秀那厮路见不平,杀死头陀、和尚。杨雄这厮今日杀了妇人、女使无疑。定是如此,只拿得杨雄、石秀,便知端的。"当即行移文书,出给赏钱,捕获杨雄、石秀;其馀轿夫人等,各放回听候。潘公自去买棺木,将尸首殡葬,不在话下。

再说杨雄、石秀、时迁离了蓟州地面,在路夜宿晓行,不则一日,行到郓州地面。过得香林洼,早望见一座高山,不觉天色渐渐晚了。看见前面一所靠溪客店,三个人行到门前看时,但见:

  前临官道,后傍大溪。数百株垂柳当门,一两树梅花傍屋。荆榛篱落,周回绕定茅茨;芦苇帘栊,前后遮藏土炕。右壁厢一行书写:门关暮接五湖宾;左势下七字句道:庭户朝迎三岛客。虽居野店荒村外,亦有高车驷马来。

当日黄昏时候,店小二却待关门,只见这三个人撞将入来。小二问道:"客人来路远,以此晚了。"时迁道:"我们今日走了一百里以上路程，因此到得晚了。"小二哥放他三个入来安歇，问道："客人不曾打火么？"时迁道："我们自理会。"小二道："今日没客歇，灶上有两只锅干净，客人自用不妨。"时迁问道："店里有酒肉卖么？"小二道："今日早起有些肉，都被近村人家买了去，只剩得一瓮酒在这里，并无下饭。"时迁道："也罢，先借五升米来做饭，却理会。"小二哥取出米来与时迁，就淘了，做起一锅饭来。石秀自在房中安顿行李。杨雄取出一只钗儿，把与店小二，先回他这瓮酒来吃，明日一发算帐。小二哥收了钗儿，便去里面掇出那瓮酒来开了，将一碟儿熟菜放在桌子上。时迁先提一桶汤来，叫杨雄、石秀洗了脚手，一面筛酒来，就来请小二哥一处坐地吃酒。放下四只大碗，斟出酒来吃。

石秀看见店中檐下插着十数把好朴刀，问小二哥道："你家店里怎的有这军器？"小二哥应道："都是主人家留在这里。"石秀道："你家主人是甚么样人？"小二道："客人，你是江湖上走的人，如何不知我这里的名字？前面那座高山便唤做独龙冈山。山前有一座另巍巍冈子，便唤做独龙冈，上面便是主人家住宅。这里方圆三百里，却唤做祝家庄。庄主太公祝朝奉[1]，有三个儿子，称为祝氏三杰。庄前庄后有五七百人家，都是佃户，各家分下两把朴刀与他。这里唤作祝家店，常有数十个家人来店里上宿，以此分下朴刀在这里。"石秀道："他分军器在店里何用？"小二道："此间离梁山泊不远，地方较近，只恐他那里贼人来借粮，因此准备下。"石秀道："我与他些银两，回与

---

[1] 朝奉——唐时的官名，到宋时一般用做对绅豪尊称。

我一把朴刀用,如何?"小二哥道:"这个却使不得,器械上都编着字号。我小人吃不得主人家的棍棒,我这主人法度不轻。"石秀笑道:"我自取笑你,你却便慌。且只顾饮酒。"小二道:"小人吃不得了,先去歇了。客人自便,宽饮几杯。"

　　小二哥去了,杨雄、石秀又自吃了一回酒,只见时迁道:"哥哥要肉吃么?"杨雄道:"店小二说了没肉卖,你又那里得来?"时迁嘻嘻的笑着,去灶上提出一只老大公鸡来。杨雄问道:"那里得这鸡来?"时迁道:"小弟却才去后面净手,见这只鸡在笼里。寻思没甚与哥哥吃酒,被我悄悄把去溪边杀了,提桶汤去后面,就那里挦得干净,煮得熟了,把来与二位哥哥吃。"杨雄道:"你这厮还是这等贼手贼脚!"石秀笑道:"还不改本行。"三个笑了一回,把这鸡来手撕开吃了,一面盛饭来吃。只见那店小二略睡一睡,放心不下,扒将起来,前后去照管。只见厨桌上有些鸡毛,都是鸡骨头,却去灶上看时,半锅肥汁。小二慌忙去后面笼里看时,不见了鸡,连忙出来问道:"客人,你们好不达道理!如何偷了我店里报晓的鸡吃?"时迁道:"见鬼了耶耶!我自路上买得这只鸡来吃,何曾见你的鸡?"小二道:"我店里的鸡却那里去了?"时迁道:"敢被野猫拖了?黄猩子吃了?鹞鹰扑了去?我却怎地得知。"小二道:"我的鸡才在笼里,不是你偷了是谁?"石秀道:"不要争,值几钱,赔了你便罢。"店小二道:"我的是报晓鸡,店内少他不得。你便赔我十两银子也不济,只要还我鸡!"石秀大怒道:"你诈哄谁,老爷不赔你便怎地?"店小二笑道:"客人,你们休要在这里讨野火吃。只我店里不比别处客店,拿你到庄上,便做梁山泊贼寇解了去。"石秀听了大骂道:"便是梁山泊好汉,你怎么拿了我去请赏!"杨雄也怒道:"好意还你些钱,不赔你怎地拿我去!"小二叫一声:"有贼!"只见店里赤条条地走出三五个大汉来,径奔杨雄、石秀来,被石秀手起,一拳一个都打翻了。小二哥正待要叫,被时迁一掌打肿了脸,作声不得。这几个大汉都从后门走了。杨雄道:"兄弟,这厮们一定去报人来。我们快吃了饭走了罢。"三个当下吃饱了,把包裹分开腰了,穿上麻鞋,跨了腰刀,各人去枪架上拣了一条好朴刀。石秀道:"左右只是左右,不可放过了他。"便去灶前寻了把草,灶里点个火,望里面四下焠着。看那草房被风一搧,刮刮杂杂火起来,那火顷刻间天也似般大。三个拽开脚步,望大路便走。正是:

小忿原来为攘鸡,便教兵燹及黔黎。

智多星用连环计,祝氏庄园作粉齑。

三个人行了两个更次,只见前面后面火把不计其数,约有一二百人,发着喊赶将来。石秀道:"且不要慌,我们且拣小路走。"杨雄道:"且住,一个来杀一个,两个来杀一双,待天色明朗却走。"说犹未了,四下里合拢来。杨雄当先,石秀在后,时迁在中,三个挺着朴刀来战庄客。那伙人初时不知,轮着枪棒赶来,杨雄手起朴刀,早戳翻了五七个。前面的便走,后面的急待要退,石秀赶入去,又搠翻了六七人。四下里庄客见说杀伤了十数人,都是要性命的,思量不是头,都退了去。三个得一步,赶一步。正走之间,喊声又起,枯草里舒出两把挠钩,正把时迁一挠钩搭住,拖入草窝去了。石秀急转身来救时迁,背后又舒出两把挠钩来,却得杨雄眼快,便把朴刀一拨,两把挠钩拨开去了,将朴刀望草里便戳,发声喊,都走了。两个见捉了时迁,怕深入重地,亦无心恋战,顾不得时迁了,且四下里寻路走罢。见东边火把乱明,小路上又无丛林树木,两个便望东边来。众庄客四下里赶不着,自救了带伤的人去,将时迁背剪绑了,押送祝家庄来。

且说杨雄、石秀走到天明,望见前面一座村落酒店。石秀道:"哥哥,前头酒肆里买碗酒饭吃了去,就问路程。"两个便入村店里来,倚了朴刀,对面坐下,叫酒保取些酒来,就做些饭吃。酒保一面铺下菜蔬按酒,盏将酒来。方欲待吃,只见外面一个人奔将入来,身材长大,生得阔脸方腮,眼鲜耳大,貌丑形粗,穿一领茶褐绸衫,戴一顶万字头巾,系一条白绢搭膊,下面穿一双油膀靴,叫道:"大官人教你们挑担来庄上纳。"店主人连忙应道:"装了担,少刻便送到庄上。"那人分付了,便转身又说道:"快挑来。"却待出门,正从杨雄、石秀面前过。杨雄却认得他,便叫一声:"小郎,你如何却在这里?不看我一看?"那人回转头来看了一看,却也认得,便叫道:"恩人如何来到这里?"望着杨雄、石秀便拜。

不是杨雄撞见了这个人,有分教:梁山泊内,恼犯了那个英雄;独龙冈前,乱杀下一堆尸首。直教祝家庄上三番闹,宛子城中大队来。毕竟杨雄、石秀遇见的那人是谁,且听下回分解。

第四十七回

扑天雕双修生死书　宋公明一打祝家庄

诗曰：

聪明遭折挫，狡狯失便宜。

损人终有报，倚势必遭危。

良善为身福，刚强是祸基。

直饶三杰勇，难犯宋江威。

话说当时杨雄扶起那人来，叫与石秀相见。石秀便问道："这位兄长是谁？"杨雄道："这个兄弟姓杜名兴，祖贯是中山府人氏。因为他面颜生得粗莽，以此人都唤他做鬼脸儿。上年间做买卖来到蓟州，因一口气上打死了同伙的客人，吃官司监在蓟州府里。杨雄见他说起拳棒都省得，一力维持，救了他，不想今日在此相会。"杜兴便问道："恩人为何公干来到这里？"杨雄附耳低言道："我在蓟州杀了人命，欲要投梁山泊去入伙。昨晚在祝家店投宿，因同一个来的伙伴时迁偷了他店里报晓鸡吃，一时与店小二闹将起来，性起把他店屋放火都烧了。我三个连夜逃走，不提防背后赶来。我弟兄两个杀翻了他几个，不想乱草中间舒出两把挠钩，把时迁搭了去。我两个乱撞到此，正要问路，不想遇见贤弟。"杜兴道："恩人不要慌，我教放时迁还你。"杨雄道："贤弟少坐，同饮一杯。"三人坐下。当时饮酒，杜兴便道:"小弟自从离了蓟州,多得恩人的恩惠,来到这里。感承此间一个大官人见爱,收录小弟在家中做个主管,每日拨万论千,尽托付杜兴身上,以此不想回乡去。"杨雄道:"此间大官人是谁?"杜兴道:"此间独龙冈前面有三座山冈,列着三个村坊:中间是祝家庄,西边是扈家庄,东边是李家庄。这三处庄上,三村里算来总有一二万军马人等。惟有祝家庄最豪杰,为头家长唤做祝朝奉,有三个儿子,名为祝氏三杰:长子祝龙,次子祝虎,三子祝彪。又有一个教师,唤做铁棒栾廷玉,此人有万夫不当之勇。庄上自有一二千了得的庄客。西边有个扈家庄,庄主扈太公,有个儿子唤做飞天虎扈成,也十分了得。惟有一个女儿最英雄,名唤一丈青扈三娘,使两口日月双刀,马上如法了得。这里东村庄上,却是杜兴的主人,姓李名应,能使一条浑铁点钢枪,背藏飞刀五口,百步取人,神出鬼没。这三村结下生死誓愿,同心共意,但有吉凶,递相救应。惟恐梁山泊好汉过来借粮,因此三村准备下抵敌他。如今小弟引二位到庄上见了李大官人,求书去搭救时迁。"杨雄又问道:"你那李大官人,莫不是江湖上唤扑天雕的李应?"杜兴道:"正是他。"石秀道:"江湖上只听得说独龙冈有个扑天雕李应是好汉,却原来这里。多闻他真个了得,是好男子,我们去走一遭。"杨雄便唤酒保计算酒钱。杜兴那里肯要他还,便自招了酒钱。三个离了村店,便引杨雄、石秀来到李家庄上。杨雄看时,真个好大庄院。外面周回一遭阔港,粉墙傍岸,有数百株合抱不交的大柳树,门外一座吊桥,接着庄门。入得门来到厅前,两边有二十馀座枪架,明晃晃的都插满军器。杜兴道:"两位哥哥在此少等,待小弟入

去报知,请大官人出来相见。"杜兴入去不多时,只见李应从里面出来。杨雄、石秀看时,果然好表人物。有《临江仙》词为证:

> 鹘眼鹰睛头似虎,燕颔猿臂狼腰。疏财仗义结英豪。爱骑雪白马,喜着绛红袍。　　背上飞刀藏五把,点钢枪斜嵌银条。性刚谁敢犯分毫。李应真壮士,名号扑天雕。

当时李应出到厅前,杜兴引杨雄、石秀上厅拜见。李应连忙答礼,便教上厅请坐。杨雄、石秀再三谦让,方才坐了。李应便叫取酒来且相待。杨雄、石秀两个再拜道:"望乞大官人致书与祝家庄,求救时迁性命,生死不敢有忘。"李应教请门馆先生来商议,修了一封书缄,填写名讳,使个图书印记,便差一个副主管赍了,备一匹快马,星火去祝家庄取这个人来。那副主管领了东人书札,上马去了。杨雄、石秀拜谢罢,李应道:"二位壮士放心,小人书去,便当放来。"杨雄、石秀又谢了。李应道:"且请去后堂,少叙三杯等待。"两个随进里面,就具早膳相待。饭罢,吃了茶,李应问些枪法,见杨雄、石秀说的有理,心中甚喜。

巳牌时分,那个副主管回来,李应唤到后堂问道:"去取的这人在那里?"主管答道:"小人亲见朝奉下了书,倒有放还之心。后来走出祝氏三杰,反焦躁起来,书也不回,人也不放,定要解上州去。"李应失惊道:"他和我三家村里结生死之交,书到便当依允,如何恁地起来? 必是你说得不好,以致如此! 杜兴,你须自去走一遭,亲见祝朝奉,说个仔细缘由。"杜兴道:"小人愿去。只求东人亲笔书缄,到那里方才肯放。"李应道:"说得是。"急取一幅花笺纸来,李应亲自写了书札,封皮面上使一个讳字图书,把与杜兴接了。后槽牵过一匹快马,备上鞍辔,拿了鞭子,便出庄门,上马加鞭,奔祝家庄去了。李应道:"二位放心,我这封亲笔书去,少刻定当放还兄弟相见。"杨雄、石秀深谢了,留在后堂,饮酒等待。

看看天色待晚,不见杜兴回来。李应心中疑惑,再教人去接,只见庄客报道:"杜主管回来了。"李应问道:"几个人回来?"庄客道:"只是主管独自一个跑马回来。"李应摇着头道:"却又作怪!往常这厮不是这等兜搭,今日缘何恁地?"杨雄、石秀都跟出前厅来看时,只见杜兴下了马,入得庄门,见他模样,气得紫涨了面皮,半晌说不的话。杜兴怒气时,有诗为证:

怪眼圆睁谁敢近,神眉剔竖果难当。

生来长在中山府,鬼脸英雄性最刚。

李应出到前厅,连忙问道:"你且说备细缘故,怎么地来?"杜兴道:"小人赍了东人书呈,到他那里第三重门下,却好遇见祝龙、祝虎、祝彪弟兄三个坐在那里。小人声了三个喏,祝彪喝道:'你又来做甚么?'小人躬身禀道:'东人有书在此拜上。'祝彪那厮变了脸,骂道:'你那主人恁地不晓人事!早晌使个泼男女来这里下书,要讨那个梁山泊贼人时迁。如今我正要解上州里去,又来怎地?'小人说道:'这个时迁不是梁山泊人数,他自是蓟州来的客人,今投敝庄东人。不想误烧了官人店屋,明日东人自当依旧盖还。万望高抬贵手,宽恕宽恕。'祝家三个都叫道:'不还,不还!'小人又道:'官人请看,东人书札在此。'祝彪那厮接过书去,也不拆开来看,就手扯的粉碎,喝叫把小人直叉出庄门。祝彪、祝虎发话道：'休要惹老爷们性发，把你那李应捉来，也做梁山泊强寇解了去。'小人本不敢尽言，实被那三个畜生无礼，把东人百般秽骂，便喝叫庄客来拿小人，被小人飞马走了。于路上气死小人！叵耐那厮，枉与他许多年结生死之交，今日全无些仁义！"

那李应听罢，怒从心上起，恶向胆边生，心头那把无明业火高举三千丈，按纳不下，大呼庄客："快备我那马来！"杨雄、石秀谏道："大官人息怒。休为小人们坏了贵处义气。"李应那里肯听，便去房中披上一副黄金锁子甲，前后兽面掩心，穿一领大红袍，背胯边插着飞刀五把，拿了点钢枪，戴上凤翅盔，出到庄前，点起三百悍勇庄客。杜兴也披一副甲，持把枪上马，带领二十馀骑马军。杨雄、石秀也抓扎起，挺着朴刀，跟着李应的马，径奔祝家庄来。日渐衔山时分，早到独龙冈前，但将人马排开。原来祝家庄又盖得好，占着这座独龙山冈，四下一遭阔港。那庄正造在冈上，有三层城墙，都是顽石垒砌的，约高二丈。前后两座庄门，两条吊桥。墙里四边都盖窝铺[1]，四下里遍插着枪刀军器，门楼上排着战鼓铜锣。李应勒马在庄前大骂："祝家三子，怎敢毁谤老爷！"只见庄门开处，拥出五六十骑马来。当先一骑似火炭赤的马上，坐着祝朝奉第三子祝彪出马。怎生打扮？

　　头戴缕金凤翅荷叶盔，身穿连环锁子梅花甲。腰悬一副弓和箭，手执二件刀与枪。马额下红缨如血染，宝镫边气焰似

---

[1] 窝铺——临时搭起防护、警备用的草棚，现在叫做窝棚。

云霞。

当下李应见了祝彪,指着大骂道:"你这厮口边奶腥未退,头上胎发犹存。你爷与我结生死之交,誓愿同心共意,保护村坊。你家但有事情要取人时,早来早放,要取物件,无有不奉。我今一个平人,二次修书来讨,你如何扯了我的书札,耻辱我名,是何道理?"祝彪道:"俺家虽和你结生死之交,誓愿同心协意,共捉梁山泊反贼,扫清山寨。你如何却结连反贼,意在谋叛?"李应喝道:"你说他是梁山泊甚人?你这厮却冤平人做贼,当得何罪!"祝彪道:"贼人时迁已自招了,你休要在这里胡说乱道,遮掩不过!你去便去,不去时,连你捉了也做贼人解送。"李应大怒,拍坐下马,挺手中枪,便奔祝彪。两边擂起鼓来。祝彪纵马去战李应。两个就独龙冈前,一来一往,一上一下,斗了十七八合。祝彪战李应不过,拨回马便走,李应纵马赶将去。祝彪把枪横担在马上,左手拈弓,右手取箭,搭上箭,拽满弓,觑得较亲,背翻身一箭,李应急躲时,臂上早着。李应翻筋斗坠下马来,祝彪便勒转马来抢人。杨雄、石秀见了,大喝一声,拈两条朴刀,直奔祝彪马前杀将来。祝彪抵当不住,急勒回马便走,早被杨雄一朴刀戳在马后股上。那马负疼,壁直立起来,险些儿把祝彪掀在马下,却得随从马上的人都搭上箭射将来。杨雄、石秀见了,自思又无衣甲遮身,只得退回不赶。杜兴也自把李应救起,上马先去了。杨雄、石秀跟了众庄客也走了。祝家庄人马赶了二三里路,见天色晚来,也自回去了。

杜兴扶着李应,回到庄前,下了马,同入后堂坐,众宅眷都出来看视。拔了箭矢,伏侍卸了衣甲,便把金疮药敷了疮口,连夜在后堂商议。杨雄、石秀说道:"既是大官人被那厮无礼,又中了箭。非不效力,时迁亦不能勾出来。我弟兄两个,只得上梁山泊去恳告晁、宋二公并众头领,来与大官人报仇,就救时迁。"李应道:"非是我不用心,实出无奈。两位壮士,只得休怪!"叫杜兴取些金银相赠,杨雄、石秀那里肯受。李应道:"江湖之上,二位不必推却。"两个方才收受,拜辞了李应。杜兴送出村口,指与大路。杜兴作别了,自回李家庄,不在话下。

且说杨雄、石秀取路投梁山泊来,早望见远远一处新造的酒店,那酒旗儿直挑出来。两个入到店里买些酒吃,就问路程。这酒店却是梁山泊新添设做眼的酒店,正是石勇掌管。两个一面吃酒,一头动问酒保上梁山泊路程。石勇见他两个非常,便来答应道:"你两位客人从那里来?要问上山去怎地?"杨雄道:"我们从蓟州来。"石勇猛可想起道:"莫非足下是石秀么?"杨雄道:"我乃是杨雄,这个兄弟是石秀。大哥如何得知石秀名?"石勇慌忙道:"小子不认得。前者戴宗哥哥到蓟州回来,多曾称说兄长,闻名久矣。今得上山,且喜,且喜!"三个叙礼罢,杨雄、石秀把上件事都对石勇说了。石勇随即叫酒保置办分例酒来相待,推开后面水亭上窗子,拽起弓,放了一枝响箭。只见对港芦苇丛中,早有小喽啰摇过船来。石勇便邀二位上船,直送到鸭嘴滩上岸。石勇已自先使人上山去报知,早见戴宗、杨林下山来迎接,俱各叙礼罢,一同上至大寨里。

众头领知道有好汉上山,都来聚会,大寨坐下。戴宗、杨林引杨雄、石秀上厅参见晁盖、宋江并众头领。相见已罢,晁盖细问两个踪迹。杨雄、石秀把本身武艺、投托入伙先说了,众人大喜,让位而坐。杨雄渐渐说到:"有个来投托大寨同入伙的时迁,不合偷了祝家店里报晓鸡,一时争闹起来,石秀放火烧了他店屋,时迁被捉。李应二次修书去讨,怎当祝家三子坚执不放,誓愿要捉山寨里好汉,且又千般辱骂。叵耐那厮十分无礼!"不说万事皆休,才然说罢,晁盖大怒,喝叫:"孩儿们!将这两个与我斩讫报来!"正是:

　　杨雄石秀诉衷肠,可笑时迁行不臧。

　　惹得群雄齐发怒,兴兵三打祝家庄。

宋江慌忙劝道:"哥哥息怒!两个壮士不远千里而来,同心协助,如何却要斩他?"晁盖道:"俺梁山泊好汉,自从火并王伦之后,便以忠义为主,全施仁德于民。一个个兄弟下山去,不曾折了锐气。新旧上山的兄弟们,各各都有豪杰的光彩。这厮两个把梁山泊好汉的名目去偷鸡吃,因此连累我等受辱。今日先斩了这两个,将这厮首级去那里号令,便起军马去,就洗荡了那个村坊,不要输了锐气。如何?孩儿们,快斩了报来!"宋江劝住道:"不然!哥哥不听这两位贤弟却才所说,那个鼓上蚤时迁,他原是此等人,以致惹起祝家那厮来,岂是这二位贤弟要玷辱山寨。我也每每听得有人说,祝家庄那厮要和俺山寨敌对。即目山寨人马数多,钱粮缺少,非是我等要去寻他,那厮倒来吹毛求疵,因而正好乘势去拿那厮。若打得此庄,倒有三五年粮食。非是我们生事害他,其实那厮无礼。哥哥权且息怒,小可不才,亲领一支军马,启请几位贤们下山去打祝家庄。若不洗荡得那个村坊,誓不还山。一是与山寨报仇,不折了锐气;二乃免此小辈,被他耻辱;三则得许多粮食,以供山寨之用;四者就请李应上山入伙。"吴学究道:"兄长之言最好,岂可山寨自斩手足之人?"戴宗便道:"宁可斩了小弟,不可绝了贤路。"众头领力劝,晁盖方才免了二人。杨雄、石秀也自谢罪。宋江抚谕道:"贤弟休生异心!此是山寨号令,不得不如此。便是宋江,倘有过失,也须斩首,不敢容情。如今新近又立了铁面孔目裴宣做军政司,赏功罚罪,已有定例。贤弟只得恕罪,恕罪。"杨雄、石秀拜罢,谢罪已了,晁盖叫去坐于杨林之下。山寨里都唤小喽啰来参贺新头领已毕,一面杀牛宰马,且做庆喜筵席。拨定两所房屋,教杨雄、石秀安歇,每人拨十个小喽啰伏侍。

当晚席散。次日,再备筵席,会众商量议事。宋江教唤铁面孔目裴宣计较下山人数,启请诸位头领,同宋江去打祝家庄,定要洗荡了那个村坊。商议已定,除晁盖头领镇守山寨不动外,留下吴学究、刘唐并阮家三弟兄、吕方、郭盛护持大寨。原拨定守滩、守关、守店有职事人员,俱各不动。又拨新到头领孟康管造船只,顶替马麟监督战船。写下告示,将下山打祝家庄头领分作两起:头一拨宋江、花荣、李俊、穆弘、李逵、杨雄、石秀、黄信、欧鹏、杨林,带领三千小喽啰,三百马军,披挂已了,下山前进;第二拨便是林冲、秦明、戴宗、张横、张顺、马麟、邓飞、王矮虎、白胜,也带领三千小喽啰,三百马军,随后接应。再着金沙滩、鸭嘴滩二处小寨,只教宋万、郑天寿守把,就行接应粮草。晁盖送路已了,自回山寨。

且说宋江并众头领径奔祝家庄来,于路无话,早来到独龙山前,尚有一里多路,前军下了寨栅。宋江在中军帐里坐下,便和花荣商议道:"我听得说,祝家庄里路径甚杂,未可进兵。且先使两个人去探听路途曲折,然后进去。知得顺逆路程,却才进去与他敌对。"李逵便道:"哥哥,兄弟闲了多时,不曾杀得一个人,我便先去走一遭。"宋江道:"兄弟,你去不得。若破阵冲敌,用着你先去。这是做细作[1]的勾当,用你不着。"李逵笑道:"量这个鸟庄,何须哥哥费力!只兄弟自带了三二百个孩儿们杀将去,把这个鸟庄上人都砍了,何须要人先去打听!"宋江喝道:"你这厮休胡说!且一壁厢去,叫你便来。"李逵走开去了,自说道:"打死几个苍蝇,也何须大惊小怪!"宋江便唤石秀来,说道:"兄弟曾到彼处,可和杨林走一遭。"石秀便道:"如今哥哥许多人马到这里,他庄上如何不提备?我们扮做甚么样人入去好?"杨林便道:"我自打扮了解魔的法师[2]去,身边藏了短刀,手里擎着法环,于路摇将入去。你只听我法环响,不要离了我前后。"石秀道:"我在蓟州,原曾卖柴,我只是挑一担柴进去卖便了。身边藏了暗器,有些缓急,扁担也用得着。"杨林道:"好,好!我和你计较了,今夜打点,五更起来便行。"宋江听了,心中也喜。有诗为证:

  攘鸡无赖笑时迁,被捉遭刑不可言。

  摇动宋江诸煞曜,三庄迅扫作平川。

---

 [1] 细作——间谍、暗探。
 [2] 解魔的法师——一个人神经错乱,迷信的说法,这是被鬼迷住了,叫做"魔";要念咒赶鬼,才能恢复清醒,不再被迷住。解魔的法师就是以念咒赶鬼为职业的人。

且说石秀挑着柴担先入去,行不到二十来里,只见路径曲折多杂,四下里湾环相似,树木丛密,难认路头。石秀便歇下柴担不走。听得背后法环响得渐近,石秀看时,却见杨林头戴一个破笠子,身穿一领旧法衣,手里擎着法环,于路摇将进来。石秀见没人,叫住杨林说道:"看见路径湾杂难认,不知那里是我前日跟随李应来时的路。天色已晚,他们众人都是熟路,正看不仔细。"杨林道:"不要管他路径曲直,只顾拣大路走便了。"石秀又挑了柴,只顾望大路先走。见前面一村人家,数处酒店肉店,石秀挑着柴,便望酒店门前歇了。只见店内把朴刀、枪又插在门前,每人身上穿一领黄背心,写个大"祝"字。往来的人,亦各如此。石秀见了,便看着一个年老的人,唱个喏,拜揖道:"丈人,请问此间是何风俗,为甚都把刀枪插在当门?"那老人道:"你是那里来的客人?原来不知,只可快走。"石秀道:"小人是山东贩枣子的客人,消折了本钱,回乡不得,因此担柴来这里卖,不知此间乡俗地理。"老人道:"客人,只可快走,别处躲避,这里早晚要大厮杀也。"石秀道:"此间这等好村坊去处,怎地了大厮杀?"老人道:"客人,你敢真个不知!我说与你:俺这里唤做祝家庄,村冈上便是祝朝奉衙里。如今恶了梁山泊好汉,见今引领军马在村口,要来厮杀。却怕我这村里路杂,未敢入来,见今驻扎在外面。如今祝家庄上行号令下来,每户人家,要我们精壮后生准备着,但有令传来,便要去策应。"石秀道:"丈人,村中总有多少人家?"老人道:"只我这祝家村,也有一二万人家。东西还有两村人接应:东村唤做扑天雕李应李大官人;西村唤扈太公庄,有个女儿,唤做扈三娘,绰号一丈青,十分了得。"石秀道："似此如何却怕梁山泊做甚么！"那老人道："若是我们初来时，不知路的，也要吃捉了。"石秀道："丈人，怎地初来要吃捉了？"老人道："我这村里的路，有首诗说道：'好个祝家庄，尽是盘陀路。容易入得来，只是出不去。'"石秀听罢，便哭起来，扑翻身便拜，向那老人道："小人是个江湖上折了本钱归乡不得的人，倘或卖了柴出去，撞见厮杀走不脱，却不是苦！爷爷，怎地可怜见小人！情愿把这担柴相送爷爷，只指与小人出去的路罢。"那老人道："我如何白要你的柴？我就买你的。你且入来，请你吃些酒饭。"石秀拜谢了，挑着柴，跟那老人入到屋里。那老人筛下两碗白酒，盛一碗糕糜，叫石秀吃了。石秀再拜谢道："爷爷，指教出去的路径。"那老人道："你便从村里走去，只看有白杨树便可转湾。不问路道阔狭，但有白杨树的转湾便是活路，没那树时都是死路。如有别的树木转湾，也不是活路。若还走差了，左来右去，只走不出去。更兼死路里，地下埋藏着竹签、铁蒺藜[1]，若是走差了，踏着飞签，准定吃捉了，待走那里去？"石秀拜谢了，便问："爷爷高姓？"那老人道："这村里姓祝的最多，惟有我复姓锺离，土居在此。"石秀道："酒饭小人都吃勾了，即当厚报。"

正说之间，只听得外面吵闹。石秀听得道"拿了一个细作"。石秀吃了一惊，跟那老人出来看时，只见七八十个军人背绑着一个人过

---

[1] 铁蒺藜——打仗时阻止敌人兵马前进的障碍物之一种：把铁铸成尖刺的菱角形，用绳子连起来，一串一串抛撒在阵地上。

来。石秀看时,却是杨林,剥得赤条条的,索子绑着。石秀看了,只暗暗地叫苦,悄悄假问老人道:"这个拿了的是甚么人?为甚事绑了他?"那老人道:"你不见说他是宋江那里来的细作?"石秀又问道:"怎地吃他拿了?"那老人道:"说这厮也好大胆,独自一个来做细作,打扮做个解魇法师,闪入村里来。却又不认这路,只拣大路走了,左来右去,只走了死路,又不晓的白杨树转湾抹角的消息〔1〕。人见他走得差了,来路跷蹊,报与庄上大官来捉他。这厮方才掣出刀来,手起伤了四五个人,当不住这里人多,一发上去,因此吃拿了。有人认得他,从来是贼,叫做锦豹子杨林。"说言未了,只听得前面喝道,说是庄上三官人巡绰过来。石秀在壁缝里张时,看见前面摆着二十对缨枪,后面四五个人骑战马,都弯弓插箭。又有三五对青白哨马,中间拥着一个年少的壮士,坐在一匹雪白马上,全副披挂了弓箭,手执一条银枪。石秀自认得他,特地问老人道:"过去相公是谁?"那老人道:"这官人正是祝朝奉第三子,唤做祝彪,定着西村扈家庄一丈青为妻。弟兄三个,只有他第一了得。"石秀拜谢道:"老爷爷,指点寻路出去。"那老人道:"今日晚了,前面倘或厮杀,枉送了你性命。"石秀道:"爷爷,可救一命则个!"那老人道:"你且在我家歇一夜,明日打听得没事,便可出去。"石秀拜谢了,坐在他家。只听得门前四五替报马报将来,排门分付道:"你那百姓,今夜只看红灯为号,齐心并力,捉拿梁山泊贼人解官请赏。"叫过去了。石秀问道:"这个人是

---

〔1〕 消息——这里是暗号、记号的意思。

谁？"那老人道："这个官人是本处捕盗巡检，今夜约会要捉宋江。"石秀见说，心中自忖了一回，讨个火把，叫了安置，自去屋后草窝里睡了。

却说宋江军马在村口屯驻，不见杨林、石秀出来回报，随后又使欧鹏去到村口，出来回报道："听得那里讲动，说道捉了一个细作。小弟见路径又杂，难认，不敢深入重地。"宋江听罢，忿怒道："如何等得回报了进兵！又吃拿了一个细作，必然陷了两个兄弟。我们今夜只顾进兵杀将入去，也要救他两个兄弟，未知你众头领意下如何？"只见李逵便道："我先杀入去，看是如何。"宋江听得，随即便传将令，教军士都披挂了。李逵、杨雄前一队做先锋，使李俊等引军做合后，穆弘居左，黄信在右，宋江、花荣、欧鹏等中军头领，摇旗呐喊，擂鼓鸣锣，大刀阔斧，杀奔祝家庄来。

比及杀到独龙冈上，是黄昏时分，宋江催趱前军打庄。先锋李逵脱得赤条条的，挥两把夹钢板斧，火剌剌地杀向前来。到得庄前看时，已把吊桥高高地拽起了，庄门里不见一点火，李逵便要下水过去。杨雄扯住道："使不得！关闭庄门，必有计策。待哥哥来，别有商议。"李逵那里忍得住，拍着双斧，隔岸大骂道："那鸟祝太公老贼！你出来，黑旋风爷爷在这里！"庄上只是不应。宋江中军人马到来，杨雄接着，报说庄上并不见人马，亦无动静。宋江勒马看时，庄上不见刀枪军马，心中疑忌，猛省道："我的不是了。天书上明明戒说：'临敌休急暴。'是我一时见不到，只要救两个兄弟，以此连夜起兵。

不期深入重地,直到了他庄前,不见敌军,他必有计策,快教三军且退。"李逵叫道:"哥哥,军马到这里了,休要退兵!我与你先杀过去,你都跟我来。"

说犹未了,庄上早知。只听得祝家庄里一个号炮,直飞起半天里去。那独龙冈上,千百把火把一齐点着,那门楼上弩箭如雨点般射将来。宋江道:"取旧路回军。"只见后军头领李俊人马先发起喊来,说道:"来的旧路都阻塞了,必有埋伏。"宋江教军兵四下里寻路走。李逵挥起双斧,往来寻人厮杀,不见一个敌军。只见独龙冈上山顶,又放一个炮来。响声未绝,四下里喊声震地,惊的宋公明目睁口呆,罔知所措。你便有文韬武略,怎逃出地网天罗?直饶班马才能,难脱龙潭虎穴。正是:安排缚虎擒龙计,要捉惊天动地人。毕竟宋公明并众将军马怎地脱身,且听下回分解。

第四十八回

一丈青单捉王矮虎　宋公明两打祝家庄

诗曰：

虎噬狼吞满四方，三庄人马势无双。

天王绰号惟晁盖，时雨高名羡宋江。

可笑金睛王矮虎，翻输红粉扈三娘。

他年同聚梁山泊，女辈英华独擅场。

话说当下宋江在马上看时，四下里都有埋伏军马，且教小喽啰只往大路杀将去，只听得五军屯塞住了，众人都叫苦起来。宋江问道："怎么叫苦？"众军都道："前面都是盘陀路，走了一遭，又转到这里。"宋江道："教军马望火把亮处有房屋人家，取路出去。"又走不多时，只见前军又发起喊来，叫道："才得望火把亮处取路，又有苦竹签、铁蒺藜遍地撒满，鹿角[1]都塞了路口！"宋江道："莫非天丧我也！"

正在慌急之际，只听得左军中间，穆弘队里闹动。报来说道："石秀来了！"宋江看时，见石秀拈着口刀，奔到马前道："哥哥休慌，兄弟已知路了。暗传下将令，教五军只看有白杨树便转湾走去，不要

----
[1] 鹿角——打仗时阻止敌人兵马前进的障碍物之又一种：把带枝树木削尖，摆在营寨门前或者交通路口。

管他路阔路狭。"宋江催趱人马,只看有白杨树便转。宋江去约走过五六里路,只见前面人马越添得多了。宋江疑忌,便唤石秀问道:"兄弟,怎么前面贼兵众广?"石秀道:"他有烛灯为号,且寻烛灯便走。"花荣在马上看见,把手指与宋江道:"哥哥,你看见那树影里这碗烛灯么?只看我等投东,他便把那烛灯望东扯;若是我们投西,他便把那烛灯望西扯。只那些儿想来便是号令。"宋江道:"怎地奈何的他那碗灯?"花荣道:"有何难哉!"便拈弓搭箭,纵马向前,望着影中只一箭,不端不正,恰好把那碗红灯射将下来。四下里埋伏军兵,不见了那碗红灯,便都自乱撺起来。宋江叫石秀引路,且杀出村口去。只听得前面喊声连天,一带火把纵横撩乱,宋江教前军扎住,且使石秀领路去探。不多时,回来报道:"是山寨中第二拨军马到了接应,杀散伏兵。"宋江听罢,进兵夹攻,夺路奔出村口并杀。祝家庄人马四散去了。

会合着林冲、秦明等,众人军马同在村口驻扎。却好天明,去高阜处下了寨栅,整点人马,数内不见了镇三山黄信。宋江大惊,询问缘故,有昨夜跟去的军人见的来说道:"黄头领听着哥哥将令,前去探路,不提防芦苇丛中舒出两把挠钩,拖翻马脚,被五七个人活捉去了,救护不得。"宋江听罢大怒,要杀随行军汉:"如何不早报来?"林冲、花荣劝住。宋江众人纳闷道:"庄又不曾打得,倒折了两个兄弟。似此怎生奈何?"杨雄道:"此间有三个村坊结并。所有东村李大官人,前日已被祝彪那厮射了一箭,见今在庄上养疾,哥哥何不去与他计议?"宋江道:"我正忘了也。他便知本处地理虚实。"分付教取一对段匹羊酒,选一骑好马并鞍辔,亲自上门去求见。林冲、秦明权守栅寨。宋江带同花荣、杨雄、石秀,上了马,随行三百马军,取路投李家庄来。

到得庄前,早见门楼紧闭,吊桥高拽起了,墙里摆着许多庄兵人马。门楼上早擂起鼓来。宋江在马上叫道:"俺是梁山泊义士宋江,特来谒见大官人,别无他意,休要提备。"庄门上杜兴看见有杨雄、石秀在彼,慌忙开了庄门,放只小船过来,与宋江声喏。宋江连忙下马来答礼。杨雄、石秀近前禀道:"这位兄弟便是引小弟两个投李大官人的,唤做鬼脸儿杜兴。"宋江道:"原来是杜主管。相烦足下对李大官人说:俺梁山泊宋江久闻大官人大名,无缘不曾拜会。今因祝家庄要和俺们做对头,经过此间,特献采段名马羊酒薄礼,只求一见,别无他意。"杜兴领了言语,再渡过庄来,直到厅前。李应带伤披被坐在床上,杜兴把宋江要求见的言语说了。李应道:"他是梁山泊造反的人,我如何与他厮见?无私有意。你可回他话道,只说我卧病在床,动止不得,难以相见,改日却得拜会。礼物重蒙所赐,不敢祗受。"

三祝英雄不可干,便将羊酒事高谈。

李应倨傲情辞伪,紧闭重门不放参。

杜兴再渡过来见宋江,禀道:"俺东人再三拜上头领:本欲亲身迎迓,奈缘中伤,患躯在床不能相见,容日专当拜会。重蒙所赐厚礼,并不敢祗受。"宋江道:"我知你东人的意了。我因打祝家庄失利,欲求相见则个。他恐祝家庄见怪,不肯出来相见。"杜兴道:"非是如此,委实患病。小人虽是中山人氏,到此多年了,颇知此间虚实事情:

中间是祝家庄,东是俺李家庄,西是扈家庄。这三村庄上誓愿结生死之交,有事互相救应。今番恶了俺东人,自不去救应,只恐西村扈家庄上要来相助。他庄上别的不打紧,只有一个女将,唤做一丈青扈三娘,使两口日月刀,好生了得。却是祝家庄第三子祝彪定为妻室,早晚要娶。若是将军要打祝家庄时,不须提备东边,只要紧防西路。祝家庄上前后有两座庄门,一座在独龙冈前,一座在独龙冈后。若打前门,却不济事;若是两面夹攻,方可得破。前门打紧,路杂难认,一遭都是盘陀路径,阔狭不等。但有白杨树,便可转湾,方是活路;如无此树,便是死路。"石秀道:"他如今都把白杨树木砍伐去了,将何为记?"杜兴道:"虽然砍伐了树,如何起得根尽,也须有树根在彼。只宜白日进兵去攻打,黑夜不可进去。"

宋江听罢,谢了杜兴,一行人马却回寨里来,林冲等接着,都到大寨里坐下。宋江把李应不肯相见并杜兴说的话对众头领说了。李逵便插口道:"好意送礼与他,那厮不肯出来迎接哥哥。我自引三百人去,打开鸟庄,脑揪这厮出来拜见哥哥!"宋江道:"兄弟,你不省得,他是富贵良民,惧怕官府,如何造次肯与我们相见?"李逵笑道:"那厮想是个小孩子,怕见。"众人一齐都笑起来。宋江道:"虽然如此说了,两个兄弟陷了,不知性命存亡。你众兄弟可竭力向前,跟我再去攻打祝家庄。"众人都起身说道:"哥哥将令,谁敢不听。不知教谁前去?"黑旋风李逵说道:"你们怕小孩子,我便前去。"宋江道:"你做先锋不利,今番用你不着。"李逵低了头忍气。宋江便点马麟、邓飞、欧鹏、王矮虎四个:"跟我亲自做先锋去。"第二点戴宗、秦明、杨雄、石秀、李俊、张横、张顺、白胜，准备下水路用人。第三点林冲、花荣、穆弘、李逵，分作两路，策应众军。标拨已定，都饱食了，披挂上马。

且说宋江亲自要去做先锋，攻打头阵，前面打着一面大红"帅"字旗，引着四个头领，一百五十骑马军，一千步军，直杀奔祝家庄来。于路着人探路，直来到独龙冈前。宋江勒马，看那祝家庄时，果然雄壮。古人有篇诗赞，便见祝家庄气象。但见：

独龙山前独龙冈，独龙冈上祝家庄。

绕冈一带长流水，周遭环匝皆垂杨。

墙内森森罗剑戟，门前密密排刀枪。

飘扬旗帜惊鸟雀，纷纭矛盾生光芒。

强弩硬弓当要路，灰瓶炮石护垣墙。

对敌尽皆雄壮士，当锋多是少年郎。

祝龙出阵真难敌，祝虎交锋莫可当。

更有祝彪多武艺，咤叱喑呜比霸王。

朝奉祝公谋略广，金银罗绮有千箱。

樽酒常时延好客，山林镇日会豪强。

久共三村盟誓约，扫清强寇保村坊。

白旗一对门前立，上面明书字两行：

填平水泊擒晁盖，踏破梁山捉宋江。

当下宋江在马上看了祝家庄那两面旗，心中大怒，设誓道："我若打不得祝家庄，永不回梁山泊！"众头领看了，一齐都怒起来。宋江听得后面人马都到了，留下第二拨头领攻打前门。宋江自引了前部人马,转过独龙冈后面来看祝家庄时,后面都是铜墙铁壁,把得严整。正看之间,只见直西一彪军马,呐着喊,从后杀来。宋江留下马麟、邓飞把住祝家庄后门,自带了欧鹏、王矮虎,分一半人马,前来迎接。山坡下来军约有二三十骑马军,当中簇拥着一员女将。怎生结束?但见:

> 雾鬓云鬟娇女将,凤头鞋宝镫斜踏。黄金坚甲衬红纱,狮蛮带柳腰端跨。霜刀把雄兵乱砍,玉纤手将猛将生拿。天然美貌海棠花,一丈青当先出马。

那来军正是扈家庄女将一丈青扈三娘,一骑青鬃马上,轮两口日月双刀,引着三五百庄客,前来祝家庄策应。宋江道:"刚说扈家庄有这个女将好生了得,想来正是此人。谁敢与他迎敌?"说犹未了,只见这王矮虎是个好色之徒,听得说是个女将,指望一合便捉得过来。当时喊了一声,骤马向前,挺手中枪便出迎敌一丈青。两军呐喊,那扈三娘拍马舞刀来战王矮虎。一个双刀的熟闲,一个单枪的出众,两个斗敌十数合之上,宋江在马上看时,见王矮虎枪法架隔不住。原来王矮虎初见一丈青,恨不得便捉过来,谁想斗过十合之上,看看的手颤脚麻,枪法便都乱了。不是两个性命相扑时,王矮虎却要做光起来。那一丈青是个乖觉的人,心中道:"这厮无理!"便将两把双刀,直上直下,砍将入来。这王矮虎如何敌得过,拨回马却待要走,被一丈青纵马赶上,把右手刀挂了,轻舒猿臂,将王矮虎提离雕鞍,活捉去了。众庄客齐上,把王矮虎横拖倒拽捉了去。

欧鹏见折了王英,便提起刀来救。一丈青纵马跨刀,接着欧鹏,两个便斗。原来欧鹏祖是军班子弟出身,使得好大滚刀,宋江看了,暗暗的喝采。怎的一个欧鹏刀法精熟,也敌不得那女将半点便宜。邓飞在远远处看见捉了王矮虎,欧鹏又战那女将不下,跑着马,提了铁枪,大发喊赶将来。祝家庄上已看多时,诚恐一丈青有失,慌忙放下吊桥,开了庄门,祝龙亲自引了三百馀人,骤马提枪来捉宋江。马麟看见,一骑马使起双刀,来迎住祝龙厮杀。邓飞恐宋江有失,不离左右,看他两边厮杀,喊声迭起。宋江见马麟斗祝龙不过,欧鹏斗一丈青不下,正慌哩,只见一彪军马从刺斜里杀将来。宋江看时,大喜,却是霹雳火秦明,听得庄后厮杀,前来救应。宋江大叫:"秦统制,你可替马麟!"秦明是个急性的人,更兼祝家庄捉了他徒弟黄信,正没好气,拍马飞起狼牙棍,便来直取祝龙。祝龙也挺枪来敌秦明。马麟引了人却夺王矮虎。那一丈青看见了马麟来夺人,便撇了欧鹏,却来接住马麟厮杀。两个都会使双刀,马上相迎着,正如这风飘玉屑,雪撒琼花,宋江看得眼也花了。

这边秦明和祝龙斗到十合之上,祝龙如何敌得秦明过。庄门里面那教师栾廷玉,带了铁锤,上马挺枪,杀将出来。欧鹏便来迎住栾廷玉厮杀。栾廷玉也不来交马,带住枪时,刺斜里便走。欧鹏赶将去,被栾廷玉一飞锤正打着,翻筋斗撷下马去。邓飞大叫:"孩儿们救人!"上马飞着铁枪,径奔栾廷玉。宋江急唤小喽啰救得欧鹏上马。那祝龙当敌秦明不住,拍马便走。栾廷玉也撇了邓飞,却来战秦明。两个斗了一二十合,不分胜败,栾廷玉卖个破绽,落荒即走。秦明舞棍径赶将去,栾廷玉便望荒草之中跑马入去。秦明不知是计,也追入去。原来祝家庄那等去处,都有人埋伏,见秦明马到,拽起绊马索来,连人和马都绊翻了,发声喊,捉住了秦明。邓飞见秦明坠马,慌忙来救,急见绊马索拽,却待回身,两下里叫声:"着!"挠钩似乱麻一般搭来,就马上活捉了去。宋江看见,只叫得苦,止救得欧鹏上马。

马麟撇了一丈青,急奔来保护宋江,望南而走。背后栾廷玉、祝龙、一丈青分投赶将来。看看没路,正待受缚,只见正南上一伙好汉飞马而来,背后随从约有五百人马。宋江看时,乃是没遮拦穆弘。东南上也有三百馀人,两个好汉飞奔前来,一个是病关索杨雄,一个是拚命三郎石秀。东北上又一个好汉,高声大叫:"留下人着!"宋江看时,乃是小李广花荣。三路人马一齐都到,宋江心下大喜,一发并力来战栾廷玉、祝龙。庄上望见,恐怕两个吃亏,且教祝虎守把住庄门,小郎君祝彪骑一匹劣马,使一条长枪,自引五百馀人马,从庄后杀将出来,一齐混战。庄前李俊、张横、张顺下水过来,被庄上乱箭射来,不能下手。戴宗、白胜只在对岸呐喊。宋江见天色晚了,急叫马麟先保护欧鹏出村口去。宋江又教小喽啰筛锣,聚拢众好汉,且战且走。宋江自拍马到处寻了看,只恐弟兄们迷了路。

正行之间,只见一丈青飞马回来,宋江措手不及,便拍马望东而走。背后一丈青紧追着,八个马蹄翻盏撒钹相似,赶投深村处来。一丈青正赶上宋江,待要下手,只听得山坡上有人大叫道:"那鸟婆娘赶我哥哥那里去!"宋江看时,却是黑旋风李逵,轮两把板斧,引着七八十个小喽啰,大踏步赶将来。一丈青便勒转马,望这树林边去。宋江也勒住马看时,只见树林边转出十数骑马军来,当先簇拥着一个壮士。怎生结束？但见：

嵌宝头盔稳戴，磨银铠甲重披。素罗袍上绣花枝，狮蛮带琼瑶密砌。丈八蛇矛紧挺，霜花骏马频嘶。满山都唤小张飞，豹子头林冲便是。

那来军正是豹子头林冲，在马上大喝道："兀那婆娘走那里去！"一丈青飞刀纵马，直奔林冲，林冲挺丈八蛇矛迎敌。两个斗不到十合，林冲卖个破绽，放一丈青两口刀砍入来，林冲把蛇矛逼个住，两口刀逼斜了，赶拢去，轻舒猿臂，款扭狼腰，把一丈青只一拽，活挟过马来。宋江看见，喝声采，不知高低。林冲叫军士绑了，骤马来问道："不曾伤犯了哥哥？"宋江道："不曾伤着。"便叫李逵："快走！村中接应众好汉，且教来村口商议。天色已晚，不可恋战。"黑旋风领本部人马去了。林冲保护宋江，押着一丈青在马上，取路出村口来。当晚众头领不得便宜，急急都赶出村口来。祝家庄人马，也收回庄上去了。满村中杀死的人，不计其数。祝龙教把捉到的人，都将来陷车囚了，一发拿了宋江，却解上东京去请功。扈家庄已把王矮虎解送到祝家庄去了。

且说宋江收回大队人马，到村口下了寨栅。先教将一丈青过来，唤二十个老成的小喽啰，着四个头领，骑四匹快马，把一丈青拴了双手，也骑一匹马："连夜与我送上梁山泊去，交与我父亲宋太公收管，便来回话。待我回山寨，自有发落。"众头领都只道宋江自要这个女子，尽皆小心送去。就把一辆车儿教欧鹏上山去将息。一行人都领了将令，连夜去了。宋江其夜在帐中纳闷，一夜不睡，坐而待旦。

次日，只见探事人报来说："军师吴学究，引将三阮头领，并吕方、郭盛，带五百人马到来！"宋江听了，出寨迎接了军师吴用，到中军帐里坐下。吴学究带将酒食来与宋江把盏贺喜，一面犒赏三军众将。吴用道："山寨里晁头领多听得哥哥先次进兵不利，特地使将吴用并五个头领来助战。不知近日胜败如何？"宋江道："一言难尽！叵耐祝家那厮，他庄门上立两面白旗，写道：'填平水泊擒晁盖，踏破梁山捉宋江。'这厮无礼！先一遭进兵攻打，因为失其地利，折了杨林、黄信。夜来进兵，又被一丈青捉了王矮虎，栾廷玉锤打伤了欧鹏，绊马索拖翻捉了秦明、邓飞。如此失利，若不得林教头恰活捉得一丈青时，折尽锐气。今来似此，如之奈何？若是宋江打不得祝家庄破，救不出这几个兄弟来，情愿自死于此地，也无面目回去见得晁盖哥哥。"吴学究笑道："这个祝家庄也是合当天败，却好有此这个机会。吴用想来，唾手而得，事在旦夕可破。"宋江听罢大惊，连忙问道："军师神机妙策，人不敢及。请问先生，这祝家庄如何旦夕可破？机会自何而来？"

吴学究笑着，不慌不忙，叠两个指头，说出这个机会来，有分教：祝家庄上，杀数百个壮汉村夫；梁山泊中，添八九个英雄好汉。正是：空中伸出拿云手[1]，救出天罗地网人。毕竟军师吴用对宋江说出甚么机会来，且听下回分解。

------

[1] 拿云手——比喻本领高强的人。

第四十九回

解珍解宝双越狱　孙立孙新大劫牢

《西江月》：

> 忠义立身之本，奸邪坏国之端。狼心狗幸滥居官，致使英雄扼腕。　　夺虎机谋可恶，劫牢计策堪观。登州城郭痛悲酸，顷刻横尸遍满。

话说当时吴学究对宋公明说道："今日有个机会，却是石勇面上一起来投入伙的人，又与栾廷玉那厮最好，亦是杨林、邓飞的至爱相识。他知道哥哥打祝家庄不利，特献这条计策来入伙，以为进身之报，随后便至。五日之内可行此计，却是好么？"宋江听了，大喜道："妙哉！"方才笑逐颜开。说话的，却是甚么计策？下来便见。

看官牢记这段话头，原来和宋公明初打祝家庄时，一同事发。却难这边说一句，那边说一回，因此权记下这两打祝家庄的话头，却先说那一回来投入伙的人乘机会的话，下来接着关目。原来山东海边有个州郡，唤做登州。登州城外有一座山，山上多有豺狼虎豹出来伤人。因此登州知府拘集猎户，当厅委了杖限文书，捕捉登州山上大虫。又仰山前山后里正之家也要捕虎文状，限外不行解官，痛责枷号不恕。

且说登州山下有一家猎户,弟兄两个,哥哥唤做解珍,兄弟唤做解宝。弟兄两个都使浑铁点钢叉,有一身惊人的武艺,当州里的猎户们都让他第一。那解珍一个绰号唤做两头蛇,这解宝绰号叫做双尾蝎。二人父母俱亡,不曾婚娶。那哥哥七尺以上身材,紫棠色面皮,腰细膀阔。曾有一篇《临江仙》,单道着解珍的好处:

> 虽是登州搜猎户,忠良偏恶奸邪。虎皮战袄鹿皮靴。硬弓开满月,强弩蹬拶车。　浑铁钢叉无敌手,纵横谁敢拦遮。怒时肝胆尽横斜。解珍心性恶,人号两头蛇。

那个兄弟解宝,更是利害,也有七尺以上身材,面圆身黑,两只腿上刺着两个飞天夜叉,有时性起,恨不得腾天倒地,拔树摇山。也有一篇《西江月》,单道着解宝的好处:

> 性格忘生拚命,生来骁勇英豪。赶翻麋鹿与猿猱,杀尽山中虎豹。　手执莲花铁镜,腰悬蒲叶尖刀。腰间紧束虎筋绦,双尾蝎英雄解宝。

那弟兄两个,当官受了甘限文书[1],回到家中,整顿窝弓、药箭、弩子、镜叉,穿了豹皮裤、虎皮套体,拿了铁叉,两个径奔登州山上,下了窝弓。去树上等了一日,不济事了,收拾窝弓下去。次日,又带了干粮,再上山伺候,看看天晚,弟兄两个再把窝弓下了,爬上树去,直等到五更,又没动静。两个移了窝弓,却来西山边下了。坐到天明,又等不着,两个心焦,说道:"限三日内要纳大虫,迟时须用受

---

[1] 甘限文书——在限期内完成差役,否则"甘心"受责罚的文书字据。

责,却是怎地好!"

两个到第三日夜,伏至四更时分,不觉身体困倦,两个背厮靠着且睡。未曾合眼,忽听得窝弓发响。两个跳将起来,拿了钢叉,四下里看时,只见一个大虫,中了药箭,在那地上滚。两个拈着钢叉向前来。那大虫见了人来,带着箭便走。两个追将向前去,不到半山里时,药力透来,那大虫当不住,吼了一声,骨渌渌滚将下山去了。解宝道:"好了!我认得这山是毛太公庄后园里,我和你下去他家取讨大虫。"解宝当时弟兄两个,提了钢叉,径下山来投毛太公庄上敲门。此时方才天明,两个敲开庄门入去。庄客报与太公知道。多时,毛太公出来,解珍、解宝放了钢叉,声了喏,说道:"伯伯,多时不见,今日特来拜扰。"毛太公道:"贤侄如何来得这等早?有甚话说?"解珍道:"无事不敢惊动伯伯睡寝。如今小侄因为官司委了甘限文书,要捕获大虫,一连等了三日。今早五更射得一个,不想从后山滚下在伯伯园里,望烦借一路取大虫则个。"毛太公道:"不妨。既是落在我园里,二位且少坐。敢弟兄肚饥,吃些早饭去取。"叫庄客且去安排早膳来相待,当时劝二位吃了酒饭。解珍、解宝起身谢道:"感承伯伯厚意,望烦引去取大虫还小侄。"毛太公道:"既是在我庄后,却怕怎地?且坐吃茶,却去取未迟。"解珍、解宝不敢相违,只得又坐下,庄客拿茶来教二位吃了。毛太公道:"如今和贤侄去取大虫。"解珍、解宝道:"深谢伯伯。"

毛太公引了二人,入到庄后,叫庄客把钥匙来开门,百般开不开。毛太公道:"这园多时不曾有人来开,敢是锁簧锈了,因此开不得。

去取铁锤来打开了罢。"庄客便将铁锤来,敲开了锁。众人都入园里去看时,遍山边去看,寻不见。毛太公道:"贤侄,你两个莫不错看了,认不仔细,敢不曾落在我园里?"解珍道:"我两个怎地得错看了!是这里生长的人,如何不认得!"毛太公道:"你自寻便了,有时自抬去。"解宝道:"哥哥,你且来看,这里一带草滚得平平地都倒了,又有血路在上头,如何得不在这里?必是伯伯家庄客抬过了。"毛太公道:"你休这等说!我家庄上的人如何得知有大虫在园里,便又抬得过?却你也须看见方才当面敲开锁来,和你两个一同入园里来寻。你如何这般说话!"解珍道:"伯伯,你须还我这个大虫去解官。"毛太公道:"你这两个好无道理!我好意请你吃酒饭,你颠倒赖我大虫!"解宝道:"有甚么赖处!你家也见当里正,官府中也委了甘限文书,却没本事去捉,倒来就我见成。你倒将去请功,教我兄弟两个吃限棒!"毛太公道:"你吃限棒,干我甚事!"解珍、解宝睁起眼来,便道:"你敢教我搜一搜么?"毛太公道:"我家比你家,各有内外。你看这两个教化头倒来无礼!"解宝抢近厅前,寻不见,心中火起,便在厅前打将起来。解珍也就厅前搬折阑干,打将入去。毛太公叫道:"解珍、解宝白昼抢劫!"那两个打碎了厅前椅桌,见庄上都有准备,两个便拔步出门,指着庄上骂道:"你赖我大虫,和你官司理会!"

解氏深机捕获,毛家巧计牢笼。

当日因争一虎,后来引起双龙。

那两个正骂之间,只见两三匹马投庄上来,引着一伙伴当。解珍听得是毛太公儿子毛仲义,接着说道:"你家庄上庄客,捉过了我大虫。你爹不讨还我,颠倒要打我弟兄两个。"毛仲义道:"这厮村人不省事,我父亲必是被他们瞒过了。你两个不要发怒,随我到家里,讨还你便了。"解珍、解宝谢了。毛仲义叫开庄门,教他两个进去。待得解珍、解宝入得门来,便教关上庄门,喝一声:"下手!"两廊下走出二三十个庄客,并恰才马后带来的都是做公的。那兄弟两个措手不及,众人一发上,把解珍、解宝绑了。毛仲义道:"我家昨夜自射得一个大虫,如何来白赖我的?乘势抢掳我家财,打碎家中什物,当得何罪!解上本州,也与本州除了一害!"

原来毛仲义五更时先把大虫解上州里去了,却带了若干做公的来捉解珍、解宝。不想他这两个不识局面〔1〕,正中了他的计策,分说不得。毛太公教把他两个使的钢叉并一包赃物,扛了许多打碎的家火什物,将解珍、解宝剥得赤条条地,背剪绑抬了,解上州里来。本州有个六案孔目,姓王名正,却是毛太公的女婿,已自先去知府面前禀说了。才把解珍、解宝押到厅前,不由分说,捆翻便打,定要他两个招做"混赖大虫,各执钢叉,因而抢掳财物"。解珍、解宝吃拷不过,只得依他招了。知府教取两面二十五斤的死囚枷来枷了,钉下大牢里去。毛太公、毛仲义自回庄上商议道:"这两个男女却放他不得!不若一发结果了他,免致后患。"当时子父二人自来州里,分付孔目王正:"与我一发斩草除根,萌芽不发。我这里自行与知府的打关节〔2〕。"

----
〔1〕 不识局面——不明情势、不看风头。
〔2〕 打关节——贿赂官吏。

却说解珍、解宝押到死囚牢里,引至亭心上来见这个节级。为头的那人姓包名吉,已自得了毛太公银两,并听信王孔目之言,教对付他两个性命,便来亭心里坐下。小牢子对他两个说道:"快过来跪在亭子前!"包节级喝道:"你两个便是甚么两头蛇、双尾蝎,是你么?"解珍道:"虽然别人叫小人们这等混名,实不曾陷害良善。"包节级喝道:"你这两个畜生!今番我手里教你两头蛇做一头蛇,双尾蝎做单尾蝎!且与我押入大牢里去!"

那一个小牢子把他两个带在牢里来,见没人,那小节级便道:"你两个认得我么?我是你哥哥的妻舅。"解珍道:"我只亲弟兄两个,别无那个哥哥。"那小牢子道:"你两个须是孙提辖的兄弟?"解珍道:"孙提辖是我姑舅哥哥。我却不曾与你相会,足下莫非是乐和舅?"那小节级道:"正是。我姓乐名和,祖贯茅州人氏。先祖挈家到此,将姐姐嫁与孙提辖为妻。我自在此州里勾当,做小牢子。人见我唱得好,都叫我做铁叫子乐和。姐夫见我好武艺,教我学了几路枪法在身。"怎见得?有诗为证:

玲珑心地衣冠整,俊俏肝肠语话清。

能唱人称铁叫子,乐和聪慧是天生。

原来这乐和是个聪明伶俐的人,诸般乐品尽皆晓得,学着便会;作事见头知尾;说起枪棒武艺,如糖似蜜价爱。为见解珍、解宝是个好汉,有心要救他,只是单丝不成线,孤掌岂能鸣,只报得他一个信。乐和说道:"好教你两个得知,如今包节级得受了毛太公钱财,必然要害你两个性命。你两个却是怎生好?"解珍道:"你不说起孙提辖则休,你既说起他来,只央你寄一个信。"乐和道:"你却教我寄信与谁?"解珍道:"我有个房分姐姐,是我爷面上的[1],却与孙提辖兄弟为妻,见在东门外十里牌住。原来是我姑娘[2]的女儿,叫做母大虫顾大嫂,开张酒店,家里又杀牛开赌。我那姐姐有三二十人近他不得,姐夫孙新这等本事也输与他。只有那个姐姐和我弟兄两个最好。孙新、孙立的姑娘,却是我母亲,以此他两个又是我姑舅哥哥。央烦的你暗暗地寄个信与他,把我的事说知,姐姐必然自来救我。"乐和听罢,分付说:"贤亲,你两个且宽心着。"先去藏些烧饼肉食来牢里,开了门,把与解珍、解宝吃了。推了事故,锁了牢门,教别个小节级看守了门,一径奔到东门外,望十里牌来。早望见一个酒店,门前悬挂着牛羊等肉,后面屋下,一簇人在那里赌博。乐和见酒店里一个妇人坐在柜上。用眼看时,生得如何?但见:

眉粗眼大,胖面肥腰。插一头异样钗环,露两臂时兴钏镯。红裙六幅,浑如五月榴花;翠领数层,染就三春杨柳。有时怒起,提井栏便打老公头;忽地心焦,拿石碓敲翻庄客腿。生来不会拈针线,正是山中母大虫。

乐和入进店内,看着顾大嫂唱个喏道:"此间姓孙么?"顾大嫂慌忙答道:"便是。足下却要沽酒?却要买肉?如要赌钱,后面请坐。"乐和道:"小人便是孙提辖妻弟乐和的便是。"顾大嫂笑道:"原来却

---

[1] 爷面上的——属于父系的、共祖父的。
[2] 姑娘——姑母。

是乐和舅,数年不曾拜会。尊颜和姆姆[1]一般模样。舅舅且请里面拜茶。"乐和跟进里面客位里坐下,顾大嫂便动问道:"闻知得舅舅在州里勾当,家下穷忙少闲,不曾相会。今日甚风吹得到此?"乐和答道:"小人无事也不敢来相恼。今日厅上偶然发下两个罪人进来,虽不曾相会,多闻他的大名。一个是两头蛇解珍,一个是双尾蝎解宝。"顾大嫂道:"这两个是我的兄弟,不知因甚罪犯下在牢里?"乐和道:"他两个因射得一个大虫,被本乡一个财主毛太公赖了,又把他两个强扭做贼,抢掳家财,解入州里来。他又上上下下都使了钱物,早晚间要教包节级牢里做翻他两个,结果了性命。小人路见不平,独力难救。只想一者占亲,二乃义气为重,特地与他通个消息。他说道,只除是姐姐便救得他。若不早早用心着力,难以救拔。"顾大嫂听罢,一片声叫起苦来,便叫火家:"快去寻得二哥家来说话!"这几个火家去不多时,寻得孙新归来,与乐和相见。怎见得孙新的好处?有诗为证:

军班才俊子,眉目有神威。

鞭起乌龙见,枪来玉蟒飞。

胸藏鸿鹄志,家有虎狼妻。

到处人钦敬,孙新小尉迟。

原来这孙新,祖是琼州人氏,军官子孙,因调来登州驻扎,弟兄就

---

[1] 姆姆——宋时,妯娌之间,兄妇呼弟妇做婶婶,弟妇呼兄妇做母母;原是照着自己孩子的口吻称呼对方。后来把母母的母字加了女字旁,写成"姆姆"。

此为家。孙新生得身长力壮，全学得他哥哥的本事，使得几路好鞭枪，因此多人把他弟兄两个比尉迟恭，叫他做小尉迟。有顾大嫂把上件事对孙新说了，孙新道："既然如此，教舅舅先回去。他两个已下在牢里，全望舅舅看觑则个。我夫妻商量个长便道理，却径来相投舅舅。"乐和道："但有用着小人处，尽可出力而行，当得向前。"顾大嫂置酒相待已了，将出一包金银，付与乐和："望烦舅舅将去牢里散与众人并小牢子们，好生周全他两个弟兄。"乐和谢了，收了银两，自回牢里来，替他使用，不在话下。

且说顾大嫂和孙新商议道："你有甚么道理，救我两个兄弟？"孙新道："毛太公那厮，有钱有势。他防你两个兄弟出来，须不肯干休，定要做翻了他两个，似此必然死在他手。若不去劫牢，别样也救他不得。"顾大嫂道："我和你今夜便去。"孙新笑道："你好粗卤！我和你也要算个长便，劫了牢也要个去向。若不得我那哥哥和这两个人时，行不得这件事。"顾大嫂道："这两个是谁？"孙新道："便是那叔侄两个最好赌的邹渊、邹润，如今见在登云山台峪里聚众打劫。他和我最好，若得他两个相帮助，此事便成。"顾大嫂道："登云山离这里不远，你可连夜去请他叔侄两个来商议。"孙新道："我如今便去。你可收拾下酒食肴馔，我去定请得来。"顾大嫂分付火家，宰了一口猪，铺下数般果品按酒，排下桌子。

天色黄昏时候，只见孙新引了两筹好汉归来。那个为头的姓邹名渊，原是莱州人氏。自小最好赌钱，闲汉出身，为人忠良慷慨，更兼一身好武艺，气性高强，不肯容人，江湖上唤他绰号出林龙。怎见得？

有诗为证:

> 平生度量宽如海,百万呼卢一笑中。
>
> 会使折腰飞虎棒,邹渊名号出林龙。

第二个好汉名唤邹润,是他侄儿,年纪与叔叔仿佛,二人争差不多,身材长大,天生一等异相,脑后一个肉瘤,以此人都唤他做独角龙。那邹润往常但和人争闹,性起来,一头撞去。忽然一日,一头撞折了涧边一株松树,看的人都惊呆了。怎见得?有诗为证:

> 脑后天生瘤一个,少年撞折涧边松。
>
> 大头长汉名邹润,壮士人称独角龙。

当时顾大嫂见了,请入后面屋下坐地,却把上件事告诉与他说了,商量劫牢一节。邹渊道:"我那里虽有八九十人,只有二十来个心腹的。明日干了这件事,便是这里安身不得了。我却有个去处,我也有心要去多时,只不知你夫妇二人肯去么?"顾大嫂道:"遮莫甚么去处,都随你去,只要救了我两个兄弟。"邹渊道:"如今梁山泊十分兴旺,宋公明大肯招贤纳士。他手下见有我的三个相识在彼,一个是锦豹子杨林,一个是火眼狻猊邓飞,一个是石将军石勇,都在那里入伙了多时。我们救了你两个兄弟,都一发上梁山泊投奔入伙去,如何?"顾大嫂道:"最好。有一个不去的,我便乱枪戳死他!"邹润道:"还有一件,我们倘或得了人,诚恐登州有些军马追来,如之奈何?"孙新道:"我的亲哥哥见做本州兵马提辖。如今登州只有他一个了得,几番草寇临城,都是他杀散了,到处闻名。我明日自去请他来,要他依允便了。"邹渊道:"只怕他不肯落草。"孙新说道:"我自有良法。"当吃了半夜酒。歇到天明,留下两个好汉在家里,却使一个火家,带领了一两个人,推一辆车子:"快走城中营里请我哥哥孙提辖并嫂嫂乐大娘子,说道:'家中大嫂害病沉重,便烦来家看觑。'"顾大嫂又分付火家道:"只说我病重临危,有几句紧要的话,须是便来,只有一番相见嘱付。"火家推车儿去了。孙新专在门前伺候,等接哥哥。

饭罢时分,远远望见车儿来了,载着乐大娘子,背后孙提辖骑着马,十数个军汉跟着,望十里牌来。孙新入去报与顾大嫂得知,说:"哥嫂来了。"顾大嫂分付道:"只依我如此行。"孙新出来,接见哥嫂:"且请嫂嫂下了车儿,同到房里看视弟媳妇病症。"孙提辖下了马,入门来,端的好条大汉:淡黄面皮,落腮胡须,八尺以上身材,姓孙名立,绰号病尉迟;射得硬弓,骑得劣马,使一管长枪,腕上悬一条虎眼竹节钢鞭,海边人见了,望风而降。怎见得?有诗为证:

> 胡须黑雾飘,性格流星急。
>
> 鞭枪最熟惯,弓箭常温习。
>
> 阔脸似妆金,双睛如点漆。
>
> 军中显姓名,病尉迟孙立。

当下病尉迟孙立下马来,进得门,便问道:"兄弟,婶子害甚么病?"孙新答道:"他害得症候,病得蹊跷。请哥哥到里面说话。"孙立便入来。孙新分付火家着这伙跟马的军士去对门店里吃酒,便教火家牵过马,请孙立入到里面来坐下。良久,孙新道:"请哥哥、嫂嫂去房里看病。"孙立同乐大娘子入进房里,见没有病人。孙立问道:"婶子病在那里房内？"只见外面走入顾大嫂来，邹渊、邹润跟在背后。孙立道："婶子，你正是害甚么病？"顾大嫂道："伯伯拜了！我害些救兄弟的病！"孙立道："却又作怪！救甚么兄弟？"顾大嫂道："伯伯，你不要推聋妆哑！你在城中岂不知道他两个是我兄弟？偏不是你的兄弟？"孙立道："我并不知因由。是那两个兄弟？"顾大嫂道："伯伯在上，今日事急，只得直言拜禀。这解珍、解宝被登云山下毛太公与同王孔目设计陷害，早晚要谋他两个性命。我如今和这两个好汉商量已定，要去城中劫牢，救出他两个兄弟，都投梁山泊入伙去。恐怕明日事发，先负累伯伯，因此我只推患病，请伯伯、姆姆到此，说个长便。若是伯伯不肯去时，我们自去上梁山泊去了。如今朝廷有甚分晓，走了的倒没事，见在的便吃官司！常言道：近火先焦。伯伯便替我们吃官司坐牢，那时又没人送饭来救你。伯伯尊意若何？"孙立道："我却是登州的军官，怎地敢做这等事？"顾大嫂道："既是伯伯不肯，我们今日先和伯伯并个你死我活！"顾大嫂身边便掣出两把刀来，邹渊、邹润各拔出短刀在手。孙立叫道："婶子且住！休要急速，待我从长计较，慢慢地商量。"乐大娘子惊得半晌做声不得。顾大嫂又道："既是伯伯不肯去时，即便先送姆姆前行，我们自去下手。"孙立道："虽要如此行时，也待我归家去收拾包裹行李，看个虚实，方可行事。"顾大嫂道："伯伯，你的乐阿舅透风与我们了！一就去劫牢，一就去取行李不迟。"孙立叹了一口气，说道："你众人既是如此行了，我怎地推却得开，不成日后倒要替你们吃官司。罢，罢，罢！都做一处商议了行。"先叫邹渊去登云山寨里，收拾起财物人马，带了那二十个心腹的人来店里取齐。邹渊去了。又使孙新入城里来,问乐和讨信,就约会了,暗通消息解珍、解宝得知。

次日,登云山寨里邹渊收拾金银已了,自和那起人到来相助。孙新家里也有七八个知心腹的火家,并孙立带来的十数个军汉,共有四十馀人。孙新宰了两个猪,一腔羊,众人尽吃了一饱。教顾大嫂贴肉藏了尖刀,扮做个送饭的妇人先去。孙新跟着孙立,邹渊领了邹润,各带了火家,分作两路入去。正是:

捉虎翻成纵虎灾,赃官污吏巧安排。

乐和不去通关节,怎得牢城铁瓮开。

且说登州府牢里包节级得了毛太公钱物,只要陷害解珍、解宝的性命。当日乐和拿着水火棍正立在里门里狮子口边,只听得拽铃子响。乐和道:"甚么人?"顾大嫂应道:"送饭的妇人。"乐和已自瞧科了,便来开门,放顾大嫂入来,再关了门,将过廊下去。包节级正在亭心坐着看见,便喝道:"这妇人是甚么人?敢进牢里来送饭!自古狱不通风。"乐和道:"这是解珍、解宝的姐姐,自来送饭。"包节级喝道:"休要教他入去!你们自与他送进去便了。"乐和讨了饭,却来开了牢门,把与他两个。解珍、解宝问道:"舅舅,夜来所言的事如何?"乐和道:"你姐姐入来了,只等前后相应。"乐和便把匣床与他两个开了。只听的小牢子入来报道:"孙提辖敲门,要走入来。"包节级道:"他自是军官,来我牢里有何事干?休要开门!"顾大嫂一趱,趱下亭心边去。外面又叫道:"孙提辖焦躁了打门。"包节级忿怒,便下亭心来。顾大嫂大叫一声:"我的兄弟在那里?"身边便掣出两把明晃晃尖刀来。包节级见不是头，望亭心外便走。解珍、解宝提起枷从牢眼里钻将出来，正迎着包节级。包节级措手不及，被解宝一枷梢打重，把脑盖劈得粉碎。当时顾大嫂手起，早戳翻了三五个小牢子，一齐发喊，从牢里打将出来。孙立、孙新两个把住牢门，见四个从牢里出来，一发望州衙前便走。邹渊、邹润早从州衙里提出王孔目头来。街市上大喊起，行步的人先奔出城去。孙提辖骑着马，弯着弓，搭着箭，压在后面。街上人家都关上门，不敢出来。州里做公的人认得是孙提辖，谁敢向前拦当。众人簇拥着孙立奔出城门去，一直望十里牌来，扶挽乐大娘子上了车儿，顾大嫂上了马，帮着便行。

解珍、解宝对众人道："叵耐毛太公老贼冤家，如何不报了去！"孙立道："说得是。"便令："兄弟孙新与舅舅乐和，先护持车儿前行着，我们随后赶来。"孙新、乐和簇拥着车儿先行去了。孙立引着解珍、解宝、邹渊、邹润并火家伴当，一径奔毛太公庄上来，正值毛仲义与太公在庄上庆寿饮酒，却不提备。一伙好汉呐声喊，杀将入去，就把毛太公、毛仲义并一门老小尽皆杀了，不留一个。去卧房里搜检得十数包金银财宝，后院里牵得七八匹好马，把四匹捎带驮载。解珍、解宝拣几件好的衣服穿了，将庄院一把火齐放起烧了。各人上马，带了一行人，赶不到三十里路，早赶上车仗人马，一处上路行程。于路庄户人家又夺得三五匹好马，一行星夜奔上梁山泊去。

不一二日，来到石勇酒店里。那邹渊与他相见了，问起杨林、邓飞二人。石勇答言说起："宋公明去打祝家庄，二人都跟去，两次失利。听得报来说，杨林、邓飞俱被陷在那里，不知如何。备闻祝家庄三子豪杰，又有教师铁棒栾廷玉相助，因此二次打不破那庄。"孙立听罢，大笑道："我等众人来投大寨入伙，正没半分功劳。献此一条计策，打破祝家庄，为进身之报，如何？"石勇大喜道："愿闻良策。"孙立道："栾廷玉那厮，和我是一个师父教的武艺。我学的枪刀，他也知道；他学的武艺，我也尽知。我们今日只做登州对调来郓州守把经过，来此相望，他必然出来迎接。我们进身入去，里应外合，必成大事。此计如何？"正与石勇说计未了，只见小校报道："吴学究下山来，前往祝家庄救应去。"石勇听得，便叫小校快去报知军师，请来这里相见。说犹未了，已有军马来到店前，乃是吕方、郭盛并阮氏三雄，随后军师吴用带领五百人马到来。石勇接入店内，引着这一行人都相见了，备说投托入伙献计一节。吴用听了大喜，说道："既然众位好汉肯作成山寨，且休上山，便烦请往祝家庄行此一事，成全这段功劳如何？"孙立等众人皆喜，一齐都依允了。吴用道："小生今去也。如此见阵，我人马前行，众位好汉随后一发便来。"

　　吴学究商议已了，先来宋江寨中，见宋公明眉头不展，面带忧容。吴用置酒与宋江解闷，备说起："石勇、杨林、邓飞三个的一起相识，是登州兵马提辖病尉迟孙立，和这祝家庄教师栾廷玉是一个师父教的。今来共有八人，投托大寨入伙。特献这条计策，以为进身之报。今已计较定了，里应外合，如此行事，随后便来参见兄长。"宋江听说罢，大喜，把愁闷都撇在九霄云外，忙叫寨内置酒，安排筵席等来相待。

　　却说孙立教自己的伴当人等跟着车仗人马投一处歇下，只带了解珍、解宝、邹渊、邹润、孙新、顾大嫂、乐和,共是八人,来参宋江。都讲礼已毕,宋江置酒设席管待,不在话下。吴学究暗传号令与众人,教第三日如此行,第五日如此行。分付已了,孙立等众人领了计策,一行人自来和车仗人马投祝家庄进身行事。

再说吴学究道:"启动戴院长到山寨里走一遭,快与我取将这四个头领来,我自有用他处。"

不是教戴宗连夜来取这四个人来,有分教:打破了祝家庄,壮观得梁山泊。直教天罡龙虎相逢日,地煞风云际会时。毕竟军师吴学究取那四个人来,且听下回分解。

第五十回

吴学究双用连环计　宋公明三打祝家庄

格言曰：

乾坤宏大，日月照鉴分明。宇宙宽洪，天地不容奸党。

使心用幸，果报只在今生。积善存仁，获福休言后世。

千般巧计，不如本分为人。万种强为，争奈随缘俭用。

心慈行孝，何须努力看经。意恶损人，空读如来一藏。

话说当时军师吴用启烦戴宗道："贤弟可与我回山寨去取铁面孔目裴宣，圣手书生萧让，通臂猿侯健，玉臂匠金大坚。可教此四人带了如此行头，连夜下山来，我自有用他处。"戴宗去了。

只见寨外军士来报："西村扈家庄上扈成，牵牛担酒，特来求见。"宋江叫请入来。扈成来到中军帐前，再拜恳告道："小妹一时粗卤，年幼不省人事，误犯威颜，今者被擒，望乞将军宽恕。奈缘小妹原许祝家庄上，小妹不合奋一时之勇，陷于缧绁。如蒙将军饶放，但用之物，当依命拜奉。"宋江道："且请坐说话。祝家庄那厮好生无礼，平白欺负俺山寨，因此行兵报仇，须与你扈家无冤。只是令妹引人捉了我王矮虎，因此还礼，拿了令妹。你把王矮虎放回还我，我便把令妹还你。"扈成答道："不期已被祝家庄拿了这个好汉去。"吴学究便道："我这王矮虎今在何处？"扈成道："如今擒锁在祝家庄上，小人怎敢去取？"宋江道："你不去取得王矮虎来还我，如何能勾得你令妹回去？"吴学究道："兄长休如此说。只依小生一言：今后早晚祝家庄上但有些响亮，你的庄上切不可令人来救护；倘或祝家庄上有人投奔你处，你可就缚在彼。若是捉下得人时，那时送还令妹到贵庄。只是如今不在本寨，前日已使人送上山寨，奉养在宋太公处。你且放心回去，我这里自有个道理。"扈成道："今番断然不敢去救应他。若是他庄上果有人来投我时，定缚来奉献将军麾下。"宋江道："你若是如此，便强似送我金帛。"扈成拜谢了去。

且说孙立却把旗号上改换作"登州兵马提辖孙立"，领了一行人马，都来到祝家庄后门前。庄上墙里望见是登州旗号，报入庄里去。栾廷玉听得是登州孙提辖到来相望，说与祝氏三杰道："这孙提辖是我弟兄，自幼与他同师学艺。今日不知如何到此？"带了二十余人马，开了庄门，放下吊桥，出来迎接。孙立一行人都下了马。众人讲礼已罢，栾廷玉问道："贤弟在登州守把，如何到此？"孙立答道："总兵府行下文书，对调我来此间郓州守把城池，提防梁山泊强寇。便道经过，闻知仁兄在此祝家庄，特来相探。本待从前门来，因见村口庄前俱屯下许多军马，不敢过来，特地寻觅村里，从小路问道庄后，入来拜望仁兄。"栾廷玉道："便是这几时连日与梁山泊强寇厮杀，已拿得他几个头领在庄里了，只要捉了宋江贼首，一并解官。天幸今得贤弟来此间镇守，正如锦上添花，旱苗得雨。"孙立笑道："小弟不才，且看相助捉拿这厮们，成全兄长之功。"

栾廷玉大喜，当下都引一行人进庄里来，再拽起了吊桥，关上庄门。孙立一行人安顿车仗人马,更换衣裳,都出前厅来相见。祝朝奉与祝龙、祝虎、祝彪三杰都相见了。一家儿都在厅前相接,栾廷玉引孙立等上到厅上相见。讲礼已罢,便对祝朝奉说道:"我这个贤弟孙立,绰号病尉迟,任登州兵马提辖。今奉总兵府对调他来镇守此间郓州。"祝朝奉道:"老夫亦是治下。"孙立道:"卑小之职,何足道哉。早晚也要望朝奉提携指教。"祝氏三杰相请众位尊坐。孙立动问道:"连日相杀,征阵劳神。"祝龙答道:"也未见胜败。众位尊兄鞍马劳神不易。"孙立便叫顾大嫂引了乐大娘子叔伯姆两个,去后堂拜见宅眷。唤过孙新、解珍、解宝参见了,说道:"这三个是我兄弟。"指着乐和便道:"这位是此间郓州差来取的公吏。"指着邹渊、邹润道:"这两个是登州送来的军官。"祝朝奉并三子虽是聪明,却见他又有老小并许多行李车仗人马,又是栾廷玉教师的兄弟,那里有疑心?只顾杀牛宰马,做筵席管待众人,且饮酒食。

过了一两日,到第三日,庄兵报道:"宋江又调军马杀奔庄上来了。"祝彪道:"我自去上马拿此贼。"便出庄门,放下吊桥,引一百馀骑马军杀将出来。早迎见一彪军马,约有五百来人,当先拥出那个头领,弯弓插箭,拍马轮枪,乃是小李广花荣。祝彪见了,跃马挺枪,向前来斗,花荣也纵马来战祝彪。两个在独龙冈前,约斗了十数合,不分胜败。花荣卖了个破绽,拨回马便走,引他赶来。祝彪正待要纵马追去,背后有认得的说道:"将军休要去赶,恐防暗器,此人深好弓箭。"祝彪听罢,便勒转马来不赶,领回人马,投庄上来,拽起吊桥。看花荣时,也引军马回去了。祝彪直到厅前下马,进后堂来饮酒。孙立动问道："小将军今日拿得甚贼？"祝彪道："这厮们伙里有个甚么小李广花荣，枪法好生了得。斗了五十馀合，那厮走了。我却待要赶去追他，军人们道那厮好弓箭，因此各自收兵回来。"孙立道："来日看小弟不才，拿他几个。"当日筵席上叫乐和唱曲，众人皆喜。至晚席散，又歇了一夜。

到第四日午牌，忽有庄兵报道："宋江军马又来在庄前了。"当下祝龙、祝虎、祝彪三子都披挂了，出到庄前门外，远远地望见，早听得鸣锣擂鼓，呐喊摇旗，对面早摆成阵势。这里祝朝奉坐在庄门上，左边栾廷玉，右边孙提辖，祝家三杰并孙立带来的许多人伴，都摆在两边。早见宋江阵上豹子头林冲高声叫骂，祝龙焦躁，喝叫放下吊桥，绰枪上马，引一二百人马，大喊一声，直奔林冲阵上。庄门下擂起鼓来，两边各把弓弩射住阵脚。林冲挺起丈八蛇矛，和祝龙交战，连斗到三十馀合，不分胜败。两边鸣锣，各回了马。祝虎大怒，提刀上马，跑到阵前高声大叫："宋江决战！"说言未了，宋江阵上早有一将出马，乃是没遮拦穆弘，来战祝虎。两个斗了三十馀合，又没胜败。祝彪见了大怒，便绰枪飞身上马，引二百馀骑奔到阵前。宋江队里病关索杨雄，一骑马，一条枪，飞抢出来战祝彪。孙立看见两队儿在阵前厮杀，心中忍耐不住，便唤孙新："取我的鞭枪来，就将我的衣甲头盔袍袄把来。"披挂了，牵过自己马来，这骑马号乌骓马，鞴上鞍子，扣了三条肚带，腕上悬了虎眼钢鞭，绰枪上马。祝家庄上一声锣响，孙立出马在阵前。宋江阵上林冲、穆弘、杨雄都勒住马，立于阵前。孙立早跑马出来，说道："看小可捉这厮们。"孙立把马兜住，喝问道：

"你那贼兵阵上有好厮杀的,出来与我决战!"宋江阵内鸾铃响处,一骑马跑将出来,众人看时,乃是拚命三郎石秀,来战孙立。两马相交,双枪并举,四条臂膊纵横,八只马蹄撩乱。两个斗到五十合,孙立卖个破绽,让石秀一枪搠入来,虚闪一个过,把石秀轻轻的从马上捉过来,直挟到庄前撇下,喝道:"把来缚了!"祝家三子把宋江军马一搅,都赶散了。

三子收军,回到门楼下,见了孙立,众皆拱手钦伏。孙立便问道:"共是捉得几个贼人?"祝朝奉道:"起初先捉得一个时迁,次后拿得一个细作杨林,又捉得一个黄信。扈家庄一丈青捉得一个王矮虎。阵上拿得两个,秦明、邓飞。今番将军又捉得这个石秀,这厮正是烧了我店屋的。共是七个了。"孙立道:"一个也不要坏他,快做七辆囚车装了,与些酒饭,将养身体,休教饿损了他,不好看。他日拿了宋江,一并解上东京去,教天下传名,说这个祝家庄三子。"祝朝奉谢道:"多幸得提辖相助,想是这梁山泊当灭也。"邀请孙立到后堂筵宴。石秀自把囚车装了。

看官听说:石秀的武艺不低似孙立,要赚祝家庄人,故意教孙立捉了,使他庄上人一发信他。孙立又暗暗地使邹渊、邹润、乐和去后房里把门户都看了出入的路数。杨林、邓飞见了邹渊、邹润,心中暗喜。乐和张看得没人,便透个消息与众人知了。顾大嫂与乐大娘子在里面,已看了房户出入的门径。话休絮繁。一是祝家庄当败,二乃恶贯满盈,早是祝家庄坦然不疑。

至第五日,孙立等众人都在庄上闲行。当日辰牌时候,早饭已罢,只见庄兵报道:"今日宋江分兵做四路来打本庄。"孙立道:"分十路待怎地!你手下人且不要慌,早作准备便了。先安排些挠钩套索,须要活捉,拿死的也不算!"庄上人都披挂了。祝朝奉亲自也引着一班儿上门楼来看时,见正东上一彪人马,当先一个头领乃是豹子头林冲,背后便是李俊、阮小二,约有五百以上人马在此;正西上又有五百来人马,当先一个头领乃是小李广花荣,随背后是张横、张顺;正南门楼上望时,也有五百来人马,当先三个头领乃是没遮拦穆弘,病关索杨雄,黑旋风李逵。四面都是兵马,战鼓齐鸣,喊声大举。栾廷玉听了道:"今日这厮们厮杀,不可轻敌。我引了一队人马出后门杀这正西北上的人马。"祝龙道:"我出前门杀这正东上的人马贼兵。"祝虎道:"我也出后门杀那正南上的人马。"祝彪道:"我也出前门捉宋江,是要紧的贼首。"祝朝奉大喜,都赏了酒。各人上马,尽带了三百余骑奔出庄门。其余的都守庄院,门楼前呐喊。此时邹渊、邹润已藏了大斧,只守在监门左侧。解珍、解宝藏了暗器,不离后门。孙新、乐和已守定前门左右。顾大嫂先拨人兵保护乐大娘子,却自拿了两把双刀在堂前踅。只听风声,便乃下手。

且说祝家庄上擂了三通战鼓,放了一个炮,把前后门都开,放了吊桥,一齐杀将出来。四路军兵出了门,四下里分投去厮杀。临后孙立带了十数个军兵,立在吊桥上。门里孙新便把原带来的旗号插起在门楼上。乐和便提着枪直唱将入来。邹渊、邹润听得乐和唱,便唿哨了几声,轮动大斧,早把守监房的庄兵砍翻了数十个,便开了陷车,放出七个大虫来,各各寻了器械,一声喊起。顾大嫂掣出两把刀,直奔入房里，把应有妇人，一刀一个尽都杀了。祝朝奉见头势不好了，却待要投井时，早被石秀一刀剁翻，割了首级。那十数个好汉分投来杀庄兵。后门头解珍、解宝便去马草堆里放起把火，黑焰冲天而起。四路人马见庄上火起，并力向前。祝虎见庄里火起，先奔回来。孙立守在吊桥上，大喝一声："你那厮那里去！"拦住吊桥。祝虎省口，便拨转马头，再奔宋江阵上来。这里吕方、郭盛，两戟齐举，早把祝虎和人连马搠翻在地，众军乱上，剁做肉泥。前军四散奔走。孙立、孙新迎接宋公明入庄。且说东路祝龙斗林冲不住，飞马望庄后而来。到得吊桥边，见后门头解珍、解宝把庄客的尸首一个个撺将下来。火焰里祝龙急回马望北而走，猛然撞着黑旋风，踊身便到，轮动双斧，早砍翻马脚。祝龙措手不及，倒撞下来，被李逵只一斧，把头劈翻在地。祝彪见庄兵走来报知，不敢回，直望扈家庄投奔，被扈成叫庄客捉了，绑缚下。正解将来见宋江，恰好遇着李逵，只一斧，砍翻祝彪头来。庄客都四散走了。李逵再轮起双斧，便看着扈成砍来。扈成见局面不好，拍马落荒而走，弃家逃命，投延安府去了。后来中兴内也做个军官武将。且说李逵正杀得手顺，直抢入扈家庄里，把扈太公一门老幼尽数杀了，不留一个。叫小喽啰牵了有的马匹，把庄里一应有的财赋，捎搭〔1〕有四五十驮，将庄院门一把火烧了，却回来献纳。

再说宋江已在祝家庄上正厅坐下，众头领都来献功，生擒得四五百人，夺得好马五百余匹，活捉牛羊不记其数。宋江看了，大喜道：

〔1〕捎搭——装载。

"只可惜杀了栾廷玉那个好汉。"正嗟叹间,闻人报道:"黑旋风烧了扈家庄,砍得头来献纳。"宋江便道:"前日扈成已来投降,谁教他杀了此人?如何烧了他庄院?"只见黑旋风一身血污,腰里插着两把板斧,直到宋江面前唱个大喏,说道:"祝龙是兄弟杀了,祝彪也是兄弟砍了,扈成那厮走了,扈太公一家都杀得干干净净,兄弟特来请功。"宋江喝道:"祝龙曾有人见你杀了,别的怎地是你杀了?"黑旋风道:"我砍得手顺,望扈家庄赶去,正撞见一丈青的哥哥解那祝彪出来,被我一斧砍了,只可惜走了扈成那厮。他家庄上被我杀得一个也没了。"宋江喝道:"你这厮!谁叫你去来!你也须知扈成前日牵牛担酒前来投降了,如何不听得我的言语,擅自去杀他一家,故违了我的将令!"李逵道:"你便忘记了,我须不忘记!那厮前日教那个鸟婆娘赶着哥哥要杀,你今却又做人情。你又不曾和他妹子成亲,便又思量阿舅、丈人。"宋江喝道:"你这铁牛,休得胡说!我如何肯要这妇人?我自有个处置。你这黑厮拿得活的有几个?"李逵答道:"谁鸟奈烦!见着活的便砍了。"宋江道:"你这厮违了我的军令,本合斩首,且把杀祝龙、祝彪的功劳折过了。下次违令,定行不饶!"黑旋风笑道:"虽然没了功劳,也吃我杀得快活!"

只见军师吴学究引着一行人马,都到庄上来与宋江把盏贺喜。宋江与吴用商议道,要把这祝家庄村坊洗荡了。石秀禀说起:"这锺离老人仁德之人,指路之力,救济大恩,也有此等善心良民在内,亦不可屈坏了这等好人。"宋江听罢,叫石秀去寻那老人来。石秀去不多时,引着那个锺离老人来到庄上,拜见宋江、吴学究。宋江取一包金帛赏与老人,永为乡民:"不是你这个老人面上有恩,把你这个村坊尽数洗荡了,不留一家。因为你一家为善,以此饶了你这一境村坊人民。"那锺离老人只是下拜。宋江又道:"我连日在此搅扰你们百姓,今日打破了祝家庄,与你村中除害,所有各家,赐粮米一石,以表人心。"就着锺离老人为头给散。一面把祝家庄多馀粮米,尽数装载上车。金银财赋,犒赏三军众将。其馀牛羊骡马等物,将去山中支用。打破祝家庄得粮五千万石,宋江大喜。大小头领将军马收拾起身。又得若干新到头领,孙立、孙新、解珍、解宝、邹渊、邹润、乐和、顾大嫂,并救出七个好汉。孙立等将自己马也捎带了自己的财赋,同老小乐大娘子,跟随了大队军马上山。当有村坊乡民扶老挈幼,香花灯烛,于路拜谢。宋江等众将一齐上马,将军兵分作三队摆开,前面鞭敲金镫,后军齐唱凯歌。但见:

云开见日,雾散天清。旱苗得时雨重生,枯树遇春风再活。一鞭喜色,如龙骏马赴梁山;满面笑容,似虎雄兵归大寨。车上满装粮草,军中尽是降兵。风卷旌旗,将将齐敲金镫响;春风宇宙,人人都唱凯歌回。

宋江把这祝家庄兵都收在部下,一行军马尽出村口。乡民百姓,自把祝家庄村坊拆作白地。

话分两头。且说扑天雕李应恰才将息得箭疮平复,闭门在庄上不出,暗地使人常常去探听祝家庄消息,已知被宋江打破了,惊喜相半。只见庄客入来报说:"有本州知府带领三五十部汉到庄,便问祝家庄事情。"李应慌忙叫杜兴开了庄门,放下吊桥,迎接入庄。李应把条白绢搭膊络着手,出来迎迓,邀请进庄里前厅。知府下了马,来到厅上,居中坐了。侧首坐着孔目,下面一个押番,几个虞候,阶下尽是许多节级牢子。李应拜罢,立在厅前。知府问道:"祝家庄被杀一事如何?"李应答道:"小人因被祝彪射了一箭,有伤左臂,一向闭门,不敢出去,不知其实。"知府道:"胡说!祝家庄见有状子告你结连梁山泊强寇,引诱他军马打破了庄,前日又受他鞍马羊酒,采段金银,你如何赖得过?知情是你!"李应告道:"小人是知法度的人,如何敢受他的东西。"知府道:"难信你说。且提去府里,你自与他对理明白。"喝叫狱卒牢子捉了:"带他州里去与祝家分辨。"两下押番、虞候把李应缚了,众人簇拥知府上了马。知府又问道:"那个是杜主管杜兴?"杜兴道:"小人便是。"知府道:"状上也有你名。一同带去,也与他锁了。"一行人都出庄门。当时拿了李应、杜兴,离了李家庄,脚不停地解来。

行不过三十馀里,只见林子边撞出宋江、林冲、花荣、杨雄、石秀一班人马,拦住去路。林冲大喝道:"梁山泊好汉合伙在此!"那知府人等不敢抵敌,撇了李应、杜兴,逃命去了。宋江喝叫:"赶上!"众人赶了一程回来,说道:"我们若赶上时,也把这个鸟知府杀了。但自不知去向。"便与李应、杜兴解了缚索,开了锁,便牵两匹马过来,与他两个骑了。宋江便道:"且请大官人上梁山泊躲几时如何?"李应道:"却是使不得。知府是你们杀了,不干我事。"宋江笑道:"官司里怎肯与你如此分辨?我们去了,必然要负累了你。既是大官人不肯落草,且在山寨消停几日,打听得没事了时,再下山来不迟。"当下不由李应、杜兴不行,大队军马中间如何回得来。一行三军人马,迤逦回到梁山泊了。

寨里头领晁盖等众人擂鼓吹笛,下山来迎接,把了接风酒,都上到大寨里聚义厅上扇圈也似坐下。请上李应与众头领都相见了。两个讲礼已罢,李应禀宋江道:"小可两个已送将军到大寨了,既与众头领亦都相见了。在此趋侍不妨,只不知家中老小如何,可教小人下山则个。"吴学究笑道:"大官人差矣。宝眷已都取到山寨了,贵庄一把火已都烧做白地,大官人却回那里去?"李应不信。早见车仗人马,队队上山来。李应看时,却见是自家的庄客并老小人等。李应连忙来问时,妻子说道:"你被知府捉了来,随后又有两个巡检引着四个都头,带领二百来土兵,到来抄扎家私。把我们好好地教上车子,将家里一应箱笼、牛羊、马匹、驴骡等项,都拿了去,又把庄院放起火来都烧了。"李应听罢,只叫得苦。晁盖、宋江都下厅伏罪道:"我等弟兄们端的久闻大官人好处,因此行出这条计来,万望大官人情恕!"李应见了如此言语,只得随顺了。宋江道:"且请宅眷后厅耳房中安歇。"李应又见厅前厅后这许多头领,亦有家眷老小在彼,便与妻子道:"只得依允他过。"宋江等当时请至厅前叙说闲话,众皆大喜。宋江便取笑道:"大官人,你看我叫过两个巡检并那知府过来。"扮知府的是萧让,扮巡检的两个是戴宗、杨林,扮孔目的是裴宣,扮虞候的是金大坚、侯健。又叫唤那四个都头,却是李俊、张横、马麟、白胜。李应都见了,目睁口呆,言语不得。

宋江喝叫小头目快杀牛宰马与大官人陪话,庆贺新上山的十二位头领,乃是李应、孙立、孙新、解珍、解宝、邹渊、邹润、杜兴、乐和、时迁;女头领扈三娘、顾大嫂同乐大娘子、李应宅眷,另做一席在后堂饮酒。正厅上大吹大擂,众多好汉饮酒至晚方散。

次日又作席面,宋江主张,一丈青与王矮虎作配,结为夫妇。众头领都称赞宋公明仁德之士。正饮宴间,只见山下有人来报道:"朱贵头领酒店里有个郓城县人在那里,要来见头领。"晁盖、宋江听得报了,大喜道:"既是这恩人上山来入伙,足遂平生之愿。"

不知那个人来,有分教:枷梢起处,打翻路柳墙花;大斧落时,杀倒幼童稚子。皆是两筹好汉恩逢义,一个军师智隐情。毕竟来的是郓城县甚么人,且听下回分解。

第五十一回

插翅虎枷打白秀英　美髯公误失小衙内

诗曰：

龙虎山中走煞罡，英雄豪杰起多方。

魁罡飞入山东界，挺挺黄金架海梁。

幼读经书明礼义，长为吏道志轩昂。

名扬四海称时雨，岁岁朝阳集凤凰。

运蹇时乖遭迭配，如龙失水困泥冈。

曾将玄女天书受，漫向梁山水浒藏。

报冤率众临曾市，挟恨兴兵破祝庄。

谈笑西陲屯甲胄，等闲东府列刀枪。

两赢童贯排天阵，三败高俅在水乡。

施功紫塞辽兵退，报国清溪方腊亡。

行道合天呼保义，高名留得万年扬。

话说梁山泊聚义厅上，晁盖、宋江并众头领与扑天雕李应陪话，敲牛宰马，做庆喜筵席，犒赏三军，并众大小喽啰筵宴，置备礼物酬谢。孙立、孙新、解珍、解宝、邹渊、邹润、乐和、顾大嫂俱各拨房安顿。次日，又作席面，会请众头领作主张。宋江唤王矮虎来说道："我当初在清风山时，许下你一头亲事，悬悬挂在心中，不曾完得此愿。今日我父亲有个女儿,招你为婿。"宋江自去请出宋太公来,引着一丈青扈三娘到筵前。宋江亲自与他陪话,说道:"我这兄弟王英,虽有武艺,不及贤妹。是我当初曾许下他一头亲事,一向未曾成得。今日贤妹你认义我父亲了,众头领都是媒人,今朝是个良辰吉日,贤妹与王英结为夫妇。"一丈青见宋江义气深重,推却不得,两口儿只得拜谢了。晁盖等众人皆喜,都称贺宋公明真乃有德有义之士。当日尽皆筵宴,饮酒庆贺。

正饮宴间,只见朱贵酒店里使人上山来报道:"林子前大路上一伙客人经过,小喽啰出去拦截,数内一个称是郓城县都头雷横。朱头领邀请住了,见在店里饮分例酒食,先使小校报知。"晁盖、宋江听了大喜,随即与同军师吴用三个下山迎接。朱贵早把船送至金沙滩上岸,宋江见了,慌忙下拜道:"久别尊颜,常切云树之思。今日缘何经过贱处?"雷横连忙答礼道:"小弟蒙本县差遣,往东昌府公干,回来经过路口,小喽啰拦讨买路钱,小弟提起贱名,因此朱兄坚意留住。"宋江道:"天与之幸!"请到大寨,教众头领都相见了,置酒管待。一连住了五日,每日与宋江闲话。晁盖动问朱仝消息,雷横答道:"朱仝见今参做本县当牢节级,新任知县好生欣喜。"宋江宛曲把话来说雷横上山入伙,雷横推辞:"老母年高,不能相从。待小弟送母终年之后,却来相投。"雷横当下拜辞了下山,宋江等再三苦留不住。众头领各以金帛相赠,宋江、晁盖自不必说。雷横得了一大包金银下山,众头领都送至路口作别,把船渡过大路,自回郓城县去了,不在话下。

且说晁盖、宋江回至大寨聚义厅上,起请军师吴学究定议山寨职事。吴用已与宋公明商议已定,次日会合众头领听号令。先拨外面守店头领。宋江道:"孙新、顾大嫂原是开酒店之家,着令夫妇二人替回童威、童猛别用。再令时迁去帮助石勇,乐和去帮助朱贵,郑天寿去帮助李立。东南西北四座店内,卖酒卖肉,招接四方入伙好汉,每店内设两个头领。一丈青、王矮虎后山下寨,监督马匹。金沙滩小寨,童威、童猛弟兄两个守把。鸭嘴滩小寨,邹渊、邹润叔侄两个守把。山前大路,黄信、燕顺部领马军下寨守护。解珍、解宝守把山前第一关。杜迁、宋万守把宛子城第二关。刘唐、穆弘守把大寨口第三关。阮家三雄守把山南水寨。孟康仍前监造战船。李应、杜兴、蒋敬总管山寨钱粮金帛。陶宗旺、薛永监筑梁山泊内城垣雁台。侯健专管监造衣袍、铠甲、旌旗、战袄。朱富、宋清提调筵宴。穆春、李云监造屋宇寨栅。萧让、金大坚掌管一应宾客书信公文。裴宣专管军政司,赏功罚罪。其馀吕方、郭盛、孙立、欧鹏、马麟、邓飞、杨林、白胜,分调大寨八面安歇。晁盖、宋江、吴用居于山顶寨内。花荣、秦明居于山左寨内。林冲、戴宗居于山右寨内。李俊、李逵居于山前。张横、张顺居于山后。杨雄、石秀守护聚义厅两侧。"一班头领分拨已定,每日轮流一位头领做筵席庆贺。山寨体统,甚是齐整。有诗为证:

巍巍高寨水中央,列职分头任所长。

从此山东遭扰攘,难禁地煞与天罡。

第五十一回　插翅虎枷打白秀英　美髯公误失小衙内

再说雷横离了梁山泊，背了包裹，提了朴刀，取路回到郓城县。到家参见老母，更换些衣服，赍了回文，径投县里来，拜见了知县，回了话，销缴公文批帖，且自归家暂歇。依旧每日县中书画卯酉，听候差使。因一日行到县衙东首，只听得背后有人叫道："都头几时回来？"雷横回过脸来看时，却是本县一个帮闲的李小二。雷横答道："我却才前日来家。"李小二道："都头出去了许多时，不知此处近日有个东京新来打踅[1]的行院，色艺双绝，叫做白秀英。那妮子来参都头，却值公差出外不在。如今见在勾栏里，说唱诸般品调。每日有那一般打散[2]，或有戏舞，或有吹弹，或有歌唱，赚得那人山人海价看。都头如何不去睃一睃？端的是好个粉头。"

雷横听了，又遇心闲，便和那李小二径到勾栏里来看，只见门首挂着许多金字帐额，旗杆吊着等身靠背。入到里面，便去青龙[3]头上第一位坐了。看戏台上却做笑乐院本[4]。那李小二人丛里撇了雷横，自出外面赶碗头脑[5]去了。院本下来，只见一个老儿裹着磕脑儿头巾，穿着一领茶褐罗衫，系一条皂绦，拿把扇子，上来开呵道："老汉是东京人氏白玉乔的便是。如今年迈，只凭女儿秀英歌舞吹

〔1〕　打踅(xué)——走江湖、跑码头。
〔2〕　打散——犹如现在的曲艺、杂技之类，就是文中戏舞、吹弹、歌唱等的总称。
〔3〕　青龙——这里是指左边。古时行军以画有鸟兽的旗帜来表示方位：前朱雀(鸟)，后玄武(龟)，左青龙，右白虎。青龙本是东方星宿名，故以青龙旗表示东方；古时以东为左，故又以青龙指左边。
〔4〕　笑乐院本——正戏以前的玩笑趣剧。
〔5〕　赶碗头脑——古人有一种泡酒，名叫头脑酒；赶碗头脑，意思说找碗酒吃。

弹,普天下伏侍看官。"锣声响处,那白秀英早上戏台,参拜四方,拈起锣棒,如撒豆般点动,拍下一声界方,念了四句七言诗,便说道:"今日秀英招牌上明写着这场话本〔1〕,是一段风流酝藉的格范,唤做'豫章城双渐赶苏卿'。"说了开话〔2〕又唱,唱了又说,合棚价众人喝采不绝。雷横坐在上面,看那妇人时,果然是色艺双绝。但见:

  罗衣叠雪,宝髻堆云。樱桃口杏脸桃腮,杨柳腰兰心蕙性。歌喉宛转,声如枝上莺啼;舞态蹁跹,影似花间凤转。腔依古调,音出天然。舞回明月坠秦楼,歌遏行云遮楚馆。高低紧慢,按宫商吐雪喷珠;轻重疾徐,依格范铿金戛玉。笛吹紫竹篇篇锦,板拍红牙字字新。

那白秀英唱到务头〔3〕,这白玉乔按喝道:"虽无买马博金艺,要动聪明鉴事人。看官喝采道是过去了,我儿且回一回,下来便是衬交鼓儿的院本。"白秀英拿起盘子指着道:"财门上起,利地上住,吉地上过,旺地上行。手到面前,休教空过。"白玉乔道:"我儿且走一遭,看官都待赏你。"白秀英托着盘子,先到雷横面前。雷横便去身边袋里摸时,不想并无一文。雷横道:"今日忘了,不曾带得些出来,明日一发赏你。"白秀英笑道:"头醋不酽彻底薄。官人坐当其位,可出个标首〔4〕。"雷横通红了面皮道:"我一时不曾带得出来,非是我舍不

---

〔1〕 话本——说唱故事的脚本。
〔2〕 开话——开场白。
〔3〕 务头——说唱到重要的关口,或是唱腔和故事情节最精彩的地方。
〔4〕 标首——领头出的赏钱。又叫"标手钱"。

得。"白秀英道："官人既是来听唱，如何不记得带钱出来？"雷横道："我赏你三五两银子也不打紧，却恨今日忘记带来。"白秀英道："官人今日见一文也无，提甚三五两银子。正是教俺望梅止渴，画饼充饥。"白玉乔叫道："我儿，你自没眼。不看城里人村里人，只顾问他讨甚么。且过去自问晓事的恩官告个标首。"雷横道："我怎地不是晓事的？"白玉乔道："你若省得这子弟门庭〔1〕时，狗头上生角。"众人齐和起来。雷横大怒，便骂道："这忤奴怎敢辱我！"白玉乔道："便骂你这三家村使牛的，打甚么紧！"有认得的喝道："使不得！这个是本县雷都头。"白玉乔道："只怕是驴筋头。"雷横那里忍耐得住，从坐椅上直跳下戏台来，揪住白玉乔，一拳一脚，便打得唇绽齿落。众人见打得凶，都来解拆开了，又劝雷横自回去了。勾栏里人一哄尽散了。

原来这白秀英却和那新任知县旧在东京两个来往，今日特地在郓城县开勾栏。那娼妓见父亲被雷横打了，又带重伤，叫一乘轿子，径到知县衙内诉告："雷横殴打父亲，搅散勾栏，意在欺骗奴家。"知县听了，大怒道："快写状来！"这个唤做枕边灵。便教白玉乔写了状子，验了伤痕，指定证见。本处县里有人都和雷横好的，替他去知县处打关节。怎当那婆娘守定在衙内，撒娇撒痴，不由知县不行，立等知县差人把雷横捉拿到官，当厅责打，取了招状，将具枷来枷了，押出去号令示众。那婆娘要逞好手，又去知县行说了，定要把雷横号令在

---
〔1〕 子弟门庭——风流子弟玩的门道。

勾栏门首。第二日那婆娘再去做场,知县却教把雷横号令在勾栏门首。这一班禁子人等,都是和雷横一般的公人,如何肯捆扒[1]他。这婆娘寻思一会:"既是出名奈何了他,只是一怪。"走出勾栏门,去茶坊里坐下,叫禁子过去,发话道:"你们都和他有首尾,却放他自在。知县相公教你们捆扒他,你倒做人情!少刻我对知县说了,看道奈何得你们也不!"禁子道:"娘子不必发怒,我们自去捆扒他便了。"白秀英道:"恁地时,我自将钱赏你。"禁子们只得来对雷横说道:"兄长,没奈何且胡乱捆一捆。"把雷横捆扒在街上。

人闹里,却好雷横的母亲正来送饭,看见儿子吃他捆扒在那里,便哭起来,骂那禁子们道:"你众人也和我儿一般在衙门里出入的人,钱财直这般好使?谁保的常没事!"禁子答道:"我那老娘,听我说,我们却也要容情,怎禁被原告人监定在这里要捆,我们也没做道理处。不时便要去和知县说,苦害我们,因此上做不的面皮。"那婆婆道:"几曾见原告人自监着被告号令的道理。"禁子们又低低道:"老娘,他和知县来往得好,一句话便送了我们,因此两难。"那婆婆一面自去解索,一头口里骂道:"这个贼贱人直恁的倚势!我且解了这索子,看他如今怎的!"白秀英却在茶房里听得,走将过来,便道:"你那老婢子却才道甚么?"那婆婆那里有好气,便指着骂道:"你这千人骑、万人压、乱人入的贱母狗!做甚么倒骂我!"白秀英听得,柳眉倒竖,星眼圆睁,大骂道:"老咬虫,吃贫婆!贱人怎敢骂我!"婆婆

---

[1] 捆(bēng)扒——剥去衣服,捆绑起来。

道:"我骂你待怎的!你须不是郓城县知县。"白秀英大怒,抢向前只一掌,把那婆婆打个踉跄。那婆婆却待挣扎,白秀英再赶入去,老大耳光子只顾打。这雷横是个大孝的人,见了母亲吃打,一时怒从心发,扯起枷来,望着白秀英脑盖上打将下来。那一枷梢打个正着,劈开了脑盖,扑地倒了。众人看时,那白秀英打得脑浆迸流,眼珠突出,动掸不得,情知死了。有诗为证:

玉貌花颜俏粉头,当场歌舞擅风流。

只因窘辱雷横母,裂脑横尸一命休。

众人见打死了白秀英,就押带了雷横,一发来县里首告,见知县备诉前事。知县随即差人押雷横下来,会集相官,拘唤里正邻佑人等,对尸检验已了,都押回县来。雷横一面都招承了,并无难意。他娘自保领回家听候。禁子都监下了。把雷横枷了,下在牢里。当牢节级却是美髯公朱仝,见发下雷横来,也没做奈何处,只得安排些酒食管待,教小牢子打扫一间净房,安顿了雷横。少间,她娘来牢里送饭,哭着哀告朱仝道:"老身年纪六旬之上,眼睁地只看着这个孩儿。望烦节级哥哥可看日常间弟兄面上,可怜见我这个孩儿,看觑看觑。"朱仝道:"老娘自请放心归去。今后饭食不必来送,小人自管待他。倘有方便处,可以救之。"雷横娘道:"哥哥救得孩儿,却是重生父母。若孩儿有些好歹,老身性命也便休了!"朱仝道:"小人专记在心,老娘不必挂念。"那婆婆拜谢去了。朱仝寻思了一日,没做道理救他处。朱仝自央人去知县处打关节,上下替他使用人情。那知县虽然爱朱仝,只是恨这雷横打死了他表子白秀英,也容不得他说了,又怎奈白玉乔那厮,催并叠成文案,要知县断教雷横偿命。因在牢里六十日限满断结,解上济州,主案押司抱了文卷先行,却教朱仝解送雷横。

朱仝引了十数个小牢子,监押雷横,离了郓城县。约行了十数里地,见个酒店,朱仝道:"我等众人就此吃两碗酒去。"众人都到店里吃酒。朱仝独自带过雷横,只做水火[1],乘后面僻净处开了枷,放了雷横,分付道:"贤弟自回,快去家里取了老母,星夜去别处逃难。这里我自替你吃官司。"雷横道:"小弟走了自不妨,必须要连累了哥哥,恐怕罪犯深重。"朱仝道:"兄弟,你不知。知县怪你打死了他表子,把这文案却做死了,解到州里,必是要你偿命。我放了你,我须不该死罪。况兼我又无父母挂念,家私尽可赔偿。你顾前程万里自去。"雷横拜谢了,便从后门小路奔回家里,收拾了细软包裹,引了老母,星夜自投梁山泊入伙去了,不在话下。

却说朱仝拿着空枷,撺在草里,却出来对众小牢子说道:"吃雷横走了,却是怎地好?"众人道:"我们赶快去他家里捉!"朱仝故意延迟了半日,料着雷横去得远了,却引众人来县里出首。朱仝告道:"小人自不小心,路上被雷横走了,在逃无获,情愿甘罪无辞。"知县本爱朱仝,有心将就出脱他,被白玉乔要赴上司陈告朱仝故意脱放雷横,知县只得把朱仝所犯情由申将济州去。朱仝家中自着人去上州

---

[1] 水火——犹如现在说解手。后文第六十九回的"水火之处",就是厕所。

第五十一回　插翅虎枷打白秀英　美髯公误失小衙内

里使钱透了,却解朱仝到济州来。当厅审录明白,断了二十脊杖,刺配沧州牢城。朱仝只得带上行枷,两个防送公人领了文案,押送朱仝上路。家间人自有送衣服盘缠,先赍发了两个公人。当下离了郓城县,迤逦望沧州横海郡来,于路无话。

到得沧州,入进城中,投州衙里来,正值知府升厅。两个公人押朱仝在厅阶下,呈上公文。知府看了,见朱仝一表非俗,貌如重枣,美髯过腹,知府先有八分欢喜,便教:"这个犯人休发下牢城营里,只留在本府听候使唤。"当下除了行枷,便与了回文,两个公人相辞了自回。

只说朱仝自在府中,每日只在厅前伺候呼唤。那沧州府里押番、虞候、门子、承局、节级、牢子,都送了些人情,又见朱仝和气,因此上都欢喜他。忽一日,本官知府正在厅上坐堂,朱仝在阶侍立。知府唤朱仝上厅问道:"你缘何放了雷横,自遭配在这里?"朱仝禀道:"小人怎敢故放了雷横,只是一时间不小心,被他走了。"知府道:"你如何得此重罪?"朱仝道:"被原告人执定要小人如此招做故放,以此问得重了。"知府道:"雷横为何打死了那娼妓?"朱仝却把雷横上项的事备细说了一遍。知府道:"你敢见他孝道,为义气上放了他?"朱仝道:"小人怎敢欺公罔上。"正问之间,只见屏风背后转出一个小衙内来,方年四岁,生得端严美貌,乃是知府亲子,知府爱惜如金似玉。那小衙内见了朱仝,径走过来便要他抱。朱仝只得抱起小衙内在怀里。那小衙内双手扯住朱仝长髯,说道:"我只要这胡子抱。"知府道:"孩儿快放了手,休要啰唣。"小衙内又道:"我只要这胡子抱,和我去耍。"朱仝禀道："小人抱衙内去府前闲走,耍一回了来。"知府道："孩儿既是要你抱,你和他去耍一回子来。"朱仝抱了小衙内,出府衙前来,买些细糖果子与他吃,转了一遭,再抱入府里来。知府看见,问衙内道："孩儿那里去来?"小衙内道："这胡子和我街上看耍,又买糖和果子请我吃。"知府说道："你那里得钱买物事与孩儿吃?"朱仝禀道："微表小人孝顺之心,何足挂齿。"知府教取酒来与朱仝吃。府里侍婢捧着银瓶果盒,筛酒连与朱仝吃了三大赏锤。知府道："早晚孩儿要你耍时,你可自行去抱他耍去。"朱仝道："恩相台旨,怎敢有违。"自此为始,每日来和小衙内上街闲耍。朱仝囊箧又有,只要本官见喜,小衙内面上抵自赔费。

时过半月之后,便是七月十五日盂兰盆大斋之日,年例各处点放河灯,修设好事。当日天晚,堂里侍婢奶子叫道："朱都头,小衙内今夜要去看河灯,夫人分付,你可抱他去看一看。"朱仝道："小人抱去。"那小衙内穿一领绿纱衫儿,头上角儿拴两条珠子头须,从里面走出来。朱仝驮在肩头上,转出府衙内前来,望地藏寺里去看点放河灯。那时恰才是初更时分,但见:

　　钟声杳霭,幡影招摇。炉中焚百和名香,盘内贮诸般素食。僧持金杵,诵真言荐拔幽魂;人列银钱,挂孝服超升滞魄。合堂功德,画阴司八难三涂;绕寺庄严,列地狱四生六道。杨柳枝头分净水,莲花池内放明灯。

当时朱仝肩背着小衙内,绕寺看了一遭,却来水陆堂放生池边看放河灯。那小衙内爬在栏干上,看了笑耍。只见背后有人拽朱仝袖子道："哥哥借一步说话。"朱仝回头看时，却是雷横，吃了一惊，便道："小衙内且下来，坐在这里，我去买糖来与你吃，切不要走动。"小衙内道："你快来，我要去桥上看河灯。"朱仝道："我便来也。"转身却与雷横说话。

朱仝道："贤弟因何到此？"雷横扯朱仝到静处，拜道："自从哥哥救了性命，和老母无处归着，只得上梁山泊投奔了宋公明入伙。小弟说哥哥恩德，宋公明亦然思想哥哥旧日放他的恩念，晁天王和众头领皆感激不浅，因此特地教吴军师同兄弟前来相探。"朱仝道："吴先生见在何处？"背后转过吴学究道："吴用在此。"言罢便拜。朱仝慌忙答礼道："多时不见，先生一向安乐？"吴学究道："山寨里众头领多多拜意，今番教吴用和雷都头特来相请足下上山，同聚大义。到此多日了，不敢相见。今夜伺候得着，望仁兄便那尊步，同赴山寨，以满晁、宋二公之意。"朱仝听罢，半晌答应不得，便道："先生差矣。这话休题，恐被外人听了不好。雷横兄弟他自犯了该死的罪，我因义气放了他，上山入伙，出身不得。我亦为他配在这里。天可怜见，一年半载挣扎还乡，复为良民。我却如何肯做这等事！你二位便可请回，休在此间，惹口面[1]不好。"雷横道："哥哥在此，无非只是在人之下，伏侍他人，非大丈夫男子汉的勾当。不是小弟裹合上山，端的晁、宋二公仰望哥哥久矣，休得迟延自误。"朱仝道："兄弟，你是甚么言语！你不想我为你母老家寒上放了你去，今日你倒来陷我为不义。"吴学

〔1〕 惹口面——引起口舌、招惹是非的意思。

究道："既然都头不肯去时,我们自告退,相辞了去休。"朱仝道："说我贱名,上复众位头领。"一同出来。

朱仝回来,不见了小衙内,叫起苦来,两头没路去寻。雷横扯住朱仝："哥哥休寻,多管是我带来的两个伴当听得哥哥不肯去,因此倒抱了小衙内去了,我们一处去寻。"朱仝道："兄弟,不是耍处。这个小衙内是知府相公的性命,分付在我身上。"雷横道："哥哥且跟我来。"朱仝帮住雷横、吴用,三个离了地藏寺,径出城外。朱仝心慌,便问道："你的伴当抱小衙内在那里?"雷横道："哥哥且走到我下处,包还你小衙内。"朱仝道："迟了时,恐知府相公见怪。"吴用道："我那带来的两个伴当是个没分晓的,以定直抱到我们的下处去了。"朱仝道："你那伴当姓甚名谁?"雷横答道："我也不认得,只听闻叫做黑旋风李逵。"朱仝失惊道："莫不是江州杀人的李逵么?"吴用道："便是此人。"朱仝跌脚叫苦,慌忙便赶。离城走下到二十里,只见李逵在前面叫道："我在这里。"朱仝抢近前来问道："小衙内放在那里?"李逵唱个喏道："拜揖节级哥哥,小衙内有在这里。"朱仝道："你好好的抱出小衙内还我。"李逵指着头上道："小衙内头须儿却在我头上。"朱仝看了,又问："小衙内正在何处?"李逵道："被我把些麻药抹在口里,直驮出城来,如今睡在林子里,你自请去看。"朱仝乘着月色明朗,径抢入林子里寻时,只见小衙内倒在地上。朱仝便把手去扶时,只见头劈做两半个,已死在那里。有诗为证:

远从萧寺看花灯,偶遇雷横便请行。

只为坚心悭入伙,更将婴孺劈天灵。

当时朱仝心下大怒,奔出林子来,早不见了三个人。四下里望时,只见黑旋风远远地拍着双斧叫道:"来,来,来! 和你斗二三十合。"朱仝性起,奋不顾身,拽扎起布衫,大踏步赶将来。李逵回身便走,背后朱仝赶来。这李逵却是穿山度岭惯走的人,朱仝如何赶得上,先自喘做一块。李逵却在前面,又叫:"来,来,来! 和你并个你死我活。"朱仝恨不得一口气吞了他,只是赶他不上。赶来赶去,天色渐明。李逵在前面,急赶急走,慢赶慢行,不赶不走,看看赶入一个大庄院里去了。朱仝看了道:"那厮既有下落,我和他干休不得!"朱仝直赶入庄院内厅前去,见里面两边都插着许多军器。朱仝道:"想必也是个官宦之家。"立住了脚,高声叫道:"庄里有人么?"只见屏风背后转出一人来。那人是谁? 正是:

> 累代金枝玉叶,先朝凤子龙孙。丹书铁券护家门,万里招贤名振。待客一团和气,挥金满面阳春。能文会武孟尝君,小旋风聪明柴进。

出来的正是小旋风柴进,问道:"兀是谁?"朱仝见那人人物轩昂,资质秀丽,慌忙施礼,答道:"小人是郓城县当牢节级朱仝,犯罪刺配到此。昨晚因和知府的小衙内出来看放河灯,被黑旋风杀害小衙内,见今走在贵庄,望烦添力捉拿送官。"柴进道:"既是美髯公,且请坐。"朱仝道:"小人不敢拜问官人高姓?"柴进答道:"小生姓柴名进,小旋风便是。"朱仝道:"久闻大名。"连忙下拜,又道:"不期今日得识尊颜。"柴进说道:"美髯公亦久闻名,且请后堂说话。"

朱仝随着柴进直到里面。朱仝道:"黑旋风那厮如何却敢径入贵庄躲避？"柴进道："容复：小可平生专爱结识江湖上好汉，为是家间祖上有陈桥让位之功，先朝曾敕赐丹书铁券，但有做下不是的人，停藏在家，无人敢搜。近间有个爱友，和足下亦是旧交，目今见在梁山泊做头领，名唤及时雨宋公明，写一封密书，令吴学究、雷横、黑旋风俱在敝庄安歇，礼请足下上山，同聚大义。因见足下推阻不从，故意教李逵杀害了小衙内，先绝了足下归路，只得上山坐把交椅。吴先生、雷兄，如何不出来陪话？"只见吴用、雷横从侧首阁子里出来，望着朱仝便拜，说道："兄长，望乞恕罪！皆是宋公明哥哥将令分付如此。若到山寨，自有分晓。"朱仝道："是则是你们弟兄好情意，只是忒毒些个！"柴进一力相劝。朱仝道："我去则去，只教我见黑旋风面罢。"柴进道："李大哥，你快出来陪话。"李逵也从侧首出来，唱个大喏。朱仝见了，心头一把无明业火高三千丈，按纳不下，起身抢近前来，要和李逵性命相搏。柴进、雷横、吴用三个苦死劝住。朱仝道："若要我上山时，依得我一件事，我便去。"吴用道："休说一件事，遮莫几十件也都依你。愿闻那一件事？"

不争朱仝说出这件事来，有分教：大闹高唐州，惹动梁山泊。直教招贤国戚遭刑法，好客皇亲丧土坑。毕竟朱仝对柴进等说出甚么事来，且听下回分解。

第五十二回

李逵打死殷天锡　柴进失陷高唐州

诗曰：

缚虎擒龙不偶然，必须妙算出机先。

只知悻悻全无畏，讵意冥冥却有天。

非分功名真晓露，白来财物等浮烟。

到头挠扰为身累，辜负日高花影眠。

话说当下朱仝对众人说道："若要我上山时，你只杀了黑旋风，与我出了这口气，我便罢。"李逵听了大怒道："教你咬我鸟！晁、宋二位哥哥将令，干我屁事！"朱仝怒发，又要和李逵厮并，三个又劝住了。朱仝道："若有黑旋风时，我死也不上山去！"柴进道："恁地也却容易，我自有个道理，只留下李大哥在我这里便了。你们三个自上山去，以满晁、宋二公之意。"朱仝道："如今做下这件事了，知府必然行移文书去郓城县追捉，拿我家小，如之奈何？"吴学究道："足下放心，此时多敢宋公明已都取宝眷在山上了。"朱仝方才有些放心。柴进置酒相待，就当日送行。三个临晚辞了柴大官人便行，柴进叫庄客备三骑马，送出关外。临别时，吴用又分付李逵道："你且小心，只在大官人庄上住几时，切不可胡乱惹事累人。待半年三个月，等他性定，却来取你还山。多管也来请柴大官人入伙。"三个自上马去了。

不说柴进和李逵回庄,且只说朱仝随吴用、雷横来梁山泊入伙。行了一程,出离沧州地界,庄客自骑了马回去,三个取路投梁山泊来。于路无话,早到朱贵酒店里,先使人上山寨报知。晁盖、宋江引了大小头目,打鼓吹笛,直到金沙滩迎接。一行人都相见了,各人乘马回到山上大寨前下了马,都到聚义厅上,叙说旧话。朱仝道:"小弟今蒙呼唤到山,沧州知府必然行移文书去郓城县捉我老小,如之奈何?"宋江大笑道:"我教长兄放心,尊嫂并令郎已取到这里多日了。"朱仝又问道:"见在何处?"宋江道:"奉养在家父宋太公歇处,兄长请自己去问慰便了。"朱仝大喜。宋江着人引朱仝直到宋太公歇所,见了一家老小并一应细软行李。妻子说道:"近日有人赍书来说,你已在山寨入伙了,因此收拾,星夜到此。"朱仝出来拜谢了众人。宋江便请朱仝、雷横山顶下寨,一面且做筵席,连日庆贺新头领,不在话下。

却说沧州知府至晚不见朱仝抱小衙内回来,差人四散去寻了半夜。次日,有人见杀死在林子里,报与知府知道。府尹听了大怒,亲自到林子里看了,痛哭不已,备办棺木烧化。次日升厅,便行移公文,诸处缉捕,捉拿朱仝正身。郓城县已自申报朱仝妻子挈家在逃,不知去向。行开各州县,出给赏钱捕获,不在话下。

只说李逵在柴进庄上,住了一月之间,忽一日见一个人赍一封书急急奔庄上来。柴大官人却好迎着,接书看了,大惊道:"既是如此,我只得去走一遭。"李逵便问道:"大官人,有甚紧事?"柴进道:"我有个叔叔柴皇城,见在高唐州居住。今被本州知府高廉的老婆兄弟殷天锡那厮来要占花园,呕了一口气,卧病在床,早晚性命不保。必有遗嘱的言语分付,特来唤我。想叔叔无儿无女,必须亲身去走一遭。"李逵道:"既是大官人去时,我也跟大官人去走一遭如何?"柴进道:"大哥肯去时,就同走一遭。"柴进即便收拾行李,选了十数匹好马,带了几个庄客。次日五更起来,柴进、李逵并从人都上了马,离了庄院,望高唐州来。在路不免饥餐渴饮,夜宿晓行。来到高唐州,入城直至柴皇城宅前下马,留李逵和从人在外面厅房内。柴进自径入卧房里来,看视那叔叔柴皇城时,但见:

> 面如金纸,体似枯柴。悠悠无七魄三魂,细细只一丝两气。牙关紧急,连朝水米不沾唇;心膈膨脖,尽日药丸难下腹。隐隐耳虚闻磬响,昏昏眼暗觉萤飞。六脉微沉,东岳判官催使去;一灵缥缈,西方佛子唤同行。丧门吊客已临身,扁鹊卢医难下手。

柴进看了柴皇城,自坐在叔叔卧榻前,放声恸哭。皇城的继室出来劝柴进道:"大官人鞍马风尘不易,初到此间,且省烦恼。"柴进施礼罢,便问事情。继室答道:"此间新任知府高廉,兼管本州兵马,是东京高太尉的叔伯兄弟,倚仗他哥哥势要,在这里无所不为。带将一个妻舅殷天锡来,人尽称他做殷直阁。那厮年纪却小,又倚仗他姐夫高廉的权势,在此间横行害人。有那等献勤的卖科[1],对他说我家宅后有个花园水亭,盖造的好。那厮带将许多诈奸不及的三二十人,

---
[1] 卖科——卖弄,讨好。

径入家里,来宅子后看了,便要发遣我们出去,他要来住。皇城对他说道:'我家是金枝玉叶,有先朝丹书铁券在门,诸人不许欺侮。你如何敢夺占我的住宅?赶我老小那里去?'那厮不容所言,定要我们出屋。皇城去扯他,反被这厮推抢殴打,因此受这口气,一卧不起,饮食不吃,服药无效,眼见得上天远,入地近。今日得大官人来家做个主张,便有些山高水低,也更不忧。"柴进答道:"尊婶放心,只顾请好医士调治叔叔。但有门户〔1〕,小侄自使人回沧州家里去取丹书铁券来,和他理会。便告到官府、今上御前,也不怕他。"继室道:"皇城干事全不济事,还是大官人理论得是。"

柴进看视了叔叔一回,却出来和李逵并带来人从说知备细。李逵听了,跳将起来说道:"这厮好无道理!我有大斧在这里,教他吃我几斧,却再商量。"柴进道:"李大哥,你且息怒,没来由和他粗卤做甚么?他虽是倚势欺人,我家放着有护持圣旨。这里和他理论不得,须是京师也有大似他的,放着明明的条例,和他打官司。"李逵道:"条例,条例!若还依得,天下不乱了!我只是前打后商量。那厮若还去告,和那鸟官一发都砍了。"柴进笑道:"可知朱仝要和你厮并,见面不得。这里是禁城之内,如何比得你山寨里横行。"李逵道:"禁城便怎地!江州无军马,偏我不曾杀人?"柴进道:"等我看了头势,用着大哥时,那时相央。无事只在房里请坐。"

正说之间,里面侍妾慌忙来请大官人看视皇城。柴进入到里面

---

〔1〕门户——这里是官司的意思。

卧榻前，只见皇城阁着两眼泪，对柴进说道："贤侄志气轩昂，不辱祖宗。我今日被殷天锡殴死，你可看骨肉之面，亲赍书往京师拦驾告状，与我报仇。九泉之下，也感贤侄亲意。保重，保重！再不多嘱！"言罢，便放了命。柴进痛哭了一场。继室恐怕昏晕，劝住柴进道："大官人，烦恼有日，且请商量后事。"柴进道："誓书在我家里，不曾带得来，星夜教人去取，须用将往东京告状。叔叔尊灵，且安排棺椁盛殓，成了孝服，却再商量。"柴进教依官制备办内棺外椁，依礼铺设灵位，一门穿了重孝，大小举哀。李逵在外面听得堂里哭泣，自己磨拳擦掌价气，问从人，都不肯说。宅里请僧修设好事功果。

至第三日，只见这殷天锡骑着一匹撺行的马，将引闲汉三二十人，手执弹弓、川弩、吹筒、气球、拈竿、乐器，城外游玩了一遭，带五七分酒，佯醉假颠，径来到柴皇城宅前，勒住马，叫里面管家的人出来说话。柴进听得说，挂着一身孝服，慌忙出来答应。那殷天锡在马上问道："你是他家甚么人？"柴进答道："小可是柴皇城亲侄柴进。"殷天锡道："我前日分付道，教他家搬出屋去，如何不依我言语？"柴进道："便是叔叔卧病，不敢移动。夜来已自身故，待断七了搬出去。"殷天锡道："放屁！我只限你三日，便要出屋！三日外不搬，先把你这厮枷号起，先吃我一百讯棍！"柴进道："直阁休恁相欺！我家也是龙子龙孙，放着先朝丹书铁券，谁敢不敬？"殷天锡喝道："你将出来我看！"柴进道："见在沧州家里，已使人去取来。"殷天锡大怒道："这厮正是胡说！便有誓书铁券，我也不怕！左右，与我打这厮！"众人却待动手，原来黑旋风李逵在门缝里都看见，听得喝打柴进，便拽开房门,大吼一声,直抢到马边,早把殷天锡揪下马来,一拳打翻。那二三十人却待抢他,被李逵手起,早打倒五六个,一哄都走了。李逵拿殷天锡提起来,拳头脚尖一发上,柴进那里劝得住。看那殷天锡时,呜呼哀哉,伏惟尚飨。有诗为证:

惨刻侵谋倚横豪,岂知天宪竟难逃。

李逵猛恶无人敌,不见阎罗不肯饶。

李逵将殷天锡打死在地,柴进只叫得苦,便教李逵且去后堂商议。柴进道:"眼见得便有人到这里,你安身不得了。官司我自支吾,你快走回梁山泊去。"李逵道:"我便走了,须连累你。"柴进道:"我自有誓书铁券护身,你便快走,事不宜迟。"李逵取了双斧,带了盘缠,出后门自投梁山泊去了。

不多时,只见二百馀人,各执刀杖枪棒,果来围住柴皇城家。柴进见来捉人,便出来说道:"我同你们府里分诉去。"众人先缚了柴进,便入家里搜捉行凶黑大汉,不见,只把柴进绑到州衙内,当厅跪下。知府高廉听得打死了他的舅子殷天锡,正在厅上咬牙切齿忿恨,只待拿人来。早把柴进驱翻在厅前阶下,高廉喝道:"你怎敢打死了我殷天锡!"柴进告道:"小人是柴世宗嫡派子孙,家门有先朝太祖誓书铁券,见在沧州居住。为是叔叔柴皇城病重,特来看视,不幸身故,见今停丧在家。殷直阁将带三二十人到家,定要赶逐出屋,不容柴进分说,喝令众人殴打,被庄客李大救护,一时行凶打死。"高廉喝道:"李大见在那里?"柴进道:"心慌逃走了。"高廉道:"他是个庄客,不得你的言语,如何敢打死人!你又故纵他走了,却来瞒昧官府。你这厮，不打如何肯招！牢子下手，加力与我打这厮！"柴进叫道："庄客李大救主，误打死人，非干我事。放着先朝太祖誓书，如何便下刑法打我？"高廉道："誓书有在那里？"柴进道："已使人回沧州去取来也。"高廉大怒，喝道："这厮正是抗拒官府！左右，腕头加力，好生痛打！"众人下手，把柴进打得皮开肉绽，鲜血迸流，只得招做"使令庄客李大打死殷天锡"。取面二十五斤死囚枷钉了，发下牢里监收。殷天锡尸首检验了，自把棺木殡葬，不在话下。

这殷夫人要与兄弟报仇，教丈夫高廉抄扎了柴皇城家私，监禁下人口，占住了房屋园院。柴进自在牢中受苦。

却说李逵连夜逃回梁山泊，到得寨里，来见众头领。朱仝一见李逵，怒从心上起，恶向胆边生，掣条朴刀，径奔李逵。黑旋风拔出双斧，便斗朱仝。晁盖、宋江并众头领一发向前劝住。宋江与朱仝陪话道："前者杀了小衙内，不干李逵之事，却是军师吴学究因请兄长不肯上山，一时定的计策。今日既到山寨，便休记心，只顾同心协助，共兴大义，休教外人耻笑。"便叫李逵兄弟与朱仝陪话。李逵睁着怪眼，叫将起来，说道："他直恁般做得起！我也多曾在山寨出气力，他又不曾有半点之功，却怎地倒教我陪话！"宋江道："兄弟，却是你杀了小衙内。虽是军师严令，论齿序，他也是你哥哥。且看我面，与他伏个礼，我却是拜你便了。"李逵吃宋江央及不过，便道："我不是怕你，为是哥哥逼我，没奈何了，与你陪话。"李逵吃宋江逼住了，只得撇了双斧，拜了朱仝两拜，朱仝方才消了这口气。山寨里晁头领且教安排筵席,与他两个和解。

李逵说:"柴大官人因去高唐州看亲叔叔柴皇城病症,却被本州高知府妻舅殷天锡要夺屋宇花园,殴骂柴进,吃我打死了殷天锡那厮。"宋江听罢,失惊道:"你自走了,须连累柴大官人吃官司。"吴学究道:"兄长休惊。等戴宗回山,便有分晓。"李逵问道:"戴宗哥哥那里去了?"吴用道:"我怕你在柴大官人庄上惹事不好,特地教他来唤你回山。他到那里不见你时,必去高唐州寻你。"

说言未绝,只见小校来报:"戴院长回来了。"宋江便去迎接,到来堂上坐下,便问柴大官人一事。戴宗答道:"去到柴大官人庄上,已知同李逵投高唐州去了。径奔那里去打听,只见满城人传说殷天锡因争柴皇城庄屋,被一个黑大汉打死了,见今负累柴大官人陷于缧绁,下在牢里。柴皇城一家人口家私尽都抄扎了。柴大官人性命早晚不保。"晁盖道:"这个黑厮又做出来了,但到处便惹口面。"李逵道:"柴皇城被他打伤呕气死了,又来占他房屋,又喝教打柴大官人,便是活佛也忍不得!"

晁盖道:"柴大官人自来与山寨有恩,今日他有危难,如何不下山去救他。我亲自去走一遭。"宋江道:"哥哥是山寨之主,如何使得轻动。小可和柴大官人旧来有恩,情愿替哥哥下山。"吴学究道:"高唐州城地虽小,人物稠穰,军广粮多,不可轻敌。烦请林冲、花荣、秦明、李俊、吕方、郭盛、孙立、欧鹏、杨林、邓飞、马麟、白胜十二个头领,部引马步军兵五千作前队先锋。中军主帅宋公明、吴用,并朱仝、雷横、戴宗、李逵、张横、张顺、杨雄、石秀十个头领,部引马步军兵三千

策应。"共该二十二位头领,辞了晁盖等众人。前部已离山寨,中军主将宋江、吴用督并人马,望高唐州进发。端的好整齐,但见:

> 绣旗飘号带,画角间铜锣。三股叉、五股叉,灿灿秋霜;点钢枪、芦叶枪,纷纷瑞雪。蛮牌遮路,强弓硬弩当先;火炮随车,大戟长戈拥后。鞍上将似南山猛虎,人人好斗偏争;坐下马如北海苍龙,骑骑能冲敢战。端的枪刀流水急,果然人马撮风行。

梁山泊前军已到高唐州地界,亦有军卒报知高廉。高廉听了,冷笑道:"你这伙草贼在梁山泊窝藏,我兀自要来剿捕你,今日你倒来就缚,此是天教我成功。左右快传下号令,整点军马,出城迎敌,着那众百姓上城守护。"这高知府上马管军,下马管民,文武两全。一声号令下去,那帐前都统、监军、统领、统制、提辖军职一应官员,各各部领军马,就教场里点视已罢,诸将便摆布出城迎敌。高廉手下有三百梯己军士,号为飞天神兵,一个个都是山东、河北、江西、湖南、两淮、两浙选来的精壮好汉。那三百飞天神兵怎生结束?但见:

> 头披乱发,脑后撒一把烟云;身挂葫芦,背上藏千条火焰。黄抹额齐分八卦,豹皮裈尽按四方。熟铜面具似金装,镶铁滚刀如扫帚。掩心铠甲,前后竖两面青铜;照眼旌旗,左右列千层黑雾。疑是天蓬离斗府,正如月孛下云衢。

那知府高廉引了三百神兵,披甲背剑,上马出到城外,把部下军官周回列成阵势,却将三百神兵列在中军,摇旗呐喊,擂鼓鸣金,只等敌军到来。却说林冲、花荣、秦明引领五千人马到来,两军相迎,旗鼓相望,各把强弓硬弩射住阵脚。两军中吹动画角,发起擂鼓。花荣、秦明带同十个头领，都到阵前，把马勒住。头领林冲横丈八蛇矛，跃马出阵，厉声高叫："高唐州纳命的出来！"高廉把马一纵，引着三十馀个军官，都出到门旗下，勒住马，指着林冲骂道："你这伙不知死的叛贼，怎敢直犯俺的城池！"林冲喝道："你这个害民的强盗！我早晚杀到京师，把你那厮欺君贼臣高俅碎尸万段，方是愿足！"高廉大怒，回头问道："谁人出马先捉此贼去？"军官队里转出一个统制官，姓于名直，拍马轮刀竟出阵前。林冲见了，径奔于直。两个战不到五合，于直被林冲心窝里一蛇矛刺着，翻筋斗攧下马去。高廉见了大惊："再有谁人出马报仇？"军官队里又转出一个统制官，姓温，双名文宝，使一条长枪，骑一匹黄骠马，銮铃响，珂珮鸣，早出到阵前，四只马蹄荡起征尘，直奔林冲。秦明见了，大叫："哥哥稍歇，看我立斩此贼。"林冲勒住马，收了点钢矛，让秦明战温文宝。两个约斗十合之上，秦明放个门户，让他枪搠进来，手起棍落，把温文宝削去半个天灵，死于马下，那匹马跑回本阵去了。两阵军相对，齐呐声喊。

高廉见连折二将，便去背上掣出那口太阿宝剑来，口中念念有词，喝声道："疾！"只见高廉队中卷起一道黑气。那道气散至半空里，飞砂走石，撼地摇天，刮起怪风，径扫过对阵来。林冲、花荣等众将对面不能相顾，惊得那坐下马乱撺咆哮，众人回身便走。高廉把剑一挥，指点那三百神兵从阵里杀将出来，背后官军协助，一掩过来。赶得林冲等军马星落云散，七断八续，呼兄唤弟，觅子寻爷，五千军兵，折了一千馀人，直退回五十里下寨。高廉见人马退去，也收了本部军兵，入高唐州城里安下。

却说宋江中军人马到来,林冲等接着,具说前事。宋江、吴用听了大惊。与军师道:"是何神术,如此利害?"吴学究道:"想是妖法。若能回风返火,便可破敌。"宋江听罢,打开天书看时,第三卷上有回风返火破阵之法。宋江大喜,用心记了咒语并秘诀,整点人马,五更造饭吃了,摇旗操鼓,杀奔城下来。

有人报入城中,高廉再点了得胜人马并三百神兵,开放城门,布下吊桥,出来摆成阵势。宋江带剑纵马出阵前,望见高廉军中一簇皂旗。吴学究道:"那阵内皂旗,便是神师计的军兵。但恐又使此法,如何迎敌?"宋江道:"军师放心,我自有破阵之法。诸军众将勿得惊疑,只顾向前杀去。"高廉分付大小将校:"不要与他强敌挑斗,但见牌响,一齐并力擒获宋江,我自有重赏。"两军喊声起处,高廉马鞍轿上挂着那面聚兽铜牌,上有龙章凤篆,手里拿着宝剑,出阵前。宋江指着高廉骂道:"昨夜我不曾到,兄弟们误折一阵。今日我必要把你诛尽杀绝!"高廉喝道:"你这伙反贼,快早早下马受缚,省得我腥手污脚!"言罢,把剑一挥,口中念念有词,喝声道:"疾!"黑气起处,早卷起怪风来。宋江不等那风到,口中也念念有词,左手捏诀,右手把剑一指,喝声道:"疾!"那阵风不望宋江阵里来,倒望高廉神兵队里去了。宋江却待招呼人马,杀将过去。高廉见回了风,急取铜牌,把剑敲动,向那神兵队里卷一阵黄砂,就中军走出一群猛兽。但见:

狻猊舞爪,狮子摇头。闪金獬豸逞威雄,奋锦貔貅施勇猛。豺狼作对,吐獠牙直奔雄兵;虎豹成群,张巨口来啮劣马。带刺野猪冲阵入，卷毛恶犬撞人来。如龙大蟒扑天飞，吞象顽蛇钻地落。

高廉铜牌响处，一群怪兽毒虫，直冲过来。宋江阵里众多人马惊呆了。宋江撇了剑，拨回马先走，众头领簇捧着尽都逃命。大小军校，你我不能相顾，夺路而走。高廉在后面把剑一挥，神兵在前，官军在后，一齐掩杀将来。宋江人马，大败亏输。高廉赶杀二十馀里，鸣金收军，城中去了。

宋江来到土坡下，收住人马，扎下寨栅。虽是损折了些军卒，却喜众头领都有。屯住军马，便与军师吴用商议道："今番打高唐州，连折了两阵，无计可破神兵，如之奈何？"吴学究道："若是这厮会使神师计，他必然今夜要来劫寨，可先用计提备。此处只可屯扎些少军马，我等去旧寨内驻扎。"宋江传令："只留下杨林、白胜看寨，其馀人马，退去旧寨内将息。"

且说杨林、白胜引人离寨半里草坡内埋伏，等到一更时分，但见：

云生四野，雾涨八方。摇天撼地起狂风，倒海翻江飞急雨。雷公忿怒，倒骑火兽逞神威；电母生嗔，乱掣金蛇施圣力。大树和根拔去，深波彻底卷干。若非灌口斩蛟龙，疑是泗州降水母。

当夜风雷大作。杨林、白胜引着三百馀人，伏在草里看时，只见高廉步走，引领三百神兵，吹风唿哨杀入寨里来，见是空寨，回身便走。杨林、白胜呐声喊，高廉只怕中了计，四散便走，三百神兵各自奔逃。杨林、白胜乱放弩箭，只顾射去，一箭正中高廉左背。众军四散，冒雨赶杀。高廉引领了神兵，去得远了。杨林、白胜人少，不敢深入。

少刻雨过云收,复见一天星斗。月光之下,草坡前搠翻射死拿得神兵二十馀人,解赴宋公明寨内,具说雷雨风云之事。宋江、吴用见说,大惊道:"此间只隔得五里远近,却又无雨无风。"众人议道:"正是妖法。只在本处,离地只有三四十丈,云雨气味,是左近水泊中摄将来的。"杨林说:"高廉也自披发仗剑,杀入寨中,身上中了我一弩箭,回城中去了。为是人少,不敢去追。"宋江分赏杨林、白胜,把拿来的中伤神兵斩了。分拨众头领下了七八个寨栅,围绕大寨,提备再来劫寨。一面使人回山寨取军马协助。

且说高廉自中了箭,回到城中养病,令军士:"守护城池,晓夜提备,且休与他厮杀。待我箭疮平复起来,捉宋江未迟。"

却说宋江见折了人马,心中忧闷,和军师吴用商量道:"只这个高廉尚且破不得,倘或别添他处军马,并力来劫,如之奈何?"吴学究道:"我想要破高廉妖法,只除非依我如此如此。若不去请个人来,柴大官人性命也是难救,高唐州城子永不能得。"宋江又问道:"军师,这个人是谁?"

吴学究说出这个人来,有分教:翩翩鹤驾,请出这个神仙;霭霭云程,来破几年妖法。正是:要除起雾兴云法,须请通天彻地人。毕竟军师吴学究当下要请谁,且听下回分解。

第五十三回

戴宗智取公孙胜　李逵斧劈罗真人

诗曰：

> 堪叹人心毒似蛇，谁知天眼转如车。
> 去年妄取东邻物，今日还归北舍家。
> 无义钱财汤泼雪，倘来田地水推沙。
> 若将奸狡为生计，恰似朝霞与暮霞。

话说当下吴学究对宋公明说道："要破此法，只除非快教人去蓟州寻取公孙胜来，便可破得高廉。"宋江道："前番戴宗去了几时，全然打听不着，却那里去寻？"吴用道："只说蓟州，有管下多少县治、镇市、乡村，他须不曾寻得到。我想公孙胜他是个清高的人，必然在个名山洞府，大川真境居住。今番教戴宗可去绕蓟州管下县治名山仙境去处，寻觅一遭，不愁不见他。"宋江听罢，随即教请戴院长商议，可往蓟州寻取公孙胜。戴宗道："小可愿往，只是得一个做伴的去方好。"吴用道："你作起神行法来，谁人赶得你上？"戴宗道："若是同伴的人，我也把甲马拴在他腿上，教他也走得许多路程。"李逵便道："我与戴院长做伴走一遭。"戴宗道："你若要跟我去，须要一路上吃素，都听我的言语。"李逵道："这个有甚难处，我都依你便了。"宋江、吴用分付道："路上小心在意，休要惹事。若得见了，早早回来。"李

逵道："我打死了殷天锡,却教柴大官人吃官司,我如何不要救他!今番并不敢惹事了。"二人同行。有诗为证:

  飞步神行说戴宗,李逵同伴去如风。若还寻着公孙胜,要使高廉永绝踪。 豪杰士,黑旋风。一时赤手逞英雄。谁知一路经行处,惹祸招灾顷刻中。

话说戴宗、李逵各藏了暗器,拴缚了包裹,两个拜了宋江并众人,离了高唐州,取路投蓟州来。走了三十馀里,李逵立住脚道："大哥,买碗酒吃了走也好。"戴宗道："你要跟我作神行法,须要只吃素酒,且向前面去。"李逵答道："便吃些肉也打甚么紧?"戴宗道："你又来了。今日已晚,且寻客店宿了,明日早行。"两个又走了三十馀里,天色昏黑,寻着一个客店歇了,烧起火来做饭,沽一角酒来吃。李逵搬一碗素饭并一碗菜汤,来房里与戴宗吃。戴宗道："你如何不吃饭?"李逵应道："我且未要吃饭哩。"戴宗寻思道："这厮必然瞒着我背地里吃荤。"戴宗自把素饭吃了,却悄悄地来后面张时,见李逵讨两角酒,一盘牛肉,在那里自吃。戴宗道："我说甚么!且不要道破他,明日小小的耍他耍便了。"戴宗自去房里睡了。李逵吃了一回酒肉,恐怕戴宗说他,自暗暗的来房里睡了。到五更时分,戴宗起来,叫李逵打火做些素饭吃了,各分行李在背上,算还了房宿钱,离了客店。行不到二里多路,戴宗说道："我们昨日不曾使神行法,今日须要赶程途,你先把包裹拴得牢了,我与你作法,行八百里便住。"戴宗取四个甲马,去李逵两只腿上也缚了,分付道："你前面酒食店里等我。"戴宗念念有词，吹口气在李逵腿上，李逵拽开脚步，浑如驾云的一般，飞也似去了。戴宗笑道："且着他忍一日饿！"戴宗也自拴上甲马，随后赶来。

李逵不省得这法，只道和他走路一般。只听耳朵边风雨之声，两边房屋树木一似连排价倒了的，脚底下如云催雾趱。李逵怕将起来，几遍待要住脚，两条腿那里收拾得住，这脚却似有人在下面推的相似，脚不点地，只管得走去了。看见酒肉饭店，又不能勾入去买吃。李逵只得叫："爷爷，且住一住！"走的甚是神捷。有诗为证：

　　李逵禀性实凶顽，酒肉堆盘似虎餐。
　　只为一时贪口腹，足行千里不能安。

李逵看看走到红日平西，肚里又饥又渴，越不能勾住脚，惊得一身臭汗，气喘做一团。戴宗从背后赶来，叫道："李大，怎的不买些点心吃了去？"李逵应道："哥哥，救我一救！饿杀铁牛也！"戴宗怀里摸出几个炊饼来自吃。李逵叫道："我不能勾住脚买吃，你与两个充饥。"戴宗道："兄弟，你走上来与你吃。"李逵伸着手，只隔一丈来远近，只赶不上。李逵叫道："好哥哥，等我一等！"戴宗道："便是今日有些蹊跷，我的两条腿也不能勾住。"李逵道："阿也！我的这鸟脚，不由我半分，自这般走了去，只好把大爷砍了那下半截下来！"戴宗道："只除是恁的般方好，不然直走到明年正月初一日，也不能住。"李逵道："好哥哥，休使道儿耍我！砍了腿下来，你却笑我！"戴宗道："你敢是昨夜不依我，今日连我也走不得住。你自走去。"李逵叫道："好爷爷！你饶我住一住！"戴宗道："我的这法第一不许吃荤并吃牛肉,若还吃了一块牛肉,只要走十万里方才得住。"李逵道:"却是苦也! 我昨夜不合瞒着哥哥,真个偷买几斤牛肉吃了。正是怎么好!"戴宗道:"怪得今日连我的这腿也收不住,只用去天尽头走一遭了,慢慢地却得三五年方才回得来。"李逵听罢,叫起撞天屈[1]来。戴宗笑道:"你从今已后只依得我一件事,我便罢得这法。"李逵道:"老爹,我今都依你便了。"戴宗道:"你如今敢再瞒我吃荤么?"李逵:"今后但吃时,舌头上生碗来大疔疮! 我见哥哥要吃素,铁牛却吃不得,因此上瞒着哥哥。今后并不敢了。"戴宗道:"既是恁的,饶你这一遍。"退后一步,把衣袖去李逵腿上只一拂,喝声:"住!"李逵却似钉住了的一般,两只脚立定地下,那移不动。其法甚是灵。有诗为证:

戴宗神术极专精,十步攒为两步行。

可惜李逵多勇健,云车风驾莫支撑。

戴宗道:"我先去,你且慢慢的来。"李逵正待抬脚,那里移得动,拽也拽不起,一似生铁铸就了的。李逵大叫道:"又是苦也! 晚夕怎地得去?"便叫道:"哥哥,救我一救!"戴宗转回头来,笑道:"你今番依我说么?"李逵道:"你是我亲爷,却是不敢违了你的言语。"戴宗道:"你今番却要依我。"便把手绾了李逵,喝声:"起!"两个轻轻地走了去。李逵道:"哥哥可怜见铁牛,早歇了罢!"前面到一个客店,两个且来投宿。戴宗、李逵入到房里,去腿上都卸下甲马来,取出几陌

---

[1] 撞天屈——天大的冤屈。撞天,冲天。

纸钱烧送了。问李逵道:"今番却如何?"李逵道:"这两条腿方才是我的了。"戴宗道:"谁着你夜来私买酒肉吃!"李逵道:"为是你不许我吃荤,偷了些吃,也吃你耍得我勾了!"

戴宗叫李逵安排些素酒素饭吃了,烧汤洗了脚,上床歇了。睡到五更,起来洗漱罢,吃了饭,还了房钱,两个又上路。行不到三里多路,戴宗取出甲马道:"兄弟,今日与你只缚两个,教你慢行些。"李逵道:"我不要缚了。"戴宗道:"你既依我言语,我和你干大事,如何肯弄你?你若不依我,教你一似夜来,只钉住在这里,只等我去蓟州寻见了公孙胜,回来放你。"李逵慌忙叫道:"我依,我依!"戴宗与李逵当日各只缚两个甲马,作起神行法,扶着李逵,两个一同走。原来戴宗的法,要行便行,要住便住。李逵从此那里敢违他言语,于路上只是买些素酒素饭,吃了便行。李逵方才放心。有诗为证:

戴宗术法久通神,去住迟延总在心。

从此李逵方畏服,二人交谊断黄金。

话休絮烦。两个用神行法,不旬日,迤逦来蓟州城外客店里歇了。次日,两个入城来,戴宗扮做主人,李逵扮做仆者。绕城中寻了一日,并无一个认得公孙胜的,两个自回店里歇了。次日,又去城中小街狭巷寻了一日,绝无消耗。李逵心焦,骂道:"这个乞丐道人却鸟躲在那里!我若见时,脑揪将去见哥哥!"戴宗瞅道:"你又来了!若不听我的言语,我又教你吃苦!"李逵笑道:"我自这般说耍。"戴宗又埋怨了一回,李逵不敢回话。两个又来店里歇了。次日早起,都去城外近村镇市寻觅。戴宗但见老人,便施礼拜问公孙胜先生家在那里居住,并无一人认得。戴宗也问过数十处。

当日晌午时分,两个走得肚饥,路傍边见一个素面店,两个直入来买些点心吃。只见里面都坐满,没一个空处,戴宗、李逵立在当路。过卖问道:"客官要吃面时,和这老人合坐一坐。"戴宗见个老丈独自一个占着一副大座头,便与他施礼,唱个喏;两个对面坐了。李逵坐在戴宗肩下,分付过卖造四个壮面来。戴宗道:"我吃一个,你吃三个不少么?"李逵道:"不济事,一发做六个来,我都包办!"过卖见了也笑。等了半日,不见把面来,李逵却见都搬入里面去了,心中已有五分焦躁。只见过卖却搬一个热面放在合坐老人面前,那老人也不谦让,拿起面来便吃。那分面却热,老儿低着头,伏桌儿吃。李逵性急,见不搬面来,叫一声:"过卖!"骂道:"却教老爷等了这半日!"把那桌子只一拍,溅那老人一脸热汁,那分面都泼翻了。老儿焦躁,便来揪住李逵喝道:"你是何道理打翻我面!"李逵捻起拳头,要打老儿,戴宗慌忙喝住。老人不肯罢休。有四句诗单说李逵,诗曰:

李逵平昔性刚凶,欺负年高一老翁。

面汁溅来盈脸上,怒中说出指挥功。

戴宗与他陪话道:"丈丈休和他一般见识,小可陪丈丈一分面。"那老人道:"客官不知,老汉路远,早要吃了面回去听讲长生不死之法,迟时误了程途。"戴宗问道:"丈丈何处人氏?却听谁人讲说长生不死之法?"老儿答道:"老汉是本处蓟州管下九宫县二仙山下人氏。因来这城中买些好香,回去听山上罗真人讲说长生不死之法。"戴宗寻思道:"莫不公孙胜也在那里?"便问老人道:"丈丈,贵村曾有个公孙胜么？"老人道："客官问别人定不知，多有人不认的他，老汉和他是邻舍。他只有个老母在堂。这个先生一向云游在外，比时唤做公孙一清。如今出姓，都只叫他清道人，不叫做公孙胜。此是俗名，无人认得。"戴宗道："正是踏破铁鞋无觅处，得来全不费工夫！"戴宗又拜问丈丈道："九宫县二仙山离此间多少路？清道人在家么？"老人道："二仙山只离本县四十五里便是。清道人他是罗真人上首徒弟，他本师如何放他离左右。"戴宗听了大喜，连忙催趱面来吃，和那老儿一同吃了，算还面钱，同出店肆，问了路途。戴宗道："丈丈先行，小可买些香纸，也便来也。"老人作别去了。

戴宗、李逵回到客店里，取了行李包裹，再拴上甲马，离了客店，两个取路投九宫县二仙山来。戴宗使起神行法，四十五里片时到了。二人来到县前，问二仙山时，有人指道："离县投东，只有五里便是。"两个又离了县治，投东而行，果然行不到五里，早望见那座仙山，委实秀丽。但见：

  青山削翠，碧岫堆云。两崖分虎踞龙蟠，四面有猿啼鹤唳。朝看云封山顶，暮观日挂林梢。流水潺湲，涧内声声鸣玉珮；飞泉瀑布，洞中隐隐奏瑶琴。若非道侣修行，定有仙翁炼药。

当下戴宗、李逵来到二仙山下，见个樵夫，戴宗与他施礼说道："借问此间清道人家在何处居住？"樵夫指道："只过这个山嘴，门外有条小石桥的便是。"两个抹过山嘴来，见有十数间草房，一周遭矮墙，墙外一座小小石桥。两个来到桥边，见一个村姑提一篮新果子出来。戴宗施礼问道："娘子从清道人家出来，清道人在家么？"村姑答

道:"在屋后炼丹。"戴宗心中暗喜。有诗为证:

> 半空苍翠拥芙蓉,天地风光迥不同。
> 十里青松栖野鹤,一溪流水泛春红。
> 疏烟白鸟长空外,玉殿琼楼罨画中。
> 欲识真仙高隐处,便从林下觅形踪。

戴宗、李逵两个立在门前,戴宗分付李逵道:"你且去树背后躲一躲,待我自入去见了他,却来叫你。"戴宗自入到里面看时,一带三间草房,门上悬挂一个芦帘。戴宗咳嗽了一声,只见一个婆婆从里面出来。戴宗看那婆婆,但见:

> 苍然古貌,鹤发酡颜。眼昏似秋月笼烟,眉白如晓霜映日。青裙素服,依稀紫府元君;布袄荆钗,仿佛骊山老姥。形如天上翔云鹤,貌似山中傲雪松。

戴宗当下施礼道:"告禀老娘,小可欲求清道人相见一面。"婆婆问道:"官人高姓?"戴宗道:"小可姓戴名宗,从山东到此。"婆婆道:"孩儿出外云游,不曾还家。"戴宗道:"小可是旧时相识,要说一句紧要的话,求见一面。"婆婆道:"不在家里。有甚话说,留下在此不妨,待回家自来相见。"戴宗道:"小可再来。"就辞了婆婆,却来门外对李逵道:"今番须用着你。方才他娘说道不在家里,如今你可去请他。他若说不在时,你便打将起来。却不得伤犯他老母,我来喝住你便罢。"

李逵先去包裹里取出双斧,插在两胯下,入的门里,叫一声:"着个出来!"婆婆慌忙迎着问道:"是谁?"见了李逵睁着双眼,先有八分怕他，问道："哥哥有甚话说？"李逵道："我是梁山泊黑旋风，奉着哥哥将令，教我来请公孙胜。你教他出来，佛眼相看；若还不肯出来，放一把鸟火，把你家当都烧做白地。莫言不是，早早出来！"婆婆道："好汉莫要恁地。我这里不是公孙胜家，自唤做清道人。"李逵道："你只叫他出来，我自认得他鸟脸！"婆婆道："出外云游未归。"李逵拔出大斧，先砍翻一堵壁。婆婆向前拦住，李逵道："你不叫你儿子出来，我只杀了你！"拿起斧来便砍，把那婆婆惊倒在地。只见公孙胜从里面走将出来，叫道："不得无礼！"有诗为证：

李逵巨斧白如霜，惊得婆婆命欲亡。

幸得戴宗来救护，公孙方肯出中堂。

戴宗便来喝道："铁牛如何吓倒老母！"戴宗连忙扶起。李逵撇了大斧，便唱个喏道："阿哥休怪，不恁地你不肯出来。"公孙胜先扶娘入去了，却出来拜请戴宗、李逵，邀进一间静室坐下，问道："亏二位寻得到此。"戴宗道："自从师父下山之后，小可先来蓟州寻了一遍，并无打听处，只纠合得一伙弟兄上山。今次宋公明哥哥因去高唐州救柴大官人，致被知府高廉两三阵用妖法赢了，无计奈何，只得叫小可和李逵径来寻请足下。绕遍蓟州，并无寻处，偶因素面店中，得个此间老丈指引到此。却见村姑说足下在家烧炼丹药，老母只是推却，因此使李逵激出师父来。这个太莽了些，望乞恕罪。哥哥在高唐州界上度日如年，请师父便可行程，以见始终成全大义之美。"公孙胜道："贫道幼年飘荡江湖，多与好汉们相聚。自从梁山泊分别回乡，非是昧心，一者母亲年老无人奉侍，二乃本师罗真人留在座前听教。恐怕山寨有人寻来,故意改名清道人,隐居在此。"戴宗道:"今者宋公明正在危急之际,师父慈悲,只得去走一遭。"公孙胜道:"干碍老母无人养赡,本师罗真人如何肯放,其实去不得了。"戴宗再拜恳告。公孙胜扶起戴宗,说道:"再容商议。"公孙胜留戴宗、李逵在净室里坐定,出来叫个庄客安排些素酒素食相待。三个吃了一回,戴宗又苦苦哀告公孙胜道:"若是师父不肯去时,宋公明必被高廉捉了。山寨大义,从此休矣!"公孙胜道:"且容我去禀问本师真人,若肯容许时,便一同去。"戴宗道:"只今便去启问本师。"公孙胜道:"且宽心住一宵,明日早去。"戴宗道:"哥哥在彼一日,如度一年,烦请师父同往一遭。"

公孙胜便起身引了戴宗、李逵离了家里,取路上二仙山来。此时已是秋残冬初时分,日短夜长,容易得晚,来到半山腰,却早红轮西坠。松阴里面一条小路,直到罗真人观前,见有朱红牌额上写三个金字,书着"紫虚观"。三人来到观前,看那二仙山时,果然是好座仙境。但见:

青松郁郁,翠柏森森。一群白鹤听经,数个青衣碾药。青梧翠竹,洞门深锁碧窗寒;白雪黄芽,石室云封丹灶暖。野鹿衔花穿径去,山猿擎果引雏来。时闻道士谈经,每见仙翁论法。虚皇坛畔,天风吹下步虚声;礼斗殿中,鸾背忽来环珮韵。只此便为真紫府,更于何处觅蓬莱。

三人就着衣亭上,整顿衣服,从廊下入来,径投殿后松鹤轩里去。两个童子看见公孙胜领人入来,报知罗真人;传法旨,教请三人入来。

当下公孙胜引着戴宗、李逵到松鹤轩内,正值真人朝真[1]才罢,坐在云床上养性。公孙胜向前行礼起居[2],躬身侍立。戴宗、李逵看那罗真人时,端的有神游八极之表。但见:

> 星冠攒玉叶,鹤氅缕金霞。神清似长江皓月,貌古似泰华乔松。踏魁罡朱履步丹霄,歌步虚琅函浮瑞气。长髯广颊,修行到无漏之天;碧眼方瞳,服食造长生之境。三岛十洲骑凤往,洞天福地抱琴游。高餐沆瀣,静品鸾笙。正是:三更步月鸾声远,万里乘云鹤背高。都仙太史临凡世,广惠真人住世间。

戴宗当下见了,慌忙下拜,李逵只管着眼看。罗真人问公孙胜道:"此二位何来?"公孙胜道:"便是昔日弟子曾告我师,山东义友是也。今为高唐州知府高廉显逞异术,有兄宋江特令二弟来此呼唤。弟子未敢擅便,故来禀问我师。"罗真人道:"吾弟子既脱火坑,学炼长生,何得再慕此境?自宜慎重,不可妄为。"戴宗再拜道:"容乞暂请公孙先生下山,破了高廉,便送还山。"罗真人道:"二位不知,此非出家人闲管之事,汝等自下山去商议。"公孙胜只得引了二人,离了松鹤轩,连晚下山来。

李逵问道:"那老仙先生说甚么?"戴宗道:"你偏不听得?"李逵道:"便是不省得这般鸟则声。"戴宗道:"便是他的师父说道,教他休去。"李逵听了,叫起来道:"教我两个走了许多路程,千难万难寻见

---

[1] 朝真——道士拜神。
[2] 起居——请安、问好的意思。

了,却放出这个屁来!莫要引老爷性发,一只手捻碎你这道冠儿,一只手提住腰胯,把那老贼倒直撞下山去!"戴宗瞅着道:"你又要钉住了脚?"李逵道:"不敢,不敢!说一声儿耍。"

三个再到公孙胜家里,当夜安排些晚饭吃了。公孙胜道:"且权宿一宵,明日再去恳告本师。若肯时,便去。"戴宗至夜,叫了安置,两个收拾行李,都来净室里睡了。两个睡到三更左侧,李逵悄悄地爬将起来,听得戴宗齁齁的睡着,自己寻思道:"却不是干鸟气么!你原是山寨里人,却来问甚么鸟师父!明朝那厮又不肯,却不误了哥哥的大事!我忍不得了,只是杀了那个老贼道,教他没问处,只得和我去。"李逵要害真人。有诗为证:

欲请公孙去解围,真人不肯着他为。

李逵夜奋英雄力,斧到应教性命危。

李逵当时摸了两把板斧,悄悄地开了房门,乘着星月明朗,一步步摸上山来。到得紫虚观前,却见两扇大门关了。旁边篱墙苦不甚高,李逵腾地跳将过去,开了大门,一步步摸入里面来。直至松鹤轩前,只听隔窗有人看诵玉枢宝经之声。李逵爬上来舐破窗纸张时,见罗真人独自一个坐在云床上,面前桌儿上烧着一炉名香,点起两枝画烛,朗朗诵经。李逵道:"这贼道却不是当死!"一趸,趸过门边来,把手只一推,呀地两扇亮槅齐开。李逵抢将入去,提起斧头,便望罗真人脑门上劈将下来,砍倒在云床上,流出白血来。李逵看了,笑道:"眼见的这贼道是童男子身,颐养得元阳真气,不曾走泻,正没半点的红。"李逵再仔细看时,连那道冠儿劈做两半,一颗头直砍到项下。

李逵道:"今番且除了一害,不烦恼公孙胜不去。"便转身出了松鹤轩,从侧首廊下奔将出来。只见一个青衣童子拦住李逵,喝道:"你杀了我本师,待走那里去!"李逵道:"你这个小贼道,也吃我一斧!"手起斧落,把头早砍下台基边去。二人都被李逵砍了。有诗为证:

李逵双斧白如霜,劈倒真人命已亡。

料得精魂归碧落,一心暗地喜非常。

且说李逵笑道:"只好撒开!"径取路出了观门,飞也似奔下山来。到得公孙胜家里,闪入来,闭上了门,净室里听戴宗时,兀自未觉,李逵依然原又去睡了。直到天明,公孙胜起来,安排早饭,相待两个吃了。戴宗道:"再请先生同引我二人上山恳告真人。"李逵听了,暗暗地冷笑。三个依原旧路,再上山来。入到紫虚观里松鹤轩中,见两个童子,公孙胜问道:"真人何在?"道童答道:"真人坐在云床上养性。"李逵听说,吃了一惊,把舌头伸将出来,半日缩不入去。三个揭起帘子入来看时,见罗真人坐在云床上中间。李逵暗暗想道:"昨夜莫非是错杀了?"罗真人便道:"汝等三人又来何干?"戴宗道:"特来哀告我师慈悲,救取众人免难。"罗真人道:"这黑大汉是谁?"戴宗答道:"是小可义弟,姓李名逵。"真人笑道:"本待不教公孙胜去,看他的面上,教他去走一遭。"戴宗拜谢。李逵自暗暗寻思道:"那厮知道我要杀他,却又鸟说!"

只见罗真人道:"我教你三人片时便到高唐州如何?"三个谢了。戴宗寻思:"这罗真人又强似我的神行法。"真人唤道童取三个手帕来。戴宗道:"上告我师,却是怎生教我们便能勾到高唐州?"罗真人便起身："都跟我来。"三个人随出观门外石岩上来。先取一个红手帕铺在石上,道："吾弟子可登。"公孙胜双脚踏在上面,罗真人把袖一拂,喝声道："起!"那手帕化做一片红云,载了公孙胜,冉冉腾空便起,离山约有二十馀丈。罗真人喝声："住!"那片红云不动。却铺下一个青手帕,教戴宗踏上,喝声："起!"那手帕却化作一片青云,载了戴宗,起在半空里去了。那两片青红二云,如芦席大,起在天上转,李逵看得呆了。罗真人却把一个白手帕,铺在石上,唤李逵踏上。李逵笑道："却不是耍!若跌下来,好个大疙疸!"罗真人道："你见二人么?"李逵立在手帕上,罗真人喝一声："起!"那手帕化做一片白云,飞将起去。李逵叫道："阿也!我的不稳,放我下来!"罗真人把右手一招,那青红二云,平平坠将下来。戴宗拜谢,侍立在面前。公孙胜侍立在左手。李逵在上面叫道："我也要撒尿撒屎,你不着我下来,我劈头便撒下来也!"罗真人问道："我等自是出家人,不曾恼犯了你,你因何夜来越墙而过,入来把斧劈我?若是我无道德,已被杀了。又杀了我一个道童。"李逵道："不是我,你敢错认了!"罗真人笑道："虽然只是砍了我两个葫芦,其心不善,且教你吃些磨难。"把手一招,喝声："去!"一阵恶风,把李逵吹入云端里。只见两个黄巾力士押着,李逵耳边只听得风雨之声,不觉径到蓟州地界,唬得魂不着体,手脚摇战。忽听得刮刺刺地响一声,却从蓟州府厅屋上骨碌碌滚将下来。

当日正值府尹马士弘坐衙,厅前立着许多公吏人等,看见半天里落下一个黑大汉来，众皆吃惊。有诗为证：

　　李逵唬得大痴呆，忽向云端落下来。
　　官吏见来俱丧胆，只疑妖怪降庭阶。

话说马知府见了，叫道："且拿这厮过来。"当下十数个牢子狱卒，把李逵驱至当面。马府尹喝道："你这厮是那里妖人？如何从半天里吊将下来？"李逵吃跌得头破额裂，半晌说不出话来。马知府道："必然是个妖人！"教去取些法物来。牢子、节级将李逵捆翻，驱下厅前草地里。一个虞候掇一盆狗血，劈头一淋；又一个提一桶尿粪来，望李逵头上直浇到脚底下。李逵口里、耳朵里都是尿屎。李逵叫道："我不是妖人，我是跟罗真人的伴当。"原来蓟州人都知道罗真人是个现世的活神仙，因此不肯下手伤他，再驱李逵到厅前。早有吏人禀道："这蓟州罗真人是天下有名的得道活神仙，若是他的从者，不可加刑。"马府尹笑道："我读千卷之书，每闻今古之事，未见神仙有如此徒弟，即系妖人。牢子，与我加力打那厮！"众人只得拿翻李逵，打得一佛出世，二佛涅槃。马知府喝道："你那厮快招了妖人，便不打你！"李逵只得招做"妖人李二"。取一面大枷钉了，押下大牢里去。李逵来到死囚狱里，说道："我是直日神将，如何枷了我？好歹教你这蓟州一城人都死！"那押牢节级、禁子，都知罗真人道德清高，谁不钦服，都来问道："你这个端的是甚么人？"李逵道："我是罗真人亲随直日神将，因一时有失，恶了真人，把我撇在此间，教我受些苦难，三两日必来取我。你们若不把些酒食来将息我时，我教你们众人全家都死！"那节级、牢子见了他说，倒都怕他，只得买酒买肉请他吃。李逵见他们害怕,越说起风话来。牢里众人越怕了,又将热水来与他洗浴了,换些干净衣裳。李逵道:"若还缺了我酒食,我便飞了去,教你们受苦!"牢里禁子只得倒陪告他。李逵陷在蓟州牢里不提。

且说罗真人把上项的事,一一说与戴宗。戴宗只是苦苦哀告,求救李逵。罗真人留住戴宗在观里宿歇,动问山寨里事务。戴宗诉说晁天王、宋公明仗义疏财,专只替天行道,誓不损害忠臣烈士、孝子贤孙、义夫节妇,许多好处。罗真人听罢甚喜。一住五日,戴宗每日磕头礼拜,求告真人,乞救李逵。罗真人道:"这等人只可驱除了罢,休带回去。"戴宗告道:"真人不知,这李逵虽然愚蠢,不省理法,也有些小好处。第一,耿直,分毫不肯苟取于人。第二,不会阿谀于人,虽死其忠不改。第三,并无淫欲邪心、贪财背义,敢勇当先。因此宋公明甚是爱他。不争没了这个人,回去教小可难见兄长宋公明之面。"罗真人笑道:"贫道已知这人是上界天杀星之数,为是下土众生作业太重,故罚他下来杀戮。吾亦安肯逆天,坏了此人,只是磨他一会。我叫取来还你。"戴宗拜谢。罗真人叫一声:"力士何在?"就鹤轩前起一阵风,风过处,一尊黄巾力士出现。但见:

> 面如红玉,须似皂绒。仿佛有一丈身材,纵横有千斤气力。黄巾侧畔,金环耀日喷霞光;绣袄中间,铁甲铺霜吞月影。常在坛前护法,每来世上降魔。脚穿抹绿雕蹬靴,手执宣花金蘸斧。

那个黄巾力士上告:"我师有何法旨?"罗真人道:"先差你押去蓟州的那人,罪业已满。你还去蓟州牢里取他回来,速去速回。"力士声喏去了。约有半个时辰,从虚空里把李逵撇将下来。戴宗连忙扶住李逵,问道:"兄弟这两日在那里?"李逵看了罗真人,只管磕头拜说道:"铁牛不敢了也!"罗真人道:"你从今以后,可以戒性,竭力扶持宋公明,休生歹心。"李逵再拜道:"敢不遵依真人言语!"戴宗道:"你正去那里走了这几日?"李逵道:"自那日一阵风,直刮我去蓟州府里,从厅屋脊上直滚下来,被他府里众人拿住。那个马知府道我是妖人,捉翻我捆了,却教牢子狱卒把狗血和尿屎淋我一头一身,打得我两腿肉烂,把我枷了,下在大牢里去。众人问我是何神从天上落下来,只吃我说道罗真人的亲随直日神将,因有些过失,罚受此苦,过三二日,必来取我。虽是吃了一顿棍棒,却也诈得些酒肉噇。那厮们惧怕真人,却与我洗浴,换了一身衣裳。方才正在亭心里诈酒肉吃,只见半空里跳下这个黄巾力士,把枷锁开了,喝我闭眼,一似睡梦中,直扶到这里。"公孙胜道:"师父似这般的黄巾力士有一千馀员,都是本师真人的伴当。"李逵听了,叫道:"活佛,你何不早说,免教我做了这般不是!"只顾下拜。戴宗也再拜恳告道:"小可端的来的多日了,高唐州军马甚急,望乞师父慈悲,放公孙先生同弟子去救哥哥宋公明,破了高廉,便送还山。"罗真人道:"我本不教他去,今为汝大义为重,权教他去走一遭。我有片言,汝当记取。"公孙胜向前跪听真人指教。

只因罗真人说了那几句话,传授秘诀,有分教:额角有光,日中无影。炼丹在石屋云房,飞步去蓬莱阆苑。正是:满还济世安邦愿,来作乘鸾跨凤人。毕竟罗真人说教公孙胜怎地下山,且听下回分解。

第五十四回

入云龙斗法破高廉　黑旋风探穴救柴进

诗曰:

奉辞伐罪号天兵,主将须将正道行。

自谓魔君能破敌,岂知正法更专精。

行仁柴进还存命,无德高廉早丧生。

试把兴亡重检点,西风搔首不胜情。

话说当下罗真人道:"弟子,你往日学的法术,却与高廉的一般。吾今传授与汝五雷天罡正法,依此而行,可救宋江,保国安民,替天行道。休被人欲所缚,误了大事,专精从前学道之心。你的老母,我自使人早晚看视,勿得忧念。汝应上界天闲星,以此容汝去助宋公明。吾有八个字,汝当记取,休得临期有误。"罗真人说那八个字,道是:"逢幽而止,遇汴而还。"公孙胜拜受了诀法,便和戴宗、李逵三人拜辞了罗真人,别了众道伴下山。归到家中,收拾了道衣,宝剑二口,并铁冠,如意等物了当,拜辞了老母,离山上路。

行过了三四十里路程,戴宗道:"小可先去报知哥哥,先生和李逵大路上来,却得再来相接。"公孙胜道:"正好。贤弟先往报知,吾亦趱行来也。"戴宗分付李逵道:"于路小心伏侍先生,但有些差池,教你受苦!"李逵答道:"他和罗真人一般的法术,我如何敢轻慢了他！"戴宗拴上甲马，作起神行法来，预先去了。

却说公孙胜和李逵两个离了二仙山九宫县，取大路而行，到晚寻店安歇。李逵惧怕罗真人法术，十分小心扶侍公孙胜，那里敢使性。两个行了三日，来到一个去处，地名唤做武冈镇，只见街市人烟辏集。公孙胜道："这两日于路走的困倦，买碗素酒素面吃了行。"李逵道："也好。"却见驿道旁边一个小酒店，两个人来店里坐下。公孙胜坐了上首，李逵解了腰包，下首坐了。叫过卖一面打酒，就安排些素馔来与二人吃。公孙胜道："你这里有甚素点心卖？"过卖道："我店里只卖酒肉，没有素点心。市口人家有枣糕卖。"李逵道："我去买些来。"便去包内取了铜钱，径投市镇上来，买了一包枣糕。

欲待回来，只听得路旁侧首有人喝采道："好气力！"李逵看时，一伙人围定一个大汉，把铁瓜锤在那里使，众人看了喝采他。李逵看那大汉时，七尺以上身材，面皮有麻，鼻子上一条大路。李逵看那铁锤时，约有三十来斤。那汉使的发了，一瓜锤正打在压街石上，把那石头打做粉碎，众人喝采。李逵忍不住，便把枣糕揣在怀中，便来拿那铁锤。那汉喝道："你是甚么鸟人，敢来拿我的锤！"李逵道："你使的甚么鸟好，教众人喝采？看了倒污眼！你看老爷使一回教众人看。"那汉道："我借与你，你若使不动时，且吃我一顿脖子拳了去！"李逵接过瓜锤，如弄弹丸一般，使了一回，轻轻放下，面又不红，心头不跳，口内不喘。那汉看了，倒身便拜，说道："愿求哥哥大名。"李逵道："你家在那里住？"那汉道："只在前面便是。"引了李逵到一个所在，见一把锁锁着门。那汉把钥匙开了门，请李逵到里面坐地。

李逵看他屋里都是铁砧、铁锤、火炉、钳、凿家火,寻思道:"这人必是个打铁匠人,山寨里正用得着,何不叫他也去入伙?"李逵又道:"汉子,你通个姓名,教我知道。"那汉道:"小人姓汤名隆。父亲原是延安府知寨官来,因为打铁上遭际老种经略相公,帐前叙用。近年父亲在任亡故,小人贪赌,流落在江湖上,因此权在此间打铁度日。入骨好使枪棒,为是自家浑身有麻点,人都叫小人做金钱豹子。敢问哥哥高姓大名?"李逵道:"我便是梁山泊好汉黑旋风李逵。"汤隆听了,再拜道:"多闻哥哥威名,谁想今日偶然得遇。"李逵道:"你在这里几时得发迹!不如跟我上梁山泊入伙,教你也做个头领。"汤隆道:"若得哥哥不弃,肯带携兄弟时,愿随鞭镫。"就拜李逵为兄。有四句诗单题着汤隆好处:

铜筋铁骨身躯健,炉冶钳锤每用功。

原是延安知寨后,金钱豹子是汤隆。

当时李逵认汤隆为弟。汤隆道:"我又无家人伴当,同哥哥去市镇上吃三杯淡酒,表结拜之意。今晚歇一夜,明日早行。"李逵道:"我有个师父在前面酒店里,等我买枣糕去吃了便行。担阁不得,只可如今便行。"汤隆道:"如何这般要紧?"李逵道:"你不知,宋公明哥哥见今在高唐州界首厮杀,只等我这师父到来救应。"汤隆道:"这个师父是谁?"李逵道:"你且休问,快收拾了去。"汤隆急急拴了包裹盘缠银两,戴上毡笠儿,跨了口腰刀,提条朴刀,弃了家中破房旧屋、粗重家火,跟了李逵,直到酒店里来见公孙胜。

公孙胜埋怨道:"李逵,你如何去了许多时!再来迟些,我依前回去了。"李逵不敢做声回话,引过汤隆拜了公孙胜,备说结义一事。公孙胜见说他是打铁出身,心中也喜。李逵取出枣糕,叫过卖将去整理。三个一同饮了几杯酒,吃了枣糕,算还了酒钱。李逵、汤隆各背上包裹,与公孙胜离了武冈镇,迤逦望高唐州来。

三个于路三停中走了二停多路,那日早却好迎着戴宗来接。公孙胜见了大喜,连忙问道:"近日相战如何?"戴宗道:"高廉那厮近日箭疮平复,每日领兵来搦战。哥哥坚守不敢出敌,只等先生到来。"公孙胜道:"这个容易。"李逵引着汤隆,拜见戴宗,说了备细,四人一处奔高唐州来。离寨五里远,早有吕方、郭盛引一百馀骑军马迎接着。四人都上了马,一同到寨,宋江、吴用等出寨迎接。各施礼罢,摆了接风酒,叙问间阔之情,请入中军帐内,众头领亦来作庆。李逵引过汤隆来参见宋江、吴用,并众头领等,讲礼已罢,寨中且做庆贺筵席。

次日,中军帐上宋江、吴用、公孙胜商议破高廉一事。公孙胜道:"主将传令,且着拔寨都起,看敌军如何,贫道自有区处。"当日宋江传令,各寨一齐引军起身,直抵高唐州城壕,下寨已定。次日早五更造饭,军人都披挂衣甲。宋公明、吴学究、公孙胜三骑马直到军前,摇旗擂鼓,呐喊筛锣,杀到城下来。

再说知府高廉在城中箭疮已痊,隔夜小军来报知宋江军马又到,早晨都披挂了衣甲,便开了城门,放下吊桥,将引三百神兵并大小将校出城迎敌。两军渐近,旗鼓相望,各摆开阵势。两阵里花腔鼍鼓擂,杂彩绣旗摇。宋江阵门开处,分十骑马来雁翅般摆开在两边。左手下五将：花荣、秦明、朱仝、欧鹏、吕方；右手下五将是林冲、孙立、邓飞、马麟、郭盛。中间三骑马上，为头是主将宋公明。怎生打扮？

> 头顶茜红巾，腰系狮蛮带。锦征袍大红贴背，水银盔彩凤飞檐。抹绿靴斜踏宝镫，黄金甲光动龙鳞。描金䩺随定紫丝鞭，锦鞍鞴稳称桃花马。

左边那骑马上，坐着的便是梁山泊掌握兵权军师吴学究。怎生打扮？

> 五明扇齐攒白羽，九纶巾巧簇乌纱。素罗袍香皂沿边，碧玉环丝绦束定。凫舃稳踏葵花镫，银鞍不离紫丝缰。两条铜链挂腰间，一骑青骢出战场。

右边那骑马上，坐着的便是梁山泊掌握行兵布阵副军师公孙胜。怎生打扮？

> 星冠耀日，神剑飞霜。九霞衣服绣春云，六甲风雷藏宝诀。腰间系杂色短须绦，背上悬松文古定剑。穿一双云头点翠皂朝靴，骑一匹分鬃昂首黄花马。名标蕊笈玄功著，身列仙班道行高。

三个总军主将，三骑马出到阵前。看对阵金鼓齐鸣，门旗开处，也有二三十个军官簇拥着高唐州知府高廉出在阵前，立马于门旗下。怎生结束？但见：

> 束发冠珍珠镶嵌，绛红袍锦绣攒成。连环铠甲耀黄金，双翅银盔飞彩凤。足穿云缝吊墩靴，腰系狮蛮金鞓带。手内剑横三尺水，阵前马跨一条龙。

那知府高廉出到阵前，厉声高叫，喝骂道："你那水洼草贼，既有心要来厮杀,定要分个胜败,见个输赢,走的不是好汉!"宋江听罢,问一声:"谁人出马立斩此贼?"小李广花荣挺枪跃马,直至垓心。高廉见了,喝问道:"谁与我直取此贼去?"那统制官队里转出一员上将,唤做薛元辉,使两口双刀,骑一匹劣马,飞出垓心,来战花荣。两个在阵前斗了数合,花荣拨回马望本阵便走。薛元辉不知是计,纵马舞刀,尽力来赶。花荣略带住了马,拈弓取箭,扭转身躯,只一箭,把薛元辉头重脚轻射下马去。两军齐呐声喊。

高廉在马上见了,大怒,急去马鞍前鞴取下那面聚兽铜牌,把剑去击。那里敲得三下,只见神兵队里,卷起一阵黄砂来,罩的天昏地暗,日色无光。喊声起处,豺狼虎豹怪兽毒虫,就这黄砂内卷将出来。众军恰待都走,公孙胜在马上早掣出那一把松文古定剑来,指着敌军,口中念念有词,喝声道:"疾!"只见一道金光射去,那伙怪兽毒虫,都就黄砂中乱纷纷坠于阵前。众军人看时,却都是白纸剪的虎豹走兽,黄砂尽皆荡散不起。宋江看了,鞭梢一指,大小三军一齐掩杀过去。但见人亡马倒,旗鼓交横。高廉急把神兵退走入城。宋江军马赶到城下,城上急拽起吊桥,闭上城门,擂木炮石,如雨般打将下来。宋江叫且鸣金,收聚军马下寨,整点人数,各获大胜。回帐称谢公孙先生神功道德,随即赏劳三军。

次日,分兵四面围城,尽力攻打。公孙胜对宋江、吴用道:"昨夜虽是杀败敌军大半,眼见得那三百神兵退入城中去了。若是今日攻击得紧,那厮今夜必来偷营劫寨。今晚可收军一处,直至夜深,分去四面埋伏。这里虚扎寨栅,夜间教众将只听霹雳响,看寨中火起,一齐进兵。"传令已了,当日攻城至未牌时分,都收四面军兵还寨,却在营中大吹大擂饮酒。看看天色渐晚,众头领暗暗分拨开去,四面埋伏已定。

却说宋江、吴用、公孙胜、花荣、秦明、吕方、郭盛上土坡等候。是夜,高廉果然点起三百神兵,背上各带铁葫芦,于内藏着硫黄焰硝、烟火药料,各人俱执钩刃铁扫帚,口内都衔芦哨。二更前后,大开城门,放下吊桥,高廉当先,驱领神兵前进,背后却带三千馀骑奔杀前来。离寨渐近,高廉在马上作起妖法,却早黑气冲天,狂风大作,飞砂走石,播土扬尘。三百神兵各取火种,去那葫芦口上点着,一声芦哨齐响,黑气中间,火光罩身,大刀阔斧滚入寨里来。高埠处,公孙胜仗剑作法,就空寨中平地上刮刺刺起个霹雳。三百神兵急待退步,只见那空寨中火起,光焰乱飞,上下通红,无路可出。四面伏兵齐赶,围定寨栅,黑处偏见,三百神兵不曾走得一个,都被杀在寨里。高廉急引了三十馀骑,奔走回城。背后一枝军马追赶将来,乃是豹子头林冲。看看赶上,急叫得放下吊桥,高廉只带得八九骑入城,其馀尽被林冲和人连马生擒活捉了去。高廉进到城中,尽点百姓上城守护。高廉军马神兵,被宋江、林冲杀个尽绝。有诗为证:

虎略龙韬说宋江,高廉神术更无双。

一时杀戮无噍类,不日开门就纳降。

次日,宋江又引军马四面围城甚急。高廉寻思:"我数年学得术法,不想今日被他破了,似此如之奈何?"只得使人去邻近州府求救,急急修书二封,教去东昌、寇州:"二处离此不远,这两个知府都是我哥哥抬举的人，教星夜起兵来接应。"差了两个帐前统制官，赍擎书信，放开西门，杀将出来，投西夺路去了。众将却待去追赶，吴用传令："且放他去，可以将计就计。"宋江问道："军师如何作用？"吴学究道："城中兵微将寡，所以他去求救。我这里可使两枝人马，诈作救应军兵，于路混战，高廉必然开门助战。乘势一面取城，把高廉引入小路，必然擒获。"宋江听了大喜，令戴宗回梁山泊另取两枝军马，分作两路而来。

且说高廉每夜在城中空阔处堆积柴草，竟天价放火为号，城上只望救兵到来。过了数日，守城军兵望见宋江阵中不战自乱，急忙报知。高廉听了，连忙披挂上城瞻望，只见两路人马，战尘蔽日，喊杀连天，冲奔前来，四面围城军马，四散奔走。高廉知是两路救军到了，尽点在城军马，大开城门，分投掩杀出去。

且说高廉撞到宋江阵前，看见宋江引着花荣、秦明，三骑马望小路而走。高廉引了人马，急去追赶。急听得山坡后连珠炮响，心中疑惑，便收转人马回来。两边锣响，左手下吕方，右手下郭盛，各引五百人马冲将出来。高廉急夺路走时，部下军马折其大半，奔走脱得垓心时，望见城上已都是梁山泊旗号。举眼再看，无一处是救应军马，只得引着些败卒残兵，投山僻小路而走。行不到十里之外，山背后撞出一彪人马，当先拥出病尉迟孙立，拦住去路，厉声高叫："我等你多时，好好下马受缚！"高廉引军便回，背后早有一彪人马截住去路，当先马上却是美髯公朱仝。两头夹攻将来，四面截了去路，高廉便弃了坐下马，便走上山。四下里步军一齐赶上山去。高廉慌忙口中念念有词,喝声道:"起!"驾一片黑云,冉冉腾空,直上山顶。只见山坡边转出公孙胜来,见了,便把剑在马上望空作用,口中也念念有词,喝声道:"疾!"将剑望空一指,只见高廉从云中倒撞下来。侧首抢过插翅虎雷横,一朴刀把高廉挥做两段。可怜半世英雄汉,化作南柯梦里人。有诗为证:

五马诸侯贵匪轻,自将妖术弄魔兵。

到头难敌公孙胜,致使阴陵一命倾。

且说雷横提了首级,都下山来,先使人去飞报主帅。宋江已知杀了高廉,收军进高唐州城内,先传下将令:"休得伤害百姓。"一面出榜安民,秋毫无犯;且去大牢中救出柴大官人来。那时当牢节级、押狱禁子已都走了,止有三五十个罪囚,尽数开了枷锁释放。数中只不见柴大官人一个,宋江心中忧闷。寻到一处监房内,却监着柴皇城一家老小;又一座牢内,监着沧州提捉到柴进一家老小,同监在彼。为是连日厮杀,未曾取问发落,只是没寻柴大官人处。吴学究教唤集高唐州押狱禁子跟问时,数内有一个禀道:"小人是当牢节级蔺仁。前日蒙知府高廉所委,专一牢固监守柴进,不得有失。又分付道:'但有凶吉,你可便下手。'三日之前,知府高廉要取柴进出来施刑。小人为见本人是个好男子,不忍下手,只推道本人病至八分,不必下手。后又催并得紧,小人回称柴进已死。因是连日厮杀,知府不闲,却差人下来看视。小人恐见罪责,昨日引柴进去后面枯井边,开了枷锁,推放里面躲避,如今不知存亡。"

宋江听了,慌忙着蔺仁引入。直到后牢枯井边望时,见里面黑洞洞地，不知多少深浅。上面叫时，那得人应。把索子放下去探时，约有八九丈深。宋江道："柴大官人眼见得多是没了！"宋江垂泪。吴学究道："主帅且休烦恼，谁人敢下去探看一遭，便见有无。"说犹未了，转过黑旋风李逵来，大叫道："等我下去！"宋江道："正好。当初也是你送了他，今日正宜报本。"李逵笑道："我下去不怕，你们莫要割断了绳索。"吴学究道："你却也忒奸猾！"且取一个大篾箩，把索子抓了，接长索头，扎起一个架子，把索抓在上面。李逵脱得赤条条的，手拿两把板斧，坐在箩里，却放下井里去，索上缚两个铜铃。渐渐放到底下，李逵却从箩里爬将出来，去井底下摸时，摸着一堆，却是骸骨。李逵道："爷娘，甚鸟东西在这里！"又去这边摸时，底下湿漉漉的，没下脚处。李逵把双斧拔放箩里，两手去摸底下，四边却宽。一摸摸着一个人，做一堆儿墩在水坑里。李逵叫一声："柴大官人！"那里见动。把手去摸时，只觉口内微微声唤。李逵道："谢天地，恁的时还有救性！"随即爬在箩里，摇动铜铃，众人扯将上来。

　　李逵说下面的事，宋江道："你可再下去，先把柴大官人放在箩里，先发上来，却再放箩下来取你。"李逵道："哥哥不知，我去蓟州着了两道儿，今番休撞第三遍！"宋江笑道："我如何肯弄你！你快下去。"李逵只得再坐箩里，又下井去。到得底下，李逵爬将出箩去，却把柴大官人抱在箩里，摇动索上铜铃。上面听得，早扯起来到上面，众人看了大喜。宋江见柴进头破额裂，两腿皮肉打烂，眼目略开又闭。宋江心中甚是凄惨，叫请医士调治。李逵却在井底下发喊大叫。宋江听得，急叫把箩放将下去，取他上来。李逵到得上面，发作道：

"你们也不是好人!便不把箩放下去救我。"宋江道:"我们只顾看顾柴大官人,因此忘了你,休怪。"宋江就令众人把柴进扛扶上车睡了,先把两家老小并夺转许多家财,共有二十馀辆车子,叫李逵、雷横先护送上梁山泊去。却把高廉一家老小良贱三四十口,处斩于市。再把应有家私并府库财帛、仓廒粮米,尽数装载上山。

大小将校,离了高唐州,得胜回梁山泊,所过州县,秋毫无犯。鞭敲金镫响,齐唱凯歌回。在路已经数日,回到大寨。柴进扶病起来,称谢晁、宋二公并众头领。晁盖教请柴大官人就山顶宋公明歇所,另建一所房子,与柴进并家眷安歇。晁盖、宋江等众皆大喜。自高唐州回来,又添得柴进、汤隆两个头领,且作庆贺筵席,不在话下。

再说东昌、寇州两处,已知高唐州杀了高廉,失陷了城池,只得写表,差人申奏朝廷。又有高唐州逃难官员,都到京师说知真实。高太尉听了,知道杀死他兄弟高廉。次日五更,在待漏院中,专等景阳钟响,百官各具公服,直临丹墀,伺候朝见,道君皇帝设朝。正是:

鸡鸣紫陌曙光寒,莺啭皇州春色阑。

金阙晓钟开万户,玉阶仙仗列千官。

花迎剑佩星初落,柳拂旌旗露未干。

独有凤凰池上客,阳春一曲和皆难。

当日五更三点,道君皇帝升殿。净鞭三下响,文武两班齐。天子驾坐,殿头官喝道:"有事出班启奏,无事卷帘退朝。"高太尉出班奏曰:"今有济州梁山泊贼首晁盖、宋江,累造大恶,打劫城池,抢掳仓廒,聚集凶徒恶党。见在济州杀害官军,闹了江州、无为军,今又将高唐州官民杀戮一空,仓廒库藏,尽被掳去。此是心腹大患,若不早行诛戮剿除,他日养成贼势,甚于北边强虏敌国。微臣不胜惶惧,伏乞我皇圣断。"天子闻奏大惊,随即降下圣旨,就委高太尉选将调兵,前去剿捕,务要扫清水泊,杀绝种类。高太尉又奏道:"量此草寇,不必兴举大兵。臣保一人,可去收复。"天子道:"卿若举用,必无差错。即令起行,飞捷报功,加官赐赏,高迁任用。"高太尉奏道:"此人乃开国之初,河东名将呼延赞嫡派子孙,单名呼个灼字。使两条铜鞭,有万夫不当之勇。见受汝宁郡都统制,手下多有精兵勇将。臣举保此人,可以征剿梁山泊。可授兵马指挥使,领马步精锐军士,克日扫清山寨,班师还朝。"天子准奏,降下圣旨:着枢密院即便差人赍敕前往汝宁州星夜宣取。当日朝罢,高太尉就于帅府着枢密院拨一员军官,赍擎圣旨,前去宣取。当日起行,限时定日,要呼延灼赴京听命。

却说呼延灼在汝宁州统军司坐衙,听得门人报道:"有圣旨特来宣取将军赴京,有委用的事。"呼延灼与本州官员出郭迎接到统军司。开读已罢,设筵管待使臣。火急收拾了头盔衣甲,鞍马器械,带引三四十从人,一同使命[1],离了汝宁州,星夜赴京。于路无话,早到京师城内殿司府前下马,来见高太尉。

当日高俅正在殿帅府坐衙,门吏报道:"汝宁州宣到呼延灼,见在门外。"高太尉大喜,叫唤进来参见了。看那呼延灼一表非俗,

---

[1] 使命——使臣、使者。

正是：

> 开国功臣后裔,先朝良将玄孙。家传鞭法最通神,英武惯经战阵。仗剑能探虎穴,弯弓解射雕群。将军出世定乾坤,呼延灼威名大振。

当下高太尉问慰已毕,与了赏赐。次日早朝,引见道君皇帝。徽宗天子看了呼延灼一表非俗,喜动天颜,就赐踢雪乌骓一匹。那马浑身墨锭似黑,四蹄雪练价白,因此名为踢雪乌骓马,日行千里。圣旨赐与呼延灼骑坐。呼延灼就谢恩已罢,随高太尉再到殿帅府,商议起军剿捕梁山泊一事。呼延灼禀复:"恩相,小人观探梁山泊兵多将广,武艺高强,不可轻敌小觑。小人乞保二将为先锋,同提军马到彼,必获大功。若是误举,甘当重罪。"高太尉听罢大喜,问道:"将军所保谁人,可为前部先锋?"

不争呼延灼举保此二将,有分教:宛子城重添羽翼,梁山泊大破官军。且教功名未上凌烟阁,身体先登聚义厅。毕竟呼延灼对高太尉保出谁来,且听下回分解。

第五十五回

高太尉大兴三路兵　呼延灼摆布连环马

诗曰：

幼辞父母去乡邦，铁马金戈入战场。

截发为绳穿断甲，扯旗作带裹金疮。

腹饥惯把人心食，口渴曾将虏血尝。

四海太平无事业，青铜愁见鬓如霜。

话说这八句诗，专道武将不容易得做。自古道：一将功成万骨枯！诚有此言也。且说高太尉问呼延灼道："将军所保何人，可为先锋？"呼延灼禀道："小人举保陈州团练使，姓韩名滔，原是东京人氏，曾应过武举出身，使一条枣木槊，人呼为百胜将军。此人可为正先锋。又有一人，乃是颍州团练使，姓彭名玘，亦是东京人氏，乃累代将门之子，使一口三尖两刃刀，武艺出众，人呼为天目将军。此人可为副先锋。"高太尉听了，大喜道："若是韩、彭二将为先锋，何愁狂寇哉！"当日高太尉就殿帅府押了两道牒文，着枢密院差人星夜往陈、颍二州调取韩滔、彭玘，火速赴京。不旬日之间，二将已到京师，径来殿帅府参见了太尉并呼延灼。

次日，高太尉带领众人，都往御教场中，敷演武艺。看军了当，却来殿帅府，会同枢密院官，计议军机重事。高太尉问道："你等三路，总有多少人马?"呼延灼答道:"三路军马计有五千,连步军数及一万。"高太尉道:"你三人亲自回州,拣选精锐马军三千,步军五千,约会起程,收剿梁山泊。"呼延灼禀道:"此三路马步军兵,都是训练精熟之士,人强马壮,不必殿帅忧虑。但恐衣甲未全,只怕误了日期,取罪不便,乞恩相宽限。"高太尉道:"既是如此说时,你三人可就京师甲仗库内,不拘数目,任意选拣衣甲盔刀,关领前去,务要军马整齐,好与对敌。出师之日,我自差官来点视。"呼延灼领了钧旨,带人往甲仗库关支。呼延灼选讫铁甲三千副,熟皮马甲五千副,铜铁头盔三千顶,长枪二千根,衮刀一千把,弓箭不计其数,火炮、铁炮五百馀架,都装载上车。临辞之日,高太尉又拨与战马三千匹。三个将军各赏了金银段匹,三军尽关了粮赏。呼延灼与韩滔、彭玘都与了必胜军状,辞别了高太尉并枢密院等官,三人上马,都投汝宁州来,于路无话。

到得本州,呼延灼便道:"韩滔、彭玘各往陈、颍二州,起军前来汝宁会合。"不匀半月之上,三路兵马都已完足。呼延灼便把京师关到衣甲盔刀,旗枪鞍马,并打造连环铁铠军器等物,分俵三军已了,伺候出军。高太尉差到殿帅府两员军官,前来点视。犒赏三军已罢,呼延灼摆布三路兵马出城。端的是:

鞍上人披铁铠,坐下马带铜铃。旌旗红展一天霞,刀剑白铺千里雪。弓弯鹊画,飞鱼袋半露龙梢;箭插雕翎,狮子壶紧拴豹尾。人顶深盔垂护项,微漏双睛;马披重甲带朱缨,单悬四足。开路人兵,齐担大斧;合后军将,尽拈长枪。惯战儿郎,个个英雄如子路；能征士卒，人人斗胆似姜维。数千甲马离州城，三个将军来水泊。

当下起军，摆布兵马出城。前军开路韩滔，中军主将呼延灼，后军催督彭玘，马步三军人等，浩浩杀奔梁山泊来。

却说梁山泊远探报马径到大寨，报知此事。聚义厅上，当中晁盖、宋江，上首军师吴用，下首法师公孙胜，并众头领，各与柴进贺喜，终日筵宴。听知报道汝宁州双鞭呼延灼引着军马到来征进，众皆商议迎敌之策。吴用便道："我闻此人祖乃开国功臣河东名将呼延赞之后，嫡派子孙。此人武艺精熟，使两条铜鞭，人不可近。必用能征敢战之将，先以力敌，后用智擒。"说言未了，黑旋风李逵便道："我与你去捉这厮！"宋江道："你如何去得？我自有调度。可请霹雳火秦明打头阵，豹子头林冲打第二阵，小李广花荣打第三阵，一丈青扈三娘打第四阵，病尉迟孙立打第五阵。将前面五阵一队队战罢，如纺车般转作后军。我亲自带引十个弟兄，引大队人马押后。左军五将：朱仝、雷横、穆弘、黄信、吕方；右军五将：杨雄、石秀、欧鹏、马麟、郭盛。水路中，可请李俊、张横、张顺、阮家三弟兄驾船接应。却叫李逵与杨林引步军分作两路，埋伏救应。"宋江调拨已定，前军秦明早引人马下山，向平川旷野之处，列成阵势。此时虽是冬天，却喜和暖。等候了一日，早望见官军到来。先锋队里百胜将韩滔领兵扎下寨栅，当晚不战。

次日天晓，两军对阵。三通画角鸣处，聒天般擂起战鼓来。宋江

队里,门旗下捧出霹雳火秦明,出到阵前,马上横着狼牙棍。望对阵门旗开处,先锋韩滔出马。怎生模样?有八句诗为证。但见:

韬略传家远,胸襟志气高。

解横枣木槊,爱着锦征袍。

平地能擒虎,遥空惯射雕。

陈州团练使,百胜将韩滔。

先锋将韩滔横槊勒马,大骂秦明道:"天兵到此,不思早早投降,还自敢抗拒,不是讨死!我直把你水泊填平,梁山踏碎,生擒活捉你这伙反贼,解京碎尸万段,吾之愿也!"秦明又是性急的人,那里听了,也不打话,便拍马舞起狼牙棍,直取韩滔。韩滔挺槊跃马,来战秦明。怎见得这对厮杀?但见:

纵两匹龙媒驰骤,使二般兵器逢迎。往来不让毫厘,上下岂饶分寸。狼牙棍起,望中只向顶门敲;铁杆槊来,错里不离心坎刺。正是:好手中间施好手,红心里面夺红心。

当下秦明、韩滔两个斗到二十馀合,韩滔力怯,只待要走。背后中军主将呼延灼已到,见韩滔战秦明不下,便从中军舞起双鞭,纵坐下那匹御赐踢雪乌骓,咆哮嘶喊,来到阵前。秦明见了,欲待来战呼延灼,第二拨豹子头林冲已到阵前,便叫:"秦统制少歇,看我战三百合却理会!"林冲挺起蛇矛,直奔呼延灼。秦明自把军马从左边趱向山坡后去。这里呼延灼自战林冲。两个正是对手,枪来鞭去花一团,鞭去枪来锦一簇。两个斗到五十合之上,不分胜败。第三拨小李广花荣军到,阵门下大叫道:"林将军少歇,看我擒捉这厮!"林冲拨转马便走。呼延灼因见林冲武艺高强,也回本阵。林冲自把本部军马一转,转过山坡后去,让花荣挺枪出马。呼延灼后军也到,天目将彭玘便来出马。怎见得彭玘英雄?有八句诗为证:

两眼露光芒,声雄性气刚。

刀横三尺雪,甲耀九秋霜。

舍命临边塞,争先出战场。

人称天目将,彭玘最高强。

当下合后将彭玘横着那三尖两刃四窍八环刀,骤着五明千里黄花马,出阵大骂花荣道:"反国逆贼,何足为道!与吾并个输赢!"花荣大怒,也不答话,便与彭玘交马。两个战二十馀合,呼延灼见彭玘力怯,纵马舞鞭,直奔花荣。斗不到三合,第四拨一丈青扈三娘人马已到,大叫:"花将军少歇,看我捉这厮!"花荣也引军望右边暨转山坡下去了。彭玘来战一丈青未定,第五拨病尉迟孙立军马早到,勒马于阵前摆着,看这扈三娘去战彭玘。两个正在征尘影里,杀气阴中,一个使大杆刀,一个使双刀。两个斗到二十馀合,一丈青把双刀分开,回马便走。彭玘要逞功劳,纵马赶来。一丈青便把双刀挂在马鞍鞒上,袍底下取出红绵套索,上有二十四个金钩,等彭玘马来得近,扭过身躯,把套索望空一撒,看得亲切,彭玘措手不及,早拖下马来。孙立喝教众军一发向前,把彭玘捉了。呼延灼看见大怒,忿力向前来救,一丈青便拍马来迎敌。呼延灼恨不得一口水吞了那一丈青。两个斗到十合之上,急切赢不得一丈青,呼延灼心中想道:"这个泼妇人在我手里斗了许多合,倒恁地了得!"心忙意急,卖个破绽,放他入来,却把双鞭只一盖,盖将下来,那双刀却在怀里。提起右手铜鞭,望一丈青顶门上打下来。却被一丈青眼明手快,早把刀只一隔,右手那口刀望上直飞起来,却好那一鞭打将下来,正在刀口上,铮地一声响,火光迸散,一丈青回马望本阵便走。呼延灼纵马赶来,病尉迟孙立见了,便挺枪纵马,向前迎住厮杀。背后宋江却好引十对良将都到,列成阵势。一丈青自引了人马,也投山坡下去了。

宋江见活拿得天目将彭玘,心中甚喜,且来阵前看孙立与呼延灼交战。孙立也把枪带住,手腕上绰起那条竹节钢鞭,来迎呼延灼。两个都使钢鞭,却更一般打扮:病尉迟孙立是交角铁幞头,大红罗抹额,百花点翠皂罗袍,乌油戗金甲,骑一匹乌雅马,使一条竹节虎眼鞭,赛过尉迟恭;这呼延灼却是冲天角铁幞头,销金黄罗抹额,七星打钉皂罗袍,乌油对嵌铠甲,骑一匹御赐踢雪乌骓,使两条水磨八棱铜鞭,左手的重十二斤,右手重十三斤。两个在阵前左盘右旋,斗到三十馀合,不分胜败。宋江看了,喝采不已。

官军阵里,韩滔见说折了彭玘,便去后军队里尽起军马,一发向前厮杀。宋江只怕冲将过来,便把鞭梢一指,十个头领引了大小军士,掩杀过去;背后四路军兵,分作两路夹攻拢来。呼延灼见了,急收转本部军马,各敌个住。为何不能全胜?却被呼延灼阵里都是连环马,官军马带马甲,人披铁铠,马带甲只露得四蹄悬地,人挂甲只露着一双眼睛。宋江阵上虽有甲马,只是红缨面具,铜铃雉尾而已。这里射将箭去,那里甲都护住了。那三千马军各有弓箭,对面射来,因此不敢近前。宋江急叫鸣金收军,呼延灼也退二十馀里下寨。

宋江收军,退到山西下寨,屯住军马,且叫左右群刀手簇拥彭玘过来。宋江望见,便起身喝退军士,亲解其缚,扶入帐中,分宾而坐。宋江便拜。彭玘连忙答礼拜道:"小子被擒之人,理合就死,何故将军以宾礼待之?"宋江道:"某等众人无处容身,暂占水泊,权时避难,造恶甚多。今者朝廷差遣将军前来收捕,本合延颈就缚,但恐不能存命,因此负罪交锋,误犯虎威,敢乞恕罪!"彭玘答道:"素知将军仗义行仁,扶危济困,不想果然如此义气。倘蒙存留微命,当以捐躯保奏。"宋江道:"某等众弟兄也只待圣主宽恩,赦宥重罪,忘生保国,万死不辞!"宋江当日就将天目将彭玘使人送上大寨,交与晁天王相见,留在寨里。这里自一面犒赏三军并众头领,计议军情。有诗为证:

英风凛凛扈三娘,套索双刀不可当。

活捉先锋彭玘至,梁山水泊愈增光。

再说呼延灼收军下寨,自和韩滔商议如何取胜梁山水泊。韩滔道:"今日这厮们见俺催促近前,他便慌忙掩击过来。明日尽数驱马军向前,必获大胜。"呼延灼道:"我已如此安排下了,只要和你商量相通。"随即传下将令,教三千匹马军做一排摆着,每三十匹一连,却把铁环连锁;但遇敌军,远用箭射,近则使枪直冲入去;三千连环马军分作一百队锁定。五千步军在后策应。"明日休得挑战,我和你押后掠阵。但若交锋,分将三面冲将过去。"计策商量已定,次日天晓出战。

却说宋江次日把军马分作五队在前,后军十将簇拥,两路伏兵分于左右。秦明当先,掇呼延灼出马交战,只见对阵但知呐喊,并不交锋。为头五军,都一字儿摆在阵前,中是秦明,左是林冲、一丈青,右是花荣与孙立。在后随即宋江引十将也到,重重叠叠,摆着人马。看对阵时,约有一千步军,只是擂鼓发喊,并无一人出马交锋。宋江看了,心中疑惑,暗传号令,教后军且退,却纵马直到花荣队里窥望。猛听对阵里连珠炮响,一千步军忽然分作两下,放出三队连环马军,直冲将来;两边把弓箭乱射,中间尽是长枪。宋江看了大惊,急令众军把弓箭施放,那里抵敌得住。每一队三十匹马一齐跑发,不容你不向前走。那连环马军漫山遍野,横冲直撞将来。前面五队军马望见,便乱撺了,策立不定。后面大队人马拦当不住,各自逃生。宋江飞马慌忙便走,十将拥护而行。背后早有一队连环马军追将来,却得伏兵李逵、杨林引人从芦苇中杀出来,救得宋江。逃至水边,却有李俊、张横、张顺、三阮六个水军头领摆下战船接应。宋江急急上船,便传将令,教分头去救应众头领下船。那连环马直赶到水边,乱箭射来,船上却有傍牌遮护,不能损伤。慌忙把船棹到鸭嘴滩头,尽行上岸。就水寨里整点人马,折其大半。却喜众头领都全,虽然折了些马匹,都救得性命。少刻,只见石勇、时迁、孙新、顾大嫂都逃命上山,却说:"步军冲杀前来,把店屋平拆了去。我等若无号船接应,尽被擒捉。"宋江一一亲自抚慰。计点众头领时,中箭者六人:林冲、雷横、李逵、石秀、孙新、黄信。小喽啰中伤带箭者,不计其数。

晁盖闻知,与同吴用、公孙胜下山来动问。宋江眉头不展,面带忧容。吴用劝道:"哥哥休忧。胜败乃兵家常事,何必挂心。别生良策,可破连环军马。"晁盖便传号令,分付水军牢固寨栅船只,保守滩头,晓夜提备。请宋公明上山安歇。宋江不肯上山,只就鸭嘴滩寨内驻扎,只教带伤头领上山养病。

却说呼延灼大获全胜,回到本寨,开放连环马,都次第前来请功。杀死者不计其数,生擒的五百馀人,夺得战马三百馀匹。随即差人前去京师报捷,一面犒赏三军。

却说高太尉正在殿帅府坐衙,门人报道:"呼延灼收捕梁山泊得胜,差人报捷。"心中大喜。次日早朝,越班奏闻天子。徽宗甚喜,敕赏黄封御酒十瓶,锦袍一领,差官一员,赍钱十万贯前去行营赏军。高太尉领了圣旨,回到殿帅府,随即差官赍捧前去。

却说呼延灼闻知有天使至,与韩滔出二十里外迎接。接到寨中,谢恩受赏已毕,置酒管待天使;一面令韩先锋俵钱赏军,且将捉到五百馀人囚在寨中,待拿得贼首,一并解赴京师,示众施行。天使问道:"彭团练如何失陷?"呼延灼道:"为因贪捉宋江,深入重地,致被擒捉。今次群贼必不敢再来。小可分兵攻打,务要肃清山寨,扫尽水洼,擒获众贼,拆毁巢穴。但恨四面是水,无路可进。遥观寨栅,只除非得火炮飞打,以碎贼巢。随军纵有能战者,奈缘无路可施展也。久闻东京有个炮手凌振,名号轰天雷,此人善造火炮,能去十四五里远近,石炮落处,天崩地陷,山倒石裂。若得此人,可以攻打贼巢。更兼他深通武艺,弓马熟闲。若得天使回京,于太尉前言知此事,可以急急差遣到来,克日可取贼巢。"使命应允,次日起程,于路无话。回到京师,来见高太尉,备说呼延灼求索炮手凌振,要建大功。高太尉听罢,传下钧旨,教唤甲仗库副使炮手凌振那人来。原来凌振祖贯燕陵人也,是宋朝盛世第一个炮手,人都呼他是轰天雷。更兼武艺精熟。曾有四句诗赞凌振的好处:

火炮落时城郭碎,烟云散处鬼神愁。

轰天雷起驰风炮,凌振名闻四百州。

当下凌振来参见了高太尉,就受了行军统领官文凭,便教收拾鞍马军器起身。

且说凌振把应有用的烟火药料,就将做下的诸色火炮,并一应的炮石、炮架,装载上车,带了随身衣甲盔刀行李等件,并三四十个军汉,离了东京,取路投梁山泊来。到得行营,先来参见主将呼延灼,次见先锋韩滔,备问水寨远近路程。山寨险峻去处,安排三等炮石攻打:第一是风火炮,第二是金轮炮,第三是子母炮。先令军健振起炮架,直去水边竖起,准备放炮。

却说宋江正在鸭嘴滩上小寨内,和军师吴学究商议破阵之法,无计可施。有探细人来报道:"东京新差一个炮手,唤做轰天雷凌振,即目在于水边竖起架子,安排施放火炮,攻打寨栅。"吴学究道:"这个不妨。我山寨四面都是水泊,港汊甚多,宛子城离水又远,纵有飞天火炮,如何能勾打得到城边?且弃了鸭嘴滩小寨,看他怎地设法施放,却做商议。"

当日宋江弃了小寨,便都起身且上关来。晁盖、公孙胜接到聚义厅上,问道:"似此如何破敌?"动问未绝,早听得山下炮响,一连放了三个火炮,两个打在水里,一个直打到鸭嘴滩边小寨上。宋江见说,心中展转忧闷,众头领尽皆失色。吴学究道:"若得一人诱引凌振到水边,先捉了此人,方可商议破敌之法。"晁盖道:"可着李俊、张横、张顺、三阮六人棹船,如此行事;岸上朱仝、雷横,如此接应。"

且说六个水军头领得了将令,分作两队:李俊和张横先带了四十五个会水的火家,棹两只快船,从芦苇深处探路过去;背后张顺、三阮棹四十馀只小船接应。再说李俊、张横上到对岸,便去炮架子边呐声喊,把炮架推翻。军士慌忙报与凌振知道,凌振便带了风火二炮,上马拿枪,引了一千馀人赶将来。李俊、张横领人便走。凌振追至芦苇滩边,看见一字儿摆着四十馀只小船,船上共有百十馀个水军。李俊、张横早跳在船上,故意不把船开。凌振人马赶到泊边,看见李俊、张横并众水军呐声喊,都跳下水里去了。凌振人马已到,便来抢船,朱仝、雷横却在对岸呐喊擂鼓。凌振夺得许多船只,叫军健尽数上船,便杀过去。船行才到波心之中,只见岸上朱仝、雷横鸣起锣来,水底下早钻起三四百水军,尽把船尾楔子[1]拔了,水都滚入船里来。外边就势扳翻船,军健都撞在水里。凌振急待回船,船尾舵橹已自被拽下水底去了。两边却钻上两个头领来,把船只一扳,仰合转来,凌振却被合下水里去。水底下却是阮小二,一把抱住,直拖到对岸来。岸上早有头领接着,便把索子绑了,先解上山来。水中生擒二百馀人,一半水中淹死,些少逃得性命回去。呼延灼得知,急领马军赶将

---

[1] 楔子——这里指船尾上装置的类似塞子之类的东西。

来时，船都已过鸭嘴滩去了。箭又射不着，人都不见了，只忍得气。呼延灼恨了半晌，只得引了人马回去。有诗为证：

> 凌振素称神炮手，金轮子母一窝风。
>
> 如何失却惊天手，反被生擒水泊中。

且说众头领捉得轰天雷凌振，解上山寨，先使人报知。宋江便同满寨头领下第二关迎接。见了凌振，连忙亲解其缚，便埋怨众人道："我教你们礼请统领上山，如何恁的无礼！"凌振拜谢不杀之恩。宋江便与他把盏已了，自执其手，相请上山。到大寨，见了彭玘已做了头领，凌振闭口无言。彭玘劝道："晁、宋二头领替天行道，招纳豪杰，专等招安，与国家出力。既然我等到此，只得从命。"宋江却又陪话，再三枚举。凌振答道："小可在此趋侍不妨，争奈老母妻子都在京师，倘或有人知觉，必遭诛戮，如之奈何？"宋江道："但请放心，限日取还统领。"凌振谢道："若得头领如此周全，死而瞑目。"晁盖道："且教做筵席庆贺。"

次日，厅上大聚会。众头领饮酒之间，宋江与众又商议破连环马之策。正无良法，只见金钱豹子汤隆起身道："小子不材，愿献一计。除是得这般军器，和我一个哥哥，可以破得连环甲马。"吴学究便问道："贤弟，你且说用何等军器？你那个令亲哥哥是谁？"

汤隆不慌不忙，叉手向前，说出这般军器和那个人来。有分教：四五个头领直往京师，三千余马军尽遭毒手。正是：计就玉京擒獬豸，谋成金阙捉狻猊。毕竟汤隆对众说出那般军器，甚么人来，且听下回分解。

第五十六回

吴用使时迁盗甲　　汤隆赚徐宁上山

诗曰：

> 雁翎铠甲人稀见，寝室高悬未易图。
> 寅夜便施掏摸手，潜行不畏虎狼徒。
> 河倾斗落三更后，烛灭灯残半夜初。
> 神物窃来如拾芥，前身只恐是钱驴。

话说当时汤隆对众头领说道："小可是祖代打造军器为生，先父因此艺上遭际老种经略相公，得做延安知寨。先朝曾用这连环甲马取胜，欲破阵时，须用钩镰枪可破。汤隆祖传已有画样在此，若要打造便可下手。汤隆虽是会打，却不会使。若要会使的人，只除非是我那个姑舅哥哥。他在东京，见做金枪班教师。这钩镰枪法，只有他一个教头，他家祖传习学，不教外人。或是马上，或是步行，都有法则，端的使动神出鬼没。"说言未了，林冲问道："莫不是见做金枪班教师徐宁？"汤隆应道："正是此人。"林冲道："你不说起，我也忘了。这徐宁的金枪法、钩镰枪法，端的是天下独步。在京师时，多与我相会，较量武艺，彼此相敬相爱。只是如何能勾得他上山来？"汤隆道："徐宁先祖留下一件宝贝，世上无对，乃是镇家之宝。汤隆比时曾随先父知寨往东京视探姑姑时，多曾见来，是一副雁翎砌就圈金甲。这一副甲,披在身上,又轻又稳,刀剑箭矢急不能透,人都唤做赛唐猊[1]。多有贵公子要求一见,造次不肯与人看。这副甲是他的性命,用一个皮匣子盛着,直挂在卧房中梁上。若是先对付得他这副甲来时,不由他不到这里。"吴用道:"若是如此,何难之有。放着有高手弟兄在此,今次却用着鼓上蚤时迁去走一遭。"时迁随即应道:"只怕无有此一物在彼,若端的有时,好歹定要取了来。"汤隆道:"你若盗的甲来,我便包办赚他上山。"宋江问道:"你如何去赚他上山?"汤隆去宋江耳边低低说了数句,宋江笑道:"此计大妙!"

吴学究道:"再用得三个人,同上东京走一遭:一个到京收买烟火药料并炮内用的药材,两个去取凌统领家老小。"彭玘见了,便起身禀宋江道:"若得一人到颍州取得小弟家眷上山,实拜成全之德。"宋江便道:"团练放心,便请二位修书,小可自教人去。"便唤杨林,可将金银书信,带领伴当前往颍州取彭玘将军老小;薛永扮作使枪棒卖药的,往东京取凌统领老小;李云扮作客商,同往东京收买烟火药料等物。乐和随汤隆同行,又帮薛永往来作伴。一面先送时迁下山去了。次后且叫汤隆打起一把钩镰枪做样,却叫雷横提调监督。原来雷横祖上也是打铁出身。

再说汤隆打起钩镰枪样子,教山寨里打军器的照着样子打造,自有雷横提督,不在话下。

---

[1] 唐猊(ní)——古代传说中的一种猛兽,用它的皮来制甲,非常坚厚。后来便用来作为良甲的代称。也写作"唐夷"。

大寨做个送路筵席,当下杨林、薛永、李云、乐和、汤隆辞别下山去了。次日又送戴宗下山,往来探听事情。这段话一时难尽。

这里且说时迁离了梁山泊,身边藏了暗器、诸般行头,在路迤逦来到东京,投个客店安下了。次日,暂进城来,寻问金枪班教师徐宁家。有人指点道:"入得班门里,靠东第五家黑角子门便是。"时迁转入班门里,先看了前门;次后暂来相了后门,见是一带高墙,墙里望见两间小巧楼屋,侧手却是一根戗柱。时迁看了一回,又去街坊问道:"徐教师在家里么?"人应道:"敢在内里随直未归。"时迁又问道:"不知几时归?"人应道:"直到晚方归来,五更便去内里随班。"时迁叫了"相扰",且回客店里来,取了行头,藏在身边,分付店小二道:"我今夜多敢是不归,照管房中。"小二道:"但放心自去干事,并不差池。"

再说时迁入到城里,买了些晚饭吃了,却暂到金枪班徐宁家左右看时,没一个好安身去处。看看天色黑了,时迁拽入班门里面。是夜,寒冬天色,却无月光。时迁看见土地庙后一株大柏树,便把两只腿夹定,一节节扒将上去树头顶,骑马儿坐在枝柯上。悄悄望时,只见徐宁归来,望家里去了。又见班里两个人提着灯笼出来关门,把一把锁锁了,各自归家去了。早听得谯楼禁鼓,却转初更。但见:

> 角韵才闻三弄,钟声早转初更。云寒星斗无光,露散霜花渐白。六街三市,但闻喝号提铃;万户千家,各自关门闭户。对青灯学子攻经史,秉画烛佳人上绣床。

这时迁见班里静悄悄地,却从树上溜将下来,暂到徐宁后门边,从墙上下来,不费半点气力,扒将过去,看里面时,却是个小小院子。

时迁伏在厨房外张时，见厨房下灯明，两个丫嬛兀自收拾未了。时迁却从戗柱上盘到博风板[1]边，伏做一块儿。张那楼上时，见那金枪手徐宁和娘子正对坐炉边向火，怀里抱着一个六七岁孩儿。时迁看那卧房里时，见梁上果然有个大皮匣拴在上面。卧房门口挂着一副弓箭、一口腰刀，衣架上挂着各色衣服。徐宁口里叫道："梅香，你来与我折了衣服。"下面一个丫嬛上来，就侧手春台上先折了一领紫绣圆领，又折一领官绿衬里袄子，并下面五色花绣踢串，一个护项彩色锦帕，一条红绿结子，并手帕一包。另用一个小黄帕儿，包着一条双獭尾荔枝金带，也放在包袱内，把来安在烘笼上。时迁都看在眼里。

约至二更以后，徐宁收拾上床。娘子问道："明日随直[2]也不？"徐宁道："明日正是天子驾幸龙符宫，须用早起五更去伺候。"娘子听了，便分付梅香道："官人明日要起五更出去随班，你们四更起来烧汤，安排点心。"时迁自忖道："眼见得梁上那个皮匣子，便是盛甲在里面。我若趁半夜下手便好，倘若闹将起来，明日出不得城，却不误了大事！且捱到五更里下手不迟。"听得徐宁夫妻两口儿上床睡了，两个丫嬛在房门外打铺，房里桌上却点着碗灯。那五个人都睡着了。两个梅香一日伏侍到晚，精神困倦，亦皆睡了。时迁溜下来，去身边取个芦管儿，就窗棂眼里只一吹，把那碗灯早吹灭了。

---

[1] 博风板——就是封檐板，封闭檐口的木板。博风，应作"搏风"，本指屋翼，屋檐角端向上的那一部分。

[2] 随直——班直是宋时最接近皇帝的卫兵之一种；随直，就是班直随班执行警卫任务。

看看伏到四更左侧,徐宁觉来,便唤丫嬛起来烧汤。那两个使女从睡梦里起来,看房里没了灯,叫道:"阿呀,今夜却没了灯!"徐宁道:"你不去后面讨灯,等几时。"那个梅香开楼门下胡梯响,时迁听得,却从柱上只一溜,来到后门边黑影里伏了。听得丫嬛正开后门出来,便去开墙门,时迁却潜入厨房里,贴身在厨桌下。梅香讨了灯火入来看时,又去关门,却来灶前烧火。这个女使也起来生炭火上楼去。多时汤滚,捧面汤上去,徐宁洗漱了,叫盪些热酒上来。丫嬛安排肉食炊饼上去,徐宁吃罢,叫把饭与外面当直的吃。时迁听得徐宁下楼,叫伴当吃了饭,背着包袱,挖了金枪出门。两个梅香点着灯送徐宁出去,时迁却从厨桌下出来,便上楼去,从橱子边直暨到梁上,却把身躯伏了。两个丫嬛又关闭了门户,吹灭了灯火,上楼来,脱了衣裳,倒头便睡。

时迁听那两个梅香睡着了,在梁上把那芦管儿指灯一吹,那灯又早灭了。时迁却从梁上轻轻解了皮匣,正要下来,徐宁的娘子觉来,听得响,叫梅香道:"梁上甚么响?"时迁做老鼠叫,丫嬛道:"娘子不听得是老鼠叫?因厮打,这般响。"时迁就便学老鼠厮打,溜将下来,悄悄地开了楼门,款款地背着皮匣,下得胡梯,从里面直开到外门。来到班门口,已自有那随班的人出门,四更便开了锁。时迁得了皮匣,从人队里趁闹出去了。有诗为证:

狗盗鸡鸣出在齐,时迁妙术更多奇。

雁翎金甲逡巡得,钩引徐宁大解危。

且说时迁奔出城外,到客店门前,此时天色未晓。敲开店门,去房里取出行李，拴束做一担儿挑了，计算还了房钱，出离店肆，投东便走。行到四十里外，方才去食店里打火做些饭吃，只见一个人也撞将入来。时迁看时，不是别人，却是神行太保戴宗。见时迁已得了物，两个暗暗说了几句话，戴宗道："我先将甲投山寨去，你与汤隆慢慢地来。"时迁打开皮匣，取出那副雁翎锁子甲来，做一包袱包了。戴宗拴在身上，出了店门，作起神行法，自投梁山泊去了。

时迁却把空皮匣子明明的拴在担子上，吃了饭食，还了打火钱，挑上担儿，出店门便走。到二十里路上，撞见汤隆，两个便入酒店里商量。汤隆道："你只依我从这条路去，但过路上酒店、饭店、客店，门上若见有白粉圈儿，你便可就在那店里买酒买肉吃。客店之中，就便安歇，特地把这皮匣子放在他眼睛头。离此间一程外等我。"时迁依计去了。汤隆慢慢地吃了一回酒，却投东京城里来。

且说徐宁家里，天明两个丫嬛起来，只见楼门也开了，下面中门大门都不关，慌忙家里看时，一应物件都有。两个丫嬛上楼来对娘子说道："不知怎地门户都开了，却不曾失了物件。"娘子便道："五更里听得梁上响，你说是老鼠厮打，你且看那皮匣子没甚么事？"两个丫嬛看了，只叫得苦："皮匣子不知那里去了！"那娘子听了，慌忙起来道："快央人去龙符宫里报与官人知道，教他早来跟寻！"丫嬛急急寻人去龙符宫报徐宁，连连央了三替人，都回来说道："金枪班直随驾内苑去了，外面都是亲军护御守把，谁人能勾入去？直须等他自归。"徐宁妻子并两个丫嬛如热鳌子上蚂蚁，走投无路，不茶不饭，慌做一团。

徐宁直到黄昏时候,方才卸了衣袍服色,着当直的背了,将着金枪,径回家来。到得班门口,邻舍说道:"娘子在家失盗,等候得观察不见回来。"徐宁吃了一惊,慌忙奔到家里。两个丫嬛迎门道:"官人五更出去,却被贼人闪将入来,单单只把梁上那个皮匣子盗将去了!"徐宁听罢,只叫那连声的苦,从丹田底下直滚出口角来。娘子道:"这贼正不知几时闪在屋里?"徐宁道:"别的都不打紧,这副雁翎甲乃是祖宗留传四代之宝,不曾有失。花儿王太尉曾还我三万贯钱,我不曾舍得卖与他,恐怕久后军前阵后要用。生怕有些差池,因此拴在梁上。多少人要看我的,只推没了。今次声张起来,枉惹他人耻笑。今却失去,如之奈何?"徐宁一夜睡不着,思量道:"不知是甚么人盗了去?也是曾知我这副甲的人。"娘子想道:"敢是夜来灭了灯时,那贼已躲在家里了。必然是有人爱你的,将钱问你买不得,因此使这个高手贼来盗了去。你可央人慢慢缉访出来,别作商议,且不要打草惊蛇。"徐宁听了,到天明起来,在家里纳闷。怎见得徐宁纳闷?正是:

　　凤落荒坡,尽脱浑身羽翼;龙居浅水,失却颔下明珠。蜀王春恨啼红,宋玉悲秋怨绿。吕虔亡所佩之刀,雷焕失丰城之剑。好似蛟龙缺云雨,犹如舟楫少波涛。奇谋勾引来山寨,大展擒王铁马蹄。

当日金枪手徐宁正在家中纳闷,早饭时分,只听得有人扣门。当直的出来问了姓名,入去报道:"有个延安府汤知寨儿子汤隆,特来拜望哥哥。"徐宁听罢,教请汤隆进客位里相见。汤隆见了徐宁,纳头拜下,说道:"哥哥一向安乐!"徐宁答道:"闻知舅舅归天去了,一者官身羁绊,二乃路途遥远,不能前来吊问。并不知兄弟信息,一向正在何处?今次自何而来?"汤隆道:"言之不尽。自从父亲亡故之后,时乖命蹇,一向流落江湖。今从山东径来京师,探望兄长。"徐宁道:"兄弟少坐。"便叫安排酒食相待。汤隆去包袱内取出两锭蒜条金,重二十两,送与徐宁,说道:"先父临终之日,留下这些东西,教寄与哥哥做遗念。为因无心腹之人,不曾捎来。今次兄弟特地到京师纳还哥哥。"徐宁道:"感承舅舅如此挂念。我又不曾有半分孝顺之心,怎地报答?"汤隆道:"哥哥休恁地说。先父在日之时,只是想念哥哥这一身武艺,只恨山遥水远,不能勾相见一面,因此留这些物与哥哥做遗念。"徐宁谢了汤隆,交收过了,且安排酒来管待。

汤隆和徐宁饮酒中间,见徐宁眉头不展,面带忧容。汤隆起身道:"哥哥如何尊颜有些不喜?心中必有忧疑不决之事。"徐宁叹口气道:"兄弟不知,一言难尽。夜来家间被盗!"汤隆道:"不知失去了何物?"徐宁道:"单单只盗去了先祖留下那副雁翎锁子甲,又唤做赛唐猊。昨夜失了这件东西,以此心下不乐。"汤隆道:"哥哥那副甲,兄弟也曾见来,端的无比,先父常常称赞不尽。却是放在何处来,被盗了去?"徐宁道:"我把一个皮匣子盛着,拴缚在卧房中梁上,正不知贼人甚么时候入来盗了去。"汤隆问道:"却是甚等样皮匣子盛着?"徐宁道:"我是个红羊皮匣子盛着,里面又用香绵裹住。"汤隆假意失惊道:"红羊皮匣子?不是上面有白线刺着绿云头如意、中间有狮子滚绣球的?"徐宁道:"兄弟,你那里见来?"汤隆道:"小弟夜来离城四十里,在一个村店里沽些酒吃,见个鲜眼睛黑瘦汉子担儿上挑着。我见了,心中也自暗忖道:'这个皮匣子却是盛甚么东西的?'临出门时,我问道:'你这皮匣子作何用?'那汉子应道:'原是盛甲的,如今胡乱放些衣服。'必是这个人了。我见那厮却是闪肭了腿的,一步步捱着了走。何不我们追赶他去?"徐宁道:"若是赶得着时,却不是天赐其便!"汤隆道:"既是如此,不要担阁,便赶去罢。"

徐宁听了,急急换了麻鞋,带了腰刀,提条朴刀,便和汤隆两个出了东郭门,拽开脚步,迤逦赶来。前面见有白圈壁上酒店里,汤隆道:"我们且吃碗酒了赶,就这里问一声。"汤隆入得门坐下,便问道:"主人家,借问一问:曾有个鲜眼黑瘦汉子挑个红羊皮匣子过去么?"店主人道:"昨夜晚是有这般一个人,挑着个红羊皮匣子过去了。一似腿上吃跌了的,一步一捱走。"汤隆道:"哥哥你听,却何如?"徐宁听了,做声不得。有诗为证:

  汤隆诡计赚徐宁,便把黄金表至情。

  诱引同归忠义寨,共施威武破雄兵。

且说两个人连忙还了酒钱,出门便去。前面又见一个客店,壁上有那白圈,汤隆立住了脚,说道:"哥哥,兄弟走不动了,和哥哥且就这客店里歇了,明日早去赶。"徐宁道:"我却是官身,倘或点名不到,官司必然见责,如之奈何?"汤隆道:"这个不用兄长忧心,嫂嫂必自推个事故。"当晚又在客店里问时,店小二答道:"昨夜有一个鲜眼黑瘦汉子,在我店里歇了一夜,直睡到今日小日中,方才去了。口里只问山东路程。"汤隆道:"恁地可以赶了。明日起个四更,定是赶着,拿住那厮,便有下落。"当夜两个歇了。次日起个四更,离了客店,两个又迤逦赶来。汤隆但见壁上有白粉圈儿,便做买酒买食,吃了问路,处处皆说得一般。徐宁心中急切要那副甲,只顾跟随着汤隆赶了去。

看看天色又晚了,望见前面一所古庙,庙前树下,时迁放着担儿在那里坐地。汤隆看见叫道:"好了,前面树下那个,不是哥哥盛甲的匣子?"徐宁见了,抢向前来,一把揪住时迁,喝道:"你这厮好大胆!如何盗了我这副甲来?"时迁道:"住,住,不要叫!是我盗了你这副甲来,你如今却是要怎地?"徐宁喝道:"畜生无礼,倒问我要怎地!"时迁道:"你且看匣子里有甲也无。"汤隆便把匣子打开看时,里面却是空的。徐宁道:"你这厮把我这副甲那里去了?"时迁道:"你听我说。小人姓张,排行第一,泰安州人氏。本州有个财主,要结识老种经略相公,知道你家有这副雁翎锁子甲,不肯货卖,特地使我同一个李三两人来你家偷盗,许俺们一万贯。不想我在你家柱子上跌下来,闪肭了腿,因此走不动。先教李三把甲拿了去,只留得空匣在此。你若要奈何我时,我到官司,只是拚着命,就打死我也不招,休想我指出别人来。若还肯饶我官司时,我和你去讨这副甲还你。不知尊意如何?"徐宁踌躇了半晌,决断不下。汤隆便道:"哥哥,不怕他飞了去,只和他去讨甲。若无甲时,须有本处官司告理。"徐宁道:"兄弟也说的是。"三个厮赶着,又投客店里来歇了。徐宁、汤隆监住时迁一处宿歇。原来时迁故把些绢帛扎缚了腿,只做闪肭了脚,徐宁见他又走不动,因此十分中只有五分防他。三个又歇了一夜,次日早

起来再行。时迁一路买酒买肉陪告,又行了一日。次日,徐宁在路上心焦起来,不知毕竟有甲也无。有诗为证:

宝铠悬梁夜已偷,谩将空匣作缘由。

徐宁不解牢笼计,相趁相随到水头。

三人正走之间,只见路旁边三四个头口,拽出一辆空车子,背后一个人驾车;旁边一个客人,看着汤隆,纳头便拜。汤隆问道:"兄弟因何到此?"那人答道:"郑州做了买卖,要回泰安州去。"汤隆道:"最好。我三个要搭车子,也要到泰安州去走一遭。"那人道:"莫说三个搭车,再多些也不计较。"汤隆大喜,叫与徐宁相见。徐宁问道:"此人是谁?"汤隆答道:"我去年在泰安州烧香,结识得这个兄弟,姓李名荣,是个有义气的人。"徐宁道:"既然如此,这张一又走不动,都上车子坐地,只叫车客驾车了行。"四个人坐在车子上,徐宁问时迁道:"你且说与我那个财主姓名。"时迁吃逼不过,三回五次推托,只得胡乱说道:"他是有名的郭大官人。"徐宁却问李荣道:"你那泰安州曾有个郭大官人么?"李荣答道:"我那本州郭大官人,是个上户财主,专好结识官宦来往,门下养着多少闲人。"徐宁听罢,心中想道:"既有主坐,必不碍事。"又见李荣一路上说些枪棒,唱几个曲儿,不觉的又过了一日。

话休絮烦。看看到梁山泊只有两程多路,只见李荣叫车客把葫芦去沽些酒来,买些肉来,就车子上吃三杯。李荣把出一个瓢来,先倾一瓢来劝徐宁,徐宁一饮而尽。李荣再叫倾酒,车客假做手脱,把这一葫芦酒都倾翻在地下。李荣喝骂车客再去沽些,只见徐宁口角流涎,扑地倒在车子上了。李荣是谁？却是铁叫子乐和。三个从车上跳将下来,赶着车子,直送到旱地忽律朱贵酒店里。众人就把徐宁扛扶下船,都到金沙滩上岸。宋江已有人报知,和众头领下山接着。

徐宁此时麻药已醒,众人又用解药解了。徐宁开眼见了众人,吃了一惊,便问汤隆道:"兄弟,你如何赚我来到这里？"汤隆道:"哥哥听我说。小弟今次闻知宋公明招接四方豪杰,因此上在武冈镇拜黑旋风李逵做哥哥,投托大寨入伙。今被呼延灼用连环甲马冲阵,无计可破。是小弟献此钩镰枪法,只除是哥哥会使。因此定这条计,使时迁先来盗了你的甲,却教小弟赚哥哥上路,后使乐和假做李荣,过山时下了蒙汗药,请哥哥上山来坐把交椅。"徐宁道:"都是兄弟送了我也!"宋江执杯向前陪告道:"见今宋江暂居水泊,专待朝廷招安,尽忠竭力报国,非敢贪财好杀,行不仁不义之事。万望观察怜此真情,一同替天行道。"林冲也来把盏陪话道:"小弟亦在此间多说兄长清德,休要推却。"徐宁道:"汤隆兄弟,你却赚我到此,家中妻子必被官司擒捉,如之奈何？"宋江道:"这个不妨,观察放心,只在小可身上,早晚便取宝眷到此完聚。"有诗为证:

钩镰枪法古今稀,解破连环铁马蹄。

不是徐宁施妙手,梁山怎得解重围？

晁盖、吴用、公孙胜都来与徐宁陪话,安排筵席作庆。一面选拣精壮小喽啰学使钩镰枪法,一面使戴宗和汤隆星夜往东京搬取徐宁老小。

话休絮繁。旬日之间,杨林自颍州取到彭玘老小,薛永自东京取到凌振老小，李云收买到五车烟火药料回寨。更过数日，戴宗、汤隆取到徐宁老小上山。徐宁见了妻子到来，吃了一惊，问是如何便得到这里。妻子答道："自你转背，官司点名不到，我使了些金银首饰，只推道患病在床，因此不来叫唤。忽见汤叔叔赍着雁翎甲来说道：'甲便夺得来了，哥哥只是于路染病，将次死在客店里，叫嫂嫂和孩儿便来看视。'把我赚上车子。我又不知路径，迤逦来到这里。"徐宁道："兄弟，好却好了，只可惜将我这副甲陷在家里了。"汤隆笑道："我教哥哥欢喜，打发嫂嫂上车之后，我便复翻身去赚了这甲，诱了这两个丫嬛，收拾了家中应有细软，做一担儿挑在这里。"徐宁道："恁地时，我们不能勾回东京去了。"汤隆道："我又教哥哥再知一件事来：在半路上撞见一伙客人，我把哥哥的雁翎甲穿了，搽画了脸，说哥哥名姓，劫了那伙客人的财物。这早晚，东京已自遍行文书捉拿哥哥。"徐宁道："兄弟，你也害得我不浅！"晁盖、宋江都来陪话道："若不是如此，观察如何肯在这里住。"随即拨定房屋与徐宁安顿老小。众头领且商议破连环马军之法。

此时雷横监造钩镰枪已都完备，宋江、吴用等启请徐宁教众军健学使钩镰枪法。徐宁道："小弟今当尽情剖露，训练众军头目，拣选身材长壮之士。"众头领都在聚义厅上看徐宁选军，说那个钩镰枪法。

不争山寨之人学了这件武艺，有分教：三千甲马，斗时脑裂蹄崩；一个英雄，见后魂飞魄丧。正是：撺掇天罡来聚会，招摇地煞共相逢。毕竟金枪徐宁怎地敷演钩镰枪法，且听下回分解。

第五十七回

徐宁教使钩镰枪　　宋江大破连环马

诗曰：

　　人生切莫恃英雄，术业精粗自不同。

　　猛虎尚然逢恶兽，毒蛇犹自怕蜈蚣。

　　七擒孟获奇诸葛，两困云长羡吕蒙。

　　珍重宋江真智士，呼延顷刻入囊中。

话说晁盖、宋江、吴用、公孙胜与众头领就聚义厅上启请徐宁教使钩镰枪法。众人看徐宁时，果然一表好人物：六尺五六长身体，团团的一个白脸，三牙细黑髭髯，十分腰细膀阔。曾有一篇《西江月》，单道着徐宁模样：

　　臂健开弓有准，身轻上马如飞。弯弯两道卧蚕眉，凤翥鸾翔子弟。　　战铠细穿柳叶，乌巾斜带花枝。常随宝驾侍丹墀，神手徐宁无对。

当下徐宁选军已罢，便下聚义厅来，拿起一把钩镰枪自使一回，众人见了喝采。徐宁便教众军道："但凡马上使这般军器，就腰胯里做步上来，上中七路，三钩四拨，一搠一分，共使九个变法。若是步行使这钩镰枪，亦最得用。先使八步四拨，荡开门户，十二步一变，十六步大转身，分钩、镰、搠、缴；二十四步，那上攒下，钩东拨西；三十六步,浑身盖护,夺硬斗强。此是钩镰枪正法。"就一路路敷演,教众头领看。众军汉见了徐宁使钩镰枪,都喜欢。就当日为始,将选拣精锐壮健之人,晓夜习学。又教步军藏林伏草,钩蹄拽腿,下面三路暗法。不到半月之间,教成山寨五七百人。宋江并众头领看了大喜,准备破敌。有诗为证:

> 四拨三钩通七路,共分九变合神机。
>
> 二十四步那前后,一十六翻大转围。
>
> 破锐摧坚如拉朽,搴旗斩将有神威。
>
> 闻风已落高俅胆,此法今无古亦稀。

却说呼延灼自从折了彭玘、凌振,每日只把马军来水边搦战。山寨中只教水军头领牢守各处滩头,水底钉了暗桩。呼延灼虽是在山西、山北两路出哨,决不能勾到山寨边。梁山泊却叫凌振制造了诸般火炮,尽皆完备,克日定时下山对敌。学使钩镰枪军士已都学成本事。宋江道:"不才浅见,未知合众位心意否?"吴用道:"愿闻其略。"宋江道:"明日并不用一骑马军,众头领都是步战。孙吴兵法却利于山林沮泽。却将步军下山,分作十队诱敌,但见军马冲掩将来,都望芦苇荆棘林中乱走。却先把钩镰枪军士埋伏在彼,每十个会使钩镰枪的,间着十个挠钩手。但见马到,一搅钩翻,便把挠钩搭将入去捉了。平川窄路也如此埋伏。此法如何?"吴学究道:"正如此藏兵捉将。"徐宁道:"钩镰枪并挠钩,正是此法。"

宋江当日分拨十队步军人马:刘唐、杜迁引一队,穆弘、穆春引一队,杨雄、陶宗旺引一队,朱仝、邓飞引一队,解珍、解宝引一队,邹渊、邹润引一队，一丈青、王矮虎引一队，薛永、马麟引一队，燕顺、郑天寿引一队，杨林、李云引一队。这十队步军先行下山，诱引敌军。再差李俊、张横、张顺、三阮、童威、童猛、孟康九个水军头领，乘驾战船接应。再叫花荣、秦明、李应、柴进、孙立、欧鹏六个头领，乘马引军，只在山边搦战。凌振、杜兴专放号炮。却叫徐宁、汤隆总行招引使钩镰枪军士。中军宋江、吴用、公孙胜、戴宗、吕方、郭盛，总制军马，指挥号令。其馀头领俱各守寨。宋江分拨已定，是夜三更，先载使钩镰枪军士过渡，四面去分头埋伏已定。四更，却渡十队步军过去。凌振、杜兴载过风火炮架上高埠去处，竖起炮架，阁上火炮。徐宁、汤隆各执号带渡水。平明时分，宋江守中军人马，隔水擂鼓，呐喊摇旗。

呼延灼正在中军帐内，听得探子报知，传令便差先锋韩滔先来出哨，随即锁上连环甲马。呼延灼全身披挂，骑了踢雪乌骓马，仗着双鞭，大驱军马杀奔梁山泊来。隔水望见宋江引着许多军马，呼延灼教摆开马军。先锋韩滔来与呼延灼商议道："正南上一队步军，不知是何处来的？"呼延灼道："休问他何处军，只顾把连环马冲将去。"韩滔引着五百马军飞哨出去。又见东南上一队军兵起来，却欲分兵去哨，只见西南上又有起一队旗号，招颭呐喊。韩滔再引军回来，对呼延灼道："南边三队贼兵，都是梁山泊旗号。"呼延灼道："这厮许多时不出来厮杀，必有计策。"说犹未了，只听得北边一声炮响。呼延灼骂道："这炮必是凌振从贼，教他施放。"众人平南一望，只见北边又拥起三队旗号。呼延灼道："此必是贼人奸计。我和你把人马分为两路，我去杀北边人马，你去杀南边人马。"正欲分兵之际，只见西边又是四路人马起来,呼延灼心慌。又听的正北上连珠炮响,一带直接到土坡上;那一个母炮周回[1]接着四十九个子炮,名为子母炮,响处风威大作。呼延灼军兵不战自乱,急和韩滔各引马步军兵四下冲突。这十队步军,东赶东走,西赶西走,呼延灼看了大怒,引兵望北冲将来。宋江军兵尽投芦苇中乱走,呼延灼大驱连环马,卷地而来。那甲马一齐跑发,收勒不住,尽望败苇折芦之中、枯草荒林之内跑了去。只听里面唿哨响处,钩镰枪一齐举手,先钩倒两边马脚,中间的甲马便自咆哮起来。那挠钩手军士一齐搭住,芦苇中只顾缚人。呼延灼见中了钩镰枪计,便勒马回南边去赶韩滔。背后风火炮当头打将下来。这边那边,漫山遍野,都是步军追赶着。韩滔、呼延灼部领的连环甲马,乱滚滚都攧入荒草芦苇之中,尽被捉了。二将情知中了计策,纵马去四面跟寻马军,夺路奔走时,更兼那几条路上麻林般摆着梁山泊旗号,不敢投那几条路走,一直便望西北上来。行不到五六里路,早拥出一队强人,当先两个好汉拦路,一个是没遮拦穆弘,一个是小遮拦穆春,拈两条朴刀,大喝道:"败将休走!"呼延灼忿怒,舞起双鞭,纵马直取穆弘、穆春。略斗四五合,穆春便走,呼延灼只怕中了计,不来追赶,望正北大路而走。山坡下又转出一队强人,当先两个好汉拦路,一个是两头蛇解珍,一个双尾蝎解宝,各挺钢叉,直奔前来。呼延灼舞起双鞭,来战两个。斗不到五七合,解珍、解宝拨步便走,呼延灼赶不过半里多路,两边钻出二十四把钩镰枪,着地卷将来。呼延灼无

------

[1] 周回——同"周围"。

心恋战,拨转马头望东北上大路便走,又撞着王矮虎、一丈青夫妻二人截住去路。呼延灼见路径不平,四下兼有荆棘遮拦,拍马舞鞭,杀开条路直冲过去。王矮虎、一丈青赶了一直,赶不上,自回山听令。呼延灼自投东北上去了。杀的大败亏输,雨零星散。有诗为证:

　　十路军兵振地来,将军难免剥床灾。

　　连环铁骑如烟散,喜得孤身出九垓。

话分两头。且说宋江鸣金收军回山,各请功赏。三千连环甲马,有停半被钩镰枪拨倒,伤损了马蹄,剥去皮甲,把来做菜马[1]食;二停多好马,牵上山去喂养,作坐马。带甲军士,都被生擒上山。五千步军,被三面围得紧急,有望中军躲的,都被钩镰枪拖翻捉了;望水边逃命的,尽被水军头领围裹上船去,拽过滩头,拘捉上山。先前被拿去的马匹并捉去军士,尽行复夺回寨。把呼延灼寨栅尽数拆来,水边泊内,搭盖小寨。再造两处做眼酒店房屋等项,仍前着孙新、顾大嫂、石勇、时迁两处开店。刘唐、杜迁拿得韩滔,把来绑缚解到山寨。宋江见了,亲解其缚,请上厅来,以礼陪话,相待筵宴,令彭玘、凌振说他入伙。韩滔也是七十二煞之数,自然义气相投,就梁山泊做了头领。宋江便教修书,使人往陈州搬取韩滔老小来山寨中完聚。宋江喜得破了连环马,又得了许多军马、衣甲、盔刀添助,每日做筵席庆喜,仍旧调拨各路守把,提防官兵,不在话下。

----

　　[1] 菜马——专供食用的马。

却说呼延灼折了许多官军人马，不敢回京，独自一个骑着那匹踢雪乌骓马，把衣甲拴在马上，于路逃难。却无盘缠，解下束腰金带，卖来盘缠。在路寻思道："不想今日闪得我有家难奔，有国难投。却是去投谁好？"猛然想起："青州慕容知府旧与我有一面相识，何不去那里投奔他，却打慕容贵妃的关节，那时再引军来报仇未迟。"

在路行了二日，当晚又饥又渴，见路旁一个村酒店，呼延灼下马，把马拴在门前树上，入来店内，把鞭子放在桌上，坐下了，叫酒保取酒肉来吃。酒保道："小人这里只卖酒。要肉时，村里却才杀羊，若要，小人去回买。"呼延灼把腰里料袋解下来，取出些金带倒换的碎银两，把与酒保道："你可回一脚羊肉与我煮了，就对付草料喂养我这匹马。今夜只就你这里宿一宵，明日自投青州府里去。"酒保道："官人，此间宿不妨，只是没好床帐。"呼延灼道："我是出军的人，但有歇处便罢。"酒保拿了银子自去买羊肉。呼延灼把马背上捎的衣甲取将下来，松了肚带，坐在门前。等了半晌，只见酒保提一脚羊肉归来，呼延灼便叫煮了，回三斤面来打饼，打两角酒来。酒保一面煮肉打饼，一面烧脚汤与呼延灼洗了脚，便把马牵放屋后小屋下。酒保一面切草煮料，呼延灼先讨热酒吃了一回。少刻肉熟，呼延灼叫酒保，也与他些酒肉吃了，分付道："我是朝廷军官，为因收捕梁山泊失利，待往青州投慕容知府。你好生与我喂养这匹马，是今上御赐的，名为踢雪乌骓马。明日我重重赏你。"酒保道："感承相公，却有一件事教相公得知。离此间不远有座山，唤做桃花山。山上有一伙强人，为头的是打虎将李忠，第二个是小霸王周通，聚集着五七百小喽啰，打家劫舍,如常来搅扰村坊。官司累次着仰捕盗官军来收捕他不得,相公夜间须用小心省睡。"呼延灼说道:"我有万夫不当之勇,便道那厮们全伙都来,也待怎生!只与我好生喂养这匹马。"吃了一回酒肉饼子,酒保就店里打了一铺,安排呼延灼睡了。一者呼延灼连日心闷,二乃又多了几杯酒,就和衣而卧,一觉直睡到三更方醒,只听得屋后酒保在那里叫屈起来。呼延灼听得,连忙跳将起来,提了双鞭,走去屋后问道:"你如何叫屈?"酒保道:"小人起来上草,只见篱笆推翻,被人将相公的马偷将去了。远远地望见三四里火把尚明,一定是那里去了。"有诗为证:

舟横瀚海摧残舵,车入深山坏却辕。

不日呼延须入伙,降魔殿里有因缘。

且说呼延灼道:"那里正是何处?"酒保道:"眼见得那条路上,正是桃花山小喽啰偷得去了。"呼延灼吃了一惊,便叫酒保引路,就田塍上赶了二三里,火把看看不见,正不知投那里去了。呼延灼说道:"若无了御赐的马,却怎地是好?"酒保道:"相公明日须去州里告了,差官军来剿捕,方才能勾这匹马。"呼延灼闷闷不已,坐到天明,早叫酒保挑了衣甲,径投青州来。

到城里时,天色已晚了,不敢见官,且在客店里歇了一夜。次日天晓,径到府堂阶下,参拜了慕容知府。知府大惊,问道:"闻知将军收捕梁山泊草寇,如何却到此间?"呼延灼只得把上项诉说了一遍。慕容知府听了道:"虽是将军折了许多人马,此非慢功之罪,中了贼人奸计,亦无奈何。下官所辖地面多被草寇侵害,将军到此,可先扫清桃花山,夺取那匹御赐的马,却收伏二龙山、白虎山,未为晚矣。一发剿捕了时,下官自当一力保奏,再教将军引兵复仇如何?"呼延灼再拜道:"深谢恩相主监[1]!若蒙如此复仇,誓当效死报德。"慕容知府教请呼延灼去客房里暂歇,一面更衣宿食。那挑甲酒保,自叫他回去了。

一住三日,呼延灼急欲要这匹御赐马,又来禀复知府,便教点军。慕容知府传点马步军二千,借与呼延灼,又与了一匹青鬃马。呼延灼谢了恩相,披挂上马,带领军兵前来报仇,径往桃花山进发。

且说桃花山上打虎将李忠与小霸王周通,自得了这匹踢雪乌骓马,每日在山上庆喜饮酒。当日有伏路小喽啰报道:"青州军马来也!"小霸王周通起身道:"哥哥守寨,兄弟去退官军。"便点起一百小喽啰,绰枪上马,下山来迎敌官军。却说呼延灼引起二千军马,来到山前,摆开阵势。呼延灼当先出马,厉声高叫:"强贼早来受缚!"小霸王周通将小喽啰一字摆开,便挺枪出马。怎生打扮?有诗为证:

身着团花宫锦服,手持走水绿沉枪。

面阔体强身似虎,尽道周通小霸王。

当下呼延灼见了周通,便纵马向前来战,周通也跃马来迎。二马相交,斗不到六七合,周通气力不加,拨转马头往山上便走。呼延灼赶了一直,怕有计策,急下山来扎住寨栅,等候再战。

却说周通回寨里,见李忠诉说:"呼延灼武艺高强,遮拦不住,只

---

[1] 主监——照顾。

得且退山上。倘或他赶到寨前来，如之奈何？"李忠道："我闻二龙山宝珠寺，花和尚鲁智深在彼，多有人伴，更兼有个甚么青面兽杨志，又新有个行者武松，都有万夫不当之勇。不如写一封书，使小喽啰去那里求救。若解得危难，拚得投托他大寨，月终纳他些进奉也好。"周通道："小弟也多知他那里豪杰，只恐那和尚记当初之事，不肯来救。"李忠笑道："他那时又打了你，又得了我们许多金银酒器去，如何倒有见怪之心？他是个直性的好人，使人到彼，必然亲引军来救应。"周通道："哥哥也说得是。"就写了一封书，差两个了事的小喽啰，从后山蓦将下去，取路投二龙山来。行了两日，早到山下，那里小喽啰问了备细来情。

且说宝珠寺里大殿上坐着三个头领：为首是花和尚鲁智深，第二是青面兽杨志，第三是行者二郎武松。前面山门下坐着四个小头领：一个是金眼彪施恩，原是孟州牢城施管营的儿子，为因武松杀了张都监一家人口，官司着落他家追捉凶身，以此连夜挈家逃走在江湖上；后来父母俱亡，打听得武松在二龙山，连夜投奔入伙。一个是操刀鬼曹正，原是同鲁智深、杨志收夺宝珠寺，杀了邓龙，后来入伙。一个是菜园子张青，一个是母夜叉孙二娘，这是夫妻两个，原是孟州道十字坡卖人肉馒头的，亦来投奔入伙。曹正听得说桃花山有书，先来问了详细，直去殿上禀复三个大头领知道。智深便道："洒家当初离五台山时，到一个桃花村投宿，好生打了那周通撮鸟一顿。李忠那厮却来，认得洒家，却请去上山吃了一日酒，结识洒家为兄，留俺做个寨主。俺见这厮们悭吝，被俺卷了若干金银器撒开他。如今来求救，且看他说甚么。放那小喽啰上关来。"曹正去不多时,把那小喽啰引到殿下,唱了喏,说道:"青州慕容知府近日收得个征进梁山泊失利的双鞭呼延灼,如今慕容知府先教扫荡俺这里桃花山、二龙山、白虎山几座山寨,却借军与他收捕梁山泊复仇。俺的头领今欲启请大头领将军下山相救,明朝无事了时,情愿来纳进奉。"杨志道:"俺们各守山寨,保护山头,本不去救应的是。洒家一者怕坏了江湖上豪杰,二者恐那厮得了桃花山便小觑了洒家这里。可留下张青、孙二娘、施恩、曹正看守寨栅,俺三个亲自走一遭。"随即点起五百小喽啰,六十馀骑军马,各带了衣甲军器,下山径往桃花山来。

却说李忠知二龙山消息,自引了三百小喽啰下山策应。呼延灼闻知,急引所部军马拦路列阵,舞鞭出马,来与李忠相持。怎见李忠模样?有诗为证:

头尖骨脸似蛇形,枪棒林中独擅名。

打虎将军心胆大,李忠祖是霸陵生。

原来李忠祖贯濠州定远人氏,家中祖传靠使枪棒为生,人见他身材壮健,因此呼他做打虎将。当时下山来与呼延灼交战,李忠如何敌得呼延灼过,斗了十合之上,见不是头,拨开军器便走。呼延灼见他本事低微,纵马赶上山来。小霸王周通正在半山里看见,便飞下鹅卵石来。呼延灼慌忙回马下山来,只见官军迭头[1]呐喊。呼延灼便问道:"为何呐喊?"后军答道:"远望见一彪军马飞奔而来。"呼延灼

---

[1] 迭头——连续不断。

听了,便来后军队里看时,见尘头起处,当头一个胖大和尚,骑一匹白马。那人是谁?正是:

> 自从落发闹禅林,万里曾将壮士寻。臂负千斤扛鼎力,天生一片杀人心。欺佛祖,喝观音,戒刀禅杖冷森森。不看经卷花和尚,酒肉沙门鲁智深。

鲁智深在马上大喝道:"那个是梁山泊杀败的撮鸟,敢来俺这里唬吓人?"呼延灼道:"先杀你这个秃驴,豁我心中怒气!"鲁智深轮动铁禅杖,呼延灼舞起双鞭,二马相交,两边呐喊,斗四五十合,不分胜败。呼延灼暗暗喝采道:"这个和尚倒恁地了得!"两边鸣金,各自收军暂歇。呼延灼少停,再纵马出阵,大叫:"贼和尚,再出来!与你定个输赢,见个胜败!"鲁智深却待正要出马,侧首恼犯了这个英雄,叫道:"大哥少歇,看洒家去捉这厮。"那人舞刀出马。来战呼延灼的是谁?正是:

> 曾向京师为制使,花石纲累受艰难。虹霓气逼斗牛寒。刀能安宇宙,弓可定尘寰。虎体狼腰猿臂健,跨龙驹稳坐雕鞍。英雄声价满梁山。人称青面兽,杨志是军班。

当时杨志出马来与呼延灼交锋,两个斗到四十馀合,不分胜败。呼延灼见杨志手段高强,寻思道:"怎地那里走出这两个来?好生了得,不是绿林中手段。"杨志也见呼延灼武艺高强,卖个破绽,拨回马跑回本阵。呼延灼也勒转马头,不来追赶。两边各自收军。鲁智深便和杨志商议道:"俺们初到此处,不宜逼近下寨,且退二十里,明日却再来厮杀。"带领小喽啰,自过附近山岗下寨去了。

却说呼延灼在帐中纳闷,心内想道:"指望到此势如劈竹,便拿了这伙草寇,怎知却又逢着这般对手。我直如此命薄!"正没摆布处,只见慕容知府使人来唤道:"叫将军且领兵回来,保守城中。今有白虎山强人孔明、孔亮,引人马来青州借粮,怕府库有失,特令来请将军回城守备。"呼延灼听了,就这机会,带领军马,连夜回青州去了。

次日,鲁智深与杨志、武松又引了小喽啰摇旗呐喊,直到山下来,看时,一个军马也无了,倒吃了一惊。山上李忠、周通引人下来,拜请三位头领上到山寨里,杀牛宰马,筵席相待,一面使人下山,探听前路消息。

且说呼延灼引军回到城下,却见了一彪军马正来到城边,为头的乃是白虎山下孔太公儿子毛头星孔明、独火星孔亮。两个因和本乡一个财主争竞,把他一门良贱尽都杀了,聚集起五七百人,占住白虎山,打家劫舍。因为青州城里有他的叔叔孔宾,被慕容知府捉下,监在牢里,孔明、孔亮特地点起山寨小喽啰来打青州,要救叔叔孔宾,正迎着呼延灼军马。两边撞着,敌住厮杀,呼延灼便出马到阵前。慕容知府在城楼上观看,见孔明当先挺枪出马。怎生模样?有诗为证:

白虎山中间气生,学成武艺敢相争。

性刚智勇身形异,绰号毛头是孔明。

当时孔明便挺枪出马,直取呼延灼。两马相交,斗到二十余合,呼延灼要在知府面前显本事，又值孔明武艺不精，只办得架隔遮拦，斗到间深里，被呼延灼就马上把孔明活捉了去。孔亮只得引了小喽啰便走。慕容知府在敌楼上指着，叫呼延灼引军去赶，官兵一掩，活捉得百十馀人。孔亮大败，四散奔走，至晚寻个古庙安歇。

却说呼延灼活捉得孔明，解入城中，来见慕容知府。知府大喜，叫把孔明大枷钉下牢里，和孔宾一处监收。一面赏劳三军，一面管待呼延灼，备问桃花山消息。呼延灼道："本待是瓮中捉鳖，手到拿来，无端又被一伙强人前来救应。数内一个和尚，一个青脸大汉，二次交锋，各无胜败。这两个武艺不比寻常，不是绿林中手段，因此未曾拿得。"慕容知府道："这个和尚便是延安府老种经略帐前军官提辖鲁达，今次落发为僧，唤做花和尚鲁智深。这一个青脸大汉亦是东京殿帅府制使官，唤做青面兽杨志。再有一个行者，唤做武松，原是景阳冈打虎的武都头，也如此武艺高强。这三个占住二龙山，打家劫舍，累次抵敌官军，杀了三五个捕盗官，直至如今，未曾捉得。"呼延灼道："我见这厮们武艺精熟，原来却是杨制使和鲁提辖，名不虚传。恩相放心，呼延灼已见他们本事了，只在早晚，一个个活捉了解官。"知府大喜，设筵管待已了，且请客房内歇，不在话下。

却说孔亮引领败残人马，正行之间，猛可里树林中撞出一彪军马，当先一筹好汉。怎生打扮？有《西江月》为证：

　　直裰冷披黑雾，戒箍光射秋霜。额前剪发拂眉长，脑后护头齐项。　　顶骨数珠灿白，杂绒绦结微黄。钢刀两口迸寒光，行者武松形像。

孔亮见了是武松，慌忙滚鞍下马，便拜道："壮士无恙！"武松连忙答礼，扶起问道："闻知足下弟兄们占住白虎山聚义，几次要来拜望，一者不得下山，二乃路途不顺，以此难得相见。今日何事到此？"孔亮把救叔叔孔宾陷兄之事，告诉了一遍。武松道："足下休慌。我有六七个弟兄，见在二龙山聚义。今为桃花山李忠、周通被青州官军攻击得紧，来我山寨求救。鲁、杨二头领引了孩儿们先来与呼延灼交战，两个厮并了他一日，呼延灼夜间去了。山寨中留我弟兄三个筵宴，把这匹御赐马送与我们。今我部领头队人马回山，他二位随后便到。我叫他去打青州，救你叔兄如何？"孔亮拜谢武松。等了半晌，只见鲁智深、杨志两个并马都到。武松引孔亮拜见二位，备说："那时我与宋江在他庄上相会，多有相扰。今日俺们可以义气为重，聚集三山人马，攻打青州，杀了慕容知府，擒获呼延灼，各取府库钱粮，以供山寨之用，如何？"鲁智深道："洒家也是这般思想。便使人去桃花山报知，叫李忠、周通引孩儿们来，俺三处一同去打青州。"杨志便道："青州城池坚固，人马强壮，又有呼延灼那厮英勇。不是俺自灭威风，若要攻打青州时，只除非依我一言，指日可得。"武松道："哥哥，愿闻其略。"

那杨志言无数句，话不一席，有分教：青州百姓，家家瓦裂烟飞；水浒英雄，个个摩拳擦掌。直教同声相应归山寨，一气相随聚水滨。毕竟杨志对武松说出怎地打青州，且听下回分解。

第五十八回

三山聚义打青州　众虎同心归水泊

诗曰：

一事参差百事难，一人辛苦众人安。

英雄天地彰名誉，鹰隼云霄振羽翰。

孔亮弟兄容易救，青州城郭等闲看。

牢笼又得呼延灼，联辔同归大将坛。

当有武松引孔亮拜告鲁智深、杨志，求救哥哥孔明并叔叔孔宾，鲁智深便要聚集三山人马，前去攻打。杨志便道："若要打青州，须用大队军马方可打得。俺知梁山泊宋公明大名，江湖上都唤他做及时雨宋江，更兼呼延灼是他那里仇人。俺们弟兄和孔家弟兄的人马，都并做一处，洒家这里再等桃花山人马齐备，一面且去攻打青州。孔亮兄弟，你可亲身星夜去梁山泊，请下宋公明来并力攻城，此为上计。亦且宋三郎与你至厚。你们弟兄心下如何？"鲁智深道："正是如此。我只见今日也有人说宋三郎好，明日也有人说宋三郎好，可惜洒家不曾相会。众人说他的名字，聒的洒家耳朵也聋了，想必其人是个真男子，以致天下闻名。前番和花知寨在清风山时，洒家有心要去和他厮会，及至洒家去时，又听得说道去了，以此无缘不得相见。罢了，孔亮兄弟，你要救你哥哥时，快亲自去那里告请他们。洒家等先在这里和那撮鸟们厮杀。"孔亮交付小喽啰与了鲁智深,只带一个伴当,扮做客商,星夜投梁山泊来。

且说鲁智深、杨志、武松三人去山寨里,唤将施恩、曹正再带一二百人下山来相助。桃花山李忠、周通得了消息,便带本山人马,尽数起点,只留三五十个小喽啰看守寨栅,其馀都带下山来青州城下聚集,一同攻打城池,不在话下。

却说孔亮自离了青州,迤逦来到梁山泊边催命判官李立酒店里买酒吃问路。李立见他两个来得面生,便请坐地,问道:"客人从那里来?"孔亮道:"从青州来。"李立问道:"客人要去梁山泊寻谁?"孔亮答道:"有个相识在山上,特来寻他。"李立道:"山上寨中都是大王住处,你如何去得?"孔亮道:"便是要寻宋大王。"李立道:"既是来寻宋头领,我这里有分例。"便叫火家快去安排分例酒来相待。孔亮道:"素不相识,如何见款?"李立道:"客官不知,但是来寻山寨头领,必然是社火中人故旧交友,岂敢有失祗应。便当去报。"孔亮道:"小人便是白虎山前庄户孔亮的便是。"李立道:"曾听得宋公明哥哥说大名来,今日且请上山。"二人饮罢分例酒,随即开窗,就水亭上放了一枝响箭,见对港芦苇深处,早有小喽啰棹过船来,到水亭下。李立便请孔亮下了船,一同摇到金沙滩上岸,却上关来。孔亮看见三关雄壮,枪刀剑戟如林,心下想道:"听得说梁山泊兴旺,不想做下这等大事业!"已有小喽啰先去报知,宋江慌忙下来迎接。孔亮见了,连忙下拜。宋江问道:"贤弟缘何到此?"孔亮拜罢,放声大哭。宋江道:"贤弟心中有何危厄不决之难,但请尽说不妨。便当不避水火,力为救解,与汝相助。贤弟且请起来。"孔亮道:"自从师父离别之后,老父亡化。哥哥孔明与本乡上户争些闲气起来,杀了他一家老小。官司来捕捉得紧,因此反上白虎山,聚得五七百人,打家劫舍。青州城里却有叔父孔宾,被慕容知府捉了,重枷钉在狱中。因此我弟兄两个去打城子,指望救取叔叔孔宾。谁想去到城下,正撞了一个使双鞭的呼延灼,哥哥与他交锋,致被他捉了,解送青州,下在牢里,存亡未保。小弟又被他追杀一阵。次日,正撞着武松,说起师父大名来,见在梁山泊做头领。他便引我去拜见同伴的,一个是花和尚鲁智深,一个是青面兽杨志。他二人一见如故,便商议救兄一事。他道:'我请鲁、杨二头领并桃花山李忠、周通,聚集三山人马攻打青州。你可连夜快去梁山泊内,告你师父宋公明来救你叔兄两个。'以此今日一径到此。万望师父觑先父之面,垂救性命,生死不敢有忘。"宋江道:"此是易为之事,你且放心。先来拜见晁头领,共同商议。"

宋江便引孔亮参见晁盖、吴用、公孙胜并众头领,备说呼延灼走在青州,投奔慕容知府,今来捉了孔明,以此孔亮来到,恳告求救。晁盖道:"既然他两处好汉尚兀自仗义行仁救叔,今者三郎和他至爱交友,如何不去!三郎贤弟,你连次下山多遍,今番权且守寨,愚兄替你走一遭。"宋江道:"哥哥是山寨之主,不可轻动。这个是兄弟的事,既是他远来相投,哥哥若自去,恐他弟兄们心下不安。小可情愿请几位弟兄同走一遭。"说言未了,厅上厅下一齐都道:"愿效犬马之劳,跟随同去。"宋江大喜。有诗为证:

孔明行事太匆忙,轻引喽啰犯犬羊。

赖有宋江豪侠在,便将军马救危亡。

当日设筵管待孔亮。饮筵中间,宋江唤铁面孔目裴宣定拨下山人数,分作五军起行。前军便差花荣、秦明、燕顺、王矮虎开路作先锋,第二队便差穆弘、杨雄、解珍、解宝,中军便是主将宋江、吴用、吕方、郭盛,第四队便是朱仝、柴进、李俊、张横,后军便差孙立、杨林、欧鹏、凌振催军作合后。梁山泊点起五军,共计二十个头领,马步军兵三千人马。其馀头领,自与晁盖守把寨栅。当下宋江别了晁盖,自同孔亮下山来。梁山人马分作五军起发。正是:

初离水泊,浑如海内纵蛟龙;乍出梁山,却似风中奔虎豹。五军并进,前后列二十辈英雄;一阵同行,首尾分三千名士卒。绣彩旗如云似雾,朴刀枪灿雪铺霜。鸾铃响,战马奔驰;画鼓振,征夫踊跃。卷地黄尘霭霭,漫天土雨蒙蒙。宝纛旗中,簇拥着多智足谋吴学究;碧油幢下,端坐定替天行道宋公明。过去鬼神皆拱手,回来民庶尽歌谣。

话说宋江引了梁山泊二十个头领,三千人马,分作五军前进,于路无事。所过州县,秋毫无犯。已到青州,孔亮先到鲁智深等军中报知,众好汉安排迎接。宋江中军到了,武松引鲁智深、杨志、李忠、周通、施恩、曹正都来相见了。宋江让鲁智深坐地。鲁智深道:"久闻阿哥大名,无缘不曾拜会,今日且喜相认得阿哥。"宋江答道:"不才何足道哉。江湖上义士甚称吾师清德,今日得识慈颜,平生甚幸!"杨志也起身再拜道:"杨志旧日经过梁山泊,多蒙山寨重意相留,为是洒家愚迷,不曾肯住。今日幸得义士壮观山寨,此是天下第一好事！"宋江答道："制使威名播于江湖，只恨宋江相会太晚！"鲁智深便令左右置酒管待，一一都相见了。

次日，宋江问青州一节，胜败如何。杨志道："自从孔亮去了，前后也交锋三五次，各无输赢。如今青州只凭呼延灼一个，若是拿得此人，觑此城子，如汤泼雪。"吴学究笑道："此人不可力敌，可用智擒。"宋江道："用何智可获此人？"吴学究道："只除如此如此。"宋江大喜道："此计大妙！"当日分拨了人马，次早起军，前到青州城下，四面尽着军马围住，擂鼓摇旗，呐喊搦战。城里慕容知府见报，慌忙教请呼延灼商议："今次群贼又去报知梁山泊宋江到来，似此如之奈何？"呼延灼道："恩相放心。群贼到来，先失地利。这厮们只好在水泊里张狂，今却擅离巢穴，一个来，捉一个，那厮们如何施展得？请知府上城看呼延灼厮杀。"

呼延灼连忙披挂衣甲上马，叫开城门，放下吊桥，引了一千人马，近城摆开。宋江阵中一将出马。那人手搦狼牙棍，厉声高骂知府："滥官害民贼徒！把我全家诛戮，今日正好报仇雪恨！"慕容知府认得秦明，便骂道："你这厮是朝廷命官，国家不曾负你，缘何敢造反？若拿住你时，碎尸万段！可先下手拿这贼！"呼延灼听了，舞起双鞭，纵马直取秦明。秦明也出马，舞动狼牙大棍来迎呼延灼。二将交马，正是对手。有《西江月》为证：

> 鞭舞两条龙尾，棍横一串狼牙。三军看得眼睛花，二将纵横交马。　　使棍的闻名寰海，使鞭的声播天涯。龙驹虎将乱交加，这厮杀堪描堪画。

秦明与呼延灼厮杀,正是对手。两个斗到四五十合,不分胜败。慕容知府见斗得多时,恐怕呼延灼有失,慌忙鸣金,收军入城。秦明也不追赶,退回本阵。宋江教众头领军校且退十五里下寨。

却说呼延灼回到城中,下马来见慕容知府,说道:"小将正要拿那秦明,恩相如何收军?"知府道:"我见你斗了许多合,但恐劳困,因此收军暂歇。秦明那厮,原是我这里统制,与花荣一同背反,这厮亦不可轻敌。"呼延灼道:"恩相放心,小将必要擒此背义之贼。适间和他斗时,棍法已自乱了。来日教恩相看我立斩此贼。"知府道:"既是将军如此英雄,来日若临敌之时,可杀开条路,送三个人出去。一个教他去往东京求救,两个教他去邻近府州会合起兵,相助剿捕。"呼延灼道:"恩相高见极明。"当日知府写了求救文书,选了三个军官,都发放了当。

只说呼延灼回到歇处,卸了衣甲暂歇。天色未明,只听的军校来报道:"城北门外土坡上有三骑私自在那里看城。中间一个穿红袍骑白马的;两边两个,只认得右边的是小李广花荣,左边那个道装打扮。"呼延灼道:"那个穿红的眼见是宋江了,道装的必是军师吴用。你们且休惊动了他,便点一百马军,跟我捉这三个。"呼延灼连忙披挂上马,提了双鞭,带领一百馀骑马军,悄悄地开了北门,放下吊桥,引军赶上坡来。宋江、吴用、花荣三个只顾呆了脸看城。呼延灼拍马上坡,三个勒转马头,慢地走去。呼延灼奋力赶到前面几株枯树边厢,宋江、吴用、花荣三个齐齐的勒住马。呼延灼方才赶到枯树边,只听得呐声喊,呼延灼正踏着陷坑,人马都跌将下坑去了。两边走出五六十个挠钩手,先把呼延灼钩将起来,绑缚了拿去,后面牵着那匹马。这许多赶来的马军,却被花荣拈弓搭箭,射倒当头五七个,后面的勒转马,一哄都走了。

宋江回到寨里坐,左右群刀手却把呼延灼推将过来。宋江见了,连忙起身,喝叫快解了绳索,亲自扶呼延灼上帐坐定,宋江拜见。呼延灼慌忙跪下道:"义士何故如此?"宋江道:"小可宋江,怎敢背负朝廷。盖为官吏污滥,威逼得紧,误犯大罪,因此权借水泊里随时避难,只待朝廷赦罪招安。不想起动将军,致劳神力,实慕将军虎威。今者误有冒犯,切乞恕罪。"呼延灼道:"呼延灼被擒之人,万死尚轻,义士何故重礼陪话?"宋江道:"量宋江怎敢坏得将军性命。皇天可表寸心。"只是恳告哀求。呼延灼道:"兄长尊意,莫非教呼延灼往东京告请招安,到山赦罪?"宋江道:"将军如何去得!高太尉那厮是个心地匾窄之徒,忘人大恩,记人小过。将军折了许多军马钱粮,他如何不见你罪责?如今韩滔、彭玘、凌振已都在敝山入伙,倘蒙将军不弃山寨微贱,宋江情愿让位与将军。等朝廷见用,受了招安,那时尽忠报国,未为晚矣。"呼延灼沉思了半晌,一者是天罡之数,自然义气相投;二者见宋江礼貌甚恭,叹了一口气,跪下在地道:"非是呼延灼不忠于国,实慕兄长义气过人,不容呼延灼不依,愿随鞭镫。事既如此,决无还理。"有诗为证:

亲受泥书讨不庭,虚张声势役生灵。

如何世禄英雄士,握手同归聚义厅?

宋江大喜,请呼延灼和众头领相见了,叫问李忠、周通讨这匹踢雪乌骓马还将军骑坐。众人再商议救孔明之计,吴用道:"只除教呼延灼将军赚开城门,唾手可得。更兼绝了呼延指挥念头。"宋江听了,来与呼延灼陪话道:"非是宋江贪劫城池,实因孔明叔侄陷在缧绁之中,非将军赚开城门,必不可得。"呼延灼答道:"小将既蒙兄长收录,理当效力。"当晚点起秦明、花荣、孙立、燕顺、吕方、郭盛、解珍、解宝、欧鹏、王英十个头领,都扮作军士衣服模样,跟了呼延灼,共是十一骑军马,来到城边,直至濠堑上,大叫:"城上开门!我逃得性命回来!"城上人听得是呼延灼声音,慌忙报与慕容知府。此时知府为折了呼延灼,正纳闷间,听得报说呼延灼逃得回来,心中欢喜,连忙上马,奔到城上。望见呼延灼有十数骑马跟着,又不见面颜,只认得呼延灼声音。知府问道:"将军如何走得回来?"呼延灼道:"我被那厮的陷马捉了我到寨里,却有原跟我的头目,暗地盗这匹马与我骑,就跟我来了。"知府只听得呼延灼说了,便叫军士开了城门,放下吊桥。十个头领跟到城门里,迎着知府,早被秦明一棍,把慕容知府打下马来。解珍、解宝便放起火来。欧鹏、王矮虎奔上城,把军士杀散。宋江大队人马见城上火起,一齐拥将入来。宋江急急传令,休教残害百姓,且收仓库钱粮。就大牢里救出孔明并他叔叔孔宾一家老小。便教救灭了火。把慕容知府一家老幼尽皆斩首,抄扎家私,分俵众军。天明,计点在城百姓被火烧之家,给散粮米救济。把府库金帛,仓廒米粮,装载五六百车,又得了二百馀匹好马。就青州府里做个庆喜筵席,请三山头领同归大寨。有诗为证:

  呼延逃难不胜羞,忘却君恩事寇仇。

因是天罡并地煞,故为乡导破青州。

且说李忠、周通使人回桃花山,尽数收拾人马钱粮下山,放火烧毁寨栅。鲁智深也使施恩、曹正回二龙山,与张青、孙二娘收拾人马钱粮,也烧了宝珠寺寨栅。数日之间,三山人马都皆完备。宋江领了大队人马,班师回山。先叫花荣、秦明、呼延灼、朱仝四将开路,所过州县,分毫不扰。乡村百姓,扶老挈幼,烧香罗拜迎接。数日之间,已到梁山泊边,众多水军头领具舟迎接。晁盖引领山寨马步头领,都在金沙滩迎接,直至大寨,向聚义厅上列位坐定。大排筵席,庆贺新到山寨头领:呼延灼、鲁智深、杨志、武松、施恩、曹正、张青、孙二娘、李忠、周通、孔明、孔亮,共十二位新上山头领。坐间林冲说起相谢鲁智深相救一事,鲁智深动问道:"洒家自与教头沧州别后,曾知阿嫂信息否?"林冲答道:"小可自火并王伦之后,使人回家搬取老小,已知拙妇被高太尉逆子所逼,随即自缢而死;妻父亦为忧疑,染病而亡。"杨志举起旧日王伦手内上山相会之事,众人皆道:"此皆注定,非偶然也。"晁盖说起黄泥冈劫取生辰纲一事,众皆大笑。次日轮流做筵席,不在话下。

且说宋江见山寨又添了许多人马,如何不喜,便叫汤隆做铁匠总管,提督打造诸般军器,并铁叶连环等甲;侯健管做旌旗袍服总管,添造三才九曜四斗五方二十八宿等旗,飞龙飞虎飞熊飞豹旗,黄钺白旄,朱缨皂盖;山边四面筑起墩台;重造西路、南路二处酒店,招接往来上山好汉,一就探听飞报军情。山西路酒店今令张青、孙二娘夫妻——二人原是酒家——前去看守;山南路酒店仍令孙新、顾大嫂夫妻看守；山东路酒店依旧朱贵、乐和；山北路酒店还是李立、时迁看守。三关之人，添造寨栅，分调头领看守。部领已定，各宜遵守，不许违误。有诗为证：

天将摧锋已受降，许多军马更精强。
凭陵欲作恢宏计，须仗公明作主张。

数月之后，忽一日花和尚鲁智深来对宋公明说道："智深有个相识，李忠兄弟也曾认的，唤做九纹龙史进。见在华州华阴县少华山上，和那一个神机军师朱武，又有一个跳涧虎陈达，一个白花蛇杨春，四个在那里聚义。洒家常常思念他。昔日在瓦罐寺救助洒家恩念，不曾有忘。今洒家要去那里探望他一遭，就取他四个同来入伙，未知尊意如何？"宋江道："我也曾闻得史进大名，若得吾师去请他来最好。然是如此，不可独自去，可烦武松兄弟相伴走一遭。他是行者，一般出家人，正好同行。"武松应道："我和师父去。"当日便收拾腰包行李捆头笠，只做禅和子打扮，武松妆做随侍行者。两个相辞了众头领下山，过了金沙滩，晓行夜住，不止一日，来到华州华阴县界，径投少华山来。

且说宋江自鲁智深、武松去后，一时容他下山，常自放心不下，便唤神行太保戴宗，随后跟来，探听消息。

再说鲁智深、武松两个来到少华山下，伏路小喽啰出来拦住，问道："你两个出家人那里来？"武松便答道："这山上有史大官人么？"小喽啰说道："既是要寻史大王的，且在这里少等。我上山报知头领,便下来迎接。"武松道:"你只说鲁智深到来相探。"小喽啰去不多时,只见神机军师朱武并跳涧虎陈达、白花蛇杨春,三个下山来接鲁智深、武松,却不见有史进。鲁智深便问道:"史大官人在那里?却如何不见他?"朱武近前上复道:"吾师不是延安府鲁提辖么?"鲁智深道:"洒家便是。这行者便是景阳冈打虎都头武松。"三个慌忙剪拂道:"闻名久矣!听知二位在二龙山扎寨,今日缘何到此?"鲁智深道:"俺们如今不在二龙山了,投托梁山泊宋公明大寨入伙。今者特来寻史大官人。"朱武道:"既是二位到此,且请到山寨中,容小可备细告诉。"鲁智深道:"有话便说,待一待谁鸟奈烦!"武松道:"师父是个性急的人,有话便说何妨。"

朱武道:"小人等三个在此山寨,自从史大官人上山之后,好生兴旺。近日史大官人下山,正撞见一个画匠,原是北京大名府人氏,姓王名义,因许下西岳华山金天圣帝庙内装画影壁,前去还愿。因为带将一个女儿,名唤玉娇枝同行。却被本州贺太守,原是蔡太师门人,那厮为官贪滥,非理害民,一日因来庙里行香,不想正见了玉娇枝有些颜色,累次着人来说,要娶他为妾。王义不从,太守将他女儿强夺了去为妾,又把王义刺配远恶军州。路经这里过,正撞见史大官人,告说这件事。史大官人把王义救在山上,将两个防送公人杀了。直去府里要刺贺太守,被人知觉,倒吃拿了,见监在牢里。又要聚起军马,扫荡山寨。我等正在这里进退无路,无计可施,端的是苦!"有诗为证:

　　花颜云鬓玉娇枝,太守行香忽见之。

不畏宪章强夺取，黄童白叟亦相嗟。

鲁智深听了道："这撮鸟敢如此无礼，倒怎么利害。洒家与你结果了那厮！"朱武道："且请二位到寨里商议。"一行五个头领，都到少华山寨中坐下，便叫王义见鲁智深、武松，诉说贺太守贪酷害民，强占良家女子。朱武等一面杀牛宰马，管待鲁智深、武松。饮筵间，鲁智深道："贺太守那厮好没道理！我明日与你去州里打死那厮罢。"武松道："哥哥不得造次！我和你星夜回梁山泊去报知，请宋公明领大队人马来打华州，方可救得史大官人。"鲁智深叫道："等俺们去山寨里叫得人来，史家兄弟性命不知那里去了！"武松道："便杀太守，也怎地救得史大官人？"武松却断然不肯放鲁智深去。朱武又劝道："吾师且息怒！武都头也论得是。"鲁智深焦躁起来，便道："都是你这般慢性的人，以此送了俺史家兄弟！你也休去梁山泊报知，看洒家去如何！"众人那里劝得住，当晚又谏不从。明早，起个四更，提了禅杖，带了戒刀，径奔华州去了。武松道："不听我说，此去必然有失。"朱武随即差两个精细的小喽啰前去打听消息。

却说鲁智深奔到华州城里，路傍借问州衙在那里，人指道："只过州桥，投东便是。"鲁智深却好来到浮桥上，只见人都道："和尚且躲一躲，太守相公过来！"鲁智深道："俺正要寻他，却好正撞在洒家手里，那厮多敢是当死！"贺太守头踏[1]一对对摆将过来。看见太守那乘轿子，却是暖轿，轿窗两边各有十个虞候簇拥着，人人手执鞭

---

[1] 头踏——官出行时，走在前面的仪仗队。

枪铁链，守护两边。鲁智深看了寻思道："不好打那撮鸟。若打不着，倒吃他笑！"贺太守却在轿窗眼里看见了鲁智深欲进不进。过了渭桥，到府中下了轿，便叫两个虞候分付道："你与我去请桥上那个胖大和尚到府里赴斋。"虞候领了言语，来到桥上，对鲁智深说道："太守相公请你赴斋。"鲁智深想道："这厮正合当死在洒家手里！俺却才正要打他，只怕打不着，让他过去了。俺要寻他，他却来请洒家！"鲁智深便随了虞候径到府里。太守已自分付下了，一见鲁智深进到厅前，太守叫放了禅杖，去了戒刀，请后堂赴斋。鲁智深初时不肯，众人说道："你是出家人，好不晓事！府堂深处，如何许你带刀杖入去？"鲁智深想道："只俺两个拳头也打碎了那厮脑袋！"廊下放了禅杖、戒刀，跟虞候入来。

贺太守正在后堂坐定，把手一招，喝声："捉下这秃贼！"两边壁衣内走出三四十个做公的来，横拖倒拽，捉了鲁智深。你便是那吒太子，怎逃出地网天罗；火首金刚，难脱龙潭虎窟！正是：飞蛾投火身倾丧，蝙蝠遭竿命必伤。毕竟鲁智深被贺太守拿下性命如何，且听下回分解。

第五十九回

吴用赚金铃吊挂　宋江闹西岳华山

诗曰：

> 堪叹梁山智术优，舍身捐命报冤仇。
> 神机运处良平惧，妙算行时鬼魅愁。
> 平地已疏英士狱，青山先斩佞臣头。
> 可怜天使真尸位，坐阅危亡自不羞。

话说贺太守把鲁智深赚到后堂内，喝声："拿下！"众多做公的把鲁智深捉住，却似皂雕追紫燕，犹如猛虎啖羊羔。众做公的把鲁智深簇拥到厅阶下，贺太守喝道："你这秃驴从那里来？"鲁智深应道："洒家有甚罪犯？"太守道："你只实说，谁教你来刺我？"鲁智深道："俺是出家人，你却如何问俺这话？"太守喝道："恰才见你这秃驴意欲要把禅杖打我轿子，却又思量不敢下手。你这秃驴好好招了！"鲁智深道："洒家又不曾杀你，你如何拿住洒家，妄指平人？"太守喝骂："几曾见出家人自称'洒家'？这秃驴必是个关西五路打家劫舍的强贼，来与史进那厮报仇，不打如何肯招。左右，好生加力打那秃驴！"鲁智深大叫道："不要打伤老爷！我说与你：俺是梁山泊好汉花和尚鲁智深。我死倒不打紧，洒家的哥哥宋公明得知，下山来时，你这颗驴头趁早儿都砍了送去。"贺太守听了大怒，把鲁智深拷打了一回，教取面大枷来钉了,押下死囚牢里去。一面申闻都省,乞请明降如何。禅杖、戒刀,封入府堂里去了。

此时哄动了华州一府。小喽啰得了这个消息,飞报上山来。武松大惊道:"我两个来华州干事,折了一个,怎地回去见众头领?"正没理会处,只见山下小喽啰报道:"有个梁山泊差来的头领,唤作神行太保戴宗,见在山下。"武松慌忙下来,迎接上山,和朱武等三人都相见了,诉说鲁智深不听谏劝失陷一事。戴宗听了大惊,道:"我不可久停久住了,就便回梁山泊报与哥哥知道,早遣兵将前来救取。"武松道:"小弟在这里专等,万望兄长早去,急来救应则可。"

戴宗吃了些素食,作起神行法去了,再回梁山泊来。三日之间,已到山寨。见了晁、宋二头领,具说鲁智深因救史进,要刺贺太守被陷一事。宋江听罢,失惊道:"既然两个兄弟有难,如何不救!我等不可担阁,便须点起人马,作三队而行。"前军点五员先锋:花荣、秦明、林冲、杨志、呼延灼,引领一千甲马,二千步军先行,逢山开路,遇水叠桥。中军领兵主将宋公明,军师吴用,朱仝、徐宁、解珍、解宝,共是六个头领,马步军兵二千。后军主掌粮草,李应、杨雄、石秀、李俊、张顺,共是五个头领押后,马步军兵二千。共计七千人马,离了梁山泊,端的是枪刀流水急,人马撮风行,直取华州来。在路趱行,不止一日,早过了半路,先使戴宗去报少华山上。朱武等三人安排下猪羊牛马,酝造下好酒等候。有诗为证:

> 智深雄猛不淹留,便向州中去报仇。
>
> 计拙不能成大事,反遭枷锁入幽囚。

再说宋江军马三队都到少华山下,武松引了朱武、陈达、杨春三人,又下山拜请宋江、吴用并众头领,都到山寨里坐下。宋江备问城中之事,朱武道:"两个头领已被贺太守监在牢里,只等朝廷明降发落。"宋江与吴用说道:"怎地定计去救史进、鲁智深?"朱武说道:"华州城郭广阔,濠沟深远,急切难打。只除非得里应外合,方可取得。"吴学究道:"明日且去城边看那城池,如何用计,却再商量。"宋江饮酒到晚,巴不得天明,要去看城。吴用谏道:"城中监着两只大虫在牢里,如何不做提备?白日未可去看。今夜月色必然明朗,申牌前后下山,一更时分可到那里窥望。"当日捱到午后,宋江、吴用、花荣、秦明、朱仝,共是五骑马下山,迤逦前行。初更时分,已到华州城外。在山坡高处,立马望华州城里时,正是二月中旬天气,月华如昼,天上无一片云彩。看见华州周围有数座城门,城高地壮,堑濠深阔。看了半晌,远远地望见那西岳华山时,端的是好座名镇高山!怎见得?但见:

峰名仙掌,观隐云台。上连玉女洗头盆,下接天河分派水。乾坤皆秀,尖峰仿佛接云根;山岳惟尊,怪石巍峨侵斗柄。青如泼黛,碧若浮蓝。张僧繇妙笔画难成,李龙眠天机描不就。深沉洞府,月光飞万道金霞;崒嵂岩崖,日影动千条紫焰。傍人遥指,云池深内藕如船;故老传闻,玉井水中花十丈。巨灵神忿怒,劈开山顶逞神通;陈处士清高,结就茅庵来盹睡。千古传名推华岳,万年香火祀金天。

宋江等看了西岳华山,见城池厚壮,形势坚牢,无计可施。吴用道：“且回寨里去，再作商议。”五骑马连夜回到少华山上。宋江眉头不展，面带忧容。吴学究道：“且差十数个精细小喽啰下山，去远近探听消息。”三日之间，忽有一人上山来报道：“如今朝廷差个殿司太尉，将领御赐金铃吊挂来西岳降香，从黄河入渭河而来。”吴用听了便道：“哥哥休忧，计在这里了。”便叫李俊、张顺：“你两个与我如此如此而行。”李俊道：“只是无人，不识地境，得一个引领路道最好。”白花蛇杨春便道：“小弟相帮同去如何？”宋江大喜。三个下山去了。次日，吴学究请宋江、李应、朱仝、呼延灼、花荣、秦明、徐宁，共八个人，悄悄止带五百馀人下山，径到渭河渡口，李俊、张顺、杨春已夺下十馀只大船在彼。吴用便教花荣、秦明、徐宁、呼延灼四个埋伏在岸上，宋江、吴用、朱仝、李应下在船里，李俊、张顺、杨春把船都去滩头藏了。众人等候了一夜。

次日天明，听得远远地锣鸣鼓响，三只官船到来，船上插着一面黄旗，上写"钦奉圣旨西岳降香太尉宿元景"。宋江看了，心中暗喜道：“昔日玄女有言：'遇宿重重喜。'今日既见此人，必有主意。”太尉官船将近河口，朱仝、李应各执长枪，立在宋江、吴用背后。太尉船到，当港截住。船里走出紫衫银带虞候二十馀人，喝道：“你等甚么船只，敢当港拦截住大臣？”宋江执着骨朵，躬身声喏。吴学究立在船头上，说道：“梁山泊义士宋江，谨参祇候。”船上客帐司出来答道：“此是朝廷太尉，奉圣旨去西岳降香。汝等是梁山泊义士，何故拦截？”吴用道：“俺们义士，只要求见太尉尊颜，有告复的事。”客帐司道：“你等是甚么人，造次要见太尉！”两边虞候喝道：“低声！”宋江说道:"暂请太尉到岸上,自有商量的事。"客帐司道:"休胡说!太尉是朝廷命臣,如何与你商量!"宋江道:"太尉不肯相见,只怕孩儿们惊了太尉。"朱仝把枪上小号旗只一招动,岸上花荣、秦明、徐宁、呼延灼引出马军来,一齐搭上弓箭,都到河口,摆列在岸上。那船上梢公都惊得钻入梢里去了。

客帐司人慌了,只得入去禀复。宿太尉只得出到船头上坐定。宋江躬身唱喏道:"宋江等不敢造次。"宿太尉道:"义士何故如此邀截船只?"宋江道:"某等怎敢邀截太尉,只欲求请太尉上岸,别有禀复。"宿太尉道:"我今特奉圣旨,自去西岳降香,与义士有何商议?朝廷大臣如何轻易登岸!"宋江道:"太尉不肯时,只恐下面伴当亦不相容。"李应把号带枪一招,李俊、张顺、杨春一齐撑出船来。宿太尉看见大惊。李俊、张顺明晃晃掣出尖刀在手,早跳过船来,手起,先把两个虞候攧下水里去。宋江连忙喝道:"休得胡做,惊了贵人!"李俊、张顺扑地也跳下水去,早把两个虞候又送上船来。张顺、李俊在水面上如登平地,托地又跳上船来,吓得宿太尉魂不着体。宋江喝道:"孩儿们且退去,休得惊着太尉贵人。俺自慢慢地请太尉登岸。"宿太尉道:"义士有甚事,就此说不妨。"宋江道:"这里不是说话处,谨请太尉到山寨告禀,并无损害之心。若怀此念,西岳神灵诛灭。"到此时候,不容太尉不上岸。宿太尉只得离船上了岸,众人牵过一匹马来,扶策太尉上了马,不得已随众同行。有诗为证:

玉节龙旗出帝乡,云台观里去烧香。

却怜水寨神谋捷,暂假威名救困亡。

宋江先叫花荣、秦明陪奉太尉上山。宋江随后也上了马，分付教把船上一应人等并御香、祭物、金铃吊挂，齐齐收拾上山，只留下李俊、张顺带领一百馀人看船。一行众头领都到山上。宋江下马入寨，把宿太尉扶在聚义厅上当中坐定，众头领两边侍立着。宋江下了四拜，跪在面前，告复道："宋江原是郓城县小吏，为被官司所逼，不得已啸聚山林，权借梁山水泊避难，专等朝廷招安，与国家出力。今有两个兄弟，无事被贺太守生事陷害，下在牢里。欲借太尉御香仪从，并金铃吊挂去赚华州，事毕拜还，于太尉身上并无侵犯。乞太尉钧鉴。"宿太尉道："不争你将了御香等物去，明日事露，须连累下官。"宋江道："太尉回京，都推在宋江身上便了。"

宿太尉看了那一班人模样，怎生推托得，只得应允了。宋江执盏擎杯，设筵拜谢。就把太尉带来的人穿的衣服都借穿了。于小喽啰数内，选拣一个俊俏的，剃了髭须，穿了太尉的衣服，扮做宿元景；宋江、吴用扮做客帐司；解珍、解宝、杨雄、石秀扮做虞候；小喽啰都是紫衫银带，执着旌节、旗幡、仪仗、法物，擎抬了御香、祭礼、金铃吊挂；花荣、徐宁、朱仝、李应扮做四个衙兵。朱武、陈达、杨春款住太尉并跟随一应人等，置酒管待。却教秦明、呼延灼引一队人马，林冲、杨志引一队人马，分作两路取城；教武松预先去西岳门下伺候，只听号起行事。戴宗先去报知。

话休絮繁。且说一行人等离了山寨，径到河口下船而行，不去报与华州太守，一径奔西岳庙来。戴宗报知云台观观主并庙里职事人等，直至船边，迎接上岸。香花灯烛，幢幡宝盖，摆列在前。先请御香上了香亭,庙里人夫扛抬了,导引金铃吊挂前行。观主见太尉,吴学究道:"太尉一路染病不快,且把轿子来。"左右人等扶策太尉上轿,径到岳庙里官厅内歇下。客帐司吴学究对观主道:"这是特奉圣旨,赍捧御香、金铃吊挂来与圣帝供养。缘何本州官员轻慢,不来迎接?"观主答道:"已使人去报了,敢是便到。"

说犹未了,本州先使一员推官,带领做公的五七十人,将着酒果,来见太尉。原来那扮太尉的小喽啰,虽然模样相似,却言语发放不得,因此只教装做染病,把靠褥围定在床上坐。推官看了,见来的旌节、门旗、牙仗等物,都是东京来的,内府制造出的,如何不信。客帐司假意出入禀复了两遭,却引推官入去,远远地阶下参拜了。那假太尉只把手指,并不听得说甚么。吴用引到面前,埋怨推官道:"太尉是天子前近幸大臣,不辞千里之遥,特奉圣旨到此降香,不想于路染病未痊。本州众官如何不来远接?"推官答道:"前路官司虽有文书到州,不见近报,因此有失迎迓,不期太尉先到庙里。本是太守便来,奈缘少华山贼人纠合梁山泊草寇要打城池,每日在彼提防,以此不敢擅离,特差小官先来贡献酒礼。太守随后便来参见大臣。"吴学究道:"太尉涓滴不饮,只叫太守来商议行礼。"推官随即教取酒来,与客帐司亲随人把盏了。吴学究又入去禀一遭,将了钥匙出来,引着推官去看金铃吊挂。开了锁,就香帛袋中取出那御赐金铃吊挂来,叫推官看。便把条竹竿叉起看时,果然是制造得无比。但见:

> 浑金打就,五彩装成。双悬缨络金铃,上挂珠玑宝盖。黄罗密布,中间八爪玉龙盘;紫带低垂,外壁双飞金凤绕。对嵌珊瑚

玛瑙,重围琥珀珍珠。碧琉璃掩映绛纱灯,红菡萏参差青翠叶。堪宜金屋琼楼挂,雅称瑶台宝殿悬。

这一对金铃吊挂,乃是东京内府作分[1]高手匠人做成的,浑是七宝珍珠嵌造,中间点着碗红纱灯笼。乃是圣帝殿上正中挂的,不是内府降来,民间如何做得。吴用叫推官看了,再收入柜匣内锁了;又将出中书省许多公文,付与推官,便叫太守来商议拣日祭祀。推官和众多做公的都见了许多物件文凭,便辞了客帐司,径回到华州府里来报贺太守。却说宋江暗暗地喝采道:"这厮虽然奸猾,也骗得他眼花心乱了。"此时武松已在庙门下了。吴学究又使石秀藏了尖刀,也来庙门下相帮武松行事;却又叫戴宗扮虞候。云台观主进献素斋,一面教执事人等安排铺陈岳庙。宋江闲步看那西岳庙时,果然是盖造的好,殿宇非凡,真乃人间天上。怎见得?

金门玉殿,碧瓦朱甍。山河扶绣户,日月近雕梁。悬虾须织锦棿帘,列龟背硃红亮槅。廊庑下磨砖花间缝,殿台边墙壁捣椒泥。帐设黄罗,供案畔列九卿四相;扇开丹凤,御榻边摆玉女金童。堂堂庙貌肃威仪,赫赫神灵常祭享。

宋江来到正殿上拈香再拜,暗暗祈祷已罢,回至官厅前。门人报道:"贺太守来也。"宋江便叫花荣、徐宁、朱仝、李应四个衙兵,各执着器械,分列在两边;解珍、解宝、杨雄、戴宗各带暗器,侍立在左右。却说贺太守将带三百馀人,来到庙前下马,簇拥入来。假客帐司吴学

---

[1] 作分——作坊。

究、宋江见贺太守带着三百馀人,都是带刀公吏人等入来,吴学究喝道:"朝廷太尉在此,闲杂人不许近前!"众人立住了脚,贺太守亲自进前来拜见太尉。客帐司道:"太尉教请太守入来厮见。"贺太守入到官厅前,望着假太尉便拜。吴学究道:"太守,你知罪么?"太守道:"贺某不知太尉到来,伏乞恕罪。"吴学究道:"太尉奉敕到此西岳降香,如何不来远接?"太守答道:"不曾有近报到州,有失迎迓。"吴学究喝声:"拿下!"解珍、解宝弟兄两个身边早掣出短刀来,一脚把贺太守踢翻,便割了头。宋江喝道:"兄弟们动手!"早把那跟来的人三百馀个惊得呆了,正走不动。花荣等一发向前,把那一干人算子般都倒在地下。有一半抢出,庙门下武松、石秀舞刀杀将入来,小喽啰四下赶杀,三百馀人不剩一个回去。续后到庙里的,都被张顺、李俊杀了。

　　宋江急叫收了御香、吊挂下船。都赶到华州时,早见城中两路火起,一齐杀将入来。先去牢中救了史进、鲁智深,就打开库藏,取了财帛,装载上车。一行人离了华州,上船回到少华山上,都来拜见宿太尉,纳还了御香、金铃吊挂、旌节、门旗、仪仗等物,拜谢了太尉恩相。宋江教取一盘金银,相送太尉;随从人等,不分高低,都与了金银。就山寨里做了个送路筵席,谢承太尉。众头领直送下山,到河口交割了一应什物船只,一些不肯少了,还了来的人等。宋江谢了宿太尉,回到少华山上,便与四筹好汉商议,收拾山寨钱粮,放火烧了寨栅。一行人等,军马粮草,都望梁山泊来。有诗为证:

　　　　蚓结蛇蟠合计偕,便驱人马下山来。

虽然救得花和尚,太守何辜独被灾。

且说宿太尉下船,来到华州城中,已知被梁山泊贼人杀死军兵人马,劫了府库钱粮,城中杀死军校一百馀人,马匹尽皆虏去,西岳庙中又杀了许多人性命。便叫本州推官动文书申达中书省起奏,都做"宋江先在途中劫了御香、吊挂,因此赚知府到庙,杀害性命"。宿太尉到庙内焚了御香,把这金铃吊挂分付与了云台观主,星夜急急自回京师,奏知此事,不在话下。

再说宋江救了史进、鲁智深,带了少华山四个好汉,仍旧作三队分俵人马,回梁山泊来,所过州县,秋毫无犯。先使戴宗前来上山报知。晁盖并众头领下山迎接宋江等,一同到山寨里聚义厅上,都相见已罢,一面做庆喜筵席。次日,史进、朱武、陈达、杨春各以己财做筵宴,拜谢晁、宋二公并众头领。过了数日。

话休絮烦。忽一日,有旱地忽律朱贵上山报说:"徐州沛县芒砀山中,新有一伙强人,聚集着三千人马。为头一个先生,姓樊名瑞,绰号混世魔王,能呼风唤雨,用兵如神。手下两个副将:一个姓项,名充,绰号八臂那吒,能使一面团牌,牌上插飞刀二十四把,手中仗一条铁标枪;又有一个姓李名衮,绰号飞天大圣,也使一面团牌,牌上插标枪二十四根,手中仗一口宝剑。这三个结为兄弟,占住芒砀山,打家劫舍。三个商量了,要来吞并俺梁山泊大寨。小弟听得说,不得不报。"宋江听了大怒道:"这贼怎敢如此无礼!我便再下山走一遭。"只见九纹龙史进便起身道:"小弟等四个初到大寨,无半米之功,情愿引本部人马,前去收捕这伙强人。"宋江大喜。

当下史进点起本部人马,与同朱武、陈达、杨春都披挂了,来辞宋江下山。把船渡过金沙滩,上路径奔芒砀山来。三日之内,早望见那座山,乃是昔日汉高祖斩蛇起义之处。三军人马,来到山下,早有伏路小喽啰上山报知。且说史进把少华山带来的人马摆开,史进全身披挂,骑一匹火炭赤马,当先出阵。怎见得史进的英雄?但见:

久在华州城外住,旧时原是庄农。学成武艺惯心胸。三尖刀似雪,浑赤马如龙。体挂连环铁铠,战袍风颭猩红。雕青镌玉更玲珑。江湖称史进,绰号九纹龙。

当时史进首先出马,手中横着三尖两刃刀。背后三个头领,中间的便是神机军师朱武。那人原是定远县人氏,平生足智多谋,亦能使两口双刀,出到阵前。亦有八句诗,单道朱武好处:

道服裁棕叶,云冠剪鹿皮。

脸红双眼俊,面白细髯垂。

智可张良比,才将范蠡欺。

军中人尽伏,朱武号神机。

上首马上坐着一筹好汉,手中横着一条出白点钢枪,绰号跳涧虎陈达,原是邺城人氏。当时提枪跃马,出到阵前。也有一首诗,单道着陈达好处:

生居邺郡上华胥,惯使长枪伏众威。

跳涧虎称多膂力,却将陈达比姜维。

下首马上坐着一筹好汉,手中使一口大杆刀,绰号白花蛇杨春,原是

解良县蒲城人氏。当下挺刀立马,守住阵门。也有一首诗,单题杨春的好处:

蒲州生长最奢遮,会使钢刀赛左车。

瘦臂长腰真勇汉,杨春绰号白花蛇。

四个好汉勒马在阵前,望不多时,只见芒砀山上飞下一彪人马来。当先两个好汉,为头那一个便是徐州沛县人氏,姓项名充,绰号八臂那吒,使一面团牌,背插飞刀二十四把,百步取人,无有不中,右手仗一条标枪,后面打着一面认军旗,上书"八臂那吒",步行下山。有八句诗,单题项充:

铁帽深遮顶,铜环半掩腮。

傍牌悬兽面,飞刃插龙胎。

脚到如风火,身先降祸灾。

那吒号八臂,此是项充来。

次后那个好汉,便是邳县人氏,姓李名衮,绰号飞天大圣,会使一面团牌,背插二十四把标枪,亦能百步取人,左手挽牌,右手仗剑,后面打着一面认军旗,上书"飞天大圣",出到阵前。有八句诗,单道李衮:

缨盖盔兜项,袍遮铁掩襟。

胸藏拖地胆,毛盖杀人心。

飞刃齐攒玉,蛮牌满画金。

飞天号大圣,李衮众人钦。

当下项充、李衮见了对阵史进、朱武、陈达、杨春四骑马在阵前,并不打话。小喽啰筛起锣来,两个好汉舞动团牌齐上,直滚入阵来。

史进等拦当不住，后军先走。史进前军抵敌，朱武等中军呐喊，各自逃生。宋军被他杀的人亡马倒，败退六七十里。史进险些儿中了飞刀；杨春转身得迟，被一飞刀，战马着伤，弃了马，逃命走了。

史进点军，折了一半，和朱武等商议，欲要差人往梁山泊求救。正忧疑之间，只见军士来报："北边大路上，尘头起处，约有二千军马到来。"史进等直迎来时，却是梁山泊旗号。当先马上两员上将，一个是小李广花荣，一个是金枪手徐宁。史进接着，备说项充、李衮蛮牌滚动，军马遮拦不住。花荣道："宋公明哥哥见兄长来了，放心不下，好生懊悔，特差我两个到来帮助。"史进等大喜，合兵一处下寨。次日天晓，正欲起兵对敌，军士报道："北边大路上又有军马到来。"花荣、徐宁、史进一齐上马接时，却是宋公明亲自和军师吴学究、公孙胜、柴进、朱仝、呼延灼、穆弘、孙立、黄信、吕方、郭盛，带领三千人马来到。史进备说项充、李衮飞刀标枪滚牌难近，折了人马一事，宋江失惊。吴用道："且把军马扎下寨栅，别作商议。"宋江性急，便要起兵剿捕，直到山下。此时天色已晚，望见芒砀山上都是青色灯笼。公孙胜看了便道："这一伙人必有妖法。此寨中青色灯笼，必是个会行妖法之人在内。我等且把军马退去，来日贫道献一个阵法，要捉此二人。"宋江大喜，传令教军马且退二十里，扎住营寨。

次日清晨，公孙胜献出这个阵法，有分教：飞天大圣，拱手来上梁山；八臂那吒，延颈便归水泊。正是：计就魔王须下拜，阵圆神将怎施为？毕竟公孙胜对宋江献出甚么阵法来，且听下回分解。

第六十回

公孙胜芒砀山降魔　晁天王曾头市中箭

诗曰：

> 背后之言不可谌，得饶人处且饶人。
> 虽收芒砀无家客，殒却梁山主寨身。
> 诸将缟衣魂欲断，九原金镞恨难伸。
> 可怜盖世英雄骨，权厝荒城野水滨。

话说公孙胜对宋江、吴用献出那个阵图道："是汉末三分，诸葛孔明摆石为阵的法。四面八方，分八八六十四队，中间大将居之。其像四头八尾，左旋右转，按天地风云之机，龙虎鸟蛇之状。待他下山冲入阵来，两军齐开，如若伺候他入阵，只看七星号带起处，把阵变为长蛇之势。贫道作起道法，教这三人在阵中，前后无路，左右无门。却于坎地上掘下陷坑，直逼此三人到于那里，两边埋伏下挠钩手，准备捉将。"宋江听了大喜，便传将令，叫大小将校依令如此而行。再用八员猛将守阵，那八员：呼延灼、朱仝、花荣、徐宁、穆弘、孙立、史进、黄信。却叫柴进、吕方、郭盛权摄中军。宋江、吴用、公孙胜带领陈达磨旗，叫朱武指引五个军士，在近山高坡上看对阵报事。

是日巳牌时分，众军近山摆开阵势，摇旗擂鼓搦战。只见芒砀山上有三二十面锣声，震地价响，三个头领一齐来到山下，便将三千馀人摆开。左右两边,项充、李衮。中间马上,拥出那个为头的好汉,姓樊名瑞,祖贯濮州人氏,幼年学作全真先生,江湖上学得一身好武艺,马上惯使一个流星锤,神出鬼没,斩将搴旗,人不敢近,绰号作混世魔王。怎见得樊瑞英雄?有《西江月》为证:

> 头散青丝细发,身穿绒绣皂袍。连环铁甲晃寒霄,惯使铜锤更妙。　　好似北方真武,世间伏怪除妖。云游江海把名标,混世魔王绰号。

那个混世魔王樊瑞,骑一匹黑马,立于阵前。上首是项充,下首是李衮。那樊瑞虽会使神术妖法,却不识阵势。看了宋江军马,四面八方,摆成阵势,心中暗喜道:"你若摆阵,中我计了。"分付项充、李衮道:"若见风起,你两个便引五百滚刀手杀入阵去。"项充、李衮得令,各执定蛮牌,挺着标枪飞剑,只等樊瑞作用。只见樊瑞立在马上,左手挽定流星铜锤,右手仗着混世魔王宝剑,口中念念有词,喝声道:"疾!"只见狂风四起,飞沙走石,天愁地暗,日月无光。项充、李衮呐声喊,带了五百滚刀手杀将过去。宋江军马见杀将过来,便分开做两下。项充、李衮一搅入阵,两下里强弓硬弩射住来人,只带得四五十人入去,其馀的都回本阵去了。宋江在高坡上望见项充、李衮已入阵里了,便叫陈达把七星号旗只一招,那座阵势,纷纷滚滚,变作长蛇之阵。项充、李衮正在阵里,东赶西走,左盘右转,寻路不见。高坡上朱武把小旗在那里指引。他两个投东,朱武便望东指;若是投西,便望西指。公孙胜在高埠处看了,便拔出那松文古定剑来,口中念动咒语,喝声道:"疾!"只见风尽随着项充、李衮脚跟边乱卷。两个在阵中,只见天昏地暗,日色无光,四边并不见一个军马,一望都是黑气,后面跟的都不见了。项充、李衮心慌起来,只要夺路回阵,百般地没寻归路处。正走之间,忽然地雷大振一声,两个在阵叫苦不迭,一齐搨[1]了双脚,翻筋斗攧下陷马坑里去。两边都是挠钩手,早把两个搭将起来,便把麻绳绑缚了,解上山坡请功。宋江把鞭梢一指,三军一齐掩杀过去。樊瑞引人马奔走上山,走不迭的,折其大半。

宋江收军,众头领都在帐前坐下,军健早解项充、李衮到于麾下。宋江见了,忙叫解了绳索,亲自把盏,说道:"二位壮士,其实休怪,临敌之际,不如此不得。小可宋江久闻三位壮士大名,欲来礼请上山,同聚大义,盖因不得其便,因此错过。倘若不弃,同归山寨,不胜万幸。"两个听了,拜伏在地道:"已闻及时雨大名,谁不知道。只是小弟等无缘,不曾拜识。原来兄长果有大义,我等两个不识好人,要与天地相拗。今日既被擒获,万死尚轻,反以礼待。若蒙不杀收留,誓当效死报答大恩。樊瑞那人,无我两个,如何行得?义士头领,若肯放我们一个回去,就说樊瑞来投拜,不知头领尊意若何?"宋江便道:"壮士,不必留一人在此为当,便请二位同回贵寨,宋江来日专候佳音。"两个拜谢道:"真乃大丈夫!若是樊瑞不从投降,我等擒来奉献头领麾下。"有诗为证:

八阵神机世最难,雄才诸葛许谁攀!

多谋喜见公孙胜,樊瑞逡巡便入山。

---

[1] 搨(tà)——跌。

宋江听说大喜，请入中军，待了酒食，换了两套新衣，取两匹好马，叫小喽啰拿了枪牌，送二人下山回寨。两个于路在马上感恩不尽。来到芒砀山下，小喽啰见了大惊，接上山寨。樊瑞问两个来意如何，项充、李衮道："我等逆天之人，合该万死。"樊瑞道："兄弟如何说这话？"两个便把宋江如此义气说了一遍。樊瑞道："既然宋公明如此大贤，义气最重，我等不可逆天，来早都下山投拜。"两个道："我们也为如此而来。"当夜把寨内收拾已了。次日天晓，三个一齐下山，直到宋江寨前，拜伏在地。宋江扶起三人，请入帐中坐定。三个见了宋江没半点相疑之意，彼各倾心吐胆，诉说平生之事。三人拜请众头领，都到芒砀山寨中，杀牛宰马，管待宋公明等众多头领，一面赏劳三军。饮筵已罢，樊瑞就拜公孙胜为师。宋江立主教公孙胜传授五雷天心正法与樊瑞，樊瑞大喜。数日之间，牵牛拽马，卷了山寨钱粮，驮了行李，收聚人马，烧毁了寨栅，跟宋江等班师回梁山泊，于路无话。

宋江同众好汉回转梁山泊来。戴宗于路飞报，听得回山，早报上山来。宋江军马已到梁山泊边，却欲过渡，只见芦苇岸边大路上，一个大汉望着宋江便拜。宋江慌忙下马扶住，问道："足下姓甚名谁？何处人氏？"那汉答道："小人姓段，双名景住。人见小弟赤发黄须，都呼小人为金毛犬。祖贯是涿州人氏，平生只靠去北边地面[1]盗马。今春去到枪竿岭北边，盗得一匹好马，雪练也似价白，浑身并无

---

〔1〕 北边地面——指当时金国地界。

一根杂毛,头至尾长一丈,蹄至脊高八尺。那马又高又大,一日能行千里,北方有名,唤做照夜玉狮子马,乃是大金王子骑坐的,放在枪竿岭下,被小人盗得来。江湖上只闻及时雨大名,无路可见,欲将此马前来进献与头领,权表我进身之意。不期来到凌州西南上曾头市过,被那曾家五虎夺了去。小人称说是梁山泊宋公明的,不想那厮多有不莠的言语,小人不敢尽说。逃走得脱,特来告知。"宋江看这人时,虽是骨瘦形粗,却甚生得奇怪。怎见得?有诗为证:

焦黄头发髭须卷,盗马不辞千里远。

强夫姓段涿州人,被人唤做金毛犬。

宋江见了段景住一表非俗,心中暗喜,便道:"既然如此,且同到山寨里商议。"带了段景住,一同都下船,到金沙滩上岸。晁天王并众头领接到聚义厅上,宋江教樊瑞、项充、李衮和众头领相见,段景住一同都参拜了。打起聒厅鼓来,且做庆贺筵席。

宋江见山寨连添了许多人马,四方豪杰望风而来,因此叫李云、陶宗旺监工,添造房屋并四边寨栅。段景住又说起那匹马的好处,宋江叫神行太保戴宗,去曾头市探听那匹马的下落消息,快来回报。且说戴宗前去曾头市探听,去了三五日之间,回来对众头领说道:"这个曾头市上,共有三千馀家。内有一家唤做曾家府。这老子原是大金国人,名为曾长者[1],生下五个孩儿,号为曾家五虎。大的儿子

---

[1] 长者——古人称德高、年长的人为长者。宋元人对做大官和有钱人稍有几岁年纪的,也称长者,犹如后来称老太爷。

唤做曾涂,第二个唤做曾参,第三个唤做曾索,第四个唤做曾魁,第五个唤做曾升。又有一个教师史文恭,一个副教师苏定。去那曾头市上,聚集着五七千人马,扎下寨栅,造下五十馀辆陷车,发愿说他与我们势不两立,定要捉尽俺山寨中头领,做个对头。那匹千里玉狮子马,见今与教师史文恭骑坐。更有一般堪恨那厮之处,杜撰几句言语,教市上小儿们都唱,道:

'摇动铁镮铃,神鬼尽皆惊。铁车并铁锁,上下有尖钉。扫荡梁山清水泊,剿除晁盖上东京。生擒及时雨,活捉智多星。曾家生五虎,天下尽闻名。'"

晁盖听了戴宗说罢,心中大怒道:"这畜生怎敢如此无礼!我须亲自走一遭,不捉的此辈,誓不回山!"宋江道:"哥哥是山寨之主,不可轻动,小弟愿往。"晁盖道:"不是我要夺你的功劳,你下山多遍了,厮杀劳困,我今替你走一遭。下次有事,却是贤弟去。"宋江苦谏不听。晁盖忿怒,便点起五千人马,请启二十个头领相助下山,其馀都和宋公明保守山寨。

晁盖点那二十个头领:林冲、呼延灼、徐宁、穆弘、刘唐、张横、阮小二、阮小五、阮小七、杨雄、石秀、孙立、黄信、杜迁、宋万、燕顺、邓飞、欧鹏、杨林、白胜。共是二十一个头领,部领三军人马下山,征进曾头市。宋江与吴用、公孙胜众头领就山下金沙滩饯行。饮酒之间,忽起一阵狂风,正把晁盖新制的认军旗半腰吹折。众人见了,尽皆失色。吴学究谏道:"此乃不祥之兆,兄长改日出军。"宋江劝道:"哥哥方才出军,风吹折认旗,于军不利。不若停待几时,却去和那厮理会,未为晚矣。"晁盖道:"天地风云,何足为怪。趁此春暖之时,不去拿他,直待养成那厮气势,却去进兵,那时迟了。你且休阻我,遮莫怎地要去走一遭!"宋江那里违拗得住,晁盖引兵渡水去了。宋江悒怏不已,回到山寨,再叫戴宗下山去探听消息。

且说晁盖领着五千人马二十个头领来到曾头市相近,对面下了寨栅。次日,先引众头领上马去看曾头市。众多好汉立马看时,果然这曾头市是个险隘去处。但见:

> 周回一遭野水,四围三面高岗。堑边河港似蛇盘,濠下柳林如雨密。凭高远望绿阴浓,不见人家;附近潜窥青影乱,深藏寨栅。村中壮汉,出来的勇似金刚;田野小儿,生下的便如鬼子。僧道能轮棍棒,妇人惯使刀枪。果然是铁壁铜墙,端的尽人强马壮。交锋尽是哥儿将,上阵皆为子父兵。

晁盖与众头领正看之间,只见柳林中飞出一彪人马来,约有七八百人。当先一个好汉,戴熟铜盔,披连环甲,使一条点钢枪,骑着匹冲阵马,乃是曾家第四子曾魁,高声喝道:"你等是梁山泊反国草寇,我正要来拿你解官请赏,原来天赐其便! 如何不下马受缚,更待何时!"晁盖大怒,回头一观,早有一将出马去战曾魁。那人是梁山初结义的好汉豹子头林冲。两个交马,斗了三十馀合,不分胜败。曾魁斗到二十合之后,料道斗林冲不过,掣枪回马,便往柳林中走。林冲勒住马不赶。晁盖领转军马回寨,商议打曾头市之策。林冲道:"来日直去市口搦战,就看虚实如何,再作商议。"

次日平明,引领五千人马,向曾头市口平川旷野之地,列成阵势,擂鼓呐喊。曾头市上炮声响处,大队人马出来,一字儿摆着七个好汉:中间便是都教师史文恭,上首副教师苏定,下首便是曾家长子曾涂,左边曾参、曾魁,右边曾升、曾索,都是全身披挂。教师史文恭弯弓插箭,坐下那匹却是千里玉狮子马,手里使一枝方天画戟。三通鼓罢,只见曾家阵里推出数辆陷车,放在阵前。曾涂指着对阵骂道:"反国草寇,见俺陷车么?我曾家府里,杀你死的不算好汉。我一个个直要捉你活的,装载陷车里,解上东京,碎尸万段!你们趁早纳降,再有商议。"晁盖听了大怒,挺枪出马,直奔曾涂。众将怕晁盖有失,一发掩杀过去,两军混战。曾家军马一步步退入村里。林冲、呼延灼紧护定晁盖,东西赶杀。林冲见路途不好,急退回来收兵。看得两边各皆折了些人马。晁盖回到寨中,心中甚忧。众将劝道:"哥哥且宽心,休得愁闷,有伤贵体。往常宋公明哥哥出军,亦曾失利,好歹得胜回寨。今日混战,各折了些军马,又不曾输了与他,何须忧闷!"晁盖只是郁郁不乐。在寨内一连了三日,每日搦战,曾头市上并不曾见一个。

第四日,忽有两个和尚直到晁盖寨里来投拜。军人引到中军帐前,两个和尚跪下告道:"小僧是曾头市上东边法华寺里监寺僧人,今被曾家五虎不时常来本寺作践啰唣,索要金银财帛,无所不为。小僧已知他的备细出没去处,特地前来拜请头领,入去劫寨,剿除了他时,当坊有幸。"晁盖见说大喜。有诗为证:

间谍从来解用兵,陈平昔日更专精。

却惭晁盖无先见,随着秃奴暮夜行。

晁盖便请两个和尚坐了，置酒相待。林冲谏道："哥哥休得听信，其中莫非有诈？"和尚道："小僧是个出家人，怎敢妄话！久闻梁山泊行仁义之道，所过之处，并不扰民，因此特来拜投，如何故来啜赚将军？况兼曾家未必赢得头领大军，何故相疑？"晁盖道："兄弟休生疑心，误了大事。今晚我自去走一遭。"林冲道："哥哥休去，我等分一半人马去劫寨，哥哥在外面接应。"晁盖道："我不自去，谁肯向前？你可留一半军马在外接应。"林冲道："哥哥带谁入去？"晁盖道："点十个头领，分二千五百人马入去。十个头领是：刘唐、阮小二、呼延灼、阮小五、欧鹏、阮小七、燕顺、杜迁、宋万、白胜。"

当晚造饭吃了，马摘銮铃，军士衔枚，黑夜疾走，悄悄地跟了两个和尚，直到法华寺内看时，是一个古寺。晁盖下马入到寺内，见没僧众，问那两个和尚道："怎地这个大寺院没一个僧众？"和尚道："便是曾家畜生薅恼，不得已各自归俗去了。只有长老并几个侍者，自在塔院里居住。头领暂且屯住了人马，等更深些，小僧直引到那厮寨里。"晁盖道："他的寨在那里？"和尚道："他有四个寨栅，只是北寨里便是曾家弟兄屯军之处。若只打得那个寨子时，别的都不打紧，这三个寨便罢了。"晁盖道："那个时分可去？"和尚道："如今只是二更天气，再待三更时分，他无准备。"初时听得曾头市上整整齐齐打更鼓响，又听了半个更次，绝不闻更点之声。和尚道："军人想是已睡了，如今可去。"和尚当先引路。晁盖带同诸将上马，领兵离了法华寺。跟着和尚行不到五里多路，黑影处不见了两个僧人，前军不敢行动。看四边路杂难行，又不见有人家，军士却慌起来，报与晁盖知道。呼延灼便叫急回旧路。走不到百十步,只见四下里金鼓齐鸣,喊声振地,一望都是火把。晁盖众将引军夺路而走,才转得两个湾,撞出一彪军马,当头乱箭射将来。不期一箭,正中晁盖脸上,倒撞下马来。却得呼延灼、燕顺两骑马,死并将去。背后刘唐、白胜救得晁盖上马,杀出村中来。村口林冲等引军接应,刚才敌得住。两军混战,直杀到天明,各自归寨。

林冲回来点军时,三阮、宋万、杜迁水里逃得性命;带入去二千五百人马,止剩得一千二三百人,跟着欧鹏,都回到帐中。众头领且来看晁盖时,那枝箭正射在面颊上;急拔得箭出,血晕倒了。看那箭时,上有"史文恭"字。林冲叫取金枪药敷贴上。原来却是一枝药箭,晁盖中了箭毒,已自言语不得。林冲叫扶上车子,便差三阮、杜迁、宋万先送回山寨。其余十五个头领在寨中商议:"今番晁天王哥哥下山来,不想遭这一场,正应了风折认旗之兆。我等只可收兵回去,这曾头市急切不能取得。"呼延灼道:"须等宋公明哥哥将令来,方可回军。"有诗为证:

威镇边陲不可当,梁山寨主是天王。

最怜率尔图曾市,遽使英雄一命亡。

当日众头领闷闷不已,众军亦无恋战之心,人人都有还山之意。当晚二更时分,天色微明,十五个头领都在寨中纳闷。正是蛇无头而不行,鸟无翅而不飞,嗟咨叹惜,进退无措。忽听的伏路小校慌急报来:"前面四五路军马杀来,火把不计其数!"林冲听了,一齐上马。三面山上火把齐明,照晃如同白日,四下里呐喊到寨前。林冲领了众头领,不去抵敌,拔寨都起,回马便走。曾家军马背后卷杀将来。两军且战且走,走过了五六十里,方才得脱。计点人兵,又折了五七百人,大败输亏。急取旧路,望梁山泊回来。退到半路,正迎着戴宗,传下军令,教众头领引军且回山寨,别作良策。

众将得令,引军回到水浒寨上山,都来看视晁天王时,已自水米不能入口,饮食不进,浑身虚肿。宋江等守定在床前啼哭,亲手敷贴药饵,灌下汤散。众头领都守在帐前看视。当日夜至三更,晁盖身体沉重,转头看着宋江,嘱付道:"贤弟保重。若那个捉得射死我的,便叫他做梁山泊主。"言罢,便瞑目而死。

宋江见晁盖死了,比似丧考妣一般,哭得发昏。众头领扶策宋江出来主事。吴用、公孙胜劝道:"哥哥且省烦恼。生死人之分定,何故痛伤。且请理会大事。"宋江哭罢,便教把香汤沐浴了尸首,装殓衣服巾帻,停在聚义厅上。众头领都来举哀祭祀。一面合造内棺外椁,选了吉时盛放,在正厅上建起灵帏,中间设个神主,上写道:"梁山泊主天王晁公神主"。山寨中头领,自宋公明以下,都带重孝;小头目并众小喽啰,亦带孝头巾。把那枝誓箭,就供养在灵前。寨内扬起长幡,请附近寺院僧众上山做功德,追荐晁天王。宋江每日领众举哀,无心管理山寨事务。

林冲与公孙胜、吴用并众头领商议,立宋公明为梁山泊主,诸人拱听号令。次日清晨,香花灯烛,林冲为首,与众等请出保义宋公明,在聚义厅上坐定。吴用、林冲开话道:"哥哥听禀:治国一日不可无君,于家不可一日无主。今日山寨晁头领是归天去了,山寨中事业,岂可无主？四海万里疆宇之内，皆闻哥哥大名，来日吉日良辰，请哥哥为山寨之主，诸人拱听号令。"宋江道："却乃不可忘了晁天王遗言。临死时嘱道：'如有人捉得史文恭者，便立为梁山泊主。'此话众头领皆知，亦不可忘了。又不曾报得仇，雪得恨，如何便居得此位？"吴学究又劝道："晁天王虽是如此说，今日又未曾捉得那人，山寨中岂可一日无主？若哥哥不坐时，谁敢当此位？寨中人马如何管领？然虽遗言如此，哥哥权且尊临此位坐一坐，待日后别有计较。"宋江道："军师言之极当。今日小可权当此位，待日后报仇雪恨已了，拿住史文恭的，不拘何人，须当此位。"黑旋风李逵在侧边叫道："哥哥休说做梁山泊主，便做了大宋皇帝却不好！"宋江喝道："这黑厮又来胡说！再休如此乱言，先割了你这厮舌头！"李逵道："我又不教哥哥做社长，请哥哥做皇帝，倒要割了我舌头！"吴学究道："这厮不识尊卑的人，兄长不要和他一般见识。且请哥哥主张大事。"

宋江焚香已罢，权居主位，坐了第一把椅子。上首军师吴用，下首公孙胜；左一带林冲为头，右一带呼延灼居长。众人参拜了，两边坐下。宋江乃言道："小可今日权居此位，全赖众兄弟扶助，同心合意，同气相从，共为股肱，一同替天行道。如今山寨人马数多，非比往日，可请众兄弟分做六寨驻扎。聚义厅今改为忠义堂。前后左右立四个旱寨，后山两个小寨，前山三座关隘，山下一个水寨，两滩两个小寨，今日各请弟兄分投去管。"有诗为证：

英雄晁盖已归天，主寨公明在所先。

从此又颁新号令，分兵授职尽恭虔。

"忠义堂上,是我权居尊位,第二位军师吴学究,第三位法师公孙胜,第四位花荣,第五位秦明,第六位吕方,第七位郭盛。左军寨内,第一位林冲,第二位刘唐,第三位史进,第四位杨雄,第五位石秀,第六位杜迁,第七位宋万。右军寨内,第一位呼延灼,第二位朱仝,第三位戴宗,第四位穆弘,第五位李逵,第六位欧鹏,第七位穆春。前军寨内,第一位李应,第二位徐宁,第三位鲁智深,第四位武松,第五位杨志,第六位马麟,第七位施恩。后军寨内,第一位柴进,第二位孙立,第三位黄信,第四位韩滔,第五位彭玘,第六位邓飞,第七位薛永。水军寨内,第一位李俊,第二位阮小二,第三位阮小五,第四位阮小七,第五位张横,第六位张顺,第七位童威,第八位童猛。六寨计四十三员头领。山前第一关令雷横、樊瑞守把,第二关令解珍、解宝守把,第三关令项充、李衮守把。金沙滩小寨内令燕顺、郑天寿、孔明、孔亮四个守把,鸭嘴滩小寨内令李忠、周通、邹渊、邹润四个守把。山后两个小寨,左一个旱寨内令王矮虎、一丈青、曹正,右一个旱寨内令朱武、陈达、杨春六人守把。忠义堂内:左一带房中,掌文卷萧让,掌赏罚裴宣,掌印信金大坚,掌算钱粮蒋敬;右一带房中,管炮凌振,管造船孟康,管造衣甲侯健,管筑城垣陶宗旺。忠义堂后两厢房中管事人员:监造房屋李云,铁匠总管汤隆,监造酒醋朱富,监造筵宴宋清,掌管什物杜兴、白胜。山下四路作眼酒店,原拨定朱贵、乐和、时迁、李立、孙新、顾大嫂、张青、孙二娘,已自定数。管北地收买马匹:杨林、石勇、段景住。分拨已定,各自遵守,毋得违犯。"梁山泊水浒寨内,大小头领,自从宋公明为寨主,尽皆欢喜,人心悦服,诸将都皆拱听约束。

异日，宋江聚众商议，欲要与晁盖报仇，兴兵去打曾头市。军师吴用谏道："哥哥，庶民居丧，尚且不可轻动，哥哥兴师，且待百日之后，方可举兵，未为迟矣。"宋江依吴学究之言，守住山寨居丧，每日修设好事，只做功果，追荐晁盖。一日，请到一僧，法名大圆，乃是北京大名府在城龙华寺僧人。只为游方来到济宁，经过梁山泊，就请在寨内做道场。因吃斋之次，闲话间，宋江问起北京风土人物，那大圆和尚说道："头领如何不闻河北玉麒麟之名？"宋江、吴用听了，猛然省起，说道："你看我们未老，却恁地忘事！北京城里是有个卢大员外，双名俊义，绰号玉麒麟，是河北三绝。祖居北京人氏，一身好武艺，棍棒天下无对。梁山泊寨中若得此人时，何怕官军缉捕，岂愁兵马来临！"吴用笑道："哥哥何故自丧志气？若要此人上山，有何难哉！"宋江答道："他是北京大名府第一等长者，如何能勾得他来落草？"吴学究道："吴用也在心多时了，不想一向忘却。小生略施一计，便教本人上山。"宋江便道："人称足下为智多星，端的是不枉了，名不虚传。敢问军师用甚计策，赚得本人上山？"

吴用不慌不忙，叠两个指头，说出这段计来。有分教：北京城内，黎民废寝忘餐；梁山泊中，好汉驱兵领将。正是：计就水乡添虎将，谋成市井赚麒麟。毕竟吴学究怎地赚卢俊义上山，且听下回分解。

第六十一回

吴用智赚玉麒麟　张顺夜闹金沙渡

《满庭芳》：

通天彻地,能文会武,广交四海豪英。胸藏锦绣,义气更高明。潇洒纶巾野服,笑谈将、白羽麾兵。聚义处,人人瞻仰,四海久驰名。　　韵度同诸葛,运筹帷幄,殚竭忠诚。有才能冠世,玉柱高擎。遂使玉麟归伏,命风雷驱使天丁。梁山泊军师吴用,天上智多星。

话说这篇词,单道着吴用的好处。因为这龙华寺僧人,说出此三绝玉麒麟卢俊义名字与宋江,吴用道:"小生凭三寸不烂之舌,尽一点忠义之心,舍死忘生,直往北京说卢俊义上山,如探囊取物,手到拈来。只是少一个粗心大胆的伴当,和我同去。"说犹未了,只见阶下一个人高声叫道:"军师哥哥,小弟与你走一遭!"吴用大笑。那人是谁?却是好汉黑旋风李逵。宋江喝道:"兄弟,你且住着!若是上风放火,下风杀人,打家劫舍,冲州撞府,合用着你。这是做细的勾当,你性子又不好,去不的。"李逵道:"你们都道我生的丑,嫌我,不要我去。"宋江道:"不是嫌你。如今大名府做公的极多,倘或被人看破,枉送了你的性命。"李逵叫道:"不妨,我定要去走一遭。"吴用道:"你若依的我三件事,便带你去;若依不的,只在寨中坐地。"李逵道:"莫说三件,便是三十件,也依你!"吴用道:"第一件,你的酒性如烈火,自今日去便断了酒,回来你却开;第二件,于路上做道童打扮,随着我,我但叫你,不要违拗;第三件最难,你从明日为始,并不要说话,只做哑子一般。依的这三件,便带你去。"李逵道:"不吃酒,做道童,却依的;闭着这个嘴不说话,却是鳖杀我!"吴用道:"你若开口,便惹出事来。"李逵道:"也容易,我只口里衔着一文铜钱便了!"宋江道:"兄弟,你若坚执要去,恐有疏失,休要怨我。"李逵道:"不妨,不妨!我这两把板斧不到的只这般教他拿了去,少也砍他娘千百个鸟头才罢。"众头领都笑,那里劝的住。

当日忠义堂上做筵席送路,至晚各自去歇息。次日清早,吴用收拾了一包行李,教李逵扮做道童,挑担下山。宋江与众头领都在金沙滩送行,再三分付吴用小心在意,休教李逵有失。吴用、李逵别了众人下山,宋江等回寨。

且说吴用、李逵二人往北京去,行了四五日路程,却遇天色晚来,投店安歇,平明打火上路。于路上,吴用被李逵呕的苦。行了几日,赶到北京城外店肆里歇下。当晚李逵去厨下做饭,一拳打的店小二吐血。小二哥来房里告诉吴用道:"你的哑道童,我小人不与他烧火,打的小人吐血。"吴用慌忙与他陪话,把十数贯钱与他将息,自埋怨李逵,不在话下。过了一夜,次日天明起来,安排些饭食吃了。吴用唤李逵入房中,分付道:"你这厮苦死要来,一路上呕死我也!今日入城,不是耍处,你休送了我的性命!"李逵道:"不敢,不敢!"吴用道:"我再和你打个暗号:若是我把头来摇时,你便不可动掸。"李逵应承了。两个就店里打扮入城。怎见的？

吴用戴一顶乌绉纱抹眉头巾,穿一领皂沿边白绢道服,系一条杂采吕公绦,着一双方头青布履,手里拿一副赛黄金熟铜铃杵。李逵戗几根蓬松黄发,绾两枚浑骨丫髻,黑虎躯穿一领粗布短褐袍,飞熊腰勒一条杂色短须绦,穿一双蹬山透土靴,担一条过头木拐棒,挑着个纸招儿,上写着"讲命谈天,卦金一两"。

吴用、李逵两个打扮了,锁上房门,离了店肆,望北京城南门来。行无一里,却早望见城门,端的好个北京！但见：

城高地险,堑阔濠深。一周回鹿角交加,四下里排叉密布。敌楼雄壮,缤纷杂采旗幡；堞道坦平,簇摆刀枪剑戟。钱粮浩大,人物繁华。千百处舞榭歌台,数万座琳宫梵宇。东西院内,笙箫鼓乐喧天；南北店中,行货钱财满地。公子跨金鞍骏马,佳人乘翠盖珠轩。千员猛将统层城,百万黎民居上国。

此时天下各处盗贼生发,各州府县俱有军马守把。惟此北京是河北第一个去处,更兼又是梁中书统领大军镇守,如何不摆得整齐。

且说吴用、李逵两个,摇摇摆摆,却好来到城门下。守门的左右约有四五十军士,簇捧着一个把门的官人在那里坐定。吴用向前施礼,军士问道："秀才那里来？"吴用答道："小生姓张名用,这个道童姓李。江湖上卖卦营生,今来大郡与人讲命。"身边取出假文引[1],交军士看了。众人道："这个道童的鸟眼,恰像贼一般看人。"李逵听

---

[1] 文引——证明文书。这里指通行证。

道,正待要发作,吴用慌忙把头来摇,李逵便低了头。吴用向前与把门军士陪话道:"小生一言难尽!这个道童又聋又哑,只有一分蛮气力,却是家生的孩儿[1],没奈何带他出来。这厮不省人事,望乞恕罪!"辞了便行。李逵跟在背后,脚高步低,望市心里来。吴用手中摇着铃杵,口里念四句口号道:

"甘罗发早子牙迟,彭祖颜回寿不齐。

范丹贫穷石崇富,八字生来各有时。"

吴用又道:"乃时也,运也,命也。知生知死,知因知道。若要问前程,先请银一两。"说罢,又摇铃杵。北京城内小儿,约有五六十个,跟着看了笑。却好转到卢员外解库门首,自歌自笑,去了复又回来,小儿们哄动。

卢员外正在解库厅前坐地,看着那一班主管收解,只听得街上喧哄,唤当直的问道:"如何街上热闹?"当直的报复员外:"端的好笑,街上一个别处来的算命先生,在街上卖卦,要银一两算一命。谁人舍的!后头一个跟的道童,且是生的渗濑,走又走的没样范,小的们跟定了笑。"卢俊义道:"既出大言,必有广学。当直的,与我请他来。"也是天罡星合当聚会,自然生出机会来。当直的慌忙去叫道:"先生,员外有请。"吴用道:"是何人请我?"当直的道:"卢员外相请。"吴用便唤道童跟着转来,揭起帘子,入到厅前,教李逵只在鹅项椅上坐定等候。吴用转过前来,见卢员外时,那人生的如何?有《满庭芳》

------

〔1〕 家生的孩儿——卖身的奴仆所生的孩子。省称家生的,或家生子。

词为证:

> 目炯双瞳,眉分八字,身躯九尺如银。威风凛凛,仪表似天神。义胆忠肝贯日,吐虹蜺志气凌云。驰声誉,北京城内,元是富豪门。　　杀场临敌处,冲开万马,扫退千军。殚赤心报国,建立功勋。慷慨名扬宇宙,论英雄播满乾坤。卢员外双名俊义,河北玉麒麟。

这篇词单道卢俊义豪杰处。吴用向前施礼,卢俊义欠身答礼,问道:"先生贵乡何处?尊姓高名?"吴用答道:"小生姓张名用,自号谈天口。祖贯山东人氏。能算皇极先天数,知人生死贵贱。卦金白银一两,方才算命。"卢俊义请入后堂小阁儿里,分宾坐定;茶汤已罢,叫当直的取过白银一两,放于桌上,权为压命之资:"烦先生看贱造〔1〕则个。"吴用道:"请贵庚月日下算。"卢俊义道:"先生,君子问灾不问福。不必道在下豪富,只求推算目下行藏则个。在下今年三十二岁,甲子年乙丑月丙寅日丁卯时。"吴用取出一把铁算子来,排在桌上,算了一回,拿起算子桌上一拍,大叫一声:"怪哉!"卢俊义失惊,问道:"贱造主何凶吉?"吴用道:"员外若不见怪,当以直言。"卢俊义道:"正要先生与迷人指路,但说不妨。"吴用道:"员外这命,目下不出百日之内,必有血光之灾,家私不能保守,死于刀剑之下。"卢俊义笑道:"先生差矣!卢某生于北京,长在豪富之家,祖宗无犯法之男,亲族无再婚之女;更兼俊义作事谨慎,非理不为,非财不取,又

---

〔1〕 贱造——谦称自己的生辰八字。

无寸男为盗,亦无只女为非,如何能有血光之灾?"吴用改容变色,急取原银付还,起身便走,嗟叹而言:"天下原来都要人阿谀谄佞。罢,罢!分明指与平川路,却把忠言当恶言。小生告退。"卢俊义道:"先生息怒,前言特地戏耳。愿听指教。"吴用道:"小生直言,切勿见怪。"卢俊义道:"在下专听,愿勿隐匿。"吴用道:"员外贵造,一向都行好运。但今年时犯岁君,正交恶限。目今百日之内,尸首异处。此乃生来分定,不可逃也。"卢俊义道:"可以回避否?"吴用再把铁算子搭了一回,便回员外道:"则除非去东南方巽地上[1]一千里之外,方可免此大难。虽有些惊恐,却不伤大体。"卢俊义道:"若是免的此难,当以厚报。"吴用道:"命中有四句卦歌,小生说与员外,写于壁上,后日应验,方知小生灵处。"卢俊义道:"叫取笔砚来。"便去白粉壁上写,吴用口歌四句:

"芦花丛里一扁舟,俊杰俄从此地游。

义士若能知此理,反躬逃难可无忧。"

当时卢俊义写罢,吴用收拾起算子,作揖便行。卢俊义留道:"先生少坐,过午了去。"吴用答道:"多蒙员外厚意,误了小生卖卦,改日再来拜会。"抽身便起。卢俊义送到门首,李逵拿了拐棒儿走出门外。吴学究别了卢俊义,引了李逵,径出城来,回到店中,算还房宿饭钱,收拾行李包裹。李逵挑出卦牌。出离店肆,对李逵说道:"大事了也!我们星夜赶回山寨,安排圈套,准备机关,迎接卢俊义。他

---

[1] 巽(xùn)地上——按照八卦排列的方向,乾是西北,巽是东南。

早晚便来也。"

且不说吴用、李逵还寨,却说卢俊义自从算卦之后,寸心如割,坐立不安。当夜无话,捱到次日天晓,洗漱罢,早饭已了,出到堂前,便叫当直的去唤众多主管商议事务。少刻都到。那一个为头管家私的主管,姓李名固。这李固原是东京人,因来北京投奔相识不着,冻倒在卢员外门前。卢俊义救了他性命,养他家中。因见他勤谨,写的算的,教他管顾家间事务。五年之内,直抬举他做了都管,一应里外家私都在他身上,手下管着四五十个行财管干,一家内都称他做李都管。当日大小管事之人,都随李固来堂前声喏。卢员外看了一遭,便道:"怎生不见我那一个人?"说犹未了,阶前走过一人来。看那来人怎生模样?但见:

六尺以上身材,二十四五年纪,三牙掩口细髯,十分腰细膀阔。戴一顶木瓜心攒顶头巾,穿一领银丝纱团领白衫,系一条蜘蛛斑红线压腰,着一双土黄皮油膀胛靴。脑后一对挨兽金环,护项一枚香罗手帕,腰间斜插名人扇,鬓畔常簪四季花。

这人是北京土居人氏,自小父母双亡,卢员外家中养的他大。为见他一身雪练也似白肉,卢俊义叫一个高手匠人与他刺了这一身遍体花绣,却似玉亭柱上铺着软翠。若赛锦体,由你是谁,都输与他。不则一身好花绣,那人更兼吹的、弹的、唱的、舞的,拆白道字[1],顶

---

[1] 拆白道字——宋时流行的文字游戏之一种:把一个字拆作两个字,成句子说出来。例如黄山谷的《两同心词》:"你共人女边着子,争知我门里挑心。"就是拆的"好"、"闷"两字。

真续麻[1]，无有不能，无有不会。亦是说的诸路乡谈[2]，省的诸行百艺的市语。更且一身本事，无人比的。拿着一张川弩，只用三枝短箭，郊外落生[3]，并不放空，箭到物落，晚间入城，少杀也有百十个虫蚁[4]。若赛锦标社[5]，那里利物管取都是他的。亦且此人百伶百俐，道头知尾。本身姓燕，排行第一，官名单讳个青字。北京城里人口顺，都叫他做浪子燕青。曾有一篇《沁园春》词，单道着燕青的好处。但见：

> 唇若涂朱，睛如点漆，面似堆琼。有出人英武，凌云志气，资禀聪明。仪表天然磊落，梁山上端的驰名。伊州古调，唱出绕梁声。　　果然是艺苑专精，风月丛中第一名。听鼓板喧云，笙声嘹亮，畅叙幽情。棍棒参差，揎拳飞脚，四百军州到处惊。人都羡英雄领袖，浪子燕青。

原来这燕青是卢俊义家心腹人。都上厅声喏了，做两行立住。李固立在左边，燕青立在右边。卢俊义开言道："我夜来算了一命，道我有百日血光之灾，只除非出去东南上一千里之外躲避。我想东南方有个去处，是泰安州，那里有东岳泰山天齐仁圣帝金殿，管天下人民

---

[1] 顶真续麻——宋时流行的文字游戏之又一种：下一句的头一字，就是上一句的末一字。例如："断肠人寄断肠词，词写心间事，事到头来不由自……"
[2] 乡谈——方言土语，地方掌故。
[3] 落生——射猎。
[4] 虫蚁——这里指小的鸟雀。
[5] 锦标社——比赛射弩的团体组织。

生死灾厄。我一者去那里烧炷香消灾灭罪,二者躲过这场灾悔,三者做些买卖,观看外方景致。李固,你与我觅十辆太平车子,装十辆山东货物,你就收拾行李,跟我去走一遭。燕青小乙[1]看管家里库房钥匙,只今日便与李固交割。我三日之内便要起身。"李固道:"主人误矣。常言道:贾卜卖卦,转回说话。休听那算命的胡言乱语。只在家中,怕做甚么?"卢俊义道:"我命中注定了,你休逆我。若有灾来,悔却晚矣。"燕青道:"主人在上,须听小乙愚见。这一条路去山东泰安州,正打从梁山泊边过。近年泊内是宋江一伙强人在那里打家劫舍,官兵捕盗,近他不得。主人要去烧香,等太平了去,休信夜来那个算命的胡讲。倒敢是梁山泊歹人,假装做阴阳人来扇惑,要赚主人那里落草。小乙可惜夜来不在家里,若在家时,三言两句,盘倒那先生,倒敢有场好笑。"卢俊义道:"你们不要胡说,谁人敢来赚我!梁山泊那伙贼男女打甚么紧,我观他如同草芥,兀自要去特地捉他,把日前学成武艺显扬于天下,也算个男子大丈夫。"

说犹未了,屏风背后走出娘子来,乃是卢员外浑家,年方二十五岁,姓贾,嫁与卢俊义才方五载,琴瑟谐和。娘子贾氏便道:"丈夫,我听你说多时了。自古道:出外一里,不如屋里。休听那算命的胡说,撇了海阔一个家业,耽惊受怕,去虎穴龙潭里做买卖。你且只在家内,清心寡欲,高居静坐,自然无事。"卢俊义道:"你妇人家省得甚么!宁可信其有,不可信其无。自古祸出师人[2]口,必主吉凶。我

----

[1] 小乙——对排行第一的年轻男子的俗称。
[2] 师人——指占卜、星相术士。

既主意定了,你都不得多言多语。"

燕青又道:"小人托主人福荫,学的些个棒法在身。不是小乙说嘴,帮着主人去走一遭,路上便有些个草寇出来,小人也敢发落的三五十个开去。留下李都管看家,小人伏侍主人走一遭。"卢俊义道:"便是我买卖上不省的,要带李固去,他须省的,又替我大半气力,因此留你在家看守。自有别人管帐,只教你做个桩主[1]。"李固又道:"小人近日有些脚气的症候,十分走不的多路。"卢俊义听了大怒道:"养兵千日,用在一朝。我要你跟我去走一遭,你便有许多推故。若是那一个再阻我的,教他知我拳头的滋味!"李固吓的面如土色,众人谁敢再说,各自散了。

李固只得忍气吞声,自去安排行李,讨了十辆太平车子,唤了十个脚夫,四五十拽车头口,把行李装上车子,行货拴缚完备。卢俊义自去结束。第三日,烧了神福给散了,家中大男小女一个个都分付了,当晚先叫李固引两个当直的尽收拾了出城。李固去了,娘子看了车仗,流泪而去。

次日五更,卢俊义起来,沐浴罢,更换一身新衣服,取出器械,到后堂里辞别了祖先香火,出门上路。看卢俊义时怎生打扮?但见:

  头戴范阳遮尘毡笠,拳来大小撒发红缨,斜纹缎子布衫,查开五指梅红线绦,青白行缠抓住袜口,软绢袜衬多耳麻鞋。腰悬一把雁翎响铜钢刀,海驴皮鞘子,手拿一条搜山搅海棍棒。端的

------

[1] 桩主——店里当家的大管事。

是山东驰誉,河北扬名。

当下卢俊义拜辞家堂已了,分付娘子:"好生看家,多便三个月,少只四五十日便回。"贾氏道:"丈夫路上小心,频寄书信回来,家中知道。"说罢,燕青在面前拜了。卢俊义分付道:"小乙在家,凡事向前,不可出去三瓦两舍打哄。"燕青道:"主人在上,小乙不敢偷工夫闲耍。主人如此出行,怎敢怠慢!"卢俊义提了棍棒,出到城外。有诗一首,单道卢俊义这条好棒。有诗为证:

挂壁悬崖欺瑞雪,撑天拄地撼狂风。

虽然身上无牙爪,出水巴山秃尾龙。

李固接着,卢俊义道:"你可引两个伴当先去。但有干净客店,先做下饭,等候车仗脚夫到来便吃,省的担阁了路程。"李固也提条杆棒,先和两个伴当去了。卢俊义和数个当直的,随后押着车仗行。但见途中山明水秀,路阔坡平,心中欢喜道:"我若是在家,那里见这般景致!"行了四十馀里,李固接着主人。吃点心中饭罢,李固又先去了。再行四五十里,到客店里,李固接着车仗人马宿食。卢俊义来到店房内,倚了棍棒,挂了毡笠儿,解下腰刀,换了鞋袜,宿食皆不必说。次日清早起来,打火做饭,众人吃了,收拾车辆头口,上路又行。

自此在路夜宿晓行,已经数日,来到一个客店里宿食。天明要行,只见店小二哥对卢俊义说道:"好教官人得知,离小人店不得二十里路,正打梁山泊边口子前过去。山上宋公明大王,虽然不害来往客人,官人须是悄悄过去,休得大惊小怪。"卢俊义听了道:"原来如此!"便叫当直的取下衣箱,打开锁,去里面提出一个包袱,内取出四

面白绢旗;问小二哥讨了四根竹竿,每一根缚起一面旗来。每面栲栳大小几个字,写道:

"慷慨北京卢俊义,远驮货物离乡地。

一心只要捉强人,那时方表男儿志!"

李固等众人看了,一齐叫起苦来。店小二问道:"官人莫不和山上宋大王是亲么?"卢俊义道:"我自是北京财主,却和这贼们有甚么亲!我特地要来捉宋江这厮。"小二哥道:"官人低声些,不要连累小人,不是耍处!你便有一万人马,也近他不的!"卢俊义道:"放屁!你这厮们都和那贼人做一路!"店小二叫苦不迭,众车脚夫都痴呆了。李固跪在地下告道:"主人可怜见众人,留了这条性命回乡去,强似做罗天大醮!"卢俊义喝道:"你省的甚么!这等燕雀,安敢和鸿鹄厮并!我思量平生学的一身本事,不曾逢着买主,今日幸然逢此机会,不就这里发卖,更待何时!我那车子上叉袋里,已准备下一袋熟麻索。倘或这贼们当死合亡,撞在我手里,一朴刀一个砍翻,你们众人与我便缚在车子上。撇了货物不打紧,且收拾车子捉人。把这贼首解上京师,请功受赏,方表我平生之愿!若你们一个不肯去的,只就这里把你们先杀了!"

前面摆四辆车子,上插了四把绢旗;后面六辆车子,随从了行。那李固和众人,哭哭啼啼,只得依他。卢俊义取出朴刀,装在杆棒上,三个丫儿扣牢了,赶着车子奔梁山泊路上来。李固等见了崎岖山路,行一步怕一步。卢俊义只顾赶着要行。从清早起来,行到巳牌时分,远远地望见一座大林,有千百株合抱不交的大树。却好行到林子边,只听的一声唿哨响,吓的李固和两个当直的没躲处。卢俊义教把车仗押在一边。车夫众人都躲在车子底下叫苦。卢俊义喝道:"我若搠翻,你们与我便缚!"说犹未了,只见林子边走出四五百小喽啰来。听得后面锣声响处,又有四五百小喽啰截住后路。林子里一声炮响,托地跳出一筹好汉。怎地模样?但见:

> 茜红头巾,金花斜袅。铁甲凤盔,锦衣绣袄。血染髭髯,虎威雄暴。大斧一双,人皆吓倒。

又诗曰:

> 铁额金睛老大虫,翻身跳出树林中。
> 一声咆吼如雷震,万里传名黑旋风。

当下李逵手搠双斧,厉声高叫:"卢员外认得哑道童么?"卢俊义猛省,喝道:"我如常有心要来拿你这伙强盗,今日特地到此!快教宋江那厮下山投拜!倘或执迷,我片时间教你人人皆死,个个不留!"李逵呵呵大笑道:"员外,你今日中了俺的军师妙计,快来坐把交椅。"卢俊义大怒,搠着手中朴刀,来斗李逵。李逵轮起双斧来迎。两个斗不到三合,李逵托地跳出圈子外来,转过身望林子里便走。卢俊义挺着朴刀,随后赶将入来。李逵在林木丛中,东闪西躲,引得卢俊义性发,破一步抢入林来。李逵飞奔乱松丛里去了。卢俊义赶过林子这边,一个人也不见了。却待回身,只听得松林傍边转出一伙人来,一个人高声大叫:"员外不要走!认得俺么?"卢俊义看时,却是一个胖大和尚,身穿皂直裰,倒提铁禅杖。卢俊义喝道:"你是那里来的和尚?"鲁智深大笑道:"洒家是花和尚鲁智深。今奉哥哥将令,着俺来迎接员外上山。"卢俊义焦躁,大骂:"秃驴,敢如此无礼!"拈手中朴刀,直取那和尚。鲁智深轮起铁禅杖来迎。两个斗不到三合,鲁智深拨开朴刀,回身便走,卢俊义赶将去。正赶之间,喽啰里走出行者武松,轮两口戒刀,直奔将来。卢俊义不赶和尚,来斗武松。又不到三合,武松拔步便走。卢俊义哈哈大笑:"我不赶你,你这厮们何足道哉!"说犹未了,只见山坡下一个人在那里叫道:"卢员外,你如何省得!岂不闻人怕落荡,铁怕落炉?哥哥定下的计策,你待走那里去?"卢俊义喝道:"你这厮是谁?"那人笑道:"小可便是赤发鬼刘唐。"卢俊义骂道:"草贼休走!"挺手中朴刀,直取刘唐。方才斗得三合,刺斜里一个人大叫道:"好汉没遮拦穆弘在此!"当时刘唐、穆弘两个,两条朴刀,双斗卢俊义。正斗之间,不到三合,只听的背后脚步响,卢俊义喝声:"着!"刘唐、穆弘跳退数步。卢俊义便转身斗背后的好汉,却是扑天雕李应。三个头领丁字脚围定,卢俊义全然不慌,越斗越健。正好步斗,只听得山顶上一声锣响,三个头领各自卖个破绽,一齐拔步去了。卢俊义又斗得一身臭汗,不去赶他。再回林子边来寻车仗人伴时,十辆车子、人伴、头口,都不见了,口里只管叫苦。有诗为证:

避灾因作泰山游,暗里机谋不自由。

家产妻孥俱撇下,来吞水浒钓鱼钩。

卢俊义便向高阜处四下里打一望,只见远远地山坡下一伙小喽啰,把车仗头口赶在前面,将李固一干人连连串串缚在后面,鸣锣擂鼓,解投松树那边去。卢俊义望见,心如火炽,气似烟生,提着朴刀,直赶将去。约莫离山坡不远,只见两筹好汉喝一声道:"那里去!"一个是美髯公朱仝,一个是插翅虎雷横。卢俊义见了,高声骂道:"你这伙草贼,好好把车仗人马还我!"朱仝手拈长髯大笑,说道:"卢员外,你还怎地不晓得,中了俺军师妙计,便肋生两翅,也飞不出去。快来大寨坐把交椅。"卢俊义听了大怒,挺起朴刀,直奔二人。朱仝、雷横各将兵器相迎。三个斗不到三合,两个回身便走。卢俊义寻思道:"须是赶翻一个,却才讨得车仗。"舍着性命,赶转山坡,两个好汉都不见了,只听得山顶上鼓板吹箫。仰面看时,风刮起那面杏黄旗来,上面绣着"替天行道"四字。转过来打一望,望见红罗销金伞下盖着宋江,左有吴用,右有公孙胜,一行部从二百馀人,一齐声喏道:"员外别来无恙!"卢俊义见了越怒,指名叫骂。山上吴用劝道:"兄长且须息怒。宋公明久闻员外清德,实慕威名,特令吴某亲诣门墙,赚员外上山,一同替天行道。请休见责。"卢俊义大骂:"无端草贼,怎敢赚我!"宋江背后转过小李广花荣,拈弓取箭,看着卢俊义喝道:"卢员外休要逞能,先教你看花荣神箭!"说犹未了,飕地一箭正中卢俊义头上毡笠儿的红缨。吃了一惊,回身便走。山上鼓声震地,只见霹雳火秦明、豹子头林冲,引一彪军马,摇旗呐喊,从东山边杀出来;又见双鞭将呼延灼、金枪手徐宁,也领一彪军马,摇旗呐喊,从山西边杀出来,吓得卢俊义走投没路。看看天色将晚,脚又疼,肚又饥,正是慌不择路,望山僻小径只顾走。约莫黄昏时分,烟迷远水,雾锁深山,星月微明,不分丛莽。正走之间,不到天尽头,须到地尽处,看看走到鸭嘴滩头,只一望时,都是满目芦花,茫茫烟水。卢俊义看见,仰天长叹

道："是我不听好人言,今日果有凄惶事!"正烦恼间,只见芦苇里面一个渔人,摇着一只小船出来。正是:

生涯临野渡,茅屋隐晴川。

沽酒浑家乐,看山满意眠。

棹穿波底月,船压水中天。

惊起闲鸥鹭,冲开柳岸烟。

那渔人倚定小船叫道："客官好大胆!这是梁山泊出没的去处,半夜三更,怎地来到这里?"卢俊义道："便是我迷踪失路,寻不着宿头。你救我则个!"渔人道："此间大宽转,有一个市井,却用走三十馀里向开路程;更兼路杂,最是难认。若是水路去时,只有三五里远近。你舍得十贯钱与我,我便把船载你过去。"卢俊义道："你若渡得我过去,寻得市井客店,我多与你些银两。"那渔人摇船傍岸,扶卢俊义下船,把铁篙撑开。约行三五里水面,只听得前面芦苇丛中橹声响,一只小船飞也似来。船上有两个人,前面一个赤条条地拿着一条水篙,后面那个摇着橹。前面的人横定篙,口里唱着山歌道:

"生来不会读诗书,且就梁山泊内居。

准备窝弓射猛虎,安排香饵钓鳌鱼。"

卢俊义听得,吃了一惊,不敢做声。又听得右边芦苇丛中,也是两个人摇一只小船出来。后面的摇着橹,有咿哑之声;前面的横定篙,口里也唱山歌道:

"乾坤生我泼皮身,赋性从来要杀人。

万两黄金浑不爱,一心要捉玉麒麟。"

卢俊义听了,只叫得苦。只见当中一只小船,飞也似摇将来,船头上立着一个人,倒提铁锁木篙,口里亦唱着山歌道:

"芦花丛里一扁舟,俊杰俄从此地游。

义士若能知此理,反躬逃难可无忧。"

歌罢,三只船一齐唱喏。中间是阮小二,左边是阮小五,右边的是阮小七。那三只小船一齐撞将来。卢俊义听了,心内转惊,自想又不识水性,连声便叫渔人:"快与我拢船近岸!"那渔人呵呵大笑,对卢俊义说道:"上是青天,下是绿水。我生在浔阳江,来上梁山泊,三更不改名,四更不改姓,绰号混江龙李俊的便是!员外若还不肯降时,送了你性命!"卢俊义大惊,喝一声,说道:"不是你,便是我!"拿着朴刀,望李俊心窝里搠将来。李俊见朴刀搠将来,拿定棹牌,一个背抛筋斗,扑同的翻下水去了。那只船滴溜溜在水面上转,朴刀又搠将下水去了。只见船尾一个人从水底下钻出来,叫一声,乃是浪里白跳张顺,把手挟住船梢,脚踏水浪,把船只一侧,船底朝天,英雄落水。未知卢俊义性命如何?正是:铺排打凤牢龙计,坑陷惊天动地人。毕竟卢俊义落水性命如何,且听下回分解。

第六十二回

放冷箭燕青救主　劫法场石秀跳楼

诗曰：

烟水茫茫云数重,罡星应合聚山东。岸边埋伏金睛兽,船底深藏玉爪龙。　　风浩荡,月朦胧。法华开处显英雄。麒麟谩有擎天力,怎出军师妙计中。

话说这卢俊义虽是了得,却不会水,被浪里白跳张顺排翻小船,倒撞下水去。张顺却在水底下拦腰抱住,又钻过对岸来,抢了朴刀。张顺把卢俊义直奔岸边来。早点起火把,有五六十人在那里等,接上岸来,团团围住,解了腰刀,尽换下湿衣服,便要将索绑缚。只见神行太保戴宗传令高叫将来:"不得伤犯了卢员外贵体!"随即差人将一包袱锦衣绣袄与卢俊义穿着。八个小喽啰抬过一乘轿来,扶卢员外上轿便行。只见远远地早有二三十对红纱灯笼,照着一簇人马,动着鼓乐,前来迎接。为头宋江、吴用、公孙胜,后面都是众头领,一齐下马。卢俊义慌忙下轿。宋江先跪,后面众头领排排地都跪下。卢俊义亦跪下还礼道:"既被擒捉,愿求早死。"宋江大笑说道:"且请员外上轿。"众人一齐上马,动着鼓乐,迎上三关,直到忠义堂前下马,请卢俊义到厅上,明晃晃地点着灯烛。宋江向前陪话道:"小可久闻员外大名,如雷灌耳。今日幸得拜识,大慰平生! 却才众兄弟甚是冒渎,万乞恕罪!"吴用上前说道:"昨奉兄长之命,特令吴某亲诣门墙,以卖卦为由,赚员外上山,共聚大义,一同替天行道。"

宋江便请卢员外坐第一把交椅。卢俊义答礼道:"不才无识无能,误犯虎威,万死尚轻,何故相戏?"宋江陪笑道:"怎敢相戏!实慕员外威德,如饥如渴,万望不弃鄙处,为山寨之主,早晚共听严命。"卢俊义回说:"宁就死亡,实难从命。"吴用道:"来日却又商议。"当时置备酒食管待。卢俊义无计奈何,只得饮了几杯,小喽啰请去后堂歇了。次日,宋江杀羊宰马,大排筵宴,请出卢员外来赴席;再三再四谦让,在中间里坐了。酒至数巡,宋江起身把盏陪话道:"夜来甚是冲撞,幸望宽恕!虽然山寨窄小,不堪歇马,员外可看'忠义'二字之面。宋江情愿让位,休得推却!"卢俊义答道:"头领差矣!小可身无罪累,颇有些少家私。生为大宋人,死为大宋鬼,宁死实难听从。"吴用并众头领一个个说,卢俊义越不肯落草。吴用道:"员外既然不肯,难道逼勒?只留得员外身,留不得员外心。只是众弟兄难得员外到此,既然不肯入伙,且请小寨略住数日,却送还宅。"卢俊义道:"小可在此不妨,只恐家中知道这般的消息,忧损了老小。"吴用道:"这事容易,先教李固送了车仗回去,员外迟去几日却何妨。"正面上交椅坐定,都放了心。吴用道:"李都管,你的车仗货物都么?"李固应道:"一些儿不少。"宋江叫取两个大银把与李固,两个小银赍发当直的,那十个车脚共与他白银十两。众人拜谢。卢俊义分付李固道:"我的苦,你都知了。你回家中,分付娘子不要忧心,我过三五日便回也。"李固只要脱身,满口应说:"但不妨事。"辞了,便下忠义堂去。

吴用随即便起身,说道:"员外宽心少坐,小生发送李固下山便来也。"有诗为证:

梁山人马太喽啰,生赚卢公入网罗。

抵死不为非理事,未知终始果如何。

吴用这次起身,已有计了,只推发送李固,先到金沙滩等候。少刻,李固和两个当直的并车仗头口人伴,都下山来。吴用将引五百小喽啰,围在两边,坐在柳阴树下,便唤李固近前说道:"你的主人已和我们商议定了,今坐第二把交椅。此乃未曾上山时,预先写下四句反诗在家里壁上。我教你们知道,壁上二十八个字,每一句包着一个字:'芦花荡里一扁舟',包个'卢'字;'俊杰那能此地游',包个'俊'字;'义士手提三尺剑',包个'义'字;'反时须斩逆臣头',包个'反'字。这四句诗,包藏'卢俊义反'四字。今日上山,你们怎知!本待把你众人杀了,显得我梁山泊行短。今日放你们星夜自回去,休想望你主人回来。"李固等只顾下拜。吴用教把船送过渡口,一行人上路奔回北京。正是:鳌鱼脱却金钩去,摆尾摇头更不回。

话分两处。不说李固等归家,且说吴用回到忠义堂上,再入酒席,用巧言令色说诱卢俊义,筵会直到二更方散。次日,山寨里再排筵会庆贺。卢俊义说道:"感承众头领好意相留在下,只是小可度日如年,今日告辞。"宋江道:"小可不才,幸识员外。来日宋江梯已聊备小酌,对面论心一会,勿请推却。"又过了一日。明日宋江请,后日吴用请,大后日公孙胜请。话休絮繁,三十馀个上厅头领,每日轮一个做筵席。光阴荏苒,日月如梭,早过一月有馀。卢俊义寻思,又要告别。宋江道："非是不留员外,争奈急急要回。来日忠义堂上,安排薄酒送行。"

次日,宋江又梯己送路。只见众头领都道："俺哥哥敬员外十分,俺等众人当敬员外十二分。偏我哥哥筵席便吃!砖儿何厚,瓦儿何薄!"李逵在内大叫道："我舍着一条性命,直往北京请得你来,却不吃我弟兄们筵席!我和你眉尾相结,性命相扑!"吴学究大笑道:"不曾见这般请客的,甚是粗卤!员外休怪,见他众人薄意,再住几时。"不觉又过了四五日,卢俊义坚意要行。只见神机军师朱武,将引一般头领直到忠义堂上,开话道:"我等虽是以次弟兄,也曾与哥哥出气力,偏我们酒中藏着毒药?卢员外若是见怪,不肯吃我们的,我自不妨,只怕小兄弟们做出事来,悔之晚矣!"吴用起身便道:"你们都不要烦恼,我与你央及员外,再住几时,有何不可。常言道:将酒劝人,终无恶意。"卢俊义抑众人不过,只得又住了几日,前后却好三四十日。自离北京是四月的话,不觉在梁山泊早过了四个月有馀。但见金风淅淅,玉露泠泠,又早是中秋节近。卢俊义思量归期,对宋江诉说。宋江见卢俊义思归苦切,便道:"这个容易,来日金沙滩送别。"卢俊义大喜。有诗为证:

一别家山岁月赊,寸心无日不思家。

此身恨不生双翼,欲借天风过水涯。

次日,还把旧时衣裳刀棒送还员外,一行众头领,都送下山。宋江托一盘金银相送,卢俊义推道:"非是卢某说口,金帛钱财家中颇有,但得到北京盘缠足矣。赐与之物,决不敢受。"宋江等众头领直送过金沙滩,作别自回,不在话下。

不说宋江回寨,只说卢俊义拽开脚步,星夜奔波。行了旬日,到得北京,日已薄暮,赶不入城,就在店中歇了一夜。次日早晨,卢俊义离了村店,飞奔入城。尚有一里多路,只见一人,头巾破碎,衣裳蓝缕,看着卢俊义纳头便拜。卢俊义抬眼看时,却是浪子燕青,便问燕青:"你怎地这般模样?"燕青道:"这里不是说话处。"卢俊义转过土墙侧首,细问缘故。燕青说道:"自从主人去后,不过数日,李固回来对娘子说道:'主人归顺了梁山泊宋江,坐了第二把交椅。'如今去官司首告了。他已和娘子做了一路,嗔怪燕青违拗,将我赶逐出门,将一应衣服尽行夺了,赶出城外。更兼分付一应亲戚相识,但有人安着燕青在家歇的,他便舍半个家私和他打官司,因此无人敢着。小乙在城中安不得身,只得来城外求乞度日,权在庵内安身。主人可听小乙言语,再回梁山泊去,别做个商议。若入城中,必中圈套。"卢俊义喝道:"我的娘子不是这般人,你这厮休来放屁!"燕青又道:"主人脑后无眼,怎知就里。主人平昔只顾打熬气力,不亲女色。娘子旧日和李固原有私情,今日推门相就,做了夫妻。主人若去,必遭毒手!"卢俊义大怒,喝骂燕青道:"我家五代在北京住,谁不识得!量李固有几颗头,敢做恁般勾当!莫不是你做出歹事来,今日倒来反说?我到家中问出虚实,必不和你干休!"燕青痛哭,拜倒地下,拖住主人衣服。卢俊义一脚踢倒燕青,大踏步便入城来。

奔到城内,径入家中,只见大小主管都吃一惊。李固慌忙前来迎接,请到堂上,纳头便拜。卢俊义便问:"燕青安在?"李固答道:"主人且休问,端的一言难尽! 只怕发怒,待歇息定了却说。"贾氏从屏风后哭将出来,卢俊义说道:"娘子休哭,且说燕小乙怎地来?"贾氏道:"丈夫且休问,慢慢地却说。"卢俊义心中疑虑,定死要问燕青来历。李固便道:"主人且请换了衣服,吃了早膳,那时诉说不迟。"一边安排饭食与卢员外吃。方才举箸,只听得前门后门喊声齐起,二三百个做公的抢将入来。卢俊义惊得呆了,就被做公的绑了,一步一棍,直打到留守司来。

其时,梁中书正坐公厅,左右两行,排列狼虎一般公人七八十个,把卢俊义拿到当面。贾氏和李固也跪在侧边。厅上梁中书大喝道:"你这厮是北京本处百姓良民,如何却去投降梁山泊落草,坐了第二把交椅! 如今到来,里勾外连,要打北京。今被擒来,有何理说?"卢俊义道:"小人一时愚蠢,被梁山泊吴用假做卖卦先生来家,口出讹言,扇惑良心,掇赚到梁山泊软监,过了四个月。今日幸得脱身归来,并无歹意。望恩相明镜。"梁中书喝道:"如何说得过! 你在梁山泊中,若不通情,如何住了许多时? 见放着你的妻子并李固出首,怎地是虚?"李固道:"主人既到这里,招伏了罢。家中壁上见写下藏头反诗,便是老大的证见,不必多说。"贾氏道:"不是我们要害你,只怕你连累我。常言道:一人造反,九族全诛!"卢俊义跪在厅下,叫起屈来。李固道:"主人不必叫屈。是真难灭,是假易除。早早招了,免致吃苦。"贾氏道:"丈夫,虚事难入公门,实事难以抵对。你若做出事来,送了我的性命。自古丈夫造反,妻子不首,不奈有情皮肉,无情杖子。你便招了，也只吃得有数的官司。"李固上下都使了钱。张孔目厅上禀说道："这个顽皮赖骨，不打如何肯招！"梁中书道："说的是。"喝叫一声："打！"左右公人把卢俊义捆翻在地，不由分说，打的皮开肉绽，鲜血迸流，昏晕去了三四次。卢俊义打熬不过，仰天叹曰："是我命中合当横死，我今屈招了罢。"张孔目当下取了招状，讨一面一百斤死囚枷钉了，押去大牢里监禁。府前府后，看的人都不忍见。当日推入牢门，吃了三十杀威棒，押到亭心内，跪在面前。狱子炕上坐着那个两院押牢节级，带管刽子，把手指道："你认的我么？"卢俊义看了，不敢则声。那人是谁？有诗为证：

两院押牢称蔡福，堂堂仪表气凌云。

腰间紧系青鸾带，头上高悬垫角巾。

行刑问事人倾胆，使索施枷鬼断魂。

满郡夸称铁臂膊，杀人到处显精神。

这两院押狱兼充行刑刽子，姓蔡名福，北京土居人氏。因为他手段高强，人呼他为铁臂膊。傍边立着一个嫡亲兄弟，姓蔡名庆。亦有诗为证：

押狱丛中称蔡庆，眉浓眼大性刚强。

茜红衫上描鸂鶒，茶褐衣中绣木香。

曲曲领沿深染皂，飘飘博带浅涂黄。

金环灿烂头巾小，一朵花枝插鬓傍。

这个小押狱蔡庆，生来爱带一枝花，河北人氏顺口都叫他做一枝花蔡庆。那人挂着一条水火棍，立在哥哥侧边。蔡福道："你且把这个死囚带在那一间牢里,我家去走一遭便来。"蔡庆把卢俊义自带去了。

蔡福起身出离牢门来,只见司前墙下转过一个人来,手里提着饭罐,面带忧容。蔡福认的是浪子燕青。蔡福问道:"燕小乙哥,你做甚么?"燕青跪在地下,擎着两行珠泪,告道:"节级哥哥,可怜见小人的主人卢员外,吃屈官司,又无送饭的钱财!小人城外叫化得这半罐子饭,权与主人充饥。节级哥哥怎地做个方便,便是重生父母,再长爷娘!"说罢,泪如雨下,拜倒在地。蔡福道:"我知此事。你自去送饭把与他吃。"燕青拜谢了,自进牢里去送饭。蔡福转过州桥来,只见一个茶博士叫住唱喏道:"节级,有个客人在小人茶房内楼上,专等节级说话。"蔡福来到楼上看时,却是主管李固。各施礼罢,蔡福道:"主管有何见教?"李固道:"奸不厮瞒,俏不厮欺。小人的事都在节级肚里。今夜晚间,只要光前绝后[1]。无甚孝顺,五十两蒜条金在此,送与节级。厅上官吏,小人自去打点。"蔡福笑道:"你不见正厅戒石[2]上刻着'下民易虐,上苍难欺'?你的那瞒心昧己勾当,怕我不知?你又占了他家私,谋了他老婆,如今把五十两金子与我,结果了他性命。日后提刑官下马[3],我吃不的这等官司!"李固道:"只是节级嫌少,小人再添五十两。"蔡福道:"李固,你割猫儿尾拌猫儿饭。北京有名恁地一个卢员外,只直得这一百两金子?你若要我

---

[1] 光前绝后——这里指把人暗杀了,干干净净,不留一点痕迹。
[2] 戒石——宋时,每个官厅里都竖有一块石碑,上刻着做官的诫条,称为戒石。
[3] 提刑官下马——宋时,皇帝派到各地查勘司法情况的官,名为提点刑狱官,省称提刑官。下马,就是停留在此地。

倒地他,不是我诈你,只把五百两金子与我!"李固便道:"金子有在这里,便都送与节级,只要今夜晚些成事。"蔡福收了金子,藏在身边,起身道:"明日早来扛尸。"李固拜谢,欢喜去了。

蔡福回到家里,却才进门,只见一人揭起芦帘,随即入来。那人叫声:"蔡节级相见。"蔡福看时,但见那一个人生得十分标致。有诗为证:

身穿鸦翅青团领,腰系羊脂玉闹妆。
头戴鵕鸃冠一具,足蹑珍珠履一双。
规行矩步端详士,目秀眉清年少郎。
礼贤好客为柴进,四海驰名小孟尝。

那人进得门,看着蔡福便拜。蔡福慌忙答礼,便问道:"官人高姓?有何说话?"那人道:"可借里面说话。"蔡福便请入来一个商议阁里,分宾坐下。那人开话道:"节级休要吃惊,在下便是沧州横海郡人氏,姓柴名进,大周皇帝嫡派子孙,绰号小旋风的便是。只因好义疏财,结识天下好汉,不幸犯罪,流落梁山泊。今奉宋公明哥哥将令,差遣前来打听卢员外消息。谁知被赃官污吏淫妇奸夫通情陷害,监在死囚牢里,一命悬丝,尽在足下之手。不避生死,特来到宅告知:如是留得卢员外性命在世,佛眼相看,不忘大德;但有半米儿差错,兵临城下,将至濠边,无贤无愚,无老无幼,打破城池,尽皆斩首!久闻足下是个仗义全忠的好汉,无物相送,今将一千两黄金薄礼在此。倘若要捉柴进,就此便请绳索,誓不皱眉。"蔡福听罢,吓的一身冷汗,半晌答应不的。柴进起身道:"好汉做事,休要踌躇,便请一决。"蔡福道:"且请壮士回步,小人自有措置。"柴进拜谢道:"既蒙语诺,当报大恩。"出门唤过从人,取出黄金一包,递在蔡福手里,唱个喏便走。外面从人,乃是神行太保戴宗,——又是一个不会走的!

蔡福得了这个消息,摆拨[1]不下,思量半晌,回到牢中,把上项的事却对兄弟说了一遍。蔡庆道:"哥哥平生最会决断,量这些小事,有何难哉!常言道:杀人须见血,救人须救彻。既然有一千两金子在此,我和你替他上下使用。梁中书、张孔目都是好利之徒,接了贿赂,必然周全卢俊义性命。葫芦提配将出去,救的救不的,自有他梁山泊好汉,俺们干的事便了也。"蔡福道:"兄弟这一论,正合我意。你且把卢员外安顿好处,牢中早晚把些好酒食将息他,传个消息与他。"蔡福、蔡庆两个商议定了,暗地里把金子买上告下,关节已定。

次日,李固不见动静,前来蔡福家催并。蔡庆回说:"我们正要下手结果他,中书相公不肯,已有人分付要留他性命。你自去上面使用,嘱付下来,我这里何难。"李固随即又央人去上面使用,中间过钱人去嘱托,梁中书道:"这是押牢节级的勾当,难道教我下手?过一两日,教他自死。"两下里厮推。张孔目已得了金子,只管把文案拖延了日期。蔡福就里又打关节,教及早发落。张孔目将了文案来禀,梁中书道:"这事如何决断?"张孔目道:"小吏看来,卢俊义虽有原告,却无实迹。虽是在梁山泊住了许多时,这个是扶同诖误[2],难

---

[1] 摆拨——同摆布。
[2] 扶同诖(guà)误——扶同,是牵连的意思;扶同诖误,是被人牵连因而做错了事的意思。

问真犯。脊杖四十,刺配三千里。不知相公意下如何?"梁中书道:"孔目见得极明,正与下官相合。"随唤蔡福牢中取出卢俊义来,就当厅除了长枷,读了招状文案,决了四十脊杖,换一具二十斤铁叶盘头枷,就厅前钉了,便差董超、薛霸管押前去,直配沙门岛。原来这董超、薛霸自从开封府做公人,押解林冲去沧州,路上害不得林冲,回来被高太尉寻事刺配北京。梁中书因见他两个能干,就留在留守司勾当。今日又差他两个监押卢俊义。当下董超、薛霸领了公文,带了卢员外,离了州衙,把卢俊义监在使臣房里,各自归家收拾行李包裹,即便起程。有诗为证:

贾氏奸淫最不才,忍将夫主搆刑灾。

若非柴进行金谍,俊义安能配出来。

且说李固得知,只叫得苦,便叫人来请两个防送公人说话。董超、薛霸到得那里酒店内,李固接着,请至阁儿里坐下,一面铺排酒食管待。三杯酒罢,李固开言说道:"实不相瞒上下,卢员外是我仇家。如今配去沙门岛,路途遥远,他又没一文,教你两个空费了盘缠,急待回来,也得三四个月。我没甚的相送,两锭大银,权为压手。多只两程,少无数里,就便的去处,结果了他性命,揭取脸上金印回来表证,教我知道,每人再送五十两蒜条金与你。你们只动得一张文书,留守司房里,我自理会。"董超、薛霸两两相觑,沉吟了半晌,见了两个大银,如何不起贪心。董超道:"只怕行不得。"薛霸便道:"哥哥,这李官人也是个好男子。我们也把这件事结识了他,若有急难之处,要他照管。"李固道:"我不是忘恩失义的人,慢慢地报答你两个。"

董超、薛霸收了银子,相别归家,收拾包裹,连夜起身。卢俊义道:"小人今日受刑,杖疮疼痛,容在明日上路!"薛霸骂道:"你便闭了鸟嘴!老爷自悔气,撞着你这穷神!沙门岛往回六千里有余,费多少盘缠,你又没一文,教我们如何布摆!"卢俊义诉道:"念小人负屈含冤,上下看觑则个。"董超骂道:"你这财主们,闲常一毛不拔,今日天开眼,报应得快!你不要怨怅,我们相帮你走。"卢俊义忍气吞声,只得走动。行出东门,董超、薛霸把衣包雨伞,都挂在卢员外枷头上。况是囚人,无计奈何。那堪又值晚秋天气,纷纷黄叶坠,对对塞鸿飞,心怀四海三江闷,腹隐千辛万苦愁,忧闷之中,只听的横笛之声。俊义吟诗一首:

"谁家玉笛弄秋清,撩乱无端恼客情。

自是断肠听不得,非干吹出断肠声。"

两个公人一路上做好做恶,管押了行。看看天色傍晚,约行了十四五里,前面一个村镇,寻觅客店安歇。旧时客店,但见公人监押囚徒来歇,不敢要房钱。当时小二哥引到后面房里,安放了包裹。薛霸说道:"老爷们苦杀是个公人,那里倒来扶侍罪人?你若要饭吃,快去烧火!"卢俊义只得带着枷来到厨下,问小二哥讨了个草柴,缚做一块,来灶前烧火。小二哥替他淘米做饭,洗刷碗盏。卢俊义是财主出身,这般事却不会做,草柴火把又湿,又烧不着,一齐灭了;甫能尽力一吹,被灰眯了眼睛。董超又喃喃讷讷地骂。做得饭熟,两个都盛去了,卢俊义并不敢讨吃。两个自吃了一回,剩下些残汤冷饭,与卢俊义吃了。薛霸又不住声骂了一回,吃了晚饭,又叫卢俊义去烧脚汤。等得汤滚,卢俊义方敢房里去坐地。两个自洗了脚,掇一盆百煎滚汤,赚卢俊义洗脚。方才脱得草鞋,被薛霸扯两条腿纳在滚汤里,大痛难禁。薛霸道:"老爷伏侍你,颠倒做嘴脸!"两个公人自去炕上睡了。把一条铁索将卢员外锁在房门背后,声唤到四更。两个起来,叫小二哥做饭,自吃了出门,收拾了包裹要行。卢俊义看脚时,都是潦浆泡,点地不得,寻那旧草鞋,又不见了。董超道:"我把一双新草鞋与你。"却是夹麻皮做的,穿上都打破了脚,出不的门。当日秋雨纷纷,路上又滑,卢俊义一步一撅,薛霸拿起水火棍拦腰便打,董超假意去劝,一路上埋冤叫苦。

离了村店,约行了十馀里,到一座大林。卢俊义道:"小人其实捱不动了,可怜见权歇一歇!"两个公人带入林子来,正是东方渐明,未有人行。薛霸道:"我两个起得早了,好生困倦,欲要就林子里睡一睡,只怕你走了。"卢俊义道:"小人插翅也飞不去!"薛霸道:"莫要着你道儿,且等老爷缚一缚!"腰间解麻索下来,兜住卢俊义肚皮,去那松树上只一勒,反拽过脚来,绑在树上。薛霸对董超道:"大哥,你去林子外立着,若有人来撞着,咳嗽为号。"董超道:"兄弟,放手快些个。"薛霸道:"你放心去看着外面。"说罢,拿起水火棍,看着卢员外道:"你休怪我两个,你家主管李固,教我们路上结果你。便到沙门岛也是死,不如及早打发了,你阴司地府不要怨我们。明年今日,是你周年。"卢俊义听了,泪如雨下,低头受死。

薛霸两只手拿起水火棍,望着卢员外脑门上劈将下来。董超在外面只听得一声扑地响,慌忙走入林子里来看时,卢员外依旧缚在树上,薛霸倒仰卧倒树下,水火棍撇在一边。董超道:"却又作怪!莫不是他使的力猛,倒吃一跤?"仰着脸四下里看时,不见动静。薛霸口里出血,心窝里露出三四寸长一枝小小箭杆。却待要叫,只见东北角树上,坐着一个人,听的叫声:"着!"撒手响处,董超脖项上早中了一箭,两脚蹬空,扑地也倒了。

那人托地从树上跳将下来,拔出解腕尖刀,割断绳索,劈碎盘头枷,就树边抱住卢员外放声大哭。卢俊义开眼看时,认得是浪子燕青,叫道:"小乙,莫不是魂魄和你相见么?"燕青道:"小乙直从留守司前,跟定这厮两个。见他把主人监在使臣房里,又见李固请去说话,小乙疑猜这厮们要害主人,连夜直跟出城来。主人在村店里被他作贱,小乙伏在外头壁子缝里都张见也。本要跳过来杀公人,却被店内人多不敢下手。比及五更里起来,小乙先在这里等候,想这厮们必来这林子里下手。被我两弩箭,结果了他两个,主人见么?"这浪子燕青那把弩弓,三枝快箭,端的是百发百中。但见:

> 弩桩劲裁乌木,山根对嵌红牙。拨手轻衬水晶,弦索半抽金线。背缠锦袋,弯弯如秋月未圆;稳放雕翎,急急似流星飞迸。绿槐影里,娇莺胆战心惊;翠柳阴中,野鹊魂飞魄散。好手人中称好手,红心里面夺红心。

卢俊义道:"虽是你强救了我性命,却射死这两个公人,这罪越添得重了。待走那里去的是?"燕青道:"当初都是宋公明苦了主人,今日不上梁山泊时,别无去处。"卢俊义道:"只是我杖疮发作,脚皮破损,点地不得。"燕青道:"事不宜迟,我背着主人去。"便去公人身边搜出银两,带着弩弓,插了腰刀,拿了水火棍,背着卢俊义,一直望东边行。走不到十数里,早驮不动,见一个小小村店,入到里面,寻房安下,买些酒肉,权且充饥。两个暂时安歇这里。

却说过往人看见林子里射死两个公人在彼,近处社长报与里正得知,却来大名府里首告。随即差官下来检验,却是留守司公人董超、薛霸。回复梁中书,着落大名府缉捕观察,限了日期,要捉凶身。做公的人都来看了,"论这弩箭,眼见得是浪子燕青的。事不宜迟。"一二百做公的,分头去一到处贴了告示,说那两个模样,晓谕远近村房道店,市镇人家,挨捕捉拿。

却说卢俊义正在村店房中将息杖疮,又走不动,只得在那里且住。店小二听得有杀人公事,村坊里排头说来,画两个模样。小二见了,连忙去报本处社长:"我店里有两个人,好生脚叉[1]。不知是也不是?"社长转报做公的去了。

却说燕青为无下饭,拿了弩子去近边处寻几个虫蚁吃,却待回来,只听得满村里发喊。燕青躲在树林里张时,看见一二百做公的枪刀围定,把卢俊义缚在车子上,推将过去。燕青要抢出去救时,又无军器,只叫得苦。寻思道:"若不去梁山泊报与宋公明得知,叫他来救,却不是我误了主人性命!"当时取路,行了半夜,肚里又饥,身边又没一文。走到一个土岗子上,丛丛杂杂,有些树木,就林子里睡到天明,心中忧闷。只听得树枝上喜雀咭咭噪噪,寻思道:"若是射得下来,村房人家讨些水煮瀑得熟,也得充饥。"走出林子外,抬头看

---

〔1〕 脚叉——来路不明、陌生。

时,那喜雀朝着燕青噪。燕青轻轻取出弩弓,暗暗问天买卦,望空祈祷说道:"燕青只有这一枝箭了!若是救的主人性命,箭到处灵雀坠空;若是主人命运合休,箭到灵雀飞去。"搭上箭,叫声:"如意不要误我!"弩子响处,正中喜雀后尾,带了那枝箭,直飞下岗子去。燕青大踏步赶下岗子去,不见了喜雀。正寻之间,只见两个人从前面走来。怎生打扮?但见:

前头的,带顶猪嘴头巾,脑后两个金裹银环,上穿香皂罗衫,腰系销金搭膊,穿半膝软袜麻鞋,提一条齐眉棍棒。后面的,白范阳遮尘笠子,茶褐攒线绸衫,腰系绯红缠袋,脚穿踢土皮鞋,背了衣包,提条短棒,跨口腰刀。

这两个来的人,正和燕青打个肩厮拍。燕青转回身看了这两个,寻思道:"我正没盘缠,何不两拳打倒两个,夺了包裹,却好上梁山泊。"揣了弩弓,抽身回来。这两个低着头,只顾走。燕青赶上,把后面带毡笠儿的后心一拳,扑地打倒。却待拽拳再打那前面的,反被那汉子手起棒落,正中燕青左腿,打翻在地。后面那汉子扒将起来,踏住燕青,掣出腰刀,劈面门便剁。燕青大叫道:"好汉!我死不妨,着谁上梁山泊报信?"那汉便不下刀,收住了手,提起燕青问道:"你这厮上梁山泊报甚么音信?"燕青道:"你问我待怎地?"那前面的好汉,把燕青手一拖,却露出手腕上花绣,慌忙问道:"你不是卢员外家甚么浪子燕青?"燕青想道:"左右是死,率性说了,教他捉去和主人阴魂做一处。"便道:"我正是卢员外家浪子燕青。今要上梁山泊报信,教宋公明救我主人则个。"二人见说,呵呵大笑,说道:"早是不杀了你,原来正是燕小乙哥。你认得我两个么?"穿皂的不是别人,梁山泊头领病关索杨雄;后面的便是拚命三郎石秀。杨雄道:"我两个今奉哥哥将令,差往北京打听卢员外消息。"燕青听得是杨雄、石秀,把上件事都对两个说了。杨雄道:"既是如此说时,我和燕青上山寨报知哥哥,别做个道理。你可自去北京打听消息,便来回报。"石秀道:"最好。"便把包裹与燕青背了。跟着杨雄,连夜上梁山泊来。见了宋江,燕青把上项事备细说了一遍。宋江大惊,便会众头领商议良策。

且说石秀只带自己随身衣服,来到北京城外,天色已晚,入不得城,就城外歇了一宿。次日早饭罢,入得城来,但见人人嗟叹,个个伤情。石秀心疑,来到市心里,只见人家闭户关门。石秀问市户人家时,只见一个老丈回言道:"客人你不知。我这北京有个卢员外,等地[1]财主,因被梁山泊贼人掳掠前去,逃得回来,倒吃了一场屈官司,迭配去沙门岛。又不知怎地路上坏了两个公人,昨夜拿来,今日午时三刻解来这里市曹上斩他。客人可看一看。"石秀听罢,走来市曹上看时,十字路口是个酒楼。石秀便来酒楼上,临街占个阁儿坐下。酒保前来问道:"客官还是请人,只是独自酌杯?"石秀睁着怪眼,说道:"大碗酒,大块肉,只顾卖来,问甚么鸟!"酒保倒吃了一惊。打两角酒,切一大盘牛肉,将来只顾吃。石秀大碗吃了一回,坐不多时,只听得楼下街上热闹。石秀便去楼窗外看时,只见家家闭户,铺

----

[1] 等地——当地。

铺关门。酒保上楼来道:"客官醉也!楼下出公事,快算了酒钱,别处去回避。"石秀道:"我怕甚么鸟!你快走下去,莫要讨老爷打吃!"酒保不敢做声,下楼去了。不多时,只见街上锣鼓喧天价来。但见:

两声破鼓响,一棒碎锣鸣。皂纛旗招展如云,柳叶枪交加似雪。犯由牌前引,白混棍后随。押牢节级狰狞,仗刃公人猛勇。高头马上,监斩官胜似活阎罗;刀剑林中,掌法吏犹如追命鬼。可怜十字街心里,要杀含冤负屈人。

石秀在楼窗外看时,十字路口,周回围住法场,十数对刀棒刽子,前排后拥,把卢俊义押到楼前跪下。铁臂膊蔡福拿着法刀,一枝花蔡庆扶着枷梢,说道:"卢员外,你自精细看。不是我弟兄两个救你不的,事做拙了!前面五圣堂里,我已安排下你的坐位了,你可一魂去那里领受。"说罢,人丛里一声叫道:"午时三刻到了!"一边开枷,蔡庆早拿住了头,蔡福早掣出法刀在手。当案孔目高声读罢犯由牌,众人齐和一声。楼上石秀只就那一声和里,掣着腰刀在手,应声大叫:"梁山泊好汉全伙在此!"蔡福、蔡庆撇了卢员外,扯了绳索先走。石秀从楼上跳将下来,手举钢刀,杀人似砍瓜切菜,走不迭的,杀翻十数个。一只手拖住卢俊义,投南便走。原来这石秀不认得北京的路,更兼卢员外惊得呆了,越走不动。

梁中书听得报来,大惊,便点帐前头目,引了人马,分头去把城四门关上;差前后做公的,合将拢来。快马强兵,怎出高城峻垒?且看石秀、卢俊义走向那里出去。正是:分开陆地无牙爪,飞上青天欠羽毛。毕竟卢员外同石秀当下怎地脱身,且听下回分解。

第六十三回

宋江兵打北京城　关胜议取梁山泊

诗曰：
　　北京留守多雄伟,四面高城崛然起。
　　西风飒飒骏马鸣,此日冤囚当受死。
　　俊义之冤谁雪洗,时刻便为刀下鬼。
　　纷纷戈剑乱如麻,后拥前遮集如蚁。
　　英雄忿怒举青锋,翻身直下如飞龙。
　　步兵骑士悉奔走,凛凛杀气生寒风。
　　六街三市尽回首,尸横骸卧如猪狗。
　　可怜力寡难抵当,将身就缚如摧朽。
　　他时奋出囹圄中,胆气英英大如斗。

话说当时石秀和卢俊义两个,在城内走头没路,四下里人马合来,众做公的把挠钩搭住,套索绊翻。可怜悍勇英雄,方信寡不敌众,两个当下尽被捉了。解到梁中书面前,叫押过劫法场的贼来。石秀押在厅下,睁圆怪眼,高声大骂:"你这败坏国家,害百姓的贼!我听着哥哥将令,早晚便引军来,打你城子,踏为平地,把你砍做三截。先教老爷来和你们说知。"石秀在厅前千贼万贼价骂,厅上众人都唬呆了。梁中书听了,沉吟半晌,叫取大枷来,且把二人枷了,监放死囚牢里,分付蔡福在意看管,休教有失。蔡福要结识梁山泊好汉,把他两个做一处牢里关着,每日好酒好肉,与他两个吃,因此不曾吃苦,倒将养得好了。

却说梁中书唤本州新任王太守,当厅发落,就城中计点被伤人数,杀死的有七八十个,跌伤头面、磕损皮肤、撞折腿脚者,不计其数。报名在官,梁中书支给官钱,医治、烧化了当。次日,城里城外报说将来,收得梁山泊没头帖子数十张,不敢隐瞒,只得呈上。梁中书看了,吓得魂飞天外,魄散九霄。帖上写道:

"梁山泊义士宋江,仰示大名府,布告天下:今为大宋朝滥官当道,污吏专权,殴死良民,涂炭万姓。北京卢俊义,乃豪杰之士,今者启请上山,一同替天行道。特令石秀先来报知,不期俱被擒捉。如是存得二人性命,献出淫妇奸夫,吾无侵扰;倘若误伤羽翼,屈坏股肱,拔寨兴兵,同心雪恨,人兵到处,玉石俱焚。天地咸扶,鬼神共佑。剿除奸诈,殄灭愚顽,谈笑入城,并无轻恕。义夫节妇,孝子顺孙,好义良民,清慎官吏,切勿惊惶,各安职业。谕众知悉。"

当时梁中书看了没头告示,便唤王太守到来,商议此事如何剖决。王太守是个善懦之人,听得说了这话,便禀梁中书道:"梁山泊这一伙,朝廷几次尚且收捕他不得,何况我这里孤城小处。倘若这亡命之徒引兵到来,朝廷救兵不迭,那时悔之晚矣!若论小官愚意,且姑存此二人性命,一面写表申奏朝廷,二乃奉书呈上蔡太师恩相知道,三者可教本处军马出城下寨,提备不虞。如此可保北京无事,军民不伤。若将这两个一时杀坏,仍恐寇兵临城,一者无兵解救,二者朝廷见怪,三乃百姓惊慌,城中扰乱,深为未便。"梁中书听了道:"知府言之极当。"先唤押牢节级蔡福发放道:"这两个贼徒,非同小可。你若是拘束得紧,诚恐丧命;若教你宽松,又怕他走了。你弟兄两个,早早晚晚,可紧可慢,在意坚固管候发落,休得时刻怠慢。"蔡福听了,心中暗喜,如此发放,正中下怀。领了钧旨,自去牢中安慰他两个,不在话下。

只说梁中书便唤兵马都监大刀闻达、天王李成两个,都到厅前商议。梁中书备说梁山泊没头告示,王太守所言之事。两个都监听罢,李成便道:"量这伙草寇,如何肯擅离巢穴,相公何必有劳神思。李某不才,食禄多矣,无功报德,愿施犬马之劳,统领军卒,离城下寨。草寇不来,别作商议;如若那伙强寇年衰命尽,擅离巢穴,领众前来,不是小将夸其大言,定令此贼片甲不回。上报国家俸禄之恩,下伸平生所学之志,肝胆涂地,并无异心。"梁中书听了大喜,随即取金碗绣段,赏劳二将。两个辞谢,别了梁中书,各回营寨安歇。

次日,李成升帐,唤大小官军上帐商议。傍边走过一人,威风凛凛,相貌堂堂,姓索名超,绰号急先锋,惯使两把金蘸斧。李成传令道:"宋江草寇,早晚临城,要来打俺北京。你可点本部军兵,离城三十五里下寨。我随后却领军来。"索超得了将令,次日点起本部军兵,至三十五里地名飞虎峪,靠山下了寨栅。次日,李成引领正偏将,离城二十五里地名槐树坡,下了寨栅。周围密布枪刀,四下深藏鹿角,三面掘下陷坑。众军磨拳擦手,诸将协力同心,只等梁山泊军马

到来,便要建功。有诗为证:

> 金鼓喧天大寨中,人如貔虎马如龙。
> 一心忠赤无馀事,只要当朝建大功。

话分两头。原来这没头帖子,却是神行太保戴宗打听得卢员外、石秀都被擒捉,因此虚写告示,向没人处撒下,及桥梁道路上贴放,只要保全卢俊义、石秀二人性命。回到梁山泊寨内,把上项事备细与众头领说知。宋江听罢大惊,就忠义堂上打鼓集众,大小头领各依次序而坐。宋江开话对吴学究道:"当初军师好意,启请卢员外上山来聚义。今日不想却教他受苦,又陷了石秀兄弟。当用何计可救?"吴用道:"兄长放心。小生不才,愿献一计,乘此机会,就取北京钱粮,以供山寨之用。明日是个吉辰,请兄长分一半头领,把守山寨,其馀尽随我等去打城池。"宋江道:"军师之言极当。"便唤铁面孔目裴宣,派拨大小军兵,来日起程。黑旋风李逵便道:"我这两把大斧,多时不曾发市。听得打州劫县,我也在厅边欢喜。哥哥拨与我五百小喽啰,抢到北京,把梁中书砍做肉泥,拿住李固和那婆娘碎尸万段,救取卢员外、石秀二人性命,是我心愿。"宋江道:"兄弟虽然勇猛,这北京非比别处州府。且梁中书又是蔡太师女婿,更兼手下有李成、闻达,都有万夫不当之勇,不可轻敌。"李逵大叫道:"哥哥这般长别人志气,灭自己威风!且看兄弟去如何,若还输了,誓不回山。"吴用道:"既然你要去,便教做先锋,点与五百好汉相随,就充头阵,来日下山。"

当晚宋江和吴用商议,拨定了人数。裴宣写了告示,送到各寨,各依拨次施行,不得时刻有误。此时秋末冬初天气,征夫容易披挂,战马易得肥满。军卒久不临阵,皆生战斗之心;各恨不平,尽想报仇之念。得蒙差遣,欢天喜地,收拾枪刀,拴束鞍马,磨拳擦掌,时刻下山。第一拨,当先哨路黑旋风李逵,部领小喽啰五百。第二拨,两头蛇解珍、双尾蝎解宝、毛头星孔明、独火星孔亮,部领小喽啰一千。第三拨,女头领一丈青扈三娘,副将母夜叉孙二娘、母大虫顾大嫂,部领小喽啰一千。第四拨,扑天雕李应,副将九纹龙史进、小尉迟孙新,部领小喽啰一千。中军主将都头领宋江,军师吴用。簇帐头领四员:小温侯吕方、赛仁贵郭盛、病尉迟孙立、镇三山黄信。前军头领霹雳火秦明,副将百胜将韩滔、天目将彭玘。后军头领豹子头林冲,副将铁笛仙马麟、火眼狻猊邓飞。左军头领双鞭将呼延灼,副将摩云金翅欧鹏、锦毛虎燕顺。右军头领小李广花荣,副将跳涧虎陈达、白花蛇杨春。并带炮手轰天雷凌振。接应粮草头领一员,神行太保戴宗。军兵分拨已定,平明,各头领依次而行,当日进发。只留下副军师公孙胜并刘唐、朱仝、穆弘四个头领,统领马步军兵守把山寨三关。水寨中自有李俊等守把,不在话下。有诗为证:

石秀无端闹法场,圜扉枷杻苦遭殃。

梁山大举鹰扬旅,水陆横行孰敢当。

却说索超正在飞虎峪寨中坐地,只见流星报马前来,报说宋江军马大小人兵不计其数,离寨约有二三十里,将近到来。索超听的,飞报李成槐树坡寨内。李成听了,一面报马入城,一面自备了战马,直到前寨。索超接着,说了备细。次日五更造饭,平明拔寨都起,前到庾家疃,列成阵势,摆开一万五千人马。李成、索超全副披挂,门旗下勒住战马。平东一望,远远地尘土起处,约有五百馀人,飞奔前来。李成鞭梢一指,军健脚踏硬弩,手拽强弓。梁山泊好汉,在庾家疃一字儿摆成阵势。只见:

> 人人都带茜红巾,个个齐穿绯衲袄。鹭鸶腿紧系脚绷,虎狼腰牢拴裹肚。三股叉直迸寒光,四棱简横拖冷雾。柳叶枪、火尖枪,密密如麻;青铜刀、偃月刀,纷纷似雪。满地红旗飘火焰,半空赤帜耀霞光。

东阵上只见一员好汉当前出马,乃是黑旋风李逵,手搭双斧,睁圆怪眼,咬碎钢牙,高声大叫:"认得梁山泊好汉黑旋风么!"李成在马上看了,与索超大笑道:"每日只说梁山泊好汉,原来只是这等腌臜草寇,何足为道! 先锋,你看么,何不先捉此贼!"索超笑道:"割鸡焉用牛刀。自有战将建功,不必主将挂念。"言未绝,索超马后一员首将,姓王名定,手拈长枪,引领部下一百马军,飞奔冲将过来。李逵胆勇过人,虽是带甲遮护,怎当军马一冲,当时四下奔走。索超引军直赶过庾家疃来。只见山坡背后锣鼓喧天,早撞出两彪军马,左有解珍、孔亮,右有孔明、解宝,各领五百小喽啰冲杀将来。索超见他有接应军马,方才吃惊,不来追赶,勒马便回。李成问道:"如何不拿贼来?"索超道:"赶过山去,正要拿他,原来这厮们倒有接应人马,伏兵齐起,难以下手。"李成道:"这等草寇,何足惧哉!"将引前部军兵,尽数杀过庾家疃来。只见前面摇旗呐喊,擂鼓鸣锣,又是一彪军马。当先一骑马上,却是一员女将,结束得十分标致。有《念奴娇》为证:

玉雪肌肤，芙蓉模样，有天然标格。金铠辉煌鳞甲动，银渗红罗抹额。玉手纤纤，双持宝刃，恁英雄煊赫。眼溜秋波，万种妖娆堪摘。　谩驰宝马当前，霜刃如风，要把官军斩馘。粉面尘飞，征袍汗湿，杀气腾胸腋。战士消魂，敌人丧胆，女将中间奇特。得胜归来，隐隐笑生双颊。

且说这扈三娘引军红旗上，金书大字"女将一丈青"，左有顾大嫂，右有孙二娘，引一千馀军马，都是七长八短汉，四山五岳人。李成看了道："这等军人，作何用处！索超与我向前迎敌，我却分兵勒捕四下草寇。"索超领了将令，手搦金蘸斧，拍坐下马，杀奔前来。一丈青勒马回头，望山凹里便走。李成分开人马，四下里赶杀。正赶之间，只听的喊声震地，雾气遮天，一彪人马飞也似追来。李成急急退兵十四五里，首尾不能管顾。急退入庾家疃时，左冲出解珍、孔亮，部领人马，赶杀将来；右冲出孔明、解宝，部领人马，又杀到来；三员女将，拨转马头，随后杀来，赶的李成军马四分五落。急待回寨，黑旋风李逵当先拦住。李成、索超冲开人马，夺路而去。比及回寨，大折一阵。宋江军马也不追赶，一面收兵暂歇，扎下营寨。

且说李成、索超慌忙入城报知，梁中书连夜再差闻达速领本部军马，前来助战。李成接着，就槐树坡寨内商议退兵之策。闻达笑道："疥癞之疾，何足挂意！闻某不才，来日愿决一阵，势不相负。"当夜商议定了，传令与军士得知。四更造饭，五更披挂，平明进兵。战鼓三通，拔寨都起，前到庾家疃，早见宋江军马，拨风也似价来。但见：

征云冉冉飞晴空，征尘漠漠迷西东。

十万貔貅声振地,车厢火炮如雷轰。

鼙鼓咚咚撼山谷,旌旗猎猎摇天风。

枪影摇空翻玉蟒,剑光耀日飞苍龙。

六师鹰扬鬼神泣,三军英勇貅虎同。

罡星煞曜降凡世,天蓬丁甲离青穹。

银盔金甲濯冰雪,强弓劲弩真难攻。

人人只欲尽忠义,擒王斩将非邀功。

索超李成悉败走,有如脱兔潜蒿蓬。

败军残卒各逃命,陆路恐惧心忡忡。

大刀闻达不知量,狂言逞技真雕虫。

四面伏兵一齐发,蜂兵蚁聚村瞳中。

乱兵俘获竟难免,聚义堂上重相逢。

当日大刀闻达,便教将军马摆开,强弓硬弩,射住阵脚。花腔鼍鼓擂,杂彩绣旗摇。宋江阵中,当先捧出一员大将,红旗银字,大书"霹雳火秦明"。怎生打扮?

头上朱红漆笠,身穿绛色袍鲜。连环铠甲兽吞肩,抹绿战靴云嵌。凤翅明盔耀日,狮蛮宝带腰悬。狼牙混棍手中拈,凛凛英雄罕见。

秦明勒马,应声高叫:"北京滥官污吏听着!多时要打你这城子,诚恐害了百姓良民。好好将卢俊义、石秀送将过来,淫妇奸夫一同解出,我便退兵罢战,誓不相侵。若是执迷不悟,便教昆仑火起,玉石俱焚,只在目前。有话早说,休得俄延!"话犹未了,闻达大怒,便问首将:"谁与我力擒此贼?"话言未了,脑后鸾铃响处,一员大将当先出马。怎生打扮?

耀日兜鍪晃晃,连环铁甲重重。团花点翠锦袍红,金带钑成双凤。鹊画弓藏袋内,狼牙箭插壶中。雕鞍稳定五花龙,大斧手中摩弄。

这个是北京上将,姓索名超,因为此人性急,人皆呼他为急先锋。出到阵前高声喝道:"你这厮是朝廷命官,国家有何负你?你好人不做,却去落草为贼!我今日拿住你时,碎尸万段,死有馀辜!"这个秦明,又是一个性急的人,听了这话,正是炉中添炭,火上浇油,拍马向前,轮动狼牙棍,直奔将来。索超纵马直挺秦明。二匹劣马相交,两般军器并举,众军呐喊,斗到二十馀合,不分胜败。宋江军中,先锋队里转过韩滔,就马上拈弓搭箭,觑的索超较亲,飕地只一箭,正中索超左臂,撇了大斧,回马望本阵便走。宋江鞭梢一指,大小三军一齐卷杀过来,杀的尸横遍野,流血成河,大败亏输。直追过庚家疃,随即夺了槐树坡小寨。当晚闻达直奔飞虎峪,计点军兵,三停去一。宋江就槐树坡寨内屯扎。吴用道:"军兵败走,心中必怯。若不乘势追赶,诚恐养成勇气,急忙难得。"宋江道:"军师言之极当。"随即传令,当晚就将精锐得胜军将分作四路,连夜进发,杀奔城来。

再说闻达奔到飞虎峪,忙忙似丧家之犬,急急如漏网之鱼。正在寨中商议计策,小校来报,近山上一带火起。闻达带领军兵,上马看时,只见东边山上,火把不知其数,照的遍山遍野通红。闻达便引军兵迎敌。山后又是马军来到,当先首将小李广花荣,引副将杨春、陈达横杀将来。闻达措手不及,领兵便回飞虎峪。西边山上,火把不知其数,当先首将双鞭呼延灼,引副将欧鹏、燕顺冲击将来。后面喊声又起,却是首将霹雳火秦明,引副将韩滔、彭玘并力杀来。闻达军马大乱,拔寨都起。只见前面喊声又起,火光晃耀,却是轰天雷凌振,将带副手,从小路直转飞虎峪那边,放起炮来。闻达引军夺路,奔城而去。只见前面鼓声响处,早有一彪军马拦路,火光丛中,闪出首将豹子头林冲,引副将马麟、邓飞截住归路。四下里战鼓齐鸣,烈火竞起,众军乱撺,各自逃生。闻达手舞大刀,杀开条路走,正撞着李成,合兵一处,且战且走。战到天明,已至城下。梁中书听的这个消息,惊的三魂荡荡,七魄幽幽,连忙点军出城,接应败残人马,紧闭城门,坚守不出。次日,宋江军马追来,直抵东门下寨,准备攻城,急于风火。有诗为证:

梁山兵马势鹰扬,杀气英风不可当。

城内军民俱被困,便须写表告君王。

且说梁中书在留守司聚众商议,难以解救。李成道:"贼兵临城,事在告急,若是迟延,必至失陷。相公可修告急家书,差心腹之人,星夜赶上京师,报与蔡太师知道,早奏朝廷,调遣精兵,前来救应,此是上策。第二,作紧行文关报邻近府县,亦教早早调兵接应。第三,北京城内着仰大名府起差民夫上城,同心协助,守护城池,准备擂木炮石,踏弩硬弓,灰瓶金汁,晓夜提备。如此可保无虞。"梁中书道:"家书随便修下,谁人去走一遭?"当日差下首将王定,全副披挂,又差数个马军,领了密书,放开城门吊桥,望东京飞报声息,及关报邻近府分，发兵救应。先仰王太守起集民夫上城守护，不在话下。

且说宋江分调众将，引军围城，东西北三面下寨，只空南门不围，每日引军攻打。李成、闻达连日提兵出城交战，不能取胜。索超箭疮将息，未得痊可。

不说宋江军兵打城，且说首将王定赍领密书，三骑马直到东京太师府前下马。门吏转报入去，太师教唤王定进来，直到后堂，拜罢，呈上密书。蔡太师拆开封皮看了，大惊，问其备细。王定把卢俊义的事一一说了，"如今宋江领了兵围城，贼寇浩大，不可抵敌。"庾家疃、槐树坡、飞虎峪三处厮杀，尽皆说罢。蔡京道："鞍马劳困，你且去馆驿内安下，待我会官商议。"王定又禀道："太师恩相，北京危如累卵，破在旦夕，倘或失陷，河北县郡如之奈何？望太师恩相早早遣兵剿除。"蔡京道："不必多说，你且退去。"王定去了。太师随即差当日府干，请枢密官急来商议军情重事。不移时，东厅枢密使童贯，引三衙太尉都到节堂参见太师。蔡京把北京危急之事，备细说了一遍："如今将甚计策，用何良将，可退贼兵，以保城郭？"说罢，众官互相厮觑，各有惧色。只见那步司太尉背后，转出一人，乃是衙门防御保义使，姓宣名赞，掌管兵马。此人生的面如锅底，鼻孔朝天，卷发赤须，彪形八尺，使口钢刀，武艺出众。先前在王府曾做郡马，人呼为丑郡马。因对连珠箭赢了番将，郡王招做女婿。谁想郡主嫌他丑陋，怀恨而亡，因此不得重用，只做得个兵马保义使。童贯是个阿谀谄佞之徒，与他不能相下，常有嫌疑之心。当时此人忍不住，出班来禀太师道：

"小将当初在乡中,有个相识。此人乃是汉末三分义勇武安王[1]嫡派子孙,姓关名胜,生的规模与祖上云长相似,使一口青龙偃月刀,人称为大刀关胜。见做蒲东巡检,屈在下僚。此人幼读兵书,深通武艺,有万夫不当之勇。若以礼币请他,拜为上将,可以扫清水寨,殄灭狂徒。保国安民,开疆展土,端在此人。乞取钧旨。"蔡京听罢大喜,就差宣赞为使,赍了文书鞍马,连夜星火前往蒲东,礼请关胜赴京计议。众官皆退。

话休絮繁。宣赞领了文书,上马进发,带将三五个从人,不则一日,来到蒲东巡检司前下马。当日关胜正和郝思文在衙内论说古今兴废之事,只闻见说东京有使命至,关胜忙与郝思文出来迎接。各施礼罢,请到厅上坐地。关胜问道:"故人久不相见,今日何事远劳亲自到此?"宣赞回言:"为因梁山泊草寇攻打北京,宣某在太师跟前,一力保举兄长有安邦定国之策,降兵斩将之才,特奉朝廷敕旨,太师钧命,彩币鞍马,礼请起行。兄长勿得推却,便请收拾赴京。"关胜听罢大喜,与宣赞说道:"这个兄弟姓郝,双名思文,是我拜义弟兄。当初他母亲梦井木犴投胎,因而有孕,后生此人,因此人唤他做井木犴郝思文。这兄弟十八般武艺,无有不能。得蒙太师呼唤,一同前去,用功报国,有何不可。"宣赞喜诺,就行催请登程。

当下关胜分付老小,一同郝思文将引关西汉十数个人,收拾刀马盔甲行李,跟随宣赞连夜起程。来到东京,径投太师府前下马。门吏

---

[1] 义勇武安王——宋时对关羽追加封赠的爵号。

转报蔡太师得知,教唤进。宣赞引关胜、郝思文直到节堂,拜见已罢,立在阶下。蔡京看了关胜,端的好表人材,堂堂八尺五六身躯,细细三柳髭髯,两眉入鬓,凤眼朝天,面如重枣,唇若涂朱。太师大喜,便问:"将军青春多少?"关胜答道:"小将三旬有二。"蔡太师道:"梁山泊草寇围困北京城郭,请问良将,愿施妙策,以解其围。"关胜禀道:"久闻草寇占住水洼,侵害黎民,劫掳城池。此贼擅离巢穴,自取其祸。若救北京,虚劳神力。乞假精兵数万,先取梁山,后拿贼寇,教他首尾不能相顾。"太师见说大喜,与宣赞道:"此乃围魏救赵之计[1],正合吾心。"随即唤枢密院官调拨山东、河北精锐军兵一万五千,教郝思文为先锋,宣赞为合后,关胜为领兵指挥使,步军太尉段常接应粮草。犒赏三军,限日下起行,大刀阔斧,杀奔梁山泊来。直教龙离大海,不能驾雾腾云;虎到平川,怎地张牙露爪。正是:贪观天上中秋月,失却盘中照殿珠。毕竟宋江军马怎地结末,且听下回分解。

---

[1] 围魏救赵之计——公元前353年,魏国围攻赵国都城邯郸。齐国王命令田忌、孙膑率军救赵。孙膑认为魏国的精锐部队在赵,内部空虚,乃引兵攻魏。魏军回救本国,齐军乘其疲惫,在桂陵(今山东省菏泽县东北)一战,大败魏军,赵国之围遂解。以后中国的军事家就用"围魏救赵"来说明一切类似的战法。

第六十四回

呼延灼夜月赚关胜　宋公明雪天擒索超

古风一首：

  古来豪杰称三国，西蜀东吴魏之北。
  卧龙才智谁能如，吕蒙英锐真奇特。
  中间虎将无人比，勇力超群独关羽。
  蔡阳斩首付一笑，芳声千古传青史。
  岂知世乱英雄亡，后代贤良有孙子。
  梁山兵困北京危，万姓荒荒如乱蚁。
  梁公请救赴京师，玉殿丝纶传睿旨。
  前军后合狼虎威，左文右武生光辉。
  中军主将是关胜，昂昂志气烟云飞。
  黄金铠甲寒光迸，水银盔展兜鍪重。
  面如重枣美须髯，锦征袍上蟠双凤。
  衬衫淡染鹅儿黄，雀靴雕弓金镞莹。
  紫骝骏马猛如龙，玉勒锦鞍双兽并。
  宝刀灿灿霜雪光，冠世英雄不可当。
  除此威风真莫比，重生义勇武安王。

话说这篇古风，单道蒲东关胜，这人惯使口大刀，英雄盖世，义勇过人。当日辞了太师，统领着一万五千人马，分为三队，离了东京，望梁山泊来。

话分两头。且说宋江与同众将，每日北京攻打城池不下。李成、闻达那里敢出对阵，索超箭疮又未平复，亦无人出战。宋江见攻打城子不破，心中纳闷：离山已久，不见输赢。是夜在中军帐里闷坐，点上灯烛，取出玄女天书，正看之间，猛然想起围城已久，不见有救军接应，戴宗回去，又不见来，默然觉得神思恍惚，寝食不安，便叫小校请军师来计议。吴用到得中军帐内，与宋江商量道："我等众军围许多时，如何杳无救军来到？城中又不敢出战。眼见的梁中书使人去京师告急，他丈人蔡太师必然有救军到来，中间必有良将。倘用围魏救赵之计，且不来解此处之危，反去取我梁山大寨，此是必然之理，兄长不可不虑。我等先着军士收拾，未可都退。"正说之间，只见神行太保戴宗到来，报说："东京蔡太师拜请关菩萨玄孙蒲东郡大刀关胜，引一彪军马飞奔梁山泊来。寨中头领主张不定，请兄长、军师早早收兵回来，且解山寨之难。"吴用道："虽然如此，不可急还。今夜晚间，先教步军前行，留下两支军马，就飞虎峪两边埋伏。城中知道我等退军，必然追赶，若不如此，我兵先乱。"宋江道："军师言之极当。"传令便差小李广花荣，引五百军兵去飞虎峪左边埋伏；豹子头林冲，引五百军兵去飞虎峪右边埋伏。再叫双鞭呼延灼，引二十五骑马军，带着凌振，将了风火等炮，离城十数里远近，但见追兵过来，随即施放号炮，令其两下伏兵齐去并杀追兵。一面传令前队退兵，倒拖旌旗，不鸣战鼓，却如雨散云行，遇兵勿战，自然退回。步军队里，半夜起来，次第而行。直至次日巳牌前后,方才鸣金收军。

城上望见宋江军马,手拖旗幡,肩担刀斧,人起还山之意,马嘶归寨之声,纷纷滚滚,拔寨都起。城上看了仔细,报与梁中书知道:"梁山泊军马,今日尽数收兵,都回去了。"梁中书听的,随即唤李成、闻达商议。闻达道:"眼见的是京师救军去取他梁山泊,这厮们恐失巢穴,慌忙归去。可以乘势追杀,必擒宋江。"说犹未了,城外报马到来,赍东京文字,约会引兵去取贼巢;他若退兵,可以立追。梁中书便叫李成、闻达各带一支军马,从东西两路追赶宋江军马。

且说宋江引兵退回,见城中调兵追赶,舍命便走,直退到飞虎峪那边。只听的背后火炮齐响。李成、闻达吃了一惊,勒住战马看时,后面只见旗幡对刺[1],战鼓乱鸣。李成、闻达火急回军,左手下撞出小李广花荣,右手下撞出豹子头林冲,各引五百军马,两边杀来。措手不及,知道中了奸计,火速回军。前面又撞出呼延灼,引着一支马军,大杀一阵,杀的李成、闻达金盔倒纳,衣甲飘零,退入城中,闭门不出。宋江军马次第而回,早转近梁山泊边,却好迎着丑郡马宣赞拦路。宋江约住军兵,权且下寨,暗地使人从偏僻小路,赴水上山报知,约会水陆军兵,两下救应。有诗为证:

宋江振旅暂回营,飞虎坡前暗伏兵。

杀得李成无处走,倒戈弃甲入京城。

---

〔1〕 对刺——交叉。

且说水寨内头领船火儿张横,与兄弟浪里白跳张顺当时议定:"我和你弟兄两个,自来寨中,不曾建功,只看着别人夸能说会,倒受他气。如今蒲东大刀关胜,三路调军打我寨栅。不若我和你两个先去劫了他寨,捉拿关胜,立这件大功,众兄弟面上也好争口气。"张顺道:"哥哥,我和你只管的些水军,倘或不相救应,枉惹人耻笑。"张横道:"你若这般把细,何年月日能勾建功?你不去便罢,我今夜自去。"张顺苦谏不听。当夜张横点了小船五十馀只,每船上只有三五人,浑身都是软战,手执苦竹枪,各带蓼叶刀,趁着月光微明,寒露寂静,把小船直抵旱路。此时约有二更时分。

却说关胜正在中军帐里点灯看书,有伏路小校悄悄来报:"芦花荡里,约有小船四五十只,人人各执长枪,尽去芦苇里面两边埋伏,不知何意,特来报知。"关胜听了,微微冷笑:"盗贼之徒,不足与吾对敌。"当时暗传号令,教众军俱各如此准备,"贼兵入寨,帐前一声锣响,四下各自捉人。"三军得令,各自潜伏。

且说张横将引三二百人,从芦苇中间藏踪蹑迹,直到寨边,拔开鹿角,径奔中军,望见帐中灯烛荧煌,关胜手拈髭髯,坐看兵书。张横暗喜,手搦长枪,抢入帐房里来。傍边一声锣响,众军喊动,如天崩地塌,山倒江翻,吓的张横倒拖长枪,转身便走。四下里伏兵乱起,可怜会水张横,怎脱平川罗网,二三百人不曾走的一个,尽数被缚,推到帐前。关胜看了,笑骂:"无端草贼,小辈匹夫,安敢侮吾!"将张横陷车盛了,其馀者尽数监了,"直等捉了宋江,一并解上京师,不负宣赞举荐之意。"

不说关胜捉了张横,却说水寨内三阮头领,正在寨中商议,使人去宋江哥哥处听令,只见张顺到来报说:"我哥哥因不听小弟苦谏,去劫关胜营寨,不料被捉,囚车监了。"阮小七听了,叫将起来,说道:"我兄弟们同死同生,吉凶相救。你是他嫡亲兄弟,却怎地被人捉了,你不去救,怎见宋公明哥哥?我弟兄三个,自去救他。"张顺道:"为不曾得哥哥将令,却不敢轻动。"阮小七道:"若等将令来时,你哥哥吃他剁做八段!"阮小二、阮小五都道:"说的是。"张顺说他三个不过,只得依他。当夜四更,点起大小水寨头领,各驾船只一百余只,一齐杀奔关胜寨来。岸上小军望见水面上战船如蚂蚁相似,都傍岸边,慌忙报知主帅。关胜笑道:"无见识贼奴,何足为虑!"随即唤首将附耳低言如此如此。且说三阮在前,张顺在后,呐声喊,抢入寨来,只见寨内枪刀竖立,旌旗不倒,并无一人。三阮大惊,转身便走。帐前一声锣响,左右两边马军步军,分作八路,簸箕掌,栲栳圈,重重叠叠围裹将来。张顺见不是头,扑同地先跳下水去。三阮夺路便走,急到的水边。后军赶上,挠钩齐下,套索飞来,把这活阎罗阮小七搭住,横拖倒拽捉去了。阮小二、阮小五、张顺,却得混江龙李俊带的童威、童猛死救回去。

不说阮小七被捉,因在陷车之中,且说水军报上梁山泊来,刘唐便使张顺从水路里直到宋江寨中,报说这个消息。宋江便与吴用商议,怎生退的关胜。吴用道:"来日决战,且看胜败如何。"说犹未了,猛听得战鼓齐鸣,却是丑郡马宣赞部领三军直到大寨,宋江举众出迎。门旗开处,宣赞出马。怎生打扮?但见:

征袍穿蜀锦,铠甲露银花。金盔凤翅披肩,抹绿云靴护腿。马蹄荡起红尘,刀面平铺秋水。满空杀气从天降,一点朱缨滚地来。

宋江看了宣赞在门旗下勒战,便唤首将:"那个出马先拿这厮?"只见小李广花荣拍马持枪,直取宣赞。宣赞舞刀来迎,一来一往,一上一下,斗到十合,花荣卖个破绽,回马便走。宣赞赶来,花荣就了事环带住钢枪,拈弓取箭,侧坐雕鞍,轻舒猿臂,翻身一箭。宣赞听的弓弦响,却好箭来,把刀只一隔,铮地一声响,射在刀面上。花荣见一箭不中,再取第二枝箭,看的较近,望宣赞胸膛上射来。宣赞镫里藏身,又躲过了。宣赞见他弓箭高强,不敢追赶,霍然勒回马,跑回本阵。花荣见他不赶来,连忙便勒转马头,望宣赞赶来,又取第三枝箭,望得宣赞后心较近,再射一箭,只听得铛地一声响,却射在背后护心镜上。宣赞慌忙驰马入阵,便使人报与关胜。关胜得知,便唤小校快牵过战马来。那匹马头至尾长一丈,蹄至脊高八尺,浑身上下没一根杂毛,纯是火炭般赤,拴一副皮甲,束三条肚带。关胜全装披挂,绰刀上马,直临阵前,门旗开处,便乃出马。有《西江月》一首为证:

汉国功臣苗裔,三分良将玄孙。绣旗飘挂动天兵,金甲绿袍相称。　　赤兔马腾腾紫雾,青龙刀凛凛寒冰。蒲东郡内产英雄,义勇大刀关胜。

宋江看了关胜一表非俗,与吴用暗暗地喝采,回头与众多良将道:"将军英雄,名不虚传!"说言未了,林冲忿怒,便道:"我等弟兄,自上梁山泊,大小五七十阵,未尝挫了锐气。军师何故灭自己威风!"说罢,便挺枪出马,直取关胜。关胜见了,大喝道:"水泊草寇,汝等怎敢背负朝廷!单要宋江与吾决战。"宋江在门旗下喝住林冲,纵马亲自出阵,欠身与关胜施礼,说道:"郓城小吏宋江,到此谨参,惟将军问罪。"关胜道:"汝为俗吏,安敢背叛朝廷?"宋江答道:"盖为朝廷不明,纵容奸臣当道,谗佞专权,设除滥官污吏,陷害天下百姓。宋江等替天行道,并无异心。"关胜大喝:"天兵到此,尚然抗拒,巧言令色,怎敢瞒吾!若不下马受降,着你粉骨碎身!"霹雳火秦明听得大怒,手舞狼牙棍,纵坐下马,直抢过来。关胜也纵马出迎,来斗秦明。林冲怕他夺了头功,猛可里飞抢过来,径奔关胜。三骑马向征尘影里,转灯般厮杀。宋江看了,恐伤关胜,便教鸣金收军。林冲、秦明回马阵前,说道:"正待擒捉这厮,兄长何故收军罢战?"宋江道:"贤弟,我等忠义自守,以强欺弱,非所愿也。纵使阵上捉他,此人不伏,亦乃惹人耻笑。吾看关胜英勇之将,世本忠臣,乃祖为神,若得此人上山,宋江情愿让位。"林冲、秦明都不喜欢。当日两边各自收兵。

且说关胜回到寨中,下马卸甲,心中暗忖道:"我力斗二将不过,看看输与他,宋江倒收了军马,不知主何意?"却教小军推出陷车中张横、阮小七过来,问道:"宋江是个郓城小吏,你这厮们如何伏他?"阮小七应道:"俺哥哥山东、河北驰名,都称做及时雨呼保义宋公明。你这厮不知礼义之人,如何省的!"关胜低头不语,且教推过陷车。当晚寨中纳闷,坐卧不安,走出中军,立观月色满天,霜华遍地,嗟叹不已。有伏路小校前来报说:"有个胡须将军,匹马单鞭,要见元帅。"关胜道:"你不问他是谁?"小校道:"他又没衣甲军器,并不肯说姓名，只言要见元帅。"关胜道："既是如此，与我唤来。"没多时，来到帐中，拜见关胜。关胜看了，有些面熟，灯光之下略也认得，便问是谁。那人道："乞退左右。"关胜道："不妨。"那人道："小将呼延灼的便是。先前曾与朝廷统领连环马军，征进梁山泊，谁想中贼奸计，失陷了军机，不能还乡。听得将军到来，不胜之喜。早间宋江在阵上，林冲、秦明待捉将军，宋江火急收军，诚恐伤犯足下。此人素有归顺之意，无奈众贼不从，暗与呼延灼商议，正要驱使众人归顺。将军若是听从，明日夜间，轻弓短箭，骑着快马，从小路直入贼寨，生擒林冲等寇，解赴京师，共立功勋。"关胜听罢大喜，请入帐，置酒相待。备说宋江专以忠义为主，不幸从贼无辜。二人递相剖露衷情，并无疑心。次日，宋江举众搦战。关胜与呼延灼商议："今日可先赢首将，晚间可行此计。"有诗为证：

亡命呼延计最奇，单人匹马夜逃归。

阵前假意鞭黄信，钩起梁山旧是非。

且说呼延灼借副衣甲穿了，彼各上马，都到阵前。宋江见了，大骂呼延灼道："我不曾亏负你半分，因何夤夜私去！"呼延灼回道："汝等草寇，成何大事！"宋江便令镇三山黄信出马，仗丧门剑，驱坐下马，直奔呼延灼。两马相交，斗不到十合，呼延灼手起一鞭，把黄信打落马下。宋江阵上众军，抢出来扛了回去。关胜大喜，令大小三军一齐掩杀。呼延灼道："不可追掩，恐吴用那厮广有神机，若还赶杀，恐贼有计。"关胜听了，火急收军，都回本寨，到中军帐里置酒相待，动问镇三山黄信之事。呼延灼道："此人原是朝廷命官，青州都监，与秦明、花荣一时落草。今日先杀此贼,挫灭威风,今晚偷营,必然成事。"关胜大喜,传下将令,教宣赞、郝思文两路接应;自引五百马军,轻弓短箭,叫呼延灼引路。至夜二更起身,三更前后,直奔宋江寨中,炮响为号,里应外合,一齐进兵。是夜月光如昼。黄昏时候披挂已了,马摘鸾铃,人披软战,军卒衔枚疾走,一齐乘马。呼延灼当先引路,众人跟着。转过山径,约行了半个更次,前面撞见三五十个伏路小军,低声问道:"来的不是呼将军么?宋公明差我等在此迎接。"呼延灼喝道:"休言语,随在我马后走。"呼延灼纵马先行,关胜乘马在后。又转过一层山嘴,只见呼延灼把枪尖一指,远远地一碗红灯。关胜勒住马问道:"有红灯处是那里?"呼延灼道:"那里便是宋公明中军。"急催动人马。将近红灯,忽听得一声炮响,众军跟定关胜,杀奔前来。到红灯之下看时,不见一个;便唤呼延灼时,亦不见了。关胜大惊,知道中计,慌忙回马,听得四边山上,一齐鼓响锣鸣。正是慌不择路,众军各自逃生。关胜连忙回马时,只剩得数骑马军跟着。转出山嘴,又听得树林边脑后一声炮响,四下里挠钩齐出,把关胜拖下雕鞍,夺了刀马,卸去衣甲,前推后拥,拿投大寨里来。却说林冲、花荣自引一支军马截住郝思文,回头厮杀。月光之下,遥见郝思文怎生打扮?有《西江月》为证:

  千丈凌云豪气,一团筋骨精神。横枪跃马荡征尘,四海英雄难近。 身着战袍锦绣,七星甲挂龙鳞。天丁元是郝思文,飞马当前出阵。

林冲大喝道:"你主将关胜中计被擒,你这无名小将,何不下马受缚！"郝思文大怒，直取林冲。二马相交，斗无数合，花荣挺枪助战。郝思文势力不加，回马便走，肋后撞出个女将一丈青扈三娘，撒起红绵套索，把郝思文拖下马来。步军向前一齐捉住，解投大寨。话分两处。这边秦明、孙立自引一支军马去捉宣赞，当路正逢此人。丑郡马宣赞怎生打扮？有《西江月》为证：

> 卷缩短黄须发，凹兜黑墨容颜。睁开怪眼似双环，鼻孔朝天仰见。　　手内钢刀耀雪，护身铠甲连环。海骝赤马锦鞍鞯，郡马英雄宣赞。

当下宣赞出马，大骂："草贼匹夫，当我者死，避我者生！"秦明大怒，跃马挥狼牙棍，直取宣赞。二马相交，约斗数合，孙立侧首过来。宣赞慌张，刀法不依古格，被秦明一棍搠下马来。三军齐喊一声，向前捉住。再有扑天雕李应引领大小军兵，抢奔关胜寨内来，先救了张横、阮小七并被擒水军人等，夺去一应粮草马匹，却去招安四下败残人马。

天晓，宋江会众上山。此时东方渐明，忠义堂上分开坐次，早把关胜、宣赞、郝思文分投解来。宋江见了，慌忙下堂，喝退军卒，亲解其缚，把关胜扶在正中交椅上，纳头便拜，叩首伏罪，说道："亡命狂徒，冒犯虎威，望乞恕罪。"关胜连忙答礼，闭口无言，手足无措。呼延灼亦向前来伏罪道："小可既蒙将令，不敢不依，万望将军免恕虚诳之罪。"关胜看了一般头领义气深重，回顾与宣赞、郝思文道："我们被擒在此，所事若何？"二人答道："并听将令。"关胜道："无面还京，俺三人愿早赐一死。"宋江道："何故发此言？将军倘蒙不弃微贱，一同替天行道。若是不肯，不敢苦留，只今便送回京。"关胜道："人称忠义宋公明，话不虚传。今日我等有家难奔,有国难投,愿在帐下为一小卒。"宋江大喜。当日一面设筵庆贺,一边使人招安逃窜败军,又得了五七千人马。其馀各自四散。投降军内,有老幼者,随即给散银两,便放回家;一边差薛永赍书往蒲东,搬取关胜老小,都不在话下。

宋江正饮宴间,默然想起卢员外、石秀陷在北京,潸然泪下。吴用道:"兄长不必忧心,吴用自有措置。只过今晚,来日再起军兵,去打北京,必然成事。"关胜便起身说道:"小将无可报答不杀之罪,愿为前部。"宋江大喜。次日早晨传令,就教宣赞、郝思文拨回旧有军马,便为前部先锋;其馀原打北京头领,不缺一个。再差李俊、张顺将带水战盔甲随去,以次再望北京进发。

这里却说梁中书在城中,正与索超起病饮酒,只见探马报道:"关胜、宣赞、郝思文并众军马,俱被宋江捉去,已入伙了。梁山泊军马见今又到。"梁中书听得,唬得目瞪痴呆,手脚无措。只见索超禀复道:"前者中贼冷箭,今番且复此仇。"随即赏了索超,便教引本部人马,争先出城,前去迎敌。李成、闻达随后调军接应。其时正是仲冬天气,时候正冷,连日彤云密布,朔风乱吼。宋江兵到,索超直至飞虎峪下寨,次日引兵迎敌。宋江引前部吕方、郭盛,上高阜处看关胜厮杀。三通战鼓罢,关胜出阵。只见对面索超出马。怎生打扮?有诗为证:

> 生居河北最英雄,累与朝廷立大功。
> 双凤袍笼银叶铠,飞鱼袋插铁胎弓。

勇如袁达安齐国，壮若灵神劈华峰。

马上横担金蘸斧，索超名号急先锋。

当时索超见了关胜，却不认得。随征军卒说道："这个来的便是新背反的大刀关胜。"索超听了，并不打话，直抢过来，径奔关胜。关胜也拍马舞刀来迎。两个斗不十合，李成正在中军，看见索超斧怯，战关胜不下，自舞双刀出阵，夹攻关胜。这边宣赞、郝思文见了，各持兵器前来助战，五骑搅做一块。宋江在高阜处看见，鞭梢一指，大军卷杀过去。李成军马大败亏输，杀得七断八绝，连夜退入城去，坚闭不出。宋江催兵直抵城下，扎住军马。

次日，索超亲引一支军马，出城冲突。吴用见了，便教军校迎敌戏战，他若追来，乘势便退。此时索超又得了这一阵，欢喜入城。当晚彤云四合，纷纷雪下，吴用已有计了。暗差步军去北京城外，靠山边河路狭处，掘成陷坑，上用土盖。是夜雪急风严，平明看时，约有二尺深雪。城上望见宋江军马，各有惧色，东西栅立不定。索超看了，便点三百军马，就时追出城来。宋江军马四散奔波而走。却教水军头领李俊、张顺身披软战，勒马横枪，前来迎敌。却才与索超交马，弃枪便走，特引索超奔陷坑边来。这里一边是路，一边是涧。李俊弃马跳入涧中去了，向着前面，口里叫道："宋公明哥哥快走！"索超听了，不顾身体，飞马抢过阵来。山背后一声炮响，索超连人和马撷将下去。后面伏兵齐起，这索超便有三头六臂，也须七损八伤。正是：烂银深盖藏圈套，碎玉平铺作陷坑。毕竟急先锋索超性命如何，且听下回分解。

第六十五回

托塔天王梦中显圣　浪里白跳水上报冤

诗曰：

> 岂知一夜乾坤老，卷地风严雪正狂。
> 隐隐林边排剑戟，森森竹里摆刀枪。
> 六花为阵成机堑，万里铺银作战场。
> 却似玉龙初斗罢，满天鳞甲乱飞扬。

话说宋江军中，因这一场大雪，吴用定出这条计来，就下雪陷坑中捉了索超。其馀军马，都逃回城中去了，报说索超被擒。梁中书听得这个消息，不由他不慌，传令教众将只是坚守，不许相战。

且说宋江到寨，中军帐上坐下，早有伏兵解索超到麾下。宋江见了大喜，喝退军健，亲解其缚，请入帐中置酒相待，用好言抚慰道："你看我众兄弟们，一大半都是朝廷军官。盖为朝廷不明，纵容滥官当道，污吏专权，酷害良民，都情愿协助宋江，替天行道。若是将军不弃，同以忠义为主。"索超本是天罡星之数，自然凑合，降了宋江。当夜帐中置酒作贺。

次日商议打城。一连打了数日，不得城破，宋江好生忧闷。当夜帐中伏枕而卧，忽然阴风飒飒，寒气逼人，宋江抬头看时，只见天王晁盖欲进不进，叫声："兄弟，你不回去，更待何时！"立在面前。宋江吃了一惊,急起身问道:"哥哥从何而来?屈死冤仇不曾报得,中心日夜不安。前者一向不曾致祭,以此显灵,必有见责。"晁盖道:"非为此也。兄弟靠后,阳气逼人,我不敢近前。今特来报你:贤弟有百日血光之灾,则除江南地灵星可治。你可早早收兵,此为上计。回军自保,免致久围。"宋江却欲再问明白,赶向前去说道:"哥哥阴魂到此,望说真实。"被晁盖一推,撒然觉来,却是南柯一梦。便叫小校请军师圆梦。吴用来到中军帐上,宋江说其异事。吴用道:"既是晁天王显圣,不可不依。目今天寒地冻,军马难以久住,权且回山守待,冬尽春初,雪消冰解,那时再来打城,未为晚矣。"宋江道:"军师言之甚当,只是卢员外和石秀兄弟陷在缧绁,度日如年,只望我等兄弟来救。不争我们回去,诚恐这厮们害他性命。此事进退两难。"计议未定。

次日,只见宋江觉道神思疲倦,身体酸疼,头如斧劈,身似笼蒸,一卧不起。众头领都在面前看视。宋江道:"我只觉背上好生热疼。"众人看时,只见鏊子一般赤肿起来。吴用道:"此疾非痈即疽。吾看方书[1],菉豆粉可以护心,毒气不能侵犯。便买此物,安排与哥哥吃。"一面使人寻药医治,亦不能好。只见浪里白跳张顺说道:"小弟旧在浔阳江时,因母得患背疾,百药不能治,后请得建康府安道全,手到病除。向后小弟但得些银两,便着人送去与他。今见兄长如此病症,此去东途路远,急速不能便到。为哥哥的事,只得星夜前去,拜请他来救治哥哥。"吴用道:"兄长梦晁天王所言,百日之灾,则

---

[1] 方书——讲医学和药案的书。

除江南地灵星可治,莫非正应此人?"宋江道:"兄弟,你若有这个人,快与我去,休辞生受,只以义气为重。星夜去请此人,救我一命。"吴用教取蒜条金一百两与医人,再将三二十两碎银作为盘缠,分付与张顺:"只今便行,好歹定要和他同来,切勿有误!我今拔寨回山,和他山寨里相会。兄弟可作急快来。"张顺别了众人,背上包裹,望前便去。

且说军师吴用传令诸将,权且收军罢战回山。车子上载了宋江,连夜起发。北京城内曾经了伏兵之计,只猜他引诱,不敢来追。次日,梁中书见报,说道:"此去未知何意?"李成、闻达道:"吴用那厮诡计极多,只可坚守,不宜追赶。"

话分两头。且说张顺要救宋江,连夜趱行,时值冬尽,无雨即雪,路上好生艰难;更兼慌张,不曾带得雨具。行了数千里,早近扬子江边。是日北风大作,冻云低垂,飞飞扬扬,下一天大雪。张顺冒着风雪,要过大江,舍命而行。虽是景物凄凉,江内别是几般清致。有《西江月》为证:

嘹唳冻云孤雁,盘旋枯木寒鸦。空中雪下似梨花,片片飘琼乱洒。　　玉压桥边酒斾,银铺渡口鱼艖。前村隐隐两三家,江上晚来堪画。

那张顺独自一个,奔至扬子江边,看那渡船时,并无一只,只叫得苦。绕着这江边行走,只见败苇折芦里面,有些烟起。张顺叫道:"梢公,快把渡船来载我。"只见芦苇里簌簌地响,走出一个人来,头戴箬笠，身披簑衣，问道："客人要那里去？"张顺道："我要渡江去建康干事至紧，多与你些船钱，渡我则个。"那梢公道："载你不妨，只是今日晚了，便过江去也没歇处。你只在我船里歇了，到四更风静月明时，我便渡你过去。多出些船钱与我。"张顺道："也说的是。"便与梢公钻入芦苇里来，见滩边缆着一只小船，见篷底下一个瘦后生在那里向火。梢公扶张顺下船，走入舱里，把身上湿衣服都脱下来，叫那小后生就火上烘焙。张顺自打开衣包，取出棉被，和身上卷倒在舱里，叫梢公道："这里有酒卖么？买些来吃也好。"梢公道："酒却没买处，要饭便吃一碗。"张顺吃了一碗饭，放倒头便睡。一来连日辛苦，二来十分托大，到初更左侧，不觉睡着。那瘦后生向着炭火烘着上盖的衲袄，看见张顺睡着了，便叫梢公道："大哥，你见么？"梢公盘将来，去头边只一捏，觉道是金帛之物，把手摇道："你去把船放开，去江心里下手不迟。"那后生推开篷，跳上岸，解了缆索，上船把竹篙点开，搭上橹，咿咿哑哑地摇出江心里来。梢公在船舱里取缆船索，轻轻地把张顺捆缚做一块，便去船梢艎板底下取出板刀来。张顺却好觉来，双手被缚，挣挫不得。梢公手拿大刀，按在他身上。张顺道："好汉，你饶我性命，都把金子与你。"梢公道："金银也要，你的性命也要。"张顺连声叫道："你只教我囫囵死，冤魂便不来缠你。"梢公放下板刀，把张顺扑咚的丢下水去。那梢公便去打开包来看时，见了许多金银，便没心分与那瘦后生，叫道："五哥，和你说话。"那人钻入舱里来，被梢公一手揪住，一刀落时，砍的伶仃，推下水去。梢公打并了船中血迹，自摇船去了。有诗为证：

宋江偶尔患疮痏,张顺江东去请医。

烟水芦花深夜后,图财致命更堪悲。

却说张顺是在水底下伏得三五夜的人,一时被推下去,就江底下咬断索子,赴水过南岸时,见树林中闪出灯光来。张顺扒上岸,水渌渌地转入林子里看时,却是一个村酒店,半夜里起来榨酒,破壁缝透出灯光。张顺叫开门时,见个老丈,纳头便拜。老儿道:"你莫不是江中被人劫了,跳水逃命的么?"张顺道:"实不相瞒老丈,小人来建康干事,晚了,隔江觅船,不想撞着两个歹人,把小子应有衣服金银,尽都劫了,撺落江中。小人却会赴水,逃得性命。公公救度则个。"老丈见说,领张顺入后屋下,把个衲头[1]与他,替下湿衣服来烘,盪些热酒与他吃。老丈道:"汉子,你姓甚么?山东人来这里干何事?"张顺道:"小人姓张,建康府安太医是我弟兄,特来探望他。"老丈道:"你从山东来,曾经梁山泊过?"张顺道:"正从那里经过。"老丈道:"他山上宋头领不劫来往客人,又不杀害人性命,只是替天行道。"张顺道:"宋头领专以忠义为主,不害良民,只怪滥官污吏。"老丈道:"老汉听得说,宋江这伙端的仁义,只是救贫济老,那里似我这里草贼。若得他来这里,百姓都快活,不吃这伙滥污官吏薅恼。"张顺听罢,道:"公公不要吃惊,小人便是浪里白跳张顺。因为俺哥哥宋公明害发背疮,教我将一百两黄金来请安道全。谁想托大在船中睡着,被这两个贼男女缚了双手,撺下江里。被我咬断绳索,到得这里。"

---

[1] 衲头——指破旧的衣服。衲,补缀。

老丈道："你既是那里好汉，我叫儿子出来和你相见。"不多时，后面走出一个后生来，看着张顺便拜道："小人久闻哥哥大名，只是无缘不曾拜识。小人姓王，排行第六，因为走跳的快，人都唤小人做霍闪婆[1]王定六。平生只好赴水使棒，多曾投师，不得传受，权在江边卖酒度日。却才哥哥被两个劫了的，小人都认得：一个是截江鬼张旺，那一个瘦后生却是华亭县人，唤做油里鳅孙三。这两个男女，如常在这江里劫人。哥哥放心，在此住几日，等这厮来吃酒，我与哥哥报仇。"张顺道："感承兄弟好意。我为兄长宋公明，恨不得一日奔回寨里。只等天明便入城去，请了安太医回来相会。"王定六把自己衣裳都与张顺换了，连忙置酒相待，不在话下。

次日，天晴雪消，把十数两银子与张顺，且教入建康府来。张顺进得城中，径到槐桥下，看见安道全正在门前货药。张顺进得门，看着安道全纳头便拜。古人有首诗，单题安道全好处。道是：

　　肘后良方有百篇，金针玉刃得师传。

　　重生扁鹊应难比，万里传名安道全。

这安道全祖传内科外科尽皆医得，以此远方驰名。当时看了张顺，便问道："兄弟多年不见，甚风吹得到此？"张顺随至里面，把这闹江州跟宋江上山的事一一告诉了；后说宋江见患背疮，特地来请神医，扬子江中险些儿送了性命，都实诉了。安道全道："若论宋公明天下义士，去走一遭最好。只是拙妇亡过，家中别无亲人，离远不得，

---

〔1〕霍闪婆——神话传说中"雷公、电母"的电母。一写作"活闪婆"。

以此难出。"张顺苦苦求告:"若是兄长推却不去,张顺也难回山。"安道全道:"再作商议。"张顺百般哀告,安道全方才应允。

原来这安道全却和建康府一个烟花娼妓,唤做李巧奴,如常往来。这李巧奴生的十分美丽,安道全以此眷顾他。有诗为证:

蕙质温柔更老成,玉壶明月逼人清。

步摇宝髻寻春去,露湿凌波步月行。

丹脸笑回花萼丽,朱弦歌罢彩云停。

愿教心地常相忆,莫学章台赠柳情。

当晚就带张顺同去他家,安排酒吃。李巧奴拜张顺做叔叔。三杯五盏,酒至半酣,安道全对巧奴说道:"我今晚就你这里宿歇,明日早和这兄弟去山东地面走一遭。多则是一个月,少是二十馀日,便回来望你。"那李巧奴道:"我却不要你去!你若不依我口,再也休上我门。"安道全道:"我药囊都已收拾了,只要动身,明日便去。你且宽心,我便去也,又不担阁。"李巧奴撒娇撒痴,倒在安道全怀里说道:"你若还不依我,去了,我只咒的你肉片片儿飞!"张顺听了这话,恨不得一口水吞吃了这婆娘。看看天色晚了,安道全大醉倒了,搀去巧奴房里,睡在床上。巧奴却来发付张顺道:"你自归去,我家又没睡处。"张顺道:"只待哥哥酒醒同去。"以此发遣他不动,只得安他在门首小房里歇。

张顺心中忧煎,那里睡得着。初更时分,有人敲门。张顺在壁缝里张时,只见一个人闪将入来,便与虔婆说话。那婆子问道:"你许多时不来,却在那里?今晚太医醉倒在房里,却怎生奈何?"那人道:

"我有十两金子,送与姐姐打些钗环。老娘怎地做个方便,教他和我厮会则个。"虔婆道:"你只在我房里,我叫女儿来。"张顺在灯影下张时,却见是截江鬼张旺。原来这厮但是江中寻得些财,便来他家使。张顺见了,按不住火起。再细听时,只见虔婆安排酒食在房里,叫巧奴相伴张旺。张顺本待要抢入去,却又怕弄坏了事,走了这贼。约莫三更时分,厨下两个使唤的也醉了。虔婆东倒西歪,却在灯前打醉眼子[1]。张顺悄悄开了房门,踅到厨下,见一把厨刀明晃晃放在灶上,看这虔婆倒在侧首板凳上。张顺走将入来,拿起厨刀,先杀了虔婆。要杀使唤的时,原来厨刀不甚快,砍了一个人,刀口早卷了。那两个正待要叫,却好一把劈柴斧正在手边,绰起来,一斧一个砍杀了。房中婆娘听得,慌忙开门,正迎着张顺,手起斧落,劈胸膛砍翻在地。张旺灯影下见砍翻婆娘,推开后窗,跳墙走了。张顺懊恼无极,随即割下衣襟,蘸血去粉壁上写道:"杀人者,安道全也。"连写数十处。捱到五更将明,只听得安道全在房中酒醒,便叫巧奴。张顺道:"哥哥不要则声!我教你看两个人。"安道全起来,看了四个死尸,吓得浑身麻木,颤做一团。张顺道:"哥哥,你见壁上写的么?"安道全道:"你苦了我也!"张顺道:"只有两条路从你行:若是声张起来,我自走了,哥哥却用去偿命;若还你要没事,家中取了药囊,连夜径上梁山泊救我哥哥。这两件随你行。"安道全道:"兄弟忒这般短命见识!"有诗为证:

---
[1] 打醉眼子——打瞌睡。

第六十五回　托塔天王梦中显圣　浪里白跳水上报冤

久恋烟花不肯休,临行留滞更绸缪。

铁心张顺无情甚,白刃横飞血漫流。

到天明,张顺卷了盘缠,同安道全回家,敲开门,取了药囊出城来,径到王定六酒店里。王定六接着,说道:"昨日张旺从这里过,可惜不遇见哥哥。"张顺道:"我自要干大事,那里且报小仇。"说言未了,王定六报道:"张旺那厮来也!"张顺道:"且不要惊他,看他投那里去。"只见张旺去滩头看船。王定六叫道:"张大哥,你留船来载我两个亲眷过去。"张旺道:"要趁船快来。"王定六报与张顺。张顺道:"安兄,你可借衣服与小弟穿,小弟衣裳却换与兄长穿了,才去趁船。"安道全道:"此是何意?"张顺道:"自有主张,兄长莫问。"安道全脱下衣服与张顺换穿了。张顺戴上头巾,遮尘暖笠影身。王定六背了药囊。走到船边,张旺拢船傍岸,三个人上船。张顺扒入后梢,揭起艎板看时,板刀尚在。张顺拿了,再入船舱里。张旺把船摇开,咿哑之声,直到江心里面。张顺脱去上盖,叫一声:"梢公快来,你看船舱里漏入水来。"张旺不知中计,把头钻入舱里来,被张顺肐膝地揪住,喝一声:"强贼!认得前日雪天趁船的客么?"张旺看了,则声不得。张顺喝道:"你这厮谋了我一百两黄金,又要害我性命。你那个瘦后生那里去了?"张旺道:"好汉,小人得了财,无心分与他,恐他争论,被我杀死,撺入江里去了。"张顺道:"你认得我么?"张旺道:"不识得好汉,只求饶了小人一命。"张顺喝道:"我生在浔阳江边,长在小孤山下,作卖鱼牙子,谁不认得!只因闹了江州,上梁山泊随从宋公明,纵横天下,谁不惧我!你这厮漏我下船,缚住双手,撺下江心,不是我会识水时,却不送了性命!今日冤仇相见,饶你不得!"就势只一拖,提在船舱中,把手脚四马攒蹄,捆缚做一块,看着那扬子大江,直撺下去:"也免了你一刀。"张旺性命,眼见得黄昏做鬼。有诗为证:

  盗金昔日沉张顺,今日何期向水撺。
  终须一命还一命,天道昭昭冤报冤。

这张顺将船户贼人张旺捆缚,沉下水去。王定六看了,十分叹息。三人棹船到岸,张顺对王定六道:"贤弟恩义,生死难忘。你若不弃,便可同父亲收拾起酒店,赶上梁山泊来,一同归顺大义。未知你心下何如?"王定六道:"哥哥所言,正合小弟之心。"说罢分别。张顺和安道全就北岸上路;王定六作辞二人,复上小船,自回家去,收拾行李赶来。

且说张顺与同安道全上得北岸,背了药囊,移身便走。那安道全是个文墨的人,士大夫出身,不会走路,行不得三十馀里,早走不动。张顺请入村店,买酒相待。正吃之间,只见外面一个客人走到面前,叫声:"兄弟,如何这般迟误?"张顺看时,却是神行太保戴宗,扮做客人赶来。张顺慌忙教与安道全相见了,便问宋公明哥哥消息。戴宗道:"如今哥哥神思昏迷,水米不吃,看看待死,不久临危。"张顺闻言,泪如雨下。安道全问道:"皮肉血色如何?"戴宗答道:"肌肤憔悴,终日叫唤,疼痛不止,性命早晚难保。"安道全道:"若是皮肉身体得知疼痛,便可医治。只怕误了日期。"戴宗道:"这个容易。"取两个甲马拴在安道全腿上。戴宗自背了药囊,分付张顺:"你自慢来,我

同太医前去。"两个离了村店,作起神行法先去了。有诗为证:

> 将军发背少宁安,千里迎医道路难。
>
> 四腿俱粘双甲马,星驰电逐奔梁山。

当下且说这张顺在本处村店里,一连安歇了两三日,只见王定六背了包裹,同父亲果然过来。张顺接见,心中大喜,说道:"我专在此等你。"王定六问道:"安太医何在?"张顺道:"神行太保戴宗接来迎着,已和他先行去了。"王定六却和张顺并自父亲,一同起身投梁山泊来。

且说戴宗引着安道全,作起神行法,连夜赶到梁山泊,并不困倦。寨中大小头领接着,引到宋江卧榻内,就床上看时,口内一丝两气。安道全先诊了脉息,说道:"众头领休慌。脉体无事,身躯虽见沉重,大体不妨。不是安某说口,只十日之间,便要复旧。"众人见说,一齐便拜。安道全先把艾焙引出毒气,然后用药,外使敷贴之饵,内用长托之剂。五日之间,渐渐皮肤红白,肉体滋润,饮食渐进。不过十日,虽然疮口未完,饮食复旧。只见张顺引着王定六父子二人,拜见宋江并众头领,诉说江中被劫、水上报冤之事。众皆称叹:"险不误了兄长之患。"

宋江才得病好,便与吴用商量,要打北京,救取卢员外、石秀,以表忠义之心。安道全谏道:"将军疮口未完,不可轻动,动则急难痊可。"吴用道:"不劳兄长挂心,有伤神思,只顾自己将息,调理元阳真气。吴用虽然不才,只就目今春初时候,定要打破北京城池,救取卢员外、石秀二人性命,擒拿淫妇奸夫。不知兄长意下如何?"宋江道:

"若得军师如此扶持,宋江虽死瞑目。"

吴用便就忠义堂上传令。言不过数句,话不尽一席,有分教:北京城内,变成火窟枪林;大名府中,翻作尸山血海。正是:谈笑鬼神皆丧胆,指挥豪杰尽倾心。毕竟军师吴用设出甚么计来,且听下回分解。

第六十六回

时迁火烧翠云楼　吴用智取大名府

诗曰：

野战攻城事不通，神谋鬼计运奇功。

星桥铁锁悠悠展，火树银花处处同。

大府忽为金璧碎，高楼翻作祝融红。

龙群虎队真难制，可愧中书智力穷。

话说吴用对宋江道："今日幸喜得兄长无事，又得安太医在寨中看视贵疾，此是梁山泊万千之幸。比及兄长卧病之时，小生累累使人去北京探听消息，梁中书昼夜忧惊，只恐俺军马临城。又使人直往北京城里城外市井去处，遍贴无头告示，晓谕居民，勿得疑虑：冤各有头，债各有主，大军到郡，自有对头。因此梁中书越怀鬼胎。东京蔡太师见说降了关胜，天子之前，更不敢题，只是主张招安，大家无事。因此累累寄书与梁中书，教道且留卢俊义、石秀二人性命，好做脚手。"宋江见说，便要催趱军马下山，去打北京。吴用道："即今冬尽春初，早晚元宵节近，北京年例大张灯火。我欲乘此机会，先令城中埋伏，外面驱兵大进，里应外合，可以救难破城。"宋江道："若要如此调兵，便请军师发落。"吴用道："为头最要紧的是城中放火为号。你众弟兄中谁敢与我先去城中放火？"只见阶下走过一人道："小弟愿往!"众人看时,却是鼓上蚤时迁。时迁道:"小弟幼年间曾到北京。城内有座楼,唤做翠云楼,楼上楼下大小有百十个阁子。眼见得元宵之夜,必然喧哄,乘空潜地入城。正月十五日夜,盘去翠云楼上,放起火来为号,军师可自调人马劫牢,此为上计。"吴用道:"我心正待如此。你明日天晓,先下山去,只在元宵夜一更时候,楼上放起火来,便是你的功劳。"时迁应允,听令去了。吴用次日却调解珍、解宝扮做猎户,去北京城内官员府里献纳野味。正月十五日夜间,只看火起为号,便去留守司前截住报事官兵。两个听令去了。再调杜迁、宋万扮做粜米客人,推辆车子去城中宿歇,元宵夜只看号火起时,却来先夺东门:"此是你两个功劳。"两个听令去了。再调孔明、孔亮扮做仆者,去北京城内闹市里房檐下宿歇,只看楼前火起,便去往来接应。两个听令去了。再调李应、史进扮做客人,去北京东门外安歇,只看城中号火起时,先斩把门军士,夺下东门,好做出路。两个听令去了。再调鲁智深、武松扮做行脚僧行,去北京城外庵院挂搭,只看城中号火起时,便去南门外截住大军,冲击去路。两个听令去了。再调邹渊、邹润扮做卖灯客人,直往北京城中寻客店安歇,只看楼中火起,便去司狱司前策应。两个听令去了。再调刘唐、杨雄扮作公人,直去北京州衙前宿歇,只看号火起时,便去截住一应报事人员,令他首尾不能救应。两个听令去了。再调公孙胜先生扮做云游道士,却教凌振扮做道童跟着,将带风火轰天等炮数百个,直去北京城内净处守待,只看号火起时施放。两个听令去了。再调张顺跟随燕青从水门里入城,径奔卢员外家,单捉淫妇奸夫。再调王矮虎、孙新、张青、扈三娘、顾大嫂、孙二娘扮作三对村里夫妻入城看灯,寻至卢俊义家中放火。再调柴进带同乐和扮做军官,直去蔡节级家中,要保救二人性命。调拨已定,众头领俱各听令去了。各各遵依军令,不可有误。此是正月初头。不说梁山泊好汉依次各各下山进发。有诗为证:

卢生石秀久幽囚,豪杰分头去复仇。

只待上元灯火夜,一时焚却翠云楼。

且说北京梁中书唤过李成、闻达、王太守等一干官员,商议放灯一事。梁中书道:"年例北京大张灯火,庆赏元宵,与民同乐,全似东京体例。如今被梁山泊贼人两次侵境,只恐放灯因而惹祸。下官意欲住歇放灯,你众官心下如何计议?"闻达便道:"想此贼人潜地退去,没头告示乱贴,此计是穷,必无主意,相公何必多虑。若还今年不放灯时,这厮们细作探知,必然被他耻笑。可以传下钧旨,晓示居民:比上年多设花灯,添扮社火,市心中添搭两座鳌山,照依东京体例,通宵不禁,十三至十七放灯五夜。教府尹点视居民,勿令缺少。相公亲自行春[1],务要与民同乐。闻某亲领一彪军马出城去飞虎峪驻扎,以防贼人奸计。再着李都监亲引铁骑马军,绕城巡逻,勿令居民惊忧。"梁中书见说大喜。众官商议已定,随即出榜晓谕居民。

这北京大名府是河北头一个大郡,冲要去处。却有诸路买卖,云屯雾集,只听放灯,都来赶趁。在城坊隅巷陌,该管厢官每日点视,只得装扮社火。豪富之家,各自去赛花灯,远者三二百里去买,近者也

---

[1] 行春——官员春天到乡间察看农桑,叫行春。这里指察看灯火。

过百十里之外,便有客商年年将灯到城货卖。家家门前扎起灯棚,都要赛挂好灯,巧样烟火。户内缚起山棚,摆放五色屏风炮灯,四边都挂名人画片并奇异古董玩器之物。在城大街小巷,家家都要点灯。大名府留守司州桥边搭起一座鳌山,上面盘红黄纸龙两条,每片鳞甲上点灯一盏,口喷净水。去州桥河内周围上下,点灯不计其数。铜佛寺前扎起一座鳌山,上面盘青龙一条,周回也有千百盏花灯。翠云楼前也扎起一座鳌山,上面盘着一条白龙,四面灯火不计其数。原来这座酒楼,名贯河北,号为第一。上有三檐滴水[1],雕梁绣柱,极是造得好;楼上楼下,有百十处阁子,终朝鼓乐喧天,每日笙歌聒耳。城中各处宫观寺院佛殿法堂中,各设灯火,庆赏丰年。三瓦两舍,更不必说。

那梁山泊探细人得了这个消息,报上山来。吴用得知大喜,去对宋江说知备细,宋江便要亲自领兵去打北京。安道全谏道:"将军疮口未完,切不可轻动。稍若怒气相侵,实难痊可。"吴用道:"小生替哥哥走一遭。"随即与铁面孔目裴宣点拨八路军马:第一队,双鞭呼延灼引领韩滔、彭玘为前部,镇三山黄信在后策应,都是马军。前者呼延灼阵上打了的是假的,故意要赚关胜,故设此计。第二队,豹子头林冲引领马麟、邓飞为前部,小李广花荣在后策应,都是马军。第三队,大刀关胜引领宣赞、郝思文为前部,病尉迟孙立在后策应,都是马军。第四队,霹雳火秦明引领欧鹏、燕顺为前部,青面兽杨志在后

---

[1] 三檐滴水——滴水檐有三层,代指高大的楼房。

策应,都是马军。第五队,却调步军头领没遮拦穆弘,将引杜兴、郑天寿。第六队,步军头领黑旋风李逵将引李立、曹正。第七队,步军头领插翅虎雷横将引施恩、穆春。第八队,步军头领混世魔王樊瑞将引项充、李衮。这八路马步军兵,各自取路,即今便要起行,毋得时刻有误。正月十五日二更为期,都要到北京城下。马军、步军一齐进发。那八路人马依令下山,其馀头领尽跟宋江保守山寨。有诗为证:

八路军兵似虎狼,横天杀气更鹰扬。

安排盖地遮天技,要使鳌山变杀场。

且说时迁是个飞檐走壁的人,不从正路入城,夜间越墙而过。城中客店内却不着单身客人,他自白日在街上闲走,到晚来东岳庙内神座底下安身。正月十三日,却在城中往来观看居民百姓搭缚灯棚,悬挂灯火。正看之间,只见解珍、解宝挑着野味在城中往来观看,又撞见杜迁、宋万两个从瓦子里走将出来。时迁当日先去翠云楼上打一个踅,只见孔明披着头发,身穿羊裘破衣,右手挂一条杖子,左手拿个碗,腌腌臢臢在那里求乞。见了时迁,打抹他去背后说话。时迁道:"哥哥,你这般一个汉子,红红白白面皮,不象叫化的。北京做公的多,倘或被他看破,须误了大事,哥哥可以躲闪回避。"说不了,又见个丐者从墙边来,看时,却是孔亮。时迁道:"哥哥,你又露出雪也似白面来,亦不象忍饥受饿的人。这般模样,必然决撒。"却才道罢,背后两个劈角儿揪住喝道:"你三个做得好事!"回头看时,却是杨雄、刘唐。时迁道:"你惊杀我也!"杨雄道:"都跟我来。"带去僻静处埋冤道:"你三个好没分晓!却怎地在那里说话?倒是我两个看见,倘若被他眼明手快的公人看破，却不误了哥哥大事！我两个都已见了弟兄们，不必再上街去。"孔明道："邹渊、邹润自在街上卖灯，鲁智深、武松已在城外庵里。再不必多说，只顾临期各自行事。"五个说了，都出到一个寺前，正撞见一个先生从寺里出来，喝道："你五个在此做甚事？"众人抬头看时，却是入云龙公孙胜，背后凌振扮做道童跟着。七个人都颐指气使，点头会意，各自去了。

看看相近上元，梁中书先令闻大刀闻达将引军马出城，去飞虎峪驻扎，以防贼寇。十四日，却令李天王李成亲引铁骑马军五百，全副披挂，绕城巡视。次日，正是正月十五日上元佳节，好生晴明。黄昏月上，六街三市，各处坊隅巷陌，点放花灯，大街小巷，都有社火。值此元宵，有诗为证：

北京三五风光好，膏雨初晴春意早。
银花火树不夜城，陆地拥出蓬莱岛。
烛龙衔照夜光寒，人民歌舞欣时安。
五凤羽扶双贝阙，六鳌背驾三神山。
红妆女立朱帘下，白面郎骑紫骝马。
笙箫嘹亮入青云，月光清射鸳鸯瓦。
翠云楼高侵碧天，嬉游来往多婵娟。
灯球灿烂若锦绣，王孙公子真神仙。
游人辚辘尚未绝，高楼顷刻生云烟。

是夜，节级蔡福分付教兄弟蔡庆看守着大牢："我自回家看看便来。"方才进得家门，只见两个人闪将入来，前面那个军官打扮，后面仆者模样。灯光之下看时,蔡福认得是小旋风柴进,后面的已自是铁叫子乐和。蔡节级只认得柴进,便请入里面去,见成杯盘,随即管待。柴进道:"不必赐酒,在下到此有件紧事相央。卢员外、石秀全得足下相觑,称谢难尽。今晚小子欲就大牢里,趁此元宵热闹,看望一遭,望你相烦引进,休得推却。"蔡福是个公人,早猜了八分。欲待不依,诚恐打破城池,都不见了好处,又陷了老小一家人口性命。只得担着血海的干系,便取些旧衣裳教他两个换了,也扮做公人,换了巾帻,带柴进、乐和径奔牢中去了。

初更左右,王矮虎、一丈青、孙新、顾大嫂、张青、孙二娘三对儿村里夫妻,乔乔画画[1],装扮做乡村人,挨入在人丛里,便入东门去了。公孙胜带同凌振,挑着荆篓去城隍庙里廊下坐地。这城隍庙只在州衙侧边。邹渊、邹润挑着灯,在城中闲走。杜迁、宋万各推一辆车子,径到梁中书衙前,闪在人闹处。原来梁中书衙,只在东门里大街住。刘唐、杨雄各提着水火棍,身边都自有暗器,来州桥上两边坐定。燕青领了张顺,自从水门里入城,静处埋伏。都不在话下。

不移时,楼上鼓打二更。却说时迁挟着一个篮儿,里面都是硫黄、焰硝、放火的药头,篮儿上插几朵闹鹅儿[2],趁入翠云楼后,走上楼去。只见阁子内吹笙箫,动鼓板,掀云闹社,子弟们闹闹穰穰,都在楼上打哄赏灯。时迁上到楼上,只做卖闹鹅儿的,各处阁子里去

---

〔1〕 乔乔画画——装模做样的样子。
〔2〕 闹鹅儿——妇女插在头上的一种彩花。

看。撞见解珍、解宝拖着钢叉,叉上挂着兔儿,在阁子前趑。时迁便道:"更次到了,怎生不见外面动掸?"解珍道:"我两个方才在楼前,见探马过去,多管兵马到了。你只顾去行事。"

言犹未了,只见楼前都发起喊来,说道:"梁山泊军马到了西门外。"解珍分付时迁:"你自快去,我自去留守司前接应。"奔到留守司前,只见败残军马,一齐奔入城来,说道:"闻大刀吃劫了寨也。梁山泊贼寇引军都赶到城下。"李成正在城上巡逻,听见说了,飞马来到留守司前,教点军兵,分付闭上城门,守护本州。

却说王太守亲引随从百馀人,长枷铁锁,在街镇压,听得报说这话,慌忙回留守司前。却说梁中书正在衙前闲坐,初听报说,尚自不甚慌;次后没半个更次,流星探马接连报来,吓得魂不附体,慌忙快叫备马。

说言未了,时迁就在翠云楼上点着硫黄焰硝,放一把火来。那火烈焰冲天,火光夺月,十分浩大。梁中书见了,急上得马,却待要去看时,只见两条大汉,推两辆车子,放在当路,便去取碗挂的灯来,望车子上点着,随即火起。梁中书要出东门时,两条大汉口称:"李应、史进在此!"手拈扑刀,大踏步杀来。把门官军吓得走了,手边的伤了十数个。杜迁、宋万却好接着出来,四个合做一处,把住东门。梁中书见不是头势,带领随行伴当,飞奔南门。南门传说道:"一个胖大和尚轮动铁禅杖,一个虎面行者掣出双戒刀,发喊杀入城来。"梁中书回马,再到留守司前,只见解珍、解宝手拈钢叉,在那里东撞西撞,急待回州衙,不敢近前。王太守却好过来,刘唐、杨雄两条水火棍齐下,打得脑浆迸流,眼珠突出,死于街前。虞候、押番各逃残生去了。梁中书急急回马奔西门,只听得城隍庙里火炮齐响,轰天震地。邹渊、邹润手拿竹竿,只顾就房檐下放起火来。南瓦子前,王矮虎、一丈青杀将来;孙新、顾大嫂身边掣出暗器,就那里协助。铜佛寺前,张青、孙二娘入去,扒上鳌山,放起火来。此时北京城内,百姓黎民,一个个鼠窜狼奔,一家家神号鬼哭,四下里十数处火光亘天,四方不辨。有诗为证:

　　回禄施威特降灾,熏天烈焰涨红埃。

　　黄童白叟皆惊惧,又被雄兵混杀来。

却说梁中书奔到西门,接着李成军马,急到南门城上,勒住马在鼓楼上看时,只见城下兵马摆满,旗号上写着"大将呼延灼",火焰光中,抖擞精神,施逞骁勇,左有韩滔,右有彭玘,黄信在后,催动人马,雁翅一般横杀将来,随到门下。梁中书出不得城去,和李成躲在北门城下,望见火光明亮,军马不知其数,却是豹子头林冲,跃马横枪,左有马麟,右有邓飞,花荣在后催动人马,飞奔将来。再转东门,一连火把丛中,只见没遮拦穆弘,左有杜兴,右有郑天寿,三筹步军好汉当先,手拈扑刀,引领一千馀人,杀入城来。梁中书径奔南门,舍命夺路而走。吊桥边火把齐明,只见黑旋风李逵,左有李立,右有曹正,李逵浑身脱剥,睁圆怪眼,咬定牙根,手搦双斧,从城濠里飞杀过来。李立、曹正,一齐俱到。李成当先,杀开条血路,奔出城来,护着梁中书便走。只见左手下杀声震响,火把丛中车马无数,却是大刀关胜,拍动赤兔马,手舞青龙刀,径抢梁中书。李成手举双刀,前来迎敌。那时李成无心恋战，拨马便走。左有宣赞，右有郝思文，两肋里撞来，孙立在后催动人马，并力杀来。正斗间，背后赶上小李广花荣，拈弓搭箭，射中李成副将，翻身落马。李成见了，飞马奔走。未及半箭之地，只见右手下锣鼓乱鸣，火光夺目，却是霹雳火秦明，跃马舞棍，引着燕顺、欧鹏，背后杨志，又杀将来。李成且战且走，折军大半，护着梁中书，冲路走脱。

话分两头，却说城中之事。杜迁、宋万去杀梁中书老小一门良贱。刘唐、杨雄去杀王太守一家老小。孔明、孔亮已从司狱司后墙爬将入去。邹渊、邹润却在司狱司前接住往来之人。大牢里柴进、乐和看见号火起了，便对蔡福、蔡庆道："你弟兄两个见也不见？更待几时？"蔡庆在门边守时，邹渊、邹润早撞开牢门，大叫道："梁山泊好汉全伙在此！好好送出卢员外、石秀哥哥来！"蔡庆慌忙报蔡福时，孔明、孔亮早从牢屋上跳将下来。不由他弟兄两个肯与不肯，柴进身边取出器械，便去开枷，放了卢俊义、石秀。柴进说与蔡福："你快跟我去家中保护老小。"一齐都出牢门来。邹渊、邹润接着，合做一处。蔡福、蔡庆跟随柴进，来家中保全老小。卢俊义将引石秀、孔明、孔亮、邹渊、邹润五个弟兄，径奔家中来捉李固、贾氏。

却说李固听得梁山泊好汉引军马入城，又见四下里火起，正在家中有些眼跳，便和贾氏商量，收拾了一包金珠细软背了，便出门奔走。只听得排门一带都倒，正不知多少人抢将入来。李固和贾氏慌忙回身，便望里面开了后门，蹅过墙边，径投河下来寻自家躲避处。只见岸上张顺大叫："那婆娘走那里去！"李固心慌，便跳下船中去躲。却待攒入舱里,只见一个人伸出手来,劈角儿揪住,喝道:"李固,你认得我么?"李固听得是燕青的声音,慌忙叫道:"小乙哥!我不曾和你有甚冤仇,你休得揪我上岸!"岸上张顺早把那婆娘挟在肋下,拖到船边。燕青拿了李固,都望东门来了。

再说卢俊义奔到家中,不见了李固和那婆娘,且叫众人把应有家私金银财宝,都搬来装在车子上,往梁山泊给散。

却说柴进和蔡福到家中收拾家资老小,同上山寨。蔡福道:"大官人可救一城百姓,休教残害。"柴进见说,便去寻军师吴用。比及柴进寻着吴用,急传下号令去,休教杀害良民时,城中将及伤损一半。但见:

烟迷城市,火燎楼台。千门万户受灾危,三市六街遭患难。鳌山倒塌,红光影里碎琉璃;屋宇崩摧,烈焰火中烧翡翠。前街傀儡,顾不得面是背非;后巷清音,尽丢坏龙笙凤管。班毛老子,猖狂燎尽白髭须;绿发儿郎,奔走不收华盖伞。耍和尚烧得头焦额烂,麻婆子赶得屁滚尿流。踏竹马的暗中刀枪,舞鲍老的难免刃槊。如花仕女,人丛中金坠玉崩;玩景佳人,片时间星飞云散。瓦砾藏埋金万斛,楼台变作祝融墟。可惜千年歌舞地,翻成一片战争场。

当时天色大明,吴用、柴进在城内鸣金收军。众头领却接着卢员外并石秀,都到留守司相见,备说牢中多亏了蔡福、蔡庆弟兄两个看管,已逃得残生。燕青、张顺早把这李固、贾氏解来。卢俊义见了,且教燕青监下,自行看管,听候发落,不在话下。

再说李成保护梁中书出城逃难,又撞着闻达领着败残军马回来,合兵一处,投南便走。正走之间,前军发起喊来,却是混世魔王樊瑞,左有项充,右有李衮,三筹步军好汉,舞动飞刀飞枪,直杀将来。背后又是插翅虎雷横,将引施恩、穆春,各引一千步军,前来截住退路。却似虾儿逢巨浪,兔子遇豺狼。正是:狱囚遇赦重回禁,病客逢医又上床。毕竟梁中书一行人马怎地计结,且听下回分解。